Né en 1977, **Stephen Aryan** est diplômé de l'université de Loughborough. Lecteur de Fantasy depuis toujours et très influencé par son compatriote David Gemmell, il est aussi tireur à l'arc, fan de séries télévisées, lecteur de comics et grand amateur de bière. Il vit dans un village du Yorkshire avec sa compagne et deux chats. *Mage de Guerre* est le premier volet d'une trilogie de Fantasy épique explosive.

Du même auteur, aux éditions Bragelonne,
en grand format :

L'Âge des ténèbres
1. *Mage de Guerre*
2. *Mage de Sang*
3. *Mage du Chaos*

Chez Milady, en poche :

L'Âge des ténèbres
1. *Mage de Guerre*
2. *Mage de Sang*
3. *Mage du Chaos*

Stephen Aryan

Mage de Guerre

L'Âge des ténèbres – 1

Traduit de l'anglais (Grande-Bretagne)
par Jean Claude Mallé

Bragelonne

Milady est un label des éditions Bragelonne

Cet ouvrage a été originellement publié en France par Bragelonne

Titre original : *Battlemage*

ISBN : 978-2-8112-2569-8

Bragelonne – Milady
60-62, rue d'Hauteville – 75010 Paris

E-mail : info@milady.fr
Site Internet : www.milady.fr

À Liz, toujours…

Chapitre premier

Fins et denses, des flocons se déversaient du ciel grisâtre. Alors que l'hiver aurait dû être fini, la glace crissait sous les semelles et la terre, dessous, était dure comme du marbre. Le givre recouvrait tout et une nappe de brouillard glacial s'accrochait au sol. Pour voyager dans de telles conditions, il fallait être désespéré ou rongé par la cupidité.

Après deux nuits à la belle étoile, Vargus aurait juré que toute chaleur avait déserté son corps. Le bout des pieds ankylosé, il ne sentait plus ses orteils. Avec un peu de chance, ils seraient encore à leur place quand il retirerait ses bottes. Par grand froid, il avait vu de pauvres types les retrouver au fond de leurs chaussures, détachés comme des osselets. Et sans qu'ils se soient aperçus de rien…

Avec le brouillard, chevaucher aurait été un suicide. Du coup, Vargus tenait son cheval par la bride.

Devant lui, une lumière orange scintillait dans le décor blanc et gris. Un feu ! Cette vision redonna du cœur au ventre à Vargus, qui accéléra le pas. Même si le brouillard étouffait les sons, ça revenait à annoncer son arrivée à la sentinelle postée un peu sur sa gauche.

La couverture qui protégeait sa tête disparaissant sous une couche de neige, l'archer devait être assis depuis des heures dans la même position.

Quand l'odeur des feux de cuisson, des hommes et d'autres équidés monta à ses naseaux, le cheval harassé hennit. Faisant mine de ne pas avoir vu la sentinelle, Vargus s'efforça surtout de ne pas regarder son arc long.

D'un geste vif, l'homme banda son arc puis y encocha une flèche et l'arma. Mais pour tirer, il devrait se lever.

— Halte-là !

L'ordre venait de la droite – une autre sentinelle, campée entre deux arbres ratatinés. Bâti en force, ce gars-là portait une peau de bête crasseuse sur un gilet et un pantalon de cuir mal assortis. Si vieille et ébréchée fût-elle, la lame de son épée longue devait encore pouvoir trancher la chair.

— Tu es un homme du roi ?

— Non, pas moi…, grogna Vargus.

— Que veux-tu donc ?

— Me réchauffer près de votre feu, c'est tout…

Malgré le brouillard, les sons devaient porter assez loin, puisque deux autres types sortirent du camp et approchèrent. Comme les sentinelles, c'étaient des aventuriers en déroute au visage couvert de cicatrices et aux yeux durs.

— Tu as de l'argent ? demanda un des deux hommes – un chauve à la barbe en broussaille et à la cuirasse cabossée.

Vargus fit « non » de la tête.

— Mais j'ai ceci…

Sans gestes brusques, il décrocha deux outres du pommeau de sa selle.

— De l'alcool de riz de Shael, annonça-t-il.

Le type à l'épée approcha. Vargus sentit que l'archer, dans son dos, le visait entre les omoplates.

Avec une précision militaire, l'homme fouilla les sacoches de selle de l'intrus. Mais son regard enfiévré vola régulièrement sur Vargus, comme s'il redoutait quelque chose.

Un déserteur angoissé à l'idée que quelqu'un le traque.

— Tu trouves quoi, Lin ? lança le grand chauve.

— Un peu de nourriture, quelques pièces d'argent... Rien d'autre, à première vue.

— Laisse-le passer.

Lin ne s'écarta pas.

— Tu es sûr, chef?

Les autres hommes restaient sur leurs gardes – et ils avaient raison, si Vargus ne se trompait pas sur leur identité.

Le chef approcha puis examina l'intrus de la tête aux pieds. Ce qu'il vit ne sembla pas l'inquiéter outre mesure. Un homme de cinquante ans passés, plus que grisonnant et couvert de cicatrices, avec des taches de vieillesse sur le dos de ses énormes mains...

Le chauve désigna la poignée de l'épée bâtarde qui dépassait de l'épaule droite de Vargus.

— Tu ne vas pas nous chercher des noises avec ça ?

— Je ne veux pas d'ennuis... Une petite place près du feu, et je partagerai l'alcool.

— Ça me va très bien... Je m'appelle Korr, et ce sont mes hommes.

— Je me nomme Vargus.

Korr fit signe à son « invité » de le suivre. Les trois types éloignèrent les mains de leurs armes.

— Tu ne crains pas le froid, Vargus ?

— Ça me rappelle un hiver, au nord, il y a bien vingt ans de ça. J'ai oublié où, exactement…

— À force de voyager ?

— C'est ça, oui… J'ai trop bourlingué.

— Où est ton foyer, alors ?

Des questions posées sur un ton détaché. Pourtant, c'était bel et bien un interrogatoire.

— Ici. Aujourd'hui, en tout cas.

Les deux hommes passèrent devant une rangée d'arbres où étaient attachés sept chevaux. Vargus y ajouta le sien, puis il entra dans le camp. Un site très sûr, entouré d'arbres sur trois côtés et adossé à une colline où béait la gueule d'une grotte.

Autour du feu, deux hommes s'affairaient à cuisiner. L'un débitait un lièvre en morceaux qu'il jetait dans un chaudron et l'autre posait dans les braises des pommes de terre noirâtres. Comme les autres, ces types étaient lourdement armés – une panoplie bien fatiguée, cependant.

Avisant Vargus, un homme assis de l'autre côté des flammes se leva et les contourna. Vêtu d'une peau de bête, ce colosse deux fois plus large qu'un gaillard normal dépassait les six pieds de haut. Le front saillant, ses petits yeux noirs enfoncés dans leurs orbites, il ne semblait pas commode, comme en témoignait le rictus qui dévoilait ses dents ébréchées.

— Du calme, Rak…, dit Korr.

Le géant lâcha la poignée de son épée.

— Il nous apporte à boire, ajouta Korr tandis que Varus soupirait de soulagement.

Rak exposa davantage ses chicots jaunâtres. Un sourire, finit par comprendre Vargus alors que le type retournait s'asseoir de l'autre côté du feu. À première vue, il semblait sans danger d'éloigner sa main du couteau glissé dans sa ceinture.

Vargus s'assit à côté de Korr. Un long moment, personne ne parla, et il ne s'en plaignit pas. Les yeux fermés, il se délecta de la chaleur des flammes et en profita pour remuer les orteils dans ses bottes. Ses mains se réchauffant, il sentit des fourmis dans ses doigts.

— Voyager seul est dangereux, fit Korr d'un ton qui se voulait amical.

— C'est ce qu'on dit… Mais je sais me défendre.

— Et ta destination ?

Vargus marqua une pause avant de répondre :

— N'importe quel endroit où on me donnera de quoi manger et du travail. Les temps sont difficiles, et je ne possède pas grand-chose.

Sur ces mots, Vargus déboucha la première outre et but une gorgée. L'alcool de riz lui brûla la gorge, mais laissa dans sa bouche un arrière-goût agréable. Puis la sensation de chaleur passa dans son estomac et se diffusa dans tout son corps.

Korr accepta l'outre mais la transmit aussitôt à un de ses hommes, qui s'en empara avidement.

— Rak, dit Lin en approchant, c'est ton tour de monter la garde.

Sans broncher, le géant attendit que l'outre arrive jusqu'à lui. Quand ce fut fait, il but deux longues rasades puis se leva et s'éloigna entre les arbres. L'archer arriva à son tour, et un des cuisiniers partit le remplacer. Par un temps pareil, deux sentinelles pour un groupe de sept, voilà qui n'avait rien d'habituel. Un excès de précautions qui en disait long sur le sentiment d'insécurité de ces hommes.

— Tu étais dans l'armée du roi ?

Vargus croisa le regard de Lin mais détourna très vite les yeux.

— Peut-être bien…

— C'est pour ça que tu as tant voyagé ? Un champ de bataille sanglant après l'autre… Ton foyer, c'était une tente et un feu de camp. Sous chaque ciel, un ennemi différent…

— Tu sais de quoi tu parles, dirait-on. Tu es un homme du roi ?

— Plus maintenant, lâcha Lin, amer.

La première outre ne tarda pas à être vide. Vargus ouvrit la seconde, puis la fit circuler. Tout le monde but, à part Korr.

— Mon foutu ventre, dit-il quand Vargus l'interrogea du regard. Une goutte suffirait à me flanquer la chiasse.

— Ça en fera plus pour nous, fit un des types, ravi.

Quand le ragoût fut cuit, le cuisinier restant récupéra les patates, les coupa et les ajouta à la viande. Les deux premières assiettes furent pour les sentinelles, et on servit Vargus en dernier. Une portion plus petite que les autres, mais il ne se plaignit pas, content d'avoir un morceau de viande et quelques rondelles de pommes de terre. N'était le goût des oignons et de l'ail, le plat se révéla des plus fades, mais manger chaud n'avait pas de prix, par un temps pareil.

La nourriture, l'alcool et les flammes se combinèrent pour réchauffer Vargus. Très soulagé, il constata que ses orteils étaient toujours là où il fallait.

Quand tous eurent fini de saucer leur assiette avec du pain, puis de vider la seconde outre, un agréable silence régna sur le camp.

— Que fichez-vous dehors ? demanda Vargus, presque navré de troubler cette douce quiétude.

— On voyage, c'est tout, répondit Korr. À la recherche d'un peu d'ouvrage, comme toi.

— Vous avez été dans les villages environnants ? Des nouvelles intéressantes ?

Un des hommes changea de position, comme s'il s'ankylosait. Mais Vargus vit qu'il en profitait pour poser la main sur le manche de sa hache. Ces types crevaient de peur.

— Nous n'aimons pas les villages, répondit Korr. On reste à l'écart…

N'importe quel sourd, aveugle de surcroît, aurait compris que c'était un mensonge.

— Moi, j'ai entendu parler de bandits qui sèment le trouble dans ces villages. Au début, ils commettaient de petits larcins ou déclenchaient des bagarres. Mais ça s'est gâté quand il a été question d'or… (Vargus secoua tristement la tête.) La semaine dernière, un de ces types a dépassé les bornes. Quatre hommes tués, dont un tavernier.

— J'ignorais tout ça…, marmonna Korr.

Il transpirait, et ça n'avait aucun rapport avec la chaleur des flammes. De l'autre côté du feu, un homme flanqua un coup de coude dans les côtes de son voisin abruti par l'alcool. Tandis que le dormeur s'éveillait en sursaut, ses compagnons saisirent la poignée de leur arme, prêts à la dégainer au premier signe de danger.

— Ce même bandit a tabassé la femme du tavernier parce qu'elle refusait de lui donner son argent…

— En quoi elle t'intéresse, cette histoire ? demanda un des types.

— Moi, je m'en fiche… Mais les deux enfants de cette femme ont assisté à la scène. Et ils en ont parlé à l'Ancienne du village.

— Nous sommes très loin des villes, ici…, rappela Lin. Une affaire pareille ne suffira pas à faire venir les hommes du roi. C'est déjà un miracle qu'ils se montrent deux fois par an pour collecter les impôts.

— Dans ce cas, demanda Vargus en se grattant la barbe, pourquoi êtes-vous tous sur le point de vous faire dessus ?

Un long silence ponctua cette question.

— Le roi a envoyé des hommes à notre poursuite ? s'inquiéta Korr.

Quasiment un aveu de culpabilité.

— Le roi ? Ce n'est pas lui qui doit t'inquiéter. Les Anciens du village, en revanche… J'ai entendu dire qu'ils ont engagé le Gath, pour qu'il châtie les coupables.

— Merde !

— Le Gath ? Ce n'est qu'une légende !

— Seigneur de la Lumière, récita un des bandits, protège-moi. Et toi, Dame de la Lumière, viens à mon secours.

— Des balivernes ! lança Lin. Mon père me terrorisait avec cette histoire il y a trente ans de ça !

— Du coup, vous n'avez aucune raison de vous inquiéter, conclut Vargus.

Mais à l'évidence, ses hôtes avaient de plus en plus peur. Ils croyaient au Gath, c'était presque palpable.

Vargus se tut un moment, laissant ses interlocuteurs ruminer de sombres pensées. L'angoisse de la mort leur serrait la gorge comme un collier de fer.

Vargus savoura cet instant de calme. Ce calme proverbial qui précède la tempête…

Un homme tendit la main vers une outre puis se souvint que les deux étaient vides.

— Qu'allons-nous faire, Korr ? demanda-t-il.

Les bandits scrutaient les ombres comme s'ils redoutaient d'en voir surgir un assaillant.

— Ta gueule ! Je réfléchis…

Avant que Korr eût achevé sa méditation, Vargus lui enfonça son couteau entre les côtes. Un moment, les autres bandits parurent ne pas comprendre ce qui se passait. Mais ils sortirent de leur hébétude quand leur invité, dans un geyser de sang, retira sa lame du corps de leur chef.

Vargus se leva et dégaina son épée bâtarde. Les bandits voulurent l'imiter, mais aucun n'y parvint. L'un bascula en arrière, un autre s'emmêla les pinceaux et s'étala de tout son long.

Lin réussit finalement à se mettre debout, mais il titubait comme un ivrogne.

Vargus l'écarta d'un coup de pied, prit son épée à deux mains et l'abattit sur la nuque du bandit le plus proche, qui n'eut même pas le temps de crier.

L'archer tenta de dégainer son épée courte. Incapable de coordonner ses mouvements, il regarda Vargus approcher. De terreur, il se pissa dessus, mais la lame de l'épée bâtarde lui ouvrit la gorge avant qu'il ait le temps de s'en affliger.

Dans le même mouvement, Vargus entailla le ventre de Lin, qui s'écroula en braillant comme un cochon qu'on égorge. Ses cris allaient faire venir les autres…

Le cuisinier restant réussit enfin à se redresser. En souplesse, Vargus lui trancha le bras droit avant qu'il ait eu le temps de lancer sa hache.

Un flot de sang jaillit et aspergea le visage de Vargus. Avec un sourire, il s'essuya les joues, laissa un moment sa victime se tortiller de douleur sur le sol, puis lui transperça le crâne avec sa lame. Autour du mort, la neige rougit et commença à fondre.

D'un pas hésitant, le cuisinier parti remplacer l'archer entra dans le camp, un couteau au poing. La décoction ajoutée à l'alcool de riz par Vargus faisant effet, il trébucha et tomba dans le feu. Tétanisés par le poison, ses membres refusèrent de lui obéir. Impuissant, il s'embrasa et une fumée noire s'éleva de son corps. Alors que ses cris se transformaient en gargouillis, Vargus sentit monter à ses narines une odeur de porc rôti.

Ne restait plus que Rak…

Comme prévu, il se révéla moins affecté que les autres par les feuilles de *tam*. Même si sa corpulence ne le protégeait pas, les effets seraient plus longs à se manifester. Par bonheur, il avait bu comme un trou avant de partir monter la garde…

Il marchait droit, certes, mais son regard était déjà voilé. Cela dit, il brandissait une épée longue et semblait savoir s'en servir.

Peu désireux de laisser l'initiative à son adversaire, Vargus chargea comme un taureau, l'épée levée au-dessus de la tête. À la dernière seconde, il se laissa tomber à genoux et fit décrire un arc de cercle à son arme. L'acier de Seveldrom entailla la cuisse de Rak, mais le géant recula avant que la lame se soit assez enfoncée.

Furieux, Rak décocha un coup de pied qui percuta sa cible à la hanche. Lâchant son épée, Vargus tomba à quatre pattes dans la neige.

À tâtons, il chercha la poignée de son arme et la trouva à l'instant où la lame de Rak sifflait au-dessus de sa tête. Vif comme l'éclair, il se jeta sur le côté – juste à temps – puis se releva et, son épée tenue à deux mains, para un coup qui l'aurait sûrement décapité. Alors que l'onde de choc se répercutait dans ses bras, un poing s'écrasa sur son visage. Titubant et crachant du sang, il recula, sa lame pointée afin de tenir le géant à distance.

Rak revint à la charge. Privé de ses compagnons et diminué par la décoction de feuilles de *tam*, il devait se douter que son temps était compté.

Vargus para, esquiva et contre-attaqua. À la première ouverture, il frappa de taille et toucha son adversaire au flanc. Pas le moins du monde ralenti par cette blessure, Rak en encaissa une bonne demi-douzaine d'autres avant de comprendre que le sang qui faisait rougir la neige était le sien.

Avec un grognement de douleur, il se laissa tomber sur un genou.

— Korr avait raison, fit-il, haletant comme un soufflet de forge. Il a dit que tu venais pour nous...

Vargus acquiesça, puis il avança pour porter le coup de grâce. Rak tenta de lever son arme, mais il était à bout de forces.

Une frappe vive et précise... Le géant n'avait pas imploré pitié, et de toute manière, ça n'aurait servi à rien. Son arme tenue à deux mains, Vargus l'enfonça dans la gorge de Rak, puis il la retira et laissa sa victime se vider comme un goret.

Près du feu, Lin se tordait de douleur et crachait du sang. Sa blessure au ventre, très moche, le torturerait pendant des jours avant de le tuer. Exactement l'objectif recherché.

Sans accorder d'attention aux cris du bandit, Vargus alla récupérer le butin dans la grotte. Pas grand-chose, en vérité, mais une fortune pour les villageois…

Après avoir attaché les sept chevaux par la bride, il ramassa toutes les armes et les empaqueta dans une vieille couverture. Quant aux cadavres, les charognards s'en chargeraient.

Navré de gaspiller le ragoût, Vargus s'enfonça quand même deux doigts dans la gorge et se fit vomir jusqu'à ce que son estomac soit vide. Avec de la neige, il nettoya le bézoard et le rangea dans ses fontes. Après avoir absorbé le poison contenu dans l'alcool de riz, la pierre était devenue marron, la preuve qu'elle avait rempli son office. Mais il valait mieux ne pas prendre de risques et la régurgiter.

Vargus remplit sa gourde avec de la neige, la fit fondre puis but pour soulager sa gorge douloureuse. Sa lèvre inférieure ne saignait plus, mais quand il recracha un peu d'eau glacée, une moitié de dent ensanglantée tomba sur le sol. Après vérification, il constata qu'une de ses canines était cassée en deux.

— Et merde !

Avec de la neige, il éteignit le feu mais ne prit pas la peine d'en retirer le cadavre carbonisé du bandit. Pour une fois, les charognards auraient droit à un rôti.

— Achève-moi ! cria Lin entre deux quintes de toux sanglante. Je t'en prie ! Je devrais déjà être mort ! Pourquoi suis-je encore en vie ?

Puisqu'il n'avait plus rien à faire dans le camp, Vargus daigna s'intéresser à sa victime.

— Parce que tu n'es pas simplement un tueur, Torlin Ke Tarro. Tu étais un homme du roi. Fatigué de la guerre, tu es rentré chez toi, et il n'y a rien de mal à ça. Beaucoup de soldats changent de voie à un moment. Mais toi, tu es devenu semblable à ceux que tu traquais.

Vargus s'agenouilla près du moribond et le foudroya du regard.

Un instant, Lin en oublia jusqu'à sa douleur.

— Comment connais-tu mon nom ? Korr lui-même ignorait que je m'appelle Tarro.

Vargus ne daigna pas répondre.

— Tu connais la région, les villages et les villes… Et tu es informé des lois. Tu savais jusqu'où aller pour ne pas risquer d'attirer les hommes du roi. Torlin, tu as dépouillé et tué les tiens.

— Ces gens ne sont pas les miens !

Vargus se frappa les mains l'une contre l'autre et se leva.

— L'heure des polémiques est révolue, mon gars… Implore plutôt la clémence de tes ancêtres sur la Longue Route de Nor.

— Mes ancêtres ? Et de quelle route parles-tu ?

Plein de mépris, Vargus cracha dans la neige.

— Prie ton Dieu Lanterne et sa foutue catin, si tu préfères… Ou je ne sais qui d'autre est à la mode aujourd'hui. Quoi qu'il en soit, la prochaine personne à qui tu parleras ne sera pas de ce côté du Voile.

Vargus s'éloigna sans se retourner et récupéra les chevaux au passage. Très vite, ses doigts furent de nouveau glacés, mais il ne s'inquiéta pas. Les courbatures dues aux deux nuits à la belle étoile s'estompaient déjà. Si cette bagarre l'avait un peu requinqué, ça ne durerait pas. La légende du Gath morte, l'heure du changement avait sonné. Voilà trop longtemps qu'il différait l'inévitable…

Quand Vargus entra dans la taverne, bizarrement baptisée *Le Canard et la Couronne*, Carla était debout derrière le comptoir. Solide bonne femme d'une cinquantaine d'années, l'Ancienne ne supportait pas qu'on lui marche sur les pieds – qu'on soit le roi ou un simple berger ne changeait rien à l'affaire. Dotée d'un visage que seule sa mère avait dû trouver beau un jour, elle avait pourtant donné naissance à quatre superbes enfants eux-mêmes parents de jolis rejetons. Et depuis vingt ans, le village prospérait sous la férule de cette digne mère de famille.

Dès qu'elle aperçut Vargus, Carla posa d'autorité une chope de bière sur le comptoir. Assez logiquement, après ce qui s'était passé, la taverne était déserte. À des moments pareils, les gens consacraient plus de temps que d'habitude à leurs proches…

— C'est fait ?

Vargus vida sa chope en quelques gorgées puis hocha la tête et posa le sac de pièces d'or sur le comptoir. Voir Carla les compter ne le choqua pas. Les bandits pouvaient en avoir dépensé, et il ignorait le montant d'origine.

Dès qu'elle eut fini, Carla poussa le sac sur le côté et servit une autre chope à Vargus. Après une courte réflexion, elle en remplit une pour elle et ils burent en silence.

— Comment vont les gens ? demanda Vargus.

— Toujours sous le choc... Nous avons déjà vu des meurtres, sous le coup de la colère ou de la cupidité... Là, c'était différent. Le garçon est assez jeune pour s'en remettre, mais la fille... J'ai peur qu'elle soit marquée pour la vie.

— Et la mère des gosses ?

— Elle a survécu... J'ignore si c'est une chance ou une malédiction. Une fois rétablie, elle fera tourner la taverne avec ses frères. Elle s'en sortira, je crois...

— J'ai rapporté des chevaux et des armes. Tu t'assureras qu'elle en tire de l'argent ?

— Oui. Si je m'en occupe, Tibs lui paiera les bêtes un bon prix.

Le silence qui suivit glaça les sangs de Vargus. Sur sa nuque, tous les poils se hérissèrent.

— Tu as entendu les dernières nouvelles ? demanda Carla.

Son ton inhabituel ne fit rien pour apaiser Vargus.

— En partie...

Vargus se tendit, conscient qu'il y avait un piège quelque part, et qu'il fonçait dessus tête baissée.

— Quelle partie ?

— Sur la route, un fermier m'a dit que le roi enrôle tous les hommes capables de se battre. La guerre, m'a-t-il dit, fond sur Seveldrom. Mais il n'a pas su m'expliquer pourquoi.

— Taïkon, le fils du roi Raeza, est parvenu à unifier l'Ouest.

— Comment a-t-il réussi ça ?

— La religion, pour l'essentiel… Tu sais comment sont les choses en Zecorria et en Morrinow. Les gens passent leur temps à prier… On y raconte que notre roi a pissé sur une statue du Seigneur de la Lumière et s'est torché les fesses avec une image de la Mère Bénie.

— Un mensonge !

— Oui, comme quand on l'accuse de massacrer des prêtres et de brûler des temples. Quelqu'un aimerait provoquer une guerre, histoire de se débarrasser de nous, les maudits mécréants.

Carla désigna une statuette du Créateur posée sur une étagère, derrière elle. En Seveldrom, beaucoup de gens croyaient au Créateur, mais on fichait la paix à ceux qui ne le vénéraient pas. Hors de question de les tuer ou de les ostraciser pour ça. Ici, la religion et la loi ne se mélangeaient pas. Chez les Zecorriens et les Morriniens, il en allait autrement.

— Et comment se comportent les Vorgas ? Ils n'ont pas la fibre religieuse, et quand ils ne veulent pas faire quelque chose, il faut se lever tôt pour les convaincre du contraire…

— D'après ce qu'on dit, il y a eu un massacre en Shael. Des montagnes de cadavres, des villes rasées parce qu'elles refusaient de partir en guerre. Après ça, les réticents se sont faits rares.

— Qu'est-il arrivé au roi Raeza ? Il est mort ?

— On dirait bien… Taïkon aurait tué son père, usurpé la Couronne de Zecorria et engagé un mage qui se fait appeler le Nécromancien. Des dizaines d'histoires courent sur cet homme-là…

Carla entreprit de briquer le comptoir pourtant immaculé.

— On le dit capable d'invoquer des créatures qui résident de l'autre côté du Voile.

— Je ne te croyais pas du genre à gober des fadaises ! s'esclaffa Vargus.

Carla le foudroya du regard. Bien des hommes en auraient pissé dans leur froc, mais lui ne broncha pas. L'Ancienne hocha la tête, sourit un moment puis oublia l'offense.

— Je ne gobe rien, mais j'ai des oreilles, et je sais séparer le bon grain de l'ivraie. Quelle que soit la vérité au sujet du Nécromancien et de l'unification de l'Ouest, ça ne sent pas bon.

— La guerre ?

— C'est ça… Ces gens croient peut-être dur comme fer que notre roi est un hérétique. À moins qu'ils aiment tuer, comme les Vorgas.

» Tout le monde pense qu'ils seront là au printemps. Ces derniers temps, plus personne ne circule sur les routes commerciales de l'Ouest. Les marchands qui essaient sont arrêtés et pendus. Dans les passes du Nord et du Sud, de drôles de fruits pendent aux branches des arbres. À force de festoyer, les pies et les corbeaux sont gras comme les faisans du solstice d'été.

— Que vas-tu faire ?

Carla ricana.

— Veiller sur le village, comme d'habitude. Et me battre, si la guerre arrive jusqu'ici. Mais dans ce cas, nous l'aurons perdue… Et toi ? J'imagine que tu vas te battre ?

Ce ton inhabituel, de nouveau…

Vargus acquiesça, préférant ne pas parler. Un seul mot de travers, et il tomberait dans le piège.

— Les gens t'aiment bien, par ici. Pas seulement parce que tu les débarrasses des bandits.

Inlassable, Carla continuait à briquer le même endroit du comptoir.

— Tu sais que j'ai perdu mon Jintor il y a cinq ans. Le Vent Froid l'a emporté, et sans lui, ma maison est bien calme, surtout depuis que les enfants sont grands. Mon quatrième petit-enfant naîtra très bientôt, mais il me reste encore beaucoup de choses à faire. Protéger le village et travailler avec les autres Anciens, voilà largement de quoi occuper deux personnes !

Depuis des années qu'il la connaissait, Vargus n'avait jamais entendu Carla parler ainsi de ses besoins. La pression devait devenir difficile à supporter.

Vargus prit entre les siennes la main de l'Ancienne, l'empêchant de continuer à frotter. Après tant d'années à travailler dur, sa peau était rugueuse, mais également chaude et vibrante de vie. Pour la première fois, elle regarda son interlocuteur dans les yeux.

Les siens, d'un bleu acier, trahissaient de l'incertitude.

— Je ne peux pas, dit Vargus. Ce n'est pas ce que je suis…

Carla libéra sa main et il détourna le regard sans savoir si c'était elle ou lui qu'il voulait épargner.

— Et la légende du Gath ?

Vargus eut un geste résigné.

— Elle est en train de mourir, et moi avec. Très peu de gens y croient et moins encore sont effrayés. C'est ma faute, je suppose. Je l'ai minimisée pendant trop longtemps. Au mieux, elle me soutiendra quelques années de plus. Cette guerre est ma chance.

Au village, seule Carla savait la vérité sur lui. Sans prétendre avoir compris, elle l'avait écouté puis accepté à cause de ce qu'il était et de ce qu'il pouvait faire. À ce stade, il semblait donc discourtois de lui cacher quelque chose.

Il attendit, prêt à tout révéler, mais elle ne lui demanda pas d'en dire plus.

— Donc, tu vas te battre ?

— Oui. J'irai à Charas pour guerroyer, saigner et tuer. Pour le roi, pour mon pays et pour ceux qui ne peuvent pas se défendre. Sur le fer que contient mon sang, je jurerai de lutter jusqu'à la fin de cette guerre. Quelle qu'en soit l'issue.

Carla resta un moment silencieuse. Puis elle secoua la tête et Vargus crut voir une larme perler à ses paupières. Mais c'était sans doute un tour de son imagination.

— Si quelqu'un d'autre me tenait ce discours, je le traiterais d'abruti. Mais pour toi, ce ne sont pas que des mots, pas vrai ?

— Non, c'est un serment. Une fois prêté, impossible de revenir dessus. Si je reste ici, je serai mort dans quelques années. En partant, j'aurai une chance…

De sous le comptoir, Carla sortit une bouteille rouge poussiéreuse à moitié vide. Dans deux petits verres, elle versa un généreux volume d'une liqueur bleue épaisse.

— Je te souhaite bonne chance, dit-elle en levant son verre.

— Je bois à ma bonne fortune et à l'espoir, si je devais revenir un jour, d'être bien accueilli.

— Tu peux y compter.

Ils trinquèrent et vidèrent cul sec leurs verres. Lui brûlant d'abord la gorge, la liqueur mit agréablement le feu à l'estomac de Vargus.

Les deux amis parlèrent encore, mais l'essentiel était déjà dit, et la décision serait irrévocable.

Le lendemain, à l'aube, Vargus quitterait le village où il résidait depuis quarante ans.

Pour partir à la guerre.

Chapitre 2

Quel bonheur d'être chez soi ! De respirer à pleins poumons l'odeur familière de l'air humide mais pur. Au-delà des fortifications de la ville, Balfruss contemplait les champs verts, jaunes ou bruns qui s'étendaient à l'infini, tous délimités sur les quatre côtés par des murs de pierre. Une telle explosion de couleurs était rarissime. Pour en prendre conscience, il lui avait fallu de longues années de séjour à l'étranger.

Au fin fond du désert, le passage des saisons n'altérait pratiquement pas le climat. Le vent se faisait un peu plus mordant, ou le soleil un peu plus brûlant, mais la terre ne changeait pas de couleur, comme ici, dans le royaume de Seveldrom.

Après une si longue absence, Balfruss ne mesurait plus le temps en termes de jours ou de semaines. Quand on ne rentrait pas chez soi pour retrouver les bras aimants d'une femme et la chaleur d'une famille, ça n'avait aucun sens.

Pour ne pas sombrer davantage dans la mélancolie, il se concentra sur la cité.

Quand on la regardait du sommet du palais, Charas, la capitale du royaume, s'offrait entièrement à la vue. Cité fortifiée, elle était défendue par une muraille de plus de cent pieds de haut. En son centre, des bâtiments vieux de plusieurs siècles témoignaient de sa glorieuse histoire. La cathédrale dédiée au Grand Créateur les dominait tous. Même avec sa flèche un peu de travers et son toit de métal rongé par le vert-de-gris, elle restait impressionnante. Ses vitraux géants qui représentaient d'anciens rois et reines ou des guerriers de légende brillaient comme autant d'arcs-en-ciel sous les rayons ardents du soleil.

Si dominante que fût la cathédrale, on ne pouvait pas pour autant ignorer le dôme du temple de la Mère Bénie ou la flèche brillante de l'église de la Sainte Lumière. Les deux se dressaient dans la Nouvelle Cité, une extension très récente, puisqu'elle remontait seulement à cinq siècles. Entourant l'Ancienne Cité – protégée par une muraille intérieure –, la Nouvelle avait plus que triplé la population totale. Le mur d'enceinte protégeait ses résidents des intempéries et de toutes sortes de menaces – même si le dernier siège remontait à deux ou trois siècles.

Quand on baissait les yeux sur les rues, à une telle hauteur, on était frappé par un véritable feu d'artifice de couleurs. Les enseignes peintes des boutiques, les auvents des étalages du marché, les parterres de fleurs du jardin du souvenir de la Reine.

Dans presque toutes les maisons de l'Ancienne Cité, les fenêtres du dernier étage étaient munies de vitraux. Une survivance de l'époque où tous les habitants chantaient des hymnes à la gloire du Créateur. Dans la Nouvelle Cité, cette mode n'avait jamais pris. Pourtant, les temples les plus récents y étaient équipés de vitraux – des imitations plus ou moins réussies, il fallait en convenir.

Comparée à celle des autres villes que Balfruss connaissait, l'architecture de Charas était très simple. Les bâtiments à deux ou trois niveaux de l'Ancienne Cité ne manquaient cependant pas de beauté. L'utilisation massive de la ligne droite, l'absence d'ornements et les toits de tuile bleue donnaient une impression de force et d'assurance qui correspondait bien aux caractéristiques des Seves. Chaque fois qu'on les traitait d'abrutis tout juste bons à élever des bovins, Balfruss sentait la moutarde lui monter au nez.

Il avait peine à croire que cinq ans s'étaient écoulés depuis son départ. Dans un miroir, l'homme qu'il voyait semblait beaucoup plus vieux que ses trente-sept ans. Les cheveux et la barbe déjà grisonnants, il avait les yeux cernés en permanence, comme s'il était né ainsi.

— Content d'être de retour, Lan ? demanda Vannok Lore en émergeant de l'escalier.

Après une longue absence, il était rassurant de voir que certaines choses n'avaient pas changé. Vannok restait tel qu'en lui-même : un colosse en cuirasse armé d'une épée.

Parce qu'ils avaient grandi ensemble, les deux hommes n'avaient aucun secret l'un pour l'autre. À part son ami, personne n'appelait Balfruss « Lan » – le nom qu'il avait reçu à la naissance et porté jusqu'à son onzième anniversaire. Une coutume héritée d'un temps où six enfants sur dix mouraient de la peste avant l'âge de dix ans. La dernière hécatombe de ce genre remontait à quatre cents ans, mais les traditions avaient la vie dure.

Malgré leur longue séparation, pendant que Balfruss étudiait à la Tour Rouge, les deux hommes se comprenaient toujours sans avoir besoin de grands discours.

— Je n'aurais jamais cru dire ça, Vannok, mais je suis content d'être de retour. (Balfruss huma l'air à deux reprises.) Tu sens cette odeur ? La verdure !

— En quoi est-ce différent ailleurs ?

— Dans le désert, l'air est sec, chaud et piquant. On y trouve de la végétation, mais rien à voir avec ici… Les couleurs m'ont manqué. Et le froid aussi, que le Créateur me pardonne ! Sans parler du vent et de la pluie.

— Tu n'as pas eu envie de rester là-bas ? plaisanta Vannok.

— Non, parce que ce n'était pas chez moi.

— Et tu ne vas pas repartir, cette fois ?

Balfruss sourit à son colosse d'ami.

— Repose-moi la question quand tout ça sera terminé.

— Il faudrait y aller… Le roi arrivera bientôt pour vous saluer, les autres et toi.

Balfruss suivit son ami dans l'escalier aux marches polies par le temps puis le long de larges couloirs menant à la salle du trône.

— Les autres sont ici depuis longtemps ?

— Trois d'entre eux sont du coin, répondit Vannok, mais deux sont arrivés ces derniers jours. Certains ont fait un grand voyage pour venir nous aider.

— Combien sont-ils en tout ?

— Avec toi, ça fera huit.

Stupéfait, Balfruss trébucha et Vannok dut l'empêcher de s'étaler.

— Huit ? Huit Mages de Guerre ?

— Et tu n'as pas tout vu ! fit Vannok avec un grand sourire.

Ces derniers temps, les Mages de Guerre étaient plutôt rares. Par le passé, ce n'était pas le cas, mais les choses changeaient vite. Jusqu'à ces quinze dernières années – quand les membres du Conseil Gris avaient abandonné leurs postes à la Tour Rouge – les Recruteurs passaient au peigne fin les villes et les villages afin de repérer les enfants nés avec le Pouvoir. À présent, la tour ouvrait toujours sa porte à ceux qui venaient y frapper, mais ils étaient de moins en moins nombreux, comme les volontaires vieillissants chargés de les former.

Ayant compris que le Conseil Gris ne reviendrait jamais, presque tout le personnel avait fui la tour. Désormais, les candidats recevaient une éducation minimale. Juste ce qu'il fallait pour les empêcher de tuer quelqu'un ou de provoquer leur propre mort. Ensuite, on les renvoyait chez eux.

Les sept Mages de Guerre attendaient déjà dans la salle du trône. Quand il en reconnut deux, Balfruss sentit de nouveau cette douleur familière, dans sa poitrine.

Dès qu'ils l'aperçurent, les deux mages approchèrent, les bras ouverts. Excepté leurs longues tuniques jaunes, ces deux-là n'avaient guère de points communs. La peau sombre, comme les cheveux et les yeux, Darius était l'opposé d'Éloïse, son épouse blonde au teint pâle.

La marque d'Ayilah, un glyphe rouge tatoué sur leur visage – une ligne verticale qui allait de leur front à leur mâchoire droite en passant par l'œil –, était leur unique caractéristique commune. Dans les royaumes du désert, ça les identifiait comme des détenteurs de la magie.

— Que faites-vous ici ? demanda Balfruss. On s'est quittés il y a tout juste quelques semaines.

— Ma chère épouse n'est pas ouverte à la discussion, dit Darius en prenant les mains de Balfruss entre les siennes.

Toujours cette poigne de fer…

Balfruss aurait voulu donner l'accolade à son ami. Mais dans la culture de Darius, les manifestations publiques d'affection n'étaient pas bien vues.

— Éloïse m'a informé des derniers événements. Après ce que tu as fait pour mon pays, comment aurais-je pu refuser de venir ?

Balfruss tendit la main à la jeune femme. Mais elle le serra dans ses bras et l'embrassa sur les joues.

— Ne fais pas cette tête, Darius ! lança-t-elle à son mari. Nous sommes chez moi, désormais. Il n'est pas interdit de se laisser aller en public.

Vannok se racla soudain la gorge.

— Désolé, fit Balfruss, le message capté. Je vais te présenter…

— Ça devra attendre un peu…

Suivi par ses conseillers, le roi venait d'entrer dans la salle.

Balfruss n'avait jamais rencontré le souverain. Il comprit pourtant au premier coup d'œil pourquoi on le surnommait l'Ours Gris. Sur ses bras nus comme sur son crâne, les poils et les cheveux étaient couleur de cendres. Malgré ses soixante-cinq ans bientôt sonnés, il restait en très bonne forme. Derrière lui, sur un côté, se tenaient ses trois enfants. Deux jeunes gens barbus bâtis en force et une mince et élégante jeune femme.

Les deux guerriers blanchis sous le harnais, en face d'eux, devaient être des généraux. Le borgne était sans doute Graegor – un salopard que tout le monde surnommait l'Ignoble, mais jamais en sa présence.

À la grande surprise de Balfruss, Vannok alla se placer à côté de l'autre général, qui le salua comme un égal. Tout bien réfléchi, des choses avaient changé, en cinq ans.

Le roi s'assit. À l'évidence, pourtant, il n'aimait pas regarder les gens de haut. Et son trône, comme pour confirmer cette impression, était un siège de bois des plus simples, avec pour tout signe particulier une couronne peinte sur l'appuie-tête.

Comme le reste de la salle, ce meuble témoignait du peu de goût de Matthias pour les ors de la monarchie. Il en fallait un minimum, certes, mais ce souverain préférait de loin qu'on dépense l'argent pour son peuple.

L'absence de couleurs, partout dans la salle, rappelait la cruelle disparition de la reine, morte plus de vingt ans auparavant.

Balfruss approcha du banc. Les autres Mages de Guerre se serrèrent un peu pour qu'il puisse s'asseoir.

— Merci à tous de votre présence, dit le roi. Je ne m'attendais pas à une telle générosité de la part de mes amis du désert.

Matthias désigna Darius et Éloïse, qui vinrent s'incliner devant lui. Pendant qu'il se répandait en remerciements pour le roi Usermeses IV, Balfruss étudia ses collègues.

L'homme au teint doré devait venir du royaume de Shael, au sud-ouest, très récemment attaqué et conquis par le Roi Fou. Le voyage, semblait-il, était passé près de le tuer. Les traits tirés et les yeux hagards, il portait des habits poussiéreux et déchirés et, même assis, s'appuyait à son grand bâton. Un foulard lui couvrait la gorge et des coupures récentes constellaient son crâne rasé.

Comme s'il se sentait observé, il tourna ses yeux violets vers Balfruss et le salua de la tête quand ce dernier lui sourit.

Les autres mages formaient un groupe des plus étranges. Dans leur tenue aux couleurs criardes, deux d'entre eux faisaient plutôt penser à des bouffons. Le troisième, si nerveux qu'il ouvrait et fermait en permanence les poings, avait les épaules et l'allure d'un forgeron.

Le quatrième, la peau noire comme du jais, avait le visage large caractéristique d'un membre du Premier Peuple – des tribus qui vivaient sur la côte nord de Seveldrom.

Le roi Matthias arriva enfin au terme de ses congratulations. Voyant Darius sourire, Balfruss devina que cette longue récitation était en accord avec les coutumes du désert.

Darius et Éloïse se présentèrent puis allèrent s'asseoir.

—Le roi de Zecorria est mort, annonça Matthias, soudain très grave. Taïkon, son fils, l'a remplacé sur le trône et il vient de déclarer la guerre à Seveldrom. En m'accusant d'hérésie et de crimes contre la religion, il a pu s'allier à Morrinow. Ensuite, les autres nations de l'Ouest ont été enrôlées de force dans cette coalition. Une armée comme nous n'en avons jamais vu marche sur les frontières de mon royaume. Selon nos agents, un Mage de Guerre l'accompagne. Entouré d'acolytes, cet homme se fait appeler le Nécromancien. C'est à cause de lui que je vous ai demandé de venir. Nous en reparlerons, mais avant, faites-moi le plaisir de vous présenter.

Les deux « bouffons » se levèrent et avancèrent. Malgré l'agréable fraîcheur ambiante, nota Balfruss, ils transpiraient à grosses gouttes. Approcher du roi sans y avoir été invité étant plus que suspect, deux gardes firent mine de s'interposer, mais Matthias les en dissuada d'un geste.

— Nous te saluons, Majesté ! dit l'un des types. Je suis le Grand Samkin. Merci de nous accorder cette audience. Nous espérons te servir bien...

Le roi eut un demi-sourire et fronça un sourcil. Balfruss ricana, mais Vannok le foudroya du regard, et il fit mine d'avoir une petite quinte de toux.

Inquiet, Darius bouillait intérieurement, mais ses coutumes trop strictes lui interdisaient de s'en mêler.

— Combien de temps vous êtes-vous entraînés à la Tour Rouge ? demanda le roi.

— Sept ans ! couina le compagnon de Samkin avant de s'essuyer le front avec la manche.

— Et qu'as-tu appris, mon ami ?

— Je peux contrôler les tempêtes, détruire le roc, invoquer le feu et voir l'avenir, assura l'homme à la longue tunique couverte de symboles lunaires et solaires grossièrement cousus.

— Moi, je parle aux animaux, annonça Samkin.

Cette fois, Balfruss éclata de rire. À part Darius et le forgeron, les autres mages sourirent.

— Puis-je avoir une démonstration ? demanda le roi.

— Le voyage m'a épuisé, répondit Samkin, insensible aux sarcasmes qui ponctuèrent sa déclaration. Mais j'aurai bientôt recouvré mes forces.

Tandis que le bouffon tentait de reculer, tous les regards se braquèrent sur Balfruss, qui ricanait toujours.

— Toutes mes excuses, Majesté, dit-il quand il se fut ressaisi. (Il se leva et s'inclina.) Hélas, ces deux hommes sont des charlatans. Si vous insistez, ils vous serviront quelques tours de prestidigitation, car ils n'ont pas le pouvoir de toucher la Source.

— Il te suffit de les voir pour le dire ?

— Oui, Majesté… Je sens mes semblables, en réalité. Avec tous les autres, il y a comme une… pulsation. Un écho entre nous…

— Il ment ! s'écria le compagnon de Samkin, sa voix mal assurée gâchant ses effets.

— C'est faux, et je peux le prouver.

Balfruss attendit la permission du roi pour avancer et se placer en face des deux bouffons, qui blêmirent soudain.

— Comme vous le savez sûrement, messires, une des premières choses qu'on apprend, c'est à exprimer *concrètement* sa volonté. Combinez vos Pouvoirs et propulsez-moi tout au fond de la salle.

— Nous refusons de vous blesser !

— Essayez ! rugit Balfruss.

Les deux hommes décrivirent des arabesques dans l'air. Samkin débita une invocation hachée que son compagnon ponctua d'onomatopées bizarres.

Bien entendu, rien ne se passa.

— C'est tout ce que vous pouvez faire ?

Les deux crétins se regardèrent et acquiescèrent.

Balfruss tapa simplement dans ses mains. Soulevés du sol, les deux charlatans furent ensuite poussés en arrière jusqu'à ce qu'ils percutent un mur et restent suspendus dans les airs. Alors que leurs vêtements se collaient à leur corps, bloquant leur respiration, Balfruss avança et se pencha vers eux.

— Moi, je contrôle les tempêtes, j'invoque le feu et je détruis le roc. En revanche, les animaux n'ont rien d'intéressant à dire et personne ne peut voir l'avenir, parce qu'il n'existe pas encore. Jouer avec des forces qu'on ne maîtrise pas est dangereux.

— Assez ! dit le roi. (Il se leva et vint se placer à côté de Balfruss.) Repose-les sur le sol.

Balfruss obéit à demi, laissant plutôt tomber les deux idiots sur le parquet.

Samkin était au bord des larmes et son comparse n'osait pas regarder le roi ou le mage dans les yeux.

— Quels sont vos noms ? demanda Matthias. Les vrais.

— Sam.

— Paedr.

— D'où venez-vous ?

— Un petit village près de la frontière, sire. À l'ouest… Il n'a même pas de nom, ce trou perdu.

— On est venus parce que tout le monde est parti. Les gens ont emballé tous leurs biens et filé.

— On savait que la guerre menaçait, dit Paedr, et on voulait du travail. Majesté, on ne pensait pas à mal. Nous faire passer pour des Mages de Guerre semblait un bon moyen de nous remplir la panse. On a voyagé deux semaines sans presque rien à se mettre sous la dent.

— On ne voulait pas crever de faim, ajouta Sam. Excusez-nous d'avoir menti, sire.

— Que faisiez-vous avant de venir ici ?

— On était ouvriers agricoles… Mais Paedr est doué pour les chiffres. Au moment des impôts, c'était lui qui faisait les comptes. Chez nous, peu de gens savent écrire ou compter.

Matthias fit signe à sa fille, qui approcha.

— Je crois qu'ils pourront aider Jonkravish, dit la princesse Talandra.

Balfruss ne l'avait jamais rencontrée. Il vit pourtant au premier coup d'œil qu'elle devait avoir beaucoup pris de sa mère. Alors que ses frères, comme le roi, étaient des costauds aux cheveux noirs, cette jeune femme élancée arborait de longs cheveux blonds nattés. Sa tenue plutôt inhabituelle – une chemise et un pantalon d'homme – dissimulait ses formes, mais même un aveugle ne l'aurait pas prise pour un mâle.

— Qui est Jonkravish ? demanda Sam.

— L'intendant de l'armée, répondit Talandra.

Elle fit un signe et quelqu'un, au fond de la salle, sortit des ombres.

— Je vous présente Jonkravish, dit la princesse.

Un Morrinien… Comme tous ses compatriotes, l'intendant avait un visage étroit taillé à la serpe, des oreilles pointues, des cornes et des yeux jaunes.

Très perturbés, les deux charlatans détournèrent le regard.

— Il vous fournira du travail, un lit et à manger.

— On ne va pas nous fouetter ou nous exécuter ? demanda Sam.

Talandra eut un doux sourire.

— Non, mais vous devrez travailler dur. Jonkravish est un maître exigeant.

— Nous serons à la hauteur, affirma Paedr, brûlant la politesse à Sam.

Alors qu'ils faisaient mine de se retirer, Balfruss approcha des deux pauvres types.

— Pardon, seigneur, souffla Sam. Nous n'avions pas de mauvaises intentions.

— Désolé, les gars... Je n'aurais pas dû perdre mon sang-froid.

Balfruss tendit la main aux deux hommes. Non sans la regarder comme un serpent venimeux, ils la lui serrèrent avant de sortir dans le sillage de l'intendant.

Matthias reprit place sur son trône.

— Si tu me présentais les autres, lança-t-il à Balfruss. Mais commence donc par toi-même...

— Je me nomme Balfruss, Majesté. Vous connaissez déjà Éloïse et Darius, mon Frère de Sang.

Le roi et ses généraux ne cachèrent pas leur perplexité. Connaissant à l'évidence le titre et l'honneur qui s'y attachait, Talandra hocha la tête. Impressionné par les efforts de Balfruss, le roi du désert avait autorisé Darius à l'intégrer à sa famille alors qu'ils n'avaient aucun lien de parenté. Désormais membre d'une des lignées les plus puissantes de la région, Balfruss comptait parmi les héritiers du souverain, au même titre que Darius.

— Sire, je ne connais pas les autres mages, mais j'ai au moins identifié un Kálfe du Premier Peuple.

Le petit homme se leva, salua Balfruss de la tête et avança. Le visage scarifié, selon les rituels de sa tribu, il arborait sur les avant-bras des tatouages rouge et bleu devenus presque noirs avec l'âge. Un ornement en os dans chaque oreille, il ne portait pas de bijoux, à part un collier de pierres jaunes brillantes. Après une vie entière à marcher sans chaussures, ses pieds avaient l'aspect et sûrement la solidité du vieux cuir. Par souci de décence, il portait un gilet et un pantalon court serré aux genoux. En principe, à part un pagne, les gens de son peuple se passaient de vêtements…

— Je me nomme Ecko Tortue Claque-Bec, dit le petit homme.

Il posa deux doigts sur son cœur puis sur son front.

— Je viens vous aider parce que vous avez toujours été bienveillants avec mon peuple. Nous n'avons pas oublié votre grand roi, Kiele, et il garde une place de choix dans nos prières. Quand nous avons abordé sur vos rivages, c'est lui qui a veillé sur nous. Je suis venu en son honneur. Puisse votre Grand Créateur me protéger tant que je resterai ici…

— Merci, Ecko, dit le roi.

Le petit homme se rassit. Quand le forgeron se leva, Balfruss fut surpris par sa taille. Ce gaillard dépassait d'une bonne tête Vannok, pourtant bien plus grand que la moyenne.

— Je m'appelle Finn Smith, dit-il.

Il se tut, comme si tout était dit. Sur son visage juvénile, ses yeux bleus étaient voilés par une inconsolable tristesse.

— J'ai été formé après le départ du Conseil Gris. Vous voulez une preuve ?

Le roi consulta Balfruss du regard. D'un signe de tête, le mage lui fit comprendre que c'était inutile. Finn débordait de Pouvoir – une puissance encore brute et mal maîtrisée. On eût dit des eaux contenues par un barrage bien trop fragile. Avec sa formation bâclée, cet homme pouvait se révéler aussi dangereux qu'un ennemi. Sinon plus.

— Ne te donne pas cette peine… Bienvenue, maître Smith.

Le dernier Mage de Guerre, celui qui semblait en piteux état, se leva à son tour et s'inclina.

— Je suis surpris et ravi de te voir, dit Matthias. Le peu de nouvelles que nous avons eu de ton pays avait de quoi inquiéter… Peux-tu nous décrire ce qui s'est passé ?

L'homme à la peau dorée secoua la tête puis regarda Balfruss, ses yeux violets semblant lui transpercer le crâne.

Des bourdonnements dans les oreilles, l'ami de Vannok eut l'impression d'entendre des voix dans le lointain. Désorienté, il tituba mais réussit à ne pas tomber.

— Ça va ? demanda une voix forte.

Mais Balfruss écoutait celle qui parlait à présent dans sa tête. Une voix étrangère… Et sous son œil mental, il voyait des gens à la peau dorée, des étendues infinies d'arbres et des villes aux élégants minarets.

— Il s'appelle Sandan Thule, dit-il quand il revint au présent. Dans son pays, il se passe des choses terribles.

Le roi fronça les sourcils mais ne fit pas de commentaires.

Dans la tête de Balfruss, la voix parla de nouveau et il eut de terrifiantes visions. Une marée de sang se déversait dans les rues où des milliers d'agonisants poussaient des cris inhumains.

Balfruss tomba à genoux et cria aussi. Ces images dépassaient ses pires cauchemars. Très loin de lui, quelqu'un demandait s'il allait bien, mais il entendait à peine.

Lentement, la marée d'horreurs reflua et il recouvra ses esprits. Après s'être essuyé les yeux, il parvint à se relever – avec l'aide de Thule, car ses jambes restaient en coton.

— *Désolé,* dit la voix mentale de Thule, *mais c'était le seul moyen.*

— Balfruss, ça va ? demanda le roi.

— On va faire aller, oui... Je viens de voir ce qui est arrivé à son peuple. Taïkon, le Roi Fou, avait déjà unifié les autres nations de l'Ouest quand son armée entra en Shael.

Les propos de Thule, répétés fidèlement.

— Après avoir essayé la diplomatie et la corruption, Taïkon est passé à l'attaque. Il y a eu une résistance, mais les agresseurs étaient trop nombreux. Les défenseurs ont tenté de mettre à l'abri la reine et quelques nobles. Hélas, ils furent tous capturés, torturés et jetés en prison.

» Quand le peuple a appris le sort de la reine, il s'est rebellé. La répression fut un massacre...

— Comment Thule s'en est-il sorti ?

Le mage à la peau dorée retira le foulard qui lui cachait le bas du visage.

— Difficilement, sire...

Une cicatrice récente toute boursouflée barrait la gorge de Thule. Une plaie irrégulière – le détail qui lui avait sauvé la vie.

— Il a été frappé, torturé puis égorgé. Son bourreau étant malhabile, il y a perdu la voix mais pas la vie. Il s'est réveillé dans une fosse commune, tout au-dessus d'une montagne de cadavres. Ça remonte à quelques jours...

Le roi se leva puis avança vers Thule, Talandra sur un flanc et Graegor le borgne sur l'autre. Sans paraître intimidé, le mage ne recula pas d'un pouce.

— Les mots ne suffisent pas…, souffla le roi en serrant l'avant-bras du rescapé.

— Il vous demande de ne pas abandonner les siens, Majesté. Ils continueront à résister, mais ça ne suffira pas à libérer Shael tant que l'alliance de Taïkon ne sera pas brisée. S'il est venu nous aider, c'est pour contribuer à la victoire de son peuple.

— Thule, je ferai mon possible pour les tiens, souffla Matthias. Je le jure sur ma vie et sur mon honneur. Devant le trône de Seveldrom, j'en fais le serment solennel – sur le fer que contient mon sang.

De telles promesses ne se faisaient pas à la légère, surtout en public. Désormais, les coutumes obligeaient le roi à tenir parole. Et s'il mourait avant, son successeur serait engagé par son serment.

Thule s'inclina et retourna s'asseoir.

— Je parie que le voyage vous a tous épuisés, dit le roi. Je vous offre mon hospitalité. Reposez-vous tant que c'est encore possible. La guerre est imminente, et quand nous y serons, les bonnes nuits de sommeil risquent de se faire rares.

Les mages se levèrent quand le roi sortit de la salle, ses enfants et ses généraux sur les talons. Marquant une pause, l'officier borgne regarda fixement Balfruss. Il parut vouloir le rejoindre, mais changea d'idée et suivit le roi.

La joie d'avoir retrouvé ses amis s'estompa vite dans l'esprit de Balfruss. Rien d'étonnant, quand on était destiné à combattre l'armée la plus puissante de l'histoire, un Roi Fou, un Nécromancien et un groupe d'acolytes.

Balfruss était revenu dans la capitale pour répondre à l'appel du roi. Désormais, il avait d'autres raisons de combattre : tous les mages présents dans la salle. Ils étaient sa famille. Pour les protéger, il ne reculerait devant rien.

Malgré le danger qui les guettait tous, être ainsi entouré de Mages de Guerre l'excitait au plus haut point. En même temps, il tremblait à l'idée de ce qu'ensemble ils pouvaient accomplir.

En unissant leurs forces, ils avaient la capacité de changer le monde.

Chapitre 3

Alors qu'il traversait la caserne de Charas, plusieurs soldats saluèrent Vargus de la main. Trois semaines après s'être engagé dans l'armée de Seveldrom, il était déjà très connu. Comme avec chaque vétéran, les jeunes guerriers lui demandaient souvent son avis… et l'écoutaient à peine quand il consentait à le donner. Mais les petits malins qui escomptaient bien survivre au premier jour de la guerre tendaient attentivement l'oreille.

Les nouveaux engagés se sentaient rassurés par sa présence. La preuve, se disaient-ils, qu'un homme ordinaire pouvait combattre en première ligne et atteindre un âge respectable.

Qu'il ne soit pas gradé, après tant d'années, avait tendance à surprendre. Mais après tout, il n'était pas le seul dans ce cas. N'arborant aucune médaille, Vargus parlait comme un simple soldat et ne se privait jamais de jurer quand ça s'imposait. Il trinquait volontiers avec des militaires, des maréchaux-ferrants ou des marchands. À certaines occasions, il arrivait sur le terrain d'exercice avec une mine de déterré, après une nuit trop arrosée. En outre, il était connu pour fréquenter de temps en temps les bordels.

Bref, aux yeux du monde, un soldat ordinaire semblable à tous ses frères d'armes.

Quelques esprits pointilleux s'étonnaient cependant qu'il ne soit pas plus critique avec les officiers, après tant d'années de service. Dès qu'on lui donnait un ordre, il l'exécutait sans ronchonner. En retour, ses supérieurs l'appréciaient et le citaient souvent en exemple devant les autres hommes. Plus d'un lui avait payé un coup à boire afin de l'écouter raconter ses histoires de vieux combattant.

En trois semaines d'exercice, Vargus avait perdu toute sa graisse. Perclus de douleur, après si longtemps à se laisser aller, il se sentait revivre. Le sang circulait de nouveau dans ses veines, et il profitait de ce regain de jeunesse pour s'offrir tous les plaisirs disponibles.

À ses oreilles, le bruit de milliers de soldats se préparant à la guerre était une douce musique. Le cliquetis des armes lui flanquait la chair de poule et l'odeur des tanneries l'enivrait. Partout, des artisans fabriquaient à partir des célèbres vaches de Sorenson les cuirasses les plus résistantes qu'on ait connues dans l'histoire.

Dans le lointain, le vacarme des forgerons rappelait qu'ils s'échinaient à fabriquer des armes en série. Pour l'heure, aucun homme n'en manquait, mais durant une bataille, on perdait beaucoup d'épées, de haches et de lances. En stratège accompli, le roi faisait tout ce qu'il fallait pour que l'intendance suive dans toutes les circonstances…

— Vargus ! cria Carnow.

C'était un des nombreux hommes du Sud qui étaient venus ici sous la bannière de Graegor, le général borgne. Ces trente dernières années, le génie tactique de cet homme avait aidé le roi à remporter bien des victoires, et tout le monde le savait.

Grand et mince, Carnow avait la peau tannée par le soleil. Comme beaucoup de gens du Sud, il portait des vêtements verts et ocre afin de se fondre dans le paysage. Dès l'enfance, on l'avait formé à l'escrime et au tir à l'arc. Amoureux de la forêt, il n'aimait pas trop les villes où de grandes tours l'empêchaient de voir les étoiles.

— Salut, Carnow.

— On boit un coup au *Renard*, ce soir ?

Le Renard et le Gant était une des tavernes réputées de la capitale.

— Bonne idée.

— Où vas-tu comme ça ?

Vargus gratta sa barbe de trois jours.

— Bwillam m'a demandé de superviser l'entraînement de quelques unités.

— Comment as-tu fait pour obtenir ce boulot ?

— J'ai donné des conseils à plusieurs bleus… Bwillam l'a su et il m'a chargé de discuter avec d'autres jeunes gars.

— Mais encore ?

— J'ai une rallonge sur ma solde.

— De combien ? Chez moi, j'ai trois filles et une épouse à nourrir, mon gars ! Avec un arc, tu es un débutant, comparé à moi. Contre de l'argent, je pourrais devenir instructeur.

— J'en parlerai à Bwillam. On verra ce qu'il peut faire.

— C'est gentil de ta part… Tu as une nouvelle dent ?

— Posée ce matin… De l'acier.

Vargus sourit pour montrer la merveille. Ce n'était pas la première dent qu'il devait se faire remplacer – et sûrement pas la dernière.

— Elle m'a coûté cher, mais je n'aurais pas aimé manger de la bouillie jusqu'à la fin de ma vie.

— Et comment ! Ce soir, la première tournée est pour moi si tu me parles de la colline de Marrow. Un des jeunes m'a dit que tu y étais. Graegor refuse d'évoquer le sujet. On dirait que quelque chose l'embarrasse…

— Je te dirai tout ce que je n'ai pas oublié.

— À ce soir, alors.

Carnow partit en direction de l'Ancienne Cité.

Quelques minutes plus tard, en passant devant un temple dédié à la Mère Bénie, Vargus eut le sentiment qu'on l'observait. Dans une ruelle, près du lieu de culte, il remarqua une fille d'environ quatorze ans. Émaciée, elle avait aux coins de la bouche les traînées bleuâtres caractéristiques de l'addiction au *venthe*. Quasiment transparente, sa robe révélait les courbes encore naissantes de son corps.

Elle voulut racoler Vargus, mais il continua son chemin sans tourner la tête. Un autre guerrier, venant de la direction opposée, ne rata pas l'occasion. Leur marché conclu, la fille et son client se réfugièrent dans les ombres de la ruelle – si près du temple, un lieu dédié à la pureté.

En Morrinow, un nid de dévots, dire du mal de la Mère Bénie était un crime sévèrement puni. Forniquer près d'un temple valait le fouet à la femme et une punition plus permanente à l'homme – un châtiment infligé avec un couteau affûté.

Dans ce royaume, les prêtres portaient une cotte de mailles et jouaient de la masse d'armes pour entretenir la foi de leurs ouailles.

Jaillissant de nulle part, une dévote potelée brandit sous le nez de Vargus une corbeille pour la quête qu'elle agita frénétiquement.

Un peu plus loin dans la rue se dressait un temple consacré à Khaï'yegha. Un temple en ruine, en fait. La porte était vermoulue, sa peinture écaillée, et l'œil gravé dessus n'était presque plus visible. Le toit étant troué, des oiseaux avaient nidifié sur les poutres – bref, l'image même de la désolation.

Vargus crut voir une ombre bouger à la périphérie de son champ de vision. Une illusion, sûrement. En ce lieu, seuls les rats s'aventuraient encore.

Attristé, le guerrier continua son chemin.

Il sortit de la cité par le portail sud et déboula dans une prairie où des tentes et des feux de camp s'alignaient à l'infini. L'armée était cantonnée tout autour de la cité. L'équivalent d'une nation entière en campagne... Partout dans le camp, des hommes se préparaient à la guerre inévitable.

Même si tôt dans la journée, pas mal de types étaient ronds comme des queues de pelle. Captant des échos de musique, Vargus vit que des soldats, non loin de là, dansaient en riant aux éclats, y compris quand ils se cassaient la figure.

Même avant une guerre, on ne pouvait pas passer son temps à travailler. Conscients qu'ils n'en auraient peut-être plus jamais l'occasion, les combattants s'amusaient comme ils pouvaient.

Partout dans le camp, des employés de l'intendant recensaient la nourriture, les armes, les cuirasses et les fournitures médicales. Histoire de ne pas se gâcher le plaisir, les fêtards faisaient mine de ne pas voir les médecins en tenue noire qui allaient et venaient parmi eux. Dès que les combats commenceraient, les « Corbeaux », comme on les surnommait, seraient très recherchés. En attendant, on les méprisait autant que leurs homonymes ailés.

Plus au sud sur le plateau, des unités de cavalerie s'entraînaient contre des mannequins ou des camarades. Pour eux, frapper et tuer devait devenir une seconde nature.

Les palefreniers et les maréchaux-ferrants travaillaient jour et nuit pour garder les chevaux en bonne santé. Pareillement, des contrôleurs s'assuraient que tous les hommes étaient bien nourris et correctement équipés.

Les cliquetis caractéristiques de l'acier qui percute l'acier attirèrent l'attention de Vargus. Sous l'œil de lynx d'un sergent instructeur, des rangées d'hommes en cuirasse et cotte de mailles s'entraînaient à l'épée. En un clin d'œil, Vargus vit que ces hommes n'avaient aucun sens du combat collectif. De plus, leurs gestes semblaient appris par cœur, rien ne venant de leur instinct.

Un peu plus loin, d'autres soldats s'entraînaient avec beaucoup moins de style et infiniment plus de vice. Ils ne se battaient pas pour la galerie, leur seul but étant de tuer ou de mutiler. Épée contre hache, masse d'armes contre pique, lance contre fléau… À l'exercice, affronter un type maniant la même arme que soi semblait normal. Sur un champ de bataille, on n'avait pas le temps de changer d'adversaire pour trouver celui qui convenait…

Plus loin encore, des groupes se chargeaient en hurlant à la mort. Équipés d'un bouclier, ces soldats ne portaient pas de cuirasse. En guise d'armes, ils brandissaient des épées de bois trempées dans de la peinture rouge.

Un instructeur chauve nommé Kefi, un sergent bien plus petit que Vargus, suivait les événements d'un œil critique. Dès qu'il repérait un homme taché de peinture, il le déclarait mort. Obligé de s'écrouler sur-le-champ, le pauvre type devait rester à terre jusqu'à la fin de l'exercice.

Quasiment au premier coup d'œil, Vargus comprit pourquoi Bwillam l'avait chargé de conseiller ces hommes. En l'absence de véritables compétences militaires, ils comptaient sur le nombre et la masse pour gagner, et ce n'était jamais bon.

Leur dernier ennemi « abattu » les vainqueurs se congratulèrent. En boitillant du côté droit, Kefi vint se placer à côté de Vargus, qui le salua de la tête mais continua à observer les soldats afin de sélectionner ceux qui semblaient les plus compétents.

— Ton avis ? demanda le sergent.

— Du travail bâclé... Ces gars sont disciplinés, mais ils ne prennent pas les choses au sérieux. Et ils ne pensent pas comme un détachement. Ils n'ont aucune conscience de l'enjeu de cette guerre et des risques qu'ils vont courir.

— Dans ce cas, je vais les laisser entre tes mains expertes... Bonne chance !

Kefi sourit puis s'éloigna.

Les hommes se massèrent autour de Vargus, et plusieurs furent surpris de le voir. Pour lui, c'étaient presque tous des inconnus. Tant mieux, parce qu'il n'allait pas prendre de gants...

— Vous voulez survivre à cette guerre ? Histoire de rentrer chez vous après ?

— Quelle question stupide ! lança un grand chauve qui arborait un anneau à chaque oreille.

— Tu veux me le prouver par les faits ?

Vargus dégaina son épée et la posa sur le sol. Puis il fit signe au colosse d'avancer.

— Essaie de me tuer !

— Avec quoi vas-tu te défendre ?

— Mes mains. C'est tout ce qu'il me faut.

Sans avertissement, Vargus bondit sur le chauve en beuglant. Doté de bons réflexes, l'homme parvint à dégainer et fit décrire un arc de cercle à sa lame. Après avoir esquivé le coup, Vargus lui flanqua un crochet dans l'estomac. Le souffle coupé, le chauve tomba à la renverse.

Vargus l'aida à s'asseoir par terre et attendit qu'il respire de nouveau normalement. Puis il alla récupérer son épée.

Cette fois, les hommes allaient ouvrir grand les oreilles.

— Je ne suis pas du genre à faire passer du jus de raisin pour du vin. Plusieurs d'entre vous sont destinés à crever en appelant leur mère. Si ça ne vous arrive pas à tous… En vous regardant à l'exercice, j'ai su pourquoi vous n'aurez pas une chance…

Vargus désigna un petit homme maigrichon aux grandes oreilles.

— Ton nom ?

— Orran.

— L'homme debout sur ta droite est ton frère. Oui, ce blond élancé du Sud… Vous ne pourriez pas être plus dissemblables, sauf si l'un de vous était un Vorga.

Quelques hommes rirent de la plaisanterie. La tension s'apaisait un peu, mais ils écoutaient toujours.

— Oui, c'est ton frère. Quand les combats commenceront, et que vous serez côte à côte, il faudra que tu saches tout de lui. Pas seulement son nom, le nombre d'enfants qu'il a faits ou sa préférence pour les grosses poitrines. Tu devras connaître ses pensées !

— Et comment suis-je censé m'y prendre ? demanda Orran.

Les autres hommes semblaient tout aussi perplexes.

— Chacun a sa méthode… Tu as vu les autres… Certains se soûlent ensemble. D'autres parlent jusqu'aux premières lueurs de l'aube. D'autres encore se retrouvent dans un coin tranquille – si c'est ton genre. Je me fous des détails ! Passez du temps ensemble et apprenez à vous connaître. Parce que très bientôt, nous partirons en guerre. Ça veut dire que nous nous battrons pour sauver nos peaux et nos foyers.

D'autres groupes avaient cessé de s'entraîner pour venir écouter. Le discours de Vargus valait pour tous. C'était un espoir auquel ils pouvaient se raccrocher, et vu leur désastreuse situation, ça n'avait pas de prix. S'ils écoutaient vraiment, ils en tireraient d'énormes bénéfices.

Et s'il voulait survivre, Vargus devait absolument leur faire entrer ces choses-là dans la tête.

— Quand un ennemi charge, le vacarme est assourdissant. On a du mal à imaginer un bruit pareil. Puis les soldats adverses sont là avant qu'on ait pu dire « ouf ». Et ils se mettent à vous tailler en pièces. Lorsqu'on est en infériorité numérique, le mieux est d'observer le type qu'on a en face de soi. Il faut trouver son point faible et en tirer parti pour le tuer.

» L'ennui, c'est qu'il n'y a pas qu'un seul adversaire. Ça, c'est bon à l'entraînement… Face à une horde, on a vite fait de se pisser dessus ! J'ai vu ça souvent, et j'avoue que ça m'est arrivé, le jour où j'ai cru ma dernière heure venue. À des moments pareils, la victoire semble impossible.

Alors que ses paroles faisaient mouche sur les hommes, qui ne le quittaient pas des yeux, Vargus oublia jusqu'à leur présence. Plongé dans le passé, il revit les guerriers à la peau grise qui fondaient sur ses compagnons et lui, ce jour-là…

Arraché à sa rêverie, il eut de nouveau conscience d'être en face de jeunes gars avides de savoir comment réagir quand les choses ne se déroulaient pas du tout comme prévu.

— Le secret, c'est qu'on n'est pas seul ! Orran, ce grand blond est avec toi, comme le petit maigre, là, et tous les autres, avec leur crâne chauve ou leurs longs cheveux.

» Ce sont tous tes frères ! Pas de sang, bien sûr… Et comme je n'ai rien d'un prêtre, je ne suis pas en train de vous faire un foutu sermon ! Mais vous vous ressemblez tous. Chacun compte sur les autres pour le protéger, et c'est ça qui fait de vous des frères.

Orran et le grand blond se regardèrent et d'autres hommes les imitèrent.

— S'il voit une épée s'abattre sur ta tête, ton frère s'interposera pour parer le coup. Pour te sauver, il risquera sa vie, car il sait ce que tu as à perdre. Parce qu'il se bat pour les mêmes raisons que toi, il fera tout pour que tu puisses rentrer à la maison. Il agira d'instinct, sans réfléchir.

» Concentrez-vous sur le salaud d'en face et tuez-le ! Mais gardez une vision d'ensemble, et n'oubliez jamais de protéger vos frères. Parce que sans eux, vous êtes morts !

Vargus approcha du colosse qu'il avait neutralisé et lui tendit la main. Devant tant de témoins, le type ne put pas refuser qu'il l'aide à se relever.

— Je me nomme Vargus, dit-il en serrant la main de sa victime.

— Moi, c'est Hargo Ke Waugh…

— Nous sommes parents, Hargo… Quand ça commencera, je serai avec toi, sur ta gauche. Sur ma vie et ma foi, je jure de tout faire pour que tu t'en sortes vivant.

Hargo sembla vouloir parler pour remercier Vargus ou lui promettre la même chose. Mais il se contenta d'acquiescer. En souriant, la preuve qu'il n'en voulait pas au vétéran de l'avoir ridiculisé devant les autres.

— Fin de l'exercice pour aujourd'hui, annonça Vargus. Filez et faites ce que je vous ai dit. Demain, j'espère que vous connaîtrez vos frères et que vous combattrez comme des hommes acharnés à survivre.

» Inutile que je vous précise ce qui arrivera si l'ennemi s'en prend à nos villages, pas vrai ? Pensez à tout ça, et à ce que je vous ai dit…

Vargus s'éloigna. Beaucoup d'hommes le suivirent du regard, mais il ne tourna pas la tête. Entendant le bourdonnement de plusieurs conversations, il songea que les choses étaient bien engagées.

Demain, il fallait que ces hommes soient des frères d'armes déterminés à mourir les uns pour les autres. Sinon, les massacres à venir dépasseraient tout ce qu'on avait connu dans l'histoire.

Chapitre 4

Déambuler dans les rues de Charas réveilla une multitude de souvenirs chez Balfruss. Même s'il n'avait jamais résidé plus de quelques mois de suite dans la capitale, il y passait régulièrement depuis toujours. Bref, c'était son foyer, s'il en avait un…

Durant ses séjours à l'étranger, il avait souvent rêvé de ces rues.

Les fenêtres à vitraux, les flèches des cathédrales, les bâtiments qui se ressemblaient tous… Lorsqu'il se voyait dans le jardin de la Reine, l'herbe gorgée de rosée crissait sous ses pas tandis que l'odeur enivrante des fleurs venait titiller ses narines. Le rêve se déroulait toujours de la même façon. Dans le jardin, il s'arrêtait pour regarder des abeilles butiner les fleurs et remarquait soudain le cottage. Poussé par la curiosité, il en approchait et se retrouvait devant la porte de sa maison natale. Si modeste fût-elle, la bâtisse était en bon état. Un toit de chaume impeccable, des murs repeints et, tout au long de la façade, des jardinières de fleurs parfaitement entretenues.

Accrochés près de la porte pour sécher au soleil, le basilic et la menthe embaumaient l'air. Par la fenêtre, on apercevait des meubles de qualité et toute une collection de coussins. Un intérieur accueillant…

Comme la mère de Balfruss, le cottage n'était plus qu'un souvenir. Chaque fois, le rêve laissait au mage une terrible nostalgie de tout ce qui ne reviendrait plus. Et même s'il ne l'avait plus fait depuis des mois, un sentiment similaire montait en lui tandis qu'il approchait de la maison de Vannok.

La porte s'ouvrit avant qu'il ait eu le temps de frapper.

— Entre ! Entre ! Ne laissons pas sortir la chaleur.

Une fois à l'intérieur, Balfruss remarqua que Vannok ne portait ni sa cuirasse ni ses armes. Pourtant, il paraissait quand même trop grand pour son cadre de vie…

— Fermez la porte ! cria quelqu'un dans une autre pièce.

— J'étais sûr qu'elle dirait ça, fit Vannok avant de désigner une des deux chaises disposées devant la cheminée.

Il tisonna le feu et ajouta une bûche. En ce début de printemps, les nuits restaient frisquettes.

— Que veux-tu boire ?

— Ce que tu m'offriras…, répondit poliment Balfruss.

— C'est toi l'invité ! lança Thérésa en entrant dans le salon.

Un bébé calé au creux d'un bras, elle tenait une bouteille de vin dans sa main libre.

Balfruss ne l'avait plus vue depuis des années. Le temps, constata-t-il, n'avait rien pu faire contre sa beauté. Le genre de femme sur laquelle les hommes se retournent dans la rue.

À côté de Vannok, tout le monde paraissait petit. Thérésa lui arrivait à l'épaule, une taille plus que respectable pour une femme de Seveldrom.

En criant de joie, un petit garçon déboula dans la pièce. Après s'être caché dans les jupes de sa mère, il tenta de filer sous la table. Souriant, Vannok l'intercepta au passage, le souleva à bout de bras et le propulsa vers le plafond.

— Voler, papa, voler ! cria l'enfant, ravi.

Balfruss prit la bouteille de vin, embrassa Thérésa sur la joue et pinça celle du bébé.

— Comment vas-tu, Thérésa ?

— Plutôt bien, même si ce petit diable nous empêche de dormir, en ce moment.

— Et il se nomme comment, ton dernier-né ?

— Jordie…

Thérésa prit le bébé à deux mains et le présenta à son invité. Avant que le nourrisson tourne la tête, Balfruss aperçut des yeux bleus et de beaux cheveux blonds.

— Lors de notre dernière rencontre, c'était Tannos le bébé. Et maintenant, regarde-le…

Un quasi petit homme qui se délectait de jouer avec son père…

— Ouvre la bouteille, soupira Thérésa. Je vais avoir besoin d'un verre…

Balfruss proposa d'aider à préparer le repas, mais la jeune femme lui interdit l'accès à sa cuisine. Bien des années plus tôt, il avait tenté de remercier ses amis de le régaler si souvent, les invitant à son tour. « Tenter » était le verbe juste, hélas. À l'évidence, Thérésa n'avait pas oublié ce désastre culinaire.

Balfruss se chargea donc de distraire Tannos pendant que Vannok s'occupait du bébé. Après une bonne heure à poursuivre le petit garçon autour de la table et à le faire « voler », Balfruss commença à avoir terriblement mal aux bras et aux épaules. Jamais à court d'idées, il proposa un autre jeu au gamin. Invoquant une toute petite quantité de Pouvoir, il fit apparaître un globe lumineux rempli de volutes brillantes multicolores. Fasciné, Tannos resta tranquille jusqu'à ce que Thérésa annonce que le dîner était prêt. Au bord de l'épuisement, Balfruss apprécia qu'elle le libère ainsi de l'infatigable petit garçon.

Il devait y avoir des années que le mage n'avait pas goûté un ragoût de bœuf si délicieux. Dans le désert, la viande de bovin, rare et chère, était un mets de riche. Depuis cinq ans, Balfruss suivait un régime à base de chèvre et d'agneau. Décidément, revenir chez soi avait beaucoup d'avantages…

Après avoir englouti la viande et les légumes, le mage sauça son assiette avec du pain jusqu'à ce qu'elle soit immaculée. Jordie sur un genou, Vannok mangea moins voracement. Heureux de partager son repas avec le petit, il ne s'offusqua pas quand son invité se resservit et vida le plat.

Après le repas, les enfants piquèrent du nez. Avant d'aller les coucher, Thérésa échangea un long regard avec son mari.

— Tout va bien ? s'inquiéta Balfruss.

— Tu ne lui en as pas parlé, Vannok ?

— Je n'en ai pas eu l'occasion, mon cœur…

Après avoir confié Jordie à sa femme, Vannok prit Tannos sur ses genoux et le regarda dormir quelques instants.

— Il se comporte bizarrement… Pas tout le temps, mais… Parfois, il entend des gens parler alors que nous sommes seuls. Il a de drôles de perceptions, mais sans connaître les mots pour les décrire… C'est son imagination, tu crois ? Ou est-il capable de sentir… ?

— La Source ? acheva Balfruss.

— Oui… Tu peux essayer de savoir ?

— Bien sûr, mais s'il a le potentiel, il est bien trop jeune pour la Tour Rouge. En principe, les aptitudes se manifestent autour de huit ou neuf ans.

— Par les dieux ! souffla Thérésa, Jordie serré contre son sein, qui peut se séparer d'un enfant de huit ans ?

Une gaffe que la jeune femme regretta aussitôt.

— Je suis navrée, Balfruss.

— Il n'y a pas de mal. J'étais bien à la Tour Rouge et je ne regrette pas d'y être allé.

La stricte vérité, même s'il avait pleuré toutes les nuits pendant deux semaines. Au début, la tour lui avait paru un endroit très banal, et il avait eu le sentiment d'être puni. Ravagé par le mal du pays, il avait mis du temps à se sentir bien. Puis il avait compris ce que devenir un Mage de Guerre signifiait. Une existence libérée de la routine et des tracasseries qu'il observait chaque jour dans son village. Un avenir doré qui le verrait voyager de par le monde, gagner des fortunes et rencontrer une multitude de beautés exotiques.

Des fantaisies d'adolescent, bien entendu… Plus tard, il avait compris qu'on lui offrait une chance d'étancher sa soif de connaissances et une occasion de protéger ses semblables.

— Si tu veux que j'essaie, il va falloir le réveiller…

Balfruss s'agenouilla pour être au niveau de Tannos. Vannok secoua doucement son fils. Fatigué, celui-ci ne parut pas ravi de devoir rouvrir les yeux.

— C'est douloureux ? demanda Thérésa.

— Absolument pas. S'il a l'aptitude, il captera un écho de ce que je vais faire.

Sans quitter des yeux le petit garçon, Balfruss puisa du Pouvoir dans la Source. Lentement, pour commencer, et en petite quantité. Tannos ne réagissant pas, il invoqua davantage de puissance et sentit un flot tumultueux se déverser en lui.

Tannos bâilla et tenta de se rouler en boule sur les genoux de son père. De toute évidence, il ne captait rien.

— Il n'a pas l'aptitude, annonça Balfruss.

Thérésa en soupira de soulagement. Vannok resta de marbre. Impossible de savoir s'il était content ou déçu.

Une fois Thérésa partie coucher les petits, Balfruss et Vannok s'installèrent devant le feu avec une bouteille de vin cuit.

— Comment vont tes parents ? demanda le mage.

— Mon père est mort il y a deux ans. Ma mère est toujours en forme et elle est en adoration devant les gosses.

— Condoléances pour ton père. Quand on était petits, il a toujours été gentil avec moi.

— Il t'aimait beaucoup, oui... Lui et moi, on ne s'est jamais très bien entendus. À ses yeux, m'engager fut la pire décision de ma vie, et il ne m'a jamais caché son mépris. Il aurait voulu que je devienne maçon, comme lui...

— C'était quoi, sa devise, déjà ?

— Les gens veulent avoir un toit sur la tête chaque jour de l'année. Ils ont moins souvent besoin d'un soldat...

Balfruss rit de bon cœur, mais il se rembrunit en pensant à sa mère... et à son père absent. Celui de Vannok, si revêche qu'il ait pu être, avait toujours été là pour son fils. Pourvoyant aux besoins de sa famille, il avait aussi trouvé le temps d'être un père pour le meilleur ami de son fils.

Balfruss n'avait plus revu son géniteur depuis… Eh bien, il devait avoir environ l'âge de Tannos. De cet homme, il savait simplement qu'il était un soldat du roi. Sa mère étant réticente à lui en dire plus, il avait vite décidé de ne plus lui poser de questions, puisque ça la bouleversait.

— Mon père était un homme strict…, souffla Vannok en se resservant du vin.

— La seule fois où je l'ai déçu, c'est quand il m'a surpris avec une fille dans la grange.

— Je me rappelle, fit Vannok avec un sourire malicieux. Il était livide. J'ai cru qu'il allait vous traîner devant un prêtre du Créateur, pour qu'il vous marie de force.

Même après vingt ans, Balfruss revoyait très bien Beth, une belle blonde aux yeux bleus. Enfants, ils parlaient souvent de se marier, d'avoir des petits et de vieillir ensemble au village. Lui aurait travaillé à la carrière, et elle à la boulangerie, comme sa mère.

Des rêves d'enfants partagés durant les longues journées d'été qui semblaient ne jamais devoir finir… Pour ne pas contrarier Beth, Balfruss avait joué le jeu, sans jamais lui parler de son ambition de devenir un explorateur – célèbre pour avoir découvert de nouvelles terres, exhumé de fabuleux trésors et retrouvé des statues couvertes de pierres précieuses. De quoi rapporter chez lui assez d'argent pour que sa mère n'ait plus à s'épuiser à l'ouvrage…

— Souvent, je me demande ce qu'est devenue Beth.

— Elle est ici, à Charas, dit Thérésa, de retour dans le salon.

— C'est vrai, confirma Vannok.

Il se leva et s'assit par terre pour laisser la chaise à sa femme. Après l'avoir embrassé sur la joue, elle lui ébouriffa les cheveux.

— Je l'ai vue pour la première fois il y a un an. Depuis, je l'ai croisée en deux ou trois occasions. On dirait qu'elle n'a pas changé…

— Elle s'en sort bien ? demanda Balfruss, bizarrement ému.

— À merveille. Elle tient une boutique de vêtements avec une associée et elle a épousé un tonnelier.

— Leur premier enfant naîtra au début de l'automne, dit Thérésa.

Surpris, Vannok l'interrogea du regard.

— Ça se voit de loin, mon époux…

Balfruss se demanda ce qu'aurait été sa vie si un prêtre les avait mariés, ce jour-là. Une vague interrogation, seulement… Dont la réponse était des plus faciles ! Même si avoir un foyer et une famille pouvait paraître séduisant, il n'aurait pas tardé à en vouloir à Beth et aux gosses de l'enchaîner au village et de lui imposer une vie monotone. Une existence sans aventure ni surprise – ordinaire, pour employer le bon terme.

Même s'il était né sans l'aptitude, Balfruss aurait fini par vouloir fuir le village. Parmi ses amis d'enfance, beaucoup s'étaient satisfaits de suivre les traces de leurs parents – voire de leurs grands-parents, pour certains. Parfois il les enviait de pouvoir se contenter de si peu. Un jour, peut-être, il en serait capable aussi, mais ça n'était pas pour demain.

Après avoir raccompagné Balfruss, Thérésa ferma la porte et alla rejoindre son époux devant la cheminée.

— Tu as pu lui parler de son père ?

— Non… L'occasion ne s'est pas présentée… C'était déjà assez dur de lui demander pour Tannos.

— Il découvrira la vérité, Vannok.

— Je sais, mais pour l'instant, il a d'autres soucis en tête. Celui-là attendra un peu.

Thérésa garda ses doutes pour elle. De tels secrets restaient rarement enfouis longtemps.

Chapitre 5

Pour chasser la barre qu'elle avait derrière les yeux, Talandra se massa lentement le front. Il était très tard – ou peut-être déjà très tôt – et il lui restait tant à faire avant de pouvoir songer à se coucher. Sur son bureau – emprunté – s'entassaient des messages de ses agents, des rapports, des cartes, des listes d'armes ou de soldats – sans oublier le plan d'une nouvelle catapulte qu'un ingénieur lui avait fourré entre les mains.

Des lettres et des chiffres tourbillonnaient devant les yeux de la princesse.

Comme ses autres conseillers, son père l'avait forcée à venir s'installer dans le domaine de Kilgannon, non loin de la frontière occidentale de Seveldrom et des deux passes qui traversaient les montagnes d'Yerskania.

Talandra était ainsi à quelques heures de cheval de l'armée en campagne – assez loin du danger, donc. Le seigneur Kilgannon lui avait affecté une suite très confortable. Mais son meuble préféré, c'était le fameux bureau, pas le lit.

— Si tu t'endors pendant la première bataille, tu ne me serviras à rien, dit Matthias en entrant dans la suite. Il faut te reposer.

— Je ne vais pas tarder, père. C'est juré.

— Tu as des nouvelles ?

Talandra chercha le dernier message de son maître-espion infiltré en Yerskania, un des royaumes de l'Ouest. Le petit porteur de cette missive – une chauve-souris messúz – était mort peu après son arrivée. Ces créatures vivaient si peu de temps… Pourtant, celle-là avait volé sur une très grande distance. Qui sait ce qu'elle avait vu pendant son voyage ?

Avec du recul, cette affaire n'avait rien d'un drame. Pourtant, c'était la première victime de la guerre qu'avait vue Talandra. Lovée dans sa main, la messúz avait rendu le dernier soupir dans un spasme. N'avoir pas pu la sauver continuait à hanter la princesse. Le symbole de son impuissance… Très bientôt, les Sœurs de la Miséricorde devraient tenter de porter secours à des hommes, et elles n'auraient pas plus de succès qu'elle.

Talandra déroula le petit morceau de parchemin et parcourut de nouveau le message codé.

— Du nouveau sur le roi Taïkon… On a tenté de le tuer.

— Sans succès, je parie ?

— Tout dépend de l'identité du commanditaire et de ses véritables intentions.

— Je t'écoute, dit le roi en s'asseyant dans un fauteuil.

— Avant que tu poses la question, sache que ce n'était pas un de mes agents. Aucun ne peut approcher assez du Roi Fou. Le Nécromancien et ses acolytes terrorisent tout le monde. Le message ne mentionne pas de résistance intérieure en Zecorria, et ça n'a rien de surprenant…

— Pour que cette alliance fragile tienne, dit Matthias, il faut que la guerre éclate vite. Pour l'instant, ils se concentrent tous sur le monstre – ton pauvre père ! – mais les dissensions referont vite surface.

Des centaines de récits terrifiants circulaient sur les « atrocités religieuses » perpétrées par le roi de Seveldrom. Des églises de la Sainte Lumière incendiées, des prêtres de la Mère Bénie décapités, des livres sacrés brûlés… Si c'était une motivation suffisante pour Zecorria et Morrinow, tous les agents s'accordaient à dire que les autres nations de l'Ouest ne s'étaient pas jointes de leur plein gré à la coalition.

Les nouvelles de Shael étaient pires que tout. Un royaume entier éradiqué si rapidement ? Voilà qui semblait impossible. Mais les espions de la princesse n'avaient rien d'affabulateurs. Et les faits étaient incontournables.

La capitale de Shael conquise, sa famille royale était morte ou en fuite et des milliers de malheureux avaient péri ou étaient réduits en esclavage.

Shael n'existait plus. Yerskania, jusque-là l'allié le plus puissant de Seveldrom, parmi les royaumes de l'Ouest, serait la prochaine cible si sa reine ne rejoignait pas la coalition.

Les Vorgas croyaient par-dessus tout à la force. Du coup, ils ne reculeraient pas devant un défi. Quant aux motivations des Drassiens, elles demeuraient une énigme, comme toujours.

Malgré tout, les peuples de l'Ouest n'étaient pas contents. On parlait beaucoup des exactions commises par Matthias dans son royaume, mais jusque-là, tout ce que ces gens avaient vu, c'étaient les horreurs infligées à leurs alliés de Shael.

— Mes espions travaillent dur pour fissurer l'alliance de l'intérieur, dit Talandra. Beaucoup de rumeurs circulent, certaines prétendant que l'attentat contre

Taïkon était un test. On murmure que des Zecorriens auraient tiré les ficelles ou qu'il s'agirait d'une secte dissidente de Morrinow. Quoi qu'il en soit, ça change tout, et ça n'est pas bon pour nous.

— En quoi ?

— Avant qu'on essaie de le tuer, Taïkon était agité. À présent, il est paranoïaque. Convaincu qu'on voulait lui voler l'artefact qui ornait sa couronne, il a paniqué et l'a avalé. Peu après la première tentative, il y en a eu une seconde, en public.

— Et l'artefact l'a protégé…, devina Matthias.

— C'est ça… Il a reçu un coup de lance au flanc, et dès que le fer est sorti de la plaie, la blessure s'est refermée sans laisser de cicatrice. Depuis, beaucoup de ses fidèles croient livrer une guerre sainte contre un ennemi démoniaque.

Le roi eut un sourire ironique qui s'effaça très vite.

— Cet artefact, qu'a-t-il de spécial ?

— Dans les livres saints consacrés à la Mère Bénie et au Seigneur de la Lumière, on trouve plusieurs références à des prophètes immortels. Pour moi, ce sont des fadaises, et mes espions s'efforcent en sous-main de le démontrer, mais les prêtres de Morrinow et de Zecorria s'en pâment de satisfaction. L'alliance est fragile, certes, mais si la fièvre religieuse se répand…

Talandra n'acheva pas sa phrase. Les autres nations de l'Ouest étaient bien moins mystiques, mais pas au point d'ignorer un chef capable de guérir instantanément de ses blessures.

Il y avait aussi des enjeux matériels. La terre, par exemple… Les pâturages et les terres arables du sud de Seveldrom faisaient beaucoup d'envieux. Parfois, les guerres saintes étaient pratiques pour dissimuler des motivations beaucoup moins nobles.

— C'est pour bientôt, ma fille. Ils ne doivent plus être loin.

— C'est aussi ce que je crois. Il faut que du sang coule pour arroser cette coalition avant qu'elle se fane.

— C'est pour quand, selon toi ?

— Demain ou après-demain…

— Nous sommes prêts.

Le roi semblait sûr de lui, ce qui redonna du cœur au ventre à sa fille.

— Je vais ordonner à Wolfe de doubler le nombre de sentinelles dans les passes.

— Comment s'en tire le nouveau général, père ?

— Vannok ? Deux ans après sa promotion, il n'est plus si nouveau que ça. Pourquoi cette question ?

— De la pure curiosité.

— Ta curiosité n'est jamais pure, Talandra. Que penses-tu de cet homme ?

— Il sait ce qu'il fait, ses soldats lui sont fidèles et il ne perd pas aisément son sang-froid. Un officier fiable.

— Il y a un « mais », j'imagine ?

— Sais-tu que Balfruss et lui ont grandi ensemble ?

— Non, tu viens de me l'apprendre. Et que penses-tu du Mage de Guerre ?

— Mon opinion n'est pas encore faite… Je vais fouiller un peu dans son passé. Darius est son Frère de Sang, a-t-il dit. Pour mériter un tel honneur, il a dû beaucoup voyager et inspirer du respect autour de lui.

Le roi bâilla puis se leva.

— Tu dois te reposer.

— Encore une réunion, et au lit !

— Tu es très pâle. As-tu mangé, au moins ?

— Oui, et je me sens très bien.

Le roi soupira, caressa la joue de sa fille et sortit.

Talandra commença aussitôt à réfléchir aux ordres à donner à son réseau d'Yerskania. Malgré la guerre imminente, Perizzi, la capitale de ce royaume central de l'Ouest, restait la plaque tournante du commerce. Un lieu où se déversaient sans cesse des flots d'informations dont les espions de la princesse ne perdaient pas une miette. Mais ils pouvaient aussi y ajouter leurs confluents et voir comment ils se répandaient partout à l'ouest.

En termes géographiques et stratégiques, Perizzi étaient la clé de l'Ouest. Toutes les passes de montagne, de l'est à l'ouest, y donnaient accès, et son port commercial – le plus grand de la côte occidentale – lui conférait un rôle prédominant dans la circulation des biens, des gens et… des idées.

Plus prosaïquement, une armée en campagne avait besoin d'emporter avec elle d'énormes quantités de vivres, d'armes et d'équipements. Pendant des mois, les quais seraient occupés à réceptionner des cargaisons puis à les expédier *via* les passes et les cols. Lors de ce processus, des accidents pouvaient se produire, des convois maritimes risquaient d'être retardés ou coulés, le ravitaillement était susceptible de s'abîmer (ou d'être empoisonné) et les équipements, comme les armes, restaient exposés à la casse. Pour exprimer les choses plus simplement, les possibilités de semer le chaos en agissant *derrière* les lignes ennemies promettaient d'être foisonnantes. Tant que Perizzi ne tombait pas sous la coupe de Taïkon. S'il en prenait le contrôle, plus rien ne serait possible.

Sur le champ de bataille, la victoire n'était pas garantie. Du coup, on avait déjà planifié une éventuelle retraite stratégique. Les Mages de Guerre pouvaient changer la donne, mais pour l'heure, le roi et sa fille devaient s'en tenir aux faits. Le nombre jouait en faveur de l'Ouest, c'était incontournable. Tôt ou tard, la supériorité numérique pèserait sur l'issue du conflit. Pour gagner, Matthias avait besoin que la coalition se lézarde de l'intérieur.

En cas de catastrophe – une victoire sans appel de l'Ouest – Perizzi deviendrait plus importante encore. Parce que la ville serait le noyau d'une résistance organisée par les agents de Talandra. Avec un peu de chance, on n'en arriverait pas là, mais il fallait tout envisager, même l'exil du roi en un endroit sûr, où il serait le fer de lance de la dissidence.

Outre ces considérations, il était temps de s'occuper de Taïkon en termes de contre-propagande. Si une bonne partie des gens le prenaient pour un prophète du Seigneur de la Lumière, d'autres devaient voir d'un très mauvais œil son pouvoir de régénération – une faculté inhumaine et perverse. Bien sûr, les Écritures n'étaient pas toujours faciles à interpréter, mais personne ne soutiendrait le Roi Fou si on parvenait à faire croire que son « don » était alimenté par des sacrifices humains et des rites cannibales.

Le maître-espion de Talandra, Gunder, aurait carte blanche en ce qui concernait les détails. Mais il fallait que les peuples de l'Ouest soient incités à reconsidérer la personnalité de leur chef.

Dans son message, Talandra exposa tout ça et martela que Perizzi et sa population devaient rester dans tous les cas la priorité de Gunder. Pour préserver l'indépendance de la ville, l'agent aurait là encore carte blanche.

La princesse glissa son message dans un petit cylindre puis chargea un serviteur de l'apporter au responsable des oiseaux-voyageurs.

Quelques minutes plus tard, Jonkravish, l'intendant de l'armée, entra dans la suite en martelant le sol de ses bottes. Même à cette heure tardive, il ne semblait pas fatigué. Un type indestructible, comme tous les Morriniens !

Comme d'habitude, ses yeux jaunes ne révélaient rien de ses pensées. Sans doute parce qu'elle le connaissait depuis toujours, Talandra, contrairement à d'autres, n'était en rien intimidée par son regard.

Jonkravish ne portait aucun galon ni aucune breloque qui pût indiquer son grade. Pourtant, il était une des éminences de l'armée. Dans le même ordre d'idées, il n'arborait pas de bijoux ou d'autres signes extérieurs de richesse. Mais son uniforme n'avait pas un pli et ses cornes noires, soigneusement polies, brillaient intensément.

L'intendant dépensait fort peu d'argent pour lui-même et envoyait l'essentiel de sa solde à sa famille. On ne lui connaissait pas de vice, le corrompre était impossible et sa loyauté se révélait sans faille. Inutile de dire que les espions de l'Ouest le haïssaient.

— Tu es affreuse, dit-il en s'asseyant.

— Merci du compliment.

Jonkravish sourit sous sa barbe.

— Et trop maigre, aussi. Tu devrais manger un morceau et te coucher.

— Tout le monde me le dit, oui… C'est pour bientôt.

— Tu voulais parler de l'approvisionnement ?

— Oui. Qu'en est-il des relais ?

Un long moment, Jonkravish dévisagea la princesse. Puis il daigna répondre :

— Des soldats armés jusqu'aux dents les surveillent en permanence. Les cachettes contiennent des armes de rechange, des vivres et quelques… surprises. Si l'armée doit battre en retraite, nous serons prêts.

— Parfait.

— Mais ce n'est pas pour ça que tu m'as demandé de venir. Jusque-là, tu ne t'es jamais intéressée à moi.

— C'est faux. Je te connais depuis ma naissance. Comme mon père, d'ailleurs…

— Et son père avant lui. Je faisais allusion à mon travail, pas à ma vie personnelle, mais tu le sais très bien. Ne joue pas avec les mots en face de moi, petite. Tu doutes de mes compétences ?

— Bien sûr que non !

— Alors, tu penses que ton père et ses généraux sont nuls. Des crétins qui ne valent pas le sel que contient leur sang. C'est ça ?

— Non plus.

— Alors, parle clairement, petite. Le temps presse et ma patience n'est plus ce qu'elle était.

— Avant le début de la guerre, je recevais des rapports réguliers en provenance de Morrinow. Ces trois dernières semaines, beaucoup de tes compatriotes ont abandonné leur travail et leur foyer, ici, en Seveldrom, pour retourner chez eux. Selon mes sources, très peu ont atteint leur destination. Sans pouvoir le prouver, je pense qu'ils ont été assassinés en chemin. Selon mes agents, notre royaume et mon père sont tenus pour responsables du massacre. Des arguments de plus pour la propagande qui nous vise.

Jonkravish s'adossa à son siège et croisa les bras. À la lueur des bougies, sa peau marbrée blanc et violet semblait presque translucide. Sa barbe et ses cheveux, proprement taillés, étaient uniformément gris, mais par le passé, se souvint Talandra, il avait encore des mèches et des poils noirs.

— Tu as une question ? dit-il après un long silence.

— Que peux-tu me dire sur les extrémistes morriniens ?

— J'aurais dû deviner... C'est en partie à cause d'eux que j'ai quitté mon pays. À l'époque, on les tenait pour des jeunes exaltés désœuvrés qui semaient le trouble dans les rues. Mais beaucoup de gens les soutenaient et leurs rangs enflaient chaque jour. D'après ce que je sais, ils ont aujourd'hui un siège au Conseil et toutes les facilités pour répandre leur venin parmi la population.

— Tu dates un peu... Aujourd'hui, ils sont majoritaires au Conseil. En partie à cause du Nécromancien, je pense.

— C'est possible... Mais c'était peut-être déjà le sens de l'histoire avant lui...

— Tu as des amis ou des contacts chez toi ?

— Oui. Mais n'y as-tu pas des agents ?

— Quelques non-natifs... Mais je ne reçois plus de rapports. J'ai peur qu'ils soient en prison, ou six pieds sous terre.

Jonkravish médita un moment sur ces révélations. Sans nul doute, il évaluait les risques pour ses proches et ses connaissances.

— Tu voudrais que je demande à mes amis d'espionner pour toi ?

— Non. Je sais ce que tes compatriotes pensent de la trahison. J'aimerais simplement qu'ils me... parlent.

Deux Morriniens, racontait-on, ne pouvaient pas se croiser dans la rue sans s'arrêter pour jacasser au minimum pendant une heure. Même si c'était un stéréotype grossier, Jonkravish lançait souvent que ses compatriotes allaient au temple pour bavarder, la prière devenant une activité louable mais secondaire.

— J'ai entendu beaucoup de rumeurs, continua Talandra, et j'aimerais faire le tri entre la vérité et la propagande.

— Je ferai ce qu'il faut pour que tu y parviennes.

Talandra soupira de soulagement. Elle n'aurait pas parié que l'intendant accepterait.

— Merci.

Alors qu'il allait se retirer, le vieux Morrinien se ravisa.

— Tu as une autre inquiétude ?

— Nous avons quatre mille Morriniens dans l'armée, et quatre fois plus de citoyens de cette nationalité à Charas... Tu le sais bien, ce n'est qu'une affaire de temps. Quand les combats commenceront, et qu'on aura ramené en ville les premiers cadavres, la chasse aux boucs émissaires sera ouverte.

Talandra leva les yeux sur les cornes de l'intendant et regretta son expression malheureuse. Habitué aux injures racistes, le Morrinien ne broncha pas. La princesse, supposa-t-il, avait dû passer trop de temps avec ce rustre de Graegor.

— Je ne quitterai pas mon poste et je ne me planquerai pas dans ma cave ! Ce pays était le mien longtemps avant la naissance de ton père. En Morrinow, j'étais suspect parce que je ne priais pas la Mère Bénie deux fois par jour. Ici, je suis un Morrinien, certes, mais aussi et surtout un citoyen comme les autres.

— Je sais, je sais…, fit Talandra, apaisante. T'ai-je demandé de te cacher ? De toute façon, je connaissais d'avance ta réponse.

— Alors, pour qui t'inquiètes-tu ?

— L'ambassadeur de Morrinow. Presque tous les royaumes de l'Ouest ont des représentants ici, et ils ont accepté notre protection. Sauf Kortairlen. Il doit penser qu'il ne risque rien – ou se croire indestructible.

— C'est courant chez les Morriniens qui n'ont pas encore fêté leur centième anniversaire. Je lui enverrai une lettre qui le motivera.

— Merci.

— Vas-tu enfin aller te reposer ?

Quand Talandra eut acquiescé, Jonkravish lui ébouriffa les cheveux, comme quand elle était enfant.

Même si c'était très impoli, la princesse fut tentée de lui demander son âge. Les Morriniens avaient une espérance de vie quatre fois supérieure à celle des humains. Aux yeux de l'intendant, elle venait à peine de naître…

Quand Jonkravish fut sorti, Talandra nota mentalement de l'interroger au sujet de sa mère. Ses souvenirs s'estompaient et il serait agréable d'entendre parler de la reine défunte par quelqu'un qui se rappelait tout comme si ça datait d'hier.

Bien, était-il temps de se coucher ? Pas vraiment, avec tout ce qui restait à faire. Un court repos, la tête posée sur le bureau, suffirait amplement.

Dès qu'elle fut assise dans cette position, la princesse s'endormit comme une masse.

Chapitre 6

Par un matin plutôt frisquet, le ciel uniformément bleu laissait peu d'espoir qu'il pleuve. Un mauvais jour pour les agriculteurs, mais tout à fait adapté au début d'une guerre.

Sous l'œil attentif de Vargus, des chasseurs à pied – un corps d'armée fameux – sortaient de la passe du Sud puis défilaient devant lui et ses camarades de la première ligne. Ces hommes étaient habitués aux longues marches. Et quand il s'agissait de semer un ennemi, courir ne leur faisait pas peur, grâce à leur équipement ultraléger. Depuis toujours, Vargus bavait d'envie sur leur cuirasse spéciale. En comparaison, le modèle standard de l'armée était… hum… fonctionnel, pour se montrer gentil. Cela dit, avoir dû nettoyer des taches de sang sur sa cuirasse avait quelque peu déconcerté le vétéran. Mais il était trop tard pour s'appesantir sur des détails de ce genre.

Quand les derniers chasseurs se furent glissés derrière la première ligne, l'ordre fut enfin donné. Alors qu'un nuage noir solitaire voilait le soleil, un bourdonnement monta dans l'air.

Ignorant les multiples détails, à la périphérie de sa vision, qui auraient pu le déconcentrer, Vargus continua à regarder droit devant lui – là où une volée de flèches s'abattait sur l'ennemi en approche.

La plupart des soldats n'eurent pas le temps de lever leur bouclier. Leurs cris se répercutant contre les parois de pierre de la passe, des centaines d'hommes périrent sous cette pluie d'acier.

Une deuxième puis une troisième volée tombèrent sur les assaillants sans vraiment les ralentir. Sur des plates-formes surélevées ou dans des niches creusées à même la roche, des deux côtés de la passe, des archers individuels se mirent eux aussi à tirer.

Dans la passe, soufflant vers l'ouest, le vent projetait de la poussière au visage de l'ennemi – une façon d'ajouter l'humiliation à la terreur. Coup de chance, songea Vargus, ce vent ne *venait* pas de l'ouest. Sinon, la puanteur des morts lui aurait agressé les narines pendant des jours.

Sans tourner la tête, il sut qu'Hargo se tenait sur sa droite, solide et rassurante présence. Orran était sur son flanc gauche et Benlor, le grand blond, restait comme d'habitude près de lui. Pas très loin, Vargus entendait Tom le Noir, occupé comme toujours à mâcher du *tarr* qui lui noircissait les dents, d'où son surnom.

Le Bouclé n'était pas loin non plus. Tombé d'un arbre dans son enfance, il était depuis chauve comme un œuf, d'où son surnom paradoxal. D'une maigreur maladive, alors qu'il mangeait comme quatre, Rudd se tenait près de lui en compagnie de Tan, un type au visage de rat qui avait grandi avec Orran.

Autour de lui, Vargus connaissait une dizaine d'autres hommes – intimement, avec leurs histoires tristes, leurs moments de gloire et leurs défaites, grandes ou petites. Une épouse et des enfants sacrifiés sur l'autel de la violence ou victimes de maladies ou d'accidents… Une famille massacrée par des pillards ne laissant que des cendres derrière eux…

Des pièces d'or découvertes dans un champ, le premier mot du fils aîné… Et bien sûr, une multitude de récits sur des nuits de folie passées avec des femmes aussi mystérieuses qu'exotiques.

Ce passé, fabuleux ou catastrophique, était désormais celui de Vargus. Parce qu'il l'avait partagé avec des hommes, autour d'un feu de camp, après des libations d'anthologie, des comptes-rendus de bataille et un récital de chansons paillardes. Datant à peine de deux semaines, cette fraternité était pourtant plus forte que bien des liens de longue date. Ces hommes étaient sa famille – le seul rempart qui le protégeait de la mort et de l'oubli.

Malgré les ravages des volées de flèches, l'ennemi avançait toujours. Piétinant les morts et abandonnant les blessés, les soldats de l'Ouest furent bientôt assez près pour que Vargus identifie des Yerskaniens à la peau blafarde porteurs d'un gilet de cuir et d'un casque en fer. Fidèles à leur héritage tribal, ils brandissaient presque tous une lance ou une épée légèrement incurvée. Les armes et les casques sortaient sûrement des forges de leur pays natal, essentiellement peuplé d'artisans, de marchands, de négociants et de marins.

Mais pas de guerriers ! Alors qu'ils n'étaient pas renommés pour leurs prouesses militaires, il semblait étrange que les Yerskaniens soient en première ligne. Dans l'alliance, on trouvait aisément des soldats plus féroces et plus compétents qu'eux. À qui avaient-ils donc déplu pour avoir tiré la plus courte paille ?

Après avoir essuyé le tir des archers – qui venaient de reculer en position d'attente – ils avançaient plus prudemment sous la protection de leur bouclier triangulaire. Dès qu'ils furent assez près pour qu'on voie leurs yeux, Vargus éprouva une profonde compassion pour eux. Leur moral était déjà brisé alors que le pire les guettait encore.

—S'ils attendent encore un peu, dit Orran, on va être dans de sales draps.

Dès qu'il eut fini de parler, un grand bruit retentit derrière les défenseurs.

—À terre! cria Vargus.

Le long de la ligne, des dizaines d'autres hommes donnèrent le même ordre.

Les trois premiers rangs tombèrent à genoux et placèrent leur bouclier au-dessus de leur tête, bord à bord avec ceux de leurs voisins.

Quand le ciel s'obscurcit, Vargus se tordit le cou pour regarder en l'air. Dans le ciel, l'ombre géante venait de se fragmenter en plusieurs milliers de projectiles de fer à plusieurs pointes.

Quand ces minuscules tueurs s'abattirent sur eux, les Yerskaniens crièrent d'horreur et de douleur. Ces projectiles ne pesaient pas bien lourd, mais en tombant de si haut, ils traversaient comme du beurre le cuir et la chair. Contre eux, les boucliers offraient une protection insuffisante, car ils rebondissaient dans tous les sens, s'enfonçant dans les mollets de leurs cibles pour les jeter à terre et les rendre vulnérables à la pluie mortelle suivante.

Bientôt, le sol de la passe fut jonché de morts et d'agonisants. Disciplinés jusqu'au bout, les rares officiers survivants tentèrent de rallier les hommes encore en état de se battre. En vain, bien entendu.

Une sonnerie de cor couvrit soudain les cris des blessés. Comme ses frères d'armes, Vargus se redressa. Des ordres fusèrent, mais ils n'auraient pas été nécessaires, car chaque soldat savait ce qu'il lui restait à faire.

Vargus dégaina l'épée courte réglementaire qu'il portait désormais. Puis il regarda à droite et à gauche. Hargo hocha la tête, l'air grave, et Orran eut un pâle sourire censé dissimuler l'angoisse qui lui nouait les entrailles. Il brûlait sans doute d'envie de lancer une de ses blagues douteuses, mais il devrait remettre ça à plus tard.

Vargus poussa un cri de guerre qui fut repris par des centaines de gorges. Puis il se lança au pas de course vers les Yerskaniens désorganisés.

De toute façon, vers où auraient-ils pu battre en retraite ? Coincés dans l'étroite passe aux parois trop raides pour être escaladées, ils étaient poussés en avant par les hommes qui les suivaient. La mort venue du ciel restait une menace s'ils tombaient sur les pointes de projectiles et leurs camarades crevaient comme des mouches autour d'eux. Une situation sans issue.

Quelques-uns de ces malheureux firent pourtant face avec un grand courage. Des lances s'abaissèrent, dont une juste devant Vargus. Pourtant, il aurait parié que sa dernière heure n'était pas pour aujourd'hui.

Le sang battant à ses oreilles, des fourmillements dans les membres, il chargea comme un taureau et, sans l'avoir voulu, se retrouva avec une bonne longueur d'avance sur ses camarades.

Une part de lui-même brûlait d'envie d'atteindre l'ennemi avant tout le monde.

Bien que mort de peur, le type qui brandissait sa lance tenta de frapper. Vargus dévia le coup sans peine puis transperça le ventre de l'Yerskanien avec sa lame.

Un instant plus tard, les deux armées se percutèrent avec une incroyable violence. Des boucliers volèrent dans les airs, vite suivis par des membres ou des têtes. Au corps à corps, les gilets de cuir des Yerskaniens ne les protégeaient pas assez. Ils tombèrent par centaines, embrochés comme des cochons dans un geyser de sang et de fluides beaucoup moins nobles.

Sans cesser de crier, Vargus écrasa le visage d'un homme avec son bouclier, puis il en égorgea un autre avant de décocher un fantastique coup de pied dans l'estomac d'un troisième. Avec le bord de son bouclier, il décapita quasiment un petit soldat qui tentait de le prendre à revers puis il abattit le pommeau de son épée sur le nez d'un colosse dont la tête explosa sous le choc.

Le visage aspergé de sang, Vargus vit Hargo, sur sa droite, trancher le cou d'un soldat avant de frapper latéralement pour couper quasiment en deux un type qui l'attaquait sur le flanc.

Ivre de sang, Hargo enfonça sa lame dans le torse d'un nouvel adversaire. Mais cette fois, son arme resta coincée dans la cible.

Du coin de l'œil, Vargus vit un Yerskanien attaquer avant que le colosse ait eu le temps de se trouver une nouvelle arme. Avec son bouclier, il écarta les deux soldats qui lui faisaient face puis vint s'interposer entre Hargo et son bourreau potentiel.

L'Yerskanien ne réussit pas à parer le coup de Vargus. La joue simplement entaillée, il recula, plus surpris qu'affecté par sa blessure. Ce court répit laissa à Hargo le temps de ramasser une épée ennemie avec laquelle il fendit proprement le crâne de son agresseur.

De nouveau armé, il recommença à tailler les Yerskaniens en pièces avec la frénésie d'un boucher victime d'une crise de folie. Soudain, il éclata de rire, laissant dans sa démence provisoire libre cours à la joie profonde qui le submergeait.

Ce moment de délire ne dura pas, car il reçut un coup d'épée dans le flanc. Une blessure sans gravité qui ne le força pas à lâcher son arme ni à cesser de débiter en tranches ses adversaires.

Le ciel et la terre oubliés, Vargus ne voyait même plus les parois de la passe. Plus rien ne comptait, à part les hommes qu'il devait abattre.

Ce fut d'abord un grand type aux chicots noirâtres qui lui crachait des jurons à la face. Après avoir éventré ce malotru, Vargus lui décocha un coup de pied dans la tête quand il se fut plié en deux. Torse nu, un colosse prit la place du défunt et ne fit pas plus long feu que lui, un coup d'épée dans l'entrejambe suffisant à le calmer pour toujours.

Après ça, Vargus ne distingua plus vraiment le visage de ses victimes. Dans un état second, il continua à frapper jusqu'à ce qu'il n'y ait plus personne face à lui. Emporté par son élan, il trébucha et faillit s'étaler de tout son long.

Lorsqu'une main se posa sur son épaule, il se retourna, prêt à trancher le bras d'un Yerskanien, et se retint d'extrême justesse quand il reconnut Hargo.

L'épée baissée, il regarda autour de lui et n'aperçut aucun ennemi vivant. C'était fini.

Debout au milieu des morts et des agonisants, le vétéran n'aurait su dire combien de temps avait duré la boucherie. Les poumons en feu, le souffle court et le cœur affolé, il supposa que ça n'avait pas été si rapide que ça. Sinon, il n'aurait pas eu aussi mal aux épaules et aux bras – par ailleurs couverts de sang.

Orran et d'autres hommes approchèrent, l'air à la fois hagards et soulagés. Muré dans son mutisme, Tom le Noir expédia sur le sol un glaviot couleur charbon.

— Nous avons un problème ? demanda Vargus.

En général, après un combat, les vainqueurs exultaient. Mais cette victoire était peut-être un leurre, une seconde vague d'assaut déferlant déjà sur eux.

Non, on ne voyait personne à part des soldats de Matthias et quelques Yerskaniens survivants qui s'enfuyaient sans demander leur reste après s'être délestés de leurs armes et de leur gilet de cuir.

— Que se passe-t-il ? demanda Vargus.

— Ce n'est pas nous qui avons gagné, souffla Orran, du sang aux coins de la bouche, c'est toi !

— J'ai failli ne pas pouvoir te suivre, haleta Hargo. C'est toi qui as brisé leurs rangs. Tout seul.

— Non, répondit Vargus. C'est nous – tous ensemble ! Seul, je n'aurais pas survécu. C'est une victoire collective. Hargo m'a sauvé trois fois la peau, et j'ai fait la même chose pour lui.

— Où est Tan ? demanda Orran, inquiet pour son ami.

Personne ne l'avait plus vu depuis un moment. La gorge nouée, ses camarades partirent à sa recherche.

Ils trouvèrent le corps de Tan sous ceux de deux adversaires. Les traits déformés par une infinie terreur, le pauvre fixait pour toujours le vide – pourtant, aucun de ses frères d'armes ne put détourner le regard de ses yeux exorbités.

Non loin de là, un blessé gémissait. Un Yerskanien salement touché, mais dont la vie tenait encore à un fil. Avec un cri de rage, Orran se jeta sur le moribond et le larda de coups d'épée jusqu'à ce qu'il ne soit plus qu'une immonde bouillie sanglante.

À la fin, Orran éclata en sanglots, ses larmes traçant des sillons dans la crasse de ses joues. Un spectacle comique qui ne fit rire personne. Originaires du même village, Tan et lui se connaissaient depuis l'enfance. Plus de vingt-cinq ans de souvenirs et de rêves partagés…

Sa furie épuisée, Orran, cruellement seul avec son chagrin, se laissa tomber sur sa victime.

Hargo ramassa ses armes pendant que Vargus et les autres l'aidaient à se relever. Puis Tom le Noir et le Bouclé enveloppèrent la dépouille de Tan dans une couverture et la portèrent jusqu'à la tente des morts, à la lisière du camp.

Vargus jeta un dernier coup d'œil aux cadavres, dans la passe, qui attiraient déjà des essaims de mouches et des vols de charognards. Un premier jour de guerre sanglant, certes, mais dont l'issue le surprenait. Rien n'avait été facile, et les deux camps avaient subi de lourdes pertes. Mais pour un défenseur tué, dix assaillants avaient péri. Un ratio étonnant. De plus, il n'était même pas midi. Après une telle défaite, l'ennemi ne repasserait sûrement pas à l'assaut aujourd'hui.

Une belle victoire.

Pourtant, la guerre commençait mal.

Le soir, autour d'un bûcher funéraire, tous ses camarades dirent adieu à Tan. Tandis que les flammes crépitaient, un prêtre du Créateur vint prononcer quelques propos flatteurs sur sa vie. Il n'y eut pas de prière. Toujours ravagé, Orran pleura en silence comme plusieurs autres soldats qui connaissaient bien le défunt.

Cette nuit-là, ce ne furent pas les seules funérailles, car des bûchers flambaient partout. Mais à coup sûr, ce furent les plus bruyantes.

Avant le début de la cérémonie, une partie des gars étaient déjà à demi soûls. Par respect, ils le cachèrent jusqu'à ce qu'Orran soit lui-même bien imbibé. Après, ils se lâchèrent, puisque l'ami de Tan ne se souviendrait de rien au matin.

Les cris et les rires se déchaînèrent quand Orran se lança dans des anecdotes sur le bon vieux temps. Enfants, Tan et lui étaient de fieffés voleurs de pommes, ce qui leur avait valu bien des corrections. Beaucoup plus tard, Tan s'était fait surprendre dans une grange alors qu'il lutinait la fille d'un paysan. Tout ça parce que sa belle criait trop fort.

Ensuite, les hommes dansèrent et chantèrent des vieux airs tirés du livre du Créateur. Lui-même pompette, le prêtre les dirigea comme une chorale.

Les choses faillirent mal tourner quand un prédicateur de l'Église de la Sainte Lumière proposa d'entendre Orran en confession.

— Prends ta lanterne et fourre-la-toi dans le fion ! avait beuglé le copain de Tan.

Si Hargo ne lui avait pas pris son épée, Vargus le ceinturant par sécurité, il aurait sans doute éventré le religieux. Prudent, celui-ci avait détalé comme un lapin.

Après une nouvelle tournée de gnôle, tout le monde l'avait oublié.

Les récits de guerre étaient arrivés à la fin. À ce moment-là, presque tous les hommes encore réveillés étaient venus se masser autour du feu de camp. Des centaines de soldats qui riaient et chantaient encore un peu mais finirent par se taire.

Quand on en arriva au combat du jour, Hargo et quelques hommes évoquèrent la charge sauvage de Vargus et le nombre d'Yerskaniens qu'il avait expédiés dans l'autre monde.

Le vétéran souligna qu'il exagérait, comme tous les ivrognes, et répéta qu'il s'agissait d'une victoire collective. Complètement bourré, Orran s'indigna que son ami refuse d'admettre qu'il avait remporté la victoire à lui tout seul.

— J'étais là, et je t'ai vu tailler en pièces ces salopards comme si tu moissonnais un champ de blé. Un spectacle que je n'avais jamais vu de ma vie.

Vargus posa son gobelet et ne bougea plus jusqu'à ce que ses camarades s'avisent qu'il y avait un problème. Au bout d'un moment, même Rudd cessa de s'empiffrer et Tom le Noir cessa de mâchouiller son *tarr*.

Quand le silence fut total, Orran se tut enfin et regarda Vargus.

— Si je suis encore en vie, dit le vétéran, c'est parce que nous avons combattu ensemble. Vous vous souvenez du jour où je suis venu vous parler, pendant votre entraînement ? Vous n'étiez pas incapables de vous battre, mais vous preniez ça à la légère. Quand j'ai parlé de fraternité, vous avez dû croire que j'étais ivre, ou que je prêchais comme un de ces crétins à la lanterne.

Orran grogna et Tom le Noir cracha dans le feu, dont les flammes crépitèrent.

— Vous comprenez ce que je voulais dire, à présent ?

Les hommes les plus proches firent signe que oui. Vargus soutint le regard d'Orran, qui finit par baisser les yeux.

L'unité du vétéran s'était couverte de gloire. En première ligne, elle avait conduit l'assaut et brisé les velléités de résistance des Yerskaniens.

Un homme approcha du feu et s'agenouilla devant Vargus.

— Je vous ai vus combattre aujourd'hui, les gars, et je voudrais me joindre à vous. Que faut-il faire ?

Sous le regard amusé et surpris de ses frères d'armes, Vargus fit mine de réfléchir à la question.

— Je pourrais me pencher pour que tu embrasses ma bague, fit-il. Qu'en dis-tu ?

Le soldat eut l'air horrifié. Après l'avoir aidé à se relever, Vargus lui tapa sur l'épaule.

— Ce n'est pas une secte, et je ne suis pas un gourou. Assieds-toi et nous parlerons…

Tard dans la nuit, une centaine d'hommes repartirent vers leur unité avec l'idée de fonder une confrérie. À partir de ce noyau, la notion se répandit dans toute l'armée comme un incendie de forêt.

Juste avant de s'écrouler, ivre mort, Vargus regarda le dos de ses mains. Les taches de vieillesse avaient disparu, la peau ferme et tendue comme celle d'un jeune homme…

Chapitre 7

Accroupi dans un coin, loin du trône, Nirrok se plaquait contre le mur pour ne pas se faire remarquer. Jusque-là, l'empereur Taïkon n'avait pas fait appel à lui, mais ça pouvait lui tomber dessus n'importe quand.

Si ça arrivait, il devrait être prêt à satisfaire toute demande de l'empereur et à subir son courroux s'il traînait trop.

Pour l'instant, Taïkon semblait fasciné par les trilles mélodieux mais très sonores d'un oiseau exotique au plumage multicolore. D'une extrême rareté, l'oiseau venait de la jungle d'émeraude qui se trouvait au nord, sur l'autre rivage de la Mer Morte. Dans l'Ouest, c'était la première fois qu'on en voyait un. De quoi justifier l'attention que lui accordait l'empereur.

Nirrok n'avait rien d'un joueur. Pourtant, il aurait parié sa chemise que le volatile ne ferait pas long feu. Comme tous les jouets qui n'intéressaient plus Taïkon, il finirait brisé et oublié dans un coin.

Précédé par un grand bruit, un héraut entra dans la salle pour annoncer l'arrivée des invités. Avant, il s'inclina si bas que son front manqua balayer les dalles du sol.

— Très Saint, selon votre volonté, le Conseil de Guerre est là, attendant que vous daigniez le recevoir.

Taïkon remit l'oiseau dans sa cage, s'assura que la porte était fermée et se concentra sur le héraut. Voyant les muscles des joues de l'empereur se contracter, Nirrok se prépara à une autre explosion de violence.

— Dis à ces hommes d'entrer, répondit Taïkon d'un ton serein – à la grande surprise de l'assistance.

Le héraut soupira de soulagement, salua encore et se retira lentement et à reculons.

Six hommes costauds entrèrent et vinrent s'incliner devant le trône. Quatre Zecorriens en cuirasse et cotte de mailles et deux Morriniens cornus. Tous arborant une multitude de galons et d'insignes, Nirrok supposa qu'il s'agissait de généraux. Les Morriniens étaient présents par pure courtoisie, mais ça ne les empêchait pas d'être aussi nerveux que les autres. Malgré la fraîcheur ambiante, les six militaires transpiraient à grosses gouttes.

Sans doute parce qu'un pauvre serviteur ne connaissait rien à la guerre, Nirrok se demanda pourquoi ces généraux étaient ici et pas avec leurs hommes.

— Quelles nouvelles des combats ? demanda l'empereur.

— Selon tes ordres, Très Saint, la reine d'Yerskania a été punie pour t'avoir désobéi. Elle filera droit, désormais.

Taïkon parut soudain intéressé.

— Racontez-moi tout…, dit-il d'un ton amical.

Ce ton et cette expression… Nirrok sentit son estomac se nouer.

Très grand, sa barbe noire huilée, un des officiers avança d'un pas.

— Nous avons lancé la première attaque *via* la passe du Sud en nous fiant presque exclusivement aux forces yerskaniennes. Comme prévu, leurs gilets et leurs armes n'ont pas fait le poids face aux Seves. Ce fut un massacre, Très Saint. Le compte n'est pas encore terminé, mais plusieurs milliers d'Yerskaniens ont péri.

Comme s'il redoutait d'en avoir trop dit, le général s'inclina et recula.

— Avons-nous des nouvelles de la reine ? demanda l'empereur.

Les officiers se consultèrent à mi-voix puis leur porte-parole répondit :

— Non, Très Saint.

— Donc, nous ignorons si elle a compris le message.

— Pour le moment, Très Saint… Mais la réponse devrait…

Taïkon leva une main. Aussitôt, le général se tut comme si on venait de lui trancher les cordes vocales.

— Héraut ! cria l'empereur.

Il y eut des bruits de pas dans le couloir, puis la double porte s'ouvrit pour laisser passer le héraut, à bout de souffle.

— Oui, Très Saint ?

— Avons-nous reçu un message d'Yerskania ?

Le héraut prit le temps de réfléchir avant de répondre :

— Aucun, Très Saint.

— Tu en es sûr ?

— Oui, Très Saint.

Taïkon se leva.

— Hors de ma vue !

Le héraut ne se le fit pas dire deux fois.

— Dis-moi, général… Général… ?

— Général Lorcha, Très Saint.

— Dis-moi, Lorcha, mon armée a-t-elle été victorieuse le premier jour de la guerre ?

Lorcha chercha du regard le soutien des autres gradés, mais ils semblaient aussi troublés que lui.

— Je ne... Eh bien...

Les mains dans le dos, l'empereur avança lentement.

— C'est une question très simple, Lorcha. Avons-nous vaincu ?

Le front ruisselant de sueur, Lorcha regarda autour de lui, en quête de soutien.

— Nos pertes ont été plus lourdes que les leurs. Et nous avons... battu en retraite.

Taïkon vint se camper à portée de bras du général.

Une boule se forma dans la gorge de Nirrok.

— Donc, nous avons perdu.

Lorcha essuya la sueur sur son front. Il tenta de parler mais dut se contenter d'acquiescer.

L'empereur secoua la tête, eut un claquement de langue et retourna vers son trône. Dans son dos, les généraux soupirèrent de soulagement.

— Et plusieurs milliers de mes soldats seraient morts ?

— Oui, Très Saint, coassa Lorcha.

Taïkon tira un petit couteau de derrière le trône.

Nirrok se plaqua les mains sur les yeux pour ne pas voir la suite. Mais il ne put s'empêcher d'écarter les doigts...

— Chaque mort est une blessure pour moi. Je les sens toutes.

Personne ne sut que dire après ça.

Taïkon approcha de nouveau du général, son couteau au poing.

— Ces braves ont souffert, et je dois souffrir aussi.

L'empereur leva sa main vide et s'entailla la paume.

— Ce n'est que justice, je crois.

L'égratignure saigna un peu, mais ça ne dura pas, car elle disparut en un clin d'œil.

— Il convient que nous souffrions tous, reprit l'empereur.

Il prit une main de Lorcha et l'entailla. Une blessure profonde qui pissa le sang.

— Aïe ! cria le général.

— Ça nous fait un…, compta Taïkon.

Il prit le couteau à deux mains, tourna la pointe vers lui et s'enfonça la lame dans le ventre jusqu'à la garde. Sans crier de douleur, il tituba un instant puis se pencha en avant et retira la lame.

Du sang rouge empoissa sa tunique, mais le flot se tarit très vite. Ébranlé, Taïkon mit un moment à reprendre son souffle, mais il parvint bientôt à se redresser comme si de rien n'était.

— Et deux…

— Attendez ! cria Lorcha avant que l'empereur le poignarde au ventre.

Affolé, le général tenta de repousser son agresseur.

Indigné, Taïkon se jeta sur Lorcha, le fit basculer en arrière et entreprit de le larder de coups de couteau.

Les autres généraux reculèrent. L'un d'eux tenta de courir vers la double porte mais découvrit qu'elle était fermée.

— Sept, huit, neuf ! continua à compter Taïkon tout en frappant.

Une mare de sang se formait sous le corps de Lorcha. Quand une odeur d'urine monta à ses narines, Nirrok paria qu'un des officiers venait de se pisser dessus.

— Dix-sept, dix-huit, dix-neuf…

À vingt, Lorcha cessa de crier. Désormais, l'empereur s'acharnait sur une carcasse.

Quand il se releva enfin, à trente-deux, couvert de sang, Taïkon parut d'abord serein comme si rien ne s'était passé. Puis il s'aperçut qu'il pataugeait dans le sang et fit la moue.

— Ma gouvernante va me gronder, dit-il en gloussant bêtement. J'ai tout sali.

Il alla s'asseoir sur son trône, qu'il souilla copieusement, puis regarda l'oiseau exotique, dans sa cage, qui chantait joyeusement, insensible à la violence des hommes.

Soudain souriant, l'empereur se plongea dans une énigmatique méditation. Puis il s'essuya le visage, cracha sur le sol, saisit la carafe de vin posée sur un guéridon et se la vida sur la tête pour se débarbouiller. Mécontent du résultat, il retira sa tunique et ses sandales pour se retrouver nu comme un ver sur le trône.

Rasant les murs, les généraux survivants cherchaient un moyen de sortir. Mais ils n'avaient pas d'armes, et des gardes royaux défendaient la porte.

Alors, les hautes fenêtres, peut-être ? Jusqu'en bas, dans les jardins, il y avait une sacrée hauteur. Pourtant, un des militaires semblait envisager sérieusement cette option.

— Où en était mon compte ? demanda Taïkon à la cantonade.

Personne ne répondant, il désigna Nirrok, dans son coin sombre.

— Toi ! Où en étais-je ?

— À trente-deux, Très Saint.

— Oui, fit Taïkon comme si ce nombre avait un sens secret connu de lui seul. Oui… Je n'aurais pas aimé recommencer de zéro.

Avec un rictus mauvais, il se leva et fondit sur le général qui tentait d'approcher d'une fenêtre. Le type tenta d'accélérer le pas mais Taïkon lui sauta sur le dos.

— Trente-trois ! lança-t-il en transperçant la main du général, qui essayait d'ouvrir la fenêtre.

Le militaire cria de douleur puis décocha un coup de coude au visage de son agresseur.

En un clin d'œil, la mâchoire brisée de Taïkon reprit sa forme originelle. Paniquée, sa proie brisa la vitre d'un second coup de coude et voulut passer à travers.

— Trente-quatre, trente-cinq, trente-six ! hurla l'empereur en enfonçant sa lame dans les jambes du haut gradé.

Puis il le prit par la taille, le tira à l'intérieur et lui transperça un œil.

— Trente-sept ! Qu'est-ce que ça saigne !

Incapable d'en supporter davantage, Nirrok se couvrit les yeux et se recroquevilla sur lui-même. Mais il ne put s'empêcher d'entendre les cris et le bruit des coups ni de sentir la puanteur qui envahit la salle quand les boyaux du général sortirent de son ventre.

Pour s'abstraire de cette horreur, Nirrok fredonna une berceuse que sa mère lui chantait jadis. Les paroles exactes lui échappaient, mais il était question de bien dormir et de se réveiller pour vivre un meilleur jour que la veille.

Après un temps indéterminé, il s'avisa que l'empereur ne comptait plus. Très doucement, pour ne pas attirer l'attention, il se redressa et osa jeter un coup d'œil entre ses doigts.

Sur le sol imbibé de sang gisaient des lambeaux de chair, des organes encore palpitants et une série d'immondices impossibles à identifier. Pas très loin du serviteur, une botte avec un pied encore dedans reposait sur une dalle sans être attachée à une jambe.

Les murs et même une partie du plafond semblaient avoir été repeints avec du sang – par un artiste dément, hélas.

Assis sur son trône, l'empereur sifflotait à l'intention de son bel oiseau.

— Qu'on nettoie tout ça, dit-il distraitement en désignant le carnage. Je vais avoir besoin de nouveaux généraux.

Nirrok approcha de la double porte, poussa et découvrit qu'elle était ouverte. Entre rires et sanglots, il sortit et partit à la recherche de la gouvernante du palais.

Avant que l'empereur lui mette sur le dos ce désastre…

Chapitre 8

Les passes du Sud et du Nord, entre Seveldrom et l'Ouest, étaient jonchées de cadavres. Pendant deux jours, en vain, les forces coalisées de l'Ouest avaient tenté de se frayer un passage. Sur un terrain si exigu, leur supériorité numérique n'avait servi à rien. Des centaines de vies avaient été perdues – peut-être bien délibérément.

Les morts, pour la plupart, étaient des Yerskaniens mal préparés à de tels combats. On aurait presque cru qu'on leur avait infligé une punition…

Sauf si Taïkon, vraiment fou à lier, entendait sacrifier toute son armée, la journée à venir serait bien différente.

Les moments de répit en ville appartenaient au passé. Pour rejoindre le front, les Mages de Guerre avaient dû chevaucher longtemps. Une occasion pour Balfruss de revoir les paysages de sa jeunesse et de repenser au passé. Bizarrement, le mal du pays l'avait affecté plus profondément qu'il l'aurait cru.

Jusqu'ici, on n'avait pas eu besoin des mages. Ils se tenaient quand même prêts, au cas où le Nécromancien et ses acolytes se montreraient.

Balfruss sentit Thule approcher longtemps avant de le voir. Le séjour à Charas n'avait fait de mal à aucun des mages, il fallait l'avouer. Pour Thule, il s'était révélé vital. À grand renfort de cataplasmes, de potions puantes et d'une cure de sommeil, le médecin du roi avait réussi à plus ou moins retaper le survivant de Shael.

Si le don de guérison n'avait pas été perdu, Balfruss aurait pu soigner les blessures de son ami en quelques secondes. Hélas, seuls certains membres du Premier Peuple possédaient encore des bribes de ce pouvoir, et ce serait terminé dans quelques générations.

Déjà accablé de regrets liés à sa vie personnelle, Balfruss déplorait que de telles connaissances soient bientôt perdues. Pour lutter contre l'inévitable, il avait demandé à Ecko de lui enseigner tout ce qu'il savait. Manque de chance, ça ne représentait pas grand-chose. Mais dans la tribu du petit homme, certains anciens étaient très doués. S'il survivait, Balfruss envisageait d'aller leur rendre visite, un de ces jours.

— Tu as l'air plus en forme, Thule !

Sa blessure à la gorge proprement pansée, le Shaelien n'avait plus les yeux cernés. Les joues moins creuses, il ne s'appuyait plus aussi lourdement sur son bâton de marche. Au début du séjour, sur prescription médicale, il avait dormi trois jours durant. Au matin du quatrième, le médecin avait trouvé son lit vide. Levé avant l'aube, Thule était parti se dégourdir les jambes en ville. Les jours suivants, il avait mangé avec presque autant d'appétit que Finn.

— *Un type intéressant, ce Finn…*

Pas encore habitué au lien mental qui existait entre le Shaelien et lui, Balfruss sursauta. Entendre quelqu'un parler dans votre tête était déconcertant. Quant à se dire qu'on pouvait entendre vos pensées…

— *Seulement celles qui flottent à la surface et sont liées à des émotions fortes. Je n'ai rien d'un espion.*

— Aucun problème... Mais je m'inquiète au sujet de Finn. Il est très puissant, et avec une formation convenable, il nous dépasserait tous. Faute d'entraînement, on peut se demander s'il est un bienfait ou une malédiction.

— *Nous le saurons bientôt... Tu sens la même chose que moi ?*

Balfruss ferma les yeux, fit abstraction du vacarme des guerriers qui l'entouraient et se concentra pour sonder les environs. Quelque part à l'ouest, il capta une présence en approche. L'écho du Pouvoir... Comme si une plume frôlait sa peau, il le sentit à peine au début. Puis ça devint de plus en plus fort à chaque seconde.

— Et merde ! (Balfruss rouvrit les yeux.) Va chercher les autres !

Ce n'était pas nécessaire. Alarmés eux aussi, ils accouraient déjà, les yeux écarquillés d'excitation et d'angoisse.

— Ce sont eux ? demanda Éloïse.

— Sûrement, oui... Seul, aucun Mage de Guerre n'est aussi puissant.

Balfruss espéra qu'il ne se trompait pas. S'il s'agissait du seul Nécromancien, la guerre ne durerait pas longtemps...

Incapables de sentir le Pouvoir, les soldats s'inquiétèrent néanmoins lorsqu'ils virent les mages se déployer en première ligne. En quelques secondes, toutes les conversations moururent. Dans un silence pesant, les regards se rivèrent sur la passe du Sud.

Dans la tête de Balfruss, la pression augmenta, comme si la force qui approchait était trop immense pour qu'il la comprenne. À croire qu'une vague géante allait déferler de la passe et balayer tout ce qui se dresserait devant elle.

Le mage eut des fourmis dans les doigts et tous les poils de ses mains se hérissèrent. Finn se tenait sur sa gauche et Ecko sur sa droite. Des positions soigneusement choisies.

Sur la droite de Finn, Éloïse le… supervisait. De loin la plus subtile des Mages de Guerre, elle serait capable de le guider, si ça s'imposait.

Malgré l'écrasante puissance de la force en approche, Balfruss captait les pulsations qui émanaient de Finn. La manifestation permanente de sa puissance hors du commun.

— Finn, n'oublie pas qu'ils peuvent essayer de nous effrayer avec des visions d'horreur. Ou entrer dans notre esprit pour ravager notre détermination.

— Je n'ai pas oublié ma formation, Balfruss.

— Dans ce cas, détends-toi. Je sens que tu t'emplis déjà de Pouvoir…

Le forgeron regarda un long moment son compagnon, puis il commença à respirer lentement et profondément. Très vite, la pression ambiante baissa et les pulsations devinrent presque imperceptibles.

Par-dessus l'épaule de Finn, Éloïse regardait intensément Balfruss. Devinant ce qu'il pensait, elle ne fit aucun commentaire, mais secoua la tête. Pour aujourd'hui, il était trop tard. Mais s'ils survivaient, il faudrait avoir une longue conversation avec Finn au sujet de son Pouvoir et d'un indispensable complément de formation.

Conscients de la tension des Mages de Guerre, les soldats restèrent silencieux.

Balfruss inspira à fond puis plissa le nez. Une curieuse odeur ne tarda pas à saturer l'air. Épicée, avec des relents de pourri, elle ressemblait à un mélange de puanteur de compost et d'agréable parfum de pain aux herbes en train de cuire.

Autour de Balfruss, les soldats cherchaient à localiser la source du phénomène.

Il y eut un bruit qui faisait penser à quelque chose en train de glisser, puis le son caractéristique du métal frappant la roche. À croire qu'une horde de mineurs s'attaquait à un filon d'or…

La créature visqueuse qui émergea de la passe était dotée d'un corps segmenté d'un rose si soutenu qu'il tirait sur le violet. Alors qu'il y avait assez d'espace pour vingt hommes marchant de front, elle faillit rester coincée dans la passe. Tout au long de son corps, des tentacules hérissés d'une pointe et des saillies osseuses articulées lui permettaient de se déplacer à une vitesse incroyable, pour un monstre de cette taille.

Soudain cabrée, l'horreur ambulante dévoila les crocs longs comme une lance et plus acérés que son fer qui garnissaient sa gueule démesurée. Un nuage orange à l'odeur fétide jaillit de cet abîme nauséabond et un son aigu vint vriller les tympans des défenseurs.

Face à cette vision de cauchemar, les soldats roulèrent des yeux horrifiés. De leur vie, jamais ils n'avaient vu une chose pareille.

Pendant que les archers se préparaient à tirer, les sous-officiers formèrent les unités défensives.

Pour Balfruss, la peur de tous ces hommes était presque palpable. Contre ce que leur dictait leur instinct – fuir à toutes jambes – ils tinrent courageusement la position.

À première vue, il fallait le reconnaître, l'illusion était convaincante. Mais un œil exercé repérait vite les défauts. Sur le passage du ver géant, le sol ne tremblait pas et aucune pierre n'était délogée de son trou dans le sol. Un monstre réel aurait annoncé son arrivée par du vacarme bien avant qu'ils le voient.

Balfruss mobilisa toute sa volonté et puisa du Pouvoir dans la Source. Sans accorder d'attention aux hurlements furieux du monstre, il leva une main et fit un geste circulaire en direction de la passe.

Le monstre poussa un dernier cri puis se volatilisa, ne laissant qu'une image un court instant imprimée sur la rétine de Balfruss.

Avec une faible quantité de Pouvoir, il amplifia sa voix :

— C'était une illusion. Il n'existe pas d'animal de ce genre.

En tout cas, il fallait l'espérer. Au fin fond du désert, on parlait souvent de vers géants qui résidaient dans les entrailles du sable. Mais il n'était jamais question de tentacules…

Logiquement, une autre attaque magique aurait dû suivre pour perturber les défenseurs. Quelque chose de plus subtil, peut-être, afin de semer la confusion chez des hommes parfois crédules. Mais rien de tel ne se passa.

Non sans un rien de déception, Balfruss vit que six silhouettes approchaient du petit groupe qu'il formait avec ses compagnons. Tous vêtus de la même façon – une longue tunique violette –, ces inconnus dissimulaient leur visage dans les ombres d'une haute capuche.

Un groupe composé d'hommes et de femmes, supposa Balfruss quand il constata de grandes différences de taille et de carrure entre les six inconnus.

Sans avoir besoin de voir les visages de ces gens, Balfruss eut la certitude que le Nécromancien n'était pas avec eux. Il s'agissait d'un groupe d'Éclats, ses acolytes.

La pression, sous le crâne de Balfruss, venait de ces six fléaux, transformés en une arme unique par leurs volontés combinées. Une force impossible à arrêter qui risquait d'écrabouiller les montagnes, d'étriper les soldats du roi et d'inverser le cours de la guerre.

Enfin, si on ne lui résistait pas.

Balfruss et les autres Mages de Guerre s'étaient préparés à ça. L'unique façon de combattre des Éclats agissant en groupe était de former un Lien et de laisser un mage contrôler le Pouvoir de tous les autres. Selon Balfruss, Éloïse aurait été le meilleur choix pour ce rôle. Pas d'accord avec lui, ses camarades l'avaient désigné.

— Frère, je te prêterai ma force, dit Ecko.

Physiquement, le petit homme d'une étonnante minceur n'avait rien d'une terreur. Dès qu'il se fut uni à Balfruss, pourtant, ce dernier sentit une nette augmentation du Pouvoir à sa disposition. Sous le choc, son cœur s'emballa et il lui fallut quelques secondes pour se remettre. Les autres mages se joignirent à lui les uns après les autres. Chaque fois, il lui fallut un peu plus de temps pour encaisser le coup.

Une fois le Lien formé, Balfruss put évaluer la force de ses collègues. Moins bien entraîné que les autres, Finn était de très loin le plus puissant. Quand il se connecta au Lien, Balfruss manqua tomber à genoux et des points noirs dansèrent devant ses yeux pendant ce qui lui parut une éternité.

Lorsqu'il regarda de nouveau devant lui, les Éclats avaient à peine avancé.

Près du mage, l'air crépitait. Des volutes d'énergie bleues ondulaient autour de ses membres et sur ses vêtements. Les soldats les plus proches de lui reculèrent pour lui laisser plus d'espace et éviter d'être touchés par une attaque magique qui le viserait.

— Balfruss ?

Quelqu'un venait de parler, mais qui ?

La plaine qui montait en pente douce jusqu'à la passe semblait déserte, mais quand il regarda mieux, Balfruss vit que ce n'était pas vrai. Du pollen voletait dans l'air et des centaines d'insectes différents rampaient sur le sol, à ses pieds. Dans le ciel, des corbeaux tournaient en rond, et plus haut, des oiseaux de proie se laissaient dériver sur les courants pour mieux étudier leur « garde-manger ».

Autour du mage, des centaines de cœurs de mammifères et d'oiseaux battaient régulièrement. Devant lui, il distingua les mouvements rapides d'une mouche qui volait dans sa direction.

Tout semblait se dérouler si lentement…

En transe, Balfruss sentit sa conscience s'étendre pour englober son environnement – un espace où tout était lié, un flot d'énergie circulant entre l'ensemble des créatures vivantes. Un vaste réseau se formait et son esprit se projeta de lui-même vers un niveau de perception et de pensée qui lui était en temps normal inaccessible.

— *Il faut te concentrer !* dit Thule.

L'intrusion mentale ramena Balfruss au présent et à l'imminence du danger. Les Éclats, constata-t-il, préparaient leur première attaque. Des plus élémentaires, apparemment. Une muraille mobile de Pouvoir hérissée d'un millier de lances qui arracheraient l'âme de leurs cibles sans laisser de marques visibles sur leur chair.

Dès que l'attaque fut lancée, Balfruss réagit d'instinct.

Sans le Lien, il n'aurait pas été capable de repousser un tel assaut. Au contraire, il serait mort sur le coup, comme tous les gens qui l'entouraient. Avec le soutien des autres, briser ce mur mobile fut un jeu d'enfant.

Une deuxième attaque suivit, plus véloce que la première mais à peine plus complexe. Balfruss la para et disposa également de la suivante.

— *Ils cherchent à évaluer nos défenses...*, dit Thule.

Balfruss en était déjà arrivé à cette conclusion.

Les silhouettes encapuchonnées ne bougeaient ni ne parlaient, comme s'il s'était agi de statues. Les yeux plissés, Balfruss puisa un peu de Pouvoir et le spectre de couleurs accessibles à sa vue s'élargit considérablement. Les Éclats avaient bien formé un Lien, mais il n'y avait pas que ça. Un cordon d'énergie noire était relié à leur dos et disparaissait très loin derrière eux. On aurait dit les fils d'une marionnette.

Les attaques se succédèrent et atteignirent un niveau maximum de complexité et de vitesse. Sans inventivité ni même réflexion, les Éclats alternaient entre plusieurs modélisations qui semblaient faire partie d'un plan prédéfini.

Potentiellement mortelles, ces attaques ne pouvaient pas être ignorées. Mais les Éclats, peu à peu, devenaient davantage une nuisance que des adversaires redoutables.

— Balfruss..., souffla Éloïse.

Elle aussi sentait que quelque chose clochait.

— Je sais...

Le mage fit signe à Ecko d'approcher.

— Oui, frère ?

— C'est une diversion. Je vais te détacher du Lien, pour que tu ailles prévenir les autres. La véritable attaque viendra de la passe du Nord. Tu pourrais y être utile…

Sans quitter ses ennemis de l'œil, Balfruss se concentra sur l'essence d'Ecko présente dans le Lien. Avec le sentiment de se couper un bras, il sépara le Pouvoir du petit homme du Lien.

L'attaque qui suivit fut plus difficile à repousser. Au prix d'une grande dépense d'énergie, Balfruss y parvint, mais le bouclier défensif du Lien faiblit un peu.

Ecko alla parler à un capitaine qui envoya aussitôt un messager à cheval. Avec un peu de chance, l'homme arriverait à temps, mais Balfruss en doutait.

Ecko prit quelques minutes pour se reposer. Accroupi, il essuya la sueur qui ruisselait sur son front.

Balfruss s'avisa qu'il était lui aussi trempé de transpiration. Depuis quand combattaient-ils ainsi, liés les uns aux autres ?

En face, un des acolytes se détacha aussi de ses compagnons, peut-être à cause de ce que venait de faire Ecko. Le petit homme se redressa immédiatement et Balfruss sentit qu'il puisait du Pouvoir dans la Source.

L'acolyte solitaire ne fit aucun geste menaçant, mais il propulsa un filament d'énergie qui vint toucher Balfruss et le fit frissonner.

Tous les compagnons de Balfruss eurent droit à la même manœuvre. Dès qu'il fut visé, Ecko frappa à son tour et l'Éclat recula. Le premier mouvement individuel, depuis l'apparition du groupe…

Le solitaire abaissa sa capuche. Même de si loin, Balfruss vit que quelque chose clochait.

La peau très pâle et jaunâtre en certains endroits, des touffes de cheveux noirs encore accrochées à son crâne, l'homme avait des yeux noirs profondément enfoncés dans leurs orbites et des morceaux de chair manquaient sur sa tête. De-ci de-là, des trous permettaient de voir à l'intérieur de sa bouche ou d'apercevoir sa matière grise. Avec un rictus qui dévoila ses dents pourries et ses gencives à vif, il invoqua son Pouvoir.

Ecko secoua tristement la tête, puis il frappa de nouveau, un poing fermé ramené contre sa poitrine. En face de lui, une masse rouge et pulsante tomba sur le sol puis cessa très vite de battre. L'acolyte déjà à demi décomposé eut un petit cri puis s'écroula face contre terre.

Balfruss se prépara à la prochaine attaque. À sa grande surprise, les Éclats se retirèrent, leur Lien soudain volatilisé.

Soulagé, Balfruss libéra ses compagnons les uns après les autres. Quand il eut fini, il se sentit plus petit et le monde lui sembla moins net, comme si son acuité visuelle avait baissé.

Les vêtements imbibés de sueur, les jambes en coton, il serait tombé si quelqu'un ne l'avait pas soutenu. La même personne l'aida ensuite à s'asseoir, et il tenta de reprendre son souffle. Tout le corps douloureux, il se demanda s'il avait passé la journée à se battre. Mais dans le ciel, le soleil avait à peine bougé. Tout ça avait duré au plus une heure.

Un soldat proposa une outre au mage qui but avidement une eau tiédasse quelque peu croupie mais pourtant délicieuse sur sa langue. Des émotions et des pensées tourbillonnaient dans sa tête, impossibles à discipliner. Réfléchir semblait un effort surhumain, comme s'il était incapable d'assimiler ce qu'il avait vu en étant dans le Lien. Une partie de tout ça lui échappait déjà…

— Tu vas bien ? demanda une voix de femme.

Il mit quelques secondes à identifier Éloïse.

— J'ai besoin d'un peu de temps…

— Eh bien, ne te gêne pas ! Ils ne reviendront pas aujourd'hui. Pas après la perte d'un des leurs.

— Je n'ai pas vu ce qu'a fait Ecko.

— Il a arraché le cœur du type.

— Avons-nous prévenu les autres à temps ?

Éloïse s'agenouilla près de Balfruss, sa moue amère en disant aussi long que ses propos :

— Des Zecorriens en armure ont ouvert une brèche dans nos défenses. Des massacreurs morriniens se sont infiltrés dans nos lignes, mais nous les avons repoussés jusqu'à leur point d'entrée.

— À quoi avons-nous servi ? gémit Balfruss.

— Sans nous, ç'aurait été une boucherie, dit Éloïse en l'aidant à se relever.

Elle parlait d'un ton dur, mais tapota gentiment la joue du mage.

— Ils auraient fini par passer dans tous les cas. Tout ce que nous faisons vise à retarder le siège, rien de plus.

— Tu as raison, mais je déteste qu'on me manipule pour éprouver mes forces.

— Crois-tu que j'aime ça ?

Balfruss jeta un dernier regard à la passe. La reverrait-il un jour ?

Chapitre 9

Gunder s'assit avec un gros soupir. Sabu, son assistant, alluma les deux lampes à huile, puis ferma la porte et abaissa le volet. Alors que le gamin balayait le sol, Gunder se pencha sur le grand livre comptable du jour.

À cause de son poids considérable, le tabouret craqua chaque fois qu'il changeait de position. Lorsque les comptes furent bien ronds, il se leva, sortit et gagna la taverne locale baptisée *La Bénédiction du Seigneur*.

L'enseigne qui pendait au-dessus de la porte avait été récemment repeinte. L'image du Seigneur de la Lumière en tunique blanche, désormais auréolée de peinture dorée, brillait dans la pénombre comme un soleil couchant. Particulièrement pieuse, l'épouse du tavernier avait commandé en Shael la peinture spéciale. Bien entendu, ce devait être avant le début de la guerre. Depuis, personne ne parlait en public des atrocités subies par la population de ce royaume. Des camps de torture... Des fosses pleines de cadavres pourrissants... Des bûchers funéraires dont la fumée obscurcissait le ciel pendant des jours...

Alors que des Vorgas assoiffés de sang rôdaient dans le Sud, des Zecorriens et des Morriniens furieux écumant le Nord, qui pouvait blâmer la reine d'Yerskania ? Dans ces conditions, elle avait rejoint la coalition sans que des menaces soient nécessaires.

À la connaissance de Gunder, il n'y en avait pas eu non plus contre les mercenaires de Drassia. Apparemment, ils avaient rejoint l'alliance de Taïkon, mais nul n'en savait plus long sur eux – pourtant, Gunder avait interrogé les bonnes personnes. Taïkon avait-il peur de leur réputation ?

Grâce aux lanternes accrochées au mur et à la bougie posée sur chaque table, la salle commune de la taverne était très bien éclairée. Venus se réchauffer après une rude journée de labeur, des marins et des dockers étaient massés devant la cheminée. Près de la porte, Gunder remarqua une rangée de bottes boueuses.

La moitié des tables étaient occupées par un mélange de négociants, d'ouvriers et de marchands. En majorité, des Yerskaniens râblés à la peau claire, mais Gunder repéra aussi deux mercenaires drassiens masqués et un Zecorrien à la peau presque aussi noire que ses yeux.

Les bonnes odeurs de poisson frit qui sourdaient de la cuisine mirent l'eau à la bouche à Gunder. Perizzi étant une ville portuaire, les produits de la mer dominaient bien évidemment sur tous les menus.

Sous le regard de la tavernière, des filles sagement vêtues servaient à boire aux clients. Leur foulard, remarqua Gunder, était blanc, contrairement à ceux, très colorés, qu'on voyait dans toutes les rues. En général, les Yerskaniens n'étaient pas des gens réservés, mais la tavernière n'aimait pas que les clients soient trop proches de ses employées. Comme toujours assis avec un gourdin sur les genoux, Masson, le videur de l'établissement, décourageait les buveurs de se laisser aller à des privautés.

Une taverne très fréquentée, certes, mais où il restait possible d'avoir une conversation privée.

— Par ici ! lança Ramalyas.

Le marchand de tapis élancé était un Morrinien. Comme il y en avait d'autres dans la salle, on ne le remarquait pas plus que ça. En moyenne, les Morriniens étaient des gens agréables. Mais selon Ramalyas, les extrémistes religieux donnaient de plus en plus de la voix dans son pays natal. Une des raisons qui l'avaient poussé à s'exiler.

En s'asseyant à une table, Gunder salua de la tête Zoll, le bijoutier zecorrien aux yeux noirs. Puis il serra la main d'Iyele, un négociant en vin du coin.

Une serveuse apporta aux quatre hommes des pintes de bière brune et prit leur commande de nourriture.

— Un petit plat de poissons grillés, s'il vous plaît, dit Gunder en tapotant son ventre rebondi. J'essaie de perdre du poids.

Après s'être essuyé le front avec une manche, il ajusta sa coiffe de velours. Si quelqu'un s'était aperçu qu'il avait les cheveux un rien en désordre, personne ne lui en fit la remarque alors qu'il les arrangeait.

La conversation, d'abord agréable et légère, s'orienta très vite sur la guerre.

— Le Seigneur de la Lumière entend que les hérétiques soient sévèrement punis, dit Zoll. Mais je n'arrive pas à croire que tous les Seves aient succombé. En Seveldrom, j'ai commercé avec des gens très bien. Une extermination semble… exagérée.

Gunder fronça les sourcils sans faire de commentaires. Dans leur groupe, Zoll était le plus fervent dévot. S'il trouvait la guerre « excessive », il n'était sans doute pas le seul en Zecorria. Datant à peine de quelques mois, la coalition commençait à craquer aux entournures.

— Je ne crois pas ce qu'on raconte au sujet du roi de Seveldrom, déclara Ramalyas. Moi aussi, je voudrais que cette guerre s'arrête.

— Vraiment ? fit Gunder. Pourquoi ça ?

— Parce qu'elle est mauvaise pour mes affaires ! La soie de l'Est est la meilleure, pas vrai ? Mes clients paient deux fois plus cher ces tapis-là. En revanche, la soie de Shael, de moins bonne qualité, n'est guère recherchée en ce moment. Depuis que les routes commerciales vers Seveldrom puis le désert sont coupées, je dois puiser dans mon stock. Sans réapprovisionnement, je n'aurai plus rien à vendre, et mon estomac criera famine.

— Nous sommes tous touchés, dit Gunder. Ce sont des temps difficiles.

— Jusque-là, vous n'avez pas perdu de proches, dit Iyele, les yeux baissés sur sa bière. Quand ça arrive, on peut dire pour de bon que les temps sont difficiles.

Gunder, Ramalyas et Zoll se penchèrent vers leur ami.

— Tu as des nouvelles ? demanda le marchand de tapis.

— Un de mes neveux travaille au palais, et il a surpris des conversations. Il y a également eu beaucoup d'arrivées et de départs de messagers, ces derniers jours…

— Alors, les rumeurs ? demanda Zoll en lissant sa moustache huilée.

— La pure vérité, répondit Iyele. La reine a refusé une suggestion de Taïkon…

De l'ironie… Avec le Roi Fou, il n'y avait jamais de « suggestions », mais des ordres. Selon la propagande de Zecorria, toutes les nations de l'alliance conservaient leur souveraineté, mais personne n'était dupe. Taïkon dirigeait l'Ouest. Jusque-là, son influence sur Yerskania avait été limitée et Gunder entendait que ça continue.

— Le lendemain du refus de la reine, nos troupes ont eu l'honneur de conduire la charge contre les Seves. Alors qu'elles affrontaient les infidèles, il est apparu qu'elles ne disposaient d'aucun soutien. La boucherie a duré deux jours, et beaucoup de mes compatriotes ont péri.

Yerskania n'était pas un royaume réputé pour ses guerriers. On y trouvait plutôt des marins, des négociants et des artisans. Habiles à fabriquer des armes pour les autres, les Yerskaniens les maniaient plutôt mal sur les champs de bataille. L'armée royale, très réduite, avait mission de poursuivre les brigands dans les provinces et de soutenir la Garde Civile en cas de problème. Maintenant qu'elle était partie combattre en Seveldrom, la capitale devenait terriblement vulnérable.

— J'ai perdu deux neveux et trois nièces, dit Iyele. Dans les passes, on compte encore les morts. On parle de quatre mille au total – peut-être cinq…

Un lourd silence suivit ces propos. Gunder retira sa coiffe, lissa ses cheveux et inclina respectueusement la tête.

— Sais-tu quels ordres a donnés la reine ? demanda-t-il après quelques instants.

— Non… Après le deuxième jour de la tuerie, des lettres urgentes destinées à Taïkon sont parties du palais. Peu après, des Morriniens et des Zecorriens entraînés ont remplacé mes compatriotes sur le champ de bataille.

— Que la Mère Bénie guide leur main, dit Ramalyas.

Par habitude plus que par conviction.

Une fois servis, les quatre hommes mangèrent en silence tout en réfléchissant aux nouvelles et à leurs conséquences. Avant de séjourner en Yerskania, Gunder mangeait très rarement du poisson ou des fruits de mer. Ici, c'était la base de l'alimentation, et on en consommait au moins une fois par jour. Pour ne pas attirer l'attention, puisqu'il était censé être un indigène, Gunder se pliait à la règle. Parfois avec un certain plaisir, mais de temps en temps, las du poisson et du poulet, il aurait tué pour une belle côte de bœuf saignante.

Morrinow exportait un peu de viande bovine, mais la meilleure provenait de Seveldrom. En ces temps de rareté, le prix de la viande rouge doublait tous les jours. Investir dans le commerce des épices n'avait peut-être pas été une si bonne idée que ça…

Gunder engloutit sa portion de poisson fumé, bien plus petite que les plats de ses compagnons. Ayant terminé avant les autres, il lorgna avidement une tarte aux prunes, sur la table d'à côté. Raisonnable, il commanda une salade d'oranges et regarda ses amis se goinfrer de pâtisseries au miel. Après une nouvelle tournée de bière, la conversation reprit :

— J'ai entendu des rumeurs inquiétantes, dit Gunder.

Zoll lui fit signe de développer et les autres se penchèrent pour mieux entendre.

— Un ami zecorrien m'a dit qu'on pillait et brûlait les temples dans son pays…

Iyele et Ramalyas parurent choqués. Sans broncher, Zoll continua à siroter sa bière. Gunder remarqua sa réaction nonchalante mais il ne dit rien, laissant les autres s'en apercevoir d'eux-mêmes.

— Zoll, que sais-tu à ce sujet ? demanda Iyele.

— Ce n'est rien du tout…

Devant l'inquiétude de ses amis, il crut bon de préciser :

— Il s'agit de quelques temples païens et il n'y a pas eu de blessés. Une de ces maudites sectes…

— Tu sais qui a donné l'ordre ? intervint Ramalyas.

— Tu ne devines pas ? ironisa Gunder. Combien de temps avant qu'il décide que les églises du Créateur et les temples de la Mère Bénie ne sont pas à son goût ?

— Il n'oserait pas ! s'écria Ramalyas.

— On n'en arrivera pas là, assura Zoll.

Mais il ne semblait pas convaincu. Si on en croyait les fuites du palais, Taïkon en était déjà à tuer des gens parce qu'ils le regardaient de travers.

— La journée a été longue, mes amis, dit Gunder en se levant. (Il remit sa coiffe.) À demain…

Sans se presser, il prit le chemin de sa maison et apprécia l'air frais de la nuit tout au long de l'itinéraire tortueux qu'il suivit. Plaque tournante commerciale, la capitale d'Yerskania accueillait tous les voyageurs. Surnommée « le carrefour de l'Ouest », elle recevait des visiteurs venus des quatre coins du monde. Du moins, avant la guerre…

Des négociants des nations du désert venaient jusqu'à Perizzi en suivant la route de la soie qui menait d'abord à Seveldrom. Désormais, on ne voyait plus d'Orientaux au teint mat dans les rues – et pas davantage de Seves en cuirasse. *Idem* pour les Shaeliens à la peau dorée…

Depuis le début de la guerre, Perizzi n'accueillait plus que des Zecorriens, des Morriniens et les Drassiens masqués qui servaient de gardes du corps aux marchands et aux nobles. On voyait aussi quelques Vorgas à la peau bleue, mais tout le monde s'efforçait de les éviter et de ne surtout pas les regarder dans les yeux.

Quand on pensait au loup… Au détour d'une rue, Gunder faillit percuter un Vorga.

Dépassant les six pieds de haut – pour un Vorga, ce n'était pas très grand –, le type foudroya Gunder du regard et porta la main à la poignée de son coutelas. Vêtu d'un kilt et d'un gilet, l'individu sinistre pouvait être un homme ou une femme. Chez les Vorgas, les deux étaient des brutes sans pitié.

— Tu es aveugle, gras du bide ? grogna le Vorga.

Gunder riva le regard sur les mâchoires saillantes de son interlocuteur. Surtout, éviter ses yeux !

Une des grandes oreilles du Vorga battit comme une voile quand il se pencha vers sa proie.

— Tu as dit quelque chose, poltron ? dit-il en dévoilant ses dents pointues.

Gunder n'avait jamais vu un Vorga de si près. À présent, il comprenait pourquoi on les surnommait « faces de crapaud ». En réalité, ils ressemblaient plus à des reptiles, mais la comparaison ne leur aurait pas davantage plu.

Venus de la mer, les Vorgas étaient des enfants de Nethun, le Seigneur des Océans.

Après avoir claqué des dents et sifflé comme un serpent, le Vorga s'éloigna. Soulagé, Gunder s'autorisa un soupir. Une minute plus tard, deux membres de la Garde Civile passèrent devant lui. Ils suivaient le Vorga, à tout hasard…

Toujours en zigzaguant, au cas où on le pisterait, Gunder reprit le chemin de ses pénates. Traversée par la rivière Kalmei, Perizzi ne manquait pas de ponts. En plus des sept principaux, on en trouvait une bonne vingtaine où trois personnes pouvaient marcher de front.

Gunder traversa une de ces passerelles, accéléra le pas, passa une nouvelle fois sur l'autre rive…

La tranquillité ambiante ne lui disait rien de bon. Après avoir tiré un couteau de sa manche, il retira ses chaussures, les prit dans sa main libre, entra dans sa maison et passa en silence d'une pièce à l'autre. Dans la cuisine, une rousse flamboyante, assise à la table, mangeait tranquillement une pomme.

— Tu es en retard…

— Je préférerais que tu ne t'introduises pas chez moi en mon absence, Roza.

— Des nouvelles ? demanda la jeune femme en se coupant une nouvelle tranche de pomme.

— Un peu, oui…

Gunder résuma le conflit entre la reine d'Yerskania et Taïkon.

— Je suppose qu'il y aura bientôt un décret royal.

— Sait-on quel ordre a donné la reine ?

— Non, mais si ça met en danger la ville, nous devrons intervenir. Contacte nos gens, au palais. Nous devons savoir au plus vite ce que prépare la reine. Et toi, tu as du neuf ?

— Des rumeurs, surtout… Mais je tiens de plusieurs sources fiables une histoire sur la santé de Taïkon.

Gunder leva les yeux au ciel et fit mine de prier.

— Il ne nous ferait pas la grâce de mourir, ce chien ?

— Hélas, non… Il guérit toutes ses blessures, et il ne cesse de se goinfrer. Selon les serviteurs, des gens lui rendent visite jour et nuit, comme s'il n'avait plus besoin de dormir.

— Et merde ! grogna Gunder.

— S'il travaille sans cesse, il réparera toutes les fissures de la coalition en un clin d'œil.

— Il a agi plus tôt que prévu, marmonna Gunder en se grattant la barbe.

Une véritable torture ! Mais avec son maquillage, ces poils aidaient à le faire passer pour un obèse.

— Que veux-tu que je fasse ?

— Pour qu'elle corresponde aux livres saints, dit Gunder, le Nécromancien a répandu des histoires sur l'enfance de Taïkon. La princesse Talandra veut que nous fassions circuler d'autres récits. De la contre-propagande... Tu vois ce que je veux dire ? Taïkon n'a pas d'ombre, son image ne se reflète pas sur les surfaces polies, il a les yeux rouges... À toi de choisir. Mais lance des mensonges courts et laisse les gens les enrichir. Tout notre réseau doit participer à cette opération. C'est compris ?

Roza plissa le front mais n'émit pas d'objection. Il faudrait quelques jours pour contacter tous les agents, puis un nouveau délai avant que la contre-propagande atteigne les oreilles des populations. Mais ces rumeurs, en passant de bouche à oreille, gonfleraient comme les eaux d'un fleuve pendant la saison des pluies.

Des gens finiraient par jurer connaître quelqu'un qui avait vu Taïkon boire du sang puis pactiser avec de sombres créatures venues de l'autre côté du Voile. Ces fantaisies se répandraient dans toutes les nations de l'Ouest, et personne ne pourrait plus les contenir.

— Ce sera long à réaliser, dit Roza.

— Je m'en remets à toi. Fais le plus vite possible.

— Et toi, quel est ton programme ?

— Envoyer un rapport à notre chef.

— Et après ?

— J'ai reçu l'ordre de me faire un nouvel ami, répondit Gunder avec un sourire à glacer les sangs d'un Vorga.

Chapitre 10

Alors que les autres étaient déjà entrés sous la tente-hôpital, Vargus restait immobile sur le seuil à observer les rangées de lits. Dans chacun d'eux gisait un homme blessé durant les sauvages combats de la journée.

Bien préparés, armés et équipés, cette fois, les soldats ennemis avaient frappé fort. Les pertes, très lourdes, dépassaient toutes les prévisions. D'une incroyable férocité, les guerriers de l'Ouest semblaient animés par une rage mystique. Pendant les combats, ils avaient hurlé des injures aux défenseurs, les traitant de blasphémateurs, de chiens et d'abominations à la face du monde. À l'évidence, les mensonges et les manipulations de Taïkon et de ses sbires portaient leurs fruits. Désormais, c'étaient des fanatiques religieux qui déferlaient sur Seveldrom. Rendus fous par les drogues ou la foi, certains massacreurs morriniens en avaient la bave aux lèvres. Convaincus de servir une juste cause, ils croyaient combattre dans le camp de la Lumière. Des héros chargés d'éradiquer une souillure afin d'ouvrir une nouvelle ère de paix et de prospérité. Tenter de les convaincre du contraire aurait été une perte de temps. À leur place, Vargus lui-même aurait pris le discours de ses adversaires pour de la propagande. Promis à durer longtemps, ce conflit ne serait pas résolu par des mots.

Des médecins en tenue noire, coiffe comprise, s'occupaient des blessés les plus graves pendant que les infirmières tentaient de soulager et de rassurer les autres. Près des moribonds, les Sœurs de la Miséricorde les serraient dans leurs bras en fredonnant des berceuses – tout ce qu'elles pouvaient faire pour les apaiser en attendant que leur cœur cesse de battre.

De l'encens brûlait aux quatre coins de la tente et à intervalles réguliers dans les rangées de lits. Une odeur de sang et de merde montait pourtant aux narines de Vargus.

Sur la droite du vétéran, un blessé rendit le dernier soupir après avoir appelé sa mère. Sans se soucier du sang qui maculait ses vêtements et son visage, une Sœur de la Miséricorde le serra contre sa poitrine jusqu'à la fin. Puis elle le reposa sur le lit, lui ferma les yeux et lui croisa les mains. Quand ce fut fait, elle songea à se nettoyer un peu les joues.

Lorsque son regard croisa celui de Vargus, il eut l'impression de la connaître. Rousse aux cheveux ondulés, les yeux bleus et de grande taille, elle ressemblait simplement à un fantôme de son passé.

Un passé très lointain…

— Je parie que vous avez encore plus besoin d'un verre que moi…

La sœur eut un sourire las puis elle entreprit d'envelopper le cadavre dans un drap. Dès que ce fut fait, des brancardiers vinrent emporter le mort. Très bientôt, un autre agonisant prendrait sa place dans le lit. Un pauvre type de plus qui se viderait de son sang et du reste…

— Tu comptes rester là ? demanda Hargo, debout au milieu de la tente.

Vargus avança et le regretta aussitôt quand l'odeur de la mort le saisit à la gorge. Avec Hargo, plusieurs guerriers étaient massés autour du lit de Benlor. La jambe droite du blessé s'arrêtait net au niveau du genou, sur des bandages immaculés. Très pâle, Benlor semblait très calme et en paix. Aucune Sœur de la Miséricorde ni aucun prêtre ne s'occupait de lui, et c'était très encourageant.

Son jumeau, Rennor, se penchait sur lui, l'air dévasté. Comme s'il avait pris en lui toute la souffrance de son frère.

Les soldats venus rendre visite à Benlor avaient la mine grave, même s'ils devaient être soulagés de ne pas gésir dans le lit à la place de l'unijambiste. Gênés, certains regardaient leurs pieds – peut-être pour s'assurer qu'ils avaient toujours le bon nombre d'orteils.

— Si l'un de vous se met à chialer, grogna Benlor, je jure de me lever pour l'étrangler. Je ne vais pas crever, pas vrai, Vargus ?

— Non, dit le vétéran en s'agenouillant sur un côté du lit.

Il tendit au blessé la bouteille de gnôle qu'il lui avait apportée.

— Je me suis dit qu'un petit coup te requinquerait.

— Ma favorite ! s'écria Benlor en serrant la bouteille contre son sein.

— C'est une bonne eau-de-vie, souffla Tom le Noir. Très chère.

— Comment sais-tu ça, Tom ? demanda Orran.

Le mâcheur de *tarr* haussa les épaules.

Benlor serra plus fort la bouteille.

— N'imaginez pas que je vais partager avec vous, tas de boit-sans-soif !

— Ne sois pas radin, dit Rudd en se passant la langue sur les lèvres. (Comme toujours, il crevait de faim et de soif.) Nous avons des goûts très raffinés.

— Rudd, à l'aveugle, tu ne ferais pas la différence entre de la bière et du vin.

— Les deux soûlent un honnête homme, alors, qu'importe la différence ?

Le Bouclé acquiesça, l'air un peu confus.

— Tu vois ce que je dois supporter ? lança Benlor à son frère, qui se força à sourire. Cette gnôle, c'est exactement ce que le médecin m'a prescrit.

— Elle ne fera pas repousser sa jambe ! s'écria Rennor, la voix brisée.

Un long silence tendu suivit cet éclat. Tom le Noir sembla vouloir cracher par terre, mais il se ravisa et déglutit avec une grimace.

— Je vois au moins un point positif, dit Vargus quand il ne supporta plus le silence. Désormais, il sera plus facile de vous distinguer l'un de l'autre.

Choqué, Rennor parut sur le point de cogner. Mais Benlor éclata de rire.

— Foutu fumier…, marmonna son frère à l'intention de Vargus.

Mais il souriait, à présent.

— Benlor, nous avons fait de notre mieux. Désolé que ça n'ait pas suffi.

Le blessé prit la main du vétéran.

— Ne t'excuse pas, dit-il. Avant de te rencontrer et de créer la…

— Prononce le mot « secte » et je te couperai l'autre jambe, bougonna Vargus.

— J'allais dire « confrérie »… Ça te convient ?

— C'est mieux que l'autre terme.

— Avant, donc, j'étais un simple soldat du roi. Ami avec ses camarades, mais sans véritable fraternité. Aujourd'hui, j'ai perdu une jambe, mais je reste plus riche que par le passé.

Benlor balaya du regard le petit groupe. Il aurait voulu en dire plus, mais les mots lui manquaient.

Hargo et les autres avaient compris, de toute façon. Inutile d'en rajouter.

Une infirmière approcha et regarda sombrement les soldats.

— Ils ont tous besoin d'être là ?

— C'est ma famille, répondit Benlor.

La femme étudia les visiteurs – pas un ne ressemblait au blessé, à part son jumeau – et fronça les sourcils.

Vargus capta le message.

— Repose-toi, l'ami. Et bon retour chez toi.

Tous les autres saluèrent Benlor puis se retirèrent pour le laisser seul avec son frère.

Juste avant de sortir, Vargus eut des picotements dans la nuque, comme si on l'observait. Il se retourna, croyant découvrir une paire d'yeux, mais en avisa des dizaines. Partout sous la tente, des blessés regardaient dans sa direction.

Tous ceux qui pouvaient encore bouger le saluèrent. Un dernier au revoir entre des frères d'armes.

Il faisait nuit quand Balfruss se réveilla sous sa tente. Après huit heures de sommeil, il se sentait toujours aussi fatigué. Le combat, constata-t-il, l'avait plus affecté qu'il aurait cru.

Il sortit de sa tente et approcha du feu de camp. Pendant que Darius rectifiait l'assaisonnement d'un ragoût, Éloïse lisait à la lueur des flammes.

L'estomac de Balfruss grommela. Ça faisait un moment qu'il n'avait plus rien mangé.

—Juste à l'heure, dit Darius.

Il remplit une assiette de riz et de ragoût et la tendit à son ami.

—Où sont les autres ? demanda Balfruss en soufflant sur sa nourriture.

—Ils dorment ou se reposent. Mais l'odeur du ragoût va les faire rappliquer.

—Il ne viendra pas, dit Éloïse avec un regard perçant pour Balfruss.

Inutile de demander à qui elle faisait allusion.

—Laisse Balfruss manger en paix, mon épouse !

—J'irai lui parler… C'est promis.

Les trois amis finirent leur repas sans aborder de nouveau le sujet. Ecko les rejoignit pour dîner, mais il n'alimenta pas la conversation.

Le récit des aventures des trois mages, au fin fond du désert, n'avait guère d'intérêt pour le petit homme, qui écouta pourtant poliment. Jusqu'à ces derniers temps, il n'avait jamais quitté sa tribu et encore moins son pays.

Les anecdotes de voyage n'ayant aucun impact, Balfruss essaya une autre approche :

—Si tu nous parlais de ton peuple, Ecko ? Votre histoire, par exemple.

—Je pourrais parler pendant des heures, fit le petit homme en finissant de saucer son assiette avec du pain. Les légendes du Tisserand, du Dieu Céleste ou du

Demi-Roi. Mais ce serait un reflet faussé de la réalité. Si tu veux nous connaître, tu devrais venir chez nous.

—Je le ferai un jour, oui… Si nous survivons.

Ecko regarda son frère d'armes de biais.

—Je crois que tu viendras très bientôt.

—Tu parais bien sûr de toi…

—Je vois plus loin que vous, répondit Ecko sur le ton de la plaisanterie. Merci, Darius, ce ragoût était délicieux.

Sur un dernier sourire, le petit homme s'éloigna et s'enfonça dans l'obscurité.

Toutes ses excuses épuisées, Balfruss se leva. Le sommeil et le repas l'avaient requinqué, mais peut-être pas au point de pouvoir affronter ce qu'il lui restait à faire.

Trouver Finn fut facile. Se fiant au son du marteau, Balfruss ne tarda pas à tomber sur une forge de campagne où on réparait les armes et d'autres équipements vitaux. Dans une armée de cette taille, on n'avait jamais assez de bras pour ça. De nouvelles armes arrivaient chaque jour de la ville, mais le voyage prenait trop de temps pour qu'il soit possible d'y renvoyer le matériel à réparer.

Finn travaillait sur une épée. À cause de la chaleur, il suait à grosses gouttes, la chemise collée au torse.

Il jouait du marteau, ses muscles puissants se gonflant sur ses bras et dans son dos. Même s'il regardait intensément l'épée, son esprit semblait ailleurs. À peine conscient de ce qui l'entourait, il ne s'intéressait à rien d'autre qu'à son ouvrage.

À première vue, les autres forgerons paraissaient travailler normalement. Cependant, ils jetaient de fréquents coups d'œil à Finn. Le mage était sans doute un bon forgeron, devaient-ils se dire, mais il les rendait nerveux.

Quand il fut satisfait de son ouvrage, Finn posa son marteau puis étudia l'épée sous tous ses angles.

Un type chauve aux bras énormes approcha. Les deux marteaux d'argent cousus sur le dos des gants de cuir glissés à sa ceinture étaient le seul signe extérieur de son importance.

Il s'empara de l'épée que lui tendait Finn et l'étudia d'un œil d'expert.

— Joli travail.

— Tu as autre chose pour moi ?

— Pas ce soir. Mais tu peux revenir demain, si tu veux…

À son ton, le chauve ne pensait pas ce qu'il disait. S'il ne se plaignait pas d'avoir de l'aide, un Mage de Guerre fichait bien trop la frousse à ses gars.

— Si je travaille sur un projet personnel, ça te gênera ?

— Tu es ici chez toi…, fit le maître de forge avant de s'éloigner.

Finn sortit un petit objet noir de sa poche et le plaça dans les flammes avec une paire de pinces.

— Tu as le temps de prendre une pause ? demanda Balfruss.

Ébloui par la lueur de la forge, Finn mit une main en visière.

— J'ai déjà mangé… Elle n'aurait pas dû t'envoyer.

— Je ne viens pas pour ça.

— Alors, que veux-tu ?

— Parler de ton Pouvoir.

— Je suis occupé !

— Tu n'en as pas l'air, pourtant…

— Eh bien, j'en ai la chanson !

— Ce ne sera pas long, Finn.

Le forgeron dévisagea Balfruss.

— Tu ne vas pas lâcher l'affaire, pas vrai ?

Balfruss secoua la tête.

Les deux hommes s'éloignèrent de la forge et burent un peu d'eau à une gourde. Balfruss se demanda s'il n'aurait pas dû apporter de la gnôle. La conversation en aurait peut-être été facilitée…

— Que veux-tu ? demanda Finn.

— Tu es toujours si direct ?

— Jamais appris à être autrement… Tu veux parler de ma malédiction ?

— Quelle malédiction ?

— Ce foutu Pouvoir !

Balfruss sourit mais il se ravisa devant l'expression de Finn.

— Je t'écoute.

— Tout a commencé il y a trois ans – par une atroce migraine. Avant ça, tout allait bien. Mes rêves se réalisaient, comprends-tu ? J'aurais dû me méfier, parce que le Créateur n'aime pas les gens heureux. Notre prêtre n'était pas un mauvais bougre, mais le livre du Créateur parle sans cesse de gens qui souffrent, et il semblait croire que c'est un idéal à atteindre.

— Qu'est-il arrivé ?

— Avec mon cousin, j'avais repris la forge locale. Avec succès… Surtout des réparations, mais on nous commandait parfois des faux, des haches ou des fers à cheval… Tu vois le genre. Puis j'ai rencontré une fille…

Finn se tut un long moment. Quand il reprit la parole, ce fut d'une voix voilée :

— La première fois que c'est arrivé, j'ai assommé un poivrot qui faisait des âneries. Sans le toucher, mais personne ne s'en est aperçu. Les gens ont cru qu'il avait glissé, mais je n'étais pas dupe. La deuxième fois, alors que j'étais furieux, un toit s'est écroulé, blessant plusieurs personnes. J'ai tenté d'occulter mon don, mais ça n'a fait qu'aggraver les choses. Au bout du compte, tout le monde a su. Malgré mes suppliques, l'Ancien a écrit à la Tour Rouge. Deux mois plus tard, un vieux Recruteur est venu éprouver mon Pouvoir, et j'ai dû partir me former.

— Combien de temps es-tu resté loin de chez toi ?

— Six mois.

Balfruss eut une moue révulsée.

— C'est tout ?

— Moi, j'ai trouvé ça trop long... À mon retour, tout avait changé. Quelqu'un vivait dans ma maison, mon cousin avait un nouvel associé, et la fille...

Balfruss n'eut pas besoin d'entendre le reste.

— Une malédiction, je te dis !

— Ce n'est pourtant pas obligatoire.

— Je ne veux pas de tout ça et je n'ai rien demandé ! Balfruss, tu peux me débarrasser de ce poison ?

Sous l'effet de la colère, des étincelles bleues jaillirent des doigts du forgeron. Puis une flamme apparut dans ses paumes. Furieux, il expulsa l'énergie et tout redevint normal.

— Tu peux aussi contrôler ce Pouvoir, dit Balfruss.

— Je refuse ! Avec lui, j'ai failli tuer des gens que j'appréciais. Peux-tu m'aider à me libérer ?

— Non. T'aider oui, mais pas à ça.

— Alors, à quoi sers-tu ?

Finn vida la gourde et retourna à la forge, où il se défoula en cognant sur une pièce de métal toute tordue. Après l'avoir observé un moment, Balfruss retourna vers sa tente.

Éloïse l'interrogea du regard, pleine d'espoir, mais il secoua la tête. Alors que Darius dormait déjà sous sa tente, Thule finissait avidement le ragoût.

— *Laisse-lui du temps*, dit-il avec un petit sourire.

Faute d'arguments, Balfruss se contenta d'acquiescer. Pour l'instant, Finn était fermé comme une huître, mais il fallait persévérer. Pour être honnête, il ne disait pas que des bêtises. Le Pouvoir était bel et bien dangereux, et s'il ne le contrôlait pas, il risquait de faire beaucoup de victimes sans le vouloir.

Après une rude journée, la fatigue rattrapa Balfruss. Une fois sous sa tente, il s'endormit comme une masse.

Dans ses rêves, il revit des images de son enfance et du village dévasté où il n'était plus allé depuis vingt ans.

Chapitre 11

L'armée avait battu en retraite et Talandra, avec tous les autres, était partie en quête d'un nouveau « nid » provisoire. Même si elle ne restait jamais plus d'une nuit dans ses appartements de passage, la princesse réussissait à les remplir de livres et de documents. Chaque nuit, des dizaines de messages arrivaient à la capitale – par oiseaux-voyageurs – et des estafettes les apportaient à la fille du roi.

Comme celui de la veille, son bureau était couvert de minuscules missives codées.

Talandra lut une nouvelle fois le dernier texte de son maître-espion en Yerskania. Selon ses ordres, le réseau allait répandre une tout autre interprétation des « miracles » de Taïkon. La légende de ce type reposait sur des montagnes de mensonges, mais jusque-là, ses fidèles de l'Ouest restaient aveugles et sourds. L'envie de croire qu'un prophète les guidait leur permettait peut-être d'occulter sa folie – après tout, la foi ne reposait-elle pas avant tout sur l'aptitude à s'aveugler ?

Autour d'une grande table, le roi et les généraux faisaient le point sur les résultats de leur stratégie et son impact sur les combats du jour. Retenus sur la ligne de front, les frères de Talandra arriveraient trop tard pour prendre part à ces débats. De toute façon, Hyram préférait de loin le terrain à la théorie et Thias aimait mieux ne pas se mouiller dans ces affaires-là.

Matthias avait demandé que Balfruss assiste à la réunion et expose son point de vue sur le déroulement de la guerre. Comme tous les autres participants, Talandra trouvait le Mage de Guerre bien fatigué après quelques jours de combat seulement.

— Tout se passe bien, annonça Graegor. Les pièges et les ravines sont très efficaces. Creuser toutes ces tranchées fut un calvaire, mais ça fonctionne. L'ennemi a la supériorité numérique, mais ça ne lui servira à rien si nous continuons à le désorganiser.

— Hélas, dit Wolfe, ça aura bientôt une fin. Et nous n'avons pas le temps de creuser d'autres ravines.

— Sans doute, dit Matthias, mais elles ont ralenti l'ennemi, c'est un fait.

Une manière de calmer Graegor avant qu'il monte sur ses grands chevaux.

Avant de rencontrer ce général, dans son enfance, Talandra n'aurait pas cru qu'on pouvait être furieux en permanence. Mais ces derniers jours, le vieux militaire s'était montré irascible à un point jamais atteint. Pas à cause de la guerre, aurait parié la princesse. Ce n'était pas sa première, et il adorait ça. Donc, il devait avoir un souci d'ordre intime. D'accord, mais lequel ? Célibataire endurci, il se consacrait entièrement au service du roi et devait ignorer jusqu'au sens de l'expression « vie personnelle ».

Lors de son prochain tête-à-tête avec le roi, Talandra se promit de l'interroger discrètement.

Le général borgne mal embouché grattouilla son bandeau noir avec sa main droite où manquaient plusieurs doigts, puis il but une gorgée de bière. Étonnamment, c'était la première alors que la réunion durait depuis un moment.

Comme d'habitude, Graegor portait sa tenue entièrement noire. À la connaissance de Talandra, il s'habillait toujours ainsi et ne se séparait jamais de la terrifiante hache glissée dans sa ceinture.

— Qu'ont répondu nos citoyens morriniens ? demanda le roi en se tournant vers sa fille.

— Il a fallu argumenter, mais au bout du compte, ils sont d'accord. Seveldrom est leur royaume et ils se battront pour le défendre. Ils sont en chemin et devraient arriver demain très tôt. La nuit, il n'y aura pas de lune. À 2 heures du matin, ils attaqueront le camp ennemi.

Nyctalopes, les Morriniens faisaient d'excellents tueurs et de très bons espions. Manque de chance, ils méprisaient ces professions. Dans leur culture, toute forme de mensonge – y compris dans les jeux d'enfants – était un péché mortel. Peu désireuses de perdre leur temps, les compagnies théâtrales itinérantes ne s'aventuraient jamais chez eux.

En Morrinow, les doctrines religieuses prenaient inexorablement le pas sur les lois. Très bientôt, ce royaume serait une théocratie dirigée par des prélats. En conséquence, il devenait très difficile de trouver des Morriniens prêts à rompre avec des traditions millénaires en échange de plus de liberté. Cela dit, pour ceux qui s'étaient exilés en Seveldrom, l'idée d'attaquer les lignes d'approvisionnement de l'ennemi pouvait être acceptable.

— Qui les commande ? voulut savoir Matthias.

Il leva sa chope, mais lui non plus n'avait quasiment pas bu depuis le début du conseil informel.

— Kuldarran, répondit Vannok. Un type bien qui ne panique pas.

— Parfait…, souffla le roi. Quelqu'un veut bien évoquer nos pertes ?

— Sire, ça pourrait être pire, dit Graegor. Entre les pièges et les attaques-surprises, l'ennemi a rarement le temps de frapper nos guerriers. Nous reculons, et les chasseurs nous couvrent efficacement.

Graegor ponctua cette phrase d'un signe de tête à l'intention de Wolfe. Lui, reconnaître les mérites d'un autre général ? Décidément, il n'était pas dans son assiette.

— Pour un mort chez nous, il y en a entre trois et cinq chez eux…, intervint Talandra. Et quand ils ont franchi la passe du Nord, le ratio a été bien plus élevé.

Dans la salle, tout le monde savait que la stratégie actuelle visait uniquement à ralentir les troupes qui poursuivaient l'armée de Seveldrom. Dès que les deux troupes seraient sorties des collines de Fosse – un terrain hautement accidenté – un choc frontal serait inévitable.

Même ainsi, on en viendrait tôt ou tard à ce que Talandra redoutait le plus. Les défenseurs retranchés dans la capitale pour subir un siège…

— Balfruss, comment vont les Mages de Guerre ? demanda le roi.

— Nous sommes épuisés, sire. Tuer un de nos adversaires ne nous a même pas aidés…

— Pourquoi ? grogna Graegor. C'est vous qui avez l'avantage du nombre, désormais.

— Certes, mais ce n'est pas si simple que ça.

— Vraiment ?

— Certains d'entre nous sont plus forts que les autres. Il en va de même pour les Éclats.

— Vous ne pouvez pas en mettre un bon coup quand vous travaillez ensemble ? maugréa le général borgne.

— Graegor…, fit le roi, histoire de le rappeler à l'ordre.

Talandra vit que Balfruss n'appréciait guère qu'on le tance.

— Ai-je la prétention de vous dire comment creuser des tranchées ou diriger des guerriers ? riposta-t-il.

Graegor voulut répondre, mais Balfruss ne lui en laissa pas le loisir :

— Vous ne savez rien de la magie !

— Ce fut une longue journée, Balfruss, dit le roi. Et vous devrez partir pour le front demain à la première heure. Merci d'être venu…

Balfruss serra la main du roi et sortit sous le regard mauvais de Graegor.

— Et le moral des troupes ? lança Matthias.

Les généraux regardèrent Vannok, connu pour passer le plus clair de son temps sur le terrain. Graegor ne quittait pas le roi. Quant à Wolfe, il ne restait jamais assez longtemps au même endroit pour avoir un vrai contact avec les hommes.

— Au plus bas quand nous avons perdu la passe du Nord, il s'est amélioré depuis. Nos troupes se battent mieux que jamais. C'est mystérieux…

Vannok semblait sincèrement perplexe.

— Pas tant que ça, dit Graegor. J'ai déjà vu ça souvent. Les soldats font bloc quand ils comprennent que seuls leurs camarades peuvent les empêcher d'aller rejoindre le Créateur.

— Non, ce n'est pas ça…, souffla Vannok. Là, c'est autre chose…

— Et après ? marmonna Graegor. Tant que ça fonctionne, pourquoi couper les cheveux en quatre ?

— Talandra, des nouvelles de l'Ouest ? demanda le roi.

La princesse résuma les dernières missives de ses espions au sujet de Taïkon.

— Le plus inquiétant, c'est qu'une poignée de fanatiques zecorriens partagent leurs « prophéties » avec des dissidents de Morrinow. Au début, ce n'était qu'une secte, mais ça a changé.

— Ce qui signifie, en clair ? rugit Graegor.

— Taïkon aura bientôt son propre culte.

— Par les Gonades du Créateur ! jura le général borgne.

— Et à quoi ça lui servira ? demanda Vannok. Les Morriniens et les Zecorriens ne renonceront jamais à leur foi millénaire pour le vénérer.

— Le Roi Fou tente de consolider sa position. Plus il liera sa mythologie personnelle aux Écritures du Seigneur de la Lumière, plus il lui sera facile de se faire passer pour le prophète si longtemps attendu. Les fanatiques sont avides de pouvoir. S'ils se sont ralliés à Taïkon, c'est parce qu'il est pour le moment l'homme le plus puissant de l'Ouest.

— Un cinglé ! siffla Graegor.

— C'est vrai, dit Talandra. Il devient chaque jour un peu plus imprévisible.

— Ça ne le rend pas moins dangereux, modéra le roi. Ne perdez jamais ça de vue. Son père était une brute sadique, et ça ne l'a pas empêché de régner trente ans.

— Mon réseau s'échine à faire exploser la coalition de l'intérieur, dit la princesse. Cette dérive religieuse pourrait jouer en notre faveur. Les Zecorriens et les Morriniens sont devenus des idolâtres. Désormais, la vérité est notre meilleure arme contre Taïkon. Mes agents travaillent dur pour leur ouvrir les yeux. Là-bas, il y a une résistance, et nous la soutenons en sous-main.

Le roi se leva et tous les autres l'imitèrent.

— J'ai besoin de repos… et vous aussi, dit-il avec un regard appuyé pour Talandra.

— Bientôt…, promit la princesse.

Une fois seule, elle resta où elle était. Quelques instants plus tard, sa plus fidèle espionne, Shanimel, entra dans la pièce. Les espions morriniens étaient extrêmement rares. Même si elle avait passé la plus grande partie de sa vie en Seveldrom, il avait fallu des années à Shanimel pour s'affranchir du carcan des traditions.

Dans sa tenue violette – un pantalon et une veste du dernier cri – la Morrinienne semblait encore plus pâle que de nature. Ses cheveux noirs, noués en queue-de-cheval, laissaient apercevoir sa nuque et la pointe de ses oreilles. Ses petites cornes, en revanche, disparaissaient sous les ailes de ses cheveux.

— Tu voulais me voir ?

— Oui. Assieds-toi, je t'en prie.

Par la porte ouverte, Shanimel jeta un coup d'œil dans le couloir, où se tenaient deux gardes royaux. Ces hommes veilleraient sur Talandra jusqu'à ce qu'elle ait gagné sa chambre, où elle aurait enfin le droit d'être seule.

En attendant, Talandra résuma les dernières nouvelles au sujet de Taïkon et de son culte naissant. Bien qu'elle ne fût pas vraiment croyante, Shanimel parut troublée par ces informations. Seveldrom était son foyer, certes, mais elle se souciait toujours de son peuple.

— J'imagine que tu veux mettre des bâtons dans les roues à ce culte ?

— Oui, et sans lésiner sur les moyens ! lança Talandra. Brûler un temple dédié à un dieu oublié fera peut-être pleurer les historiens, mais ça ne poussera pas les gens à se révolter. Il faut frapper plus fort.

— À quel point ?

— Envoie à Gunder l'ordre d'incendier une église du Créateur à Perizzi.

Shanimel ne cacha pas sa stupéfaction. Au fil des siècles, les autres cultes avaient connu des fortunes diverses, mais le Créateur avait des fidèles depuis l'aube des temps.

Talandra avait envisagé d'autres cibles, mais l'effet n'aurait pas été le même. Et il fallait que Perizzi échappe au contrôle de Taïkon.

— Ce ne sera pas facile, dit Shanimel.

— Gunder et ses agents trouveront un moyen, comme toujours. Autre chose, mon amie : le haut prêtre Filbin est en route pour Perizzi.

Le premier prélat de l'Église de la Sainte Lumière était un individu répugnant. Et un des hommes les plus puissants de Zecorria, car il disposait d'un clergé pléthorique qu'il utilisait comme une armée personnelle. Ses contradicteurs, pas très nombreux, avaient la déplorable habitude de disparaître ou d'être victimes de malheureux accidents. Depuis des années, Talandra suivait sa marche vers le pouvoir… et accumulait des informations sur lui.

— Un pèlerinage en plein milieu de la guerre ? Une mauvaise nouvelle pour Yerskania et pour nous.

— Je suis d'accord, mais nous devrions pouvoir en tirer avantage. En Zecorria, il est trop bien protégé…

— Tu n'envisages pas de… ?

— Non, même si ça m'a traversé l'esprit…, avoua la princesse tout en rédigeant une courte réponse codée à un message de Gunder.

— Filbin ne peut être ni acheté, ni contraint ni soumis à un chantage. Comment comptes-tu faire ?

— La vérité…, répondit Talandra avec un petit sourire. C'est notre meilleure arme pour lui rappeler qui il est et à quel point son peuple a dérivé, ces derniers temps.

Shanimel ne sembla pas convaincue. Mais en profondeur, elle se fiait au jugement de Talandra. Quand elle eut pris le message codé, elle regarda de nouveau en direction du couloir.

— Ce sera tout pour ce soir ?

Talandra acquiesça. En public – les deux gardes – elle ne pouvait pas se permettre de tout dire.

— Dans ce cas, à demain…

Shanimel sortit et salua les gardes avant de s'éloigner.

Talandra tenta en vain d'étouffer un bâillement. Du coup, sa mâchoire craqua et elle eut des larmes aux yeux.

— Princesse, nous pouvons parler demain, avant mon départ, proposa Balfruss en entrant dans la salle. Vous semblez épuisée.

— Non, ça ira…

Talandra se leva pour serrer la main du mage. La poigne de Balfruss était ferme sans pour autant vous broyer les os, et le cal, dans sa paume, témoignait qu'il travaillait dur. Si elle n'avait pas su qu'il était un Mage de Guerre, la princesse aurait volontiers imaginé qu'il s'entraînait chaque jour à l'épée pendant des heures.

Comme ses frères, il avait les épaules et les bras d'un guerrier. Dès qu'elle se tenait près de son père ou de ses frères, Talandra savait qu'elle faisait pièce rapportée. Comme tous les Seves, les trois hommes étaient grands et bruns. Pour la taille, elle n'avait pas à rougir, mais sa minceur… eh bien, elle aurait aimé avoir davantage de courbes.

Ses cheveux blonds, ses yeux bleus et sa peau laiteuse étaient un héritage de sa défunte mère. Avec les trois mâles, elle n'avait que deux points communs : un nez très légèrement crochu et un sourire ironique – même si plus personne ne souriait depuis des jours dans la famille.

— Navrée au sujet de Graegor, il est pénible…

— Un bel euphémisme, souffla Balfruss.

— Vous avez soif ?

— Non, merci, Votre Grâce.

— En privé, au diable les titres. « Talandra » ira très bien. Le tutoiement aussi.

— Merci, dit Balfruss en s'asseyant. Avez-vous… As-tu des questions à me poser ?

Talandra acquiesça puis se servit un verre de bière tout en observant le mage. Vannok lui avait un peu parlé de leur passé commun, mais en se concentrant sur leur enfance. À huit ans, Balfruss avait quitté son village pour suivre une formation à la Tour Rouge. À partir de là, Vannok l'avait vu deux ou trois fois par an au maximum.

Après la formation, les deux hommes s'étaient rencontrés une poignée de fois dans la capitale. De plus en plus rares, les Mages de Guerre étaient très demandés, surtout dans les royaumes où on ne trouvait pas de pratiquants de la magie, comme Morrinow. Bien éduqué et respecté, Balfruss était un meneur d'hommes né. Sa victoire contre le ver géant était déjà en train de devenir une légende et sa gloire grandissait chaque jour.

Malgré toutes ces informations, Talandra avait le sentiment de rater quelque chose d'important. Vannok, elle l'aurait juré, en savait plus long qu'il voulait bien en dire. Peut-être parce qu'il respectait le secret de son ami d'enfance…

— J'ai des questions sur la prophétie d'Opsum.

Balfruss grogna puis ricana.

— Je ne me torcherais pas le derrière avec ! s'écria-t-il avant de se rappeler à qui il parlait. Toutes mes excuses… C'est un torchon responsable de longues années de malheur. Je ne saurais dire combien de vies ont été gâchées par cette… horreur.

— Que sais-tu de ce texte ?

— Je connais quelques passages par cœur… Pour résumer, ça parle d'un enfant de la magie qui remodèlera le monde pour les siècles à venir. Mais avec tout le respect que je te dois, que sais-tu des Oracles qui ont accouché de ces idioties ?

— D'après ce que j'ai lu, c'étaient des Mages de Guerre…

— As-tu déjà vu un Oracle ?

Talandra secoua la tête.

— Ce sont des crétins congénitaux qui se bavent, se pissent et se chient dessus à longueur de journée. Ils vivent dans la crasse, plus couverts de vermine que le pire des animaux. L'esprit empli de vide, ils radotent du soir au matin.

— Rien que ça ?

— Ce ne sont pas des devins, mais des abrutis qui ont voulu aller trop loin avant de savoir ce qu'ils faisaient. Du coup, ils se sont carbonisé le cerveau. Selon certains analystes, c'est ça qui leur permet de produire des prédictions…

— Tu ne partages pas cette opinion ?

— Sais-tu pourquoi on parle de la prophétie d'Opsum ?

Balfruss n'attendit pas que Talandra ait fini de faire « non » de la tête.

— Parce que c'est la seule chose que ce type ait dite durant le premier mois. Personne ne sait si c'était son nom ou une onomatopée.

— Pourtant, les membres du Conseil Gris y ont cru assez pour abandonner leurs postes et partir à la recherche de cet enfant de la magie.

Talandra s'attendait à un nouvel éclat de Balfruss. Mais il parut soudain déçu et triste.

— Tu as vu le résultat de leur sage décision ? Quand j'étais enfant, un Recruteur passait dans mon village tous les six mois. Dans des coins plus reculés, c'était une fois par an. Et ça suffisait ! Les enfants nés avec une aptitude pour la magie étaient recensés, on évitait les accidents, et les disciples faisaient la queue devant la Tour Rouge. De nos jours, les Recruteurs sont si rares que chacun doit se charger d'un royaume. Une mission impossible… Ces quinze dernières années, presque tous les enfants doués sont morts avant ou peu après leur puberté. Parfois, la cause de la mort est évidente, et en d'autres occasions, ils s'éteignent simplement dans leur sommeil. Des familles entières ont été tuées parce que des gamins ne savaient pas contrôler leur Pouvoir. Des villages entiers rayés de la carte…

» Les gens qui arrivent jusqu'à la Tour Rouge sont mal formés, et quand ils en sortent, on se retrouve avec…

— Finn Smith, acheva Talandra.

— C'est ça. Il est formidablement puissant, et personne n'est mort dans son village. Mais il ne pourra jamais rentrer chez lui, parce que les gens le craignent.

— Et les membres du Conseil Gris ? Où sont-ils, à présent ?

— À la recherche de leur Élu ! Depuis quinze ans, personne n'en a entendu parler. Après ce qu'ils ont fait, ces salopards, quel bon débarras !

Talandra but un peu de bière avant de poser la seule question qui lui importait :

— Selon toi, le Nécromancien est-il cet Élu dont parle la prophétie d'Opsum ?

Balfruss prit le temps de réfléchir tout en passant les doigts dans sa barbe grisonnante. Avec ses cheveux également striés de gris, il faisait bien plus vieux que son âge. Pourtant, comme Thias, le frère aîné de la princesse, il ne devait pas avoir encore fêté ses quarante ans.

— Non, le Nécromancien n'est pas l'Élu. Les prédictions sont vagues et pourraient se référer à n'importe qui. Certains disent même qu'une partie de ces divagations me concerneraient. Mais rien de tout ça ne s'est réalisé. La prophétie d'Opsum, c'est du vent, et le Conseil Gris l'a interprétée comme ça l'arrangeait. Je doute que ses membres réapparaissent pour présenter le Nécromancien comme leur fichu messie.

Talandra soupira de soulagement.

— Et tous ces types doivent être morts, à présent, ajouta Balfruss.

— J'ignore si ça devrait également me soulager…, soupira la princesse.

— Les mages sont en voie de disparition… Dans vingt ans, peut-être trente, les derniers formateurs de la Tour Rouge prendront leur retraite ou mourront de vieillesse. Après, ce sera terminé. Nous entrerons dans un nouvel Âge des Ténèbres où tous les enfants doués seront brûlés ou noyés, comme dans un passé maudit.

— Quelqu'un ne peut pas prendre la relève ? fonder un nouveau Conseil Gris ?

— Les rares qui ont essayé ont échoué. Les Mages de Guerre, eux, ne voient pas en quoi il serait utile ou rentable de s'investir là-dedans. Ce serait bien vu, certes, mais ça ne les nourrirait pas. Surtout en des temps où ils peuvent se remplir les poches.

— Tu dis « ils » comme si tu n'étais pas l'un d'eux.

— Tu crois que je suis ici pour l'argent ?

Même si elle le connaissait à peine, un coup d'œil sur les vêtements de Balfruss suffit pour que Talandra devine la réponse.

— Désolée… Non, je ne le crois pas. Tu me parlais de la Tour Rouge ?

— Quelqu'un pourrait fonder un nouveau Conseil Gris, mais je ne suis pas le bon candidat. Il me manque la sagesse et la patience indispensables à un professeur et à un chef.

— Encore une question au sujet du Nécromancien. Quelle est sa puissance ?

— Jusque-là, il nous a seulement envoyé ses acolytes, et il y a déjà de quoi s'inquiéter. Pour l'instant, je dirais qu'il est brutal et impitoyable, mais j'en saurai plus sur lui quand il se montrera sur le champ de bataille.

— Merci de ta visite, surtout si tard. J'ai apprécié ton honnêteté et ta franchise. Il se peut que je veuille te reparler.

Balfruss se leva et s'inclina.

— Je suis à ta disposition… Bonne nuit, Talandra.

La princesse s'attarda un moment pour réfléchir aux propos de Balfruss sur les Mages de Guerre et l'inévitable chute de la Tour Rouge. Puis elle décida qu'elle avait assez de soucis comme ça.

Avec un peu de chance, les prophéties, comme l'affirmait Balfruss, n'étaient que les divagations d'une bande d'ahuris. Sinon, la situation risquait de s'aggraver bien au-delà de tout ce qu'elle avait imaginé.

Chapitre 12

Avec un rictus pour le Zecorrien, Vargus dévia avec son bouclier une attaque anémique. Criant comme un gamin en colère, le type tenta de nouveau sa chance. Décrivant un large demi-cercle, sa lame faillit trancher la gorge d'un autre Zecorrien qui se tenait sur sa droite.

Vargus recula vivement puis passa à l'offensive. D'un coup de boule, il fit éclater le nez du crétin. Dans un geyser de sang, celui-ci se mit à sangloter comme un enfant. Pour ne pas risquer de s'apitoyer, Vargus l'acheva au plus vite.

Sur sa droite, Hargo finissait de tailler un adversaire en pièces. De plus en plus adepte de l'épée courte yerskanienne, il s'en servait avec une brutale efficacité. À l'inverse de beaucoup d'hommes, il se battait en silence avec une grâce sauvage qui évoquait irrésistiblement les évolutions d'un danseur.

Avec une précision de chirurgien, Hargo coupa net la main d'un soldat puis fendit le crâne d'un autre avec l'arête de son bouclier. Dans son sillage, Orran acheva les deux blessés avec un javelot qu'il avait déniché sur le champ de bataille.

Tous les Seves combattaient en équipe ou au minimum en binôme. Ainsi, les hommes se protégeaient les uns les autres et déviaient souvent des coups qui auraient été mortels pour leurs camarades. Dans la mêlée, Vargus avait vu un homme s'interposer devant une lance qui visait un de ses compagnons. À mains nues, et avec une épée dans le ventre, le Seve avait étranglé le Zecorrien – une ultime victoire avant de succomber à sa blessure.

Depuis le début, on assistait à des actes d'héroïsme qui ne changeraient pas le cours de la guerre mais qui comptaient énormément aux yeux des combattants. Désormais, les défenseurs ne doutaient plus du dévouement et de la loyauté de leurs frères d'armes. Prêts à tout pour défendre un camarade – y compris à un sacrifice qui pouvait paraître absurde –, ils en payaient souvent le prix. Quand tout serait fini, avoir fait montre d'une telle témérité hanterait longtemps les cauchemars des survivants. Le contrecoup du vétéran, comme on disait…

Ces derniers jours, en matière de combat rapproché, les défenseurs étaient constamment poussés au-delà de ce qu'ils croyaient être leurs limites. Des centaines d'heures d'exercice, même avec un bon instructeur, étaient bien moins enrichissantes qu'une demi-journée de tuerie en première ligne, quand tout se résumait à une série de face-à-face. Bien entendu, le moindre détail pouvait changer le cours d'une bataille. La veille, des cailloux glissants avaient joué un très mauvais tour à l'ennemi. Un premier homme avait dérapé, puis un deuxième, un troisième… Impitoyables, les Seves avaient tranché dans le tas – un horrible massacre.

Aujourd'hui, Vargus et ses compagnons étaient lancés dans une audacieuse contre-attaque. Leur élan brisé, les Zecorriens détalaient comme des lapins. Quant aux traînards, ils ne vivaient pas assez longtemps pour regretter leur manque de réflexes.

Impassible, Vargus regarda un archer transpercer un imbécile qui se croyait hors de portée de tir. Avec un cri de rage et d'indignation, le Zecorrien, une flèche plantée dans le cul, se tourna vers son bourreau… puis se plia en deux, un deuxième projectile dans la poitrine.

Les autres fuyards le virent s'écrouler, ce qui les incita à courir plus vite encore vers les collines. À cause du raid sur le camp adverse, la nuit précédente, l'attaque de ce matin avait été mal ficelée. Désormais, les Morriniens de Seveldrom n'auraient plus à prouver leur loyauté au royaume et à son souverain.

Des tentes incendiées, des chevaux dispersés dans la nature, des quartiers de viande empoisonnés et des chariots réduits en cendres… Si on ajoutait l'exécution, dans leur lit, de plusieurs hauts gradés, le bilan était impressionnant. Du coup, le roi et les généraux avaient supposé qu'il n'y aurait pas d'attaque avant deux jours. Dans l'armée adverse, quelqu'un qui ignorait sans doute les règles de la stratégie avait ordonné une charge dès les premières lueurs de l'aube. Un assaut mal exécuté et promis depuis le début à l'échec.

Des unités entières succombaient lors de simples embuscades et d'autres en tombant dans des tranchées dissimulées dont le fond était hérissé de pieux. Résolus à harceler sans répit leurs adversaires, les Seves faisaient d'abord parler leurs archers, puis ils lançaient de courtes attaques-surprises dévastatrices. Ces manœuvres inhabituelles devaient miner le moral des soldats de l'Ouest, réputés pour leur manque d'imagination et d'inventivité.

Jusque-là, aucun n'avait tenté de se rendre, et les Seves s'étaient montrés impitoyables.

Mais la situation ne serait plus si favorable quand il faudrait se battre dans les plaines. Ce qui serait pour bientôt, puisque les défenseurs en retraite seraient bientôt sortis des collines de Fosse. Ensuite, il n'y aurait plus jusqu'à la capitale que des vastes étendues de champs, des fermes, quelques villages et de rares petits bosquets.

Les ruses et les pièges ne serviraient plus à rien à partir du lendemain. Alors, la véritable guerre commencerait, avec une violence jamais vue jusque-là. Un bain de sang ? Non, un océan…

— En arrière ! cria un officier.

Les joueurs de bugle répétèrent en boucle deux notes aiguës.

Vargus partit au pas de course. Il était temps de filer, car les Mages de Guerre arrivaient.

Balfruss et ses compagnons attendirent que les derniers soldats les aient croisés, pressés de fuir ce qui se préparait.

Les deux premiers affrontements entre les Mages de Guerre et les Éclats s'étaient finis sur une égalité. Bien qu'ils aient perdu un des leurs, les acolytes du Nécromancien semblaient toujours aussi puissants. Par bonheur, ils manquaient de subtilité et de créativité.

Dans leur situation, voyant que les attaques en force ne donnaient rien, Balfruss aurait tenté de perturber les perceptions de ses adversaires, d'utiliser en sa faveur les éléments ou de s'introduire dans l'esprit des Mages de Guerre afin de stimuler leurs phobies et de réveiller leurs cauchemars. Avec une étrange obstination, les

Éclats se contentaient d'attaquer en force afin d'épuiser leurs ennemis. Étaient-ils incapables de prendre des initiatives ? Quelqu'un les avait entraînés, ça se voyait à leur indestructible discipline, mais il leur manquait quelque chose. Comme s'ils étaient des coquilles vides.

— *Tu sais déjà pourquoi il en est ainsi*, dit Thule.

— J'ai des soupçons, corrigea Balfruss. Il me manque des preuves, et le cadavre ne m'a rien appris. Pour découvrir la vérité, il faudrait que je parle avec un de ces types. Mais il est peu probable que ça arrive...

— *Sauf si tu en attires un dans un piège...*

— Non...

Balfruss chercha Thule du regard. Plus il s'habituait à leur lien mental, et plus sa portée augmentait. En outre, la « lecture de pensée » fonctionnait désormais dans les deux sens...

— Non, Thule... Je n'utiliserai pas un des nôtres comme appât. C'est trop risqué.

— *Dans ce cas, il va falloir nous bouger ! Ce* statu quo *ne peut pas continuer.*

Thule arriva quelques minutes plus tard. Se laissant glisser de son destrier, il salua les autres de la tête et vint prendre place auprès d'eux.

Comme les fois précédentes, quand les Éclats apparurent, ils étaient en formation serrée. Cinq silhouettes encapuchonnées totalement anonymes...

Balfruss eut de nouveau ce sentiment de pression insupportable.

Ses compagnons l'interrogèrent du regard. Il avait proposé que quelqu'un d'autre dirige le Lien, mais ils ne semblaient pas décidés à l'écouter. Au contraire, tous unirent leur force à la sienne.

Bien préparé, cette fois, il ne tituba pas. L'expérience lui sembla même un peu moins pénible, mais ce devait être son imagination…

Le front en sueur, il se prépara à repousser la première attaque.

Bien qu'on fût au printemps, toute la neige enfin fondue, Vargus ne regrettait pas d'être assis près d'un feu. Dans l'action, quand seul comptait le désir de survivre, il remarquait à peine les conditions climatiques. Mais ce soir, on aurait dit que l'hiver tentait une ultime offensive contre son inéluctable disparition. Bref, on se gelait !

Vargus approcha des flammes, attentif à ne pas flanquer le feu à ses bottes. Avant de faire passer l'outre de vin à Hargo, il but seulement une gorgée. Le colosse, lui, la transmit à un autre soldat sans même la porter à ses lèvres. Fasciné, il écoutait un vétéran raconter le deuxième attentat contre la vie du roi Matthias.

— Vous savez pourquoi nos adversaires en sont venus là ? demanda le conteur, un héros nommé Khasse.

Les bras couverts de cicatrices, la moitié d'une oreille manquante, le vieux guerrier avait le nez tordu à force d'avoir été cassé et ses articulations grinçaient dès qu'il bougeait. Les cheveux déjà gris, la barbe en bonne voie de le devenir, il était bien plus vieux que les autres, comme Vargus. S'il avait pu vivre si longtemps, c'était pour une raison, et les jeunes l'écoutaient comme un Oracle. Pour découvrir le secret de sa longévité, pouvait-on supposer.

— Parce que depuis le début de la guerre, répondit Orran, l'Ouest n'a guère connu qu'une bonne journée.

Khasse eut un grand sourire qui dévoila ses dents cassées et jaunâtres.

— C'est ça, oui ! L'Ours Gris est un grand guerrier, mais un stratège encore meilleur ! Notre roi et ses conseillers ont transformé une débâcle en triomphe.

— Assez d'ironie ! grogna un soldat. Tu es pire que ma femme ! Qui a essayé de tuer le roi, cette fois ? Un Drassien masqué ?

— Non, ça, c'était la première fois… Taïkon n'est pas fou au point de répéter ses erreurs.

L'outre arriva à Khasse, qui but longuement, alimentant le suspense. Autour du feu, tout le monde était suspendu à ses lèvres. À voir son regard brillant, on devinait que ce n'était pas la première fois, ce soir, qu'on lui offrait à boire en échange de son récit.

— Le tueur n'avait rien de spécial, dit-il enfin. Le genre de type qu'on croise sans le remarquer. Il a joué au crétin qui s'est perdu en chemin, histoire de tromper son monde, mais le Borgne a vite remarqué que quelque chose clochait.

— Graegor ? Son œil serait magique ? lança Orran.

— Œil magique ou non, je ne marcherais pas sur les pieds de ce fils de pute ! s'écria Hargo.

Orran et les autres le regardèrent, surpris. Très peu de choses, en ce monde, intimidaient le colosse.

— Il a raison, fit Khasse avant de lâcher à regret l'outre de vin. Tout d'un coup, Graegor s'est mis à beugler. Après avoir tiré le roi en arrière, il a appelé la garde. Se sachant démasqué, le tueur a cessé de jouer. Un couteau au poing, il a sauté sur le roi.

» Graegor aurait pu être le grand-père de ce salopard. Pourtant, même s'il est gaucher à cause de ses doigts manquants, ça ne l'a pas empêché de le couper en deux.

— Par le milieu ? demanda un soldat.

— Pas d'après ce que j'ai entendu dire, fit un homme qui venait d'arriver. Vannok, l'autre général, a décapité l'assassin et Graegor n'a pas…

— J'ai vu le cadavre avant qu'on l'emporte, dit Khasse. Il était fendu en deux du cou jusqu'à l'estomac, les côtes ouvertes comme les pétales d'une fleur de sang.

Le vétéran défia l'autre homme de le contredire, mais rien ne se passa. Tout le monde avait des informations de deuxième ou de troisième main, mais si Khasse avait vu le cadavre, il n'y avait plus rien à dire.

Le feu crépita puis émit un bruit sec qui fit sursauter inconfortablement plusieurs binômes de soldats. Pas de peur, bien entendu…

— On dit que Graegor bichonne sa hache toutes les nuits, comme si c'était sa maîtresse. Cinq cents coups d'aiguisoir chaque soir… C'est sûrement vrai, pour qu'elle soit si affûtée.

— Il paraît qu'il fait ça depuis qu'il a perdu sa femme et son fils. Quelqu'un les a massacrés, alors il dort avec son arme.

— Quoi qu'il en soit, fit Hargo, je ne voudrais pas l'avoir en face de moi dans un combat. Alors, gardez ces histoires pour vous, les gars, afin qu'elles n'arrivent pas jusqu'à ses oreilles.

Plusieurs hommes acquiescèrent.

Il y avait sûrement du vrai dans ces récits. Et même s'il avait des doutes sur certains points, Vargus préféra garder le silence. Leurs chefs étaient des durs à cuire. Tous étaient sortis du rang sans mégoter sur l'effort et les sacrifices. Et parmi eux, il n'y avait pas un seul noble.

Aujourd'hui, les hommes en faisaient des légendes, et il ne fallait surtout pas les en empêcher. Ces guerriers avaient besoin de croire que les généraux leur étaient supérieurs et les tireraient de ce merdier. Parce que sans le dire, ils savaient que le pire les attendait et qu'on en était au tout début de la guerre.

Chapitre 13

Gunder vida un seau d'eau froide sur le haut prêtre, qui se réveilla en crachant et en toussant. Puis il tenta de bouger, n'y parvint pas et regarda autour de lui pour découvrir l'entrepôt poussiéreux, les piles de tonneaux et le plateau lesté d'outils en acier posé près de sa chaise.

En arrière-plan, Gunder entendait le roulement des vagues et les cris des mouettes. Mais à Perizzi, on n'était jamais très loin de la mer. Le haut prêtre n'avait aucun moyen de savoir où ils étaient.

Le premier prélat de l'Église de la Sainte Lumière de Zecorria, un des hommes les plus influents du pays, tenta de se lever, mais les liens noués autour de ses poignets et de ses chevilles l'en empêchèrent. En le saucissonnant, Gunder avait bien fait attention à ne pas entailler les chairs de son prisonnier. La chaise était clouée au sol et un bâillon pendait autour du cou de Filbin, au cas où il lui prendrait l'envie de crier. Pour l'instant, il ne semblait pas y songer.

— Tu seras brûlé vif pour ça ! cracha le religieux.

Gunder ne put s'empêcher de sourire. Même face à la torture et à la mort – et trempé comme un chat noyé ! – l'homme ne perdait rien de son arrogance.

— Mon Église et le roi Taïkon te feront fouetter à mort !

— Tu es vraiment un type marrant, Filbin.

— « Sa Sainteté », pour toi, chien !

En plus, ce crétin s'y croyait !

Gunder gifla Filbin à la volée. Le voyant sidéré par ce geste, il lui flanqua une autre baffe pour le ramener à la réalité. Les deux joues rouges, le haut prêtre éructa d'indignation.

— Tu crèveras sous un soleil de plomb, menaça-t-il. Non, avant de te brûler vif, on t'éventrera pour donner tes tripes à mes chiens.

Gunder laissa le religieux se défouler et s'intéressa à ses instruments de torture. Le coutelas, le couteau à écorcher, le couperet, le pieu d'abattage et la masse qui allait avec, il les avait achetés à un boucher à la retraite. D'autres « outils » avaient été fabriqués sur commande. Depuis des années, c'était la première fois que l'entière collection se trouvait exposée ainsi. Poignarder un homme et le vider de ses entrailles était un jeu d'enfant. Pour le tuer sans laisser de traces, afin que les autorités ne soupçonnent rien, il fallait un tout autre talent. Seuls ces meurtres-là intéressaient Gunder.

Mais ça remontait à très longtemps. Ces instruments étaient un vestige d'une autre époque de sa vie, où il portait un nom différent. Avant sa collaboration avec Yerskania.

— Que comptes-tu faire avec ça ? finit par demander Filbin.

Les prisonniers posaient toujours la même question, si étonnante dans le contexte… Gunder se contenta de plisser le front.

Le haut prêtre perdit soudain toute sa superbe.

— Pitié ! Je te donnerai tout ce que tu veux, mais ne me fais pas de mal. Je suis un homme de bien. Un dévot !

Gunder se détourna et prit une profonde inspiration pour se calmer. Mais ses mains tremblaient, et il brûlait d'envie d'égorger le haut prélat.

Sa Sainteté, il l'avait trouvée au fond d'un bordel spécialisé dans les très jeunes filles. Au comportement du tenancier, on devinait que le « dévot » était un client régulier. Officiellement, il était en Yerskania pour prier dans le temple de la capitale et offrir son soutien spirituel à la reine. Mais personne ne croyait à ces fadaises.

Ces derniers jours, le flot de rumeurs au sujet de la reine et de la famille royale avait beaucoup grossi. Jusque-là, il n'y avait pas eu d'annonce officielle, mais ça ne tarderait pas. Et ça risquait d'être choquant, si Taïkon avait envoyé Sa Sainteté convaincre la reine qu'elle avait tout intérêt à courber l'échine. Avec le risque, si elle refusait, d'un nouveau massacre sacrificiel de ses soldats…

Depuis cinq jours, les agents de Gunder, au palais, ne lui envoyaient plus d'informations. Très probablement parce qu'ils avaient été démasqués puis torturés, voire exécutés.

— Que fiches-tu donc ? couina Filbin.

— J'essaie de décider si je dois te couper les mains ou les pieds d'abord.

— Seigneur de la Lumière, protège-moi ! Et toi, Dame de la Lumière, sauve-moi !

— Ils ne sont pas là, lâcha Gunder en se retournant. (Il s'empara de la scie à os.) Cet instrument, en revanche… Une fabrication spéciale, en acier renforcé de Seveldrom. La lame coupe l'os comme du beurre.

C'est pratique, parce que beaucoup de gens mouraient de terreur pendant qu'on leur tranchait un membre. Ça durait trop longtemps, comprends-tu ?

— Pourquoi me fais-tu ça ?

— Puis un génie a inventé les scies de ce genre… Un alliage spécial… Désormais, quelques secondes suffisent pour un bras ou une jambe.

— Si tu veux de l'argent, ce n'est pas un problème ! L'Église te paiera une rançon colossale. Plus d'argent que tu en as jamais imaginé.

— Je n'en doute pas… (Gunder fit mine de réfléchir, puis il tapota la grosse tête du religieux.) Mais je m'intéresse bien plus à ce qu'il y a là-dedans…

Âgé d'au moins cinquante ans, Filbin était taillé en forme de tonneau. Sur sa bedaine, sa superbe tunique de soie or et marron menaçait de craquer à tout moment. Presque chauve, il s'était laissé pousser la barbe pour compenser. En des circonstances normales, c'était un homme impressionnant. Trempé jusqu'aux os et saucissonné, il prêtait plutôt à rire. Mais il ne fallait pas s'y tromper. Malgré sa déchéance physique et morale, cet homme aux grands yeux noirs restait doté d'un esprit vif et tranchant.

— Combien ? demanda-t-il.

On eût dit un marchand yerskanien en train de négocier le prix du grain, pas un condamné qui tentait de sauver sa peau. En d'autres termes, il avait l'habitude de sceller des marchés dans des situations tendues.

— Je me fiche de l'argent, souffla Gunder.

Il vint se camper devant le haut prêtre, se pencha et le regarda dans les yeux.

— Pour qui travailles-tu ? Cette garce de Robella ? (Gunder secoua la tête.) Qui, alors ?

Gunder continua à fixer son prisonnier et baissa le ton pour le forcer à tendre le cou.

— Je ne te le dirai pas, Filbin.

— Cesse de m'appeler par mon nom !

Gunder ignora cet éclat.

— Ce que je veux, c'est connaître ton enfance.

Filbin fut surpris, une nouvelle fois. Ce n'était pas ce qu'il attendait dans une telle situation. Alors qu'il essayait de réévaluer les choses, Gunder vit des signes évidents de nervosité : les lèvres qui tremblent, les sourcils qui frémissent, un muscle qui se contracte dans la joue…

— Ton enfance ne fut pas heureuse, je le sais…

— Tu as un ancien don ! s'écria Filbin.

Une déduction logique… mais fausse.

— Une magie altérée et faible mais qui te permet de capter mes pensées – à la surface de mon esprit.

Délibérément, Gunder se garda de détromper sa proie.

— Ta mère était alcoolique.

— Non, tu racontes n'importe quoi ! lança Filbin.

Mais son regard s'était voilé, comme s'il replongeait dans le passé.

— Ton père, un mineur, travaillait souvent sous terre des semaines durant. Pour vous nourrir, ta mère et toi.

— Tout ça est de notoriété publique. Jusque-là, tu ne m'impressionnes pas. Que veux-tu ?

— Ta mère sortait le soir et il lui arrivait de rentrer avec d'autres hommes…

— Comment oses-tu, chien ?

Filbin se débattit contre ses liens, faisant craquer sa chaise.

— Tu restais des heures à la maison, sans rien à faire. Puis tu as trouvé le Livre. (Gunder eut un sourire presque amical.) Le Glorieux Livre… et la Voie !

— Tu n'es pas un croyant, chien !

— C'est paradoxal, non ? Tu t'es investi dans une religion qui prône la pureté, alors que ta mère était une catin à trois sous.

— Je te tuerai de mes mains ! beugla Filbin.

Il se débattit encore. La chaise grinça mais ne se brisa pas. Inquiet, Gunder songea qu'il aurait dû utiliser plus de clous, vu le poids du religieux.

— Tu seras torturé pendant des jours. Non, des semaines ! Jusqu'à ce que tu implores la mort !

— Tu savais ce que ta mère faisait dans le lit conjugal, et tu n'as jamais averti ton père. Mais il se doutait de quelque chose, pas vrai ?

— Non, non…, sanglota le dévot.

Gunder n'avait pas esquissé un geste. Pourtant, tous ses « coups » faisaient mouche et blessaient le prêtre plus grièvement que s'il avait utilisé ses outils.

— Quand il revenait, ta mère faisait comme si de rien n'était. Parfois, tu te réveillais en pleine nuit et tu voyais ton père debout dans l'encadrement de ta porte. Il venait de pleurer, vous le saviez tous les deux, mais il ne l'aurait jamais admis. Un colosse comme lui ? Chialer ?

Les yeux écarquillés d'horreur, Filbin en resta un moment bouche bée.

— Comment fais-tu ça ?

— Bien entendu, il se posait des questions. En vieillissant, tu l'as imité. Était-il vraiment ton père ?

Filbin en resta à court de mots. La blessure était ancienne mais toujours à vif. Le regard perdu dans le vide, le dévot ne voyait plus l'entrepôt mais peut-être l'image de son père, dans les ombres.

— Il t'a interrogé un jour au sujet de ta mère, n'est-ce pas ?

— Assez ! implora Filbin. Assez !

— Et tu lui as menti.

Le haut prêtre cessa de supplier et sombra dans son cruel passé.

Gunder le laissa mijoter dans son jus. Toutes ces informations lui venaient de Talandra et de son petit carnet noir empli de secrets.

Ses carnets noirs, plutôt… Au début, il n'y en avait qu'un, réceptacle de quelques secrets collectés par ses agents. Aujourd'hui, dans une pièce cachée du palais, plusieurs bibliothèques abritaient des centaines de carnets qui composaient le portrait intime et sans concession des hommes et des femmes les plus importants du monde. Aux faits bruts, la princesse avait ajouté des notes sur les forces, les faiblesses, les vices et les proches de ces personnages. Tout ce qui permettrait de les manipuler, en cas de besoin. La Bibliothèque Noire, comme l'appelaient les initiés, était l'arme la plus dévastatrice de Talandra.

— Un jour, tu te présenteras devant le Seigneur de la Lumière, et tous tes péchés seront exposés à ses yeux. Il te faudra les confesser ou être rejeté. N'est-ce pas ce que promet le Livre ?

— Tu oses citer les Écritures devant moi ? croassa Filbin.

— Tu seras jugé ! Mais es-tu vraiment croyant ? Dans le secret de ton cœur et de ton esprit, là où personne ne peut regarder, as-tu vraiment la foi ?

Une question dépourvue d'agressivité, comme lors d'une conversation amicale.

— J'utilise ton nom, Filbin, parce que, en ce lieu, tu n'es pas le haut prêtre. Et pas davantage un chef spirituel ou le dirigeant d'une Église. Ici, tu n'es même pas un simple religieux. Non, tu es un homme comme les autres, et si je te tue, tu verras bientôt ton dieu, et Il te jugera. Filbin, tu ne pourras rien lui cacher. Alors, je te pose une dernière fois la question : as-tu la foi ?

Selon les informations de Talandra, avoir menti à son père, aux yeux de Filbin, était le pire péché qu'il avait commis. Une faute irréparable, puisque ses deux parents étaient morts. La blessure était profondément enfouie, mais tout ce que faisait, disait et pensait le haut prêtre était en rapport avec elle. Des tonnes de souvenirs triomphants ou pitoyables tentaient d'étouffer sa culpabilité, mais rien n'y faisait. Ce mal le rongeait, et à mesure que Gunder le torturait moralement, la plaie se rouvrait et recommençait à saigner.

— J'ai la foi…, murmura Filbin, si doucement que Gunder douta d'avoir bien entendu. J'ai la foi…

Accablé par le souvenir de sa trahison, le religieux éclata en sanglots.

Souriant, Gunder décrivit des arabesques dans l'air avec ses mains, puis il claqua des doigts. Le regard voilé, Filbin ne bougea plus.

D'une voix sereine, Gunder exigea d'entendre la vérité toute nue. Dépouillé de son pouvoir, de sa fierté et de son prestige, Filbin répondit comme un automate – en fait, c'était son inconscient qui parlait.

Aucun besoin d'implanter une suggestion dans l'esprit de ce miteux. Filbin savait déjà ce qu'il devrait faire et dire lorsqu'il retournerait chez lui. Pour le stimuler, il convenait cependant de lui rappeler à quel point son peuple et lui s'étaient éloignés de leur foi originelle.

À partir de maintenant, le haut prêtre serait un adversaire résolu de Taïkon et de sa nouvelle secte. Cerise sur le gâteau, il ne saurait jamais qu'il travaillait pour Talandra.

Sous le regard de Gunder, le haut prêtre Filbin, dûment encapuchonné, sortit du bordel sous la protection de deux gardes du corps. Quelques minutes plus tard, une des pensionnaires sortit à son tour, traversa la rue et vint s'adosser à un mur, le dos tourné à l'espion. Très petite, la fille faisait bien plus jeune que son âge.

— Alors ?

— Ça s'est passé comme tu l'as dit… Quand il s'est réveillé, très désorienté, il s'est assis, le regard dans le vide.

— Il a dit quelque chose ?

— Non. Il avait l'air très triste…

La fille portait une robe qui lui tombait sur les chevilles. Dans la maison de tolérance, elle évoluait presque nue, comme toutes ses collègues.

— Ensuite ?

— Rien. Il s'est habillé et il est parti. Sans un mot, sans me toucher et en m'accordant à peine un regard.

Gunder sortit de sa poche une bourse qu'il tendit à la fille. Après s'en être emparée, elle jeta un coup d'œil par-dessus son épaule pour apercevoir son interlocuteur.

— C'est terminé ?

— Oui. Ne retourne plus au bordel. Si on t'interroge, prétends que tu ne peux pas supporter ça, même une seule nuit de plus… Ces gens ne discuteront pas et ils te laisseront partir.

Bien que jeune, la fille n'était pas idiote.

— Tout cet argent pour rien ?

— Non, pour m'assurer que tu oublieras tout ce que tu as vu aujourd'hui.

Gunder sortit des ombres, le regard froid comme la mort. Puis il fit jaillir un couteau de chaque manche de sa coûteuse tunique.

— Sinon, je t'arracherai le cœur !

La gorge serrée par la peur, la fille essaya en vain de promettre quelque chose. Consciente qu'elle n'y parviendrait pas, elle se détourna et partit à la vitesse de l'éclair – sans regarder derrière elle.

Chapitre 14

Après une longue journée sur le champ de bataille, Balfruss tenait à peine debout. Mobilisés en permanence, ses compagnons et lui n'avaient jamais le temps de se reposer. Quelques siestes de-ci de-là ne pouvaient rien y changer.

Ce jour était le premier de la guerre où le roi Matthias n'avait pas pu utiliser les spécificités du terrain contre ses adversaires. Face à une situation en perpétuel changement, il avait fallu adapter la stratégie de base et réagir encore plus rapidement que d'habitude.

Contrairement aux généraux, Balfruss n'avait pas accès aux sources d'information les plus fiables. Du coup, il devait se fier aux échos et aux rumeurs. Et à les en croire, les défenseurs avaient encore gagné.

L'hôpital de campagne était toujours plein de soldats blessés ou agonisants, mais d'après Vannok, ç'aurait pu être bien pire.

Même s'ils ne bougeaient quasiment pas tandis que les guerriers se hachaient menu, les Mages de Guerre ne se tournaient pas les pouces sur un champ de bataille, et ils en payaient le prix. Vidés de leur force, Darius et Éloïse dormaient autour du feu. Finn était retourné à la forge mais malgré son incroyable puissance, lui aussi avait les yeux cernés.

Afin de se connecter à l'esprit de la terre, Ecko était parti seul dans la nuit, loin des feux de camp et du vacarme des soldats.

De l'autre côté du feu, Thule se reposait aussi, mais son regard voilé et ses traits tirés en disaient long sur son état de fatigue.

Aujourd'hui, les acolytes du Nécromancien avaient attaqué par binômes. Pour les affronter, Balfruss avait été associé à Darius, son Frère de Sang. Choisie pour sa subtilité et le contrôle qu'elle exerçait sur son Pouvoir, Éloïse avait combattu avec Finn – histoire qu'il ne continue pas à les mettre tous en danger.

Pendant que ces deux binômes luttaient, Thule et Ecko se reposaient. Dès qu'un mage montrait des signes de faiblesse, l'un ou l'autre le remplaçait – oui, exactement comme dans un quadrille de Drassia. Même ainsi, repousser les assauts plus puissants et divers des Éclats n'avait pas été un jeu d'enfant. Toujours peu imaginatifs, les acolytes avaient répété en boucle six attaques différentes, mais en variant régulièrement l'ordre. Comme d'habitude, on aurait juré que ces mages ne savaient pas faire autre chose, ou qu'ils exécutaient leurs consignes sans avoir l'autorisation de s'en écarter.

Il y avait une troisième hypothèse possible, et elle confirmait les soupçons de Balfruss.

— *Les autres ont remarqué aussi*, dit Thule.

— Dans ce cas, je n'ai pas besoin de leur parler, riposta Balfruss. (Aussitôt, il regretta son agressivité.) Désolé, je pensais à autre chose…

— *Aujourd'hui, il a presque failli la tuer… Bien sûr, si tu lui poses la question, elle le niera, mais…*

Balfruss se força à prendre une grande inspiration.

— Il n'écoutera pas la voix de la raison. Ce type pense que son Pouvoir est inutile.

— *Tu raisonnes comme un Mage de Guerre... Des années durant, on t'a enseigné comment utiliser ton Pouvoir. Lui, il a eu droit à six mois de formation, et il les a vécus comme une corvée qui lui a coûté son foyer et sa vie paisible.*

À la lueur des flammes, la peau dorée de Thule prenait des reflets orange. *Via* leur lien mental, Balfruss sentait l'épuisement de son ami. Mais il captait bien d'autres choses. Par exemple, le désir de libérer son peuple, en Shael. Une pensée que Thule ne faisait rien pour cacher. Et s'il fallait pour ça gagner la guerre et tuer jusqu'au dernier soldat de l'Ouest, il était prêt à le faire. Et rien, à part la mort, ne l'empêcherait d'aller jusqu'au bout. Dans son esprit, les pensées liées à son peuple et à son pays rougeoyaient comme des braises dans la nuit. Sans cette motivation, jamais il n'aurait trouvé la force de sortir de la fosse commune et de voyager si longtemps au mépris de ses souffrances.

— *Tu pourrais faire appel à son patriotisme, mais il aura l'impression que tu essaies de l'arnaquer...*

Pragmatique, Thule venait de ramener la conversation sur le sujet brûlant.

— Je vais devoir penser à une façon de l'atteindre, soupira Balfruss en se levant. S'il en existe une...

Comme d'habitude, il trouva Finn en se fiant au bruit des marteaux de la forge. Dur à la peine, le grand costaud martelait le même morceau de métal noir que la fois précédente. La couleur et la forme de cet objet n'ayant pas changé, Finn semblait frustré. Devant la violence de ses coups de marteau, Balfruss se demanda s'il ne cherchait pas surtout à se défouler.

Sur un juron, il cessa de frapper et jeta le morceau de métal dans les flammes. Ce faisant, il remarqua la présence de Balfruss.

— Un nouveau sermon sur mon Pouvoir ? ricana-t-il.

Balfruss ravala une réplique mordante et secoua la tête.

— Dans ce cas, et sauf si tu sais réparer les boucliers, tu devrais aller te reposer un peu sous ta tente.

— Sur quoi travailles-tu ? demanda Balfruss en désignant les flammes. La dernière fois, c'était déjà…

— Rien de sérieux… Une plaisanterie.

Finn retourna la pièce de métal puis il raviva les flammes en jouant du soufflet.

— Je n'ai jamais vu un minerai semblable.

— Tu veux savoir, ou non ? Je n'ai pas de temps pour les jeux idiots.

— Au nom du Créateur, je ne joue pas, c'est juré. Qu'est-ce que c'est ?

Finn tira la pièce de métal du feu avec une paire de pinces, puis il la fit tourner devant ses yeux et elle brilla comme si elle était incrustée d'éclats de verre.

— C'est un fragment d'étoile, dit fièrement Finn. Une nuit, il y a des années, j'ai vu une averse de pierres de feu tomber du ciel. Selon notre prêtre, c'était un présage envoyé par la Mère Bénie. L'annonce de temps difficiles… L'Ancien, lui, m'a parlé de pierres faites de mal absolu, ce qui ne voulait pas dire grand-chose.

— Et après ?

— Décidé à découvrir la vérité, j'ai cherché l'endroit où s'étaient écrasées ces pierres. Ça m'a pris des mois, mais j'ai fini par rencontrer un fermier qui se plaignait d'avoir perdu une partie de sa récolte à cause d'un feu céleste.

» Il m'a permis de creuser dans son champ, pour le débarrasser d'il ne savait trop quoi. Ça lui faisait toujours du travail en moins… Dans la pierre, j'ai trouvé ce fragment de métal. Aucun des forgerons que j'ai interrogés n'avait jamais vu une chose pareille. Bien entendu, ils ignoraient de quoi il s'agissait.

Finn se tut, plongé dans ses pensées. Le regard voilé, il revoyait sans doute des temps plus heureux.

Balfruss respecta la rêverie de son compagnon. Dans son esprit, des souvenirs se ranimèrent. Les longues journées d'été avec Vannok, dans son enfance… Après des mois passés à lire et à étudier entre quatre murs, quel bonheur de vivre dehors ! Et quelle joie d'entendre les bruits familiers du village et de sentir toutes ces bonnes odeurs !

Il n'en restait plus rien, désormais. Tout un village rayé de la carte par des pillards. Le seul foyer de Balfruss, depuis, c'était la capitale, même s'il n'y possédait pas de maison. Pas par manque de moyens… À la banque, en plus de ses biens les plus précieux, il avait déposé de quoi s'acheter un petit palais. Mais pourquoi se serait-il fixé quelque part ?

La voix de Finn arracha Balfruss à sa méditation.

— À cause d'une commande, mon cousin et moi avons dû aller dans la capitale. J'en ai profité pour demander à un maître de forge ce qu'il pensait de mon morceau de métal. Lui, il avait déjà vu une pièce semblable. Totalement inutile, m'a-t-il dit. Plus dure que le meilleur fer et résistante aux flammes les plus chaudes. Jusque-là, je dois avouer qu'il avait raison.

— Je ne suis pas du métier, mais je veux bien des explications…

— Ce métal ne fond pas… J'ai tout essayé, sans le moindre résultat.

Balfruss approcha de la forge et sonda les flammes. À trois pas de distance, on sentait déjà sa peau chauffer…

— Quelle est la résistance de la forge ?

— Pardon ?

— Quelle chaleur devraient dégager les flammes pour la faire fondre ?

— Ça ne fonctionne pas comme ça, répondit Finn avec un sourire indulgent.

Pour une fois, c'était lui, le professeur.

— Quelle chaleur ? insista Balfruss.

— Je n'en sais rien. Pourquoi ?

— Attise le feu !

Balfruss se concentra et puisa du Pouvoir dans la Source. À cause de la fatigue, le processus fut plus long que d'habitude. Les yeux rivés sur la forge, Finn ne s'en aperçut pas.

Quand Balfruss leur ajouta du Pouvoir, les flammes changèrent de couleur. D'abord orange, elles devinrent rouges puis blanches. Finn remit sa pièce de métal au feu et la fit tourner avec ses pinces.

— Combien de temps peux-tu maintenir cette chaleur ?

— Un bon moment, répondit Balfruss.

En réalité, l'effort était déjà épuisant et la sueur qui ruisselait sur son front ne devait rien à la chaleur ambiante.

Finn retira son fragment d'étoile du feu et le posa sur une enclume. Au premier coup d'œil, on eût dit que rien ne s'était passé. En y regardant de plus près, Balfruss constata une différence de couleur. De noir, le métal était passé à un violet sombre strié d'argent.

Finn tapa avec son marteau et obtint un son légèrement différent.

— Le métal devient modelable…, dit-il, stupéfait.

Ravi, il remit son échantillon dans les flammes.

— Ça commence à être très pénible, souffla Balfruss.

Du revers de la main, il s'essuya le front.

— Encore un peu ! implora Finn avec un enthousiasme enfantin.

Balfruss tenta d'ignorer la douleur qui lui vrillait le crâne, mais elle ne se laissa pas faire et se transforma en quelque chose de très différent.

— Finn…, gémit-il.

Le forgeron n'entendit pas – ou fit semblant de n'avoir pas entendu. Regardant toujours les flammes – comment pouvait-il y voir quoi que ce fût ? –, il poussa soudain un cri de triomphe.

Maintenant orange, mais toujours zébrée d'argent, la pièce de métal retourna sur l'enclume.

À coups réguliers, Finn commença à la travailler. Et cette fois, il obtint un résultat. Concentré sur son ouvrage, il n'avait plus conscience de son environnement.

Balfruss cessa de puiser du Pouvoir et se laissa tomber à genoux, plus fatigué que jamais. Il reprit assez vite son souffle, mais sa tête continua à le torturer. Et le vacarme de Finn, même pas en harmonie avec les pulsations douloureuses, n'arrangeait rien.

Dormir semblant une assez bonne idée, Balfruss ferma les yeux.

Le silence le réveilla. Plus de coups de marteau – mais dans sa tête, ça pulsait toujours.

Debout près de la cuve, Finn trempait quelque chose dans l'eau additionnée d'huile. Avec un grand sourire, comme s'il venait de recevoir la meilleure nouvelle de sa vie, il sortit son œuvre de la cuve.

Persuadé de découvrir une arme soigneusement finie, Balfruss fut très déçu de voir une pièce de métal simplement un peu plus plate.

Presque religieusement, Finn la posa à l'écart puis s'empara d'une outre, s'assit sur le sol et tendit l'eau à Balfruss.

Après avoir bu, celui-ci rendit l'outre à son compagnon.

— Ça n'a jamais été fait…, annonça Finn, radieux. Personne n'a jamais forgé une arme à partir d'un fragment d'étoile. Il va me falloir des semaines…

— Eh bien, je te souhaite bonne chance.

Balfruss ayant du mal à se lever, Finn décida de l'aider. Il tremblait d'excitation, constata le Mage de Guerre.

— Comment as-tu fait ça, Balfruss ?

— Tu le sais, Finn…

— Et tu pourrais m'apprendre ?

— Oui. Si tout s'est bien passé dans la journée, nous commencerons demain.

— Oui, demain ! Merci, Balfruss ! C'est formidable !

Touché par tant d'enthousiasme, Balfruss sourit au forgeron.

Quand Éloïse émergea de sa sieste, elle constata qu'elle était seule avec Darius. Balfruss avait dû partir en quête de Finn, Ecko méditait dans les ombres et Thule était sans doute allé dormir sous sa tente.

Lorsqu'il vit que sa femme était réveillée, Darius lui sourit, mais il recommença très vite à contempler les flammes.

Éloïse connaissait ce regard…

— Qu'est-ce qui cloche ?

— Parle-moi encore de la destruction de la Tour Rouge…

Une question surprenante.

— Ce n'est pas encore fait, mais depuis la désertion du Conseil Gris, la désorganisation est totale. Les enfants qui viennent d'eux-mêmes reçoivent une formation – tellement bâclée qu'on ose à peine en parler. Presque tous les professeurs sont partis. Ça n'est pas comme chez toi…

Dans le désert, tout enfant doué pour la magie était traité comme un prodige. Couverte de présents, sa famille croulait aussi sous les honneurs. Dans toutes les villes, le temple du Créateur était le fief des Jhanidis, des prêtres dotés de pouvoirs magiques qui formaient les enfants et les adultes. En plus de leur apprendre à manier le Pouvoir, ils les formaient à contrôler leurs émotions, afin d'éviter tout dérapage.

Les gosses ne partaient pas vers une lointaine tour où on les enfermait. Et à la fin de leur formation, on leur donnait le choix entre retourner chez eux ou se mettre au service du roi. Ceux qui optaient pour la seconde possibilité recevaient la marque d'Ayilah. Un tatouage qui ne faisait pas d'eux des esclaves, contrairement à ce que croyaient les gens de l'Ouest. Au contraire, ce signe de reconnaissance leur valait le respect de tous et leur facilitait la vie.

— Il faudra faire quelque chose, dit Darius. Quand nous serons de retour au pays, j'en parlerai au roi. Les Jhanidis pourraient former les enfants de l'Ouest, non ? Bien sûr, j'en toucherai aussi un mot au roi Matthias. Tu crois que c'est une bonne idée ?

— Excellente ! Mais avec Finn, ça ne nous aidera pas.

Darius ne dit rien, mais il se rembrunit. Le connaissant très bien, Éloïse avait deviné depuis longtemps où il voulait en venir.

— Il aurait pu te tuer.

— Mais il ne l'a pas fait.

— Finn est imprévisible et dangereux pour nous tous.

— Tu veux dire pour moi ?

— Non ! Aujourd'hui, il était associé à toi, mais demain…

— Je lui ai enseigné quelques techniques de respiration. C'est un début pour l'aider à contrôler ses émotions.

— Je ne veux plus que vous soyez associés ! Je l'interdis, m'entends-tu ?

Éloïse fronça les sourcils, puis elle enlaça Darius.

— Si tu avais voulu une femme obéissante, tu aurais épousé la sorcière que ta mère s'est mise à inviter tous les jours dès que tu t'es intéressé à moi.

Darius ne put s'empêcher de sourire.

— Je suis très inquiet… Le jour de notre mariage, j'ai juré de t'honorer et de te protéger. Mais j'ai peur de ne pas être à la hauteur.

— Tout ira bien, tu verras.

— Tu es plus optimiste que moi…

Serrés l'un contre l'autre, les deux époux regardèrent les flammes et leurs pensées dérivèrent comme des cendres emportées par le vent.

Éloïse croyait en partie en ses bonnes paroles. Pourtant, Finn la terrorisait. Pendant la bataille, en trois occasions, elle l'avait senti retenir de justesse un torrent de Pouvoir. Connectée à lui, elle aurait été carbonisée s'il avait perdu le fragile contrôle de sa puissance.

Dépourvu de discipline, Finn maniait le Pouvoir instinctivement, et il n'y avait rien de plus dangereux en magie, un domaine où la force brute et les émotions violentes n'avaient pas leur place. Tant qu'il en serait ainsi, il resterait une menace.

Balfruss et elle parviendraient-ils à éviter un désastre ? En toute franchise, on pouvait en douter.

Chapitre 15

— Je doute que ce soit une bonne idée, répéta Shanimel.

Pour la dixième fois au moins depuis que la princesse et elle étaient sorties du palais.

Alors que l'armée battait toujours lentement en retraite vers la capitale, Talandra avait décidé d'y retourner en avance avec Graegor et son père. Pour agir dans l'intérêt de Seveldrom, elle était bien mieux à Charas que sur les champs de bataille.

— Contente-toi de regarder où tu mets les pieds, dit-elle en tirant sur la capuche de sa robe – un déguisement censé dissimuler ses traits.

— J'y vois dans le noir, tu te souviens ?

De fait, les yeux couleur ambre de Shanimel brillaient dans l'obscurité.

— Je sais, donc avertis-moi quand il faut contourner un obstacle.

Juste avant de partir, la princesse avait reçu un rapport de Gunder sur le haut prêtre Filbin. La graine était plantée dans l'esprit du religieux. À présent, il fallait s'assurer qu'une lettre « adéquate » l'attende à son retour en Zecorria. Le sujet importerait peu. L'essentiel serait qu'elle contienne plusieurs occurrences de l'expression « la vraie foi ».

Les lettres adressées au haut prêtre, filtrées par ses assistants, n'arrivaient pratiquement jamais sur son bureau. Pour une missive signée Talandra, il en irait autrement.

Les succès militaires n'auraient qu'un temps, et rien ne garantissait que Perizzi resterait indépendante. Dans ce contexte, avoir un allié susceptible de miner la coalition de l'intérieur ne pouvait pas faire de mal. D'autant plus que dans son pays, Filbin était presque aussi puissant que Taïkon. Très bien entouré et protégé, il ne risquait pas d'avoir un déplorable accident et nul ne pouvait ignorer ce qu'il avait à dire.

— Il y a de meilleurs endroits pour rencontrer ce type, maugréa Shanimel. Recevoir un dignitaire étranger au palais n'a rien d'extraordinaire.

— Il faut qu'il s'en tienne à sa routine habituelle. Une convocation au palais aurait éveillé les soupçons.

— Quel entêtement ! Et si quelqu'un te reconnaît ?

La voix de Shanimel vibrait d'angoisse. Son souci était de protéger Talandra, bien entendu. Mais ce soir, la princesse devait prendre un risque. Sans compter qu'il lui arrivait rarement de pouvoir se balader dans les rues sans une armée de gardes. Cette promenade lui procurait un précieux sentiment de liberté.

— Personne ne me reconnaîtra. Et dans le cas contraire, qui croirait quelqu'un qui prétendrait m'avoir vue dans les rues ?

Le bâtiment ressemblait à tous ceux qui s'alignaient dans la rue. Pas de signes distinctifs, de marques sur les fenêtres ou d'ornement sur la porte d'entrée. Les deux femmes l'observaient depuis un moment, cachées dans une allée latérale. Soudain, Shanimel fit signe que la voie était libre. Oubliant la porte de devant, elle guida la princesse jusqu'à une ruelle qui conduisait vers l'arrière du bâtiment.

— Pourquoi pas la porte principale ? demanda Talandra.

— Elle est réservée aux clients.

Dans le noir, les bottes de Talandra écrasèrent une multitude d'immondices qu'elle fut ravie de ne pas pouvoir identifier. Une fois la porte de derrière atteinte, Shanimel frappa trois coups brefs puis recula. Un guichet s'ouvrit et révéla une paire d'yeux marron.

— Bonsoir, Red, dit Shanimel.

Comme la princesse, elle portait une longue robe de laine élimée de couleur sombre. Pour éviter d'éveiller la cupidité des gens, tous les bijoux et objets de valeur étaient restés au palais. Bref, plus rien ne permettait d'identifier Talandra, à part son visage, qu'elle n'aurait pas pu laisser derrière elle.

— Qui est avec toi ? demanda Red.

Talandra avança pour que l'homme puisse la voir.

— Que voulez-vous ?

— Parler à Marissa, répondit Shanimel en brandissant une bourse bien rebondie. Elle ne le regrettera pas.

— Attendez ici…

Le guichet se referma et on entendit des bruits de pas qui s'éloignaient.

— Ils sont toujours si amicaux ?

— Marissa est très prudente. Il le faut, avec sa clientèle.

Il y eut des cliquetis métalliques, puis la porte s'ouvrit sur Red, un chauve si grand que son crâne touchait presque le plafond. Torse nu, il portait simplement un kilt qui laissait apercevoir ses cuisses grosses comme des jambons. Sans effort, ce type aurait pu briser Talandra en deux, comme une vulgaire brindille.

Au fond, venir en personne n'était peut-être pas une si bonne idée que ça. Même s'il connaissait bien Shanimel, le colosse brandissait un couteau. Et s'il ne semblait pas ouvertement hostile, on voyait qu'il était prêt à frapper à la moindre menace.

Dès que les deux femmes furent entrées, il referma et verrouilla la porte.

— Marissa va nous recevoir ?

— Si elle en a envie, oui…

— Du calme, Red, souffla une voix de femme. Nous sommes entre amis. Pas vrai, Shanimel ?

— Oui, Marissa, tu as raison, répondit l'espionne en s'inclinant bien bas.

Shanimel avait prévenu Talandra pour l'accueil, mais elle ne s'était pas étendue sur Marissa. Or, il s'agissait sans doute de la plus belle femme que la princesse ait vue de sa vie. Le corps voluptueux et pourtant sans une once de graisse, touchée par la grâce de la maturité sans en arborer pour autant les rides, cette beauté exotique – un métissage si rare qu'on aurait été bien en peine de définir ses origines – laissait cascader jusqu'à sa taille ses cheveux noirs coquettement striés d'une unique mèche blanche. Apparemment très pudique, sa robe rouge et noir dévoilait en effet peu de chair, mais suggérait ce qu'elle était censée cacher avec une intensité qui tenait de l'attentat aux bonnes mœurs. Bien éduquée, Talandra tenta de ne pas regarder plus qu'il était convenable, même si la poitrine généreuse de Marissa la faisait crever de jalousie. Dans une robe pareille, avec ses tout petits seins, elle aurait eu l'air d'un garçon attifé pour un bal masqué.

Shanimel remarqua la fascination de la princesse et arqua un sourcil.

— Suivez-moi, dit Marissa d'une voix mélodieuse qui réchauffa le cœur de Talandra.

Leur hôtesse précéda les deux femmes dans un couloir décoré de vases en verre de Shael – hors de prix, bien entendu –, d'étranges peintures à l'huile probablement zecorriennes et de figurines en cristal aux facettes multicolores. Derrière la façade quelconque du bâtiment se cachait un univers où le luxe et le confort régnaient en maîtres.

Au bout du couloir, Marissa invita ses visiteuses à entrer dans une petite pièce. S'attendant à un bureau, Talandra fut étonnée de se retrouver dans une chambre aux tentures de soie richement meublée et dotée d'une table de travail dans un coin.

Marissa désigna un guéridon où reposaient plusieurs bouteilles d'alcools rares.

— Avec plaisir, dit Shanimel.

— Et vous, très chère ? demanda Marissa à la princesse, qui secoua poliment la tête.

La superbe brune haussa les épaules, emplit deux verres et en tendit un à Shanimel.

— Vous pouvez abaisser votre capuche… Tout ce qui se passe entre ces murs reste entre ces murs.

Dès que Talandra eut dévoilé son visage, Marissa écarquilla les yeux, mais elle se reprit très vite.

— On vous a déjà dit que vous ressemblez beaucoup à la princesse.

Shanimel fit la moue, mais Talandra ne se laissa pas démonter.

— On me le répète chaque jour.

— Je suppose que vous ne cherchez pas un emploi ?

— Non, nous venons voir un de vos clients.

— Dommage… Nous aurions gagné des fortunes. Je connais tant d'hommes et de femmes qui aimeraient coucher avec la princesse – et vous êtes quasiment son double. Bien habillée, avec un peu de maquillage, les clients n'y verraient que du feu.

— Une proposition intéressante… Hélas, je dois la décliner.

— Si vous voulez vous reconvertir, un jour, pensez à moi. Si je comprends bien, vous travaillez pour Shanimel ?

L'espionne faillit s'étrangler avec sa liqueur, mais elle réussit à l'avaler.

— Disons plutôt que je travaille avec elle…

— Qu'est ce qui me vaut l'honneur de votre visite ?

— L'ambassadeur Mabon est un vilain garçon.

— Un charmant euphémisme…

— Pas vraiment, pour nous…

— Mais pour moi, ce que j'ai dit plus tôt prime tout. Ce qui se passe entre ces murs ne regarde personne.

— Nous voulons lui parler, c'est tout, dit Talandra. Pas lui faire du mal ni révéler au monde ses secrets. Au contraire, nous cherchons à l'aider.

Marissa but avec délectation une gorgée de liqueur.

— Sa relation avec mon établissement en sera-t-elle affectée ?

— Nous espérons que non, répondit Talandra. Mais j'ai l'autorisation de vous dédommager grassement, s'il décide d'aller faire ses petites affaires ailleurs.

Shanimel posa la bourse sur la table.

— Et ce n'est qu'un avant-goût de notre générosité.

Marissa ne baissa pas les yeux sur l'argent. Sans doute parce qu'elle n'en avait pas besoin. Mais si elle était riche à ce point, pourquoi tenir un tel établissement ?

Un long moment, Marissa étudia ses interlocutrices. Concentrée pour garder son calme, Talandra essaya de lui livrer le moins d'indices visuels possible.

— Vous me cachez quelque chose, mais ce n'est pas lié à Mabon. Shanimel, nous sommes de bonnes amies. Je détesterais que ça change.

— Ça ne changera pas, promit l'espionne.

— Nous verrons bien... Mabon est à l'étage. Chambre 8. Envoyez-moi Kitty.

Dans le couloir, malgré l'épaisseur des portes, Talandra entendit une série de bruits étranges et de gémissements d'extase. Des cris d'hommes et de femmes, aussi, mélange surprenant de plaisir et de douleur. Par une porte entrouverte, elle aperçut un type à quatre pattes, une bride autour du cou, chevauché par une femme habillée de cuir. La porte se ferma très vite, étouffant le bruit d'une lanière de fouet et le couinement de joie qui le ponctua.

Alors que Shanimel poussait une porte, au bout du couloir, Talandra se souvint que le « cheval » était le Maître de la Guilde des Scribes – rien que ça !

Dans la chambre 8, l'ambassadeur Mabon, dignitaire de Zecorria, nu comme un ver, était attaché à une croix fixée au mur. Des chaînes le retenant, il faisait face à la cloison et une femme en tout et pour tout vêtue d'une paire de cuissardes jouait du fouet sur son dos.

— Marissa te demande, dit Shanimel.

Elle s'empara d'un manteau accroché derrière la porte et aida la femme à l'enfiler. Puis toutes deux sortirent.

— Kitty, que se passe-t-il ? demanda Mabon.

Ses liens l'empêchant de se retourner, il se tordit le cou pour voir derrière lui.

— Elle s'est absentée, dit Talandra.

— Mais elle reviendra, pas vrai ?

— Bien sûr, ambassadeur. Mais d'abord, nous allons avoir une petite conversation.

Pour que Mabon puisse la voir, Talandra vint se camper près de lui.

— Par les gonades du Créateur !

— Les vôtres ne sont pas très impressionnantes, fit Talandra en désignant les bourses ratatinées du diplomate. Mais nous ne sommes pas là pour en parler, ni pour juger votre façon de passer le temps...

— Que voulez-vous ?

— J'ai entendu dire que Taïkon a fait emprisonner vos proches, en Zecorria. Il menace de les tailler en pièces et de les faire rôtir si vous ne lui envoyez pas des informations sur nos défenses.

— Mon fils a cinq ans, gémit Mabon, des larmes aux yeux, et ma fille en aura treize dans trois mois. Pitié, ne me jetez pas en prison ! Mes enfants mourront si je cesse d'envoyer ces rapports. Mais il n'y a rien d'important dedans, c'est juré.

— Ne vous inquiétez pas, Mabon, je vais vous aider. En m'assurant que vous expédiiez régulièrement à Taïkon toutes sortes d'informations sur Charas.

— Sans blague ?

— Oui, mais c'est moi qui fournirai les informations. Des fadaises, bien sûr, mais qui sembleront convaincantes.

Mabon soupira et se laissa aller dans ses liens.

— Et que devrai-je faire en échange ?

— Rien… Et je me garderai de mettre votre famille en danger, c'est promis.

— Merci.

— Vous êtes surveillé, j'imagine. Surtout, ne changez rien à vos habitudes. Sinon, ça éveillera les soupçons et Taïkon pourrait en entendre parler.

Une possibilité quasiment nulle, puisque Talandra connaissait tous les espions zecorriens présents en ville et les faisait suivre. Mais il fallait garder la pression sur Mabon.

— Pourquoi me protégez-vous ? demanda l'ambassadeur.

Jusque-là, il était un sujet loyal de Zecorria, mais plutôt modéré, par rapport aux autres. Dans le futur, au milieu des cris des extrémistes, une voix calme et posée pourrait avoir pas mal d'influence…

— Après la guerre, j'espère qu'on vous rappellera chez vous. Un jour, on ne peut dire quand, vous devrez me rendre la faveur que je vous fais…

Bien sûr, une fois chez lui, Mabon pouvait tout déballer et ruiner le plan de la princesse. C'était un pari, voilà tout. De toute façon, disposer d'une telle source de désinformation serait à l'avantage de Seveldrom – tant que ça durerait.

— Je vois, soupira Mabon.

— Parfait. Je vais vous laisser à vos petits jeux, dans ce cas.

— Princesse, vous semblez sûre de gagner la guerre. Qu'en sera-t-il de tout ça si vous perdez ?

Talandra avait passé beaucoup de temps à envisager cette possibilité et à tirer des plans sur la comète. Un bon dirigeant pouvait s'épuiser à essayer d'éviter un drame et, en même temps, préparer un plan de secours s'il se produisait quand même.

— Vous rentrerez chez vous et je serai couverte de chaînes. Si ça arrive, j'espère que vous repenserez avec plaisir à votre séjour ici et à notre hospitalité.

— Votre Grâce..., souffla Mabon en inclinant la tête.

Dans sa position, ce salut était plutôt ridicule. Talandra le lui rendit quand même.

— Ambassadeur...

Talandra avançait vers ses appartements sans trop regarder où elle mettait les pieds. Dans sa tête, des idées tourbillonnaient, lui donnant le tournis. Des plans pour ses agents et ses réseaux, des considérations tactiques pour les combats du lendemain... Tout se mélangeait, et il ne fallait surtout pas, parce que son rôle était d'aider son père – le seul capable de comprendre ce qui arrivait, d'anticiper le cours des événements et de faire en sorte de le modifier.

Aux pierres, un jeu de plateau, la princesse se tenait pour une adversaire plutôt coriace. Mais depuis le début de la guerre, comparée à Matthias, elle n'était qu'une enfant. En quelques secondes, il pouvait voir plus loin que n'importe qui, imaginer tous les développements possibles et prendre les décisions requises. Aux pierres, une seule personne avait réussi à l'égaler. La reine, son épouse et mère de Talandra... Depuis sa mort, il n'avait plus disputé une seule partie.

Alors qu'elle négociait en bâillant une intersection de couloirs, Talandra percuta une sorte de mur mobile qui la fit basculer en arrière. Au dernier moment, une main puissante l'empêcha de se retrouver sur les fesses.

— Fais attention, petite..., marmonna Graegor.

Comme d'habitude, il portait sa cuirasse noire et l'énorme hache était glissée à sa ceinture. S'il approchait de la soixantaine, ce diable d'homme restait dangereux. Quelques jours plus tôt, Talandra en avait eu la preuve. Même si on avait déjà emporté les restes du tueur, quand elle était arrivée, voir Graegor couvert de sang lui avait suffi à imaginer la scène. Le militaire, lui, n'avait pas semblé s'apercevoir qu'il était terrifiant. Un peu plus réservé que d'habitude, peut-être – presque taciturne, à vrai dire –, il s'était simplement montré moins tonitruant qu'à l'accoutumée.

— Navrée... Je dors debout. D'ailleurs, je file me coucher.

— Tu as l'air dévastée, oui...

Tentée de demander si le vieux soldat s'était regardé dans un miroir, Talandra s'en abstint. En général, il prenait très mal ce genre de remarques.

— Tu ne devrais pas être en route pour le front avec mon père ?

— Nous partirons demain matin.

Graegor était seul, constata Talandra. Et il avait l'air nerveux – une première, depuis qu'elle le connaissait.

— Tout va bien ?

— Je m'interroge sur un point... Tu pourrais m'aider, je crois.

Talandra reprit son chemin et Graegor lui emboîta le pas.

— Que veux-tu savoir ?

— Les Mages de Guerre... Qu'en penses-tu ?

La question semblait raisonnable, puisque ces mages jouaient un rôle essentiel dans le conflit. Mais il y avait autre chose, sentit Talandra. Et cette hésitation, dans la voix de Graegor. Cet homme n'hésitait jamais. Quand il voulait quelque chose, il s'y consacrait corps et âme jusqu'à ce qu'il soit arrivé à ses fins. La diplomatie et le tact n'existaient pas dans son paysage mental.

Il ajusta son bandeau – un tic nerveux. Dix-huit ans plus tôt, durant une guerre sanglante, il avait perdu un œil et deux doigts de la main droite. Il refusait d'évoquer ce temps-là, et il aurait gardé son secret si Talandra, encore fillette, n'avait pas réussi à l'arracher à son père. Des mois durant, elle s'était réveillée en pleine nuit en hurlant.

— Les Mages de Guerre s'en tirent très bien, je dirais. Ils ont repoussé toutes les attaques et... Oui, je sais qu'ils ont l'air de se tourner les pouces, mais...

— J'ai vu ce qu'ils sont capables de faire. Pour se battre, ils n'ont pas besoin de bouger.

— Alors, pourquoi ta question ?

La chambre de la princesse n'était plus qu'à quelques pas.

— Que sais-tu d'eux sur un plan personnel ? Leur histoire.

— Tu crains que l'un d'entre eux ne soit pas loyal ? Un espion ?

C'était possible et un agent était en train d'enquêter discrètement. Mais si Graegor avait des soupçons, il faudrait mettre plus de monde sur l'affaire. Même avec un seul œil, le général était plus clairvoyant que la moyenne…

— Non, ce n'est pas ce que je veux dire…

Talandra devina que le borgne était sur le point d'exploser. Mais il parvint à se contrôler – une surprise en soi. À l'évidence, cette conversation lui tenait à cœur.

Devant la porte de la princesse, Graegor resta silencieux, les yeux rivés sur le battant de bois poli. Pour lui laisser le temps de trouver ses mots, Talandra s'adossa au mur. Le contact de la pierre froide la réveilla un peu.

— Que sais-tu sur Balfruss ? D'où vient-il ?

— J'ignore le nom de son village, mais Vannok saura te le dire.

L'information ne suffit pas au général, qui ne fit pas mine de s'en aller.

— Ils ont grandi ensemble, précisa la princesse.

Une lueur s'alluma dans l'œil unique de Graegor et il hocha la tête, comme si tout s'y mettait en place. Son anxiété disparue, il redevint le guerrier au visage de marbre dont on vantait la dureté.

— Je t'ai été utile ?

— Bonne nuit, princesse, souffla Graegor avant de s'éloigner à grands pas.

Moins épuisée, Talandra l'aurait suivi pour savoir ce qu'il avait en tête. Considérant que ça pouvait attendre le lendemain, elle poussa la porte et entra chez elle.

— J'ai cru qu'il ne partirait jamais, ce vieil enquiquineur, dit Shanimel.

Étendue sur le lit, complètement nue, elle s'était drapée d'une couverture d'où dépassait une de ses jambes à la peau blanche aux délicats reflets bleus.

Talandra jeta un coup d'œil derrière elle et referma très vite la porte. N'étant pas fiancée, elle avait le droit de partager sa couche avec qui elle voulait. Mais son père, c'était couru, aurait jugé imprudent qu'elle choisisse une de ses espionnes.

D'habitude, voir Shanimel en privé était toujours un grand moment. Une partenaire pleine de fougue et de passion, vraiment… Mais pas ce soir.

— Il est tard, Shanimel… (La princesse s'assit au bout du lit et retira ses bottes.) Je suis fatiguée… Une autre fois, sûrement…

— Tu es sérieuse ? s'écria Shanimel.

La séductrice disparut, remplacée par une jeune femme faussement indignée dont les longs cheveux noirs brillaient comme un rideau de soie à la lueur des bougies. Une odeur de jasmin planait dans l'air, et elle ne venait pas seulement des fleurs posées sur le rebord de la fenêtre. Connaissant le parfum favori de la princesse, Shanimel le portait sûrement sur sa peau.

À cette idée, l'ardeur de Talandra s'éveilla. Mais des idées tourbillonnaient toujours dans son esprit – plus lentement, à cause de la fatigue – et son désir naissant n'y résista pas.

— Si tu veux simplement dormir, tu es la bienvenue. Mais tu dois avoir une autre idée en tête…

Shanimel sourit comme si elle pensait encore que Talandra la taquinait. Quand il fut évident qu'elle se trompait, elle se rembrunit. Sortant du lit comme si on l'avait piquée, elle entreprit de se rhabiller. Comme toujours, Talandra s'émerveilla de l'éclatante blancheur de sa peau, sur ses flancs. Dans son dos, c'était un mélange de blanc et de bleu clair, comme sur ses bras et ses jambes, mais avec des zones de bleu plus étendues et soutenues.

En temps normal, Talandra adorait voir Shanimel s'habiller – presque autant que de la regarder se dévêtir. Mais ce soir, le spectacle n'avait rien d'érotique. En un éclair, la Morrinienne eut remis son pantalon noir, son chemisier blanc et sa veste noire. Quand elle eut bouclé sa ceinture, enfilé ses bottes et récupéré ses armes, elle fonça vers la porte.

Si elle la laissait partir ainsi, Talandra le regretterait. C'était inévitable…

— Attends un peu…

Une main sur la poignée de la porte, Shanimel ne se retourna pas. L'esprit embrumé, Talandra essaya de bien choisir ses mots.

— J'ai besoin de toi… Plus que tu le penses.

Ce n'était pas vraiment ce qu'elle aurait voulu dire, mais la fatigue lui brouillait les idées. Et de toute façon, c'était vrai.

Shanimel se retourna, mais il n'y avait plus une once de tendresse dans son regard.

— Cette guerre me tire dans toutes les directions, et je craque… Trop de choses sont en cours. Ce n'est pas un bon soir, comprends-tu ?

La Morrinienne ne broncha pas, comme si ces mots ne lui faisaient aucun effet. Mais que dire d'autre quand on ne tenait plus debout ?

— Repose-toi… Tu n'as pas l'air très bien…

Shanimel revint sur ses pas et caressa la joue de la princesse.

— Je reviendrai demain matin.

— J'adore tes visites-surprises, mais pas ce soir…

— Pas de problème…

La Morrinienne eut un petit geste apaisant et sortit.

Troublée, Talandra regarda la porte un long moment. Son corps criait grâce, et pourtant, quelque chose la tenait éveillée. Était-ce lié à Graegor ? à Shanimel ? aux deux ?

Quand elle s'étendit, décidée à réfléchir sérieusement au problème, Talandra s'endormit avant que sa tête ait touché l'oreiller.

Chapitre 16

Pendant que l'infirmière recousait sa blessure à l'épaule, Vargus ne bougea pas d'un pouce. Pour se distraire, il se demanda combien d'hommes avant lui avaient reposé dans ce lit, les yeux rivés sur un morceau de toile de tente. Autour de lui, des blessés gémissaient ou criaient de douleur. À deux lits du sien, un agonisant serré dans les bras d'une voluptueuse Sœur de la Miséricorde sanglotait en appelant sa femme.

Vargus regretta que ce ne soit pas la sœur qui s'occupe de lui. Pas vraiment jolie, l'infirmière n'était pas du genre à le prendre dans ses bras. Cela dit, quand on avait droit à une Sœur de la Miséricorde, on allait crever sous peu. De plus, l'infirmière connaissait bien son travail. Ses mains ne tremblaient pas, ses gestes étaient précis et elle faisait de très petits points de suture. Cerise sur le gâteau, elle prenait garde à ne pas brutaliser son patient.

— C'est fini, dit-elle avec l'ombre d'un sourire.

Vargus fit bouger son épaule. Les points de suture tiraient un peu, mais ça irait. Ailleurs sur son corps, les plaies des jours précédents cicatrisaient plutôt bien, mais celles du jour saignaient encore…

Cédant à une impulsion, Vargus embrassa l'infirmière sur la joue. Choquée, la femme d'âge déjà bien mûr fila avant qu'il puisse songer à la remercier d'une autre façon.

— Tu es là ! s'écria une voix de stentor.

Hargo et les autres approchèrent pendant que Vargus s'asseyait dans son lit. Orran avait une joue entaillée, Tom le Noir boitillait et la plupart des types arboraient une nouvelle petite blessure.

Vargus remarqua aussi que des visages familiers manquaient à l'appel.

— Tu vas faire le lézard toute la journée ? lança Orran. On envisage de travailler à l'horizontale ?

Orran ondula des hanches et ses camarades éclatèrent de rire. Depuis la mort de Tan, il avait retrouvé un peu de son fameux humour. Mais ses blagues étaient plus sombres et grinçantes, désormais.

— J'y ai pensé, répondit Vargus en enfilant sa chemise puis sa cuirasse. Mais je me suis dit que tu détesterais avoir de la concurrence.

— Foutu enculé !

— C'est dans cet ordre d'idées, oui…

Dégoûté, Orran secoua la tête.

— Comment va le Bouclé ?

Hargo se rembrunit.

— Les Corbeaux font de leur mieux, mais il perdra un bras… S'il s'en sort vivant.

Une fois dehors, Vargus s'emplit les poumons d'un air qui lui sembla frais après celui de l'hôpital de campagne, surchauffé et lourd d'odeurs plus que douteuses. Dans le ciel, des nuages gris présageaient d'un orage imminent. Les camarades de Vargus râlèrent ferme – encore des vêtements trempés et des pièces d'équipement rouillées – mais il n'y prêta pas attention. Empli d'énergie et d'un besoin primal, il avait besoin de se défouler.

Hargo passa devant lui, bloquant la lumière, et répéta ce qu'il venait de dire sans être entendu.

— Nous allons boire un verre. Tu viens avec nous ?

— Plus tard.

— Tu veux aller t'étendre ?

Vargus ravala une réplique cinglante.

— Non, j'ai besoin d'autre chose… Je vous rejoindrai.

Hargo parut inquiet, mais il ne fit pas de commentaires. Alors que ses amis se dirigeaient vers la tente-taverne, il sortit du camp.

Tous les soldats savaient où *les* trouver. En général, elles s'installaient à l'arrière, près des chariots de ravitaillement. Dans un coin tranquille, où on pouvait avoir un peu d'intimité. Les plus huppées, réservées aux officiers, avaient même leurs tentes – de couleur sombre, pour les distinguer du gris réglementaire de l'armée.

Au début, Vargus n'approcha pas trop, étudiant de loin la situation. Une fois décidé, il alla rejoindre une femme assise près d'un feu de camp, un gobelet de vin à la main. Brune et dotée d'une généreuse poitrine, elle le regarda gentiment quand il s'assit près d'elle. Les lèvres sensuelles, elle portait un chemisier blanc, une jupe de couleur et de simples sandales.

Sans un mot, elle offrit un gobelet de vin à Vargus, qui l'accepta de bon cœur. À sa grande surprise, le pinard se révéla moins mauvais que prévu. Mais la femme, rien qu'à la regarder, n'était pas du genre à demander cinq sous de cuivre. Ces putes-là traînaient entre les tentes les plus miteuses et faisaient affaire avec les types les plus fauchés de l'armée. Des minables qui n'hésitaient pas à montrer en public leur cul poilu.

Vargus et la femme parlèrent un moment de la guerre, de la capitale et… de vieilles chansons. En temps normal, Adira était serveuse dans une taverne. Une fois par semaine, quand le tavernier était d'humeur, elle donnait un récital devant les clients. Un public toujours clairsemé, précisa-t-elle, et sans toucher un sou de plus que son salaire. Mais elle aimait être au centre de l'attention.

Adira prétendant chanter juste, Vargus lui demanda d'interpréter un vieil air. Il lui donna le *tempo* en tapant sur ses cuisses, et se délecta de sa voix grave et riche – des qualités plutôt rares, chez une femme. Sans nul doute, ça expliquait son manque de succès. Pourtant, Vargus eut la chair de poule en l'écoutant. Dans son esprit, sa voix réveillait de très anciens souvenirs et rouvrait de vieilles blessures. La chanson parlait d'amour et de trahison, et même si ce n'étaient pas les paroles originales, l'histoire qu'elle racontait était la même.

Quand la bouteille de vin fut vide, Adira demanda à Vargus s'il en voulait une autre. Après avoir refusé, il tendit la main vers sa bourse, mais sa compagne secoua la tête.

Alors que le soir tombait, elle prit Vargus par la main et le guida dans une direction choisie au hasard. Comme un vieux couple, ils marchèrent en silence jusqu'à un bosquet de pins traversé par un filet d'eau qui méritait à peine le nom de « ruisseau ». Au milieu des arbres, Adira déroula une couverture sur le sol.

Très délicatement, elle caressa le torse de Vargus, s'arrêtant brièvement sur ses multiples cicatrices, anciennes comme nouvelles.

Les mains d'Adira étaient un peu froides, mais sa bouche se révéla agréablement chaude. Un moment, Vargus crut avoir une autre femme en face de lui. Une blonde aux yeux bleus…

L'illusion dura une fraction de seconde. Comme si elle avait compris, Adira encouragea Vargus à fermer les yeux. Puis elle lui demanda son nom, et il lui confia le plus ancien dont il se souvenait.

Tandis qu'il lui caressait les épaules et lui embrassait la nuque, Adira débarrassa le vétéran de son pantalon. Quand elle saisit son sexe, il était déjà dur comme une barre d'acier.

Lorsqu'il la pénétra, elle murmura à son oreille. Un moment, ils devinrent deux personnes différentes étendues dans un grand lit sous la lumière de l'aube qui filtrait des fenêtres.

Adira enfonça ses ongles dans le dos de Vargus. Ramené au présent, il garda pourtant les yeux fermés. Haletante, elle l'implora de bouger plus vite, et il s'abandonna à un désir qu'aucun mot au monde n'aurait pu décrire.

Lorsqu'ils crièrent ensemble, Vargus oublia tout, à part le corps qu'il serrait entre ses bras. Conscient de trahir deux femmes en même temps, il ouvrit les yeux et poussa un cri de défi.

Alors qu'ils reprenaient leurs esprits, allongés côte à côte, des dizaines de questions tourbillonnèrent dans l'esprit de Vargus. Comme si elle lisait ses pensées, Adira lui demanda de lui révéler un secret qu'il n'avait jamais dit à personne.

Un instant, Vargus envisagea de la prendre au mot. Puis il opta simplement pour les paroles originales de la chanson, les fredonnant tout bas.

Une fois de retour au camp, le vétéran acheta une bouteille de vin à un vendeur ambulant et la donna à Adira. Alors qu'elle allait chercher des gobelets sous sa tente, il posa l'argent près du feu.

Lorsqu'elle ressortit, la femme comprit aussitôt. De nouveau vêtu de sa cuirasse, l'homme qu'elle avait devant elle n'était plus qu'un soldat nommé Vargus.

Avant qu'il parte, elle lui sourit – un peu tristement, crut voir Vargus. Mais c'était sans doute un tour de son imagination. Parfois, à force d'autopersuasion, on finissait par voir ce qu'on désirait voir…

Le vétéran s'éloigna sans dire un mot ni regarder en arrière.

Très tard dans la nuit, Balfruss se glissa sous sa tente après une nouvelle et épuisante séance d'entraînement avec Finn. Dehors, le feu de camp agonisait et tous les autres devaient dormir à poings fermés sous leurs tentes. Épuisé au point d'être incapable de manier une étincelle de Pouvoir, Balfruss ne réussit pourtant pas à fermer l'œil. Son corps et son esprit aspiraient au repos, mais quelque chose le leur interdisait.

Dehors, il y eut soudain des bruits de pas. Finn ou Ecko, songea d'abord Balfruss. Tendant l'oreille, il fut vite convaincu que la personne qui s'installait près des braises du feu de camp n'était pas un des deux Mages de Guerre.

Balfruss passa la tête dehors et découvrit un homme très banalement vêtu qui contemplait pensivement les cendres. Fort jeune – très probablement moins de vingt-cinq ans –, l'inconnu semblait être un fermier devenu un employé de l'armée.

Pendant un conflit, il y avait toujours des gens contraints de partir de chez eux pour trouver du travail. Les moins qualifiés finissaient charretiers, brancardiers, garçons de cuisine ou simples manœuvres chargés de creuser les latrines. Une armée en campagne avait besoin de main-d'œuvre et elle n'était pas très regardante...

Balfruss pensa aux deux types qui avaient tenté de se faire passer pour des Mages de Guerre. Où avaient-ils fini, ces idiots ?

Quand il aperçut Balfruss, l'inconnu sursauta.

— Ce n'est pas ma tente, dirait-on ?

— Exact, fit le Mage de Guerre en venant s'asseoir en face de l'intrus.

— J'ai dû me perdre...

— Mais vous pouvez rester un moment, si ça vous dit.

— Vous m'êtes familier, dit l'homme en se grattant la barbe comme s'il avait des poux.

C'était probable, avec une telle promiscuité.

— Vous travaillez pour l'intendant ?

— Non. Je suis Balfruss, un des Mages de Guerre.

Le jeune homme se leva d'un bond, les yeux ronds.

— Pardon de vous déranger... Je vais vous laisser dormir. Ma tente ne doit pas être bien loin.

Balfruss fit signe à l'inconnu de se rasseoir, puis il ajouta du bois dans le feu.

— Au moins, buvons une infusion...

— Vous êtes sûr ?

— À une condition... (Le jeune homme se tendit.) Il va falloir me dire votre nom.

L'inconnu parut soulagé.

— Mon père aimait répéter que les noms ont un pouvoir, mais je crois qu'il était un peu dérangé. Je m'appelle Torval.

Pendant qu'il préparait l'infusion, Balfruss vit que Torval le regardait nerveusement.

— Un problème ? demanda-t-il.

— Pardon ? Euh, non, il n'y a rien. Rien du tout...

— Des miettes dans ma barbe, peut-être ? Ce ne serait pas la première fois.

— Non, c'est juste que...

Torval n'osa pas aller plus loin.

— N'ayez pas peur, l'encouragea Balfruss. Nous ne sommes pas différents. Un mage est un type ordinaire.

— Peut-être, mais il ne ressemble à personne d'autre, s'enhardit Torval.

— D'un certain point de vue, sans doute... Mais je ne suis pas d'extraction noble. Dans mon village, ma mère était boulangère. Mon père, lui, servait le roi. Qu'en est-il de vos parents ?

— Pêcheur et femme de pêcheur, répondit Torval pendant que Balfruss retirait la bouilloire du feu.

— N'en faites pas pour moi... Je ne peux pas rester.

— Vraiment ?

— Vraiment, merci...

Sans insister, Balfruss se prépara une chope d'infusion.

Les cheveux et les yeux clairs, Torval, déduisit-il, devait avoir des origines mixtes. Yerskania et Seveldrom, probablement...

— Vos parents vivent toujours dans le même village ? demanda Torval.

— Ils sont morts. Mon village a été rasé par des pillards.

Un lointain souvenir, mais la culpabilité de ne pas avoir été là pour aider les siens subsistait.

— Ma mère a survécu, mais elle est morte de la peste quelques années plus tard. Mon père… Eh bien, j'ai dû mal à me souvenir de lui. Toujours au loin, il passait rarement par chez nous, quand j'étais gosse. Au fond, il est peut-être encore vivant, mais j'en doute.

— Vous avez été formé à la fameuse école de magie ? demanda Torval.

Une question, mais dont il semblait connaître la réponse.

— Pendant dix ans, oui… Quand j'étais petit, un Recruteur a trouvé que j'avais un gros potentiel. À huit ans, à l'arrière d'un chariot, je suis parti pour la Tour Rouge.

— Le regrettez-vous ? (Torval désigna le camp d'un geste circulaire.) Auriez-vous préféré devenir autre chose qu'un Mage de Guerre, au terme de longues études ?

— Non, je n'ai jamais eu de regrets… Au village, les choix n'étaient pas folichons. J'ai vu ça comme une chance d'échapper au travail de la ferme ou à la carrière. J'avais d'autres ambitions. Tout-petit, déjà, je posais des questions auxquelles personne ne savait répondre. Pour moi, la Tour Rouge fut une bénédiction. Une occasion de découvrir le monde et d'apprendre à contrôler mon Pouvoir.

Alors que Torval continuait à fixer le feu, Balfruss sirota son infusion.

— Et toi, Torval, dit-il soudain, quand as-tu su que tu deviendrais un Mage de Guerre ?

Le jeune homme ne broncha pas.

— Allons, réponds, Torval ? Ou veux-tu que je t'appelle le Nécromancien ?

Torval resta un long moment figé, puis il s'autorisa un sourire. Dans l'air, Balfruss capta soudain un écho du Pouvoir de son interlocuteur. Comment l'avait-il dissimulé jusque-là ? Une question fascinante, mais qui devrait attendre.

— Pourquoi es-tu ici ?

— Pour te rencontrer... J'ai beaucoup entendu parler de toi.

— Par tes esclaves décérébrés ? Ces coquilles vides ?

— Je suis très fier de mes Éclats !

— Que leur as-tu fait, Torval ?

— Ça a commencé lorsque j'étais Recruteur, dans l'Ouest. Parfois, je trouvais des adultes doués mais trop amochés pour être formés. Les enfants n'étaient pas rares, mais la plupart manquaient de discipline...

D'un geste, Torval chassa au loin ces considérations. À l'évidence, il n'avait pas de temps à perdre avec les gosses...

— Un jour, je suis tombé sur des « intermédiaires »... Des gens entre les deux, si tu préfères... Ceux qui réprimaient leur Pouvoir. Pour les faire venir à moi, il a suffi de leur proposer mon aide.

— J'ai touché l'esprit d'un Éclat, dit Balfruss, révulsé de voir Torval se rengorger. Une table rase... Tu as vidé le cerveau de tes acolytes. Pourquoi ?

— Parce que sans moi, ils seraient morts dans d'absurdes accidents. En tuant toute leur famille.

— Tu n'as pas fait ça pour sauver des innocents !

— Bien sûr que non ! J'avais besoin de cobayes malléables. Des gens dont le don pouvait être remodelé selon ma volonté.

— Ta volonté ? Qui es-tu pour l'imposer au monde ?

Torval inclina la tête et sourit. D'instinct, Balfruss s'était connecté à la Source. Son interlocuteur l'avait senti, mais il ne faisait rien pour se défendre.

Quand son indignation fut un peu retombée, Balfruss reposa la question essentielle :

— Pourquoi es-tu venu ?

— Tu ne veux pas savoir comment j'ai fait ? s'étonna Torval. Comment j'ai vidé leur cerveau de toute cette pourriture afin de le remplir avec autre chose ? Je les ai nommés « Éclats » parce qu'ils sont de minuscules morceaux de moi-même. Des règles et des pensées très simples, tirées de mon esprit et copiées dans le leur, sont devenues leur âme. Comme dans les histoires de golems de mon enfance.

— Je me fiche des détails ! Tu en as fait des esclaves. Ils respirent, mais ce sont des hommes et des femmes creux et vides. Des morts-vivants sans émotions.

— J'ai donné un sens à leur vie. Sans moi, ils n'étaient rien. Avec moi, ils accomplissent une mission. Et ils sont importants !

Cette fois, c'était Torval qui s'échauffait. En bon tacticien, Balfruss s'efforça de garder son calme.

— Si tu le dis…

Torval prit une grande inspiration pour se calmer.

— Taïkon avait besoin de Mages de Guerre fiables. J'ai réussi quelque chose qui n'avait jamais été tenté. Il me fallait un défi à relever !

— Un défi ? C'est une partie de jeu de pierres ? Une épreuve ?

— La vie est une succession d'épreuves. Tu n'aimes pas les défis ? aller au bout de toi-même ?

Balfruss n'essaya pas de mentir. De toute façon, Torval ne l'aurait pas cru.

S'il n'avait pas aimé les défis, il serait depuis longtemps retourné à la Tour Rouge pour former les nouveaux candidats. Mais il avait sillonné le monde, allant partout où on avait besoin d'aide. Pas par goût du danger, et encore moins par fascination pour le suicide. Parce qu'il ne pouvait pas vivre sans défi, tout simplement…

— Nous avons les mêmes objectifs, dit Torval. Et une passion identique pour la vie.

Balfruss soutint le regard enfiévré du Nécromancien.

— Tu te trompes… Nous n'avons rien en commun. Il y a beaucoup de choses que je ne ferais pour rien au monde. Toi, tu les as déjà faites.

— Et toi, tu y viendras bientôt, quand la pression deviendra trop forte. Jusque-là, ta vie était bien trop confortable…

Torval se leva. Peu désireux de le regarder d'en bas, Balfruss l'imita.

— Je dois y aller… Mais j'espère que nous nous reparlerons.

Balfruss ravala de justesse une réplique ironique. L'air déçu, Torval s'enfonça dans la nuit en silence.

L'estomac retourné, Balfruss finit son infusion et lui trouva un goût de sang.

Chapitre 17

Gunder différait la corvée depuis pas mal de temps, mais il ne pouvait plus s'y dérober. L'heure de l'inventaire avait sonné. Dans la remise, Sabu lui criait le nom des articles et leur prix, et il notait tout ça dans un grand livre comptable rouge.

Quand la clochette de la porte sonna, il alla derrière son comptoir avec un sourire accueillant. Vêtue de la pudique livrée bleu et or des servantes du palais, la jeune femme qui venait d'entrer lui était très familière. Mais dans sa peau de Gunder le commerçant, il ne la connaissait pas.

— Bon après-midi, dit-il avec un petit signe de tête. Que puis-je pour vous ?

— Je suis en mission pour Sa Majesté…

Sabu sortit de la remise et écarquilla les yeux.

— On ne fixe pas les dames, mon garçon ! lança Gunder. Eh bien, je serais ravi de satisfaire Sa Majesté, quoi qu'elle demande.

— Nous avons un invité. Sa Majesté veut lui offrir un repas spécial. Avez-vous les ingrédients suivants ?

Gunder prit la liste que lui tendait la servante et la consulta. Soudain pensif, il n'eut pas besoin de se forcer pour que son langage corporel trahisse une certaine tension.

— Des produits rares… J'en ai au moins une partie dans mon entrepôt. Une livraison demain conviendrait-elle ? Bien entendu, je m'en chargerai en personne…

— Il me faut tout ça aujourd'hui, dit la servante, agacée. On dit que vous êtes le meilleur marchand d'épices de la ville. Est-ce exagéré ?

Peu désireux de s'attirer l'ire de la servante et de sa puissante maîtresse, Sabu prit la tangente vers la remise.

— Non, non… C'est faisable. Plus tard, aujourd'hui… (Gunder essuya la sueur qui ruisselait sur son front.) Le temps d'aller à l'entrepôt…

La servante s'assit sur un des sièges rembourrés, près de la vitrine.

— J'attendrai ici…

Gunder se détourna et son sourire commercial se transforma en grimace. Il fit signe à Sabu d'approcher, nota trois noms d'épices sur un morceau de parchemin et le tendit au gamin.

— Tu vas courir – courir, j'ai dit ! – jusqu'à l'entrepôt et me trouver ces trois produits. Nous avons les autres en stock.

Sabu fit mine de parler, sans doute pour se plaindre de la distance à parcourir, mais l'expression de son patron l'en dissuada. Il sortit en trombe et Gunder entendit ses sandales marteler les pavés.

Après avoir mis en route une infusion, il alla s'asseoir en face de sa cliente.

— Que fais-tu ici, Roza ? souffla-t-il. Nous avions rendez-vous ce soir…

C'était la première fois que Roza venait ainsi au magasin. De quoi s'inquiéter.

— Tu sais ce qui se passe au palais ? Il m'a fallu des heures pour y entrer et parler à nos gens. Tout le monde est terrifié.

— C'est lié à la visite de Filbin, n'est-ce pas ?

— Si seulement c'était ça…, souffla Roza en frissonnant.

— Laisse-moi aller finir l'infusion… Si je ne le fais pas, ça risque d'éveiller les soupçons.

Si l'un d'eux était surveillé, ou si un client entrait, tout devait sembler normal.

Quelques minutes plus tard, Gunder revint avec deux tasses fumantes. En hôte parfait, il offrit à Roza – qui avait repris contenance – un plateau de pâtisseries et de dattes confites. Gourmand de nature, il choisit deux dattes et les posa sur le bord de sa soucoupe.

— Il y a une semaine, la reine aurait dû faire une déclaration publique. Les scribes se préparaient à travailler jour et nuit, parce qu'on aurait dû placarder des avis dans toute la ville. Alors que les messagers attendaient l'ordre de partir, la reine a changé d'avis, désobéissant à Taïkon.

Gunder prit une gorgée d'infusion et suça une rondelle de citron. Mais il ne grimaça pas à cause de ça… Taïkon était imprévisible et dangereux même quand on exécutait ses ordres. Dans le cas contraire, on ne survivait pas, tout simplement. Mais assassiner la reine d'Yerskania était un peu trop, même pour lui. Surtout avec une coalition qui battait de l'aile. La reine avait joué son va-tout, et à l'évidence, ça ne lui avait pas réussi.

— Qu'a fait Taïkon ?

Roza frissonna de nouveau.

— Le haut prêtre Filbin est arrivé il y a deux jours avec une suite pléthorique.

— Je sais… J'ai eu l'honneur de le voir, le premier soir.

— Sais-tu que certains de ses gens sont des Élus ?

— Des Élus ?

— Ceux que Taïkon appelle ses « fanatiques ». Hier soir, Filbin a convaincu la reine de changer d'avis. Mais il était aussi porteur d'un message de Taïkon. Parce qu'il fallait bien la punir d'avoir retardé ses plans, le Roi Fou a fait châtrer le prince héritier.

Gunder s'étrangla avec son infusion et posa vivement sa tasse sur un guéridon avant de la laisser tomber. Sur quatre enfants, la reine n'avait qu'un fils. Deux de ses filles étaient déjà mariées et la plus jeune, dotée du cerveau d'une enfant, ne pourrait jamais prétendre au trône. Rien qui fût gênant, puisque le prince héritier, l'aîné de la fratrie, était le bien le plus précieux de sa mère. Vif et intelligent comme elle, il avait en outre hérité du talent pour les affaires de son défunt père. De l'avis général, il serait un dirigeant encore plus brillant que sa mère. Enfin, il *aurait été*… Depuis près de quatre cents ans, la même lignée se transmettait la Couronne d'Yerskania. Et maintenant, c'était terminé…

— Ces salauds auraient tout aussi bien pu le tuer…, souffla Gunder.

— La déclaration sera rendue publique aujourd'hui. Des messagers sont prêts à partir…

Gunder regarda dehors et vit des Gardes Civils en train de placarder des avis sur la devanture des magasins, les flancs des chariots et les étalages de rue. Il vit aussi les gens qui se massaient pour lire le texte, l'air stupéfaits.

En uniforme bleu et blanc, quatre Zecorriens basanés passèrent lentement devant la vitrine. Ils semblaient déjà en terrain conquis.

— Elle abdique ?

— Oui, souffla Roza. Mais il y a pire. Elle a désigné Taïkon comme régent.

Gunder en sursauta d'effroi. Inutile de jouer la comédie, désormais. Tout le monde savait, et on ne parlerait que de ça dans les tavernes.

— Aurais-tu une bonne nouvelle ? demanda Roza. Quelque chose qui puisse me remonter le moral ?

— Sur le terrain, la guerre se passe bien. Taïkon a l'avantage du nombre, mais ses troupes manquent de discipline. Déçu par leurs résultats, il a massacré de nouveaux généraux.

— Il est fou ! Comment les Zecorriens peuvent-ils lui être loyaux ? Ils ne voient pas qu'il est cinglé ?

— Son charisme le sert bien… Mais en Zecorria, tout le monde ne le soutient pas, et Filbin accentuera la tendance dès qu'il sera de retour chez lui.

— As-tu reçu de nouveaux ordres de Talandra ?

— Oui, et tu ne vas pas apprécier. Il faut que tu engages quelqu'un pour incendier un temple du Créateur.

— C'est une blague ?

— Non…

Gunder se gratta la tête et nota mentalement de laver sa perruque, qui devait être infestée de poux.

— Jusque-là, les fanatiques de Taïkon ont seulement détruit des lieux de culte païens. Talandra veut que les Yerskaniens prennent peur. D'abord leur reine renversée, puis leur religion supplantée par une secte…

— Ce sera dangereux, mais réalisable.

— Sur les détails, je te laisse carte blanche. S'il te faut de l'argent pour graisser les rouages, contacte-moi.

— Que dois-je dire à tes agents, au palais ?

— De ne surtout rien faire qui puisse mettre en danger leur position. Et de fuir s'ils se sentent menacés.

Rouge comme une pivoine et haletant, Sabu entra en trombe dans le magasin. Gunder alla au comptoir et pesa les épices que le gamin rapportait. Puis il les rangea dans une boîte en carton drassien qu'il ferma avec un joli ruban.

Roza approcha, une main volant vers sa bourse. Mais Gunder secoua la tête.

— Un cadeau pour Sa Majesté. La servir est un honneur.

Sabu sautait d'un pied sur l'autre comme s'il avait une envie urgente à satisfaire. Comme son patron, il savait que la reconnaissance d'une servante ne valait pas tripette. Mais si on apprenait que Gunder fournissait les cuisines du palais, sa modeste boutique deviendrait la coqueluche de tous les nobles.

— Si vos produits tiennent leurs promesses, dit Roza, je ferai en sorte qu'on sache d'où ils viennent.

— Merci, fit Gunder avec un grand sourire.

En silence, Roza sortit du magasin. Voyant Sabu danser carrément la gigue, Gunder, magnanime, l'autorisa à aller vider sa vessie.

Pour Seveldrom, la situation empirait chaque jour. Sur le champ de bataille, la guerre se déroulait à merveille, mais ça ne servirait à rien si l'Ouest devenait un seul royaume dirigé par Taïkon.

Dans la rue, les gens se lamentaient ou débattaient avec passion. Après l'abdication de la reine, gémir et discutailler ne suffirait pas, s'ils voulaient rester un peuple libre dans un pays souverain.

Chapitre 18

Balfruss aurait juré qu'il dormait depuis cinq minutes. Alors, pourquoi un abruti le secouait-il par l'épaule ?

Il ignora le fâcheux, chassant sa main, mais rien n'y fit. Histoire de ne pas se faire arracher l'épaule, il ouvrit un œil, se rappela où il était et s'assit en sursaut – en manquant se cogner la tête contre un poteau de sa tente.

Dans l'obscurité, la silhouette penchée sur Balfruss se révéla difficile à identifier. Jusqu'à ce qu'elle parle :

— Balfruss, dit Ecko, on a besoin de toi. Et c'est urgent !

Le petit homme sortit de la tente. Par le rabat, Balfruss le vit ajouter du bois au feu de camp. Après s'être frotté les yeux, il enfila ses bottes puis se passa une main dans les cheveux et la barbe. Voir un barbier ne lui aurait pas fait de mal, mais il n'avait pas eu le temps depuis son retour en Seveldrom. Trop fatigué, il s'était endormi tout habillé. Une chance, tout compte fait, parce qu'il faisait plutôt frisquet.

— Quelle heure est-il ? demanda-t-il en sortant de sa tente.

Les autres devaient encore dormir et on ne voyait aucun signe d'agitation dans le camp.

— L'aube ne tardera plus, répondit Ecko en accrochant la bouilloire au-dessus du feu.

— C'est quoi, l'urgence ?

L'esprit embrumé, Balfruss aurait juré que ses membres pesaient des tonnes. À voir le ciel, il n'avait pas dû dormir plus de trois heures.

Ecko tisonna les flammes. Quand l'eau commença à bouillir, il y ajouta des feuilles d'une herbe puante, attendit un peu, puis servit une tasse à Balfruss.

Tenté de refuser, celui-ci se ravisa en songeant qu'il ne savait pas grand-chose sur les coutumes du Premier Peuple. Ecko avait bien parlé un peu de sa famille et de son pays, mais la plupart du temps, il préférait écouter les récits des autres.

— Ils arrivent, dit-il. Très bientôt.

Il but une gorgée d'infusion. Mal à l'aise, Balfruss baissa les yeux sur sa tasse. L'infusion était à base de fragments de racine et de feuilles. Son odeur donnait la nausée, et les deux premières gorgées étaient un calvaire. Le mage se força quand même à boire, et quand il eut vidé sa tasse, son esprit lui parut beaucoup plus clair.

Quelques minutes plus tard, deux cavaliers, l'un tenant un troisième cheval par la bride, entrèrent au galop dans le camp.

— C'est toi, Balfruss ? demanda l'un des hommes.

— Oui.

Le regard voilé, le cavalier était tendu à craquer.

— Que s'est-il passé, mon ami ?

— Je me nomme Garrow. Il faut que tu viennes avec moi. Une convocation au palais !

L'homme désigna la selle vide du troisième équidé. La capitale étant à des heures de là, les deux types avaient dû chevaucher toute la nuit.

Quand il se hissa en selle, très inquiet, Balfruss jeta un coup d'œil à Ecko. Il faisait mine de prier, mais il ouvrit brièvement un œil, et son ami ne fut pas dupe.

Les sentinelles ne firent rien pour empêcher les trois cavaliers de sortir du camp au galop.

Balfruss demanda des explications à Garrow, mais il n'obtint pas de réponse.

Après quelques heures, les chevaux commencèrent à fatiguer. Conscients qu'ils ne tiendraient pas jusqu'au palais, les trois cavaliers quittèrent la route principale et rejoignirent un relais. Des sentinelles les interceptèrent, mais Garrow leur fournit le mot de passe requis.

Ces sentinelles, des Morriniens, eurent l'amabilité d'allumer des lanternes – mais en évitant de les regarder, pour ne pas perturber leur vision nocturne. Dans la pénombre, Balfruss constata que ces soldats étaient lourdement équipés et armés – une épée à la hanche et une arbalète au poing.

Dans un concert de ronflements, d'autres soldats se reposaient. Même à l'intérieur de son territoire, le roi Matthias faisait veiller ses hommes sur les provisions et le matériel de rechange.

Sur des montures fraîches, les trois hommes reprirent leur chemin. Au grand galop, dès qu'ils eurent rejoint la route principale. Avec les étoiles pour seul éclairage, c'était risqué, mais apparemment, la situation l'exigeait.

Une situation qui inquiétait de plus en plus Balfruss. Pour ne pas être surpris, il imagina plusieurs possibilités et s'attarda bien entendu sur les pires.

Alors que les trois cavaliers semblaient faire la course contre l'aube, le soleil les battit à plate couture bien avant que Charas soit en vue. Les nouveaux chevaux faiblissaient et rien ne garantissait qu'ils tiendraient jusqu'au bout. Quand Balfruss le fit remarquer, Garrow lui répondit de continuer, et tant pis si ça crevait les montures.

Après avoir croisé une bonne dizaine de chariots qui en sortaient, les cavaliers entrèrent enfin en ville. Si tôt, les marchands ambulants installaient déjà leurs étals dans les rues.

La Nouvelle Cité traversée, Balfruss et ses compagnons entrèrent dans l'Ancienne puis s'engagèrent sur la voie sinueuse qui menait au palais. Sentant l'écurie, les chevaux trouvèrent juste ce qu'il leur fallait d'énergie pour aller jusqu'au bout du voyage.

Dans la cour du palais, les deux soldats sautèrent de leur monture. Moins ambitieux, Balfruss fut content de réussir à se laisser glisser sur le sol sans s'étaler. Les cuisses en feu, il se demanda si ses jambes allaient consentir à le porter.

Garrow ne lui laissa pas une seconde de répit. Avant d'entrer dans le bâtiment, Balfruss vit des archers postés sur les remparts. Des hommes à la mine sinistre, comme s'ils venaient tous de vivre un drame personnel.

Des deux côtés de la lourde porte, les gardes semblaient tout aussi déprimés. Même chose pour les domestiques que le mage et ses guides croisèrent dans les couloirs…

Balfruss puisa du Pouvoir dans la Source. La douleur et la fatigue oubliées, il réussit à ne pas se laisser distancer par les deux soldats. Plus tard, il devrait payer au prix fort cet « emprunt » d'énergie, mais il avait besoin d'être au meilleur de sa forme.

Garrow et son compagnon entrèrent dans les quartiers du roi, qui grouillaient de gardes armés jusqu'aux dents. Au bout d'un couloir, devant une porte, Vannok somnolait sur une chaise, mais il se réveilla en entendant des bruits de pas et dégaina son épée.

— Du calme, c'est moi, Balfruss.

Vannok se détendit un peu et rengaina son arme.

Au moment où il allait demander ce qui se passait, Balfruss le sentit. Pour en savoir plus, il lui aurait suffi de jeter un coup d'œil par la porte ouverte, mais il s'en abstint.

Les yeux cernés, Vannok n'avait sûrement pas dormi dix minutes.

— Va te reposer, lui souffla Balfruss.

— Pas question ! Vous deux, allez chercher les autres !

Garrow et son compagnon s'éloignèrent.

En l'absence de menaces, pour l'instant, Balfruss se déconnecta de la Source.

— Quand ? demanda-t-il.

— Regarde d'abord, puis interroge-moi après.

Balfruss se força à tourner la tête. La lourde porte, remarqua-t-il, avait été forcée et à demi arrachée à ses gonds. Le bois ayant résisté, le sol était jonché d'échardes.

La brise qui entrait par la fenêtre ouverte ne suffisait pas à chasser la puanteur de la mort. En avançant, Balfruss capta des rémanences de Pouvoir. L'écho de ce qui s'était passé... Avec une indication sur l'identité de la victime.

Les appartements privés étaient très grands mais fort modestement décorés. Sur les murs, pas de tableaux de maître ni de riches tapisseries. Et les rares objets personnels, posés çà et là, n'avaient rien de luxueux.

Délibérément, Balfruss évita de tourner la tête vers le lit, au fond de la chambre. Il n'était pas encore prêt…

Sur le mur du fond, au-dessus d'une énorme cheminée, pendait une épée de six pieds de long à la lame en dents de scie, comme l'intérieur de la gueule d'un requin. Une arme d'un poids incroyable qu'aucun homme n'aurait été capable de manier. Pourtant, des récits devaient affirmer que des héros l'avaient soulevée.

Dans un coin, Balfruss vit un petit autel consacré au Créateur sur lequel reposait une icône très ancienne.

À côté, un très vieux casque était exposé sur un piédestal. Un vestige de temps révolus, ou un héritage familial.

Sur le manteau de la cheminée trônait le portrait d'une femme blonde magnifique. Gêné, Balfruss en détourna les yeux. C'était un objet trop personnel, et il commençait à se sentir comme un pillard qui fouille les poches d'un mort. À l'évidence, toutes ces reliques avaient une immense valeur sentimentale et se trouvaient au centre d'innombrables mythes et légendes. Des trésors historiques encore emplis d'énergie vitale et d'émotions.

Parce qu'il fallait bien en arriver là, Balfruss franchit la porte ouverte de la chambre. Sur le lit à baldaquin, il découvrit un spectacle qui risquait de le hanter pendant longtemps. Les restes d'un corps humain atrocement déchiqueté…

Un corps ou deux ? On pouvait se le demander, tant il y avait de sang. Mais non, c'était bien une seule personne, des os saillant de la chair un peu partout. Du torse et du ventre ouverts s'étaient déversés des organes, des entrailles et des fluides visqueux. Une partie des boyaux avait glissé sur le sol, teintant de rouge le tapis.

L'odeur de la mort, entêtante, retourna l'estomac de Balfruss.

Mais il y avait pire… Les yeux du mort, restés intacts sur son visage tordu par l'horreur.

Sous le regard du roi Matthias, Balfruss sentit la bile remonter dans sa gorge. Dévasté, il se détourna et tenta de reprendre son souffle. Ce n'était pas le premier cadavre qu'il voyait – et de loin – mais ce meurtre était l'œuvre d'un sadique qui avait pris plaisir à terroriser sa victime. Même dans un abattoir, on ne voyait pas de telles choses, parce que les bouchers, compatissants, tuaient les bêtes le plus vite et le plus proprement possible. Le roi, lui, avait été lentement torturé.

— Comment ? demanda une voix. Comment a-t-on fait ça ?

Sans se retourner, Balfruss éluda la question d'un geste. Avant de répondre, il devait d'abord réussir à croire à ce qu'il voyait.

Étudiant le sol, il remarqua des éraflures sur le tapis, toutes rigoureusement semblables les unes aux autres. À part le roi, personne n'avait marché dans cette chambre depuis longtemps.

Une main se ferma sur l'avant-bras du Mage de Guerre. Sa concentration brisée, il réagit d'instinct, se libéra en se retournant et repoussa son « agresseur ». Au fin fond du désert, il n'avait pas seulement passé son temps à protéger le roi et à se familiariser avec les coutumes locales…

Le prince Thias tituba mais parvint à ne pas tomber. Vannok se tenait derrière lui et Talandra était encore dans l'encadrement de la porte. Comme si elle refusait d'avancer ou en était incapable.

— Pardon, prince, dit Balfruss à l'homme dévasté par le chagrin. J'étais plongé dans mes pensées et…

— Dis-lui, Vannok, grogna Thias.

Taillé dans le même bois que son père, celui-là. Un autre prince aurait fait toute une affaire de la bévue de Balfruss.

— La porte était fermée de l'intérieur, dit Vannok, et les fenêtres aussi, à ce moment-là. Dès qu'ils ont entendu du bruit, les gardes postés dans le couloir ont accouru. Incapables de l'ouvrir, ils ont défoncé la porte.

— Y a-t-il des passages secrets dans le palais ? demanda Balfruss. Des murs qui coulissent ?

Avant d'approfondir la question, éliminer d'abord les choses les plus simples…

— Non, répondit Thias.

Derrière lui, Talandra semblait bien moins convaincue.

— Pas dans cette partie du palais, précisa-t-elle.

Les autres la regardèrent, étonnés, mais elle haussa les épaules. Un chef de l'espionnage devait savoir ce genre de choses.

— Balfruss, sais-tu ce qui s'est passé ? insista Thias.

— J'ai mon idée… La magie est impliquée, c'est sûr, et je connais le nom du coupable. À part ça, je n'ai pas de certitudes.

— Le Nécromancien ? demanda Thias après un long silence pensif.

— Oui, prince.

— Ta théorie, Mage de Guerre ?

Balfruss hésita, mais tous les regards rivés sur lui indiquaient qu'il ne pouvait pas se dérober.

— Ça remonte à une lointaine époque, quand les pratiquants de la magie étaient encore appelés des sorciers. Une légende prétend qu'ils pouvaient marcher dans les rêves. En d'autres termes, abandonner leur corps et se déplacer en esprit sur de grandes distances.

— En dormant ? demanda Talandra.

Elle avança enfin.

— Dans une transe, plutôt. Induite par la drogue et la musique, pour faciliter la concentration…

— Et lorsqu'ils marchaient dans les rêves, ces sorciers pouvaient faire du mal aux gens ?

— Je pense que le roi dormait quand le Nécromancien est entré dans son rêve. En songe, Matthias devait affronter je ne sais quel monstre qui le taillait en pièces. Le Nécromancien a fait en sorte que ça arrive pour de bon…

Dans le regard de Thias, braqué sur lui, Balfruss vit briller une étrange flamme.

— Tu pourrais le faire ? Entrer dans un rêve et tuer quelqu'un ?

— Non. Je ne saurais pas comment m'y prendre.

— Donc, nous pouvons tous être tués dans notre sommeil, conclut Talandra.

— Une attaque de ce genre consume une énorme quantité d'énergie mentale et physique. La répéter exigerait beaucoup plus de Pouvoir que n'importe quel Mage de Guerre serait capable de détecter.

— Que proposes-tu pour éviter d'autres morts ? demanda Thias.

À cet instant, Balfruss s'avisa qu'il avait déjà imaginé un plan.

— Un Mage de Guerre doit être retiré du front pour venir veiller sur vous tous, prince héritier. Un seul devrait suffire, je crois.

Un vrai pari. D'abord parce que tout ça reposait sur une théorie, mais aussi parce que l'absence d'un mage, sur le front, augmenterait la pression que subissaient les autres.

Et qui pouvait dire si le Nécromancien recourrait de nouveau à cette méthode ?

— Organise ça, dit Thias.

Sur ces mots, il se détourna et sortit, suivi par Vannok et Talandra.

Seul avec la dépouille du roi, Balfruss se demanda si le lien mental fonctionnerait à une telle distance.

La réponse ne tarda pas.

— *Je t'écoute, mon frère…*, dit la voix désincarnée de Thule.

Chapitre 19

Balfruss ne tenait presque plus debout. Cette nuit, il avait à peine dormi, et la longue chevauchée avait fini de l'épuiser. S'il ne fermait pas l'œil très vite, ça tournerait mal. Avant, il devait mettre les choses au point avec les autres Mages de Guerre. À cause de l'éloignement, Thule servant d'intermédiaire, la conversation prit pas mal de temps, mais le résultat fut satisfaisant.

Les trois prochains jours, Balfruss resterait au palais pour protéger la famille royale. Ensuite, les mages se relaieraient. Sur le champ de bataille, la force et le contrôle de Balfruss étaient des atouts, mais sans lui, ses compagnons réussiraient à résister aux Éclats. À part Finn, tous étaient expérimentés.

Dans trois jours, Darius viendrait le remplacer. Puis ce serait le tour d'Éloïse.

Implicitement, tous avaient été d'accord pour exclure Finn de la rotation. Malgré sa puissance, il risquait de mal défendre la famille royale, et il ne fallait pas jouer avec ça. Mais qui annoncerait la nouvelle au forgeron ?

Lui-même, aurait parié Balfruss. Mais il se soucierait de ça un autre jour…

À un moment de la guerre, cette tactique défensive ne serait plus nécessaire. Quand l'armée serait devant la capitale, les mages se trouveraient assez près du palais pour protéger la famille royale. Mais là encore, on verrait ça plus tard.

Installé dans une grande suite, le mage s'intéressa exclusivement au lit, sur lequel il se jeta tout habillé. Pour veiller toute la nuit prochaine, il devait reprendre des forces.

En début de soirée, un domestique vint le réveiller et l'informer qu'il était invité à dîner avec la famille royale.

Avant d'entrer dans la grande salle à manger, il entendit des échos de voix rageurs. Se faisant tout petit, il alla s'asseoir à la table où les débats avaient tourné à la foire d'empoigne.

De retour du front, les généraux rapportaient des nouvelles désastreuses. Fidèle à sa légende, Graegor injuriait Vannok pendant que Thias et Talandra s'échinaient en vain à le calmer.

— Tu as eu tort de donner cet ordre !

— Asseyez-vous ! cria Thias.

Les deux militaires l'ignorèrent.

— Tu es partisan d'un génocide ? rugit Vannok.

— Que racontes-tu ? Tu exagères et tu perds ton sang-froid.

Une veine se gonfla sur le front de Vannok, qui sembla sur le point de frapper son collègue.

— Je connais cette expression, mon ami ! intervint Balfruss. Recule, Vannok !

— Ne t'en mêle pas, maudit mage ! brailla Graegor. Ça ne te regarde pas !

— Je me bats chaque jour, donc, ça me concerne, siffla Balfruss sans se démonter.

— Tu ne connais rien à la guerre, gamin !

Balfruss eut un rire amer.

— Êtes-vous allé à l'étranger, général ? Savez-vous ce qu'on peut y voir ?

— De quoi parles-tu ?

— D'un monde qui ne se réduit pas à votre pays et à cette guerre. Le regard rivé sur l'horizon, vous ne pensez qu'à Seveldrom. Le comportement d'un aveugle ignorant !

— Messires, dit Thias, il conviendrait de parler calmement de tout ça.

Une intervention sans effet.

— Comment tu m'as appelé, mage ? grogna le général borgne.

— Graegor ! cria Talandra.

Elle attendit que l'officier consente à la regarder.

— Tu connaissais mon père longtemps avant ma naissance. Je comprends ta peine, mais semer le trouble ici ne rendra pas hommage à tout ce qu'il a accompli. Plus que jamais, nous avons besoin de ta sagesse et de ta force.

Graegor semblait toujours chercher la bagarre, mais Balfruss ne releva pas le gant. Grâce à Talandra, il venait de comprendre que le général réagissait à sa façon à la mort de son plus vieil ami. L'agressivité était le seul sentiment qu'il pouvait exprimer. Pour des raisons différentes, Balfruss aurait pu devenir ainsi, et il en avait conscience. Par bonheur, sa colère avait été… modérée. Mais que deviendrait le général sans le roi ?

— Je suggère que nous mangions avant de reprendre la conversation, dit Thias.

Personne n'émit d'objection.

La salle à manger n'était pas celle qu'on réservait aux banquets, pour honorer des émissaires, mais un endroit où se restaurer à une dizaine de convives. Tandis que les enfants du roi évoquaient leur défunt père, le repas fut servi. Un menu frugal, comparé à certains soirs de fête. Des plats qui ne débordaient pas de victuailles, et une cuisine des plus simples : du bœuf rôti avec des légumes locaux. Seule originalité, les épices au goût inhabituel qui ne venaient pas de Seveldrom.

Après des années à manger du mouton ou de la chèvre, Balfruss trouva le bœuf délicieux. *Idem* pour la sauce, qu'il mangea entièrement sur du pain qui s'émiettait entre ses doigts. Les légumes verts, les pommes de terre sautées et les poivrons tenaient bien au corps et les épices firent picoter la langue du Mage de Guerre.

Comme l'avait proposé le prince, ils mangèrent en silence. Et même quand ils eurent fini, personne ne parut pressé de rouvrir les hostilités.

Talandra finit par briser un silence qui tapait sur les nerfs de tout le monde.

— Si nous reprenions ? Plus calmement, cette fois. Vannok, nous t'écoutons.

— Nous suivions les ordres du roi – attendre l'attaque puis engager notre infanterie pendant que des archers, un peu avant l'intervention de la cavalerie, martèleraient les flancs de l'ennemi – et tout se passait comme prévu. Jusqu'à ce que nous découvrions leurs fantassins…

— Tu n'aurais pas dû modifier les ordres, dit Graegor.

Pour le calmer, Talandra lui posa une main sur le bras.

— Au début, j'ai pensé à une illusion, comme le ver géant du premier jour. Mais ce n'était pas ça…

Vannok parut soudain accablé. Bien qu'il n'ait pas encore vidé son assiette, il la poussa à l'écart.

— Balfruss, ces fantassins étaient des prisonniers de Shael, mal armés et poussés au combat à coups de fouet.

Graegor ouvrit la bouche mais Talandra, d'un geste, lui intima le silence.

— Dénutris, crasseux, à peine capables de tenir debout… Des combattants, ça ? Non, de la chair à épée sacrifiée pour fatiguer nos hommes. Comment aurions-nous pu les attaquer ? Une boucherie, voilà ce que ç'aurait été. Il y avait des hommes et des femmes, mais on les distinguait à peine les uns des autres, tant ils étaient maigres. Je n'ai pas pu ordonner un massacre…

— Chez les Morriniens, les femmes combattent comme les hommes, dit Graegor. Même chose chez les Vorgas.

Sa colère oubliée, Vannok répondit d'un ton calme mais profondément triste :

— Les gens de Shael sont en majorité des chercheurs, des érudits et des marins… Graegor, tu le sais aussi bien que moi.

La première fois que Vannok utilisait le nom du général borgne, ce soir. Balfruss aurait parié que ça n'arrivait pas souvent. Bien sûr, c'était une manière de rappeler au vétéran qu'ils étaient tous deux généraux, malgré la différence d'âge.

Pris au dépourvu, Graegor se contenta d'acquiescer.

— Ce que je n'aime pas, fit-il entre ses dents serrées, et je déteste le dire, c'est que nous donnons l'impression d'être des amateurs. Comme si Matthias, de nous tous, avait été le seul à connaître la guerre. L'ennemi n'a pas remporté une véritable victoire, je sais… S'il a avancé, c'est parce que nous avons reculé. Mais c'est la première fois qu'il ne quitte pas le champ de bataille vaincu et ensanglanté. De quoi remonter le moral des troupes adverses !

— Certes, mais demain, nos ennemis ne tenteront pas la même ruse, dit Thias.

Talandra approuva du chef.

— Ils ne pourront pas.

Balfruss s'avisa qu'il avait manqué quelque chose.

— Que s'est-il passé ?

— Un de tes gars, Mage de Guerre, dit Graegor, a éjecté les loques humaines du jeu. Le grand type…

Finn, comprit Balfruss.

— Oui, le grand type… Il a érigé une espèce de mur pour que les prisonniers de Shael ne puissent pas nous attaquer pendant la… pendant que nous reculions.

Même s'il finissait par admettre que la manœuvre avait été justifiée, le borgne ne parlerait jamais de « retraite ».

— Selon les soldats, dit Thias, rêveur, ce mage était comme un Titan des anciens récits. Un homme face à une armée, et il lui a barré la route. Les types qui les fouettaient ont tenté de forcer les prisonniers à charger, mais ils ne pouvaient plus bouger. Et les flèches ne traversaient pas le bouclier du mage – dans les deux sens ! Deux rapports affirment que ce type s'est embrasé à un moment.

Un muscle se contracta sur la joue de Balfruss, mais il ne s'inscrivit pas en faux contre cette fantaisie.

— Une fois la retraite terminée, dit Vannok, il a abaissé son champ de force. Mais nos ennemis ont abandonné les prisonniers et quitté le champ de bataille…

— Nous avons installé un camp de réfugiés à l'est de la capitale, dit Thias, dans une ville appelée Tormandan. Ce sera une longue marche pour les Shaeliens, mais ils ne pouvaient pas venir ici.

— Pourquoi ? demanda Balfruss.

— La ville se prépare à un siège, répondit Talandra, et nous avons expédié à la campagne autant de citadins que possible. C'est une affaire de ravitaillement. Si l'armée doit se retrancher ici, l'intendant aura de quoi la nourrir. En cas d'afflux de réfugiés, toutes les réserves seront épuisées en quelques jours.

— Combien ? demanda Balfruss. (Thule entendait-il cette conversation ?) Combien de Shaeliens y avait-il ?

Les deux généraux se regardèrent, et Vannok fit signe à Graegor de répondre.

— Dans les cinq mille… Tous maigres à faire peur…

La conversation sur la guerre continua quelques minutes, puis il fallut passer à ce que tout le monde aurait voulu occulter.

— Il y aura des funérailles nationales, dit Thias. Les préparatifs sont en cours, mais les gens sont déjà au courant. On ne peut pas empêcher les nouvelles de se répandre.

Balfruss voulut demander quand aurait lieu le couronnement du prince, mais il se ravisa. Ça ne serait pas au programme avant que le corps du roi Matthias, conformément au rituel du Créateur, ait été confié aux flammes.

Graegor et Vannok prévoyaient de partir le lendemain pour le front. Thias, lui, resterait en ville pour l'instant. L'absence d'Hyram étonnait Balfruss, mais quand il posa la question, Vannok lui fit signe de laisser tomber.

Parce qu'il ne voulait pas ou ne pouvait pas accepter la mort de son père, le prince cadet était resté avec les soldats. Selon des rumeurs, il avait même combattu à leurs côtés.

Des rumeurs qui n'en étaient probablement pas, songea Balfruss.

Il était encore tôt quand on lui ordonna d'aller prendre son poste dans les quartiers de la famille royale. Après une nuit blanche, la veille, le prince et la princesse devaient être vidés moralement et physiquement. Même sans l'aide d'une potion, ils dormiraient ce soir – et seraient hautement vulnérables.

Au début, Balfruss fit les cent pas dans le couloir. Vite lassé de cet exercice, il s'assit et se plongea dans un livre qu'il avait emprunté à la bibliothèque du palais. Peut-être pour qu'il ne s'assoupisse pas, le siège mis à sa disposition était dur et inconfortable au possible. Par bonheur, un serviteur compatissant avait prévu toute une série de coussins. Le mage les empila pour protéger son dos durant la longue garde, puis il s'assit.

L'ouvrage était une histoire des religions modernes compilée par un universitaire impartial. Normalement, il aurait dû s'agir d'un texte plein de dates et de noms ennuyeux à mourir. Mais l'humour et la finesse d'esprit de l'auteur le rendaient intéressant.

De son séjour au fin fond du désert, Balfruss avait rapporté des connaissances pointues sur les racines très anciennes des religions locales. Sur l'Ouest, il était moins savant, et il fut ravi de découvrir les origines des cultes modernes qui avaient fini par s'implanter en Seveldrom. Trois siècles plus tôt, personne n'y avait jamais entendu parler du Seigneur ou de la Dame de la

Lumière. Aujourd'hui, c'était différent, mais personne ne connaissait vraiment la genèse de l'Église de la Lumière. Ennemi juré des mystères, Balfruss se réjouit d'avoir enfin le temps de se cultiver.

Une infime sensation, à la limite de sa conscience, l'arracha à sa lecture. Lâchant le livre, il se leva et commença à puiser du Pouvoir dans la Source. Autour de lui, un champ de force crépita. Puis une aura bleue l'enveloppa et ses oreilles bourdonnèrent.

Avant de voir qui approchait, Balfruss devina l'identité de cet intrus.

— Je viens pour parler, dit le Nécromancien, les mains écartées en signe de bonne volonté.

— Que veux-tu ? demanda Balfruss sans désactiver son champ de force.

— Dire à quel point je suis navré…

— Navré ?

— La mort du roi… (Torval secoua tristement la tête.) Je sais quel grand homme il était. Je ne voulais pas faire ça, mais les ordres sont les ordres.

— Tu n'es pas navré ! Au contraire, ça t'a plu, parce que tu n'avais jamais fait une chose pareille. On dit que marcher dans les rêves est impossible de nos jours. Depuis des siècles, nul n'avait réussi. Pas même les membres du Conseil Gris. Tu es fier de toi, Torval ! La mort du roi fut juste un triste effet secondaire de ta glorieuse expérience.

Torval dévisagea un long moment Balfruss. Dans le silence, ce dernier entendait les battements de son cœur. De la sueur ruisselait sur son visage, mais il l'ignora. Il fallait rester concentré. Le combat de sa vie l'attendait.

Torval sourit soudain.

— Ne te l'ai-je pas dit ? Nous sommes des jumeaux ! Tu me comprends si bien... Balfruss, c'était extraordinaire. Un tel exploit !

— Nous n'avons rien en commun !

Torval soupira mais ne cessa pas de sourire. Un instant, Balfruss envisagea de frapper, pour lui donner des raisons de pleurer, mais ç'aurait été une erreur.

— Un jour, ces gens auront peur de toi aussi. Alors, ils te demanderont de partir, pour leur faciliter la vie.

— Tu te trompes. Ils ont besoin de moi.

— Pendant combien de temps ? Réfléchis un peu. Si tu gagnes la guerre contre l'armée de Taïkon et contre moi, que se passera-t-il ? Tu crois qu'ils t'accueilleront chez eux à bras ouverts ? ou qu'ils te supplieront de rester pour les protéger ?

— C'est mon pays. Personne n'aura peur de moi ni ne me condamnera à l'exil.

— Ne sois pas idiot ! cria Torval, soudain furieux. Tu vaux mieux que ça. Et ne me parle pas comme si j'étais un général ou un soldat. De la vermine ! Des asticots dans un cadavre ! Si je voulais, je les rayerais de la carte. En tapant dans mes mains, simplement.

Le Nécromancien joignit le geste à la parole, mais sans produire de bruit. Les yeux brûlants d'avidité, il semblait torturé par une faim désespérée.

— Nous sommes les nouveaux dieux, Balfruss ! Oublie les églises et leurs idoles sans visage ! C'est à notre gloire qu'on devrait ériger des temples. Nous sommes tout-puissants ! Oui, seule notre imagination nous limite. Mais tu ne me crois pas, je parie ?

Le délire d'un type aux yeux révulsés. Peu confiant en sa voix, Balfruss secoua la tête.

— Alors, réponds à ma question. Tu as été formé à la Tour Rouge. Combien de temps t'a-t-il fallu pour comprendre que tes professeurs mentaient ?

Balfruss réfléchit honnêtement avant de répondre :

— Ils ont fait de leur mieux... Non, ils ne mentaient pas.

Le Nécromancien eut un rictus.

— Vraiment ? (Sans crier gare, il sourit de nouveau.) Je crois que tu joues les modestes... Mais le soir, dans le dortoir, tu as pratiqué le même jeu que moi. Oui, je vois que c'est le cas !

C'était interdit, mais exactement comme les guerriers, les jeunes gens formés à la Tour Rouge s'affrontaient dès que leurs professeurs avaient le dos tourné. Un moyen de mesurer leur force... De méchantes rumeurs couraient sur des jeunes gens qui avaient carbonisé leur Pouvoir lors de ces duels illicites, mais Balfruss n'avait jamais été témoin d'un tel événement.

— Pendant les duels, le soir, tu t'en es aperçu, pas vrai ?

Balfruss ne répondit pas.

— Pas vrai ? rugit Torval, si furieux qu'il en bavait.

Surpris, Balfruss faillit relâcher son champ de force. Normalement, les gardes postés au bout du couloir auraient dû entendre. Pourtant, ils ne bronchaient pas.

Torval étouffait les sons, comprit Balfruss. Il avait peut-être même placé tout le couloir sous un dôme de silence, pour que leur conversation reste privée.

— J'ai compris au bout de trois mois, concéda Balfruss. Au début, j'ai cru me tromper. Après tout, ils étaient les professeurs et moi un élève. Venu pour apprendre, sans expérience, je devais leur faire confiance.

Torval sourit.

— Tu les as interrogés, je parie ?

Balfruss se plongea dans un lointain passé.

— Ils ont répondu que je faisais erreur. La première fois, ont-ils affirmé, je n'étais pas assez concentré.

— C'est une des premières idées qu'ils mettent dans la tête de leurs disciples. Tout le monde y a droit.

Le Nécromancien s'échauffait de nouveau, mais contre des fantômes, cette fois. Des enseignants qui s'étaient volatilisés et qu'on pensait morts.

— Nous sommes tous uniques et spéciaux ! récita-t-il, imitant un instructeur que Balfruss avait connu. Et nous avons tous une puissance différente…

— … Qui ne change jamais au fil du temps.

— C'est ça oui ! Le plus gros mensonge que ces gens racontent.

Si un Mage de Guerre perdait sa concentration, c'était dangereux – mortel même – pour lui et pour tous ceux qui l'entouraient. Mais il était possible de puiser davantage de Pouvoir dans la Source et d'augmenter ainsi sa puissance. À condition de ne pas aller trop loin, sinon, on dévastait son esprit et son corps – quand on ne s'embrasait pas carrément.

Mais si on travaillait progressivement, en marchant sur le fil du rasoir, on pouvait augmenter sans risque sa puissance. Très peu chaque fois, mais les « très peu » s'accumulaient, et après des années d'entraînement, le gain de force se révélait important.

Peu après son arrivée à la Tour Rouge, Balfruss avait défié un disciple de deuxième année appelé Pyson. En un éclair, il avait été projeté à l'autre bout du dortoir et plaqué contre le mur. Un adversaire trop puissant, simplement…

Six mois plus tard, devenu bien plus fort, il avait pris plaisir à écrabouiller le « grand ».

Sans savoir pourquoi, il raconta l'histoire à Torval.

— La même chose m'est arrivée…

— Pourquoi sers-tu Taïkon ?

Balfruss relâcha son bouclier. Si Torval avait voulu le tuer, il aurait déjà essayé.

— Tu sais qu'il est fou ?

— Il est cinglé, oui, mais il essaie en permanence de ne pas franchir la ligne rouge. Ces derniers temps, il n'a pas souvent réussi. Je dois avouer que c'est en partie ma faute.

— Une expérience, comme les Éclats ?

Torval s'assit sur le rebord d'une fenêtre et contempla le ciel nocturne. Le voyant si détendu, Balfruss se demanda s'il ne pouvait pas le tuer par surprise. Son instinct lui souffla qu'il serait trop lent pour un tel adversaire.

— Une sorte d'expérience, oui… Je lui ai fourni l'artefact qu'il lui fallait pour unifier l'Ouest. Les Zecorriens et les Morriniens avaient besoin d'un colifichet pour croire qu'il était leur prophète. (Torval éclata de rire.) Je n'aurais pas cru que ce crétin avalerait l'artefact ! Il est encore plus paranoïaque que je le pensais.

— Le résultat ?

— Il a changé au-delà de tout ce que j'imaginais.

Torval semblait sincèrement perplexe. Il ne connaissait pas toutes les réponses sur un sujet, et ça ne devait pas arriver souvent.

— Mais je m'en accommode… Nous tirons tous les deux des avantages de notre arrangement.

— Que viens-tu faire ici ? demanda Balfruss, las du bavardage de Torval et de ses sautes d'humeur. Que veux-tu ?

Le Nécromancien eut un trop grand sourire.

— J'entends te faire comprendre que les autres ne comptent pas. Nous sommes meilleurs qu'eux, admets-le enfin ! Des êtres supérieurs !

— Je ne vaux pas plus qu'un homme ordinaire…

Torval se leva.

— D'accord, accroche-toi à ta fausse modestie ! Mais tu en reviendras. Un jour, tu comprendras que nous dominons ces mortels. Ce jour-là, je t'affronterai sur un champ de bataille, et nous ferons trembler jusqu'aux fondations du monde. Le ciel s'ouvrira et les montagnes sombreront dans la mer. Pliant l'univers à notre volonté, nous montrerons à ces chiens de quoi nous sommes capables !

» Et si tu gagnes, ils te craindront et te haïront plus que n'importe qui dans l'histoire. Parce qu'ils sauront au fond de leur cœur que des dieux marchent parmi eux.

Le Nécromancien s'éloigna dans le couloir. À chaque pas, sa silhouette se dissipait, évoquant un mirage dans le désert.

Puis il disparut.

Chapitre 20

En général, quand elle avait besoin d'un moment de solitude, Talandra choisissait la chapelle royale. Assise dans un coin, elle méditait – mais pas les sujets habituels en ce lieu. Quand le Patriarche l'interrogeait, elle mentait, assurant qu'elle songeait à la religion, pas à la politique et à l'espionnage.

En ce jour, elle n'aurait pas eu besoin de mentir.

À chaque instant, elle s'attendait à voir son père entrer, remonter la courte allée à grands pas et venir s'asseoir près d'elle. En fermant les yeux, elle pouvait presque sentir sa présence. Son ombre rôdait encore dans tous les couloirs du palais.

Et il faudrait longtemps avant qu'elle cesse de le chercher.

Au palais et en ville, tout le monde partageait le chagrin de la famille royale. Mais ces gens connaissaient le souverain, pas l'homme. Talandra, elle... Si son père n'était pas parfait – ce qu'elle n'avait jamais prétendu –, il l'avait rassurée et encouragée tout au long de sa vie.

Quand la porte de la chapelle s'ouvrit, Talandra ne tourna pas la tête. Après avoir remonté l'allée, Shanimel vint s'asseoir à côté de la princesse. Un long moment, elles regardèrent le vitrail qui décrivait la Création. Talandra avait grandi en entendant cette histoire. Les sept merveilles, les sept premières races d'humains, les sept océans et enfin les sept péchés qui avaient entraîné la chute de l'humanité. Même si elle n'était pas vraiment croyante, et malgré sa profonde connaissance d'autres religions, Talandra se sentait toujours très bien dans une église du Créateur.

Enfant, elle bombardait de questions la Matriarche. Cette femme étique à la voix grinçante avait rapidement été exaspérée par ces interrogatoires. Pour y échapper, elle avait résolu d'éviter la princesse. Et quand elle ne pouvait pas, elle citait mécaniquement les Écritures.

Une des pires déceptions de la petite Talandra. Ainsi, les adultes ne savaient pas tout et nul ne connaissait toutes les réponses ? Quelques années plus tôt, la squelettique Matriarche, décédée, avait été remplacée par une femme plus patiente.

Shanimel glissa une main dans celle de Talandra.

— C'est inconvenant…

— Consoler une amie qui souffre ? demanda la jeune femme en serrant la main de la princesse.

Talandra lui rendit cette discrète étreinte. Le contact d'une autre personne était parfois réconfortant…

— Tu as prié pour ton père ? demanda Shanimel à voix basse.

Une vingtaine de fidèles pouvaient se tenir dans la chapelle. Les deux femmes y étaient seules. La porte des appartements de la Matriarche, au fond, était ouverte, mais la religieuse ne devait pas être là.

— Oui, répondit Talandra, sa voix étouffée par les tentures gris et bleu qui pendaient aux murs. Et pour le prince d'Yerskania.

Shanimel se tendit.

— Pourquoi la reine ne s'est-elle pas battue ?

— Parce qu'elle ne pouvait pas prendre le risque.

— Quel risque ?

— Voir son pays devenir un autre Shael.

Dans un lieu de culte, il semblait approprié d'évoquer la tristesse et la mort. Les Écritures débordaient d'histoires de frères ennemis, de rois et de reines manipulateurs et d'armées qui s'entre-tuaient pour annexer des « pays » qui n'avaient pas encore de noms et de frontières.

— Les soldats yerskaniens combattent presque tous avec l'armée de l'Ouest. Et la Garde Civile, là-bas, est incapable de repousser des envahisseurs. Des milliers d'hommes ont été envoyés à la mort pour punir la reine. Et maintenant, une agression contre sa famille…

La lignée régnait sur Yerskania depuis des générations. Mais le fils de la reine n'aurait jamais d'enfants. Bien sûr, une de ses filles pouvait la remplacer, mais pour ça, le royaume devait être indépendant.

À propos de succession, il n'allait pas falloir tarder à trouver une épouse à Thias. Talandra avait déjà en tête plusieurs noms de femmes qui seraient de très précieuses alliées.

— Je viens de recevoir un rapport sur Zecorria. Le haut prêtre Filbin est de retour chez lui, et il s'active.

— Une bonne nouvelle, enfin…

Talandra retourna sa main et baissa les yeux sur les veines grises qui sillonnaient la peau de celle de Shanimel.

— On murmure au sujet de blasphèmes et d'altération de la foi. Filbin se serait même flagellé en public.

— C'est vrai ?

— Qui sait ? Il n'a pas encore parlé ouvertement contre Taïkon, mais ça ne tardera plus. Dommage que les Yerskaniens pratiquent tant de religions différentes…

— Il faudra les unifier autour d'autre chose… On dit qu'ils s'intéressent uniquement au profit, mais ils sont très patriotes.

— La reine ? suggéra Shanimel.

Talandra sourit.

— Là-bas, les gens sont en colère. Ils pleuraient déjà leurs proches morts au champ d'honneur, et à présent, ils se sentent outragés. Ils aiment la reine et ils adorent le prince. Il incarnait leur avenir, et voilà qu'on leur a arraché cet espoir.

— Perizzi est une ville de commerçants, rappela Shanimel.

Elle secoua la tête, frustrée. Pendant qu'elle réfléchissait, Talandra ne put s'empêcher d'admirer ses lèvres.

— Tu ne veux pas les armer ?

— Non, ils se feraient massacrer en un jour. Mais une ville pleine de commerçants, ça signifie qu'il y a beaucoup d'argent et de marchandises à protéger. Les Drassiens font partie de l'alliance de l'Ouest, mais nous n'en avons pas encore aperçu un sur les champs de bataille.

— Parce que personne ne les paie pour se battre…

— Les marchands ont les moyens d'engager des mercenaires. Il faudra agir prudemment et avec subtilité, pour que les Yerskaniens croient qu'il s'agit de leur révolte, mais les Drassiens libéreront Perizzi de l'influence de Taïkon.

— Il faut qu'ils s'unissent derrière un chef charismatique, dit Shanimel.

Du bout d'un doigt, elle caressa la main de la princesse, qui trouva la manœuvre délicieusement… distrayante.

— Quelqu'un d'impressionnant.

— Un gros marchand avec une perruque n'inspirera personne…, souffla Talandra.

Shanimel caressait à présent son avant-bras, la faisant frissonner.

— Que dirais-tu d'une intrépide beauté yerskanienne ?

— Ce serait parfait.

— Je vais contacter Roza. On se voit ce soir ?

— J'adorerais…

La porte s'ouvrit pour laisser entrer un garde.

— Pardon de vous déranger, dit l'homme avec un regard plein de respect pour l'autel, mais le prince Thias veut vous voir.

Shanimel passa à côté du soldat, qui la regarda à peine, tant sa présence était habituelle. Bien entendu, il n'avait aucune idée de la valeur ou de l'importance de la Morrinienne pour Talandra.

Des derniers événements, la princesse avait tiré une leçon : il fallait profiter de chaque instant d'une vie, parce qu'il pouvait très bien être le dernier. Dès que Thias serait couronné, elle pourrait penser à son avenir.

Sentant toujours le contact des doigts de Shanimel sur sa peau, Talandra sortit de la chapelle à grandes enjambées.

Chapitre 21

Le Chien de Berger et le Sifflet n'était pas la meilleure taverne de Charas. Cela dit, on y mangeait bien, le propriétaire semblait honnête et la bière n'était pas coupée d'eau. C'était un établissement d'habitués plus que de voyageurs, mais beaucoup de citadins avaient quitté la ville, ces derniers temps. Sans les soldats, le patron aurait dû mettre la clé sous la porte. Du coup, il ne se plaignait pas.

Cette clientèle était sans doute plus turbulente que l'ancienne. Histoire de veiller au grain, deux costauds rôdaient en permanence dans la salle commune.

Quand Vargus y entra, toutes les têtes se tournèrent vers lui et il fit une impressionnante collecte de sourires et de saluts. Dans l'assistance, il connaissait à peine dix gars. En revanche, tout le monde le connaissait.

Sous tant de regards, il se sentit mal à l'aise mais parvint à ne pas le montrer.

Un baril de bière blonde était en perce. Pour les amateurs, on servait aussi de la bière brune importée d'Yerskania. Sensible à la politique, le tavernier bedonnant cachait le tonnelet, mais il n'hésita pas à servir Vargus quand celui-ci eut passé sa commande.

Quand le vétéran alla s'asseoir, il constata qu'Hargo et les autres étaient en très bonne voie d'imbibition alcoolique. Comme partout en ville, l'atmosphère était sinistre. Partout, des gens saluaient la mémoire du roi en levant tristement le coude.

À la table, Orran brillait par son absence. En revanche, il y avait de nouveaux visages. De la bleusaille fraîchement débarquée.

Tan, le Bouclé, grièvement blessé, et Rudd comptaient au nombre des absents définitifs. Touché à la gorge, Rudd était mort dans d'atroces souffrances, en hurlant et en gargouillant. Mais au moins, ça n'avait pas duré très longtemps…

— Tu es enfin là…, dit Hargo, l'élocution pâteuse et les yeux injectés de sang. Je racontais aux gars comment tu as transpercé la gorge d'un salopard d'en face…

Vargus prit la place que ses compagnons lui avaient ménagée sur le banc.

— Dis-leur ce qu'il a fait, marmonna Hargo en dodelinant de la tête, comme s'il allait s'endormir en parlant.

— Comme un poulet sans tête, il a continué à courir et il lui a fallu un sacré moment pour crever.

— Le truc le plus drôle que j'aie vu, lâcha Hargo.

Mais il ne semblait pas particulièrement amusé.

Les autres hommes sourirent pour lui faire plaisir, mais aucun ne s'esclaffa. Désormais, les histoires de ce genre ne déridaient plus personne.

La guerre prélevait un lourd tribut sur ces hommes. Cette brève permission à l'arrière était bien méritée, après tant d'horreurs. Hélas, ce serait peut-être la dernière…

Vargus sirota sa bière sans prêter attention à ce qui se disait autour de lui. Les pieds trempés – un orange récent avait inondé les rues –, il envisagea vaguement de mettre ses bottes à sécher près de la cheminée. Après avoir préservé ses orteils si longtemps, pourquoi les perdre maintenant ?

Soudain, il s'avisa qu'Hargo, l'air perdu, ne bavardait pas avec les autres.

— Tu vas bien ? En tout cas, tu as l'air d'une vraie merde…

— C'est comme ça que je me sens…, fit Hargo avec un rictus.

— Tant que les autres ne te sentent pas…

Cette fois, Hargo eut un vrai sourire.

— Très drôle… Vargus, le simple fait d'être encore en vie m'excite comme un fou.

Le vétéran remarqua que l'élocution de son ami s'était améliorée. Devant lui, il y avait une chope à moitié pleine, et ça devait être la première. Autant dire qu'il avait en réalité bu l'équivalent d'un dé à coudre.

— Quelle mouche te pique ?

— Quand on est jusqu'au cou dans le sang et la boue, on n'a pas le temps de penser. Tout se résume à frapper, trancher ou égorger. Au combat, ma seule idée, c'est de sauver ma peau.

Hargo se tut, détourna la tête et s'essuya les yeux.

Vargus lui tapota gentiment l'épaule.

— Nous avons tous peur de mourir, vieux frère. Moi encore plus que les autres.

Hargo se retourna, les yeux toujours aussi rouges, mais secs.

— La Confrérie, ou quel que soit le nom que tu lui donnes… Ce truc a changé ma vie, mais je n'ai jamais cru aux foutaises que tu débitais par ailleurs. Être heureux de respirer, par exemple. Pour moi, c'étaient des âneries religieuses.

— Je ne suis pas un prêtre ! lança Vargus en enfonçant ses doigts dans l'épaule d'Hargo. Quand te mettras-tu ça dans le crâne, espèce d'emmerdeur ?

Le colosse acquiesça, incitant Vargus à relâcher la pression.

— J'ai dit toutes ces choses, mais elles viennent de quelqu'un d'autre… Je n'ai rien inventé, alors ne me transforme pas en saint ou en meneur d'hommes.

Vargus lâcha son ami et se concentra sur sa bière pour se calmer. Le premier jour, Hargo s'était retrouvé sur le cul en public, et il n'en avait pas fait un drame. Une engueulade ne le vexerait pas.

— Tu as dit ces choses et les mots se sont enracinés dans ma tête. Je ne voulais pas d'eux, mais… Vargus, sans toi, pas mal de gars ne seraient déjà plus de ce monde. C'est tout ce que je voulais dire.

Le vétéran dévisagea l'homme qui combattait à ses côtés depuis le début de la guerre. Moins joufflu qu'avant, son visage n'avait plus rien de celui d'un chérubin et une lueur nouvelle brûlait dans ses yeux. La moitié de l'oreille droite en moins, il avait les bras couverts de cicatrices. À son aspect, bien des gens auraient cru être en face d'une brute épaisse – ou peut-être d'un bon soldat. Une impression trompeuse. Hargo était bien plus subtil qu'il le semblait…

— Un jour, dit Vargus, un fils de pute aura ma peau. Ce sera peut-être un bleu arrivé la veille, le cul encore merdeux, ou un Vorga aux griffes acérées et aux crocs tranchants. Comme n'importe quel type, je saignerai et je crèverai…

Hargo s'agita sur sa chaise, mais il ne dit rien.

— Tu as vu ce qui s'est passé l'autre jour ?

— Trois Drassiens ont franchi nos lignes et t'ont foncé dessus.

— Tu sais pourquoi ?

Hargo joua d'abord les imbéciles. Puis il consentit à répondre :

— Non, mais j'imagine… Nos ennemis ont entendu parler de la Confrérie, et ils veulent se débarrasser de toi.

— Comme ils ont fait avec le roi… Pour eux, couper la tête suffit à tuer la bête. En conséquence, tu vas cesser de brailler mon nom partout. Il ne faut plus que je sois lié à la Confrérie. Si un bleu t'interroge, parle-lui de tout ça, mais sans mentionner mon nom. Ma mort ne doit pas tout détruire… Contre ces Drassiens, je m'en suis sorti de justesse – et en finissant à l'hôpital. La prochaine fois, on m'enverra dix ou vingt tueurs. Et quoi qu'il en soit, ma chance finira bien par tourner.

— J'avertirai les autres, dit Hargo. Mais j'ai toujours une dette envers toi.

Vargus vida sa bière et tendit la chope au colosse.

— Alors, paie-moi une bière avant que j'aie roulé sous la table.

— Bonne idée, mon vieux.

La porte s'ouvrit pour laisser entrer quelques hommes. Orran était du nombre, rayonnant comme s'il venait d'apprendre qu'un oncle richissime était mort en lui léguant sa fortune.

Il s'assit et attendit le retour d'Hargo pour jubiler.

— Tu as trouvé ta putain, on dirait, fit le colosse en distribuant des chopes.

— Pour sûr que ce n'était pas la Mère Bénie ! Je lui ai demandé un truc que je n'avais jamais essayé. Une nouveauté.

— Je ne veux rien entendre, lâcha Vargus.

— Si elle t'a fichu un doigt dans l'oignon, grogna Hargo, ça ne m'intéresse pas non plus.

— J'ai fermé les yeux, continua Orran comme s'il n'avait rien entendu, puis il y a eu cette mélodie et ce frisson délicieux.

Vargus interrogea Hargo du regard. Mais le colosse secoua la tête.

— Allez, pose-lui la question !

Hargo ne put pas résister :

— Bon, c'était quoi, son truc ?

— Avec une de mes burnes dans la bouche, elle fredonnait une chanson. Extraordinaire ! J'ai déchargé si fort que j'en ai eu dans les yeux.

— Arrête, c'est dégueulasse ! s'écria Vargus.

— Je me sens si vivant !

Orran vida sa bière, se leva et approcha du comptoir.

— Allez, les chochottes, remettez-vous ! lança-t-il à ses copains.

Quand la porte s'ouvrit de nouveau, Vargus ne tourna pas la tête… jusqu'à ce que le silence soudain l'intrigue.

Vêtu de haillons, un type à l'air hagard venait d'entrer et il crachait ses poumons comme s'il avait chopé le Vent Froid. Les yeux ronds, il cherchait quelqu'un dans l'assistance. Quand il vit Vargus, il eut comme un spasme.

— Pas de mendiants ici ! s'écria le tavernier en faisant signe à un de ses videurs.

Vargus se leva.

— Du calme, dit-il en approchant du type. Je me charge de lui…

Vidé de ses dernières forces, l'inconnu s'écroula dans les bras du vétéran. Ce malheureux n'avait plus que la peau et les os. Les joues creuses, l'haleine désagréablement douceâtre, il était brûlant de fièvre.

Un mort en instance.

Les vêtements souillés de boue et de poussière, le moribond avait des taches brunes sur le devant de sa chemise. Lorsque Vargus l'eut aidé à s'asseoir, il fut pris d'une quinte de toux. Puis il cracha du sang.

— La peste ! cria quelqu'un. La peste rouge !

— Créateur, protège-nous !

— Sortez-le d'ici ! ordonna le tavernier. S'il est malade, je n'en veux pas chez moi !

— Qui est-ce ? demanda Hargo, renonçant à jouer les ivrognes.

Vargus se demanda que répondre. Dans le doute, il se décida pour la vérité.

— C'est mon frère.

— Eh bien, c'est aussi le nôtre ! lança Orran.

— Vous ne comprenez pas… C'est un vrai parent.

— J'ignorais que tu en avais, marmonna Orran.

— Je vais me charger de lui, répéta Vargus.

Il aida le moribond à se relever. Le type s'appuya à lui, mais avec son poids plume, ça ne fit guère de différence.

— Il a besoin de repos et d'un médicament… Ce n'est pas contagieux.

— Il te faut de l'aide ? demanda Hargo, venu tenir la porte pour son ami.

— Ça ira… Profite de ta soirée.

Vargus sentit des regards peser sur lui pendant qu'il sortait de la taverne. Quand il en fut assez loin, il étendit l'homme sur le sol, dos appuyé contre un mur. À demi comateux, le moribond avait les yeux révulsés. Du sang coulait de son nez et la peau, aux coins de ses lèvres, était sèche et ratatinée.

Vargus saisit la tête du type d'une main et, de l'autre, le gifla jusqu'à ce qu'il reprenne conscience.

— Kaï, c'est toi ?

— Aide-moi, Tisserand… Aide-moi…

— Que s'est-il passé ?

— Ils sont tous morts… Tous. Ces salauds ont brûlé tous les temples, violé et massacré mes prêtresses… Tous mes fidèles ont été « purifiés ». Ceux qui ne voulaient pas se convertir ont fini noyés ou brûlés. Certains survivants jouent la comédie, mais ils sont forcés de prier ce Dieu Lanterne de merde. Je suis foutu !

— Où est-ce arrivé ?

— Partout ! Aide-moi !

Un moment, Vargus envisagea de laisser Kaï crever dans la rue. À part lui, personne ne connaîtrait la vérité, et sans aide, le moribond ne passerait pas la nuit. Au matin, les gens croiraient avoir trouvé la dépouille d'un vagabond, et l'histoire s'arrêterait là. Dans la situation inverse, Kaï n'aurait pas hésité une seconde.

— Réjouis-toi que je ne sois pas comme toi !

Vargus souleva Kaï de terre et le hissa sur son épaule.

À part quelques regards curieux, les deux hommes n'attirèrent pas vraiment l'attention. Deux ivrognes en pleine nuit, rien d'étonnant dans une ville truffée de soldats. À un moment, Vargus passa devant un groupe d'hommes en train de dormir ou de dégueuler dans des ruelles obscures.

La Milice s'occuperait de ces épaves. Elle ramasserait les poivrots incapables de bouger et ramènerait les autres à leur chambre ou dans leur grange.

Des cris d'extase montaient de tous les coins sombres. Par ces temps troublés, les prostitués des deux sexes se faisaient des fortunes. Marcher sur le fil du rasoir et jouer avec la mort – rien ne stimulait plus les sens d'un homme !

Avec Kaï à demi inconscient sur le dos, la progression devint plus difficile dans les rues en pente de l'Ancienne Cité. De temps en temps, le fardeau de Vargus marmonnait des trucs incompréhensibles ou lâchait un pet sonore, mais le vétéran ne se laissait pas démonter pour si peu.

À intervalles réguliers, des échos de musique et d'éclats de rire sourdaient d'une taverne dont la porte et les fenêtres laissaient filtrer une chaude lumière. Chaque fois, Vargus s'arrêtait. Que n'aurait-il pas donné pour entrer dans un de ces établissements, passer la nuit à s'amuser et oublier toutes ses responsabilités ? Quelques chopes endormiraient sa douleur et les suivantes l'aideraient à oublier jusqu'à son nom.

De nouveau, il envisagea de laisser crever Kaï. Mais la Cathédrale du Créateur se dressait au bout de la rue. Comme toujours, des lampes et des cierges brûlaient à l'intérieur et on ne les éteindrait pas avant le matin. À travers les vitraux, leur lumière teintait les pavés mouillés de toutes les couleurs de l'arc-en-ciel. L'imposant lieu de culte rappelait en permanence ce que la foi pouvait accomplir et comment elle résistait au fil des siècles, même en l'absence de son dieu.

Avec un soupir, Vargus s'engagea dans une rue latérale, longea un temple de la Mère Bénie et s'arrêta devant un vieux bâtiment délabré.

Douze personnes attendaient devant ce temple. Elles ne se connaissaient pas, pourtant, toutes avaient été attirées ici par un instinct qui dépassait leur entendement. La plupart de ces gens étaient des Seves, mais il y avait aussi un Morrinien et deux Drassiennes – de riches négociantes vêtues d'une robe de soie sobre mais hors de prix.

Dès que Vargus eut poussé la double porte tordue et fut entré dans le temple, Kaï se réveilla.

Bien que le vétéran n'eût pas dérangé la couche de poussière et de nourriture pourrie qui jonchait le sol, un petit nuage noir tourbillonna autour de lui.

Vargus posa Kaï sur ses pieds, le dos contre un mur. Nettement requinqué, le moribond parvint à tenir debout tout seul.

Les douze inconnus vinrent s'incliner devant le loqueteux. Vargus s'écarta. Il n'avait rien à faire ici, mais il ne voulait pas encore partir.

— Maître…, dit un des Seves.

Ses compagnons lui firent écho.

— Mes fidèles enfants…, souffla Kaï en essuyant avec sa manche déchirée le sang qui maculait sa bouche. Merci d'être ici. Je n'aurais pas voulu mourir seul.

— Ordonne, seigneur, et j'obéirai, dit une des Drassiennes.

Elle se prosterna devant Kaï et son front manqua toucher le sol infâme. Mais elle ne parut pas remarquer la saleté et les immondices.

— Oui, exige ce que tu désires ! lança un autre inconnu.

Tous hochèrent frénétiquement la tête.

— Je crains qu'il n'y ait pas grand-chose à faire, répondit Kaï.

Il sourit tristement, comme s'il acceptait son sort.

— Il doit y avoir une solution. Nous sommes prêts à tout !

— Oui, tout, seigneur ! Demande-nous !

Kaï eut une expression de mauvais augure.

— Ne fais pas ça, Kaï ! intervint Vargus. (Il ignora les regards désapprobateurs des fidèles.) Pars en paix et laisse-les tranquilles.

— Quand ton tour viendra, frère, nous verrons bien si tu te montres si… docile.

— Je peux t'en empêcher…, grogna Vargus.

Une vaine menace, ils le savaient tous les deux. Vargus ne s'en mêlerait pas.

— Ordonne, seigneur ! répéta un des fidèles.

Puisant dans ce qu'il lui restait de force, Kaï se redressa et tendit les mains vers sa congrégation, comme s'il entendait les réchauffer au-dessus d'un feu.

— Vous offrez-vous à moi ? Tout ce que vous êtes ? Et tout ce que vous serez à partir de ce jour ? Corps, âme et cœur…

— Oui, seigneur, répondirent les douze disciples.

— Jurez-le sur votre âme immortelle.

— Nous le jurons !

Parfois, on faisait un serment sans réfléchir assez à ses conséquences.

Une lueur bleue maléfique dansa dans les yeux de Kaï.

— Avez-vous de l'argent ? demanda-t-il.

Une Drassienne lui tendit une bourse bien rebondie dont il sortit douze petites pièces. Six dans chaque main, il les porta à ses lèvres et murmura :

— Ceci est mon corps, ceci est mon sang…

Il posa une pièce sur la langue de chacun de ses fidèles et répéta chaque fois l'incantation.

Puis il parla dans une langue morte depuis des siècles mais que Vargus comprenait pourtant. Sa bouche bougeait, mais les sons qui en sortaient ne correspondaient pas aux mouvements de ses lèvres. Aucun humain, jamais, n'aurait pu produire ces sifflements, ces cliquetis et ces notes haut perchées qui évoquaient les trilles d'un oiseau.

Dans le temple, l'air se fit plus lourd, comme s'il se transformait lentement en eau. Les oreilles bourdonnantes, Vargus s'éloigna autant qu'il put de la petite congrégation.

D'un index plié, Kaï appela à lui une des femmes. Se relevant, elle approcha, l'air extatique comme si elle attendait ce moment depuis toujours. De ses bras tremblants, Kaï l'enlaça et l'attira contre lui.

La tête contre l'épaule de son maître, la femme s'abandonna à son étreinte. Ainsi, elle ne vit pas les crocs qui poussaient dans la bouche de Kaï – ni l'expression horrifiée des autres fidèles.

Quand son maître la mordit, la victime poussa un petit cri. Sans protester ni se défendre. Dès que le sang jaillit de sa gorge, Kaï se pencha et le but avidement.

Quand les jambes de la femme se dérobèrent, il se laissa glisser au sol avec elle. Sentant son cœur ralentir, il lui arracha des lambeaux de chair de la gorge.

Le nez de Kaï changea, devenant plus petit. Sa bouche grossit puis se déchira, libérant une masse orange qui se déploya, jaillissant du bas de son visage.

Dans ses yeux, la lueur se transforma en incendie et sa chemise, dans son dos, ondula comme s'il y avait quelque chose dessous. Un ombre apparut alors derrière lui, masse vibrante et pulsante qui enveloppa tout dans des ténèbres insondables.

Dans son coin, Vargus frissonna.

Un bruit d'os qui se brise retentit dans tout le temple. Parce que la coquille humaine de Kaï explosait ? Ou parce qu'il dévastait le torse de la femme avec son bec orange ?

Six tentacules sortirent de la chemise maintenant déchirée et se mirent à ramper sur le sol. Avec un cri inhumain qui fit vibrer les murs, Kaï se détourna enfin de son festin.

La peau de son visage se craquela et son crâne implosa comme un œuf. Deux yeux rouges apparurent, puis quatre, puis huit… Bientôt Vargus en perdit le compte, comme celui des tentacules qui venaient s'ajouter aux six premiers.

Certains fidèles ne bougeaient plus, pétrifiés. D'autres priaient ou pleuraient et d'autres encore regardaient avec horreur la nouvelle apparence de leur antique seigneur et dieu. Le Dévoreur d'Âmes… Le Gardien Pestilentiel…

Tandis que son corps continuait à grandir, Kaï retourna à son festin. Déchiquetant les restes de sa victime, il les dégusta par petites bouchées. Avant même qu'il ait achevé ce repas, deux nouveaux tentacules allèrent cueillir des proies fraîches.

Les fidèles eurent à peine le temps de crier avant d'être dévorés vivants, les os brisés et les entrailles retournées.

Un des survivants craqua nerveusement. En appelant au secours, il courut vers la porte, mais un tentacule, plus rapide et puissant qu'un serpent, s'enroula autour de lui et le tira vers Kaï. Pour s'assurer qu'il ne résisterait plus, deux autres extensions gluantes lui arrachèrent les membres et une quatrième lui couvrit la bouche.

Alors qu'une centaine d'yeux rouges observaient la scène, n'en ratant aucun détail, Khaï'yegha entreprit de dévorer les derniers fidèles vivants.

Certains crièrent et le Morrinien implora son maître de l'épargner – avant d'être lui aussi déchiqueté puis englouti. En quelques minutes, tout fut terminé, et il ne resta plus rien, pas même un morceau de tissu ou une chaussure oubliée.

Une longue langue rose lapa le sang, les larmes, l'urine et les autres fluides répandus sur le sol.

Quand il n'y eut plus rien à manger ni à boire, la créature soupira et ses yeux se fermèrent, comme si elle s'assoupissait. Mais ses tentacules ne cessèrent pas de s'agiter.

Puis le monstre rétrécit, fondit et le corps d'un homme vêtu de haillons se reconstitua lentement.

Dès que ses oreilles eurent cessé de bourdonner, Vargus entendit de nouveau les bruits de la ville. Pas très loin, une femme riait et un violon jouait un air endiablé.

— Je me sens beaucoup mieux, annonça Kaï.

Si Hargo ou un des clients de la taverne l'avaient vu, ils ne l'auraient pas reconnu. Désormais, c'était un type en pleine forme physique, harmonieusement musclé, avec le visage plutôt rond d'un bon vivant. Les rides, aux coins de sa bouche, témoignaient de sa tendance à sourire et ses yeux débordaient de chaleur et de compassion.

— Ça ne durera pas, prévint Vargus, mais tu le sais déjà.

— C'était la seule solution, dit Kaï en regardant autour de lui.

Accablé, il sonda le firmament à travers les trous du plafond.

— Aide-moi, frère !

— J'en ai fait assez, je crois…

— Si tu ne m'avais pas amené ici, ils m'auraient trouvé dans la rue… Tu n'es pas responsable de ce qui est arrivé.

— Que veux-tu ?

— Survire, bien entendu ! Quelle étrange question… Tu es un des plus anciens… Tu sais comment il faut faire. Apprends-moi !

— Je crains de n'avoir pas le temps…

— À cause de leur maudite guerre ?

Comme si Kaï était au-dessus de ces piètres contingences…

— Elle te concerne aussi. Sinon, tu ne serais pas là…

Kaï acquiesça à contrecœur.

— Qu'aurais-je dû faire d'autre ?

— Rien… Je vais te mettre à l'abri, mais assez près de moi pour pouvoir t'appeler, si j'ai besoin de toi avant la fin de la guerre.

— Et que suis-je censé faire en attendant que tu me sonnes ? Dépérir d'ennui ?

— Si ça t'amuse… Je veux que tu restes à l'écart. C'est possible ?

En guise de réponse, Kaï eut un sourire qui dévoila ses dents encore très pointues.

Chapitre 22

Avant même d'être arrivé au pied de l'escalier de la volière, Gunder eut fini de lire le dernier message codé de Talandra. Sur la dernière marche, il marqua une pause pour réfléchir à des sites possibles pour les réunions clandestines de la rébellion.

En méditant, il continua à entendre les croassements des corbeaux, en hauteur.

Pour accueillir une foule, il faudrait un endroit assez vaste – et plutôt facile d'accès, pour ne pas éveiller les soupçons. Parmi les bâtiments auxquels Gunder pouvait accéder, il y avait un entrepôt, sur les quais. Celui où il avait interrogé Filbin, histoire de le remettre sur le droit chemin.

La rébellion aurait aussi besoin d'un dirigeant charismatique, et il souscrivait au choix de Talandra. Gunder le marchand d'épices aurait pu disparaître pour céder la place à un personnage plus glorieux, mais le gros commerçant avait encore un rôle essentiel à jouer : disposer les pierres sur le plateau de jeu, afin que la partie puisse commencer. Roza était la candidate parfaite. Lorsqu'elle parlait avec passion, les gens écoutaient...

Gunder passa dans une taverne et laissa un message pour Roza au comptoir, tenu par un de ses agents. Puis il se mit en chemin pour *La Bénédiction du Seigneur*.

En route, il aperçut des visages familiers – de clients, à l'occasion – mais personne ne le salua ni ne sourit. Un regard, un hochement de tête… et rien de plus. Dans le même ordre d'idées, les rues étaient bien plus tranquilles que d'habitude à cette heure de la nuit. Mais comment s'étonner de la morosité ambiante, après l'abdication de la reine et les incertitudes que ça impliquait ?

Trop de gens croyaient, à tort, que les Yerskaniens étaient des minables. Une bande de marchands et de courtiers exclusivement dévoués à l'argent et enclins à tenir les banques pour des lieux de culte… En réalité, il existait une belle fierté nationale et une authentique dévotion pour la famille royale – cette lignée qui avait transformé une nation de mineurs et de pêcheurs en un pays d'hommes et de femmes d'affaires prospères.

Yerskania était un royaume riche, désormais. Et si on pouvait envier ses trésors, on ne devait pas nier son ouverture d'esprit en matière de religion. Aujourd'hui, cette liberté de conviction était menacée et il était temps de réagir.

Vêtus d'une cotte de mailles et d'un tabard bleu et blanc, six hommes avançaient en face de Gunder. Sur leur chemin, les passants s'écartaient, les yeux baissés pour ne pas attirer l'attention. Désormais, les fantassins de l'empereur Taïkon, maître absolu de l'Ouest, étaient appelés les Élus.

En le croisant, deux des Zecorriens aux yeux noirs regardèrent intensément Gunder. L'un toucha même la poignée de sa masse d'armes, mais la démonstration d'hostilité n'alla pas plus loin.

Une semaine plus tôt, il y avait à tout casser une cinquantaine de ces types en ville. Ce nombre grandissait chaque jour, et les Élus recrutaient à tour de bras. Trois repas par jour, un uniforme, des armes, de l'argent et du pouvoir... Qui n'aurait pas été tenté ? Tout ce qu'il fallait faire, c'était jurer fidélité au nouvel empereur.

Bien entendu, les nouvelles recrues appartenaient presque toutes à la lie de l'humanité. Des sadiques, des brutes, des accros au pouvoir, des désespérés et des déficients mentaux... Pour le moment, il y avait peu d'Yerskaniens dans le lot, mais Gunder aurait juré que ça changerait bientôt. Pour qu'il en aille autrement, l'offre était bien trop alléchante.

L'espion avait également vu le lieu de culte érigé sur le site d'un ancien temple païen. De toute évidence, ce n'était pas le premier bâtiment du genre. Un lieu où adorer le dieu-empereur Taïkon, un homme qui ne pouvait pas être tué.

L'incendie du temple du Créateur avait indigné les citadins, comme prévu. Mais sans soutien militaire, toute rébellion serait condamnée d'avance face à des ennemis présents partout, à l'intérieur comme à l'extérieur.

En entrant dans sa taverne favorite, Gunder s'étonna de voir que les tables étaient prises d'assaut. Dès qu'il arriva, toutes les têtes se tournèrent dans sa direction. Comme il était un habitué, on se désintéressa très vite de lui.

Le videur, Masson, était assis près de la porte. Deux « assistants » le flanquaient, des colosses à la gueule cassée armés d'une épée et d'un gourdin. À leur posture, ce n'étaient pas des amateurs... Le bâton de marche de Gunder les intrigua, mais quand ils virent qu'il s'appuyait vraiment dessus, ils laissèrent tomber.

Masson salua Gunder de la tête, puis il recommença à surveiller la rue à travers la fenêtre.

Gunder alla rejoindre ses amis, qui lui avaient gardé une place à leur table. Voyant leurs mines sinistres, l'espion comprit qu'il s'était passé quelque chose.

— Allez, racontez-moi ! Sinon, ça va vous rester sur l'estomac.

— Des Élus ont essayé d'arrêter quelqu'un, dit Zoll à voix basse. Un marin.

— Qu'avait-il fait ?

Zoll haussa les épaules.

— Rien… Ils ont monté de toutes pièces une affaire de contrebande. Pour réquisitionner son navire, je crois… Patrick est un brave gars.

Du menton, Zoll désigna un homme assis près de la cheminée. Le crâne rasé et les bras poilus, Patrick était un grand costaud au nez crochu. À voir la déférence des marins qui l'entouraient, il devait être le capitaine du navire en question.

— Dans la salle, tout le monde s'est levé pour le défendre, hommes comme femmes, dit fièrement Iyele.

Il balaya du regard l'assistance, composée comme d'habitude de gens du cru et d'une poignée de Morriniens et de Zecorriens.

— Les Élus recommenceront, souffla Ramalyas, et leur prochaine cible sera moins chanceuse.

— Je ne suis pas d'ici, mais c'est mon pays, désormais, dit Gunder. Il faut chasser ces salauds de la ville.

— Comment ? demanda Zoll. L'armée est loin d'ici et les rangs des Élus grossissent chaque jour. La Garde Civile ne fait déjà plus le poids.

— Ce sont des temps difficiles, concéda Gunder. Mes épices viennent des quatre coins du monde. Souvent, des bandits ou des pirates font main basse dessus. Si j'avais des gardes supplémentaires pour mon entrepôt, je dormirais mieux la nuit. Deux Poings Drassiens, par exemple... Ou mieux encore, cinq ou six.

Dans la cité et autour, on trouvait toujours des mercenaires masqués sans emploi.

Iyele ne fut pas long à mordre à l'hameçon :

— Mon vin n'est pas toujours du premier prix, dit-il. Si on me volait mes meilleurs crus... Je n'aurais rien contre des gardes drassiens.

— Ce ne sera pas gratuit, marmonna Zoll.

— Tant pis ! Je suis prêt à dépenser jusqu'à mon dernier sou, quitte à devenir clochard.

— Pour chasser les Élus, rappela Ramalyas, quelques Drassiens ne suffiront pas.

— Il paraît que plusieurs groupes clandestins soutiennent la reine, dit Gunder.

— Des bouffons ! grinça Zoll. Je les ai vus crier des slogans en défilant devant le palais. Des moutons ! Un seul Maître de l'Épée drassien suffirait à les disperser.

— Au moins, ils ont une volonté politique, souligna Iyele.

— Ils brassent beaucoup de vent, intervint Gunder, mais ce n'est pas d'eux que je parlais... Il existe un autre groupe... Des vrais patriotes qui n'ont pas peur de se salir les mains.

— Je ne connais pas ces gens..., avoua Iyele, troublé.

— Ils sont très discrets, précisa Gunder. Certains sont des marchands, comme nous, et ils fuient comme la peste les risques inutiles. Leur prochaine réunion est pour demain.

— J'y serai, dit Iyele.

— Moi aussi, promit Ramalyas.

Zoll hésitait. Agacés, ses compagnons le regardèrent.

— Les Élus… Je déteste leurs méthodes… Mais si Taïkon était vraiment un prophète ?

— Ça l'autoriserait à se proclamer dieu, d'après toi ? lança Gunder. Si on le laisse faire, il éliminera toutes les autres religions. N'a-t-il pas déjà fait incendier un temple du Créateur ?

— Un accident…, grogna Zoll.

— Tu as déjà entendu parler d'un bâtiment de pierre victime d'autocombustion ? Et sur les ruines, Taïkon construit un temple à sa propre gloire.

— Taïkon…

— Taïkon pervertit ta foi, Zoll ! coupa Gunder. Au fond de ton cœur, tu sais qu'il n'est pas un prophète. Tout le monde le sait, mais la peur empêche les langues de se délier. Seuls, nous sommes vulnérables. Unis et soutenus par une armée privée, nous vaincrons. Le but est d'arracher la ville aux griffes des Élus et de rendre à la reine la place qui lui revient.

Un long silence ponctua cette tirade. Dans la salle, les conversations se mirent à tourner sur le sujet. Furieux et tendus, les citadins se sentaient humiliés. Mais comment se libérer des nouveaux maîtres de la cité ?

Gunder écouta un moment, ravi, puis il recommença à discuter avec ses compagnons – de tout et de rien, comme d'habitude.

Roza et les autres agents se chargeraient de contacter et d'influencer les autres marchands et les notables de la ville. Dès demain soir, la rébellion commencerait à libérer Perizzi du joug encore virtuel de Taïkon. Il le fallait, sinon, tout le monde finirait par se prosterner devant la statue de ce sale type.

Chapitre 23

Le soleil pointait à peine à l'horizon. Pourtant, sur le front, Vargus et ses compagnons attendaient déjà l'ennemi. Dans les rangs, on aurait entendu voler une mouche. Concentrés au maximum, tous les hommes avaient soif de sang. D'habitude, beaucoup d'entre eux se sentaient stimulés par la seule présence du vétéran. En ce jour, c'était à quelqu'un d'autre qu'ils voulaient prouver leur bravoure.

Cinq Mages de Guerre se tenaient en première ligne, épaule contre épaule avec les soldats. Si l'absence de Balfruss les inquiétait, ils ne le montraient pas.

Ces mages venaient des quatre coins du monde. Pourtant, ils faisaient partie de l'armée de Seveldrom au même titre que n'importe quel soldat. Par leur courage, ils avaient gagné cet honneur.

Le forgeron, celui qu'on surnommait Titan, brandissait les poings. Autour de ses muscles saillants, l'air crépitait d'énergie.

Finn avait hâte d'en découdre, comprit Vargus. Il le sentait puiser du Pouvoir dans la Source…

Thule était encore plus impressionnant. Immobile, semblant à peine respirer, on aurait pu le croire endormi ou mort, s'il n'avait pas cligné lentement des yeux.

À tout hasard, on avait prévu beaucoup d'espace entre le forgeron et lui…

Darius et Éloïse semblaient détendus. De fait, on eût dit qu'ils étaient là pour admirer le lever de soleil. Mais Vargus sentait leur tension.

Le petit homme, Ecko, sondait le terrain, prêt à entrer en action.

Des heures parurent s'écouler avant que l'ennemi se montre. Une horde de Morriniens cornus, des Zecorriens au teint mat et… Oui, cette fois, même les barbares vorgas étaient là. Des membres à la peau verte des tribus côtières, des guerriers au teint brun des marais et même des sauvages à la peau bleue des collines… Un océan d'épées, de piques, de haches et de boucliers qui reflétaient la lumière des premiers rayons du soleil.

Tout espoir de réussir une attaque-surprise déserta le cœur des soldats adverses quand ils virent que les Seves les attendaient.

Non loin des défenseurs, un cor joua une unique note dont la pureté fit battre plus fort le cœur de tous les hommes. Une fraction de seconde plus tard, cet instant d'harmonie fut balayé par des milliers de cris de haine et de rage.

Puis la charge commença.

Aujourd'hui, pas question de céder un pouce de terrain. Le sens du mot « pitié » oublié, on ne ferait pas de prisonniers.

Pour la première fois depuis le début de la guerre, les Seves passaient à l'offensive.

Dans le ciel, les nuages poussés par un vent venu de nulle part devenaient de plus en plus noirs. Mais ils ne crevaient pas malgré les roulements assourdissants du tonnerre.

Selon les principes que lui avait enseignés Éloïse, Finn prenait de longues et profondes inspirations afin de contrôler ses émotions. En même temps, avec le Pouvoir puisé dans la Source, il modelait un énorme marteau d'énergie tout droit sorti de son imagination.

Darius tendit un bras vers les nuages, en arracha des éclairs et les projeta sur les envahisseurs de l'Ouest.

Le premier trait de foudre s'abattit devant les soldats, douchant leur ardeur. Le deuxième et le troisième semèrent la mort dans leurs rangs. Alors que des hommes brûlaient vifs dans leur cuirasse, d'autres furent déchiquetés par la violence de l'impact. Dans le chaos, une pluie de sang et de lambeaux de chair s'abattit sur les survivants.

En transe, Finn sentait jusqu'au dernier petit poil de son corps. Dans son esprit, les visages des agonisants et des morts se gravaient avec une telle netteté qu'il douta de pouvoir les oublier un jour. À ses oreilles, le sang qui coulait dans son corps rugissait comme un torrent. Et le moindre battement de cœur, à une lieue à la ronde, résonnait dans son esprit comme un roulement de tambour. La musique d'un orchestre géant, chaque note cherchant à retenir son attention.

Avec chaque mort, l'appel de la Source devenait plus fort. Un chant de sirène si tentant qu'il en avait mal jusque dans la moelle des os.

Comme s'il grandissait ou planait au-dessus d'eux tel un aigle, les soldats de l'Ouest parurent soudain tout petits. De très haut, Finn vit la configuration de leurs unités, entendit les grincements de leurs cuirasses et capta la peur qui leur serrait la gorge.

Les Éclats brillaient par leur absence et les hordes ennemies payaient le prix de leur défection. Pour un soldat abattu par une épée ou une hache, dix tombaient sous les coups des Mages de Guerre.

Du coin de l'œil, Finn vit Ecko aux prises avec un groupe de soldats. Comme une toile d'araignée, le Pouvoir jaillit de sa main et vint se poser sur la tête de ces hommes. À première vue, ce treillis d'énergie semblait inoffensif. En y regardant mieux, Finn vit les lames, les épieux et les crochets cachés dans le tissage. D'un geste vif, Ecko tira son filet à lui comme un pêcheur qui remonte ses prises. En un éclair, une dizaine d'hommes furent coupés en deux ou décapités. Des têtes volèrent dans les airs, du sang jaillit de bouches ouvertes sur un cri qu'elles ne pousseraient jamais et des lambeaux de chair retombèrent en pluie sur le sol.

Finn pensa d'abord qu'Ecko dansait de joie. Puis il comprit qu'il dessinait des runes dans la poussière avec ses pieds. Tout en frappant, il générait un champ de force protecteur pour lui-même et les soldats qui l'entouraient.

Toujours occupé à extraire la foudre des nuages, Darius affichait un calme imperturbable. Bombardés d'éclairs, les envahisseurs n'avaient même pas le temps de crier avant de mourir. Carbonisés sur pied, ils s'écroulaient tandis que des lambeaux de chair noircie se détachaient de leur corps.

Comparé à Darius, dont chaque geste était un modèle de précision et de contrôle, Finn aurait pu passer pour un débutant maladroit. Les cours nocturnes de Balfruss lui avaient permis de progresser, mais il restait très en retard par rapport à ses compagnons. Avec son marteau de Pouvoir, il écrabouillait un peu au hasard ses cibles.

Les autres tissaient délicatement des armes mortelles qui faisaient des dégâts encore plus terribles.

Pour ne pas se déconcentrer, Finn riva les yeux sur Éloïse. Malgré les cris des agonisants et le vacarme furieux des combattants, la jeune femme restait d'une sérénité de statue.

Soudain, des Vorgas rompirent les rangs et fondirent sur Darius. Quand Éloïse tendit un bras vers ces sauvages, Finn frissonna et son souffle se transforma en buée devant lui.

Des étincelles tourbillonnèrent autour de la main de la jeune femme. Leurs mouvements s'accélérant, elles grossirent et continuèrent à absorber toute la chaleur environnante.

De plus en plus glacé, Finn ne sentait plus ses pieds. Comme s'il avait été nu sous une tempête de neige, il se mit à trembler convulsivement.

D'un coup de poignet, Éloïse propulsa sur les Vorgas une longue lance de feu. Quand le projectile fit mouche, ses cibles rôtirent sur pied en un clin d'œil. Comme si la lance d'énergie sortait de sa manche, tel un couteau, la femme de Darius zébra l'air avec. Fauchés comme des épis de blé, d'autres Vorgas prirent feu et se consumèrent en un clin d'œil.

L'odeur de chair brûlée rappela à Finn les senteurs de la soupe de poisson de sa mère. Les cris aigus des agonisants ne durèrent pas, car il ne resta bientôt plus d'eux qu'une masse informe de graisse sur le sol.

Le flot mortel d'Éloïse ne se tarit pas et d'autres envahisseurs moururent carbonisés dans leur cuirasse.

Un Zecorrien massif braqua son arbalète sur Darius, trop concentré sur les nuages pour s'en apercevoir.

Pointant l'index de sa main libre sur l'arbalétrier, Éloïse lui brisa la nuque sans effort.

Muet comme toujours, Thule affrontait ses adversaires avec un détachement à vous glacer les sangs. Chez lui, pas de gestes ni de lueur dans les yeux. Pour que des dizaines d'hommes tombent raides morts devant lui, il suffisait qu'il les foudroie du regard.

Finn sentit comme un changement dans l'air. Une altération de la pression atmosphérique, à croire qu'il était tout d'un coup en altitude, non loin du sommet d'une montagne. L'estomac révulsé, il crut que ses jambes allaient se dérober. Dans son sang, il sentit un appel à la fois familier et lointain. Sa concentration réduite à néant, il ne put maintenir son marteau de Pouvoir.

Les soldats qui l'entouraient ne comprirent pas ce qui se passait. Les Mages de Guerre, en revanche…

— Ils arrivent ! cria Éloïse.

Finn n'eut pas besoin d'explications pour comprendre qu'elle parlait des Éclats.

Ce moment, il l'attendait depuis la dernière intervention des acolytes. Lorsque Balfruss leur avait parlé de ces mages, décrivant ce qu'on leur avait fait, Darius, Éloïse, Thule et Ecko avaient été horrifiés.

Pas Finn, parce qu'il savait déjà tout… Ces hommes et ces femmes étaient sous le joug d'un Pouvoir dont ils n'avaient jamais voulu. Une fois leur existence dévastée, le peu qui leur restait était tombé entre les griffes du Nécromancien. Leur mémoire arrachée, ils n'étaient plus que des fantômes dans une coquille de chair. Des morts qui se croyaient encore vivants.

Avec l'espoir que quelqu'un, un jour lui rende ce service, Finn était résolu à débarrasser ces malheureux de leur fardeau.

Mais il capta soudain quelque chose de différent chez les cinq acolytes. Des pulsations, en eux, comme il n'en avait jamais senti.

— C'est lui…, souffla Éloïse. Il est venu.

Les Mages de Guerre se consultèrent du regard. En face, les soldats adverses paraissaient troublés, comme s'ils sentaient également quelque chose.

Pour la première fois, le Nécromancien s'aventurait sur un champ de bataille.

Chapitre 24

L'agonisant leva une main pour se couvrir le visage et dissimuler sa terreur. Un instant plus tôt, il maudissait Vargus, le vouant à la torture et à la mort.

D'une poussée nette et précise, le vétéran transperça le cœur du type. Puis il retira sa lame, enjamba le cadavre et constata qu'il y avait une étonnante accalmie dans les hostilités. Autour de lui, des soldats cherchaient à savoir pourquoi, mais il avait déjà senti la cause de l'étrange phénomène. Les Éclats approchaient et ils puisaient une incroyable quantité de Pouvoir dans la Source. Vargus en eut la bouche sèche et la chair de poule.

— Que se passe-t-il ? demanda Hargo.

Avec un morceau de tissu arraché sur un cadavre, il essuyait méticuleusement sa lame.

— Les Mages de Guerre arrivent.

— Ceux de l'ennemi ?

— Oui. Et quelqu'un les accompagne.

Voilà, il en avait trop dit, comme un idiot ! De sa position, il ne pouvait pas voir les acolytes… Avant qu'Hargo lui pose une question gênante, il fonça aider un médecin penché sur un blessé.

Les Corbeaux profitaient du moment de calme pour soigner les hommes ou les faire emporter sur un brancard vers l'hôpital de campagne.

— Appuie avec moi ! cria un médecin au visage rubicond.

Tout en fouillant dans sa trousse, il tentait de faire pression sur le ventre d'un blessé. Vargus posa les deux mains sur la plaie et appuya. Le pauvre type en couina de douleur – il ne lui restait plus assez de souffle pour crier – et ses yeux faillirent jaillir de leurs orbites. La déchirure était profonde et pissait le sang. À l'odeur, les tripes étaient touchées et le blessé s'empoisonnait lentement lui-même.

Le médecin sortit de sa trousse un petit flacon rouge et fit boire son patient, qui respira aussitôt un peu mieux. Enfin détendu, il ferma les yeux.

— Tu peux cesser d'appuyer…

Avec un bistouri récupéré dans sa trousse, le Corbeau sectionna net l'artère fémorale droite du blessé. En quelques secondes, celui-ci passa de vie à trépas.

Peu de gens l'auraient compris, mais Vargus était du nombre. Le médecin venait de faire montre de compassion. Une plaie de ce genre ne guérissait pas. Avec l'infection, la douleur serait devenue intolérable et l'issue n'aurait pas fait de doute. Couvert de merde et crachant du sang, le pauvre gars serait mort en hurlant au bout de deux ou trois jours.

Vargus tendit au médecin sa main poisseuse de sang et l'aida à se relever. Une fois qu'il fut debout, les vêtements de l'homme pendirent sur lui comme s'ils étaient trois tailles trop grands. Mais il ne les avait pas empruntés à quelqu'un. Sollicité jour et nuit, le Corbeau maigrissait à vue d'œil. S'il survivait jusqu'à la fin, il serait aussi étique qu'Orran.

— Quelque chose est en train de se passer, dit Hargo en approchant de Vargus.

Il regarda le vétéran, puis le cadavre exsangue.

Dans le ciel, les nuages noirs se collaient les uns aux autres. Une odeur étrange couvrit la puanteur de la mort et même Hargo sentit une différence dans la pression atmosphérique.

Le colosse secoua la tête, accablé. Tout le monde savait ce que le Mage de Guerre surnommé Titan pouvait infliger à ses adversaires.

— Titan fait des siennes ? avança Orran, qui venait d'arriver.

— Je suis fichtrement content qu'il soit dans notre camp, dit Hargo. C'est le plus dangereux de tous…

Ce n'était pas l'avis de Vargus, mais il le garda pour lui. Non loin de là, les unités adverses tentaient de se réorganiser. Partout, des défenseurs se préparaient à un assaut, boucliers placés bord à bord. Les arbalétriers rechargeaient leur arme et les archers, derrière eux, se mettaient en position. Trop précieux pour se faire cribler de projectiles, les Corbeaux se retiraient vers l'arrière.

Vargus ramassa son épée bâtarde, fit rouler ses épaules douloureuses et jeta un coup d'œil au ciel. Au-delà des nuages réunis par magie, le ciel était dégagé. À la position du soleil, il n'était pas encore midi. Pourtant, il aurait juré avoir combattu douze heures de suite.

Autour de lui, ses frères d'armes étaient dans le même état. La courte permission les avait un peu requinqués, mais ça n'avait pas duré. Le souvenir du confort et des divers plaisirs avait vite été noyé sous un torrent de boue, de sang et de larmes. Sans un nouveau répit, ils crèveraient tous, les vétérans ne faisant pas plus long feu que la bleusaille.

Cette fois, il n'y eut aucun signal. Pas de sonnerie de cor ni de cris guerre. D'un pas régulier, l'ennemi se remit simplement à avancer.

— Montrons ce que nous savons faire à ces enculeurs de chèvres ! cria Vargus.

Sa harangue ne tira pas vraiment les hommes de leur torpeur. Quelques-uns braillèrent des insultes à l'intention des soldats de l'Ouest, mais sans réelle conviction.

— N'oubliez pas ce qu'ils ont fait à notre roi !

Cette fois, le message fit mouche. Après qu'il eut été transmis dans les rangs, le silence surnaturel du matin s'abattit de nouveau sur les hommes. La mort de Matthias était une plaie à vif, et Vargus venait d'y retourner son couteau.

À présent, les Seves étaient prêts.

Quand le Nécromancien et ses Éclats arrivèrent sur la ligne de front, les Mages de Guerre les attendaient de pied ferme. Après d'assez longs débats, Ecko s'était porté volontaire pour rester hors du Lien. Pendant que ses compagnons protégeraient l'armée, il s'assurerait que leurs adversaires ne leur réservaient pas un coup fourré quelconque.

Sous les yeux du petit homme, les deux armées se percutèrent de nouveau de plein fouet. Même s'il avait été sourd, il aurait senti le vacarme de fin du monde qui faisait trembler le sol et tomber les fruits et les feuilles de tous les arbres de la plaine.

Terrorisés, des petits oiseaux gris s'envolèrent, ajoutant un nuage à ceux qui dérivaient dans le ciel. Ils s'éloignèrent puis revinrent en arrière, sans doute pour observer avec inquiétude les sauvages évolutions des deux armées.

Le sang des morts et des agonisants abreuvait déjà le sol, et ça n'était pas près de s'arrêter. Plus tard, une vie nouvelle naîtrait de cette boucherie.

Alors que les cadavres seraient retombés en poussière, une herbe grasse et des épis de blé viendraient recouvrir jusqu'au souvenir de leur passage sur cette terre. Des fleurs bleu et rouge jailliraient un peu partout, et nul ne saurait d'où étaient venues leurs graines ni pourquoi on ne les trouvait qu'en cet endroit.

Tandis qu'il observait le champ de bataille, Ecko ne voyait pas des milliers d'hommes en train de lutter pour survivre, mais une masse verte infinie qui ondulait au gré du vent comme des vagues sur l'océan. Au milieu de cette étendue se dressait un obélisque aux couleurs changeantes. Par moments noir et à d'autres ambre, cet édifice brillait au soleil comme une épée géante – une lampe venue des cieux. Une foule de gens convergeait vers le monument, formant une queue qui s'étendait jusqu'à l'horizon. Originaires de tous les royaumes impliqués dans la guerre, tous venaient pour trouver sur l'obélisque un nom qu'ils connaissaient – comme si ça pouvait les aider à se débarrasser du chagrin qui les rongeait.

Malgré toute leur science, ces gens avaient oublié bien trop de choses. À force de construire des tours de pierre, de porter des bottes et de se couvrir de cuir ou de métal, ils se coupaient de la terre et arrachaient leurs propres racines.

Les membres du Premier Peuple, eux, n'oubliaient jamais rien. Forcés à l'exil et à tout recommencer dans un pays étranger, ils se souvenaient du passé et honoraient la terre comme il le fallait. En échange, elle les comblait de bienfaits.

Au-dessus de tout, cependant, ils vénéraient Elwei.

— Seigneur, je ne suis plus très loin de ton étreinte, murmura Ecko avant de s'agenouiller et d'enfoncer ses doigts dans la riche terre arable. Je t'en implore, ne te détourne pas d'un humble serviteur. Et donne-moi la force d'accomplir ma mission. J'ai tellement peur, Seigneur...

Alors qu'il priait en silence, la tête baissée, un grand calme tomba lentement sur Ecko et l'enveloppa. Tout son corps picota, lui apprenant qu'il n'était plus seul. Même si loin de chez lui, Elwei lui tenait compagnie. Quand il sentit une main se poser sur son épaule, le petit homme pleura de joie.

Ses camarades, déjà liés, avaient érigé une grande barrière que seul un pratiquant de la magie pouvait voir. Comme s'il était vivant et intelligent, ce champ de force alimenté par tous les mages se déplaçait lentement.

Tant de filaments de Pouvoir ! s'émerveilla Ecko. Trop pour qu'on puisse les compter, à vrai dire, et parfois totalement inédits – en tout cas, à ses yeux. Mais tous parlaient de la vie, de la passion, de l'amour, de la joie... et d'un terrible chagrin.

Masses noires au sein d'une déferlante de vie, les Éclats approchaient. Des coquilles vides – ou peut-être des puits de ténèbres – qui avançaient comme des hommes mais n'en étaient plus depuis longtemps. Des filaments de Pouvoir bleu et gris pénétraient dans leurs corps pour entretenir la fragile étincelle de vie qui les animait.

Au cœur de la toile, comme une énorme araignée, se tapissait le Nécromancien. Chez lui, le rouge dominait une multitude de couleurs secondaires. Un noyau de rage et de douleur en fusion le poussait en avant et il n'y avait qu'un vide là où aurait dû se trouver son cœur.

S'il se trouvait un jour en face du Nécromancien, Ecko n'excluait pas de pouvoir regarder au travers de ce trou, dans sa poitrine. Même si la Source le nourrissait en permanence, cet homme était aussi vide que ses Éclats. Quoi qu'il apprenne au fil de son existence, quel que soit le nombre de vies qu'il détruisait – ou la quantité d'exploits qu'il accomplissait – il était vide et il le resterait jusqu'à la fin des temps.

Par l'intermédiaire du Pouvoir, le Nécromancien ordonna à ses acolytes d'attaquer. Les frères d'armes d'Ecko dévièrent aussitôt les premières frappes mortelles qui les visaient. Ce bombardement, comprit Ecko, continuerait jusqu'à ce que les Éclats aient péri, ou qu'on leur ait ordonné d'arrêter.

Les défenseurs connaissaient désormais la silhouette encapuchonnée. Au cœur du noir, du gris et de l'argent de son armée, sa tunique rouge sang le faisait remarquer au premier coup d'œil.

Les soldats de l'Ouest s'écartèrent docilement pour le laisser gagner la première ligne.

En principe, il aurait dû être impossible de voir dans les ombres de la capuche. Grâce au Pouvoir, qui amplifiait tous ses sens, Ecko constata que le Nécromancien était plus jeune qu'il l'aurait cru – mais avec un regard sans âge qui en disait long sur la vérité. Les divers « exploits » de cet homme… n'étaient pas les siens. Un être (ou une entité) beaucoup plus ancien lui avait enseigné tout ce qu'il savait.

Dès qu'Ecko commença à manier le Pouvoir, le Nécromancien sonda l'armée adverse jusqu'à ce qu'il croise le regard de son adversaire. Quand ce fut fait, il sourit et Ecko lui rendit la pareille. Mais ce n'était pas au jeune homme qu'il s'adressait.

La première attaque, incroyablement vive, faillit avoir raison d'Ecko. Il l'évita de justesse, récoltant quand même une entaille sur la joue gauche.

Chaque fois, le goût du sang, pourtant familier, surprenait Ecko. Avant la seconde frappe, il puisa davantage de Pouvoir dans la Source et dessina des runes avec ses pieds.

La lanière du fouet magique du Nécromancien explosa en une nuée d'étincelles contre le champ de force du petit homme. Ébloui, les oreilles bourdonnantes, celui-ci entendit quand même quelqu'un crier son nom, très loin de là. Mais pas question de se laisser déconcentrer… Le Nécromancien souriait toujours, ravi de devoir affronter un adversaire à sa hauteur.

Tandis que le jeune homme lui préparait une surprise des plus désagréables – quelque tissage cauchemardesque de son cru –, Ecko, la tête inclinée, projeta un filament de Pouvoir sur le construct en cours de formation. Aussitôt, toute la structure s'effondra.

Le Nécromancien essaya de nouveau, mais chaque fois, son adversaire parvint à désintégrer son construct avant qu'il soit opérationnel. Agacé, il chercha le regard du Mage de Guerre adverse – et cette fois, le sourire d'Ecko s'adressa bel et bien au jeune homme frustré.

Au bout du compte, le Nécromancien comprendrait comment le petit homme s'y prenait. Pour l'instant, cependant, son champ de force défensif restait collé au ras du sol. Et comme il ne songeait pas à regarder les pieds toujours en mouvement de son adversaire…

Un truc enfantin, et pourtant suffisant… Puisque son ennemi restait distrait, Ecko tissa un filet avec sa main libre et le projeta aux pieds du Nécromancien.

Au lieu d'analyser ce qui se passait, le jeune homme fit montre du manque de discipline caractéristique de son âge. Impulsivement, il relâcha son tissage et céda aux sirènes de la force brute.

Un marteau géant s'abattit sur le bouclier magique d'Ecko, le lézardant et déséquilibrant le petit homme. Convaincu d'avoir pris l'avantage, le Nécromancien bombarda son adversaire de projectiles en fusion capables de traverser et de carboniser ses chairs.

Encore sous le choc de l'attaque précédente, Ecko bougea encore plus vite ses orteils, renforça son champ de force et intercepta les traits mortels.

En face, le Nécromancien sembla enfin comprendre ce qui se passait. Fou de colère, il orienta son Pouvoir vers la terre, afin qu'il la fasse se soulever sous les pieds d'Ecko.

Mais son tissage se mêla au champ de force du petit homme. À l'instant même, le Nécromancien hurla de douleur. Une multitude de pièges se refermant sur ses jambes que des lames invisibles lardaient de coups, il perdit sa concentration, cessa d'attaquer et de se défendre et cessa même d'animer ses Éclats avec des filaments de Pouvoir.

Quand il vit son adversaire tomber à quatre pattes, Ecko sentit que le vent de la bataille tournait.

Ses compagnons puisèrent plus de Pouvoir et bombardèrent les soldats de l'Ouest d'éclairs dévastateurs. Déconnectés du monde, les Éclats ne bougeaient plus. Touché à l'épaule par une flèche, l'un d'eux ne réagit pas. Des statues de chair…

Finn avait raison. Alors que les autres privilégiaient la prudence, lui, il osait tout. Et en agissant ainsi, cette guerre pouvait être terminée, ou presque, en moins d'une journée.

Le Nécromancien était à genoux, occupé à essuyer du sang sur sa bouche, quand Ecko, d'une seule main, fit mine de le poignarder. L'incision dut être douloureuse, mais le jeune homme cria seulement quand son agresseur fit un grand geste circulaire avec sa lame invisible.

Puis le cri s'étrangla et Ecko sentit qu'un projectile tout aussi invisible fondait sur lui. À la dernière seconde, il érigea un bouclier qui encaissa l'essentiel du choc. Il fut cependant soulevé de terre et retomba sur le dos, provisoirement sonné. Quand il se releva, il vit que le Nécromancien s'était lui aussi redressé, une main sur sa blessure à la poitrine. Du sang coulait entre ses doigts et le devant de sa tunique changeait de couleur pour devenir carmin.

Les imprécations du jeune homme se perdirent dans le vacarme de la bataille. Mais sa haine était palpable.

Ecko s'attendit à une nouvelle ruse ou à quelque tissage complexe visant à le déchiqueter. Mais le Nécromancien se contenta de puiser du Pouvoir – une telle quantité qu'il aurait dû s'embraser et finir en cendres.

Au lieu de ça, une aura bleue l'enveloppa, des étincelles crépitèrent sur ses bras et ses épaules et ses yeux se mirent à briller.

Malgré ces signaux d'alarme, il continua à se gorger de Pouvoir.

Ecko comprit trop tard ce qui allait arriver. Il tissa un champ de force avec ses pieds et un autre avec ses mains, mais quelque chose lui dit que ça ne suffirait pas.

Du feu tomba du ciel, éventrant le sol sous les pieds du Mage de Guerre. Secoué jusqu'à la moelle des os, il eut le sentiment que sa peau s'embrasait. Entre ses lèvres, du sang coula parce qu'il s'était mordu la langue. Ses boucliers avaient amorti l'attaque, mais ils n'étaient plus que des ruines…

Il tenta d'en générer de nouveaux, mais quelque chose le percuta et le renvoya à terre. À cet instant, sa douleur, son angoisse et toute l'inquiétude que lui inspirait l'avenir – pour son peuple et lui-même – cessèrent de compter à ses yeux, comme si elles appartenaient à quelqu'un d'autre.

Apparemment, ses mains continuaient à bouger, mais il n'était plus très sûr de ce qu'elles faisaient.

Conscient qu'il gisait sur le dos, les yeux fixant les nuages, Ecko se demanda pourquoi il ne sentait plus son corps. Ce phénomène l'aurait alarmé, s'il n'avait pas été si fatigué et si bien blotti entre les bras de la terre.

Au-dessus de lui, les nuages convergeaient les uns vers les autres et le ciel s'obscurcissait. D'abord lointains, les roulements du tonnerre se firent plus proches, jusqu'à ce qu'un éclair jaillisse de la masse bouillonnante des nuages.

Ébloui au début, Ecko ne tarda pas à ne plus rien voir du tout.

Chapitre 25

Roza avait tout calculé pour arriver la dernière. Officiellement, l'entrepôt était vide et disponible en location. Officieusement, il appartenait à Gunder, comme d'autres bâtiments similaires en ville. Un cadre parfait pour la première réunion clandestine de la rébellion.

Roza mit son masque, releva sa capuche et entra d'un pas décidé. En temps normal, il faisait frais dans l'entrepôt. Là, avec plus de cent personnes chaudement habillées qui s'y pressaient, l'air avait quelque chose de… collant.

Tout le monde avait le visage dissimulé par un masque ou un foulard noué au-dessous des yeux. Quand elle repéra Gunder, Roza dut faire un effort pour ne pas éclater de rire. Un masque de paon mal ajusté ! Quelle ironie…

La boutique où elle avait acheté son propre masque se perdait en conjectures sur la brusque augmentation de la demande. Bien entendu, le propriétaire ne se plaignait pas. En un jour, il avait écoulé tout son stock alors que le carnaval du solstice d'été était encore bien loin.

Malgré leur déguisement, les gens restaient aisément reconnaissables, puisqu'ils n'avaient pas changé leurs vêtements habituels. Entre les couleurs typiques et les armes familiales, il n'y avait pas besoin d'être devin… D'autant plus que tous ces imbéciles portaient leurs bijoux – presque exclusivement des pièces uniques hors de prix.

Trois Morriniens se distinguaient en arborant des capuches ridiculement hautes destinées, croyaient-ils, à dissimuler leurs cornes. Bizarrement, personne ne se payait leur tête.

Alors qu'elle fendait la foule, Roza sentit des regards s'attarder sur elle. Son passage, à l'évidence, éveillait chez ces gens une multitude d'émotions primales.

Quand elle eut grimpé sur l'estrade installée au fond de l'entrepôt, toutes les conversations moururent.

Roza abaissa sa capuche pour dévoiler ses cheveux blonds. Combinés à son teint laiteux, ils identifiaient une native d'Yerskania.

— Je me nomme Petra, dit-elle.

Un prénom aussi faux que sa perruque blonde.

— Je sais que vous êtes tous là pour une seule raison… En ville, il y a d'autres réunions. Des gens qui préfèrent bavarder jusqu'à la fin des temps. Si c'est votre but, alors, vous feriez mieux de partir.

Roza se tut et sonda la foule. Personne ne bougea. Pourtant, il devait y avoir dans l'assistance des amateurs de sensations fortes à deux sous qui n'avaient pas l'intention de lever le petit doigt pour leur pays. Ils se volatiliseraient après cette réunion et ne se montreraient pas à la suivante. Ceux qui reviendraient seraient à coup sûr le fer de lance de la rébellion.

— Nous devrions tuer tous les Élus ! cria quelqu'un. Donnez-en l'ordre !

— Certains de ces Élus sont mes compatriotes, répondit Roza. Mais imaginons qu'on les massacre tous. Et après ? En quoi ça nous aidera ? Taïkon enverra ses soldats ou des Vorgas pour nous châtier. Au lieu de s'en prendre à Seveldrom, c'est Yerskania qui deviendrait sa cible.

— Les Élus se livrent à des arrestations arbitraires, gémit une voix. La Garde Civile et les Protecteurs de la Paix ne sont plus assez nombreux… Il faut faire quelque chose.

— Nous agirons, mais au bon moment et avec une grande prudence, parce que les enjeux sont très élevés. Je ne parle pas seulement de vous et de vos familles. Si nous faisons un seul faux pas, Yerskania subira le même sort que Shael.

Roza laissa à la foule le temps d'assimiler ses propos. Tout le monde connaissait les détails. Des camps de la mort dirigés par des Vorgas sanguinaires. Des bûchers funéraires brûlant jour et nuit… Des expériences sur des cobayes vivants… Des fosses communes débordant de cadavres… Le pays entier n'était plus qu'un enfer où des esclaves travaillaient jusqu'à la mort.

Les Yerskaniens qui s'opposaient à Taïkon étaient exécutés ou disparaissaient. Selon ce qu'on disait, ils étaient envoyés en Shael. Si la rébellion se montrait trop tôt au grand jour, tout le monde souffrirait.

— Que proposez-vous ? demanda un des hommes à la capuche surdimensionnée.

— L'alliance est une arnaque, dit Roza, la voix vibrant comme si elle avait été personnellement abusée par Taïkon. On nous ment, et il est temps que tout le monde le sache. Les Morriniens ne sont pas des bouchers, mais des victimes qu'on a détournées de la Mère Bénie. Pareillement, les Zecorriens ne sont pas des démons aux yeux noirs. Leurs chefs ont été trompés par le Nécromancien et sa magie noire. Manipulés, ils croient que Taïkon est un prophète du Seigneur de la Lumière…

— Seigneur de la Lumière, sauve-nous…, murmura quelqu'un.

Quelques voix reprirent la courte prière.

— Oui, espérons qu'Il nous sauve, dit Roza. Avec l'aide du Créateur et de la Mère Bénie… Hélas, nous sommes devenus des idolâtres. Taïkon et son Nécromancien ont ridiculisé nos croyances. En public, ils les respectent, et en privé, ils les conchient. Nous avons besoin d'un chef qui ne soit pas choisi par un dieu !

Roza marqua une nouvelle pause et laissa se développer quelques conversations à voix basse. En Yerskania, les gens étaient libres de choisir leur religion. Contrairement à ce qui se passait ailleurs, on ne risquait pas de se faire cracher dessus ou traiter comme un pestiféré. En Morrinow, ceux qui ne vénéraient pas la Mère Bénie ne faisaient pas de vieux os, et les Zecorriens indifférents au Seigneur de la Lumière n'étaient pas mieux servis. Du coup, les athées ou les non-conformistes s'exilaient avant qu'il leur arrive malheur.

En dépit ou grâce à la tolérance de mise en Yerskania, les gens y étaient en majorité très dévots. On y trouvait donc de grands temples dédiés à la Mère Bénie et des églises à la gloire du Grand Créateur et du Seigneur de la Lumière.

— Vous dites que les gens doivent savoir ce que nous savons, lança quelqu'un. Nous allons devoir jacasser, comme tous les autres ?

— Non ! D'autres s'en chargeront… Nous savons tous ce qu'est devenu Taïkon. Un homme qui ne dort plus, ne mange plus et boit le sang des enfants. Son peuple, en Zecorria, le renversera quand il saura la vérité. Je veux que vous protégiez vos foyers, le moment venu…

— Comment ? demanda un type à la démarche arrogante qui vint se placer au premier rang.

Roza nota mentalement sa façon de se tenir, sa taille, sa corpulence et le ton de sa voix. S'il portait un masque bon marché, ses vêtements étaient ceux d'un homme fortuné. Les bosses, sous ses gants, indiquaient qu'il avait des bagues à presque tous les doigts. Un type à l'*ego* correspondant à ses poches pleines. Sans doute membre d'une très riche famille…

— Je vois que beaucoup d'entre vous ne manquent pas de privilèges, mais les temps sont dangereux pour d'honnêtes marchands.

Roza attendit que sa phrase ait été bien comprise. Le type arrogant acquiesça et recula, mais d'autres « conjurés » continuaient à regarder l'oratrice comme s'ils étaient largués.

— Engagez autant de Drassiens que vous pouvez vous le permettre. Gardez-les près de vous et ne les montrez pas. Votre vie en dépendra. Et quand la reine vous appellera, j'entends bien que vous répondiez « présent ».

— La reine ? s'étonnèrent plusieurs personnes.

Avant que des questions gênantes fusent, Roza descendit de l'estrade et s'éclipsa par la porte de derrière. Une fois dehors, elle retira son masque et se mit en route pour son rendez-vous suivant – en faisant des tours et des détours, afin qu'on ne puisse pas la suivre.

Cette fois, quand Gunder entra chez lui et sentit qu'il n'était pas seul, il ne se mit pas en quête d'une arme. Assise dans la cuisine, comme d'habitude, Roza se massait l'arête du nez à l'endroit où le masque lui avait irrité la peau. Ses joues aussi étaient rouges, mais ça passerait très vite.

— Pas très subtil, dit Gunder, mais nécessaire, je suppose…

Avec un soupir, Roza retira sa longue perruque blonde et la posa sur la table. Puis elle défit sa crinière rousse et se gratta le crâne.

— Je me demande comment ces crétins gagnent leur vie. Ils n'ont rien dans la tête.

— Les Yerskaniens sont des gens très… basiques. C'est pour ça que je les aime. Avec eux, on sait toujours où on en est.

— En général, dans leur dos, avec une lance, en train de les pousser vers la fosse aux ours !

— Tu as avalé quelque chose de travers ?

— Selon plusieurs sources, le roi Matthias aurait été assassiné et Taïkon danserait dans les rues pour fêter ça.

— C'est la stricte vérité. J'ai reçu un message de Shanimel.

Un lourd silence suivit. Connue pour son sens de la repartie, Roza n'avait pas d'arme plus dangereuse que sa langue. Pourtant, elle ne disait rien.

— Des nouvelles de la famille royale ?

— Non, mais nous entendrons bientôt parler de la succession… Le prince Thias est un homme solide, comme son père. Et il est prêt, je crois.

— Espérons…

Roza s'ébroua et sa mélancolie disparut en un clin d'œil.

— Il faudra pas mal de temps pour faire entrer les Drassiens en ville. Pour quand est la prochaine réunion ? Une semaine ?

— Plus tôt, sans doute… Il ne faut pas laisser aux gens le temps de se raviser. Ni leur faire croire que nous jacassons en vain… Je vais m'arranger, pour les Drassiens…

Pour ça, Gunder allait devoir se faire de nouveaux amis dans la Garde Civile. Très occupés et souvent stupides, les Élus ne s'apercevraient pas d'une brusque affluence de Drassiens. Les Gardes Civils, en revanche… Hélas, leur approche… basique… ne facilitait pas les choses, quand il s'agissait de distribuer des pots-de-vin. Surtout avec des hommes ayant prêté un serment. Ce serait un jeu subtil où il faudrait éviter de leur dire toute la vérité, mais en révélant assez de choses pour qu'ils ne posent pas des questions embarrassantes.

Roza se leva.

— Tu n'as pas le temps de boire un verre ? demanda Gunder.

Il avait besoin de compagnie. Quelqu'un avec qui il pourrait être lui-même, pas le fichu marchand d'épices.

— Une autre fois. (Roza gagna la porte mais se retourna.) Au sujet de Taïkon, la prochaine histoire que je veux entendre le décrira en train de pleurer et de pisser du sang dans les rues.

— Je vais voir ce que je peux faire…, promit Gunder avec un rictus mauvais.

Chapitre 26

La journée s'acheva sur un *statu quo*. Conscientes que le conflit commençait à peine, les deux armées se retirèrent en silence du champ de bataille.

Sous un ciel plombé, le vent qui soufflait de l'ouest charriait l'odeur de la mort et des feux de camp ennemis. Le crachin incessant finissait par mouiller les hommes jusqu'aux os…

Un médecin en quête de blessés découvrit les restes d'Ecko. Au début, il crut qu'un gamin égaré sur le champ de bataille avait été tué par hasard. Puis il vit les fétiches en os et ce qui restait de la peau du petit homme et comprit.

En plusieurs endroits, la chair avait brûlé jusqu'à révéler l'os. Ailleurs, ce qui restait de peau était ratatiné et noir. Mais à l'exception des orbites vides, le visage, lui, demeurait intact – contrairement au sommet du crâne, pelé jusqu'à l'os.

Finn et Darius enveloppèrent le cadavre dans une couverture et le ramenèrent dans le camp. Même sans être Liés à Ecko, ils avaient partagé le moment de sa mort. Sur le terrain, tout le monde avait vu les éclairs qui tombaient du ciel comme un signal des dieux. Les Mages de Guerre les avaient *sentis* jusque dans leurs os. Des heures après, l'air restait chargé d'énergie et la peau d'Éloïse la picotait comme si elle avait été assise trop près d'une cheminée aux flammes crépitantes.

Silencieux et trempés, la jeune femme et Thule attendaient près d'un feu de camp – en frissonnant, mais sans se plaindre, car ils préféraient être là qu'à la place d'Ecko.

— Je ne connais pas bien ses coutumes..., dit Darius.

— Il faut l'enterrer, souffla Éloïse. Très profondément, pour qu'il repose contre la poitrine d'Elwei.

Finn se connecta à la Source, mais la jeune femme secoua la tête.

— Il faut creuser normalement.

À la lisière du camp, près d'un bosquet, ils trouvèrent un coin tranquille. Intrigués, quelques soldats approchèrent. Voyant des mages en train de creuser une tombe, ils ne tardèrent pas à s'en aller. Il y avait des fossoyeurs un peu partout – ou des bûchers funéraires, selon les rites.

Très vite, les vêtements d'Éloïse, ruisselante de sueur, se collèrent à sa peau. Par bonheur, grâce à la pluie, la terre se révéla moins dure que prévu.

Les mages se relayèrent par binôme. Peu habitués aux efforts physiques, à part Finn, ils se fatiguèrent vite – surtout après une longue journée passée à manipuler le Pouvoir.

Finn semblait increvable. À moins qu'il ait recherché une forme d'oubli dans l'épuisement... Dès qu'il le pouvait, il prenait le tour d'un de ses camarades. Une façon, peut-être, de retrouver les sensations de son ancienne vie de forgeron.

Si Thule semblait au bord de l'apoplexie, ses yeux indigo brillaient farouchement. Après avoir entendu ce qu'il avait enduré pour les rejoindre, Éloïse savait qu'il était plus dur qu'on aurait pu le croire.

Quand le trou fut assez profond, les mages y installèrent la dépouille mutilée d'Ecko.

Éloïse écarta les bras et leva les yeux au ciel.

— Doux et compatissant Elwei, accueille près de toi ton fidèle serviteur Ecko. Serre-le contre ton sein et regarde avec indulgence ses péchés. Noble, bon et généreux, il a beaucoup souffert pour aider les autres. Afin de protéger des étrangers, il a fait un très long voyage. Accorde-lui le repos éternel. (Éloïse regarda ses compagnons.) Chacun de nous doit dire quelques mots. C'est la coutume.

Bizarrement, Darius fit un pas en avant. D'habitude, il détestait parler en public, mais cette fois, c'était différent.

— Son amour de la terre était la grande passion de sa vie. Les cadeaux qu'il nous a faits, je ne les oublierai jamais. Le sel même de la terre, de la mer et du ciel…

Il entrouvrit les lèvres pour goûter et savourer la pluie.

Finn fut le suivant à parler :

— Il m'a montré combien je suis maladroit, comparé à lui. Jamais il ne perdait son contrôle. Et quand il avait peur, il ne le montrait pas. J'aimerais lui ressembler davantage…

Des mots très simples qui faisaient écho à certains sentiments d'Éloïse qu'elle aurait eu toutes les peines du monde à exprimer.

Concentrés sur la tombe, ses compagnons ne s'étaient pas aperçus qu'une foule dense l'entourait à une distance respectueuse. Parce qu'ils avaient conscience de devoir leur vie aux Mages de Guerre, des centaines d'hommes venaient saluer le défunt.

D'une voix croassante, Thule prit à son tour la parole. Chaque mot lui coûtait un effort terrible, mais il ne faillit pas :

— Il aimait la terre, sa famille et sa patrie par-dessus tout. Une nuit, je l'ai surpris en train de pleurer. À cause du mal du pays, m'a-t-il dit. Né sur ce rivage de la Mer Morte, il se languissait pourtant de son foyer originel. Le Premier Peuple fut exilé longtemps avant sa naissance. En ce sens, il souffrait à cause d'un crime qu'il n'avait pas commis. Quand il était enfant, son père lui parlait des forêts infinies et de la majesté de leur terre d'origine. Parfois, l'idée de ne jamais la connaître lui déchirait le cœur. En lui, j'ai trouvé un frère, car il aimait son pays autant que j'aime le mien.

Éloïse songea à son retour au bercail, quelques semaines plus tôt. Comme il devait être difficile de se dire qu'on ne rentrerait jamais chez soi. Partie de Seveldrom en quête d'aventure et d'une vie nouvelle, elle avait mis longtemps à y revenir, parce que bien des choses la retenaient ailleurs. Mais elle avait toujours eu le choix d'y retourner. Être privé de cette possibilité devait briser le cœur.

— Il m'a enseigné l'amour, dit la jeune femme. L'amour pour toutes choses, mais surtout pour ma famille.

Elle sourit aux autres mages et sentit un courant circuler entre eux. Liés les uns aux autres et connectés au monde d'une façon que peu d'êtres expérimentaient, il leur suffisait de s'immerger profondément dans la

Source pour entendre battre le cœur de la Création et sentir couler le flot de la vie dans la terre.

Alors qu'elle pensait à ce réseau universel, tout devint clair dans l'esprit d'Éloïse.

— Ecko était le plus courageux de nous tous, dit-elle. Parfois il parlait d'autres lieux et d'autres temps, mais toujours d'une manière ambiguë. On eût dit que sa mémoire lui faisait défaut, mais ce n'était pas ça. Une part de lui, je crois, savait ce qui allait arriver.

— Sa mort ? demanda Finn.

Éloïse secoua la tête.

— Non… Il savait que ce jour arriverait, et qu'il devrait affronter un puissant ennemi. Mais l'issue du combat restait floue.

— La Vision imparfaite ! s'écria Darius, troublé. Il était un Oracle.

— En un sens, concéda Éloïse.

Elle détestait ce mot, mais comment qualifier autrement le don d'Ecko ?

— Il était conscient de risquer la mort et ça ne l'a pas empêché d'être volontaire pour rester hors du Lien. Dans sa position, combien d'entre nous feraient montre d'une telle bravoure ?

Il n'y avait rien d'autre à dire. Alors que les mages reprenaient leurs pelles, quelques soldats vinrent les aider. Une fois le trou comblé, seul un monticule de terre indiquerait l'emplacement du dernier séjour d'Ecko. Conformément à ses coutumes, il n'y aurait pas de pierre tombale. Nu et anonyme comme au jour de sa naissance, il était revenu auprès d'Elwei, chaudement blotti dans la terre nourricière.

Talandra buvait rarement, pourtant, ce soir, elle se sentait le droit de noyer son chagrin dans l'alcool. Parfois, un peu d'auto-apitoiement ne faisait pas de mal.

Les rapports n'étaient pas encore arrivés, mais la journée, la princesse le savait, avait été sanglante pour les deux camps. Avec en plus la perte d'un Mage de Guerre… Et ça, c'était terrible. On pouvait toujours remplacer un soldat, mais un mage…

Des heures avant qu'un messager arrive avec la tragique nouvelle, Balfruss était entré en chancelant dans le bureau de Talandra. Les yeux rouges et les cheveux en bataille, des sanglots dans la voix, il avait annoncé à la princesse la mort d'Ecko, abattu par le Nécromancien. *Via* son lien avec Thule, il avait vécu ce moment déchirant puis partagé le chagrin de ses frères d'armes.

Avec l'aide de son apothicaire, la princesse avait mis le mage au lit – après lui avoir fait boire un somnifère. Dans quelques heures, il se réveillerait, assez en forme pour monter la garde toute la nuit. En tout cas, il fallait l'espérer.

Les Mages de Guerre se faisaient rares. Une perte de plus, et l'armée serait débordée. Si on en arrivait là, le nombre d'hommes que Seveldrom pourrait mobiliser ne compterait pas. En moins d'une journée, le Nécromancien et ses Éclats réduiraient en bouillie n'importe quelle troupe. Ensuite, conquérir la capitale serait un jeu d'enfant. Taïkon n'aurait plus alors qu'à cueillir la Couronne…

Le dernier message de Gunder avait mis du baume au cœur de la princesse. À Perizzi, la rébellion était commencée. Si on débarrassait la ville des Élus et de l'influence du Roi Fou, la reine retrouverait son trône et serait en position de force.

L'action déconcertante de Filbin, en Zecorria, contribuait aussi à ouvrir les yeux des gens de l'Ouest. Cerise sur le gâteau, des rapports en provenance de Morrinow évoquaient de profonds désaccords entre les dirigeants. Tous ces éléments pouvaient miner la coalition. Si certains pays retiraient leurs troupes du champ de bataille pour régler des troubles intérieurs, la guerre serait finie avant d'avoir fait couler un océan de sang.

Ces choses-là n'arrivaient jamais vite et pouvaient tourner mal à n'importe quel moment. Cela dit, un espoir ténu valait mieux que pas d'espoir du tout. Surtout quand on livrait sur le terrain une bataille courageuse, certes, mais perdue d'avance…

Sur la table, devant Talandra, s'accumulaient des rapports détaillés sur les horreurs de la guerre. Malgré son désir, la princesse ne pouvait pas les ignorer. Après avoir fini de dîner, peut-être… Malgré tous les drames, elle n'avait pas encore perdu l'appétit.

Pourtant, elle se servit une chope de bière, repoussa son assiette, contempla la nuit, dehors, et songea à des temps meilleurs en des endroits plus gais.

La nuit était très froide, il pleuvait et le tonnerre grondait. Cela dit, il n'y avait pas d'éclairs. Cet orage était le fruit des manœuvres des Mages de Guerre, plus tôt dans la journée. Tôt ou tard, il finirait par cesser, et jusque-là, il n'y avait rien à faire.

Un air froid entrait par la fenêtre ouverte. Après trois jours d'enfermement, Talandra avait besoin de prendre un peu le frais. Ces derniers temps, les rapports sur la guerre et les messages de ses espions arrivaient à un tel rythme qu'elle ne trouvait plus le temps de dormir.

Naguère, elle aurait sans doute été demander conseil à son père. Mais ce ne serait plus jamais possible. Pour oublier ça, Talandra se serait volontiers soûlée à mort. Hélas, ça ne fonctionnerait pas. Avant qu'elle atteigne une bienheureuse inconscience, son esprit l'aurait ramenée à la réalité et à ses responsabilités.

Irritée par sa propre mélancolie, elle sirota sa bière en profitant d'un rare moment de calme.

Ses frères entrèrent dans la salle à manger, le chagrin leur donnant l'air de jumeaux. En même temps, ils semblaient un peu remis. Sourcils froncés, Thias alla fermer la fenêtre, coupant sa sœur du monde.

Le corps de Matthias était toujours exposé et les gens continuaient à faire la queue pour venir lui rendre hommage. Mais bientôt, on serait arrivé au terme des trois jours de condoléances.

Alors que Talandra était épuisée, ses frères semblaient presque… excités.

— Que se passe-t-il ? De bonnes nouvelles ?

Thias et Hyram s'assirent des deux côtés de leur sœur, en tête de table. Après un long silence, Hyram fit un signe à Thias, qui se racla la gorge.

— À la fin des trois jours, le corps de notre père sera livré aux flammes. La coutume veut qu'on annonce le nom de son successeur juste après.

Un sujet auquel Talandra avait beaucoup réfléchi, ces derniers jours.

— Il faut que ce soit spectaculaire ! Leur peuple souffre, et il doit recouvrer le moral. Pour ça, il a besoin d'un chef fort et confiant. Nous devons dire clairement que rien ne changera quand tu seras sur le trône.

— Tout a déjà changé, souffla Hyram, l'éternel pessimiste.

Toujours vêtu en soldat, il arborait une kyrielle de coupures et de contusions. Et il puait comme un type qui dort avec sa cuirasse.

— Talandra, un certain nombre de gens ne sont pas assez malins pour comprendre que nous avons perdu plus qu'un Mage de Guerre aujourd'hui, mais ils s'en apercevront tôt ou tard. Nous ne pouvons pas continuer ainsi.

— Que proposes-tu ?

Elle resta bouche bée quand Hyram éclata de rire. Pour le calmer, elle lui abattit sa chope sur la main, mais il s'esclaffa de plus belle.

— Qu'y a-t-il de si drôle ?

— Tu es donc aveugle ? Thias lui ressemble, mais c'est toi, son héritière !

— Hyram parle de notre père, bien sûr, dit Thias. Nous en avons longuement discuté, lui et moi. C'est toi qui seras couronnée. Seveldrom va avoir une reine.

Talandra regarda ses frères, certaine qu'ils lui faisaient une mauvaise blague. Difficile de les en blâmer, dans une atmosphère si déprimante. Mais ils ne riaient plus, à présent…

— Pardon ? Et pourquoi moi ?

— Pour une multitude de raisons…, répondit Thias. Je me prépare depuis toujours, mais le moment enfin venu, je prends conscience que je ne suis pas à la hauteur.

— Je ne comprends pas… Père t'a laissé un testament ?

— Non, mais je crois qu'il avait compris... (Thias eut un sourire mélancolique.) Tu connais tes forces et tes faiblesses, et moi, je connais les miennes. Avant de pouvoir régner, il me reste beaucoup à apprendre, mais le temps presse. Le pays a besoin d'un chef. Quelqu'un qui sache le stimuler. Tu n'es pas une guerrière, mais quand tu montres la voie, les gens te suivent. J'en suis témoin. Combien de fois t'ai-je demandé conseil ? Et père ? Ma décision est prise.

— Et toi, Hyram ?

— Tu es calme alors que je bous intérieurement en permanence. Tu sais écouter les avis les plus divers, puis en faire la synthèse. Souvent impatient, j'ai aussi tendance à être ombrageux, à l'occasion.

— À l'occasion ? répéta Talandra, un sourcil arqué.

Ses deux frères sourirent.

— D'esprit, tu es beaucoup plus vive que moi, continua Hyram. Ma force, je la puise dans mes bras, auprès des généraux qui nous commandent et dans la parole du Créateur. Je n'ai jamais été un candidat sérieux...

— Je ne suis pas une grande stratège, vous le savez. D'un coup d'œil, père pouvait prédire le déroulement d'une bataille.

— Il n'en a pas toujours été ainsi, dit Graegor dans l'encadrement de la porte.

Personne ne l'avait entendu entrer. À l'évidence, il avait compris de quoi parlaient les trois jeunes gens. En tenue noire, armé jusqu'aux dents, il avança dans la pièce tel un spectre vengeur.

À part quelques rides, le temps ne semblait pas avoir de prise sur lui. On lui aurait donné vingt ou trente ans de moins que son âge.

Il vint se placer derrière l'épaule gauche de Talandra. Sa position rituelle depuis qu'il était le garde du corps et le conseiller de Matthias.

— Le défunt roi a appris lentement… Un jour, il a dépassé ses maîtres, voyant ce qui leur échappait. Ce serait pareil pour toi. En attendant, les généraux te guideront.

— Tu ne contestes pas cette décision ? s'étonna Talandra.

Pour elle, Graegor était depuis toujours un oncle intimidant mais solide comme un roc. Comme certains autres membres de sa famille, elle ne l'aurait pas choisi si on lui avait demandé son avis. Par moments, elle ne supportait pas sa présence. Grossier, rustre et raciste, il enrageait en permanence. En d'autres termes, ils n'avaient guère de points communs. Depuis quelques mois, ils communiquaient davantage, mais c'était à cause de la guerre. Dans un conflit, le général était un allié précieux. En temps de paix, on ne voyait pas très bien à quoi il servait. D'ailleurs, il devait lui-même se demander à quoi rimait sa vie sans un ennemi à combattre.

— Tu n'as jamais été du genre à tenir ta langue, général. Ne commence pas aujourd'hui !

— En toi, je vois la force de ton père. (Graegor pressa brièvement l'épaule de la princesse.) Avec une épée, il se débrouillait. Il ne m'aurait pas battu, bien sûr, mais il s'en sortait bien. Sur le front, aux côtés de tes frères, tu ne tiendrais pas une heure.

— Merci de me descendre en flèche, mais…

— L'important, coupa Graegor, c'est que les talents d'escrimeur de ton père n'ont jamais aidé son royaume à prospérer. Taillait-il ses voisins en pièces pour les forcer à se soumettre ? Jamais ! Il faisait signer des traités de paix aux royaumes de l'Ouest, il arrangeait des mariages, échangeait des ambassadeurs et jouait à cent autres jeux politiques – ceux qui me font perdre patience en un clin d'œil. Ton manque d'expérience militaire est largement compensé par tes points forts.

Talandra ne sut que répondre. Un compliment, dans la bouche de Graegor ? Du jamais vu !

— Un jour, cette guerre finira, promit le général, et je serai mis au rebut en attendant la prochaine. Toi, tu prendras le relais, pour qu'un monde meilleur émerge des cendres de l'ancien. Ce ne sera pas facile, mais je sais que tu y arriveras.

Pas du genre à se répéter, le général se détourna et s'éloigna avant que Talandra ait pu le remercier.

— Nous serons toujours là pour t'aider, dit Thias.

— Tu acceptes ? demanda Hyram.

Des idées tourbillonnèrent dans l'esprit de Talandra. Elle cherchait une réponse, mais en réalité, elle la connaissait déjà.

Elle servit de la bière à ses frères et ils burent au souvenir de leur père. Puis ils évoquèrent sa vie jusqu'à ce que la première cruche soit vide. Hyram alla en chercher deux autres, qui se vidèrent elles aussi mystérieusement.

L'alcool adoucit le chagrin des trois enfants de Matthias. Même un peu ivre, Talandra continua à voir la montagne de responsabilités qui risquait à tout moment d'écraser un souverain.

Cette nuit, elle pouvait encore faire mine de l'ignorer et ne pas penser à ce qui l'attendait. Peut-être pour la dernière fois, elle avait le loisir de simplement apprécier la compagnie de ses frères.

Battus par le vent et la pluie, les parois et le toit de la tente-taverne tremblaient sinistrement. Mais les clients s'en apercevaient à peine. Déjà bien imbibés, ils saluaient à leur façon la mémoire des camarades tombés dans la journée.

Le nuage de fumée des pipes et des cigares empêchait d'y voir à trois pas. Dans trois coins de la tente, des seaux d'eau et de sable attendaient, juste au cas où la toile prendrait feu…

Dans le quatrième coin, deux musiciens jouaient des airs entraînants sur un violon et un tambourin. Avec un enthousiasme touchant, ils tentaient de remonter le moral des troupes.

Des filles et des garçons de joie passaient entre les tables en quête de bonnes affaires, mais avec l'orage, ils ne ramassaient guère de clients. Cela dit, être au chaud, boire un coup et marivauder un peu restait agréable.

Les yeux baissés sur sa chope vide, Éloïse se demandait si elle n'aurait pas pu faire plus pour protéger Ecko. En face d'elle, Darius ne semblait guère plus gai.

— Tu n'aimes toujours pas la bière ? demanda sa femme en le voyant grimacer après avoir bu.

— C'est tout ce qu'on sert, ici, et ce soir, j'ai besoin d'un remontant.

Un long silence suivit.

— C'était mon idée, dit enfin Éloïse. J'aurais dû être hors du Lien.

Darius lui prit la main.

— Je ne parviens même pas à imaginer ça, dit-il. Ne me donne pas de cauchemars…

— Désolée.

— J'aimerais qu'Ecko soit encore parmi nous, mais on ne peut pas modifier le passé.

— Je revois la scène sans arrêt…

Le feu blanc tombant du ciel, l'écho de la peine à travers la Source et sa connexion à Ecko…

— Le Nécromancien est plus puissant qu'on le pensait, dit Darius. Malgré ça, Ecko a bien failli le tuer. J'aurais aimé mieux connaître ce petit homme.

— À quelques secondes près, il aurait réussi, et tout ça serait terminé. Je me demande comment il s'y est pris.

— Qui ? Ecko ou son adversaire ?

— Le Nécromancien. Comment est-il devenu si puissant ? Il n'a pas pu faire ça tout seul.

— Qui l'aurait aidé et pourquoi ?

Les deux époux se turent. Longtemps avant d'aller dans le désert et d'être prise sous l'aile des Jhanidis, Éloïse avait étudié à la Tour Rouge. Elle y avait rencontré Balfruss, déjà très connu parmi les professeurs et les disciples. Bien entendu, ils n'avaient jamais parlé ensemble. Les disciples quasiment prêts à arpenter le monde ne frayaient pas avec les novices.

Les membres du Conseil Gris, à l'époque, regardaient Balfruss avec un mélange d'admiration et… d'inquiétude.

Leur disparition n'était peut-être pas aussi mystérieuse qu'on le disait. Partis en quête de leur Élu, ils avaient peut-être rencontré le Nécromancien. Après leur avoir arraché des informations, il les avait sans doute éliminés. À moins que…

Et si certains Éclats étaient les derniers survivants du Conseil Gris ?

Une idée angoissante.

— Peu importe qui l'a aidé ! siffla Éloïse. Nous devons le tuer.

— C'est important, mais ça ne doit pas t'obséder… Je ne veux pas que la haine te consume. Sers-toi de ta colère sans la laisser se servir de toi.

Éloïse avait entendu des propos semblables lors de sa seconde formation, auprès des Jhanidis. Elle inspira à fond, repoussa la colère mais en garda ce qu'il fallait pour la stimuler, le cas échéant.

— Allons nous coucher, dit-elle. Je veux célébrer la vie, parce que demain, tout finira peut-être.

Normalement, Darius aurait dû dire que tout irait bien, mais il n'en fit rien. Bien qu'il ait maîtrisé ses émotions depuis longtemps, elle lisait en lui comme dans un livre ouvert.

Darius sourit, attira sa femme vers lui et l'embrassa. Cette nuit, la vie passait avant tout. Pour se soucier du lendemain, ils pouvaient bien attendre l'aube.

L'apothicaire royal réveilla Balfruss un court moment avant qu'il doive prendre son poste. Le somnifère lui avait valu un sommeil sans rêves, mais le chagrin lié à Ecko revint dès qu'il ouvrit les yeux.

Que n'aurait-il pas donné pour parler de sa peine avec quelqu'un qui puisse le comprendre ! Hélas, les autres mages étaient avec l'armée, à des heures de cheval.

Aller voir Vannok ? Étranger à la Source, comment aurait-il pu comprendre, malgré toute sa bonne volonté ?

— *Tu n'es pas seul*, rappela Thule, sa voix aussi forte que d'habitude malgré la distance. *Je suis là.*

— J'aurais dû être à vos côtés…

— *Et la famille royale aurait été sans défense…*

— J'aurais pu vaincre le Nécromancien !

— *Comment ?*

Campé devant la fenêtre, Balfruss sonda les rues obscures de Charas.

— Je n'en sais rien… Mais si j'avais été là, deux d'entre nous auraient pu sortir du Lien pour le combattre. Contre un binôme, le Nécromancien n'aurait eu aucune chance.

— *Exact, mais nous savons tous les deux qu'il est très prudent, même lors de vos conversations privées.*

— Depuis quand es-tu au courant ?

— *La première fois, dans le camp…*

— Pourquoi n'as-tu rien dit ?

— *Sans notre connexion, je n'en aurais rien su. J'ai attendu que tu m'en parles.*

— Comment le dire aux autres ? De quelle façon leur présenter ça ?

— *Balfruss, j'ai entendu chaque mot de vos dialogues. S'il y avait eu quelque chose d'inquiétant, c'est moi qui en aurais parlé aux autres. Sois honnête, ça suffira.*

— Merci, Thule.

— *De rien, mon ami. Si tu veux parler, je suis toujours disponible.*

La présence de Thule s'estompa et Balfruss se prépara à la hâte pour sa mission. S'il n'avait pas pu sauver Ecko, pas question de laisser Torval faire du mal à la famille royale. Ni à ses frères de magie…

Chapitre 27

D'abord glaciale et anonyme, la grande salle de banquet devint en un clin d'œil accueillante et familière. Les murs de pierre nue se transformèrent en cloisons de marbre blanc veiné d'or brillantes et chaudes au toucher. À intervalles réguliers, dans de grandes cheminées, une belle flambée réchauffait l'atmosphère et projetait de longues ombres dans la salle. Alors que les flammes crépitaient, on ne voyait pas l'ombre d'une cendre sur l'impeccable tapis rouge.

Au-dessus de chaque cheminée, une tapisserie illustrait une bataille de légende des siècles passés. En dépit du passage du temps, tous les détails restaient parfaitement nets, comme si on avait restauré récemment ces œuvres d'art. Ou comme si elles dataient de la veille…

Au fond de la pièce était exposée une collection de drapeaux appartenant à des royaumes depuis longtemps disparus. Il y avait aussi un vieux coffre de bois bardé de fer. Vargus n'en aurait approché pour rien au monde, il refusait de penser à ce qu'il contenait.

Des vestiges d'anciennes vies, avec tous les souvenirs associés… Les noms et les visages d'innombrables hommes et femmes morts depuis des lustres…

Les meubles semblaient trop beaux pour être vrais – exactement ce qu'ils étaient. Jusqu'à l'arrivée de

Vargus, la salle était vide, à part la longue table de bois noir et ses fauteuils, qu'il n'avait pas créés.

Aucun siège ne portait un nom. Pourtant, il reconnut le sien au premier coup d'œil.

Les autres commencèrent à arriver, et Kaï se montra parmi les premiers. Que vit-il lorsqu'il balaya la salle du regard ? Vargus l'ignorait… et il ne voulait pas le savoir.

Bizarrement, Kaï semblait en excellente forme, mais c'était probablement de la comédie. Ce qu'il avait fait dans le temple ne pouvait pas le maintenir très longtemps. Cela dit, personne n'aurait voulu afficher sa faiblesse ici. On pouvait y implorer la clémence, quant à l'obtenir… Et la grâce accordée à l'un signait immanquablement la fin d'un autre.

Vargus chassa ce souvenir cruel et se concentra sur le présent.

Seuls ou par paire, les autres avaient l'air si ordinaires dans leur tenue de laine ou de soie ou avec leur cuirasse. Certains semblaient prêts à partir au combat, d'autres paraissaient émerger à peine du lit et un ou deux avaient dû oublier de se vêtir avant de sortir. Dans le lot, il y avait des bouseux tout crottés et des nobles à la peau huilée brillant comme du métal précieux. Aucun de ces êtres ne ressemblait à un autre et ils n'avaient aucun signe particulier indiquant des origines communes.

Nethun flanqua une claque dans le dos de Vargus puis il se dirigea vers son siège. Bâti en force, le gaillard était chauve comme un œuf et ses pieds nus laissaient des empreintes humides sur le tapis. Sur la terre ferme, la démarche de ce vieux marin était toujours un peu hésitante. Très expansif, il serrait des mains à chaque pas et saluait les gens qu'il ne pouvait pas atteindre. Même ceux qui le jugeaient importun faisaient mine de ne pas être gênés par ses manières directes.

Nethun étant plus ou moins éternel, l'offenser ne se révélait jamais payant.

Si Kaï jouait bien sa comédie, il avait du mal à cacher sa nervosité. En bon tacticien, il retourna leur salut à tous les autres mais ne s'éloigna jamais de Vargus – juste au cas où…

En robe blanche et les pieds nus, une femme brune passa entre les deux hommes et laissa dans son sillage une riche senteur. Vargus identifia l'odeur des fleurs sauvages, de l'herbe fraîchement coupée, des fraises mûres et d'une centaine d'autres choses familières qu'il aurait pourtant été incapable de citer.

Comme toujours, il y avait de nouveaux visages dans l'assistance. Du coin de l'œil, Vargus les observa attentivement. De leur côté, ces nouveaux s'efforçaient de ne pas montrer du doigt certains anciens, dont lui-même. Si tout le monde connaissait Nethun, il était lui aussi assez vieux pour attirer les regards.

Un des « bleus » manqua tomber à genoux sur le passage de Nethun. Il en fut empêché par sa compagne, une femme gracile vêtue de cuir et armée d'une collection de couteaux.

— Pas besoin de se prosterner, siffla-t-elle.

Son jeune ami acquiesça sans paraître convaincu. D'ailleurs, la rebelle perdit de sa superbe quand Nethun la dévisagea. Elle recula d'un pas, mais le vieux marin sourit et cessa de s'intéresser à elle.

Les derniers invités arrivaient. Comme on pouvait le prévoir, certains firent une entrée fort remarquée. Dans un coin, des dizaines de gens s'agglutinèrent autour de la plus adorable femme que Vargus ait vue. Dans la salle, il y avait une bonne dizaine de beautés, mais toutes cachaient autre chose sous leur apparence. Ici, c'était la règle, mais cette femme-là ne la respectait pas.

En elle brûlait un feu qui la rendait plus désirable que n'importe quelle autre femme. En sa présence, Vargus éprouvait le besoin de la protéger. En même temps, il se sentait en sécurité, comme si elle était son aînée. Des émotions contradictoires, certes, mais qui relevaient toutes de l'amour, en fin de compte.

Presque aussi âgée que le Créateur, la Mère Bénie était deux fois plus digne d'amour.

Quelque part une cloche sonna une note d'une infinie pureté. Vargus ne sourit pas et ne se sentit pas non plus purifié. Dans sa version de la salle, il n'existait pas de cloche. Les autres devaient avoir entendu aussi et ils tenaient sûrement aussi ce son pour une intrusion dans leur espace privé. Il y eut des murmures, des lèvres pincées et moult manifestations de feinte indifférence.

Comme si elle participait à une procession funèbre, la Dame de la Lumière entra à pas lents dans la salle. Une astuce pour attirer tous les regards, bien entendu. Sa robe blanche, censément pudique, était si moulante sur les seins et les hanches qu'elle aurait tout aussi bien pu être transparente. Une sorte de cornette de nonne enserrait sa tête sans empêcher ses longs cheveux blonds de cascader dans son dos. Dans une main, elle tenait une lanterne blanche à la lumière si vive qu'elle chassa toutes les ombres de la salle, même dans les coins.

Quelques invités en frissonnèrent d'inconfort.

Nethun se contenta de plisser le front avant de s'asseoir. Aussitôt, tout le monde l'imita. Vargus alla prendre place à côté du vieux marin et en face de la Mère Bénie.

Le Seigneur de la Lumière arriva et ne cacha pas son irritation. En retard, il pourrait toujours s'accrocher pour faire une entrée spectaculaire. Une fois assis, il rabattit nonchalamment le capuchon de sa tunique blanche.

En tête de table, il restait un siège vide bien plus grand que les autres. Celui-là, Vargus ne l'avait jamais vu occupé.

Nethun inclina la tête en direction du fauteuil vide, puis il se leva et prit la parole :

— Je ne devrais probablement pas demander, mais qui vous a convoqués ?

Habitué à donner des ordres, il n'eut aucun mal à se faire entendre d'un bout à l'autre de l'extraordinaire table.

Se levant aussi, le Seigneur de la Lumière remercia tout le monde d'être venu et se répandit en compliments et en flatteries. Parce qu'il trouvait sa voix nasale ennuyeuse, Vargus fit en sorte de ne plus l'entendre. À voir le seigneur parler sans émettre de son, il eut le sentiment de regarder un poisson échoué sur la berge qui ouvre désespérément la bouche.

Pour supporter les péroraisons du Seigneur de la Lumière, c'était une manœuvre efficace.

Las de voir le masque de beau jeune homme du seigneur, Vargus décida de découvrir ce qu'il y avait derrière. Aussitôt, les murs de la salle tremblèrent et tous les véritables visages furent révélés.

Le Seigneur de la Lumière en blanc fut remplacé par un garçon qui tenait une bougie et tentait de ne pas se faire remarquer – tout en restant utile pour ses aînés. Près de lui se tenait une fille en haillons aux joues maculées de suie.

La Mère Bénie resta telle qu'en elle-même. En même temps, son image fluctua, passant de l'amante à la mère, à la sœur et à la vieille mégère.

Son corps lui aussi changeant – une masse de mamelles entourées de fourrure enveloppée de ce qui semblait être des épis de blé et des fruits rouges –, Été resplendissait.

Nethun devint un énorme crustacé niché dans un filet d'algues. Sa bouche énorme garnie de dents pointues semblait pouvoir engloutir des navires comme autant de vairons bleu et rouge condamnés ensuite à nager dans sa gorge abyssale.

Trop d'images fluctuantes flanquèrent le tournis à Vargus. Alors que le garçon à la bougie finissait de parler, la salle revint à son état normal. À cet instant, Vargus s'avisa que tous les autres le regardaient.

— Vous avez un problème ?

— As-tu écouté un mot de ce que j'ai dit ? demanda le garçon.

— Non, et j'aimerais mieux entendre un âne braire du matin au soir.

Le Seigneur de la Lumière implora du regard le secours de Nethun, qui lui rit tout simplement au nez.

— Vargus, s'il te plaît, souffla la souillon aux joues noires.

Vargus l'ignora superbement.

— Que veux-tu, petit ?

— Tu es pressé ? avide de retourner te gagner une légion de fidèles ?

— Pour survivre, nous faisons tous ce qu'il faut.

Le Seigneur de la Lumière fit la grimace, comme s'il ne comprenait pas. Quelques anciens acquiescèrent alors que les plus jeunes et les nouveaux parurent ne pas saisir non plus. Avec le temps, ils apprendraient – où ils ne feraient pas de vieux os.

— C'est pour ça que je vous ai convoqués tous, dit le gamin. L'idée, c'est de voir si nous pouvons travailler ensemble afin de diriger nos fidèles et de ne plus subir leurs caprices. Tous autant que nous sommes, nous voulons exister aussi longtemps que possible.

Vargus ricana, mais la Mère Bénie prit la parole avant lui :

— Nous n'avons plus fait ça depuis longtemps, et c'est interdit.

Tous les regards se tournèrent vers le siège vide. C'était la dernière règle édictée par le Créateur avant sa disparition. Beaucoup le croyaient mort et seul Vargus savait la vérité.

— Il est peut-être temps d'abandonner cette... tradition, dit le Seigneur de la Lumière.

— Une tradition, sûrement pas ! s'écria Été, sa voix vibrant dans toute la salle.

Son heure approchait. À chaque instant, elle s'épanouissait un peu plus.

— Qui a entendu donner cet ordre ? demanda le Seigneur de la Lumière. Lesquels étaient présents à l'époque ?

Personne ne répondit. Vargus ne fit pas exception. Après tout, mieux valait laisser croire qu'il tenait ça de seconde main.

— Si tu veux risquer de sombrer dans l'oubli en intervenant dans le monde, dit Kaï, ne te gêne pas. Au fond, tu es peut-être déjà en train de le faire.

— Je n'ai rien à voir avec ta petite mésaventure.

— Foutu mioche ! beugla Kaï, sa voix de stentor faisant trembler les murs. Tu n'es qu'un fœtus ! Tu ne devrais même pas exister !

Le Seigneur de la Lumière ne frémit pas sous l'insulte et s'autorisa un sourire méprisant. Vargus brûlait d'envie de le gifler, mais ça n'était pas son rôle.

Quand il mesura ce qu'il avait fait, Kaï se calma et retrouva toute sa méfiante prudence. À son crédit, il ne s'assit pas piteusement. Pourtant, tout le monde savait que son pouvoir déclinait alors que celui du Seigneur de la Lumière augmentait sans cesse. Si ces deux-là s'affrontaient, le duel tournerait court.

— Je vois que rien n'a changé, dit la Mère Bénie.

La voix de la raison, comme toujours… Quand elle leur fit un signe, les deux hommes hésitèrent puis finirent par s'asseoir, même si le Seigneur de la Lumière continua à sourire comme un crétin.

— Si tu choisis de violer nos lois, ce sera à tes risques et périls, pas aux nôtres. Tu ne forceras aucun de nous à partager ton châtiment.

Un ton sans appel. Même s'il brûlait d'envie d'argumenter, le Seigneur de la Lumière n'insista pas.

— Y a-t-il un autre sujet à l'ordre du jour ?

— Oui, répondit Hiver.

Sa voix vibrante de colère agressa les tympans de Vargus :

— Ces Mages de Guerre, comme ils se sont baptisés… Eh bien, ils me dérangent.

Plusieurs membres de l'assistance approuvèrent du chef.

— Vous avez tous dû le sentir… Ils peuvent manipuler des quantités de Pouvoir extraordinaires. Du coup, ils perturbent l'ordre naturel de bien des choses.

— Quelques-uns sont plus puissants que nous, gémit un nouveau assis en bout de table. Comment est-ce possible ?

— L'un d'eux, le Nécromancien, s'est profondément immergé dans le passé, dit Nethun. Et il y a découvert quelque chose qui vient de l'autre côté du Voile.

— Qui lui a dit où chercher ? accusa Hiver. (Autour de ses lèvres, l'air gelait.) Ces artefacts étaient profondément enfouis et aucun mortel n'aurait su dire où.

— On en revient aux querelles enfantines ? soupira la Mère Bénie.

— Ce n'est pas la première fois que ça arrive, rappela Vargus. D'autres sorciers furent aussi puissants que lui.

— Sans leurs professeurs, ils ne sont rien. Leur nombre diminue parce qu'ils meurent encore enfants avant d'avoir découvert leur potentiel. (La Mère Bénie soupira de nouveau.) Le problème se résoudra de lui-même. Leur étoile se ternit.

— Exact, concéda Hiver, mais je voudrais bien savoir qui a formé le Nécromancien. Si ce n'est pas l'un de nous, de qui s'agit-il ?

Personne ne put répondre. Autour de lui, Vargus vit des visages inquiets. Ceux qui travaillaient dans les ombres chercheraient des réponses à leur manière. Quant à lui, il savait au moins où commencer à suivre la piste.

Des dizaines d'histoires au sujet du Nécromancien circulaient dans le camp. Mais c'était des informations de deuxième ou de troisième main. Il fallait s'approcher pour connaître la vérité. Un jour, que ce soit au cours de cette guerre ou à cause du grand âge, le Nécromancien serait vaincu. Après son départ, il faudrait s'assurer que les artefacts et les connaissances qu'il avait exhumés retournent sous la terre.

Il restait une question que personne n'avait osé poser mais qui obsédait les Mages de Guerre survivants. Pourquoi leurs formateurs avaient-ils abandonné la Tour Rouge ?

Vargus regarda ses compagnons et se demanda si quelqu'un avait manipulé le Conseil Gris. Et si oui, dans quel but ?

En l'absence de réponses et d'autres sujets à évoquer, l'assistance commença à se retirer. L'alliance dont rêvait le Seigneur de la Lumière n'existerait jamais. Quant à l'époque où les dieux régnaient sur leurs fidèles, elle était révolue et ne reviendrait pas. Que ce soit bon ou mauvais, l'humanité tenait son destin entre ses mains. Et au cours des siècles à venir, plusieurs membres de l'assistance mourraient.

Parce que nul n'était éternel.

Chapitre 28

Les cris de la foule retentissaient toujours aux oreilles de Talandra alors qu'elle marchait dans les couloirs en direction de ses appartements. Le couronnement terminé, des milliers de gens s'étaient pressés dans les rues pour la voir chevaucher. Après la dispersion des cendres de son père, le peuple avait eu envie d'un spectacle et les vivats indiquaient qu'il n'avait pas été déçu.

Avec une longue-vue, Talandra avait déjà regardé son armée se déployer sur un champ de bataille. Mais ça n'avait aucun rapport… Un océan de visages assez proches pour qu'elle les touche et qui brûlaient d'attirer son attention. Après ça, impossible d'oublier qu'un peuple entier attendait qu'elle prenne les bonnes décisions. Aujourd'hui, la montagne de responsabilités était particulièrement haute…

Perdue dans ses pensées, Talandra se prit les jambes dans son long manteau et faillit s'étaler. Par bonheur, il n'y avait pas de témoins pour voir la nouvelle reine s'emmêler les pinceaux. Quand elle recommença, la souveraine se dit que Taïkon n'aurait pas besoin de lui envoyer des tueurs. Ce manteau de cérémonie, à coup sûr, l'aurait estourbie bien longtemps avant eux. Son règne serait le plus court de l'histoire de Seveldrom, et tout ce qu'on en retiendrait dans les livres, ce serait le rôle décisif d'un vêtement mangé aux mites.

Une fois chez elle, Talandra se débarrassa du manteau et le jeta sur le lit. Se regardant dans un miroir, elle se trouva ridicule malgré les compliments dont on l'avait bombardée pendant et après la cérémonie. Sa robe couleur argent était trop moulante, en particulier sur le buste, où la couturière avait fait de son mieux pour compenser les appas déficients de la reine. Du coup, si elle s'asseyait trop vite, Talandra aurait juré que toutes les coutures céderaient sur ses hanches.

Le tissu, très agréable au contact, était trop fin pour la saison. Avec le col et les poignets de dentelle, impossible de manger sans se remplir de sauce. Pourtant, la robe sortait du meilleur salon de couture de la capitale.

Jubilant, Talandra se déshabilla et jeta tous ses vêtements autour d'elle. Maintenant qu'elle régnait, les traditions allaient valser ! Et pour commencer, à mort le manteau puant ! Pour son couronnement, sa fille ou son fils n'aurait pas besoin de le porter.

Troublée, Talandra s'assit au bord du lit. Moins d'une heure après son couronnement, voilà qu'elle songeait déjà à tout chambouler…

Fonder une famille… Avant, c'était le cadet de ses soucis, mais ça devenait une urgence absolue. Et Shanimel, dans tout ça ? Un terrain glissant, de penser à elle…

Après s'être changée, la reine gagna la Salle de Guerre où ses généraux et ses conseillers l'attendaient. Présent lors du couronnement, Vannok Lore attendait Wolfe aux écuries pour repartir vers le front.

Tout le monde se leva pour saluer Talandra – même Graegor ! – mais elle fit signe à ses collaborateurs de se rasseoir. Matthias n'avait jamais aimé le décorum en privé, et elle entendait rester fidèle à beaucoup de *ses* traditions.

— Les dernières nouvelles ?

— Aucun mouvement, répondit Wolfe. L'ennemi envoie des éclaireurs, comme nous, mais il ne semble pas vouloir attaquer.

Pour la cérémonie, le général avait simplement ajouté un manteau vert à sa tenue habituelle. Un modèle court, histoire de ne pas risquer de se casser la figure. Comme toujours, il était armé jusqu'aux dents, même en face de sa reine. Sur sa hanche droite, en face de son épée, il avait accroché un carquois et son arc long reposait dans un coin de la pièce.

— Tiens-moi informée, général. Je t'enverrai bientôt des ordres.

Wolfe récupéra son arc et sortit. Quand Vannok et lui arriveraient au front, la décision aurait été prise et des ordres envoyés par oiseau-voyageur les attendraient.

— Tu as cet air à cause de la mort d'Ecko ? demanda Talandra en se tournant vers Balfruss.

— Je crois…, dit le Mage de Guerre.

Rongé par le chagrin, il semblait très loin de là. Mais son regard s'éclaircit à mesure qu'il parlait :

— Ecko a perdu, c'est vrai, mais il est passé près de tuer le Nécromancien.

— Je suis tentée de te décharger de la protection du palais… (Talandra leva une main pour étouffer dans l'œuf les protestations.) Mais tu ne serais pas d'accord, pas vrai ?

— Le Nécromancien est encore plus imprévisible que Taïkon. Je doute qu'il essaie de vous tuer de la même façon que notre roi, mais je refuse quand même de courir ce risque.

Graegor approuva du chef – une forme de compliment, quand on le connaissait.

— Avec un mage en moins, l'armée sera encore défendue ?

— Je n'en sais rien…

Une réponse honnête et brutale. Pas du tout ce qu'attendait Talandra. En temps normal, Graegor aurait réagi, mais il ne pipa pas mot. Soudain touché par la grâce, le vieil ours ? Sûrement pas, mais il connaissait assez le poids du deuil pour compatir avec Balfruss.

— Il faut parler de ce qui est arrivé hier, dit Hyram, aussi pessimiste que d'habitude.

Si Matthias écoutait tous ses conseillers, et pas seulement ceux qui allaient en son sens, ce n'était pas pour rien. Un souverain devait prendre tous les avis avant de trancher.

— Je t'écoute, Hyram.

— Malgré d'héroïques sacrifices, nous avons perdu. La supériorité numérique de Taïkon commence à payer.

Une opinion provocatrice. Une nouvelle fois, Graegor aurait dû réagir, mais il ne desserra pas les dents, la tête baissée.

— Nous avons fait de notre mieux, dit-il. Pour retarder l'inévitable, nous avons tiré parti de la configuration du terrain et multiplié les ruses. Désormais, nous combattons dans les plaines, et plus rien ne sépare les deux armées. De plus, l'ennemi n'a plus rien à piller.

Tous les villages ont été évacués il y a des semaines, nous privant de diversions…

— Que me conseillez-vous ? demanda Talandra à la cantonade.

— Père a créé les relais pour ce moment précis, dit Thias. J'aurais voulu ne jamais en arriver là, mais il faut voir les choses en face. Il est temps de nous retrancher.

— Il a raison, fit Graegor avec une moue amère, comme s'il ne voyait guère la différence avec une débandade. La capitale est notre prochaine ligne de défense.

— La dernière, rectifia Hyram.

— Et si nous creusions des tranchées pour livrer une guerre de position ? demanda Talandra. Quelles seraient nos chances ?

— Tu n'y penses pas sérieusement ? s'étrangla Hyram.

— Ce serait un massacre, dit Thias. Nos hommes se battraient bravement, et leur meilleure discipline serait un avantage. Mais ça ne suffirait pas. Parce qu'ils ont foi en nous, ils combattraient jusqu'à leur dernier souffle. Mais sans espoir…

— Ton avis, Balfruss ? demanda Talandra.

— J'approuve tout ce qui a été dit, répondit le mage avec une grimace.

— Mais ?

— Les défenses de la ville résisteront à des armes traditionnelles, mais face à des attaques magiques ? Les Éclats ne seront pas obligés de nous viser, mes amis et moi. Ils peuvent s'en prendre aux portes, miner les fondations ou tenter je ne sais quelle autre manœuvre pour faire s'écrouler les murailles. Cela dit, avec une seule ligne de défense, nous ne serons pas contraints de nous disperser…

— Quels sont les risques d'un siège ?

— Les ravages classiques, répondit Thias. Des épidémies à cause de la promiscuité, pour commencer. Et si ça dure, une pénurie d'eau et de vivres. Mais sur ce point, l'armée de l'Ouest ne sera pas mieux lotie. Comme des sauterelles, ses soldats ont déjà dévasté la région. Ils auront le ventre vide avant nous.

— Jusque-là, nous avons eu de la chance, dit Hyram. Dans le camp, on déplore peu de problèmes sanitaires.

À l'évidence, il doutait que ça continue.

— Quand l'armée atteindra-t-elle la ville, si nous reculons de relais en relais ?

— Dans cinq jours, répondit sans hésiter Graegor.

— Une dernière question, alors. Si nous nous retranchons, pouvons-nous gagner ?

Personne ne se précipita pour répondre. Avec des défenses solides, les probabilités n'étaient pas mauvaises, mais la capitale n'avait jamais subi un siège de cette ampleur.

Étant le plus expérimenté, Graegor ne put pas se dérober plus longtemps.

— Je n'en sais rien, avoua-t-il.

Les autres conseillers auraient sans doute voulu qu'il en dise plus, mais face à tant de variables, c'était impossible. Si l'armée de l'Ouest n'avait pas eu de Mages de Guerre, la situation aurait été radicalement différente. Et si Gunder réussissait à déstabiliser de l'intérieur la coalition adverse, ça changerait beaucoup de choses. Une sécheresse soudaine ou une épidémie dans le camp adverse étaient également susceptibles de tout bouleverser. Puisque prévoir était impossible, il faudrait se préparer au pire et tenter de limiter les dégâts.

— Donnez l'ordre de retrancher l'armée en ville, dit Talandra. Nous nous battrons ici.

Après cette prise de décision, il fallut encore discuter de détails, mais l'essentiel était fait. Talandra espéra ne pas s'être trompée.

Deux heures plus tard, elle retourna dans sa chambre, la tête pleine de chiffres et de données stratégiques.

— Tu devrais emménager dans les appartements du roi, dit Shanimel dès qu'elle fut entrée dans sa chambre.

Talandra ne fut pas surprise de la voir. À l'évidence, elle l'attendait depuis un moment. Complètement habillée, elle était assise au bord du lit, un gobelet de vin à la main.

Pour une fois, Talandra se réjouit que sa compagne ne soit pas à demi dévêtue.

— Je le ferai, mais plus tard. Quand ses cendres ne voleront plus dans le vent.

Talandra se servit un gobelet d'un vin blanc de Shael de cinq ans d'âge. Presque un cru banal, naguère. Désormais, ce serait une rareté. Ou une relique… Les Vorgas, disait-on, brûlaient les vignobles.

Tout changeait… Talandra allait devoir se préparer à l'avenir… et faire de même pour son royaume.

— À ta santé, Majesté, dit Shanimel en levant son gobelet.

— Je ne t'ai pas vue à la cérémonie, fit Talandra.

Un moyen de différer un peu l'inévitable.

— Pourtant, j'y étais. (Shanimel posa son verre et traversa la pièce.) Qu'est-ce qui cloche ? Tu n'es pas contente de me voir ?

— Bien sûr que si…

Le front plissé, Shanimel embrassa quand même sa compagne.

— On ne dirait pas, pourtant…

Talandra alla se camper devant une fenêtre.

— Qu'est-ce qui ne va pas ?

— La liste est longue, Shanimel…

— Chez toi, je veux dire.

— J'ai beaucoup de soucis… Trop de décisions à prendre.

— Mais tu n'es pas toi-même.

Shanimel se plaqua contre le dos de la reine et l'enlaça. Réconfortée par ce contact, Talandra oublia tout pendant un moment.

— Maintenant que tu règnes, tu es libre de tout changer. Modifier les règles…

— Je ne peux pas tout faire seule.

— Ne suis-je pas là pour t'aider ? Et tous les autres aussi ? Tu le sais bien…

Sans desserrer l'étreinte de Shanimel, Talandra se retourna pour la regarder dans les yeux.

— Tu es sincère ? Es-tu prête à tout pour m'aider ? et pour servir Seveldrom ?

— Bien sûr ! C'est mon pays.

— Il y a tant à faire. Bien plus que je le croyais.

— Que veux-tu dire ?

— Je ne dois pas penser égoïstement à moi-même. Même de temps en temps…

— Mais encore ?…

Talandra s'écarta de Shanimel.

— Je ne peux pas être la reine et diriger notre espionnage. Tu t'en chargeras pour moi.

Shanimel sourit… puis se rembrunit.

—Et nous deux ? demanda-t-elle.

Le silence de la reine en dit bien plus qu'un long discours.

Shanimel approcha et la gifla. Pétrifiée, Talandra ne réagit pas.

—Dis quelque chose !

—Que voudrais-tu que je dise, Shanimel ?

—Que ce n'est pas fini !

Talandra s'empourpra, mais sa colère ne dura pas, vite remplacée par la déception et le regret.

—Tu aimerais être ma concubine ?

—Pardon ?

—Mon père avait trois héritiers… Le peuple attend que je fasse comme lui. Ma position et mes responsabilités exigent que je ne me dérobe pas. Il faut sauvegarder la succession… Mais tu pourrais me retrouver certaines nuits, quand je serai seule…

L'expression de Shanimel valut toutes les réponses. Même si ça lui brisait le cœur, Talandra continua :

—Un jour, je me marierai et j'aurai des enfants. C'est mon devoir.

—C'est noble et généreux, mais n'essaie pas de me faire gober que c'est la seule raison, d'accord ?

—C'est vrai, répondit Talandra, se forçant au calme. Ce n'est pas tout. J'ai toujours voulu des enfants. C'est pour ça que nous n'avons jamais parlé d'avenir… Sais-tu que mon père était au courant, pour nous deux ?

—Tu ne m'en as jamais rien dit !

—Il n'a pas mentionné ton nom. Mais il m'a dit que je devrais choisir un jour.

—Choisir quoi ?

— Entre vivre l'instant et créer du solide pour l'avenir. J'ai choisi.

Ces mots sonnaient comme une porte qu'on claque. Comme si leur relation intime n'avait jamais existé, Talandra prit un ton neutre et officiel :

— Shanimel, je t'offre le poste de chef de l'espionnage du royaume de Seveldrom. Si tu ne te sens pas capable de remplir ta mission, j'attends ta démission demain matin, sur mon bureau. Avec les noms de trois candidats de valeur.

— Réponds à une dernière question… Sincèrement.

Talandra fit signe qu'elle écoutait.

— Est-ce que tu m'aimes ?

En silence, les deux femmes se regardèrent un long moment. Brûlant d'envie de répondre, Talandra ne le pouvait pas, et elle dut lutter héroïquement contre ses larmes. La gorge serrée, elle se força à respirer lentement. Comment Shanimel la voyait-elle, désormais ? La prochaine fois qu'elle se regarderait dans un miroir, se reconnaîtrait-elle ?

En ces derniers instants de leur amour, Talandra tenta de graver dans son esprit les traits émouvants de Shanimel et le souvenir des nuits de passion qu'elles avaient partagées.

Dans l'avenir, les moments consacrés au calme et au plaisir seraient très rares, s'il y en avait.

Shanimel avança comme si elle allait embrasser Talandra. Mais elle se ravisa, le désir effacé de son regard, se détourna et sortit sans un mot, abandonnant la reine à son devoir et à ses responsabilités.

Chapitre 29

Après quatre jours passés à protéger la retraite de l'armée vers la capitale, Balfruss était au bout de ses forces physiques et mentales. Sans cesse sur le qui-vive, il s'était préparé à tout instant à une attaque du Nécromancien et de ses Éclats. Jusque-là, il n'y en avait pas eu, mais aucun des Mages de Guerre n'osait baisser sa garde. Le Nécromancien, ils le savaient, était à la fois dangereux et imprévisible. L'assassinat du roi et la mort d'Ecko étaient là pour le rappeler.

Pendant la retraite, Darius se chargeait de protéger la famille royale la nuit. Ainsi, Balfruss n'avait plus besoin de dormir le jour. Depuis qu'il avait repris un cycle normal, son épuisement l'empêchait d'être tourmenté par des cauchemars. Mais il doutait fort que ça puisse durer.

Thule lui ayant fait partager ce qu'il avait vu de la fin d'Ecko – et ses propres sentiments à ce moment-là –, Balfruss était de plus en plus torturé par la culpabilité. S'il avait tout raconté à ses compagnons au sujet du Nécromancien, un drame aurait peut-être été évité. Au minimum, s'il était resté sur le front, après avoir affecté quelqu'un d'autre à la protection des enfants du roi, sa puissance aurait pu faire la différence.

Ce mélange de regret et de remords laissait un goût amer dans la bouche du mage. Pour la mort d'Ecko, le Nécromancien paierait un jour le prix fort.

Comme les Mages de Guerre, les éclaireurs restaient vigilants en permanence. Mais les deux premiers jours, l'ennemi ne poursuivit pas l'armée de Seveldrom. Tandis qu'elle se dirigeait vers la capitale, bravant la pluie et pataugeant dans la boue, les soldats de l'Ouest saisissaient l'occasion de reconstituer leurs forces.

À cause de la pluie, les éclaireurs avaient un mal de chien à repérer les patrouilles de l'Ouest. Par bonheur, jusque-là, on ne déplorait pas de perte dans leurs rangs. Comme ils ne se fiaient pas à la vue pour détecter le Pouvoir, les Mages de Guerre n'étaient pas gênés par la pluie. Cela dit, elle les trempait jusqu'aux os comme n'importe qui d'autre. Après une journée passée dans des habits mouillés, un bon feu, une tenue de rechange et un repas chaud valaient tous les trésors du monde.

Le troisième jour, les troupes de l'Ouest se mirent en mouvement. Si les deux armées continuaient au même rythme – et s'il n'y avait pas de surprise – les Seves auraient un court répit avant le début du siège.

À la fin du quatrième jour, à quelques lieues seulement de Charas, l'armée s'arrêta quand même pour camper. Sans lumière, il aurait été trop compliqué de faire entrer les hommes en ville. Et même en plein jour, il faudrait des heures pour y arriver.

Dès qu'il fut sous sa tente, Balfruss s'étendit sur sa couverture, convaincu qu'il allait s'endormir comme une masse. Même si ses paupières pesaient des tonnes, rien de tel ne se passa. Au contraire, son esprit s'éveilla et il se mit à réfléchir avec une extraordinaire lucidité.

Très vite, le silence et le calme alimentèrent ses angoisses. Quelle serait l'issue de cette guerre ? Combien de camarades perdrait-il encore ? Quel… ?

Balfruss essaya toutes les techniques de relaxation qu'il connaissait, mais rien n'y fit. Agacé, il sortit de sa tente et s'étonna de voir qu'il faisait nuit noire. Donc, il avait quand même dormi un peu. Mais pour le bien que ça lui faisait…

Plusieurs soldats veillaient encore autour des feux de camp, mais il ne se sentit pas le droit de les déranger. Après avoir perdu des parents, des amis et des frères d'armes, ces hommes remâchaient leur chagrin. Venir leur parler d'Ecko n'aurait rien arrangé…

Alors qu'il regardait les ombres des hommes danser sur le sol au gré de la lueur des flammes, Balfruss sentit des odeurs de cuisson et son estomac gargouilla. À quand remontait son dernier repas ? Et s'il se mettait en quête d'une assiette bien remplie ?

Il n'en eut pas le temps, car il entendit des bruits de pas dans son dos. Et bien sûr, quand il se retourna, ce fut pour découvrir le Nécromancien.

Comme la première fois, il portait une tenue miteuse, histoire de passer pour un des travailleurs qui accompagnaient l'armée. Si puissant fût-il, il savait éviter les confrontations quand elles n'étaient pas nécessaires.

Un instant, Balfruss songea à donner l'alarme. Contre quelques épées et quelques arcs, Torval était sûrement capable de s'en sortir. Mais que ferait-il contre cinquante ou cent adversaires ?

Après réflexion, le mage renonça à son projet. Si le Nécromancien faisait un massacre, il aurait encore des morts sur la conscience…

Balfruss fit signe à Torval de s'asseoir près d'un feu. Puis il attisa les flammes et prit place en face de son visiteur.

Le Nécromancien paraissait tout à fait détendu au milieu du camp de ses adversaires. Sûrement parce qu'il était sûr de ne rien risquer…

Pendant qu'il ajoutait du bois au feu, Balfruss remarqua que Torval avait les yeux cernés, le teint pâle et les joues creuses. Par l'échancrure de sa chemise, on voyait un bandage à l'endroit où Ecko l'avait blessé.

— Il a failli m'arracher le cœur, dit le Nécromancien avec un sourire. Il m'a fallu des jours pour m'en remettre.

S'en remettre ? Il avait plutôt l'air d'un moribond…

Était-ce le moment de prendre un risque ? Torval mort, la guerre serait terminée. Une attaque-surprise pouvait réussir, mais ça n'était pas garanti.

Balfruss mit un reste de ragoût à chauffer sur les flammes. Quand de la fumée monta du petit chaudron suspendu à un trépied, il proposa une assiette à Torval, qui refusa d'un geste de la main. Un mouvement qui le fit grimacer, tant il était mal en point.

— Je sais pourquoi tu es venu, dit Balfruss en se servant une assiette de ragoût.

— Sans blague ?

— Tu vas encore tenter de me convaincre que nous nous ressemblons. Parce que nous partageons la même soif de connaissance.

— Non, de pouvoir, corrigea Torval. C'est tout ce qui compte en ce monde. Et tu en es avide, comme moi.

Balfruss haussa les épaules et regarda le camp, autour de lui.

— Le pouvoir ? Pour en faire quoi ? Régner ? Diriger une armée ? Rien de tout ça ne m'intéresse.

— Pareil pour moi ! Des fichus bureaucrates et des crétins armés d'une épée…

— Alors, que cherches-tu ?

— Je veux créer l'avenir !

Balfruss sonda les yeux du Nécromancien, où dansait une lueur malsaine. Cet homme était fou. Et il crevait de solitude.

Ça, c'était plutôt surprenant.

— L'avenir ?

— Les religions vont et viennent. Les guerres modifient les frontières dans un sens, puis dans un autre… Pour une génération, elles sélectionnent les plus forts dans une population, mais elles ne génèrent rien de durable. Le règne de l'éphémère et de la vanité.

Balfruss ricana.

— Au lieu de nous affronter, nous devrions collaborer, c'est ça ?

— Exactement.

— Je n'en crois pas un mot… Tu n'as pas unifié l'Ouest pour ça. La paix ne t'intéresse pas, et tu te fiches que les gens s'améliorent ou non. Tu as mis une armée entre les mains d'un dément. De ce fait, tu es responsable de chaque mort dans cette guerre.

Torval ne mordit pas à l'hameçon de la provocation.

— Sais-tu pourquoi les Sulls ont refusé de traiter avec nous ?

— Les Sulls ? Personne ne leur a parlé depuis cent ans.

Torval ignora la remarque.

— Parce que nous sommes trop primitifs, à leurs yeux. Des sauvages qui se roulent dans la boue et s'entre-tuent pour un lopin de terre. Ils sont au-delà de ces stupides querelles.

Balfruss ne s'était pas trompé. Le Nécromancien était fou à lier. Les Sulls refusaient tout contact avec le reste du monde.

— Tu te crois spécial, c'est ça ? Meilleur que tout le monde. En réalité, Torval, tu m'inspires de la pitié.

Pour la première fois, le Nécromancien réagit à une phrase du mage. Bouche bée une fraction de seconde, il se reprit cependant très vite.

— De la pitié ? Et pourquoi donc ?

— Il fut un temps où nous nous ressemblions, en effet. Enfant, je rêvais d'échapper au destin sinistre de ma mère. J'étais égoïste et ingrat, mais on peut pardonner ça à un gosse.

» Ma mère travaillait toute la journée et une partie de la nuit. Toujours fatiguée, elle ne s'accordait pas une seconde de répit. Un jour, je lui ai demandé à quoi elle rêvait. « À rien, m'a-t-elle répondu, parce que je n'ai pas de temps pour ça. » Pour elle, le sommeil était un moyen de tout oublier et de récupérer des forces. Moi, j'avais d'autres ambitions. Quand j'ai su, pour mon don, la Tour Rouge m'est apparue comme une chance. Ma seule chance… Comme une éponge, j'ai absorbé tout ce qu'on m'a appris, mais ça n'a pas suffi…

— C'était pareil pour moi… Les formateurs et le Conseil nous promettaient monts et merveilles, mais c'était du vent !

Balfruss devina la suite.

— Tu as arpenté le monde pour trouver mieux. Un enseignement digne de toi.

— Toi, tu es allé dans l'Ouest, puis au fin fond du désert. As-tu trouvé ce que tu cherchais ?

Balfruss décida de ne pas répondre.

— Alors, tu as commencé à changer. Ta magie est devenue une béquille. D'abord, tu l'as utilisée pour contrôler les autres. Puis pour altérer leur esprit, quand ils te résistaient. Après tant d'années de solitude à n'écouter que toi-même, tu ne supportes plus l'idée que les autres soient des êtres pensants. De toute façon, ils ont tort, parce que tu es fort et qu'ils sont faibles. Seuls les forts méritent de survivre. Jamais tu n'as rencontré quelqu'un capable de te tenir tête.

— Tu voudrais essayer ? siffla Torval.

Le masque débonnaire n'était plus qu'un souvenir.

— S'il le faut.

— J'ai vu bien plus de choses que tu l'imagines…, souffla le Nécromancien. J'ai traversé la Mer Morte et sillonné les immensités de la jungle d'émeraude. En trois cents ans, j'ai été le premier à parler aux Sulls ! Balfruss, j'ai découvert des temples dédiés à des religions disparues depuis un millier d'années. Comparé à moi, le Conseil Gris est une association d'incompétents. Comment envisages-tu de me tenir tête ?

Malgré le mépris qui faisait vibrer la voix de Torval, Balfruss resta d'un calme impérial.

— En tirant parti de ta faiblesse… Tu es incapable de changer, Torval ! Alors que les autres grandissent, tu es resté un gamin borné et effrayé. Parce que la solitude te ronge, tu veux à tout prix me convaincre. Il faut que quelqu'un d'autre te dise que tu es dans le vrai. Les faibles ont besoin qu'on les rassure.

— Si tu savais…

— Si je savais quoi, Torval ?

— Si tu savais de quoi je suis capable. Je pourrais te tuer de cent façons différentes.

— Des menaces ? Voilà qui est original… (Balfruss se leva.) Tu oublies que j'ai été moi aussi formé à la Tour Rouge. Même quand j'ignore comment est généré un tissage, je peux facilement le défaire.

Torval comprit trop tard ce qui l'attendait.

Dès que Balfruss se fut connecté à la Source, une main géante s'empara du Nécromancien et le souleva du sol.

Quand la projection se troubla, le mage vit brièvement à travers cette image du corps de Torval. Comme les ficelles d'une marionnette, des filaments de Pouvoir reliaient l'illusion à celui qui la manipulait, très loin de là.

« Torval » se débattit en vain. Il était piégé.

— Je sais que ça ne te tuera pas, mais ça te fera un mal de chien, dit Balfruss.

Il imagina qu'une épée courte transperçait l'avant-bras du Nécromancien. La projection cria comme si c'était vrai, mais pas une goutte de sang ne coula et aucune sentinelle n'accourut. À part Balfruss, personne ne voyait ni n'entendait l'image de Torval.

— Je te…

Avant que le Nécromancien ait éructé sa menace, Balfruss lui transperça l'autre bras. Beuglant à s'en décrocher les mâchoires, il se débattit comme un fou – en vain, bien entendu.

— Quand j'ai appris qu'un homme avait unifié l'Ouest, dit le Mage de Guerre, j'avoue avoir éprouvé de l'admiration. Dans mon esprit, pour avoir accompli tant de choses en si peu de temps, le Nécromancien devait être un grand homme. À présent, j'ai pitié de toi.

— J'ai cru que tu voyais plus loin que les autres, grinça Torval entre ses dents serrées, mais tu ne vaux pas mieux qu'eux. Un esprit obtus pour lequel demain est le seul avenir. Le prochain lever de soleil, le prochain repas… En nous unissant, nous pourrions tout faire. Vivre éternellement, comme des dieux, et créer un monde nouveau.

— Tes projets ne m'intéressent pas.

— Un jour, tu me suppliera de t'achever ! Je te prendrai tous tes amis, les uns après les autres, jusqu'à ce que tu sois seul. Alors, je te montrerai qui tu es vraiment.

Balfruss relâcha le Nécromancien. Au lieu de tomber sur le sol, l'illusion resta en suspension dans l'air.

— Ne reviens plus ici, Torval.

Au lieu de menacer encore, le Nécromancien ricana puis se volatilisa.

Dans le chaudron, le ragoût bouillait, mais Balfruss n'avait plus faim. Lors de leur prochaine rencontre, Torval et lui ne seraient plus que des ennemis jurés.

Les jambes en coton, Balfruss fut obligé de s'asseoir. De nouveau rongé par ses doutes, il implora le Créateur de lui donner la force et le courage de continuer.

La première fois depuis des années qu'il s'adressait à Lui.

Chapitre 30

Assis à sa table de cuisine, Gunder vérifiait sa comptabilité lorsque quelqu'un frappa à la porte d'entrée. Malgré l'heure tardive, il attendait une visite. Mais en général, ces invités-là ne passaient pas par-devant et ils évitaient de frapper.

— Ouvrez ! Au nom de l'empereur !

Gunder fit la grimace quand il comprit qui tambourinait à la porte. Il envisagea de filer, mais ç'aurait été un aveu de culpabilité. Un humble vendeur d'épices comme lui n'avait rien à cacher. Une couverture qu'il ne devait surtout pas mettre en danger.

Appuyé à sa canne, il boitilla jusqu'à la porte, l'ouvrit et se trouva face à six Élus de Taïkon. Tous étaient armés et l'un d'eux brandissait une lanterne qui laissait dans l'ombre les visages de ses compagnons et le sien. Cet effet lumineux donnait un air sinistre aux Élus. Pas dupe, Gunder songea que ce n'était pas qu'un air… Enrôlés récemment, ces types n'étaient pas de vrais croyants. Reconnaissable à ses épaulettes blanches, le chef seul ne ressemblait pas à un voleur ou à un ancien bagarreur des rues. Large d'épaules, comme presque tous les Zecorriens, cet homme avait la raideur et la dureté d'un militaire.

— Écarte-toi, gros lard ! cria un des types.

Il bouscula Gunder et entra, suivi par ses compagnons, à l'exception de l'officier.

— Vous êtes accusé d'espionnage, dit ce dernier, d'intelligence avec l'ennemi et de complot contre l'empereur Taïkon.

Son regard ne trahissait rien de ses pensées, mais les mouvements saccadés de ses sourcils broussailleux, quand il parlait, lui donnaient des allures de bouffon.

— Un rapport nous a signalé vos activités suspectes.

— Je suis un modeste marchand d'épices…

Gunder tituba et fit mine de basculer en arrière, contraignant l'officier à le rattraper.

— Sur le Seigneur de la Lumière, qu'il me foudroie si je mens, je ne connais rien à l'art d'espionner.

Gunder se posa une main sur le cœur. Par réflexe, l'officier faillit l'imiter, mais il se ressaisit au dernier moment. Les vieilles habitudes avaient la peau dure. D'autant plus que l'Élu croyait sûrement toujours au Seigneur de la Lumière. Mais dans sa position de sbire de Taïkon, il était mal vu de pratiquer encore les rituels des vieilles religions.

Des bruits indiquèrent à Gunder que les cinq brutes fouillaient sa cuisine et jetaient des objets sur le sol.

— Si tu es un humble vendeur d'épices, tu ne dois pas être ennuyé qu'on fouille ta maison.

— Ça ne me tracasse pas le moins du monde… Mais entrez, je vous en prie. Une infusion ? Un gobelet de vin ?

Le Zecorrien regarda bizarrement Gunder avant d'avancer. D'habitude, plutôt que de dialoguer poliment et de lui proposer à boire, les gens lui hurlaient des injures à la face.

— Non, merci…

Un bruit sourd suivi d'un son plus haut perché indiqua qu'un gros objet venait de se briser sur le sol.

— Faites un peu attention ! cria l'officier en fonçant vers la cuisine.

Comme il convenait pour un obèse souffrant d'un genou, Gunder suivit le mouvement d'un pas traînant.

Comme c'était prévisible, tous les placards et les tiroirs étaient ouverts, leur contenu répandu sur la table ou sur le sol. Une partie de la vaisselle n'avait pas survécu, et les malotrus écrasaient les éclats sous leurs semelles.

— La fouille doit être minutieuse, chef, dit un des types avec un sourire qui révéla ses chicots jaunâtres.

Passant dans la salle à manger, il dégaina son épée et désigna un joli vase noir posé sur le manteau de la cheminée.

— Vous avez quelque chose à nous dire ? demanda-t-il, la pointe de son arme venant s'appuyer contre le vase.

— Je ne comprends pas..., souffla Gunder.

Comme à regret, Chicots-Jaunes fit tomber le vase, qui se brisa en mille morceaux. Dans la cuisine, ses camarades saluèrent son exploit par des vivats.

Chicots-Jaunes pointa sa lame sur l'aquarelle accrochée au-dessus de la cheminée. Un tableau très simple acheté sur un marché pour une bouchée de pain. L'artiste n'était pas connu, mais Gunder avait apprécié sa façon de représenter un port grouillant d'activité avec ses bateaux qui entraient ou sortaient et ses dockers au torse lustré de sueur.

Mais ce qu'il préférait, c'était le ciel bleu où une mouette volait majestueusement sans se soucier de l'agitation des hommes. Une belle illustration de la liberté et de la paix.

— Toujours rien à dire ? grinça Chicots-Jaunes. C'est ta peinture préférée, non ? Un tableau de prix.

Gunder faillit répondre, mais il se ravisa. En fait, il était attaché à cette toile. Pour sa valeur sentimentale…

Du coin de l'œil, il observa son reflet dans un miroir également acheté à un artisan local. Un marchand obèse lui renvoya son regard…

— Alors, gros lard, tu nous causes ? s'impatienta Chicots-Jaunes.

— Non…

Le salopard déchiqueta le tableau. Passant dans les autres pièces, ses copains continuèrent la fouille.

Blessé par la perte de sa toile, Gunder s'efforça de ne pas penser aux autres objets personnels qui allaient être détruits.

Quand il s'assit paisiblement, comme si de rien n'était, l'officier lui jeta un regard perplexe. Quelques minutes plus tard, les Élus, l'air ennuyés et dépités, rejoignirent leur chef.

La tête d'une statuette de marbre volée sur l'autel privé de Gunder dépassait de la poche de Chicots-Jaunes. Celles d'un autre voyou semblaient plus pleines qu'à son arrivée…

— Nous n'avons rien trouvé… Pas de documents ni rien d'autre.

L'officier désigna la tête de la statuette.

— Et ça ?

Ricanant, Chicots-Jaunes exhiba la petite représentation du Seigneur de la Lumière.

— Objet de culte illégal… Le dieu Lanterne, mon œil ! Le seul dieu, c'est Taïkon !

L'officier arracha la statuette à son séide et le gifla.

— Dehors !

Un instant, Chicots-Jaunes parut sur le point de dégainer son arme. Mais son chef posa la main sur la garde de son épée, le défiant de le faire, et il se ravisa.

— Sortez tous ! Mais avant, videz vos poches !

Soudain penauds, les Élus obéirent puis sortirent en traînant les pieds. Non sans révérence, l'officier posa la statuette blanche sur la table.

— Désolé pour mes hommes et pour les dégâts... Vous serez indemnisé.

— Rien d'important n'a été cassé. Tout peut se remplacer sans problème.

— Tant mieux, alors...

Mal à l'aise, comme s'il ne savait plus ce qu'il faisait là, l'officier haussa les épaules et se dirigea vers la porte. Au moment où il la franchissait, Gunder lança :

— Je vous offrirais volontiers ma bénédiction, mais je ne voudrais pas violer une des nouvelles lois.

L'homme s'immobilisa, comme s'il allait encore s'excuser. Mais il soupira et finit par ressortir – en refermant la porte derrière lui.

Gunder regarda le désastre, autour de lui, et soupira. Le silence, après tout ce raffut, était si profond qu'il en avait des bourdonnements dans les oreilles.

— Je suppose que tu as tout entendu ! lança-t-il.

— Presque tout, oui...

Venant de la cuisine, Roza entra dans la salle à manger. Sous son long manteau noir, Gunder aperçut des éléments de sa tenue. Des cuissardes, une jupe de cuir courte et un corsage noir aux lacets rouges. Pas ses vêtements habituels.

Devant l'air perplexe du marchand, Roza resserra les pans de son manteau.

— Puis-je te demander la raison de cet accoutrement ?

Roza secoua la tête et Gunder n'insista pas. Elle avait plusieurs identités, il le savait, mais il ne l'avait jamais vue dans un de ses costumes. Quand on la connaissait, celui-là ne semblait pas très adapté à sa nature profonde. Mais qui était-il pour en juger ? Lorsqu'il voyait son reflet, savait-il encore où s'arrêtait le « gros lard » et où commençait le vrai Gunder ?

— Tu veux que nous modifiions nos plans ? demanda Roza.

— Non. Il faudra simplement que je sois plus prudent…

Gunder saisit la statuette. Très appliqué à ne pas commettre de sacrilège, le sculpteur avait laissé vierge le visage niché sous la capuche. Aucun trait humain, même pas l'ombre d'un nez ou d'une bouche. Un dieu sans visage, comme il convenait…

— Comment s'est passée ta dernière réunion avec les rebelles ?

— Très bien… Les mercenaires drassiens continuent d'entrer au compte-gouttes dans le pays et en ville. On les loge dans des entrepôts et des domaines fermés dont les Élus se tiennent très éloignés. Dans quelques jours, nous aurons assez d'hommes pour tenir la cité. Et bientôt, ils seront assez nombreux pour repousser des envahisseurs.

— Excellent.

— Tu vas bien ? demanda Roza en approchant du marchand.

Gunder ignora la question.

— J'ai parlé à plusieurs hauts gradés de la Garde Civile. Un travail lent et pénible. En ce moment, ils essaient surtout de protéger leurs arrières.

— On peut les comprendre... Quelque chose d'autre est arrivé ? Tu as l'air... différent.

— Je vais bien, fit Gunder avec un sourire forcé. Et j'ai reçu des messages encourageants de mes contacts. En Zecorria, le haut prêtre Filbin parle maintenant en public contre Taïkon. Quelques zélateurs de ce fou ont même été attaqués dans les rues de la capitale. On mentionne aussi des manifestations devant les nouveaux temples de Taïkon. Ici, en revanche, les travaux sur son lieu de culte ont recommencé.

— Je croyais qu'on les avait sabotés...

— Eh bien, tu te trompais... L'armée de Seveldrom se replie sur Charas. Pour gonfler le moral de ses troupes, Taïkon présente ça comme une victoire. Du coup, les Élus enrôlent à tour de bras des voleurs, des bandits et des pillards. Rien de très utile dans une bataille rangée, mais le nombre impressionne toujours...

— Que veux-tu que je fasse ?

Gunder saisit la statuette par le socle et l'abattit sur le coin de la table, la décapitant net.

— Nous avons ordre de développer la rébellion le plus vite possible. Avec l'objectif de renforcer Yerskania et de libérer Perizzi.

— La guerre tourne si mal que ça ?

— Non, mais le siège commencera bientôt. Tous les oiseaux-voyageurs qui quittent la ville risquent d'être abattus... Au cas où nos communications seraient coupées, Talandra m'a donné un ordre de plus.

Gunder marqua une pause pour trouver ses mots.

— Je crois deviner que ce n'est pas très bon…

— Il faut nous préparer au pire.

— En clair ?

— Si Seveldrom devait tomber, l'Ouest étant victorieux, il faudra continuer à travailler sous couverture.

Malgré les mauvaises nouvelles qu'il venait de lui apprendre, Roza regardait toujours Gunder avec une tendresse maternelle. Il trouva ça touchant mais occulta aussi cette émotion.

— Je t'ai donné tes ordres… Pour la rébellion, tiens-moi informé.

Roza dévisagea Gunder, sonda son regard et y lut sans doute bien plus de choses que ce qu'il partageait d'habitude avec les autres. Inspirant à fond, le maître-espion se détendit jusqu'à ce que ses traits et son langage corporel deviennent aussi indéchiffrables qu'une langue morte depuis des millénaires.

Roza hocha la tête et sortit en silence.

Chapitre 31

Longtemps après minuit, Balfruss avançait d'un pas hésitant vers sa chambre, au palais. Au terme d'une longue journée, tous les soldats étaient en ville et on avait fermé les portes. L'armée de l'Ouest n'arriverait pas avant deux jours, mais ça ne signifiait pas qu'on allait pouvoir se tourner les pouces en l'attendant.

De l'aube au crépuscule, Balfruss avait passé son temps à répéter des manœuvres défensives avec les soldats puis à palabrer interminablement avec la reine et ses conseillers. Mort de fatigue, il espérait tomber comme une masse et dormir d'un sommeil de brute.

Alors qu'il apercevait enfin sa porte, le Mage de Guerre s'immobilisa. Quelqu'un était accroupi devant. Le Nécromancien ? Non, ce n'était pas lui mais un soldat qui ne lui ressemblait pas, même de loin. Un vétéran au crâne rasé, au torse massif et aux bras couverts de cicatrices. Étrangement, il avait une épée dans le dos et un couteau à la ceinture. À part les gardes du corps de la famille royale, personne n'était autorisé à porter des armes, ici.

— Je m'appelle Vargus, dit l'homme en se levant.

Balfruss accepta la main qu'il lui tendit. Sa poigne ferme mais pas « écrabouillante » laissait deviner un type assez sûr de sa force pour ne pas avoir besoin de la montrer à tout bout de champ. Dans ses yeux, on lisait une grande sagesse, sans doute acquise au prix fort au fil des batailles. À l'évidence, ce combattant savait ce que voulaient dire les mots « lutter pour survivre ».

— J'ai besoin de ton aide, Mage de Guerre. Pour Finn…

Balfruss s'adossa au mur et ferma un instant les yeux.

— Que se passe-t-il ?

— Il est au *Sifflet de Fer-Blanc*, une taverne à soldats.

Balfruss se massa le front pour chasser un mal de tête naissant.

— Il flanque la pagaille ?

— Pas encore… Mais il boit depuis des heures et il refuse de s'en aller.

Dans l'armée, tout le monde savait de quoi étaient capables les Mages de Guerre. Et beaucoup d'hommes, même s'ils ne le disaient pas, avaient peur d'eux. Marcher sur les pieds d'un sorcier, selon un antique proverbe bien ancré dans l'inconscient collectif, avait toujours de graves conséquences.

— Je te suis…, soupira Balfruss.

Le Sifflet de Fer-Blanc étant situé dans la Nouvelle Cité, très loin du palais, Balfruss eut tout loisir de se réveiller un peu avant d'y arriver. En chemin, Vargus ne desserra pas les lèvres, sauf quand le mage l'interrogeait. Il semblait en permanence sur ses gardes.

— Tu crains du grabuge ?

Le vétéran répondit sans tourner la tête vers son interlocuteur :

— Qui sait ? Les portes sont fermées, mais on n'a pas expulsé les espions ennemis…

Balfruss entendit des échos du *Sifflet de Fer-Blanc* longtemps avant de voir l'établissement. Un violon et un tambourin se déchaînaient, et, miracle des miracles, ils jouaient juste – à la grande joie des clients qui tapaient du pied en rythme, entendit aussi Balfruss.

Une fois devant la taverne, le mage fut surpris de voir qu'on avait installé des tables dehors. Dans des circonstances exceptionnelles, les lois proscrivant l'ivresse sur la voie publique avaient dû être amendées.

Jusque-là, il ne devait pas y avoir eu de drame, puisque les clients assis à l'extérieur se montrèrent très amicaux. Pour la plupart, accoudés aux fenêtres ouvertes, ils chantaient avec le reste de l'assistance. Un peu à l'écart, deux videurs veillaient au grain, mais ils semblaient détendus, allant même jusqu'à taper eux aussi du pied.

Après les ultimes notes d'une ritournelle, des applaudissements crépitèrent.

Vargus guida Balfruss dans la salle commune bondée de soldats qui buvaient jusqu'au dernier sou de leur solde et de courageuses serveuses qui s'efforçaient d'étancher leur soif. Avec tant de gens serrés les uns contre les autres, on crevait de chaud et les musiciens transpiraient à grosses gouttes. La soirée, pour les tavernes, était une véritable aubaine, et ça continuerait jusqu'à la fin du siège. Ou jusqu'à ce qu'il n'y ait plus rien à boire dans les tonneaux…

Une seule table, tout au fond, n'était pas prise d'assaut. Quand il en fut assez près, Balfruss s'étonna de voir une épée longue posée sur le plateau, devant Finn. Une dizaine de chopes vides s'alignaient le long de la lame et le Titan en serrait une presque pleine contre son sein.

Les yeux injectés de sang, il semblait à cran – un trublion en quête d'une rixe.

Les clients parlaient et riaient comme si de rien n'était, mais ils regardaient fréquemment le Mage de Guerre imbibé d'alcool.

Vargus s'assit près de Finn et toucha la poignée de l'épée avec un profond respect.

— Elle est superbe…, dit-il.

À première vue, Balfruss ne trouva rien d'extraordinaire à cette arme. En y regardant mieux, il remarqua que la lame avait des reflets verts qui viraient au bleu en une fraction de seconde. Sinon, élégante mais sans fioritures, elle semblait conçue pour être fonctionnelle plus qu'ornementale. Néanmoins, on voyait bien qu'elle avait été fabriquée par un maître forgeron.

— Une belle saloperie, oui…, dit Finn d'une voix grinçante.

À croire qu'il beuglait depuis des heures. Ou sanglotait…

— C'est quoi, cette arme ? demanda Balfruss.

Il devait absolument faire parler Finn. Un combat magique, dans une taverne, tuerait tout le monde et détruirait le bâtiment.

— L'œuvre sur laquelle je travaille chaque nuit…, répondit Finn.

Avec un mélange de haine et de désespoir, il baissa les yeux sur l'épée. Balfruss fit mine de la toucher mais retira sa main.

— N'hésite pas, ça ne risque rien !

Le métal était froid au toucher, mais le mage sentit comme un flux d'énergie sous ses doigts. Retirant de nouveau sa main, il eut peur de s'être brûlé, mais sa peau ne portait aucune marque.

Finn eut un sourire qui devint vite un rictus déconfit. Après avoir vidé d'un trait sa chope, il l'agita pour attirer l'attention d'une serveuse qui évita soigneusement de le regarder.

— Tu l'as forgée avec ton morceau de métal ? demanda Balfruss, toujours soucieux d'occuper son compagnon.

— Un fragment d'étoile... Personne n'a jamais fait ça.

Finn tapa sur la table. Toutes les chopes vibrèrent à l'unisson.

— Je l'ai montrée aux Maîtres de la Forge, dans l'Ancienne Cité.

Du coin de l'œil, Balfruss vit que Vargus regardait l'arme avec un mélange d'émerveillement et d'angoisse.

— Et alors ?

— Au début, ils n'ont pas voulu me croire... Ils m'ont pris pour un charlatan jusqu'à ce que je leur démontre le contraire.

Des étincelles bleues dansèrent autour des doigts du Titan puis disparurent.

— Et après ta démonstration ?

— Ils n'ont rien voulu savoir... (Finn serra si fort sa chope vide qu'elle se fissura.) Ils ont eu peur de moi et de *Maléfique*, parce qu'elle porte bien son nom, selon eux. Des Maîtres de la Forge, avoir peur d'une épée...

Finn tenta de rire et eut une quinte de toux. Pour la calmer, il porta la chope à ses lèvres mais se souvint soudain qu'elle était vide. Voyant ses yeux brûler de colère, Balfruss le prit par le poignet et lui fit baisser la main.

— Je vais nous commander à boire…

Le mage fit signe à une serveuse qui approcha en traînant les pieds. À son expression, elle aurait préféré fourrer la tête dans un nid d'abeilles. Balfruss pensa d'abord qu'elle avait peur de Finn, mais il comprit qu'elle les mettait aussi dans le lot, Vargus et lui.

— Trois bières ! lança-t-il.

Penché vers la femme, il murmura :

— Coupée d'eau, pour lui… Il est trop soûl pour le sentir.

La serveuse acquiesça, prit son argent et fila.

— Je te l'ai dit, ce Pouvoir est une malédiction ! marmonna Finn. Quelque exploit que j'accomplisse, les gens ont peur de moi, même quand je leur sauve la vie. Tout le monde me craint.

— Pas moi, assura Balfruss.

— Peut-être, mais eux… (Finn désigna l'assistance d'un geste circulaire.) Veux-tu que je te dise ? Ils ont raison ! Nous ne devrions pas manier ce Pouvoir. D'un seul geste, je peux tuer des centaines de gens. Nul ne devrait avoir tant de pouvoir sur les autres.

— Je n'ai pas peur de toi non plus, dit Vargus.

Finn ricana, puis il regarda le vétéran avec une sincère perplexité. Les boissons arrivèrent mais n'interrompirent pas le duel visuel que se livraient les deux hommes.

Avant de s'éclipser, la serveuse tapota le bord d'une des chopes – celle que Balfruss poussa vers le forgeron.

— C'est vrai, tu n'as pas peur, finit par admettre Finn. Pourquoi ?

Vargus haussa les épaules puis but une gorgée de bière.

— J'ai déjà côtoyé des pratiquants de la magie. En gros, je sais comment ça fonctionne. Les gens ont peur parce qu'ils ne comprennent pas…

— Qu'est-ce qu'ils ne comprennent pas ?

Finn but à son tour et ne sembla pas remarquer que sa bière avait un goût de pisse d'âne.

— Dans mes histoires, je raconte comment j'ai empêché un salopard de me tailler en pièces. Je décris mes muscles douloureux, mon cœur qui bat la chamade et le sang de mes victimes qui me gicle au visage. J'avoue avoir failli me noyer dans la boue après m'être fait piétiner et avoir oublié jusqu'à mon nom. Mon gars, j'ai participé à des centaines de batailles, et elles ont toutes fini par un bain de sang dans la boue.

» Tes histoires ressemblent-elles aux miennes ?

Finn fit « non » de la tête.

— Tous les soldats ont peur de mourir, dit Vargus. Quand ils prennent une épée dans le ventre, c'est une terrible tragédie, comme on dit aux cérémonies funèbres, mais ça ne surprend personne, vu la façon dont ils vivent. Le risque est proportionnel à ce qu'on fait. Je déteste l'idée de crever un jour, et je ferai tout pour que ça soit le plus tard possible, mais je *comprends* ce que c'est…

Vargus marqua une pause, l'air pensif.

— Mais ce que tu fais, en revanche… Déchiqueter des gens d'un geste, invoquer la foudre, carboniser un ennemi par la pensée… C'est incompréhensible ! Et ça effraie les gens. Tu leur parais différent, pourtant, tu n'es qu'un homme. Un être de chair et de sang, comme nous tous.

Finn soupira et regarda de nouveau l'épée. Le voyant perdu dans ses pensées, Balfruss lui ficha la paix et savoura sa bière en silence.

Dans leur coin, les musiciens prenaient un repos bien mérité. Malgré l'heure tardive, les clients ne semblaient pas décidés à partir, et le tavernier harcelait les deux pauvres types pour qu'ils recommencent à jouer.

Les encouragements de la foule emportèrent le morceau. Sous les applaudissements, le récital allait bientôt reprendre. Un troisième homme lesté d'une flûte de Shael à plusieurs embouts vint rejoindre ses collègues. Quand le joueur de violon hocha enfin la tête, la foule rugit de plaisir puis se tut pour écouter une chanson entraînante que Balfruss avait souvent entendue dans son enfance.

Les paroles, totalement idiotes, évoquaient l'art de lire le futur et de trouver le grand amour en interprétant les motifs d'un tapis. En un clin d'œil, tout le monde les reprit et le Mage de Guerre ne put s'empêcher de sourire devant tant d'innocence et d'enthousiasme.

Vargus lui tapotant l'épaule, il se retourna et vit que Finn s'était endormi.

Toujours avec un grand respect, le vétéran glissa l'épée dans un fourreau et l'accrocha dans son dos, à côté de la sienne. Puis les deux hommes soulevèrent Finn de sa chaise.

Le forgeron n'ayant rien d'un poids plume, ils suèrent sang et eau pour gagner la sortie. Par bonheur, ravis d'être débarrassés des Mages de Guerre, les clients s'écartèrent sur leur chemin.

Dehors, l'air était moins étouffant, mais leur fardeau se révéla toujours aussi lourd. Gagner le palais ne serait pas une promenade…

— Tu crois qu'il a entendu ce que nous lui avons dit ? demanda Vargus.

— Je n'en sais rien… La blessure est profonde et il déteste ce qu'il est devenu. Foutu Conseil Gris !

Sans cet abandon de poste, la Tour Rouge n'aurait pas été désorganisée et les Mages de Guerre ne seraient pas devenus des oiseaux rares. Si un Recruteur l'avait repéré à temps, Finn serait à présent le plus puissant Mage de Guerre du monde. Capable de neutraliser le Nécromancien, il aurait sauvé des milliers de vies – voire empêché la guerre de commencer.

— Tu n'accuses pas le Nécromancien ? s'étonna Vargus.

— Bien sûr que si, mais sans la trahison du Conseil Gris, nous serions moins mal en point.

Les échos de la taverne accompagnèrent longtemps les trois hommes. Pour la énième fois, Balfruss regretta que Finn n'ait pas été un freluquet. Les muscles en feu, il envisagea de recourir à la magie pour le porter, mais il renonça à cette idée.

— C'est vrai ce qu'on dit au sujet du Nécromancien ? demanda Vargus. Dans le camp, on entend de sacrées histoires, mais je me méfie.

— Par exemple ? s'enquit Balfruss, ravi de penser à autre chose qu'au poids de Finn.

— Eh bien, on prétend que Taïkon est mort et que le Nécromancien le manipule comme une marionnette.

— C'est faux, malheureusement… Taïkon est bien vivant, mais fou à lier.

— On dit qu'il l'a toujours été, mais que le Nécromancien a encore aggravé son cas.

Les deux hommes adossèrent Finn contre un mur et marquèrent une pause pour reprendre leur souffle. Balfruss en profita pour s'étirer et soulager son dos puis ses épaules.

— Le Nécromancien a donné un artefact à Taïkon. Une quelconque relique…

— Magique ?

— Oui. Pour qu'on ne lui vole pas son bien, Taïkon l'a avalé. Personne ne sait de quoi il s'agit, mais ça l'a rendu encore plus cinglé. Il a complètement basculé dans la folie.

— Si j'avais une pierre magique dans l'estomac, ça me ferait sans doute le même effet… On y va ?

Ils reprirent leur fardeau et se remirent en route. Quelques minutes plus tard, Balfruss se réjouit de voir devant lui les portes de l'Ancienne Cité.

— Tu sais d'où venait cet artefact ? demanda Vargus alors qu'ils passaient devant les gardes.

Les ayant vus à l'aller, ceux-ci se contentèrent de les saluer.

— Les rumeurs abondent, mais j'ai une théorie…

Quelques minutes durant, ils continuèrent en silence. Les muscles de Balfruss lui crièrent de lâcher enfin Finn, mais il refusa de les écouter.

— Et alors, ta théorie ? demanda Vargus.

Il semblait essoufflé et Balfruss s'avisa qu'il respirait lui aussi très vite.

— Selon moi, c'est une relique liée à une des anciennes religions. On parle de prêtres qui guérissaient les blessés et ressuscitaient les morts.

— Comme un prêtre des Douze ?

Balfruss jeta un regard perplexe à Vargus, qui continua à regarder droit devant lui, en quête d'obstacles à contourner. Très peu de gens connaissaient les Douze. Pour le commun des mortels, la naissance des religions remontait au Créateur.

— Non, je pensais à ce qui existait avant les Douze. Le Triumvirat…

Cette fois, Vargus tourna la tête et leurs regards se croisèrent.

— Je suis surpris que tu saches ça.

— J'ai la même remarque à ton service…

Au cœur de l'Ancienne Cité, au sommet d'une colline, le palais dominait tous les bâtiments environnants. Dans les rues en pente, soutenir Finn devint carrément un calvaire.

Après ce qui leur sembla les plus longues minutes de leur vie, les deux hommes franchirent les portes du palais. Les sentinelles reconnurent Vargus et tous les Mages de Guerre leur étaient familiers. Même si leur présence inquiétait beaucoup de domestiques, les soldats approuvaient cette mesure visant à protéger la reine pour qu'elle ne subisse pas le sort de son père.

Comateux, Finn ronflait comme un sonneur. Dans les escaliers comme le long des couloirs, il ne s'éveilla jamais, même quand ses sauveurs lui cognèrent accidentellement la tête contre un mur.

Une fois dans la chambre du Titan, ils le jetèrent sur le lit, où il continua à ronfler. De nouveau, Balfruss s'étira après avoir repris son souffle. Trempé de sueur et mort de fatigue, il se réjouit pourtant. Sentir la tension de ses muscles et entendre battre son cœur avait quelque chose d'enivrant.

Éprouvé lui aussi, Vargus récupérait vite.

Les deux hommes tournèrent Finn sur le côté, lui retirèrent ses bottes, le couvrirent puis sortirent.

— Je suis content que tu sois venu me chercher, dit Balfruss.

— Moi, je me félicite que ça n'ait pas fini par des coups. Magiques ou non…

Son mal de tête revenant, le mage ne tenait plus debout. Lorsque Vargus l'eut laissé, il gagna sa chambre, entra, se jeta sur le lit et s'endormit aussitôt.

Hélas, son sommeil ne fut pas paisible. Dans ses rêves, il vit les cités incendiées de Shael, puis erra dans des rues où des cadavres carbonisés, marchant à sa rencontre, l'imploraient de mettre un terme à leurs souffrances.

La bile au bord des lèvres, le mage se réveilla en sursaut et réussit à la ravaler. Un seul homme était responsable de tout ça. Furieux comme jamais dans sa vie, Balfruss se mit à trembler et des étincelles bleues crépitèrent tout au long de ses bras puis de son corps.

Le Nécromancien paierait pour ses crimes !

Chapitre 32

Par une journée plutôt fraîche, le vent qui soufflait de l'ouest charriait toute une série d'odeurs et de lointains échos de voix.

Sous les yeux de Talandra, les armées coalisées de l'Ouest fondaient sur Charas, capitale de son royaume et foyer de son enfance. Consciente qu'essayer de compter les assaillants aurait été une perte de temps, face à pareille horde, la jeune femme abaissa sa longue-vue. Juste après une réunion avec ses généraux, elle venait de passer une heure à observer les troupes ennemies.

Inspirant à fond pour se calmer – ou au moins, avoir l'air sereine –, elle posa une main sur son épée, histoire de ne pas se prendre les pieds dedans – puis descendit lentement des remparts.

Le siège commençait. Ses conseillers lui avaient assuré que se retrancher offrait la meilleure chance de victoire, et elle les croyait. Leur expérience était précieuse, les plans conçus avec eux paraissaient solides, mais ça n'empêchait pas de douter par moments…

Tout au long du mur d'enceinte, les soldats étaient en position. Armés jusqu'aux dents, ils avaient également à leurs pieds tous les outils et équipements nécessaires pour affronter un siège. De longs crochets pour faire basculer les échelles, des haches et des masses d'armes, des réserves de flèches, des rations pour plusieurs jours, des trousses de secours, des outres d'eau et des torches éteintes. Dans les cours et dans les rues, de l'huile chauffait dans de grands chaudrons. Près du mur ouest, dans un espace dégagé, six catapultes et des montagnes de projectiles – d'énormes pierres deux fois plus lourdes qu'un cheval – attendaient l'ordre de tirer. Malgré une série d'essais réussis, l'ingénieur, un homme à la hauteur de ses ambitieux propos, continuait à contrôler ses machines de guerre avant le moment fatidique.

Un peu en retrait, les soldats de réserve, assis en rangs, discutaient et jouaient aux dés pour ne pas trop penser à ce qui les attendait. Dans les coins sombres, les médecins, les infirmières et les brancardiers se reposaient ou fumaient en s'efforçant de rester invisibles. Si les hommes ne les insultaient jamais et ne leur souhaitaient pas de mal, ils ne leur adressaient en aucun cas la parole. Pour l'instant, nul n'avait besoin d'eux, mais ça viendrait toujours assez vite. Dans des bâtiments réquisitionnés, d'autres médecins et des Sœurs de la Miséricorde attendaient avec des instruments stérilisés, des montagnes de pansements… et toutes les prières des morts pertinentes.

Si la tension était palpable, très peu d'hommes semblaient avoir peur. Sans doute parce que les officiers qui inspectaient leurs rangs les rassuraient.

Graegor déboula, grimpa sur les remparts, foudroya l'ennemi du regard puis cracha dans sa direction. Toujours vêtu de noir, une épée courte sur la hanche, le général avait un bouclier attaché sur l'avant-bras droit. Dans la main gauche, il brandissait la hache universellement célèbre depuis qu'elle avait taillé en pièces un tueur qui s'en prenait au roi Matthias.

Partout où passait le vieil officier, les soldats le regardaient avec un mélange d'admiration, de terreur et de respect. Aux téméraires qui osaient lui demander ce qu'il pensait de l'ennemi, il répondait sans détours, jurant, crachant et gesticulant d'abondance. Cette suprême nonchalance, face à la mort en marche, regonfla le moral des défenseurs. Comme si leur chef avait pu leur redonner l'espoir de voir le soleil se lever le lendemain – à condition qu'ils se battent comme des lions, bien entendu.

Vannok Lore passait également les hommes en revue. Comme son aîné, lui aussi sortait du rang. En l'absence d'amis haut placés, cet enfant du peuple n'avait jamais bénéficié de passe-droits ou de privilèges. Du champ de bataille, il était passé aux hautes sphères de l'armée, tout ça à la force du poignet et des compétences. Dur comme l'acier, intelligent et d'un calme impressionnant, c'était aussi un combattant d'exception, ce qui ne faisait jamais de mal.

Les soldats lui serrèrent la main, lui tapèrent sur l'épaule et lui sourirent. Prêts à se battre, ils ne le laisseraient pas tomber.

Thias et Hyram s'occupaient des réserves – une preuve de respect qui laissait ces hommes sans voix. Talandra se demanda ce qui arriverait si elle se piquait d'inspecter elle aussi les rangs. Les soldats souriraient-ils, ou seraient-ils pétrifiés ? D'ailleurs, la reconnaîtraient-ils, ou la prendraient-ils pour une idiote qui jouait à la guerrière ?

Tous ces hommes savaient manier une épée et l'avaient fait bien souvent pour sauver leur peau. L'arme de la reine n'avait pas vu la lumière depuis des années, et deux jours plus tôt, la lame était encore rouillée.

Matthias avait insisté pour que ses enfants apprennent à se battre. En fille obéissante, Talandra ne s'était pas dérobée. Correctement formée, elle connaissait les principes de base du corps à corps, mais elle doutait d'être capable de tuer quelqu'un. Comme elle ne serait jamais en première ligne, cette question resterait sans réponse.

Thias et Hyram lui avaient demandé la permission de se battre. Pour l'instant, elle la leur avait refusée. Un jour, les hommes auraient peut-être besoin que la présence des princes leur redonne du cœur au ventre, alors que tout semblait perdu. Mais on n'en était pas encore là…

Et d'ailleurs, il ne fallait pas y penser !

Le rôle de Talandra n'était pas de se battre sur les remparts. Si Thias avait renoncé à la Couronne qui lui revenait de droit, ce n'était pas pour ça. Que lui avait coûté cette décision déchirante ? Ce sacrifice, elle ne devrait jamais le perdre de vue…

Quand elle avança sur les remparts, quelques têtes se tournèrent vers la reine. À sa grande surprise, des vivats retentirent puis se répercutèrent dans les rangs. Dans un vacarme assourdissant, les soldats tapèrent du pied, cognèrent leur épée contre leur bouclier et crièrent à tue-tête le nom de leur souveraine.

Talandra se rappela comment agissait son père dans de telles situations. Résolue à l'imiter, elle resta très calme, distribua quelques sourires et hocha plusieurs fois la tête en guise de salut.

L'incarnation de la sérénité, même si son cœur faisait des bonds dans sa poitrine.

Les yeux fermés, Vargus était assis, le dos et la tête appuyés contre le mur d'enceinte. Dans le lointain, il entendait le martèlement de milliers de paires de bottes et le grincement des roues des engins de siège. La puanteur âcre de l'huile qui chauffait dans des chaudrons, en bas, agressait ses narines et refusait de se laisser dissiper par le vent. Autour de lui, des centaines d'hommes se préparaient au combat.

— Tu devrais jeter un coup d'œil, Vargus…, dit Orran. C'est… impressionnant. Ces tours sont immenses. Il faut plus de dix chevaux pour les tirer.

Près des deux hommes, Tom le Noir mâchait imperturbablement son sempiternel *tarr*.

— Moi, ce ne sont pas les tours qui m'inquiètent, dit Hargo, posté un peu plus loin.

— Et moi, je suis bien où je suis, fit Vargus.

— Qu'est-ce que tu fiches ? s'exclama Orran après un assez long silence. Tu ne veux pas voir ?

— Pour quoi faire ? demanda Vargus en ouvrant un œil.

Orran voulut répondre, mais il ne trouva rien de convaincant.

— Ils avancent toujours vers nous ? demanda le vétéran.

— Oui.

Vargus referma son œil et s'installa confortablement.

— Prévenez-moi quand ils seront là. En attendant, je vais finir de digérer. Je me sens un peu lourd, mais tout à l'heure, je ne regretterai pas une seule bouchée.

Ne vous y trompez pas, les gars, ça va être le jour le plus long de votre vie.

À la qualité du silence qui régnait autour de lui, Vargus comprit que beaucoup d'hommes tendaient l'oreille pour l'écouter. Les deux yeux ouverts, il continua à s'adresser aux hommes de son unité, mais sa voix porta bien au-delà de ce petit cercle de camarades.

— Quand ils arriveront, ils grimperont jusqu'ici avec leurs tours et leurs échelles. Une marée de tueurs déferlera sur ces remparts. Au début, vous n'en croirez pas vos yeux. Le temps s'arrêtera et le soleil s'immobilisera dans le ciel…

Vargus s'interrompit pour reprendre son souffle. Ce discours, il l'avait tenu mot pour mot à d'autres frères d'armes, lors d'un conflit différent et oublié depuis des lustres…

— Face à ça, vous penserez que nous n'avons pas une chance et qu'il ne sert à rien de se battre. Oui, devant ces hordes, vos genoux joueront des castagnettes et vous mouillerez votre pantalon. À cet instant, n'oubliez pas que vous n'êtes pas seuls. Pour survivre, il vous faudra compter sur vos frères. Pourquoi affronter seul dix hommes alors que je suis là avec vous, comme Orran, Hargo, Tom le Noir et des centaines d'autres braves ?

» Et si je meurs aujourd'hui, tant pis, puisque dix frères prendront ma place et tailleront en pièces le salaud qui m'aura eu. Sur ces remparts, tout homme protégera vos arrières et comblera la brèche quand vous tomberez. Parce que nous ne faisons qu'un ! C'est notre seul espoir de vaincre.

Avant de refermer les yeux, Vargus vit que plusieurs hommes se tenaient plus droits. L'imitant, quelques-uns s'assirent et fermèrent les yeux en attendant l'ennemi.

Le vétéran espéra que tous ces gars étaient prêts. Parce que c'était le moment ou jamais – et pour beaucoup d'entre eux, le dernier jour de leur vie.

Balfruss fut le dernier Mage de Guerre à prendre pied sur les remparts ouest. Heureusement, les soldats lui firent de la place. Accoudé entre deux merlons, il regarda l'armée de l'Ouest, désormais à moins d'une demi-lieue de la ville. Le vent portant les sons, il entendit des officiers crier des ordres et des chevaux hennir de douleur en tirant les engins de guerre.

Malgré les grandes protestations d'unité, la horde de l'Ouest était divisée en plusieurs corps d'armée nationaux.

Avec leur cuirasse noire, leur javelot et leur grand bouclier ovale rouge et or, les Morriniens composaient le flanc droit. Aux deux premiers rangs, les massacreurs nus hurlaient à la mort. Inaccessibles à la discipline, ils auraient volontiers rompu les rangs sans les officiers qui abattaient leur fouet ou leur bâton sur leur dos peint en orange et jaune comme le reste de leur corps.

Armés de haches, d'épées et de lances, les Zecorriens au tabard orné d'une lanterne blanche avançaient près des Morriniens.

Une petite unité d'Yerskaniens composait le centre et, sur le flanc gauche, les Vorgas faisaient le pendant des terribles massacreurs. À peine plus vêtus qu'eux et armés jusqu'aux dents, ces sauvages avaient la peau si épaisse qu'on devait souvent s'y reprendre à plusieurs fois – et en visant les bons endroits – pour la transpercer.

Les Drassiens brillaient par leur absence. Non sans soulagement, Balfruss constata qu'il n'y avait plus de prisonniers shaeliens enrôlés de force dans l'armée de leurs bourreaux.

Sans s'attarder sur les soldats, le Mage de Guerre s'intéressa aux silhouettes en longue tunique qui avançaient parmi eux. Même s'ils appartenaient à cette armée, les cinq Éclats avaient fait le vide autour d'eux. Aucune arme à la ceinture ou à l'épaule, ils marchaient sans pousser de cris de guerre ni éructer de menaces. Ils ne chantaient pas non plus, et on aurait pu légitimement se demander s'ils étaient vivants.

Sans l'étincelle de vie que leur fournissait le Nécromancien, ils n'auraient été que des charognes pourrissantes. Là, ils ne valaient guère mieux que des coquilles vides.

— *Nous les libérerons de cette malédiction*, dit Thule.

Pas pour la première fois, Balfruss se demanda comment on pouvait traiter ainsi des alliés. Être piégé ainsi dans son propre corps, incapable de résister ou même de se laisser crever de désespoir, devait être un destin pire que la mort. Jusqu'à quel point ces cinq hommes et femmes étaient-ils conscients de leur sort ? Savaient-ils seulement ce qu'ils faisaient ? Avaient-ils des souvenirs, ou leur esprit était-il vide ? Quels rêves les hantaient quand ils dormaient ?

— *J'espère qu'ils ne se rappellent rien de leur vie d'avant*, dit Thule.

Balfruss l'espérait aussi. Mais Torval, il en aurait mis sa main au feu, se fichait de ce détail et ne devait même pas y avoir réfléchi.

Bien qu'il fût invisible pour le moment, le Nécromancien était quelque part dans la plaine, occupé à contrôler ses Éclats. Parmi les soldats, Balfruss ne vit pas de sixième silhouette en tunique longue. À cette distance, la flèche ou le carreau de n'importe quel défenseur aurait pu tuer Torval. Alors qu'il regardait le conflit de haut, le prenant pour un jeu, ce salaud n'avait pas les tripes de se montrer dans sa tenue rouge.

Mais être passé à un souffle de la mort l'avait peut-être échaudé… Au souvenir d'Ecko, Balfruss commença à voir rouge – littéralement – et il dut faire un gros effort pour se calmer. Le moment viendrait bientôt, mais on n'y était pas encore…

— Les Éclats attaqueront-ils en premier ? demanda quelqu'un.

Balfruss se tourna pour répondre et découvrit un gaillard à l'air familier vêtu de la tenue bleu et gris de l'intendance. Remontant les rangs, il distribuait des carquois pleins de flèches. Même si leur rencontre remontait à peu de temps, Balfruss mit un moment pour identifier l'homme.

— C'est Sam, pas vrai ?

Le charlatan repenti hocha la tête mais évita de croiser le regard du mage.

— Ne t'en fais pas, les Éclats ne bougeront pas tout de suite.

— Pourquoi ?

Balfruss avait passé pas mal de temps à réfléchir aux tactiques les plus violentes et sanglantes auxquelles pouvait recourir l'ennemi. Sa réponse était sortie toute seule et c'était la bonne, parce que le Nécromancien agirait exactement ainsi. Pour les frappes magiques, il attendrait que les défenseurs soient épuisés par une longue journée de combat. À cet instant, les Éclats tenteraient de détruire les portes ou de ménager une brèche dans la muraille…

Dans quelques heures, beaucoup de défenseurs seraient morts ou agonisants et les survivants, à bout de forces, réagiraient avec un temps de retard. Face à des attaques magiques, ça ne pardonnerait pas. Un plan efficace et atrocement brutal…

L'estomac retourné à l'idée que tant de braves types ne verraient pas le soleil se coucher, Balfruss se força à regarder de nouveau l'armée adverse – dans son ensemble, cette fois, afin de mieux évaluer sa force.

— Ils n'attaqueront pas parce qu'ils ont peur, dit-il en tapant sur l'épaule d'un défenseur.

Un pur mensonge, mais qui venait au bon moment.

— Aujourd'hui, nous vaincrons. L'acier et la magie gagneront.

Les assaillants seraient bientôt là…

Une lame fendit l'air avec assez de puissance pour fendre en deux le crâne de Vargus. Avec si peu d'espace pour manœuvrer, il dut parer le coup avec son épée tenue à deux mains.

La violence de l'impact faillit lui faire lâcher son arme. Les dents serrées, il oublia la douleur et poussa la lame de son adversaire sur le côté. Orran comprit l'idée générale et ne rata pas cette occasion de frapper le Zecorrien au flanc. Avec un bel ensemble, les deux amis poussèrent le soldat agonisant dans le vide. Il percuta une échelle, l'envoya basculer en arrière et entraîna une bonne vingtaine d'assaillants dans sa chute.

Un nouveau bruit sourd retentit derrière les défenseurs. Habitués, ils n'y prêtèrent pas attention. Les catapultes adverses tiraient sans relâche, écrabouillant des hommes sur les remparts et dans les cours.

On tirait encore à l'arc, et même à l'arbalète, mais l'essentiel du combat se déroulait désormais au corps à corps.

Les muscles des bras et des épaules en feu, Vargus savait pourtant que la bataille commençait à peine. Depuis que la première flèche avait transpercé un ennemi, il devait s'être écoulé deux heures au maximum. Des deux côtés, les morts se comptaient par centaines et trois brèches avaient été colmatées au prix de pertes terrifiantes pour les deux camps.

Pourtant, la marée mortelle continuait à déferler.

Sur la gauche de Vargus, Hargo taillait les attaquants en pièces avec la constance d'un boucher qui débite en tranches un morceau de bœuf.

Frappant un Zecorrien à la naissance de l'épaule, la lame d'Hargo lui brisa la clavicule et s'enfonça dans la chair, dessous. Un geyser de sang aspergea le visage du vainqueur. Déjà porteur d'un masque ocre de la même origine, celui-ci ne prit pas la peine de s'essuyer. En criant de douleur, le Zecorrien bascula en arrière, menaçant d'emporter avec lui l'arme d'Hargo. D'un coup de pied, le camarade de Vargus faillit décrocher la tête du type de ses épaules. Une manœuvre qui suffit à dégager son épée juste avant que l'assaillant tombe dans le vide.

— Une tour ! cria quelqu'un.

Une nouvelle tour de siège approchait en effet de la muraille. Des flèches enflammées volèrent aussitôt vers l'engin de guerre, mais elles rebondirent contre d'épaisses toiles enduites de goudron afin d'être ignifugées. Quelques archers réussirent à toucher les montants de bois, mais les flammes ne prirent pas.

Des cris montèrent de l'intérieur de la tour, comme si on était en train d'y étrangler quelque monstrueuse créature.

— Merde, des massacreurs morriniens ! s'écria Orran.

Tom le Noir cracha sur le sol. Toujours stoïque, Hargo se ramassa sur lui-même, prêt à encaisser le choc.

— Arbalètes !

— Avec moi ! Avec moi ! crièrent plusieurs officiers.

Arrachant des hommes à leur poste, ils les mirent en position face à la tour.

— À l'aide ! cria un homme.

Non loin de Vargus, un type aux cheveux noirs affrontait deux Zecorriens qui prenaient le dessus. Avec un cri de rage, le vétéran chargea et sa lame décrivit un grand arc de cercle. Un des agresseurs recula, mais l'épée lui fendit la mâchoire et des dents jaillirent dans l'air. À deux contre un, Vargus et son compagnon eurent tôt fait de neutraliser le second Zecorrien, qui alla se fracasser le crâne dans la cour, derrière les remparts.

— Hargo, Orran, aidez-moi ! cria Vargus.

Il ramassa un long crochet et entreprit de décrocher une nouvelle échelle. Quand la tête d'un Zecorrien émergea entre deux merlons, un coup de poing suffit à faire basculer son propriétaire en arrière.

Hargo vint se placer à côté de Vargus. Avec l'aide du type aux cheveux noirs, ils appuyèrent sur le manche du crochet.

Vargus glissa sur le sol poisseux de sang. Conservant son équilibre par miracle, il se remit à pousser et l'échelle se décrocha du mur.

— Quelle force ! cria Cheveux-Noirs.

Une flèche le rata de peu. Furieux, Orran se pencha entre deux merlons et riposta. Il y eut un cri, l'échelle vibra et parut tout de suite un peu plus légère.

Blessé au bras par un carreau, Orran jura comme un charretier tout en reculant. Mais il avait lâché son arc, et à voir sa pâleur, la blessure devait lui faire un mal de chien.

Poisseuses de sang, les mains de Vargus glissaient sur la hampe du crochet. Ses compagnons avaient les mêmes difficultés, mais comme lui, ils parvenaient à ne pas lâcher prise et à pousser.

Si l'échelle ne tombait pas très vite, ils étaient fichus. Alors qu'ils tenaient la hampe à deux mains, ils feraient des cibles parfaites si un assaillant atteignait le haut de l'échelle.

Un chasseur nommé Eviss vint prêter main-forte aux trois hommes. Tom le Noir accourut aussi.

L'échelle commença à glisser latéralement. Un dernier effort sur le crochet, et elle se détacha enfin du mur. Un instant, elle resta en équilibre dans le vide comme une lance posée sur la pointe. Il y avait des assaillants sur tous les barreaux inférieurs, et trois d'entre eux étaient très proches du sommet. Quelques secondes de plus, et les défenseurs n'auraient pas survécu.

Une dizaine d'hommes tombèrent de l'échelle quand elle bascula complètement en arrière. Ils s'écrasèrent sur leurs camarades restés en bas, s'empalant sur leurs armes ou les écrabouillant.

Un peu plus loin, la trappe de la tour de siège s'ouvrit pour laisser sortir des massacreurs à demi nus, de l'écume à la bouche. Criblé de flèches et de carreaux, le premier mourut une seconde après être sorti. D'autres le suivirent, se bousculant et s'insultant dans leur hâte d'en découdre avec les défenseurs.

Le choc entre les deux camps fut d'une incroyable violence. Alors même qu'ils s'embrochaient tout seuls sur des lances, des massacreurs continuèrent à se battre comme s'ils n'avaient pas conscience d'être morts. Cinq d'entre eux, fous furieux, réussirent à percer la ligne de défense. Blessés au ventre ou au visage, les Seves reculèrent, laissant derrière eux des frères d'armes déchiquetés.

Sous le regard éberlué de Vargus, une silhouette noire vint combler la brèche. Avec sa hache, Graegor fendit en deux le crâne d'un Morrinien, juste entre les cornes, révélant un cerveau grisâtre veiné de rouge.

Huit vétérans couverts de cicatrices vinrent rejoindre le général. Avec une précision quasiment chirurgicale, ils taillèrent les Morriniens en pièces sans leur offrir la moindre ouverture. Trop brouillons, les massacreurs ne firent pas long feu. En revanche, ils beuglèrent comme des cochons qu'on égorge.

À bout de souffle, Graegor ne semblait pas disposé à reculer. Grisé par l'appel du sang, il cracha sur la dépouille d'un massacreur et fit mine d'avancer vers le danger. Quand un de ses compagnons le tira en arrière, il se laissa faire à contrecœur, acceptant de se reposer un peu avant qu'on ait de nouveau besoin de lui.

Avec des cris aigus, des Vorgas à la peau verte prirent soudain pied sur les remparts. Leurs grandes oreilles battant au vent et leurs yeux bulbeux oscillant dans toutes les directions, ces fous furieux étaient encore pires que les massacreurs. Sur un ordre de leur chef, ils se séparèrent en deux groupes.

Isolé de ses camarades, Vargus se retrouva face à deux Vorgas armés d'une épée incurvée et d'une hache.

— D'accord, tronches de poisson, amenez-vous !

Eviss vint se camper sur la gauche de Vargus et Hargo prit position sur sa droite. Comme s'ils se fichaient des probabilités, désormais en leur défaveur, les deux Vorgas chargèrent.

Vargus réussit à parer un coup d'épée, mais la puissance de l'impact le déséquilibra et il tomba sur un genou. Le Vorga cria de joie, mais il ne se précipita pas tête baissée. Bien plus vif qu'on aurait pu le croire, il dansa autour d'Hargo puis fondit de nouveau sur sa proie.

Des types occupés à s'entre-tuer de leur côté percutèrent l'agresseur et l'agressé. Précipité contre le Vorga, Vargus lutta de toutes ses forces pour l'empêcher de lui déchiqueter la gorge. À bout de ressources, sentant la fin venir, il flanqua un coup de boule à la créature enragée.

La peau du front du vétéran éclata, mais le Vorga siffla de douleur. Toujours enlacés à leur corps défendant, les deux adversaires tentèrent tour à tour de mordre, de griffer, de frapper du coude ou d'étrangler.

Quand les autres combattants s'éloignèrent, leur laissant un peu d'espace, Vargus lâcha son épée et dégaina deux couteaux.

Puissant mais doté d'un cerveau atrophié, le Vorga chargea à l'aveuglette. Avant de reculer, Vargus parvint à lui entailler une jambe. Mais il glissa sur quelque chose, tomba à la renverse et se cogna le crâne contre un mur.

Quand sa vision s'éclaircit, il vit que le Vorga, épée levée, s'apprêtait à l'achever.

Une seconde avant le coup de grâce, une hache coupa le bras armé du Vorga et la pointe d'une épée jaillit de son ventre. Aspergé d'un fluide verdâtre aux humeurs blanches, Vargus écarquilla les yeux quand le Vorga, juste avant de mourir, réussit à égorger un défenseur qui passait à sa portée.

Après qu'Eviss l'eut aidé à se relever, le vétéran essuya le fluide infect, sur son visage, et cracha pour chasser de sa bouche un atroce goût de poisson pourri.

— Merci, dit-il à Eviss.

— De rien, mon ami !

Dos à dos, les deux hommes recommencèrent à se battre. Les assaillants arrivaient de partout.

Et la journée était loin d'être finie.

Chapitre 33

L'armée de l'Ouest lança un deuxième assaut qui fut repoussé comme le premier. En laissant dans son sillage une montagne de morts et de blessés, la horde consentit enfin à se replier.

Autour de Balfruss, des hommes criaient, imploraient puis finissaient par mourir. Sur le sol jonché d'armes et de corps brisés s'étalaient des flaques de sang telles que le mage n'en avait jamais vu. Le fluide rouge des humains, le sang vert des Vorgas et celui des Morriniens – presque blanc – se mêlaient pour former des mares de boue d'un marron maladif.

Dès que les assaillants commencèrent à se retirer, des médecins en tenue noire déboulèrent sur les remparts avec sur leurs talons des brancardiers, des prêtres de toutes les confessions et une légion de Sœurs de la Miséricorde.

Non loin du Mage de Guerre, un Corbeau s'agenouilla près d'un homme qui tenait à deux mains son estomac rouge de sang. Écartant les bras du type, le médecin révéla une immonde bouillie aux pulsations frénétiques. Tout ce qui restait des intestins du moribond…

Le médecin secoua la tête et passa au blessé suivant tandis qu'un prêtre du Créateur prenait sa place pour donner les saints sacrements au mourant.

Ce n'était pas le premier repli des assaillants. Chaque fois, ils s'étaient regroupés pour repasser à l'offensive. Pressés par le temps, les docteurs devaient décider en une fraction de seconde si un blessé pouvait être ou non sauvé.

Les hommes qui avaient une chance étaient bandés ou recousus sur place – sommairement, histoire que tout tienne en place jusqu'à ce qu'on puisse les transporter dans un des hôpitaux.

Peu à peu, le silence revint. Les blessés emportés, les agonisants morts, nul ne criait plus – ou presque.

Les défenseurs encore valides se chargèrent d'achever les blessés ennemis – sans la moindre pitié – puis jetèrent tous les cadavres dans le vide. Circulant parmi eux, des infirmières en gris s'occupaient de recoudre ou de cautériser leurs blessures superficielles. Une médecine de campagne, sommaire et douloureuse. Mais on devait rafistoler tous les hommes capables de tenir debout. Pour quitter les remparts, il fallait être couché sur un brancard ou avoir passé l'arme à gauche.

Quand une sonnerie de cor retentit, Balfruss eut besoin de quelques secondes pour s'apercevoir qu'il s'agissait d'un signal bien particulier. Celui que les Mages de Guerre et lui attendaient et redoutaient depuis le matin.

Les Éclats attaquaient.

Alors que les soldats s'éloignaient des créneaux, Balfruss avança à contre-courant. Quand il eut rejoint son poste, il ne restait plus autour de lui que des cadavres déchiquetés. Une drôle de compagnie.

Sur ses flancs, les autres mages avaient eux aussi pris position. Une ligne défensive très espacée – cinq personnes pour en défendre des milliers. Ça pouvait paraître étrange, mais la suite de la bataille ne se gagnerait pas avec des cuirasses et des épées.

Sur la gauche de Balfruss, une tour de siège était encore appuyée contre la muraille d'enceinte. Des cadavres de Morriniens s'entassaient sur la rampe d'assaut et le sol, juste en face, ressemblait à celui d'un abattoir, en plus sanglant.

Cette tour obstruait à demi le champ de vision de Darius et de Thule.

— *Nous devrions la détruire*, proposa ce dernier. *Ils la reconstruiront, mais ça fera un répit pour nos soldats.*

— D'accord, répondit Balfruss.

Il puisa du Pouvoir dans la Source et le laissa circuler en lui pour qu'il apaise les multiples douleurs de son pauvre corps. Tous ses sens soudain amplifiés, le mage vit les soldats ennemis comme s'il en était beaucoup plus près. S'ils se repliaient en courant, c'était pour mettre le plus de distance possible entre eux et les cinq Éclats qui avançaient vers la ville. Dans cinq minutes au plus, l'affrontement commencerait. Donc, il fallait se hâter de détruire la tour.

Balfruss envisagea de l'incendier, mais il renonça vite à ce gaspillage d'énergie. Face aux Éclats, alors que nul ne savait combien de temps durerait le combat, chaque filament de Pouvoir compterait. Il fallait trouver une solution plus simple.

Dans un concert de craquements et de bruits de succion, les roues se détachèrent de la boue sanglante et l'engin de siège se souleva du sol. Le trouvant très léger, Balfruss envisagea un instant de le propulser sur les Éclats, avec une bonne chance d'en tuer un ou deux. S'ils ne se méfiaient pas trop et que…

Non ! Le Nécromancien était quelque part en face, et il verrait venir le coup. Son projet oublié, Balfruss fit léviter la tour jusqu'à ce que son ombre le recouvre, les roues dépassant nettement le sommet du mur d'enceinte. Après avoir poussé l'engin de siège en avant, il relâcha son tissage et le regarda tomber puis s'écraser et se désintégrer sur le sol.

Comme si de rien n'était, les Éclats continuèrent à avancer en silence. *Via* le lien mental, Balfruss sentit que Thule le foudroyait du regard.

— Qu'est-ce qui ne va pas ? demanda le mage.

Son compagnon à la peau jaune ne répondit pas.

— Il faut former un Lien, dit Darius.

Tous les autres mages de guerre acquiescèrent.

— Tu dois nous diriger, Balfruss.

Le mage s'étonna que son Frère de Sang ne veuille pas s'en charger lui-même – et que Finn n'ait pas exprimé son désaccord. Sans cacher leur tension et leur angoisse, tous les mages acceptaient sans retenue de confier leur Pouvoir à Balfruss, certains qu'il en ferait bon usage. En un sens, un duel se préparait. Un bras de fer entre le Nécromancien et Balfruss, chacun puissant du Pouvoir chez d'autres personnes.

Et si je devenais accro au Pouvoir ? songea Balfruss.

Au fond, c'était peut-être arrivé à Torval, au début. Comment être sûr que ce n'était pas le premier pas vers la folie et la destruction ?

— *Tu devrais te faire davantage confiance*, dit Thule. *Nous te fournissons volontairement notre force parce que tu es digne de confiance, justement. Lui, il contrôle des esclaves décérébrés. Ça n'a rien à voir.*

Quand le Pouvoir de Thule vint s'ajouter au sien, Balfruss ne vacilla pas, comme la première fois. Préparé à ce qui se passait, il encaissa le choc puis fit signe à Darius, qui ajouta sa puissance au Lien.

Quand Finn et Éloïse eurent fait de même, Balfruss avança et se pencha dans le vide.

Cette fois, il n'eut pas besoin de se concentrer pour voir les fils noirs qui reliaient les Éclats à leur maître. Il y en avait plusieurs pour chaque acolyte, et on eût dit les fils d'une toile d'araignée. À l'autre bout, très loin de là, le Nécromancien était assis sur le sol. Malgré la distance, Balfruss vit que Torval, en dépit de ses rodomontades, n'était pas rétabli. La mort était passée plus près qu'il voulait bien l'admettre. Avec un peu de chance, Ecko aurait pu lui arracher le cœur et changer le cours de la guerre. Si cette occasion se présentait à lui, Balfruss n'hésiterait pas. Bien trop de braves gens avaient déjà péri à cause du Nécromancien.

La première attaque vint du ciel sans nuages. Une pluie de pierres vertes grosses comme des poings qui crépitaient puis qui explosaient.

Balfruss généra au-dessus des remparts un bouclier qu'il étendit à cent pas sur chacun de ses flancs. Les grêlons mortels éclatèrent contre la barrière d'énergie puis se volatilisèrent. Mais ceux qui tombèrent sur les remparts, au-delà du champ protecteur, firent fondre la pierre. Même chose pour les quelques toits qui furent touchés en ville.

Un soldat adossé à un mur fut touché par un ricochet. Sans lui laisser le temps de crier, le projectile fit fondre la moitié de son crâne, dévasta son torse et alla s'attaquer à la pierre, sous ses pieds.

Peu désireux de connaître le sort de leur camarade, plusieurs hommes reculèrent.

Cette attaque ne ressemblait à rien qu'on eût enseigné à Balfruss durant son séjour à la Tour Rouge. Et aucun grimoire de sa connaissance n'en parlait. La pluie mortelle dura plusieurs minutes, mais grâce au bouclier, les dégâts furent très limités et il n'y eut pas d'autre mort à déplorer.

Balfruss sentait presque le Nécromancien jubiler dans son coin. Il ne livrait pas bataille à la régulière, volonté contre volonté, mais saisissait l'occasion d'expérimenter ses idées les plus répugnantes. Le but était de tuer les Mages de Guerre adverses de la plus sale façon possible. Au point où il en était, Torval se fichait de Charas et de l'issue de cette guerre – si ça l'avait jamais intéressé. Pour lui, il s'agissait d'un conflit personnel. L'idée était de punir Balfruss parce qu'il l'avait rejeté, l'exposant ainsi au triste spectacle de sa propre faiblesse et de son insignifiance. Pour le Mage de Guerre le plus puissant depuis des siècles, cette expérience ne devait rien avoir de plaisant.

Soudain, le ciel devint noir et tout disparut autour de Balfruss. Histoire de s'assurer qu'il était réveillé, le mage battit plusieurs fois des paupières. N'y voyant toujours rien, il leva une main à hauteur de ses yeux – sans résultat notable.

Un manteau d'obscurité absolue…

Heureusement, sa voix porta normalement quand il appela ses compagnons, autant pour se rassurer lui-même que pour les apaiser. Il sentait leur présence dans le Lien, certes, mais ça n'était pas pareil…

Désorienté par les ténèbres, Balfruss eut l'impression que le sol bougeait sous ses pieds. À l'aveuglette, il se retint à un merlon tandis que la pierre tanguait sous lui comme un bateau pris dans une tempête.

Tout en faisant des moulinets avec un bras, Balfruss se concentra sur un point, devant lui, et généra un petit cyclone alimenté par le Pouvoir. Comme rien ne se passa, il puisa davantage dans la Source. Un quart de seconde, il aperçut des points lumineux dans le manteau d'obscurité.

Désormais, le monde tremblait comme lors d'un séisme de très grande amplitude. Résolu à ne pas se laisser intimider, Balfruss fit grandir son cyclone et accéléra sa vitesse de rotation. Comme un oignon, l'obscurité commença à se peler par couches.

Avec le retour de la lumière, Balfruss recouvra son équilibre et son estomac cessa de le torturer. Avec un grand sourire, il expédia son cyclone sur ses deux flancs – après avoir mentalement prévenu ses amis de s'accrocher à quelque chose.

Les deux bras du cyclone se chargèrent de toute une série d'objets : des armes oubliées, des éclats de pierre et même des fragments de cadavres. Rétrécissant jusqu'à ne plus être qu'un petit nuage, au-dessus du mur d'enceinte, le manteau de ténèbres finit par se dissiper.

Avec les deux mains, Balfruss propulsa ses cyclones jumeaux vers les Éclats. Puis il cessa de les contrôler, les laissant faire ce qu'ils avaient à faire. De temps en temps, passer à l'offensive était excellent pour le moral.

À une distance qu'elle estimait sans danger, Talandra suivait l'affrontement entre ses Mages de Guerre et le

Nécromancien. Plusieurs fois déjà, les sorts qui visaient la ville avaient frôlé la reine et tous les soldats qui l'entouraient, les exposant à des effets délétères.

Des cauchemars du temps de son enfance vinrent de nouveau hanter Talandra. Des monstres difformes à la gueule garnie de crocs longs comme une lame d'épée fondirent sur elle, suivis par une créature ailée au visage de femme, aux seins nus et au bas du corps de lion, griffes acérées comprises. Tentant de l'entraîner sous terre, les mains pourries de cadavres décomposés s'accrochèrent à ses chevilles. Des centaines de vieux souvenirs qu'elle croyait à jamais enfouis remontèrent à la surface pour la terroriser.

Ils y réussirent si bien que la reine dut faire un effort de volonté pour ne pas se griffer les yeux afin de ne plus rien voir. La gorge serrée, le souffle court, elle eut l'impression que son cœur allait exploser dans sa poitrine.

De l'autre côté du mur d'enceinte, des sirènes l'appelaient, leur chant hypnotique s'infiltrant dans son esprit. Des images provocantes défilèrent devant ses yeux, lui inspirant un désir qu'aucune femme ni aucun homme n'avait jamais réussi à éveiller.

L'envie de Shanimel devint dévorante – une faim qui dévastait son âme et son corps.

Le Nécromanciens et ses Éclats lançaient une série d'attaques visant à abattre le mur, à rendre fous les Mages de Guerre ou à les pousser au suicide. Talandra et les soldats qui l'entouraient étaient seulement touchés par des ricochets. Pourtant, dix hommes au moins s'étaient déjà jetés dans le vide. Un autre s'était tranché la gorge pour échapper à la déferlante de cauchemars.

La bataille cessa brusquement. Titubant, les cinq Mages de Guerre semblaient ne pas en croire leurs yeux. Puis Thule s'écroula et Darius se laissa tomber sur un genou avant de s'asseoir à même le sol. Trempés de sueur, Éloïse et Balfruss tenaient à peine debout, et le grand forgeron semblait lui aussi sur le point de défaillir.

— Avez-vous vu les mêmes choses que moi ?…, commença Hyram.

Thias ne le laissa pas aller plus loin.

— Je ne veux rien savoir, mon frère. Quoi que tu aies vu, garde-le pour toi. Mes propres cauchemars me suffisent.

Les deux princes avaient été rudement touchés, ça se voyait à leurs yeux hagards.

D'une démarche hésitante, et en s'appuyant au mur, Balfruss vint rejoindre la reine. Quand il trébucha, Vannok se précipita pour le soutenir. D'un pauvre sourire, le Mage de Guerre remercia son ami d'enfance.

— C'est terminé, Majesté… Un acolyte est mort. Le Nécromancien l'a poussé trop loin… Un autre s'est évanoui et je ne peux pas dire s'il survivra.

— Faut-il craindre une autre attaque aujourd'hui ? demanda Talandra.

— Non, et pas davantage demain. Dans les deux camps, il va falloir du temps aux mages pour récupérer.

— Va te reposer, nous parlerons plus tard.

— Il faudra encore quelqu'un pour vous protéger, cette nuit… Juste au cas où…

Talandra doutait qu'un des Mages de Guerre puisse encore servir à quelque chose, mais elle n'entra pas dans une polémique. Pendant que des médecins s'occupaient de ses compagnons, Vannok aida Balfruss à descendre des remparts.

Darius et Thule en partirent sur un brancard.

Couvert de sang, mais pas le sien, Graegor approcha de la reine. Même s'il s'était battu plusieurs fois pour combler une brèche, le vieil officier semblait aussi frais et dispos que le matin. À dire vrai, il paraissait rajeuni, comme si tailler en pièces des adversaires lui avait rendu son ancienne vigueur.

Personne ne naissait pour se battre. Privé de liens familiaux et de bagage émotionnel, Graegor était devenu ce que beaucoup de jeunes gens rêvaient d'être. Sans savoir ce que cet homme avait dû sacrifier tout au long de son chemin, bien entendu…

Habillée en guerrière, Talandra avait passé la journée à observer les combats en criant un ordre de temps en temps. L'épée qu'elle portait à la hanche lui semblait peser des tonnes, mais il n'aurait pas été décent de le montrer.

— Ils se replient, annonça Graegor avec une pointe de déception dans la voix. Un bon début pour nous…

Sur ces mots, le général s'éloigna, sans doute en quête d'une bière… ou d'une ultime escarmouche.

Talandra regretta d'avoir des pensées mi-figue mi-raisin pour le vieux combattant. Après ce qu'elle avait vu en ce jour, elle n'était pas d'humeur très compatissante.

— Un bon début ? répéta Hyram. Comment peut-il dire ça, avec tous ces cadavres ?

En quelques heures, Talandra avait vu des hommes se faire éventrer, égorger, décapiter, étrangler ou défoncer le crâne. À la vue des entrailles répandues sur le sol – sans même mentionner la puanteur qui en montait – le vieux rêve d'enfance de la reine, devenir médecin, prenait des allures de cauchemar. Devant les mares de sang, les lambeaux de chair et les fluides les plus répugnants, elle avait réussi à ne pas vomir, mais c'était un miracle.

— Jette un coup d'œil en bas du mur, conseilla Thias à son frère. C'était bien une victoire…

Les cris des blessés retentissaient encore et Talandra se demanda si elle cesserait un jour de les entendre au cœur de ses nuits. Habituée à commanditer des meurtres – le sale jeu de l'espionnage –, elle n'était pas une oie blanche, mais tant de morts au même endroit, ça paraissait irréel.

En un sens, elle était responsable de chaque cadavre. Pas pour avoir manié l'épée, mais à cause des décisions qu'elle avait prises. À froid, elle savait que rien n'aurait pu empêcher ce siège, à part une reddition qui aurait fait couler encore plus de sang. Mais la logique ne pouvait rien contre un sentiment de culpabilité grandissant.

— Nous avons tenu la ville, conclut Thias.

— À quel prix ? demanda Hyram.

— Je le saurai bien assez tôt…, soupira Talandra.

Le compte des morts et des blessés devait déjà être en cours. Bientôt, un rapport froid et détaché arriverait sur le bureau de la reine. Des chiffres et des faits, mais pas de noms ou de visages. Quand on n'avait pas vu mourir les gens, ni entendu leurs cris, tout ça était beaucoup plus facile…

Talandra se força à regarder le cadavre désarticulé d'un soldat, devant elle. Au cas où elle serait tentée d'oublier ce que ses décisions signifiaient pour les gens, elle grava chaque détail dans son esprit. La souffrance ne serait jamais pour elle, c'était la règle du jeu. Mais la reine était responsable de la vie de tous ses sujets, sans exception. Et tant pis si le poids de ses responsabilités l'écrasait.

— Ce n'est que le début, dit-elle. (Sans avoir besoin de regarder, elle devina que ses frères écarquillaient les yeux.) Et le pire reste devant nous. Ce premier jour s'est soldé par une défaite pour nos ennemis. Demain, ils seront deux fois plus assoiffés de sang et de victoire. Ils veulent en finir au plus vite. Personne n'a envie que ce siège s'éternise.

Comme à l'accoutumée, Talandra s'efforça d'étouffer ses émotions et de réfléchir froidement à la guerre. À sa place, c'était ce que son père aurait fait. Pour lui, cette première victoire aurait été un pas dans la bonne direction, mais il aurait également évalué le prix de ce succès. Si les jours de combat se multipliaient, les défenseurs seraient vite à bout de ressources.

Pour le premier jour, il était normal et important que la reine ait été présente. À partir de demain, elle s'occuperait ailleurs. Ses généraux n'avaient pas besoin d'elle pour savoir que faire et ils la tiendraient informée. Pendant qu'ils lutteraient sur le champ de bataille, elle livrerait un combat plus subtil.

Sans contester que subir un siège soit la meilleure chance de victoire de Seveldrom, Talandra savait que cette résistance retarderait simplement l'inévitable, face à des forces tellement supérieures en nombre. Pour gagner, les armes et la magie ne suffiraient pas.

Il était temps qu'elle se remette au travail !

Comme elle l'avait prévu, les horreurs de la journée vinrent hanter Talandra dès qu'elle essaya de dormir. La gorge ouverte, un soldat tendait les bras vers elle pendant qu'un Vorga le déchiquetait avec ses griffes. Un autre homme, un bras en bouillie, errait sur les remparts en quête de sa jambe manquante…

Ces atrocités et d'autres peuplèrent les rêves de la reine jusqu'à ce qu'elle se réveille en sursaut, lustrée de sueur. Lentement, la peur se dissipa pour laisser la place à un désespoir sans limites.

Elle se leva, se débarrassa de sa chemise de nuit trempée et se lava avec un gant de toilette. Tandis qu'elle frottait sa peau, son esprit dériva de nouveau vers ses préoccupations. Sur les affaires d'État, il y aurait toujours des gens pour la conseiller et l'aider. Mais c'était par des nuits de ce genre, quand l'angoisse l'étreignait, qu'elle aurait voulu ne pas être seule.

Après s'être changée, elle tressa ses cheveux et sortit dans le couloir. Tout au bout, Éloïse se leva de sa chaise et vint à sa rencontre.

— Tout va bien, Majesté ?

— Très bien, oui… En fait, non. Je suis même très loin d'aller bien.

— Des cauchemars ou des soucis vous tiennent éveillée ?

— Un mélange des deux… Un peu d'air frais me requinquera. Tu veux bien marcher un peu avec moi ?

— Bien entendu…

En remontant le long couloir, Talandra observa les tatouages de la Mage de Guerre et se demanda combien de temps il avait fallu pour les réaliser. De loin, les motifs paraissaient simples, mais là, on voyait qu'il n'en était rien.

— Ça n'était pas douloureux, dit Éloïse. J'avais bu une potion dégoûtante qui a engourdi mon visage.

— Quand as-tu quitté Seveldrom ? demanda Talandra.

Ses espions lui avaient déjà fourni la plupart des informations idoines, mais rien ne valait un témoignage de première main.

— Comme beaucoup de disciples de la Tour Rouge, après ma formation, j'ai senti l'appel du voyage. Pendant notre séjour, nous voyons si peu de chose de Shael. J'ai voulu en découvrir plus. C'est un pays merveilleux. Enfin, c'était…

Après une intersection, Talandra ouvrit une porte qui donnait sur l'extérieur. À en juger par le ciel, l'aube était encore très loin. L'air froid fit frissonner la reine, mais sa compagne ne parut pas gênée.

Au pied d'un long escalier, les deux femmes arrivèrent dans un des jardins intérieurs.

— Ou es-tu allée après ?

— Partout dans l'Ouest. Les Drassiens m'ont hébergée chez eux, mais je sentais qu'ils me cachaient quelque chose. Leurs secrets, parce que j'étais une étrangère…

— Ce sont des gens très renfermés, c'est vrai… Depuis l'enfance, je connais une de leurs ambassadrices, sans pour autant me sentir proche d'elle.

— Êtes-vous allée dans les royaumes du désert, Majesté ?

— En privé, « Talandra » ira très bien… Non, je n'ai pas eu cette chance.

Éloïse s'arrêta devant un buisson de baies rouges et se pencha pour examiner une des petites fleurs blanches. Après une vie passée au palais, Talandra aurait dû connaître le nom de ces fleurs, mais…

— On n'imagine pas tout ce qui peut pousser là-bas malgré la sécheresse... Au début, les villes ont l'air stériles et nues. De hauts murs d'enceinte, des bâtiments carrés, presque pas d'ornements extérieurs... Le résultat de siècles d'expérience... Dans ces régions, une tempête de sable peut écorcher vif un homme en quelques secondes. Alors, vous imaginez ce que serait une cité sans muraille protectrice ?

» Quand la confiance s'installe, c'est très différent de Drassia. Les gens sont chaleureux et généreux et beaucoup entretiennent avec amour de luxuriants jardins – des oasis au milieu du désert.

— Quitter Seveldrom pour vivre là-bas, ce fut difficile ?

Éloïse oublia sa fleur et les deux femmes reprirent leur promenade.

— Avant de répondre, puis-je vous poser une question, Talandra ?

— Bien sûr.

— Avez-vous déjà été amoureuse ?

D'abord surprise, Talandra pensa ensuite à Shanimel. Incapable de parler, elle se contenta d'acquiescer.

— Mon père est mort accidentellement quand j'avais douze ans. Au moins, il m'a vue partir pour la Tour Rouge... Ma mère a accusé un Morrinien de l'avoir tué, mais c'était faux. Aigrie, elle s'est mise à détester les étrangers. Après avoir exploré l'Ouest, je suis revenue en Seveldrom pour voir ma famille. Je lui ai décrit les merveilles que j'avais vues, mais ça ne l'intéressait pas.

Dans une petite cour, les deux femmes s'assirent sur un banc entouré de fleurs sauvages et de jasmin au parfum entêtant.

— Une expérience traumatisante, non ?

— À l'époque, oui... Aujourd'hui, je suis simplement... déçue. Dans le désert, j'ai trouvé une nouvelle famille, bien plus aimante et généreuse. Puis j'ai rencontré un homme merveilleux qui me donne le sentiment d'être importante. Quand il m'a demandée en mariage, j'ai écrit à ma mère. À ma grande surprise, elle m'a répondu.

Talandra devina que l'histoire ne finirait pas bien.

— Elle m'a reniée, affirmant qu'elle n'avait plus de fille et que mon père me maudirait du fond de sa tombe.

— Je suis navrée, dit Talandra, faute de trouver mieux.

Éloïse sourit et serra brièvement la main de la reine.

— Vous ne pouviez pas savoir... Malgré tout mon amour pour Seveldrom, ses grands espaces, sa musique et son peuple, rompre les ponts ne fut pas difficile. Et c'est la première fois que je reviens.

— Parce que mon père a demandé de l'aide au roi Usermeses...

— Et vous, Talandra ? Une reine peut facilement voyager, non ?

Concentrée sur la guerre, Talandra n'y avait pas encore réfléchi. Une souveraine partait de temps en temps en voyage officiel, mais s'en aller sur un coup de tête n'était pas au programme.

— Vous devriez penser à l'avenir, après la fin de la guerre. C'est très efficace contre les cauchemars.

— Ce n'est pas ton premier conflit ?

— Non... Des attaques contre les caravanes de marchands, dans le désert, ont fini par tourner mal. Une vraie guerre, étendue et mortelle. Balfruss nous a aidés à vaincre. Pour ça, il a fallu tuer beaucoup d'hommes. Je vois toujours leurs visages, mais ils ne m'obsèdent plus comme avant.

— Que feras-tu après la guerre ? demanda Talandra.

Après tout, le siège était peut-être bien la voie royale vers la victoire. Elle ne devait pas être en permanence négative…

— Tu comptes fonder une famille ?

— Avec Darius, nous y pensions souvent, mais pas pour tout de suite. Il reste encore tant d'endroits à explorer. Mais c'est le moment de le faire, je crois, avant que j'aie les cheveux blancs et que je claque des dents dès qu'il fait un peu froid.

— Un joli projet, dit Talandra.

Elle se leva et les deux femmes reprirent leur promenade, bras dessus bras dessous.

— Si je viens dans le désert, je vous rendrai visite.

— Si vous ne le faisiez pas, je serais vexée… Enfin, mon mari prendrait la mouche, même s'il n'en montrerait rien. Mais dans l'intimité, je n'aurais pas fini d'en entendre parler.

Talandra eut un petit rire. Même si les horreurs de ses cauchemars rôdaient encore dans son esprit, elles ne l'occupaient plus entièrement. Au lieu de pleurer tout ce qui était perdu, elle essaya de penser à ce qui l'attendait encore – l'avenir qu'elle se construirait.

Lorsque sa compagne et elle furent de retour dans le couloir de ses appartements, la fatigue rattrapa la reine.

— Merci pour la promenade, dit-elle en embrassant Éloïse. Il faudra remettre ça…

— Quand vous voudrez, Majesté… Dormez bien.

Cette fois, quand elle ferma les yeux et fut agressée par les horreurs, Talandra ne se retrouva pas sans défense. Pensant à l'avenir et à ce qui arriverait lorsqu'elle serait hors de portée de ses cauchemars, elle s'endormit en une fraction de seconde.

Chapitre 34

Nirrok, le serviteur personnel de l'empereur, pinça les narines face à la puanteur qui émanait de son maître. Cela posé, il ne dit rien, ne soupira même pas et resta immobile comme une statue. Le meilleur moyen pour ne pas se faire remarquer. S'il bronchait, il risquait de se voir assigner une tâche bizarre – voire impossible – et tout échec aurait pour sanction une mort lente et douloureuse.

La veille, le cadavre décomposé de l'ancien héraut décorait encore la salle du trône. Ce matin, il avait disparu. Toujours fidèle à sa stratégie, Nirrok n'avait rien demandé. À tout hasard, il s'était forcé à ne pas regarder la tache marron, sur le sol, à l'endroit où la dépouille avait reposé dans une mare de sang.

Taïkon était pour l'instant occupé à se contempler dans un long miroir richement orné que ses Élus lui avaient récemment apporté. Jusqu'à ce dernier jour, l'objet précieux et la maison qui l'abritait appartenaient à une des plus riches familles de la région. À présent, ces gens étaient morts, leur tête exposée sur le mur d'enceinte de la ville, ou en fuite afin d'échapper à la colère des Élus. Ces fidèles parmi les fidèles de Taïkon ne faisaient jamais dans les demi-mesures…

En règle générale, les notables avaient fort peu apprécié la dernière décision de l'empereur en matière d'urbanisme. En d'autres termes, une nouvelle extension du temple qu'il se faisait construire au cœur de la ville. Quand il avait dévoilé les dernières maquettes à l'échelle, ses loyaux zélateurs avaient applaudi. Pas les gens assez fortunés pour financer le projet… Sans desserrer les dents ni applaudir, ils étaient restés de marbre, quittant presque tous la réunion avant l'heure.

Peu après, selon ce qu'on disait, ils avaient décidé de faire assassiner l'empereur et pris contact avec des agents ennemis.

Il n'y avait pas eu de procès, aucune possibilité de plaider quoi que ce soit, et pas l'ombre d'une preuve à charge. À quoi bon, quand on avait affaire à un dieu vivant dont la parole avait force de loi ? Les membres des grandes familles trop optimistes pour s'échapper avaient été tués dans leur lit. Leurs biens, leurs domaines et leur argent appartenaient désormais à Taïkon.

L'Élu chargé de l'opération, Roggo, avait pris grand plaisir à décrire les exécutions par le menu. Alors qu'il en avait vu des vertes et des pas mûres, Nirrok avait eu l'estomac retourné par certaines… évocations.

En poursuivant un enfant qui tentait de lui échapper, Roggo avait découvert le miroir qui plaisait tant à son maître.

— J'ai un doute sur les poignets, dit l'empereur en tirant sur les manches triangulaires de sa tunique – si longues qu'elles balayaient le sol.

Se tournant et se retournant pour s'admirer, Taïkon se plaça de profil par rapport à Nirrok. Sous la peau de son visage, quelque chose bougeait. D'abord le long de son front, puis sur sa joue droite… Cette boule disparut puis redevint visible sur son cou avant de filer vers sa nuque.

Deux autres excroissances se mirent en mouvement, comme si des insectes ou des rongeurs rampaient sous la peau de l'empereur pour trouver une sortie.

Quand il croisa le regard de son maître dans le miroir, Nirrok retint son souffle et attendit que le dieu vivant détourne la tête. Au lieu de ça, il pivota sur lui-même et dévisagea son serviteur.

Les excroissances disparurent d'un seul coup, laissant de très légères marques noires sur la peau de Taïkon.

— Que regardes-tu, vermine ?

— Le miroir, Très Saint, répondit Nirrok en baissant les yeux.

— Il est beau, c'est vrai…

L'empereur se retourna et suivit du bout d'un index les contours du cadre qui représentaient des malheureux livrés en pâture à des monstres dotés d'une multitude d'yeux, de tentacules, d'un bec pointu et de dents plus acérées que des couteaux. Leurs bras terminés par des pinces ou des serres, certaines de ces créatures de cauchemar avaient des ailes et des crânes si petits qu'ils ressemblaient à des têtes d'épingle. D'autres n'avaient pas de crâne du tout…

Pas étonnant que le miroir ait été relégué dans un grenier poussiéreux.

Après avoir frappé à la porte, un héraut tout essoufflé entra dans la salle et s'inclina bien bas.

— Très Saint, vous m'avez ordonné de vous informer dès qu'arriveraient des nouvelles du front.

Le héraut tendit un rouleau de parchemin à l'empereur. Sans trembler, ce qui tenait de l'exploit.

— Vraiment ? soupira Taïkon.

Une nouvelle boule apparut sur le dos de sa main puis remonta le long de son bras.

— Oui, Très Saint !

— Il s'est passé quelque chose de frappant, aujourd'hui ?

Le héraut hésita. En dire trop serait aussi dangereux que ne pas en raconter assez.

— Le siège de Charas a commencé, Très Saint.

— Oui, oui…

Soudain intéressé, l'empereur avança, s'empara du rouleau de parchemin, brisa le sceau et parcourut le texte. Alors que son sourire s'effaçait, ses épaules se voûtèrent, puis tout son corps parut se ratatiner.

Terrorisé, le héraut jugea prudent de reculer vers la sortie. Il y était presque lorsque l'empereur jeta le rouleau de parchemin et beugla à s'en casser les cordes vocales.

Le héraut se retourna et tenta de courir mais Taïkon lui prit la tête à deux mains et le força à lui faire face.

Après un craquement sinistre, le héraut s'écroula, raide mort.

Avec des hurlements de loup, l'empereur lui écrasa la tête à coups de talon. Révulsé, Nirrok prit le risque de fermer les yeux. Mais comment cesser d'entendre les craquements sinistres et les bruits mous ?

Quand une masse molle et chaude tomba sur sa main droite, Nirrok la secoua mais n'ouvrit pas les yeux. Parfois, il valait mieux ne pas savoir.

Au bout d'un moment, Taïkon se calma et le silence revint dans la salle. Ouvrant un œil, Nirrok ne put retenir un petit cri quand il découvrit devant lui le visage souillé de sang de son maître.

— Va me chercher des vêtements propres, dit Taïkon en s'essuyant avec la tunique de son domestique. Et ne traîne pas !

Sans regarder la tête en bouillie du héraut, Nirrok se précipita vers la porte. Au passage, il dérapa sur du sang et des lambeaux de matière grise, mais ça le ralentit à peine.

Dans les appartements royaux, il prit au hasard plusieurs pantalons et tuniques et retourna au pas de course dans la salle du trône.

Dès qu'il le vit, l'empereur se déshabilla et attendit, les bras écartés. En l'habillant, Nirrok remarqua qu'on avait déjà emporté la dépouille du héraut. De plus en plus rodés, les gardes n'avaient pas leurs pareils pour rester loin du grabuge puis venir nettoyer les dégâts.

— Suivez-moi ! ordonna l'empereur.

En finissant de se boutonner, il sortit de la salle, quatre Élus sur ses talons et ceux de Nirrok. Pour ces gens, un domestique était à peine mieux qu'un chien. S'il s'arrêtait brusquement, soupçonnait-il, ils n'hésiteraient pas à le faire tomber puis à le piétiner pour rester dans le sillage de leur saint sauveur.

En avançant, Nirrok capta le lointain bourdonnement d'une multitude de voix. Alors que le volume de ces murmures augmentait jusqu'à devenir assourdissant, Taïkon poussa une double porte et entra sur un balcon qui surplombait la place Lachim où des milliers de fidèles se massaient en l'attente de son discours.

Nirrok dut se charger de préparer la boisson de l'empereur, un mélange extrêmement précis de vin, d'eau et de jus de fruit. Quand ce fut fait, il vint s'accroupir dans un coin, non loin de son maître.

Là, il découvrit la foule et faillit laisser tomber la cruche qu'il tenait serrée contre son sein.

Des fidèles ? Sûrement pas ! Plutôt une foule déchaînée et haineuse qui hurlait des injures – tant pis pour les murmures – et jetait des fruits pourris et des œufs vers le balcon.

Une haie d'Élus contenait ces manifestants. Du coup, même les plus forts n'avaient aucune chance d'atteindre leur cible. Mais ils essayaient, surtout ceux qui lançaient des œufs…

Tandis que l'empereur saluait son peuple, un grand sourire sur les lèvres, comme si de rien n'était, ses nervis rossèrent les lanceurs d'œufs puis les entraînèrent à l'écart.

Face au déni de réalité de son maître, la foule devint folle de rage. Après avoir tenté en vain de pousser les Élus et de les disperser, les émeutiers changèrent de tactique. Un éclair jaillit et un des nervis s'écroula, un couteau planté dans la gorge.

Les cris et les insultes cessèrent pratiquement et plusieurs manifestants sortirent des armes de sous leur tunique.

Un Élu eut la tête défoncée par un marteau de forgeron et les deux hommes qui le flanquaient se firent éventrer par des couteaux de cuisine.

Sentant la victoire possible, la foule avança, bien décidée à faire la peau à Taïkon.

Une volée de flèches s'abattit sur les premiers rangs, les éclaircissant en quelques secondes. Une deuxième suivit, puis une troisième. Paniqués, les citadins en colère se débandèrent, à l'exception des plus déterminés, qui engagèrent des escarmouches contre les Élus.

Les nervis ne firent pas le poids et leurs vainqueurs ramassèrent leurs armes pour les distribuer autour d'eux.

Des renforts arrivèrent et l'affaire tourna à la bataille rangée.

En sirotant sa boisson, l'empereur suivit les événements d'un œil presque indulgent et un rien perplexe.

Un instant, Nirrok envisagea de pousser son maître du balcon pour voir ce qui arriverait. Le « dieu vivant » guérissait de ses égratignures, certes, mais qu'en serait-il si une foule assoiffée de sang le taillait en pièces et réduisait son crâne en bouillie, comme celui du héraut ?

— C'est ennuyeux à mourir, se plaignit Taïkon. Je vais prendre un bain. Toi, vermine, emporte ma boisson !

Il jeta le gobelet à Nirrok, qui parvint à le rattraper de justesse. Avec un soupir indiquant qu'il était passé près de la catastrophe, un Élu lui fit signe de suivre son maître.

Fidèle à lui-même, Taïkon commença à se déshabiller longtemps avant d'avoir atteint sa salle de bains.

Quand il y fut entré, les Élus se postèrent devant la porte. Nirrok, lui, précéda son maître et alla allumer du feu sous la grande baignoire.

— Ne perds pas ton temps, dit l'empereur en entrant dans l'eau froide. Laisse-moi la cruche et le gobelet, puis fiche le camp !

Nirrok ne se le fit pas dire deux fois. En passant devant la baignoire, il se demanda pourquoi l'eau était si noire, mais il ne s'attarda pas et ne s'inquiéta pas plus que ça. Alors qu'il s'éloignait, quelque chose s'écrasa sur sa tête mais il ne s'en préoccupa pas. Près de la porte, il se passa néanmoins une main sur le front et l'en retira rouge de sang.

Alors, il leva les yeux.

Au-dessus de la baignoire, une dizaine de cadavres étaient suspendus à des crocs de boucher, comme des quartiers de viande. Des dépouilles relativement fraîches, certaines sans tête et d'autres égorgées afin que le sang s'écoule vers le bas.

Nirrok jeta un dernier coup d'œil à l'eau noire, sortit en trombe, referma les portes et s'enfuit en courant.

Chapitre 35

Quelque chose qui ressemblait terriblement à une prémonition arracha Balfruss du sommeil. Après s'être levé, il alla se camper devant une fenêtre et vit qu'il était midi passé. Une grasse matinée qu'il n'avait pas prévue. Pourquoi n'était-on pas venu le réveiller ? Se battait-on déjà sur les remparts ?

Où étaient donc les gens ?

— *Du calme*, dit la voix apaisante de Thule dans son esprit. *L'armée ennemie n'attaque pas, aujourd'hui.*

— Et le Nécromancien ?

Balfruss fit quelques pas et constata que ses jambes avaient du mal à le porter. Momentanément vaincu, il se laissa tomber dans un fauteuil, une couverture sur les épaules.

— *Aucun signe de lui ou des Éclats… Comme nous, il doit avoir besoin de se reposer. Nos hommes surveillent, au cas où. S'il le faut, ils nous appelleront. En attendant, rendors-toi.*

À cause de la persuasion de Thule, ou de sa propre envie, Balfruss ne put résister à l'attrait du sommeil. La tête sur la poitrine, il se laissa aller.

Quand il se réveilla, en fin d'après-midi, une odeur de pain frais vint lui titiller les narines. Il voulut se lever, mais sa nuque douloureuse lui rappela qu'il avait dormi dans une très mauvaise position. En maugréant, il se massa le cou puis approcha à petits pas du guéridon sur lequel trônait un plateau recouvert d'un carré de tissu.

Malgré une très longue nuit, le mage se sentait toujours vide et glacé. L'esprit embrumé, il avait mal partout.

Sous le chiffon, il découvrit une portion de ragoût, une grosse tranche de pain bien croustillant, un morceau de beurre et une cruche d'eau. Il y avait aussi des œufs durs, un morceau de fromage, trois pommes et deux pâtisseries.

Il commença par le ragoût, qu'il sauça avec le pain. Dans son enfance, sa mère lui préparait de tels plats. À l'époque, la vie semblait agréable, mais la pauvre femme avait déjà l'air un peu triste.

Comme s'il n'avait plus mangé depuis des semaines, Balfruss engloutit tout ce qu'on lui avait servi. Après, il se sentit un peu réchauffé, mais pas tant que ça, finalement...

Il se lava, opta pour des vêtements plus chauds, même si on était à la fin du printemps, puis partit en quête de ses compagnons.

— Thule ? appela-t-il.

— Je suis dans le jardin... Les autres dorment ou se restaurent.

— Tu vas bien ? Je te trouve bizarre...

— Je te raconterai quand nous serons face à face...

Balfruss fit un détour par les cuisines, où il obtint un morceau de pain et du fromage – mais guère de chaleur humaine, les employées semblant pressées de le voir partir. Une assiette vide à ses pieds, Finn dormait dans un fauteuil, près d'un feu. Quelqu'un avait étendu une couverture sur lui. Pourtant, il était toujours blanc comme un linge.

Le combat les avait vidés de leur énergie. S'il avait duré quelques minutes de plus, un de ses amis aurait pu finir carbonisé, comme l'Éclat du premier jour.

Le soleil sombrait déjà à l'horizon quand le mage entra dans les jardins puis trouva Thule assis sur un banc, dans une courette intérieure défendue par de hauts murs. Ici, il n'y avait pas de fleurs et l'air était étrangement paisible. Quelques abeilles voletaient, en quête de pollen, mais toutes les plantes en pots ou en jardinières, trop exotiques, ne devaient pas leur inspirer confiance.

Au bout d'un sentier se dressait un disque de pierre de cinq pieds de haut dédié aux quatre saisons et entouré de cierges aux trois quarts consumés.

Thule était occupé à allumer six cierges tout neufs avec une petite flamme de paume.

Balfruss s'assit à côté de lui et se pencha sur une petite plante hérissée d'épais tentacules violets.

— Ne la touche pas, surtout ! lança Thule d'une voix croassante qui étonna son ami.

Le timbre mental et la voix physique de Thule n'avaient guère de rapport, et c'était plutôt déconcertant.

— Toutes les plantes, ici, risquent d'être empoisonnées. C'est le jardin secret de l'apothicaire.

— Un endroit charmant, fit Balfruss. (Il releva ses longues manches pour qu'elles ne touchent pas les plantes.) Pourquoi l'as-tu choisi ?

— Pour ne pas être dérangé.

— Tu veux que je te laisse ?

Balfruss fit mine de se lever, mais Thule le retint par un poignet.

— Si je ne voulais pas de ta compagnie, je ne t'aurais pas dit où me trouver.

Un moment, les deux amis restèrent assis en silence. Balfruss en profita pour admirer le disque de pierre. Longtemps avant la naissance des religions, peut-être dès l'aube de l'humanité, les gens avaient tenu à remercier la nature pour le cycle des saisons. Ils priaient pour que l'hiver ne soit pas trop dur et épargne leur troupeau. Ils demandaient un long été et un automne clément, pour que la récolte soit bonne et la moisson facile.

Ils imploraient qu'il pleuve, qu'il fasse soleil ou que le vent souffle quand frappait la canicule. Un rapport direct avec les choses...

Des siècles et des siècles plus tard, malgré les changements, on trouvait des disques dans tous les pays et les gens continuaient à les vénérer. Qu'ils croient à la Mère Bénie, au Seigneur de la Lumière ou au Créateur, ils ne pouvaient ignorer ni oublier la puissance des saisons.

— Mon frère est mort, annonça Thule.

— Je croyais qu'il était en Shael.

— C'est exact, mais j'avais un lien mental avec lui.

Plein de compassion pour son ami, Balfruss fut également étonné. La communication mentale, surtout à distance, lui avait paru impossible jusqu'à ce que Thule lui ait démontré le contraire. Un autre don perdu, capable de changer la vie quotidienne et de bouleverser l'art de la guerre. Les possibilités étaient si nombreuses que Balfruss avait du mal à les envisager toutes.

Malheureusement, selon Thule, ce don ne pouvait pas se transmettre. Bien que lié à son ami, Balfruss n'aurait su dire comment ça fonctionnait et il aurait été incapable de se connecter à quelqu'un d'autre. S'il avait bien compris les explications de Thule, ce processus exigeait qu'on donne une part de soi-même à son « correspondant ».

Communiquer alors qu'on était à quelques lieues l'un de l'autre semblait déjà un exploit. Entre Charas et Shael, il y avait plus de *mille* lieues.

— Mon frère n'était pas un type bien, dit Thule. Il était cupide et souvent égoïste. Mais il était de mon sang, et si j'avais eu besoin d'aide, il aurait été là pour moi à n'importe quel prix.

— Que s'est-il passé ?

— Il était dans un camp de prisonniers… Ces derniers jours, il m'a informé que les gardes zecorriens avaient disparu. Puis les Morriniens sont rentrés chez eux. Il s'est demandé si la guerre était finie, mais j'ai dû le détromper. Les Vorgas étant les derniers à garder les camps, des révoltes ont éclaté. Mon peuple s'est levé contre ses bourreaux.

Thule avait décrit à Balfruss l'horreur de ces camps où les gens, jetés dans de minuscules cellules, subissaient une infinité de tortures et de prétendues expériences. Des cités entières étaient rayées de la carte, les Shaeliens étaient tombés comme des mouches et les survivants croupissaient dans la misère et la crasse.

— Tu es sûr qu'il n'est pas simplement endormi ou inconscient ?

Thule eut un triste sourire.

— J'ai senti une lame lui traverser le torse… Au moins, il est mort en homme libre.

— Nous libérerons Shael ! Le roi l'avait promis et la reine tiendra la parole de son père.

Les deux amis restèrent un moment plongés dans leurs pensées. Pour la première fois, Balfruss se demanda ce qu'il ferait après la guerre. Même si la coalition se délitait, le conflit n'était pas fini, et il restait à neutraliser le Nécromancien et ses Éclats. Pourtant, l'avenir renaissait un peu…

Depuis quelques années, Balfruss avait sillonné le monde, allant là où on avait besoin de ses dons très particuliers. Avant le début de la guerre, il se sentait déjà fatigué, mais il était du genre à tirer sur la corde jusqu'à ce qu'elle casse.

— Tu vas rentrer chez toi, Thule ?

— Pour libérer mon peuple et reconstruire ce qui peut l'être.

— Sans le Nécromancien, l'armée de l'Ouest se débandera. Nous pourrons reconquérir ton pays.

Thule resta un long moment silencieux.

— Je n'ai pas le don d'Ecko, mais je sais que le Nécromancien sera bientôt vaincu.

— Je t'envie cette certitude…

— Inutile, puisque c'est à toi que je la dois. Tu avais raison, le Nécromancien est faible. Dans son esprit mais aussi dans son cœur.

— Pourtant, il semble n'avoir peur de rien.

— Parce qu'il n'a rien à perdre… Il n'aime personne et il ne tient à rien.

Balfruss entendit de la pitié dans la voix de Thule.

— Chaque jour, pour nous, est une épreuve de force. Nous résistons afin de préserver ce qui nous tient à cœur. Quel autre choix aurions-nous ? Quand ça se complique ou lorsqu'il est fatigué, le Nécromancien se retire ou nous envoie ses Éclats.

— Ecko a été son premier défi de taille…

— Et il a failli périr. Dépouillé de tout, il s'est fié à la force brute, et ça a manqué ne pas suffire. Mes compatriotes ont été affamés, battus et laissés pour morts. Ça ne les empêche pas de lutter pour la liberté, et ils gagneront un jour. Parce qu'il n'y a pas de plus forte motivation que le désir d'être libre.

N'ayant pas de famille, Balfruss songea à ce qu'il était prêt à faire pour protéger ses amis. Vannok et les siens, Éloïse et Darius, la ville et tous ces citadins qu'il ne connaissait pas… Chaque jour, il combattait parce que Charas était son seul véritable foyer.

Pour ses amis, il était prêt à tout. Y compris à aller au-delà de ses limites, parce qu'il n'y avait rien de plus important. Contre une telle motivation, le Nécromancien partait battu d'avance. Avec la diminution régulière du nombre de ses acolytes, sa déroute ne tarderait pas…

Chapitre 36

Les visites à l'hôpital étaient bien trop fréquentes… Quelques jours plus tôt, c'était Vargus que ses amis venaient voir. Aujourd'hui, un autre de ses frères d'armes, les entrailles déchiquetées, était mort entre les bras d'une Sœur de la Miséricorde.

De l'unité d'origine, il ne restait plus qu'Orran, Hargo et Tom le Noir. On ne pouvait cependant pas dire qu'ils étaient indemnes, mais au moins, ils avaient encore tous leurs membres.

Benlor avait été le premier estropié – retour vers le sud avec une jambe en moins. Le Bouclé, lui, était reparti dans ses pénates plus léger d'un bras.

Des milliers d'hommes suivaient le code de la Confrérie. Vargus n'en connaissait qu'une poignée, et plus personne ne citait son nom. Désormais, sa création n'avait plus besoin de lui.

Le vétéran s'arrêta juste avant de sortir de la tente. L'air empestait la sueur, le sang et la peur, mais c'était moins grave qu'il le redoutait, avec tant de blessés. Bien sûr, de l'encens brûlait un peu partout, mais ça ne suffisait pas à expliquer pourquoi on ne respirait pas à pleins poumons l'odeur des blessures infectées. Les Corbeaux étaient-ils meilleurs qu'il le pensait ?

Vargus inspira à fond. Ça puait la crasse, mais rien de plus.

Non sans une certaine gêne, le vétéran s'avisa qu'il ne sentait pas la rose non plus. Il avait besoin d'un bain, de se raser et de changer de vêtements. Hélas, ça devrait attendre. Pour le moment, il prévoyait de manger puis de dormir. Le reste, c'était du luxe.

Après avoir jeté un dernier regard autour de lui, Vargus sortit et alla rejoindre ses amis.

Le médecin ne quitta pas des yeux le vétéran grisonnant qui balaya la tente du regard avant de sortir. Intensément concentré, il en oublia le soldat qu'il était en train de soigner.

— C'est grave ? demanda le type.

Le médecin sursauta. Il ne fallait pas que Vargus, ou quiconque d'autre, découvre ce qu'il faisait. Pas encore, en tout cas. Il fallait qu'il soit prêt…

Ramené au présent, le Corbeau baissa de nouveau les yeux sur la jambe du blessé. Pourtant récents, les pansements étaient poisseux de sang. Et une odeur de fromage pourri en montait. Après avoir retiré la botte du soldat, le médecin découvrit sans surprise l'état désastreux de ses orteils. Deux décolorés, deux jaune et noir… et l'infection gagnait le reste du pied.

— Grand Créateur, sauve-moi ! gémit l'homme en découvrant son pied. Je vais perdre ma jambe ?

— C'est pire que ça…, souffla le médecin.

Il croisa les mains et pria. Devant ce spectacle, le blessé éclata en sanglots.

— Si tu es croyant, c'est le moment ou jamais d'implorer ton dieu.

Le médecin se pencha en avant, un pendentif sortant par l'échancrure de sa chemise.

— Qu'est-ce que c'est ? demanda le soldat.

— Rien, répondit le médecin en remettant le bijou en place. Oublie ce que tu as vu.

— Ce n'était pas le symbole du Créateur, ni de la Mère Bénie.

— Que racontes-tu ?

— Ni du Seigneur de la Lumière, pas vrai ?

— Tu délires à cause de la fièvre, mon pauvre ami.

— Je veux voir ce que c'est ! cria le blessé en saisissant la chemise du Corbeau.

À contrecœur, celui-ci ressortit le pendentif et le montra à son patient. Rien de bien extraordinaire : un cercle de fer au milieu duquel figurait un œil ouvert enchâssé dans un triangle.

— C'est le symbole d'Akharga, mon gars. Un très ancien dieu de la guérison. On dit qu'il pouvait soigner la peste et les infections. Moi, je ne peux rien pour ta jambe, mais j'ai pensé qu'une prière ne ferait pas de mal…

— J'accepte l'aide, d'où qu'elle vienne…, souffla le soldat.

Il lâcha la chemise du médecin et se laissa retomber sur son lit.

— Veux-tu prier avec moi ?

— Pourquoi pas, au point où j'en suis ?

Guidé par le Corbeau, le blessé pria le très ancien dieu de la pestilence et de la peste. Puis le médecin dessina le symbole d'Akharga sur le front de son patient et couvrit des deux mains sa blessure.

— Cette chaleur, dans ma jambe…

Le médecin se concentra sur la blessure, en chassa l'infection et rétablit la circulation sanguine.

— Mes orteils picotent !

Quand ce fut terminé, le blessé était blanc comme un linge et son cœur battait la chamade, mais sa blessure ne puait plus. Les orteils étaient de nouveau bien roses, et un flot d'énergie déferla en lui, le régénérant.

— Un miracle ! s'écria-t-il avant de s'évanouir.

Le médecin retira la chaîne qu'il portait autour du cou et la passa à celui de son patient miraculé.

Quand il se redressa, ses articulations protestèrent, mais il ignora la douleur. Comme le vétéran un peu plus tôt, il inspira à fond et ne sentit aucune odeur de gangrène. Plus rien ne pourrissait sous cette tente.

Quittant l'hôpital, le médecin s'enfonça dans la Nouvelle Cité. Sur l'avenue Monstad, il passa devant la plus grande église de la capitale, dédiée au Seigneur de la Lumière.

Immobile devant les portes ouvertes du lieu de culte, il ricana puis cracha de mépris.

— Tu ne perds rien pour attendre, enfoiré ! Parole de Kaï !

Chapitre 37

Les premiers jours du siège, les Mages de Guerre s'étaient levés à la même heure que les soldats. Dès l'aube, on les trouvait sur les remparts, prêts à repousser une attaque matinale.

Pour le second jour consécutif, l'ennemi ne se montrait pas. Et il était presque midi. Même si personne ne se plaignait de ce répit, on pouvait être sûr que ça ne durerait pas.

Opportunistes, une partie des soldats en profitaient pour se mettre à l'ombre et rattraper leur sommeil en retard. Enfin, essayer, car il n'était pas facile de dormir en sachant qu'une armée ennemie campait à vos portes.

Les Mages de Guerre avaient pris pour quartier général une boutique de tailleur abandonnée, à une rue des fortifications. Certain que son commerce serait dévasté à un moment ou à un autre, le patron avait fichu le camp en emportant tout à part une table, quatre chaises, deux mannequins en bois et un vieux rouleau de tissu gris mangé aux mites. Pressé, il n'avait pas pu démonter les étagères, sur le mur du fond, mais on n'y trouvait plus l'ombre d'un vêtement.

En partant, le fuyard n'avait même pas pris le temps de verrouiller sa porte. Vu qu'il n'y avait plus rien à voler chez lui, ça ne tirait pas à conséquence. Une fois la guerre finie, le type reviendrait peut-être comme si de rien n'était. Mais Balfruss doutait que les choses se passent si simplement…

En ce quasi-début d'été, la journée s'annonçait chaude. Du coup, les Mages de Guerre appréciaient d'être à l'intérieur. À l'exception de Finn, qui montait la garde devant la porte. Il fixait les remparts, et lui seul savait ce qu'il s'attendait à y voir. Parce que, enfin, le Nécromancien et les Éclats ne risquaient pas d'arriver en volant !

Pourtant, Finn se concentrait comme si les ennuis étaient imminents.

— La coalition de l'Ouest part en quenouille, croassa Thule.

Dans la boutique vide, sa voix résonna comme dans un temple. Une aubaine pour ses camarades, qui auraient eu du mal à comprendre, sinon. Même si sa gorge n'était plus enflée, parler lui faisait toujours mal. Il s'y forçait néanmoins, parce que le médecin royal lui avait conseillé de faire travailler ses cordes vocales endommagées.

Balfruss avait déjà transmis à Talandra les nouvelles de Shael qu'il tenait de Thule. Mais les entendre de nouveau ne le dérangeait pas. Au contraire, ça lui remontait le moral.

De nouveaux ordres devaient déjà avoir été envoyés par oiseaux-voyageurs. Ainsi, les bonnes nouvelles seraient bientôt connues de tous les alliés et agents de la reine.

Si le conflit n'était pas terminé – très loin de là ! –, l'alliance de l'Ouest pourrissait de l'intérieur. Quand elle imploserait, rongée aux vers, les hordes massées devant

Charas entendraient la voix de la raison et décideraient de rentrer chez elles. Mais ce n'était pas pour demain.

Balfruss se redit pour la énième fois que c'était mieux que rien. Hélas, ça ne suffirait pas à empêcher de nouveaux massacres, des centaines voire des milliers d'hommes perdant la vie pour rien…

— Et les Zecorriens et les Morriniens qui occupaient Shael ? demanda Éloïse.

— Partis… Les Morriniens sont rentrés chez eux. Il y aurait de violents affrontements religieux dans leur pays…

Talandra avait reçu des rapports qui confirmaient ces bruits. Morrinow était une nation déchirée, mais qui restait pourtant dans la coalition – et maintenait ses troupes devant Charas.

— Les fanatiques ont persuadé les autres membres du Conseil de Morrinow de s'allier à Taïkon. Aujourd'hui, les traditionalistes modérés sont passés à l'offensive, et une bonne partie de la population les soutient. Les émeutes se succèdent et on déplore la destruction d'un temple de la Mère Bénie.

— De bonnes nouvelles pour nous, dit Darius.

— Il y a aussi du grabuge en Zecorria, et ça ne nous sert à rien. Les troupes zecorriennes qui occupaient Shael sont venues ici pour renforcer les assaillants.

— Cette jonction explique le répit de ces deux derniers jours, dit Éloïse.

— En Zecorria, il paraît qu'ils en sont à se battre dans les rues, ajouta Darius. (Il enlaça sa femme, qui sourit aux anges.) Ça tourne mal pour Taïkon.

Sans cesser d'écouter la conversation, Balfruss se concentra sur Finn. Tendu comme un arc, il s'était ramassé sur lui-même, prêt à bondir.

— Que se passe-t-il ? demanda Balfruss.

— Quelque chose est en cours…

Le forgeron fit quelques pas dans la cour, s'arrêta et regarda autour de lui, l'air inquiet.

— Que vois-tu ?

— Rien, mais je sens quelque chose… Les Éclats, je crois.

Sur les remparts, les soldats de garde réveillaient leurs compagnons et se préparaient à l'action. Les yeux encore lourds de sommeil, des hommes gravissaient les échelles pour rejoindre leur poste.

Une sonnerie de cor annonça la fin du répit. Balfruss sentit son estomac se nouer. Voilà, ça recommençait…

Un concert de grincements indiqua qu'on armait les catapultes. Sans avoir besoin d'être sur les remparts, Balfruss devina ce qui se passait.

Avec ses compagnons, il suivit Finn dans la rue. La sonnerie reprit pour appeler au combat tous les hommes en état de se battre.

Encore occupés à enfiler leur cuirasse ou à boucler leur ceinturon, des soldats accouraient de partout, l'air à la fois effrayés et exaltés. Des médecins, des brancardiers et des infirmières chargées de pansements ou de sacs de médicaments grouillaient autour de ces braves comme des mouches importunes autour d'un cadavre.

Les estafettes, de jeunes garçons et filles maigres et dotés de longues jambes, suivaient le mouvement en même temps qu'une horde de prêtres et une multitude de marchands ambulants lestés de divers équipements.

Bientôt, un véritable flot humain se déversa sur les deux flancs des Mages de Guerre. Une déferlante d'hommes équipés et armés se dirigeant vers les remparts au pas de course. À croire que l'armée entière passait par la même rue.

Le flot finit par se tarir, n'étaient quelques retardataires qui tentaient de rattraper les autres. L'un d'eux n'avait qu'un pied chaussé et pas encore de cuirasse. En sautant sur une jambe, il tentait d'enfiler sa botte tout en finissant de s'équiper. Bien entendu, il finit par se casser la figure. Une fois par terre, il prit le temps de finir de s'habiller, se massa discrètement le nez, puis se leva et repartit.

Quand il entendit des bruits de pas derrière lui, Balfruss pensa qu'il s'agissait d'autres traînards. Personne ne le dépassant, il se retourna… et écarquilla les yeux.

Avec un grand sourire, le Nécromancien se tenait non loin de ses compagnons.

Le temps parut s'écouler au ralenti. Alors que les battements de son cœur résonnaient à ses oreilles, Balfruss puisa du Pouvoir dans la Source. En même temps, il ouvrit la bouche pour avertir ses camarades.

Mais il était déjà trop tard. Sa lame reflétant les rayons du soleil, un couteau s'enfonça entre les omoplates de Darius puis en sortit dans un geyser de sang. Après avoir frappé une deuxième fois sa victime, le Nécromancien lâcha son arme.

Darius poussa un cri muet, tomba sur un genou et bascula en avant. Éloïse tendit les bras vers son mari et cria aussi, mais Balfruss ne l'entendit pas non plus.

Était-il soudain frappé de surdité ? Non, puisqu'il captait des bruits, dans le lointain. Mais rien qui vînt de l'endroit où étaient ses amis.

Darius s'écroula dans les bras d'Éloïse, qui accompagna sa chute jusqu'au sol.

Pétrifié, Balfruss lutta pour accepter la réalité de ce qu'il voyait. Ce n'était pas un cauchemar, malgré ce que lui soufflait une partie de son esprit.

Un marteau de Pouvoir s'abattit sur le Nécromancien, qui évita sans peine le coup et riposta d'un geste nonchalant du poignet. Un filin d'énergie s'enroula autour d'une cheville de Finn, le souleva du sol et le projeta tête la première sur le mur le plus proche.

L'attaque de Thule survint, mais elle ne connut pas plus de succès que celle du forgeron. À moins d'un pas du Nécromancien, ses lances d'énergie rencontrèrent un bouclier invisible et se désintégrèrent.

Malgré le bouclier qu'il avait érigé, la riposte du Nécromancien l'envoya valser dans les airs. Traversant une boutique, il en sortit par la fenêtre du fond et s'écrasa dans la ruelle attenante.

Quand il entendit de nouveau normalement, Balfruss s'aperçut que l'air grésillait autour de lui. Il avait puisé une énorme quantité de Pouvoir.

— Je t'avais dit que ça arriverait ! lança le Nécromancien. Quand je les aurai tous tués, il ne restera plus que toi et moi.

Balfruss frappa en rugissant de haine. Mais sa cible esquiva et le bâtiment qui se trouvait derrière elle encaissa le coup. Ou ne l'encaissa pas, plutôt… Touché de plein fouet, l'édifice grinça sinistrement, s'inclina sur un côté puis s'écroula en dégageant un nuage de poussière qui se répandit dans toute la rue.

Balfruss invoqua des bourrasques qui dissipèrent en un clin d'œil cet obstacle visuel. Mais le Nécromancien n'était plus nulle part en vue...

Finn s'était relevé, son cuir chevelu pissant le sang, et il dut se tenir à un mur pour ne pas retomber. Thule était hors de vue et Éloïse, en larmes, serrait Darius entre ses bras.

Voir son Frère de Sang ramena Balfruss à la réalité, jusque-là occultée par sa fureur.

— Il lui faut un médecin ! cria-t-il.

Mais il doutait que quelqu'un l'ait entendu.

Une estafette déboula dans la rue.

Rouge comme une pivoine, le gamin écarquilla les yeux quand il vit l'état de Darius. Mais il se reprit vite.

— Le général Vannok veut que vous veniez, haleta-t-il. Les Éclats attaquent !

Balfruss prit le garçon par l'épaule et se pencha pour le regarder dans les yeux.

— Trouve un médecin pour mon ami ! Vite !

Dès que le messager eut acquiescé, Balfruss le lâcha. Aussitôt, le gamin partit au pas de course en beuglant qu'il lui fallait un médecin.

Balfruss espéra que son Frère de Sang pouvait encore être sauvé. Hélas, ignare en matière de guérison, il n'était pas en mesure de l'aider. En revanche, il avait les armes pour combattre les Éclats. Et s'il ne faisait rien, des centaines de braves types mourraient.

— Finn, tu es en état de te battre ?

Sonné, le forgeron ne répondit pas.

— Tu peux te battre ? redemanda Balfruss en le giflant.

Finn baissa les yeux sur Darius puis chercha le regard de son interlocuteur.

— Oui.

Thule revint à cet instant, le pas hésitant et le visage en sang. Mais les coupures semblaient peu profondes.

— Et toi, Thule, tu te sens d'attaque ?

— *Oui…*

Plus de l'autopersuasion qu'autre chose, mais il faudrait faire avec.

L'estafette revint avec un médecin dans son sillage. Une grande femme qui s'efforçait d'empêcher sa trousse de trop osciller, ce qui risquait de briser de précieuses fioles.

Sachant qu'il s'en voudrait toujours d'avoir fait ça, Balfruss approcha d'Éloïse.

— Ne me demande pas ça ! s'écria la jeune femme.

— J'aimerais tant ne pas le faire.

— Alors, ne le fais pas !

— Sans toi, nous sommes fichus. Tout ça n'aura servi à rien.

Éloïse leva enfin les yeux sur Balfruss. Son chagrin, comprit-il, le hanterait jusqu'à son dernier souffle. Comparée à ce qu'elle éprouvait, toute la tristesse qu'il avait pu ressentir n'était rien. Ce visage naguère si beau et joyeux n'était plus qu'un monument de chair dédié à l'angoisse, au malheur et à un deuil que rien ne pourrait jamais adoucir.

La femme médecin s'agenouilla près d'Éloïse pour examiner Darius, puis elle le dégagea de l'étreinte de sa femme et l'étendit sur le sol.

— Appuyez sur la blessure, à cet endroit...

Blanc comme un linge, Darius semblait dormir, mais il avait un œil ouvert. Un instant, Balfruss eut l'impression qu'il essayait de lui dire quelque chose.

— Éloïse ! insista-t-il. Nous avons besoin de toi !

— Non... (Une réponse dépourvue d'agressivité, mais sans appel.) Sans Darius, je me fiche de tout !

La femme médecin ordonna à l'estafette d'aller chercher un brancardier, puis elle sortit de sa trousse plusieurs fioles et des pansements.

— Sans eux, nous ne pouvons pas affronter le Nécromancien et ses Éclats, dit Finn. Ce serait un suicide.

— Il faut pourtant essayer, souffla Thule.

Balfruss sentit renaître sa colère. Comme un lâche, le Nécromancien s'était introduit en ville pour poignarder son Frère de Sang dans le dos.

— Veillez bien sur lui, dit-il.

Une phrase bien banale avant d'abandonner un vieil ami à qui on devait tant... Le genre de commentaire poli qu'on faisait au sujet d'un inconnu qui venait de trébucher dans la rue.

La femme médecin acquiesça sans se détourner de son patient. Balfruss aurait voulu dire quelque chose de plus intime à Éloïse, mais il ne trouva pas de mots pour exprimer ses sentiments.

— *Elle sait ce que tu éprouves...*, dit Thule.

Sur les remparts, des centaines de gorges lancèrent un cri de défi à l'ennemi en approche. L'entendre fit battre plus fort le cœur de Balfruss, qui frissonna de la tête aux pieds. Les poings serrés, il se releva.

Darius momentanément oublié, il courut vers les remparts, suivi par ses deux compagnons.

Quand ils furent à leur poste, ils constatèrent que l'ennemi était presque arrivé au pied du mur.

Le cri collectif des soldats semblant sortir de sa propre gorge, Balfruss laissa derrière lui ses peurs et ses peines et se laissa submerger par la rage. Quand il s'emplit de Pouvoir, les poils de sa barbe se hérissèrent.

À moins d'une demi-lieue de la muraille, les quatre Éclats survivants attendaient de passer à l'action. Même s'il n'avait rien contre eux, puisqu'ils n'étaient que des marionnettes, Balfruss brûlait d'envie de les détruire pour atteindre celui qui tirait leurs fils.

Pendant qu'il puisait davantage de Pouvoir dans la Source, le mage pensa à toutes les victimes de cette guerre. Les soldats, les civils, les habitants de Shael, Ecko… et peut-être Darius…

Des gens parlaient, mais il n'entendait plus rien. Empli de Pouvoir à en exploser, il leva les bras au ciel, cria à l'unisson avec les soldats puis déchaîna sa haine, sa colère et son désespoir sur l'un des Éclats.

Un éclair s'abattit sur la silhouette encapuchonnée. Au point d'impact, la terre s'ouvrit et des pierres volèrent dans l'air comme si elles voulaient atteindre le soleil.

Lorsque la colonne de poussière fut retombée, il ne restait pas trace de l'Éclat.

Chapitre 38

Pour que la rencontre n'ait pas l'air d'un procès, Talandra l'avait organisée dans la salle à manger. Mais le résultat n'était pas concluant. Alors qu'elle siégeait en bout de table, Graegor campé derrière elle, ses deux frères et ses généraux, Wolfe et Vannok Lore, la flanquaient.

Rien qui ressemblât à un tribunal, vraiment ?

Graegor avait demandé que Vannok soit exempté pour raisons personnelles. La reine avait refusé, arguant qu'il ne s'agissait pas d'un jugement.

À cette heure tardive, après une longue journée, Talandra devait lutter contre le sommeil. À dire vrai, elle se serait bien passée de ce qui allait suivre. Déjà informée du fond de l'affaire, elle devinait sans peine ce qu'elle allait entendre. Hélas, il fallait respecter les procédures. Les autres avaient besoin de ce rituel. Avec un peu de chance, il permettrait de vider l'abcès et de repartir sur des bases saines.

Deux soldats firent entrer Balfruss puis se retirèrent pour aller monter la garde dans le couloir. Dès qu'elle vit le mage, Talandra songea à ce qu'il venait de vivre. D'abord Ecko, puis son Frère de Sang…

Darius n'était pas arrivé vivant à l'hôpital. Dans un rapport de Shanimel, la femme médecin décrivait en détail ses blessures. Un coup avait perforé un poumon du mage, l'autre lui transperçant le cœur. Nul n'aurait pu empêcher que la reine perde une autre arme irremplaçable.

Une manière cynique et cruelle de présenter les choses ? Certes, mais si chaque soldat pouvait être remplacé, ça n'était pas le cas des mages. Sans eux, la guerre aurait déjà été perdue, tout simplement. À cette lumière, une parodie de procès semblait une bien piètre récompense pour ce que Balfruss avait accompli.

Avec Finn et Thule, il avait réussi à contenir les Éclats pendant que la bataille faisait rage. Au début des combats, disait-on, Balfruss avait tué un des acolytes du Nécromancien. Il n'y avait pas de preuves, bien entendu, mais ça semblait logique, après qu'il eut vu son Frère de Sang agoniser dans les bras de sa femme. Même si elle n'était pas experte en la matière, Talandra savait que les émotions jouaient un rôle capital pour les mages. Et le chagrin comptait parmi les plus violentes…

Le roi Usermeses IV devrait être informé au plus vite de la tragédie. Pas question qu'il apprenne la mort de Darius par des canaux officieux. Une fois cette réunion terminée, Talandra rédigerait une lettre de condoléances à l'intention de son homologue du désert.

En attendant, elle sourit à Balfruss et l'invita à prendre place sur le seul siège encore libre, à l'autre bout de la table. À première vue, on aurait pu croire à une banale réunion de l'état-major, n'était l'absence de cartes ou de documents sur la table – et la position très inhabituelle de Graegor.

La guerre minait tout le monde, mais Balfruss en témoignait plus que les autres. À son arrivée, c'était un homme un peu enveloppé aux joues de bon vivant et au regard plein d'espièglerie. Désormais, il avait le teint grisâtre, les yeux cernés et les joues creuses. Les cheveux en bataille et la barbe broussailleuse, il ne faisait rien pour cacher son épuisement. Mais son esprit restait vif comme au premier jour.

Il balaya la salle du regard, nota la mine sinistre de la reine et de ses compagnons, puis s'attarda sur Graegor.

Ensuite, il jeta un coup d'œil vers la porte fermée. À croire qu'il s'interrogeait sur les gardes postés dehors. Tous les invités étaient escortés à l'intérieur du palais, mais ces hommes s'étaient montrés moins amicaux que d'habitude avec lui. Que savaient-ils exactement ? S'il sortait, lui barreraient-ils le chemin ?

L'esprit vif comme au premier jour, oui…

À la surprise de Talandra, le mage se cala sur son siège et afficha une neutralité de façade – exactement comme elle. Puisqu'il semblait savoir pourquoi il était là, inutile de le laisser mariner dans son jus.

— Parle-moi du Nécromancien, dit la reine.

— Que voulez-vous savoir ?

Sans se retourner, Talandra tendit un bras en arrière et saisit le poignet de Graegor. Tremblant de rage, le vieux général était sur le point d'exploser. Mais la violence ne devait pas avoir le droit de cité ce soir. De plus, contre un Mage de Guerre, l'acier ne pouvait rien.

S'il voyait venir le coup, corrigea Talandra. Une pensée peu reluisante, après tout ce que ces gens avaient fait pour Seveldrom, mais l'heure n'était pas aux sentiments.

— Quand l'as-tu rencontré ?

— Ça remonte à quelques semaines… En pleine nuit, j'étais presque le seul encore réveillé dans le camp. Au début, je ne me suis douté de rien, mais en lui parlant…

— En lui parlant ? encouragea Talandra.

— Il était arrogant. À l'en croire, il travaillait pour l'intendant, mais on voyait bien qu'il avait l'habitude de donner des ordres, pas d'en recevoir. Il faisait semblant d'être nerveux, c'était de la comédie…

— Je vois…

— Quand as-tu commencé à comploter avec lui ? rugit Graegor.

Talandra allait réprimander le vieil ours, mais elle se ravisa en voyant l'expression de ses frères et des deux généraux. Ils semblaient choqués, certes, mais également troublés, comme si cette idée n'était pas si folle que ça.

Talandra chercha le regard de Vannok, qui ne broncha pas. Non, lui, il n'avait aucun doute au sujet de Balfruss.

— Je n'aurais pas présenté les choses ainsi, mais…, fit Talandra.

— Après tout ce que j'ai fait, comment pouvez-vous me poser cette question ?

— Ce n'est pas une façon d'y répondre, fit remarquer la reine sans agressivité.

— Je n'ai jamais comploté avec lui, général Graegor !

Balfruss défia le vieil officier du regard. Connaissant Graegor, Talandra se dit que ça risquait de durer des jours, voire des semaines, avant qu'un de ces deux gaillards baisse les yeux.

— Donc, lors de votre première rencontre, tu savais de qui il s'agissait ?

La question venait de Vannok, la seule personne présente éventuellement capable de détourner les deux gladiateurs de leur duel visuel.

— Oui, et je l'ai affronté.

— Pourquoi n'en as-tu parlé à personne ? Quel intérêt avais-tu à garder le secret ?

Une ombre de doute, dans la voix de Vannok, incita Balfruss à se détourner de Graegor.

— Tu me prends pour un traître, toi ?

— Non. Mais en principe, on parle de ces choses-là.

— Je ne sais que répondre… Ça ne semblait pas important.

Graegor en rugit d'indignation.

— Que voulait-il ? demanda Talandra histoire d'étouffer dans l'œuf un nouveau duel de regards.

— Fanfaronner et découvrir quel genre d'homme je suis.

— C'est tout ?

— Par le Grand Créateur ! s'exclama Graegor.

Talandra tapa des deux poings sur la table pour dissuader le vieil officier de faire une bêtise. Mais elle regretta cette initiative. Pour commencer, ça faisait un mal de chien, et le son n'était pas du tout assez fort. Normal, quand on était une femme plutôt frêle. Mais la douleur fut un heureux dérivatif qui lui permit de rester calme. Ces derniers temps, elle perdait souvent son contrôle, surtout quand elle pensait au cadavre déchiqueté de son père, mais elle refusait de se laisser dominer par ses émotions.

Matthias restait toujours serein pendant les conversations les plus tendues. Et c'était peut-être pour ça, comprit la reine, qu'il y invitait toujours le terrible

Graegor. Une sorte d'assistant chargé de s'agiter et de beugler à sa place. Ainsi, le roi disposait de toute la palette des sentiments sans pour autant renoncer à sa réputation d'équanimité.

Même après sa mort, il dispensait encore de précieuses leçons à sa fille pourtant âgée de plus de trente ans…

— Combien y a-t-il eu de rencontres avec le Nécromancien ? demanda Thias.

— Peut-être six… Chaque fois, il venait se vanter et me défier. Je crois aussi qu'il me rendait visite parce qu'il se sentait terriblement seul.

— Terriblement seul ? s'étrangla Graegor.

Balfruss serra les poings et plissa le front. Puis il se détendit, sans doute conscient que les choses, présentées comme ça, pouvaient paraître un peu… ridicules.

Talandra nota que le vieux général se détendait aussi – sans pour autant éloigner la main du manche de son extraordinaire hache.

— Sur bien des points, reprit Balfruss, c'est un enfant. Plus puissant que tous les Mages de Guerre que je connais – et peut-être même que les membres du Conseil Gris –, il est constamment en quête de reconnaissance. Il a tenté de me convaincre que nous nous ressemblions. Tout ça pour ne plus se sentir aussi seul.

— J'ai du mal à comprendre…, avoua Talandra.

— Depuis des années, il n'en fait qu'à sa tête et personne ne peut s'opposer à lui. Son pouvoir est illimité et il jouit d'une totale impunité. Vous imaginez sa vie ?

» Aider Taïkon à fonder la coalition, créer les Éclats, assassiner le roi Matthias… Rien de tout ça n'est important pour lui, pas même cette guerre. Il se fiche des gens. Des jouets qu'il jette quand ils sont cassés.

— Un fou de plus…, souffla Hyram.

— Peut-être bien…, admit Balfruss.

— Pourquoi cette fixation sur toi ? demanda Vannok.

— Il s'est trouvé une âme sœur, c'est ça ? railla Graegor.

À la surprise de Talandra, Balfruss ne mordit pas à l'hameçon. Très calme, il inclina la tête, comme s'il écoutait quelque chose, puis répondit :

— Non, nous n'avons aucun point commun.

— Alors, pourquoi ? demanda Talandra.

— Parce qu'il a besoin d'un nouveau défi et qu'il sait que je le relèverai. Il m'a menacé de tuer tous les autres mages, jusqu'à ce qu'il ne reste plus que nous. Il veut me déstabiliser, pour que je devienne comme lui.

Un seul mage incroyablement puissant et mentalement instable avait manipulé des nations et provoqué une des pires guerres de l'histoire. Si deux individus de ce genre collaboraient, le résultat serait terrifiant.

Talandra préféra d'ailleurs ne pas y penser. Même une seconde…

— Il ne veut pas te tuer, mais s'allier à toi.

— Et si ça n'est pas possible, il essaiera d'avoir un Éclat de plus sous sa coupe.

Cette perspective perturba encore plus Talandra. Et elle vit que ses frères, Wolfe et Vannok partageaient son inquiétude.

— Ça ne change rien aux faits ! dit Graegor. Tu l'as rencontré en secret. Comment saurions-nous que tu n'es pas un de ses pantins ?

— J'ai conservé mon libre arbitre…

— C'est toi qui le dis !

À l'usage, laisser la bride sur le cou à Graegor se révélait très utile pour déstabiliser les gens et voir comment ils réagissaient sous la pression. Cela dit, songea Talandra, il fallait aussi poser des limites au vieil officier.

— Graegor…, fit-elle avec l'espoir de ramener le général à la raison.

Mais il était trop tard pour ça. Le vieux conseiller de son père était à bout de patience, et plus grand-chose ne pourrait l'arrêter. La réunion menaçait de tourner mal.

— Tout ce que nous savons des acolytes, c'est toi qui nous l'as dit, pas les autres Mages de Guerre. Je parie que c'est un tissu de mensonges. Un tas d'âneries pour nous embrouiller l'esprit, parce que tu travailles pour le Nécromancien. Sale traître !

Balfruss se leva d'un bond et Graegor tira sa hache au clair. Thias, Hyram, Wolfe et Vannok intervinrent, séparant les deux hommes avant qu'il y ait un carnage.

Talandra resta assise, aussi sereine qu'elle pouvait faire semblant de l'être.

Pendant que ses frères suaient sang et eau pour retenir le général – pourtant bien plus vieux qu'eux –, Vannok et Wolfe contenaient Balfruss. Avec le Pouvoir, il aurait pu écrabouiller Graegor en un éclair, mais il s'y refusait. Parce qu'il avait déjà compris ?

— Où étais-tu ? rugit Graegor. Quand le roi a été tué, où étais-tu ?

— Je me battais, comme chaque jour depuis le début de cette guerre. Toi, pendant ce temps, tu restais assis sur ton gros cul ! Fumier de lâche !

Graegor cessa de se débattre contre l'étreinte d'Hyram et de Thias. Blanc comme un linge, il se concentra, poussa un cri de guerre, se libéra des princes en les envoyant valser à six pieds de là et se jeta sur Balfruss.

Alertés par le vacarme, des gardes entrèrent dans la salle, arme au poing. Talandra leur fit signe de rester mais de ne pas intervenir.

— Traître ! beugla Graegor.

— Balfruss n'est pas un traître ! cria Talandra. En revanche, il est ton fils !

Le silence qui s'ensuivit fut... étourdissant. Dans le lointain, Talandra entendit le bruit d'un marteau qui s'abat sur une enclume. Même à cette heure tardive, alors que presque tout le monde était au lit, les forgerons travaillaient d'arrache-pied. La reine se demanda si Finn était avec eux, acharné à transformer un morceau de métal tordu en quelque chose d'utile. Il aurait aimé qu'on fasse de même avec lui : le remodeler, afin qu'il ait une place en ce monde.

Alors que tous les regards se braquaient sur Talandra, Graegor laissa tomber sa hache. Sans Hyram et Thias pour le soutenir, il serait tombé à genoux.

Incrédule, Balfruss regarda alternativement la reine et le vieux général.

Oui, il y avait bien quelque chose... Autour des yeux, par exemple... Des ressemblances, mais pas suffisantes pour prouver un lien de parenté...

Intriguée, Talandra avait mené sa petite enquête. Jamais vraiment calme, Graegor, ces derniers temps, était particulièrement irascible sur ce qui semblait être un sujet intime. Il n'avait pas de famille, tout le monde le savait, mais ça n'avait pas toujours été le cas. Une ou deux fois, Matthias avait fait allusion à sa femme et à son fils, tués par des pillards. D'après ce que l'officier racontait…

Puis il y avait eu cette étrange conversation, dans les couloirs du palais. À l'époque, Talandra ne savait presque rien sur Balfruss. Morte de fatigue, elle avait conseillé à Graegor d'aller interroger Vannok.

Peu à peu, les pièces du puzzle s'étaient mises en place. Avec son efficience habituelle, Shanimel avait eu tôt fait d'établir la vérité.

Talandra avait prévu un entretien privé avec Balfruss et Graegor. Tout ce qui pouvait donner envie au Mage de Guerre de rester à Charas après le conflit était bon à prendre.

Après qu'il eut renoué avec Vannok et sa famille, retrouver son père aurait logiquement dû inciter Balfruss à s'installer à Charas. À présent, cette belle construction s'écroulait et tout pouvait arriver, y compris le pire.

En haletant, Thias et Hyram parvinrent à traîner le général jusqu'à un fauteuil dans lequel ils le laissèrent tomber.

Graegor s'y affala. Pour la première fois de sa vie, il semblait… vaincu. La colère qui faisait briller ses yeux disparue, il regardait dans le vide, perdu au plus profond de ses pensées.

— Je pensais que tu savais…, dit Talandra au vieil homme.

— J'avais des soupçons…

— Tu n'es pas mon père ! s'écria Balfruss.

L'espace d'un instant, la reine vit dans ses yeux une douleur et une rage qui la firent frissonner.

— Pour moi, tu n'existes pas !

Sur ces mots, le mage sortit de la salle.

CHAPITRE 39

Dans une rue latérale, Roza attendit d'être sûre qu'elle serait la dernière à entrer dans l'entrepôt. Comme de coutume, tous les participants étaient déguisés. Un peu moins nombreux qu'au début, sans doute, mais ceux qui restaient ne pouvaient être que de vrais patriotes décidés à agir, pas de riches désœuvrés trompant leur ennui en jouant aux révolutionnaires.

Même si les masques n'étaient toujours pas tombés, Roza connaissait l'identité de tous ses camarades. Quant à eux, ils croyaient avoir découvert la sienne…

Quelques jours après la première réunion, tous les « activistes » avaient reçu à leur adresse personnelle une lettre de Petra qui exposait leurs premiers ordres. Comme prévu, ça avait suffi à décourager les crétins en quête de sensations fortes et les lâches qui voulaient bien bavasser à l'infini derrière des portes closes.

Aujourd'hui, tous ces hommes et ces femmes étaient décidés à combattre pour reconquérir leur pays – en commençant par sa capitale.

Depuis environ deux semaines, de riches propriétaires terriens, des marchands prospères et des membres de la plus haute société fréquentaient avec assiduité un fleuriste du quartier commerçant où ils venaient acheter des compositions florales à une femme au physique familier. Avec chaque bouquet acheté, ils recevaient une note indiquant le nombre de Drassiens qu'ils devaient engager et l'endroit où il faudrait les cacher.

Jusque-là, tout se déroulait à merveille. Mais Roza savait d'expérience qu'il ne fallait jamais rien tenir pour acquis.

Quand elle entra et se fraya un chemin dans la foule, Roza sentit peser sur elle les regards appuyés de plusieurs hommes. La foi révolutionnaire n'était peut-être pas la motivation de tous les mâles, mais sur ce plan, ils s'exposaient à une cruelle déception...

Quoi qu'il en soit, il était trop tard pour faire marche arrière, à présent. Ces gens étaient engagés jusqu'au cou, et toute défection, à ce stade, devrait être punie de mort, afin de minimiser les risques de fuites. Même si la présence de tant de Drassiens en ville suffisait à alarmer n'importe quel agent ennemi, y compris le plus abruti.

— Il est temps de reconquérir notre pays, dit « Petra », entrant dans le vif du sujet. En accord avec le plan, il y a cinq cents Drassiens en ville et plus de quatre mille tout autour.

Roza tourna la tête vers un groupe d'hommes richement vêtus et porteurs d'un masque au liseré d'or.

Parmi eux, certains possédaient de grands domaines, dans la région de la ville, qui restaient vides la plus grande partie de l'année – sauf quand il leur prenait la fantaisie de vivre comme des « campagnards ». Des campagnards aux poches pleines entourés de serviteurs, bien entendu. Désormais, leurs jardins sophistiqués n'étaient plus qu'un souvenir, puisque les Drassiens y étaient cantonnés. Tous à moins d'une demi-journée de marche de la capitale...

Les mercenaires présents en ville suffiraient pour neutraliser les Élus de Taïkon. Mais Gunder, comme toujours, se méfiait des imprévus de dernière minute. Du coup, il avait insisté pour qu'on recrute beaucoup plus de Drassiens que nécessaire – au cas où les Élus, de leur côté, auraient engagé en secret des renforts.

— Quand ? demanda quelqu'un. Quand passerons-nous à l'action ?

— Très bientôt... J'en suis aux derniers préparatifs. Et j'ai de nouveaux ordres pour vous tous.

Les lettres disaient toutes la même chose, mais Roza fit tout un numéro lorsqu'elle les sortit de sa sacoche et les sélectionna avant de les faire distribuer de main en main.

Les conjurés firent disparaître la leur dans une poche ou sous leur tunique. Plus tard, en privé, il la lirait plusieurs fois.

C'était la dernière réunion clandestine. Dans trois jours, le combat pour la libération d'Yerskania commencerait.

— C'est presque le moment de frapper, dit Roza. La guerre se passe mal. Les Seves nous infligent défaite après défaite et l'alliance se décompose. Les Morriniens se battent entre eux et les Zecorriens, plus divisés que jamais, pensent de plus en plus à renverser Taïkon. En Shael, le peuple martyrisé résiste de nouveau.

Les renforts zecorriens avaient traversé la passe du Sud pour filer directement vers Seveldrom. Une très bonne chose... S'ils avaient tenté de prendre Yerskania, ça aurait fini par un bain de sang.

Le plan tordu, avec le haut prêtre Filbin, était un formidable succès. Désormais, Sa Sainteté se déchaînait en public contre les rebelles et même contre Taïkon.

Les Morriniens eux, avaient abandonné Shael pour retourner au pays. Chaque jour, Roza entendait de nouveaux récits d'horreurs mettant en scène les extrémistes de tout bord. Occupés à se battre entre eux, les Morriniens se fichaient de tout le reste. En sus de tout ça, il y avait le siège de Charas, qui mobilisait d'énormes forces. Bref, l'alliance battait de l'aile, et il ne fallait plus grand-chose pour qu'elle se délite. Avec un peu de chance, les événements qui se préparaient en Yerskania lui porteraient le coup de grâce.

— Yerskania recouvrera sa liberté ! promit Roza.

Des applaudissements crépitèrent, puis la foule commença à se disperser. Par petits groupes et en respectant un intervalle de temps, histoire de ne pas attirer l'attention.

Roza repéra Gunder, au fond de l'entrepôt. Quand tout le monde fut sorti, elle alla le rejoindre après avoir jeté un coup d'œil dehors et fermé la porte.

— Que leur as-tu caché ? aboya le maître-espion.

Une réaction surprenante. D'habitude, il contrôlait mieux ses émotions.

— Rien du tout… Nous sommes prêts. Du neuf, de ton côté ?

— La Garde Civile hésite toujours. J'ai fait de mon mieux. À présent, tout dépend des rebelles.

— Ce qui veut dire ?

— Soit ils participent activement aux émeutes, soit tu t'assures qu'ils ne s'en mêlent pas. Les Drassiens se fichent de savoir s'ils doivent combattre les Élus ou des citoyens de Perizzi. Ils tueront les cibles que nous leur désignerons, tant que c'est en accord avec les termes de leur contrat.

— Ce n'est pas une bonne idée, Gunder…

— Nous ne pouvons pas nous permettre d'avoir des fuites. Il faut éliminer tous les obstacles, y compris des membres de la Garde Civile.

Gunder n'était plus tout à fait lui-même. Il semblait… instable, et Roza ne l'avait jamais vu ainsi. Peut-être jouait-il depuis trop longtemps au jeu mortel de l'espionnage…

— Que t'est-il arrivé ? demanda Roza.

Gunder ne répondit pas et se détourna, mais elle le retint par un bras.

— Réponds-moi !

Sous le masque adipeux de Gunder le marchand, Regori le Boucher foudroya Roza. Quand il baissa les yeux sur la main de la femme, elle la retira comme si elle s'était brûlée.

— Tu connais tes ordres…

Redevenu bienveillant et inoffensif, Gunder sortit de l'entrepôt.

D'instinct, Gunder ne prit pas le chemin le plus direct pour aller de l'entrepôt au cœur de la cité. Quand il fut à quelques rues de distance, il retira son masque de paon et le jeta dans une ruelle latérale. D'ici une heure, les marques rouges auraient disparu sur sa peau. Mais qu'en serait-il du masque de ce fichu marchand, quand il en aurait fini avec sa mission ? Les stigmates risquaient d'être moins faciles à éliminer…

Toujours sur ses gardes, il sillonna Perizzi et traversa plusieurs fois la rivière Kalmei. Malgré toutes ces précautions, il était en vue de *La Bénédiction du Seigneur* lorsqu'il s'aperçut qu'on le suivait.

De nouveaux détours lui apprirent que son « ombre » n'était pas très expérimentée. Incapable de marcher sans faire de bruit, elle le suivait de trop près, lui permettant de capter des mouvements à la périphérie de sa vision.

Gunder entra dans une allée étroite qui faisait le tour d'une rangée de boutiques. Là, il courut, sautant au-dessus de divers débris et de caisses de fruits pourris. En avançant, il écrasa des immondices qu'il ne perdit pas de temps à tenter d'identifier.

Au bout de la rangée de boutiques, l'allée débouchait dans une rue très tranquille à cette heure tardive. Après quelques pas, Gunder repéra l'entrée sombre d'une maison et alla s'y cacher.

Quelques minutes plus tard, il entendit des bruits de pas précipités. En courant ainsi, son poursuivant lui passerait devant sans le voir, et il pourrait filer dans son dos. Une manœuvre tentante, après une journée si longue et fatigante.

Non, pas question ! C'était une solution facile et… clémente… qu'il n'aurait jamais envisagée avant son séjour à Perizzi.

Quand son poursuivant passa devant lui, Gunder jaillit de sa cachette et chargea. En percutant sa cible, il distingua vaguement une petite silhouette vêtue de bleu et de blanc. Une sorte d'uniforme… Mais rien qu'il ait vu un jour.

Sans hésiter, Gunder flanqua un coup de pied dans l'estomac de son adversaire. Le cri qu'il lui arracha était trop aigu pour qu'il s'agisse d'un homme…

Le maître-espion releva le crétin, le plaqua contre un mur et le reconnut enfin.

— Sabu ?

Le gamin haletait, une main plaquée sur le ventre, mais Gunder s'intéressa surtout à son uniforme. On eût dit la tenue d'un Élu, n'étaient les galons rouges, sur les manches. Trois sur le bras droit et deux sur le gauche. Chacun était orné d'un symbole différent – une distinction, sûrement.

— Pourquoi es-tu habillé comme ça ? Et que fais-tu ici ?

— J'accomplis mon devoir de citoyen, pour protéger les libertés fondamentales de la nation.

Un discours appris par cœur et répété avec une conviction forcée.

— Tu es sûr de savoir ce que tu racontes ?

— J'accomplis mon devoir !

— Comment ça ?

— En démasquant les traîtres. J'en ai déjà fait arrêter cinq.

Les cinq galons, comprit Gunder. Même s'il connaissait la réponse, il posa la question inévitable :

— Pour qui travailles-tu ?

— Sa Sainteté l'empereur Taïkon, le Grand Seigneur de l'Ouest.

Gunder en eut l'estomac retourné.

— Petit abruti ! Tu n'as aucune idée des enjeux.

Sabu secoua tristement la tête, comme si c'était son ancien patron l'imbécile.

— J'en sais assez long.

Le gamin tenta de s'enfuir, mais Gunder le rattrapa par le col et le porta sur quelques pas avant de le jeter dans l'allée, où il atterrit sur un tas d'ordures d'où s'éleva un essaim de mouches furieuses d'avoir été dérangées.

En se relevant, Sabu parut horrifié par l'état lamentable de son uniforme. Il tenta de l'essuyer, mais aggrava encore les choses.

— Pourquoi me suivais-tu ?

— Vous êtes un traître, comme l'autre…

Sabu jeta un coup d'œil de côté, comme s'il préméditait de filer. Pas né de la dernière pluie, Gunder le saisit par un poignet.

— Quel autre ?

— Le bijoutier zecorrien… Je l'ai vu entrer furtivement chez vous, une nuit.

Zoll… S'il était venu, ce soir-là, c'était pour répondre à l'invitation d'un ami qui n'avait aucune envie de boire seul. Mais si Sabu les avait dénoncés aux Élus, ça expliquait la descente en force chez le marchand d'épices.

Gunder n'avait pas vu le bijoutier depuis quelques jours. En clair, il était en prison, en cavale ou plus probablement dans la cale d'un bateau qui le ramenait chez lui pour y être puni.

— Tu m'as accusé d'être un traître devant les Élus ?

Sabu fit la grimace.

— J'allais le faire, mais il me fallait des preuves. La dernière fois, quand je me suis trompé, ils m'ont donné le fouet.

Gunder soupira de soulagement. Sabu risquait toujours de compromettre l'insurrection, mais en prenant les précautions idoines, ça serait facile à éviter.

— Pourquoi as-tu… ?

Gunder s'interrompit quand il remarqua que le manche d'un couteau saillait de son estomac. Dessus, on avait inscrit le nom du gamin et un mot qui en disait long : « Initié ».

Quand il mesura ce qu'il venait de faire, Sabu écarquilla les yeux d'horreur. Puis il tenta de fuir, mais Gunder l'en empêcha.

— Ça ne saigne pas…, s'étonna Sabu en regardant la blessure.

À peine plus longue qu'un index de Gunder, la lame s'était fichée dans le rembourrage qu'il portait pour ressembler à un « gros lard ». Un couteau normal l'aurait blessé, mais là, il ne souffrait même pas d'une égratignure.

— J'aimerais tellement que tu n'aies pas fait ça…, soupira Gunder.

Il fit sortir un couteau de sa manche. Dès qu'il vit l'arme, Sabu frissonna de terreur.

— Je ne dirai rien à personne, c'est juré !

Quand Gunder l'entraîna plus loin dans l'allée, le gamin pleura pour l'attendrir. Voyant que ça n'avait aucun effet, il se débattit comme un beau diable.

Avant qu'il se mette à crier, Gunder lui ouvrit la gorge d'un geste précis. Les mains sur son cou, le gamin s'écroula et tenta en vain de respirer.

Quand tout fut terminé, Gunder essuya sa lame sur la veste d'uniforme souillée, puis il s'éloigna sans se retourner.

Chapitre 40

Quelques minutes après l'aube, une bonne dizaine de fidèles étaient déjà assis ou agenouillés dans la cathédrale. Bien qu'il eût sillonné l'Ouest puis exploré le monde jusqu'au royaume du roi du désert, Balfruss ne pouvait s'empêcher de frissonner d'émerveillement chaque fois qu'il entrait dans la plus ancienne église du Créateur encore debout. Depuis près de mille ans, des gens y venaient pour prier le doyen de tous les dieux du monde. Au fil des siècles, cent guerres avaient ravagé le monde, des nations étaient nées, d'autres avaient disparu, mais cet endroit restait dédié au Créateur comme au premier jour.

Dans ce lieu de culte, on éprouvait une sérénité parfaite. Un calme intérieur presque impossible à atteindre ailleurs…

Après quelques années d'absence seulement, Balfruss avait remarqué plusieurs changements à Charas. Alors que la barbe complète était de rigueur naguère, aujourd'hui, on privilégiait la moustache. Quant à la mode vestimentaire, elle semblait plus conservatrice qu'à son époque, même si la gamme de couleurs était plus étendue. Dans les tavernes, les plats étaient de plus en plus souvent relevés avec des épices de l'Ouest – une très bonne chose pour une cuisine que le mage avait toujours trouvée fade.

Une kyrielle de changements, oui. Mais dans la maison du Grand Créateur, tout était comme avant.

La grande voûte, les colonnes de pierre, les fenêtres à vitraux, les meubles de bois rustiques… Un décor éternel.

Sur un mur une galerie de portraits représentait tous les Patriarches depuis le premier, des siècles plus tôt. En face, on pouvait admirer des miniatures et des paysages offerts par des peintres locaux afin de lever des fonds pour l'église.

Sur le mur du fond, il y avait quelque chose de nouveau. Des dessins aux couleurs vives, constata Balfruss en approchant. Les œuvres touchantes d'enfants désireux de rendre hommage au roi Matthias et d'exprimer leurs condoléances à ses héritiers.

Éloïse était assise au quatrième rang de bancs. Les yeux ouverts, elle regardait dans le vide.

Balfruss vint prendre place à côté d'elle. Heureux de savourer un peu de paix et de silence, il repensa aux derniers événements. Désormais, il n'avait plus de secrets pour personne. La reine et ses généraux savaient tout sur le Nécromancien, et les autres mages aussi. Il leur avait même parlé de Graegor, malgré les doutes qui le rongeaient toujours.

— Tu lui as parlé ? demanda Éloïse comme si elle avait lu les pensées de son ami.

Pâle, les yeux injectés de sang, la veuve portait une longue tunique de deuil noire. Dans cette tenue, elle faisait presque penser à un Éclat. Heureusement, tout au fond d'un océan de chagrin, une étincelle de vie brillait toujours dans ses yeux.

— Non.

— Il est vraiment ton père ?

Même s'il la refusait de tout son être, Balfruss connaissait la vérité. Au courant depuis pas mal de temps, Vannok avait tenté de tout lui révéler, sans jamais trouver la bonne occasion.

— Oui.

— Dans ce cas, tu devrais aller lui parler.

— Pourquoi ?

— Demain, l'un de vous pourrait être mort.

Une simple constatation, mais qui devait déchirer le cœur d'Éloïse. Avec l'espoir vain de la réconforter, Balfruss lui prit la main. Mais il garda les yeux rivés sur l'autel. S'il les posait sur elle, tous les sentiments qu'il avait enfouis, au temps où il vivait dans le désert, risquaient de revenir à la surface.

Une part de lui-même refusait toujours de croire à la mort de Darius. Ça semblait impossible. D'un instant à l'autre, son ami allait entrer dans la cathédrale pour venir s'asseoir à côté d'eux, et tout rentrerait dans l'ordre.

Par le passé – mais on eût dit que c'était hier –, quand Balfruss s'était aventuré dans la lointaine cité de Korumshah, un étranger parmi tant d'autres, qui lui avait souhaité la bienvenue ? Darius, évidemment. L'accueillant chez lui, il lui avait enseigné les coutumes locales, puis il lui avait présenté Éloïse. Plus tard, il l'avait introduit à la cour, où il s'était fait une place en impressionnant le roi du désert. Chose inouïe, le souverain avait autorisé Darius à prendre pour Frère de Sang un étranger.

Depuis le décès de Darius, ça impliquait des choses pas nécessairement faciles à vivre…

Pour ne plus y penser, Balfruss regarda autour de lui, mais rien n'accrocha son regard. Une volonté délibérée des bâtisseurs, aurait-il juré. Afin que nul ne puisse se dérober aux vérités que d'habitude on ne dit pas à voix haute.

— Je ne peux rien te promettre, mon amie.

— Pourquoi ?

— Il nous a abandonnés.

Après si longtemps, comment ça pouvait être encore si douloureux ?

— Quand il est parti, j'étais tout petit, mais ma mère et lui se sont mariés des années avant ma naissance. Pour un enfant, son absence est vite passée inaperçue, en revanche, j'entendais souvent ma mère pleurer la nuit. Une fois grand, j'ai fini par comprendre pourquoi. Elle n'a jamais cessé de l'aimer, et son départ l'a détruite.

— Il ne s'est plus jamais manifesté ?

— Après la mort de ma mère, j'ai trouvé quelques lettres. Dans chacune, il promettait de revenir, mais sans préciser quand.

Peu avant la fin, la Tour Rouge avait autorisé Balfruss à rendre visite à sa mère. Sa beauté arrachée par la maladie, elle n'avait plus que la peau et les os – un spectre au teint gris qui n'était déjà plus vraiment de ce monde.

Toute son enfance, Balfruss avait vu de la tristesse dans les yeux de sa mère. Mais jusqu'à ses derniers jours, il y avait eu une étincelle d'espoir. Elle avait fini par mourir le cœur brisé, sans espérance, mais fière de la réussite de son fils.

— C'était trop peu et trop tard… Cet homme a choisi, et il doit en assumer les conséquences.

— Ne tourne pas le dos à ta famille, Balfruss !

— Si je suis ici, c'est pour la seule famille qui compte. Toi !

— Tu viens réclamer ton dû ? demanda Éloïse, les mains tendues en signe de supplication.

— De quoi parles-tu ? souffla Balfruss.

— Il ne t'a pas dit ?

— Quoi donc ?

— Le Frère de Sang de Darius est censé épouser sa veuve. (Éloïse leva sur le mage un regard soumis.) Comment puis-je te servir, mon adoré ?

— Arrête ça !

— Dois-je me mettre à quatre pattes et aboyer comme un chien ? Ou me veux-tu dans cette position pour une autre raison ?

— Assez ! cria Balfruss.

Son éclat lui valut les regards indignés des fidèles.

Le mage se leva et sortit de l'église. Des bruits de pas retentirent derrière lui, mais il ne se retourna pas.

— Attends ! lança Éloïse.

Il l'ignora et pressa le pas.

Grosse boule orange dans le ciel clair, le soleil avait dépassé la ligne d'horizon. À quelques rues de la cathédrale, Balfruss déboucha sur la place du marché où les vendeurs ambulants étaient en train de déballer leur marchandise. Quelques-uns préparaient de la nourriture, et de délicieuses odeurs vinrent titiller les narines du mage.

Sur l'étalage d'un boulanger, Balfruss choisit deux pâtisseries à la cannelle. Le vendeur l'ayant reconnu, il dut insister pour payer. Même ainsi, l'homme parut mal à l'aise. Sans doute parce qu'il craignait d'avoir énervé un Mage de Guerre.

Quand ils pensaient qu'il ne les voyait pas, beaucoup de gens jetaient des regards nerveux à Balfruss.

Au centre de la place, il avisa une petite fontaine abandonnée. Une statue de femme s'y dressait, si vieille et attaquée par les intempéries qu'on ne distinguait plus ses traits. Peut-être une prêtresse d'un ancien dieu ou une reine de légende… Aujourd'hui, nul ne se souvenait de son identité ni des raisons ayant conduit à lui rendre ainsi hommage.

Le mage s'assit sur le muret de la fontaine et s'attaqua à sa pâtisserie en écoutant le bavardage des marchands.

Quelques minutes plus tard, Éloïse vint s'asseoir près de lui. Il lui tendit l'autre gâteau, et ils mangèrent en silence. Le soleil tapant déjà dur, Balfruss commença à transpirer. Bien que vêtue de noir, sa compagne ne parut pas affectée par la chaleur. Mais quand on avait l'habitude du désert…

— Pardon, Balfruss.

— Tu n'as rien à te faire pardonner.

— Mais…

— C'est oublié !

Les deux amis se turent, mais cette fois, il n'y eut aucune gêne entre eux. Respirant à pleins poumons, Balfruss s'enivra des odeurs de la ville en train de se réveiller.

Sur un étal, un gamin aidait son père à couper des fruits. À une vitesse incroyable, tous deux débitaient en tranches des abricots et des pommes qu'ils enfilaient sur des brochettes trempées ensuite dans un mélange de miel et d'herbes aromatiques. Une fois séchée au soleil, la confiserie serait délectable. Un jour, le gamin recevrait en héritage l'affaire de son père…

Que laisserait-il, lui, Balfruss, comme héritage au monde ? Et comment les gens se souviendraient-ils de lui ?

— Darius t'aimait énormément et il aurait voulu que tu sois heureuse.

— Sans lui, je ne vois pas comment je pourrais l'être.

De nouveau, un long silence s'ensuivit.

Si je meurs demain, se demanda Balfruss, *qui me pleurera ?*

— Tu vas retourner dans le désert ?

Éloïse aussi regardait le gamin – avec une terrible mélancolie dans les yeux.

— Comment savoir où est mon foyer ? J'appartiens à deux pays… et à aucun. Pour le moment, ça m'est indifférent…

— Si je peux t'aider, n'hésite pas à demander. (Balfruss épousseta les miettes de gâteau, sur ses genoux, puis se leva.) Il faut que j'y aille… La première attaque ne devrait plus tarder.

— Je suis prête.

— Tu en es sûre ?

— Non, mais je ne peux pas me cacher pendant que des gens meurent. Je peux être utile. Par exemple en évitant que d'autres femmes, ou des hommes, éprouvent le chagrin qui me mine.

Balfruss aurait voulu réconforter son amie et lui rappeler que Darius avait eu une sacrée chance de l'avoir à ses côtés. Mais il doutait d'en avoir la force.

En silence, il précéda Éloïse sur le chemin des remparts, où ils avaient rendez-vous avec le Nécromancien et ses Éclats.

Le moral de l'armée de l'Ouest monta en flèche lorsque les renforts de Zecorria arrivèrent. Du coup, le premier assaut se produisit une heure à peine après le lever du soleil. Les nouveaux soldats stimulant les anciens, les combats furent plus sauvages que jamais.

Les mains rouges de sang à force d'aider les médecins à soigner des plaies béantes, Balfruss avait les oreilles qui bourdonnaient à cause des cris des blessés et des agonisants. Parmi les hommes qu'il essaya de sauver – avec ses modestes moyens – pratiquement tous moururent, et l'un d'eux rendit le dernier soupir alors qu'il avait encore une main dans son abdomen, les doigts serrant une artère.

Vers midi, les assaillants se retirèrent. Balfruss crut d'abord à un répit, puis il vit que plusieurs soldats le regardaient avec insistance. Quand il arriva sur les remparts, les combattants de l'Ouest se repliaient mais quatre silhouettes encapuchonnées avançaient à contre-courant.

— *Nous devons en finir aujourd'hui*, dit la voix mentale de Thule.

Pourtant maître dans l'art de cacher son chagrin et son angoisse, Thule y parvenait plutôt mal avec Balfruss – une conséquence de leur lien mental.

Finn tirait la tête. Même s'il s'était remis de sa nuit de beuverie, son expérience avec les Maîtres de la Forge, au sujet de son épée, l'avait terriblement marqué. Comme

Thule, il semblait décidé à en finir une bonne fois pour toutes avec le Nécromancien.

Sur la gauche de Balfruss, Éloïse abaissa sa capuche noire. Sur son visage blême, le tatouage faisait plus penser à une cicatrice qu'à un ornement honorifique. Si du sang en avait coulé, Balfruss n'aurait pas été vraiment surpris. Le chagrin de cette femme était impossible à mesurer, à comprendre ou à apaiser. Et rien ne l'effacerait, pas même la victoire.

— Il faut que ça se termine aujourd'hui, dit Balfruss, faisant écho aux paroles de Thule.

Les deux autres mages acquiescèrent.

Balfruss appela une estafette qui transmit aux soldats l'ordre d'évacuer les remparts. Ils obéirent et allèrent se poster à deux ou trois rues en arrière, histoire de ne pas être pris sous le tir croisé des mages des deux camps.

Balfruss sonda le terrain et se demanda où pouvait être caché le Nécromancien. Comme d'habitude, il tirait de loin les fils de ses pantins, condamnés à se battre pour lui pendant qu'il essayait de repérer une faille dans les défenses ennemies.

Ecko avait failli l'avoir une fois, et il ne permettrait pas que ça recommence.

— Poltron…, marmonna Balfruss.

— On devrait attaquer, grogna Finn. Y en a marre d'attendre et de se défendre.

Balfruss puisa dans la Source et s'emplit de Pouvoir. Ses sens amplifiés, il put distinguer les visages en décomposition des Éclats. Malgré l'étincelle d'énergie qui animait leur corps, ils se détérioraient un peu plus chaque jour. Par endroits, leur chair était verdâtre ou violette. L'un d'eux n'avait plus d'yeux et un autre s'était coupé net la langue. Désormais, on ne distinguait plus les femmes des hommes. Tous chauves, ils ressemblaient à des squelettes en tunique longue. Des essaims de mouches les suivaient à la trace, et ils ne faisaient pas un geste pour ne plus être dévorés vivants. À ce rythme, ils ne résisteraient plus longtemps. Les détruire serait un acte de pure compassion.

— Finn a raison, dit Balfruss. Nous devons passer à l'offensive.

— *Tu es sûr ?* demanda Thule.

— Tu vois une meilleure solution ?

Thule ne répondit pas. Continuer à défendre protégerait la ville mais ne garantirait pas qu'un ou plusieurs Éclats y laissent leur peau. Pour ça, il fallait les submerger.

— Dans ce cas, on attaque !

— *Quoi qu'il arrive, souviens-toi que tu es très différent du Nécromancien. Quand il parle, deux mots sur trois sont des mensonges.*

Balfruss tourna la tête pour croiser le regard de Thule, mais son ami observait les Éclats. Avec un sourire, il puisa du Pouvoir dans la Source et sa peau jaune se mit à briller.

— Tu ne crois pas qu'on peut gagner ? murmura Balfruss.

Il n'aurait pas eu besoin de parler à voix haute, mais la communication mentale le mettait toujours mal à l'aise.

— *Pas sans payer le prix fort…*

Thule tourna enfin la tête. Dans son regard, Balfruss lut une profonde tristesse… et une terrifiante lucidité.

— *Les Éclats n'ont pas de volonté propre. Ils ne cesseront pas de combattre parce qu'ils sont fatigués ou blessés. Pour les arrêter, il faudra les tuer. Tu sais ce que ça nous coûtera, pas vrai ?*

Tandis qu'il regardait son ami, Balfruss se sentit écrasé par le poids de ce qui allait inévitablement arriver. Sa concentration chancelant, il faillit perdre le contact avec la Source. Un goût amer dans la bouche, il mobilisa toute sa volonté pour ne pas faillir.

Peu avant la fin, Ecko avait connu les mêmes tourments, et ça ne l'avait pas empêché de se battre.

Après avoir tant perdu, depuis son arrivée à Charas, Balfruss ne pouvait accepter l'idée de voir mourir un autre ami. Et voilà qu'il devrait sans doute en perdre trois !

S'il avait au moins eu le temps de leur dire combien il les aimait.

— Éloïse…, commença-t-il, incapable d'aller plus loin.

Son amie se tourna vers lui, le visage sillonné de larmes.

— Je sais…

— Les voilà ! cria Finn.

Des étincelles bleues crépitèrent le long de ses bras. Avec un cri de rage, il propulsa sur un Éclat une sphère rouge et noir qui descendit vers sa cible en grossissant et en prenant de la vitesse. Quand ce premier projectile se fut désintégré contre un bouclier, Finn continua à bombarder l'Éclat avec l'inépuisable énergie d'un forgeron qui martèle une pièce de métal.

L'acolyte tomba à genoux, mais son champ de force défensif ne faiblit pas.

Thule n'avait pas bougé un muscle, pourtant, Balfruss sentit une décharge de Pouvoir. Une seconde plus tard, une crevasse s'ouvrit sous les pieds d'un autre Éclat, qui disparut en un clin d'œil.

Sans hésiter, Thule envoya un caillou en direction du trou. Des cristaux de glace s'agglutinèrent sur la pierre jusqu'à ce qu'elle devienne un énorme rocher gelé qui s'abattit sur l'acolyte au moment précis où il émergeait de la crevasse.

Éloïse aussi s'en tirait bien. Comme si une main géante le repoussait, son Éclat était contraint de reculer. Une pure affaire de volonté et de façon de l'imposer à quelqu'un…

Quand l'acolyte tomba à genoux, la veuve de Darius s'attaqua à son bouclier défensif, résolue à le désintégrer.

Le quatrième Éclat restait immobile et ne tentait rien. Trop occupé par trois duels simultanés, le Nécromancien avait sans doute oublié jusqu'à l'existence de son dernier acolyte.

Balfruss tourna la tête et s'attendit à voir Darius campé près de sa femme. Un instant, il s'étonna de l'absence de son Frère de Sang.

Enragé quand la raison lui en revint à l'esprit, il lança sur l'acolyte une lance noire de Pouvoir vibrant de sa haine pour le Nécromancien.

Torval n'eut pas le temps de générer un champ de force. Quand la lance s'enfonça dans sa poitrine, sans faire couler de sang, l'acolyte parut à peine s'en apercevoir. Puis un champ de force l'enveloppa et repoussa le projectile suivant de Balfruss – mais au prix d'une multitude de petites fissures qui seraient très délicates à réparer.

À peine commencée, la bataille tournait en la faveur des défenseurs de Charas. Continuant à inverser les rôles, ils harcelèrent leurs agresseurs et les forcèrent à reculer derrière des boucliers qu'ils avaient de plus en plus de mal à maintenir.

Même s'ils n'étaient plus vraiment vivants, et donc insensibles à la douleur, les Éclats n'étaient pas *tout à fait* morts. Si leur blessure ne saignait pas, quand ils avaient un bras cassé par un rocher de Thule, le membre restait plié selon un angle impossible et le champ de force du « blessé » faiblissait.

Un instant, Balfruss crut qu'il allait être possible de vaincre sans pertes supplémentaires. Comme si le Nécromancien lisait ses pensées aussi bien que Thule, tous les Éclats abaissèrent leur bouclier au même moment. Surpris, leurs adversaires attaquèrent avec un peu moins de rage, mais ça ne dura pas.

Criblés de projectiles magiques, les Éclats firent pourtant mine de riposter. L'un bascula en arrière sous la puissance des coups de Finn et un autre fut transpercé par une lance de Balfruss. Mais ça ne fit aucune différence. Des boules de feu bleu et jaune traversèrent le corps de chaque acolyte et fondirent sur les remparts tout en virant au rouge. Dans le ciel, huit traits de flammes s'unirent dans les entrailles d'un énorme nuage porté de plus en plus haut par un vent puissant.

Quand les éclairs jaillirent, les murs de la cité tremblèrent et le sol des remparts bougea sous les pieds des défenseurs.

Une utilisation de la foudre qui dépassait les compétences de Balfruss.

Au pied du mur, les Éclats étaient en train de s'embraser, une fumée noire s'élevant de deux d'entre eux. Celui qui gisait sur le dos semblait avoir des spasmes d'agonie, mais rien n'arrêterait le Nécromancien. À travers ses acolytes, il puisait une incroyable quantité de Pouvoir, et tant pis si ça devait finir par détruire le peu qu'il restait de leur corps et de leur esprit.

Une muraille de feu rouge sang s'éleva lentement au-dessus de la tête de Balfruss puis resta un moment en suspension dans l'air. À cet instant, quand il plongea les yeux au cœur de cette fournaise, le mage comprit que tous ses espoirs étaient vains. Étrangement, savoir que tout était fini l'emplit d'une résignation pleine de sérénité. Toutes ses angoisses disparurent pour céder la place à de profonds regrets.

Bien qu'une partie de son esprit sache qu'il était trop tard, il puisa dans la Source plus de Pouvoir qu'il se serait cru capable d'en contenir. Après avoir tissé un bouclier composé de plusieurs couches d'une matière impossiblement dure, il se campa sur ses pieds, écarta les bras et se prépara à encaisser l'assaut.

Quelque chose le percuta assez violemment pour lui couper le souffle. Son champ de force attaqué par une vague de chaleur dévastatrice, l'air qu'il défendait devint irrespirable.

La gorge et les poumons en feu, Balfruss tomba à genoux et toussa comme un perdu. Désespéré, il envisagea d'abaisser son bouclier pour avoir un peu d'air frais, mais la partie encore saine de son esprit lui cria que ça le tuerait sur le coup.

Sous ses pieds, le sol commença à se fendiller. Malgré le bouclier, le merlon contre lequel il s'appuyait lui brûlait la peau des mains et des genoux.

Un hurlement monta soudain des remparts. Un cri pareil pouvait-il sortir de la gorge d'un homme ?

Thule s'était embrasé !

Dans un coin de son esprit, Balfruss sentit quelque chose scintiller puis s'enflammer. L'écho des dernières pensées de Thule lui vrilla le cerveau, tourbillon de douleur et d'angoisse. Comme si les flammes se déchaînaient sous son crâne, le mage se mit à pleurer et ses pensées parurent… fondre en même temps que sa matière grise. De l'autre côté de son bouclier, le feu continuait de se déchaîner. Mais cet incendie-là, dans sa tête, était bien plus qu'une attaque magique. À travers son lien avec Thule, il le sentait brûler vif. Et il partagea son effroi quand il bascula dans le vide.

Le contact de la pierre brute du sol, contre sa joue, étonna Balfruss, parce qu'il était tombé sans s'en apercevoir. Relevant la tête, il vit une comète hurlante passer au-dessus de sa tête et s'abattre dans la rue, derrière les remparts. À l'intérieur de son champ de force, l'air commençait à manquer et il s'évanouirait bientôt. Des flammes léchaient ses vêtements, ses cheveux et sa barbe. Pourtant, il refusait toujours de s'avouer vaincu.

Près du mage, une femme cria. Puis une deuxième silhouette en flammes bascula dans le vide. Soûlé de coups, Balfruss commença à céder au désespoir.

Dans la rue, plusieurs hommes jetaient leur manteau sur la silhouette en feu afin d'étouffer les flammes. Mais qu'importait tout ça ? Bientôt, tout le monde serait mort. Après la disparition des Mages de Guerre, la cité serait sans défense contre le Nécromancien. Sous le règne de Taïkon, Charas dépérirait et Torval dévasterait le monde avec ses expériences de dément.

Alors qu'il sombrait dans l'inconscience, Balfruss perdit progressivement son lien avec la Source. Quand son bouclier se dissipa, de l'air frais – à sa grande surprise – vint lui caresser le visage. Après plusieurs inspirations, sa lucidité revint. Même si la pierre, contre son visage, était fraîche, il entendait toujours crépiter les flammes. Pourtant, dès qu'il s'en sentit la force, il se releva et s'appuya contre un merlon.

Devant le mur d'enceinte, deux tas d'os carbonisés fumaient encore. Un peu plus loin, deux torches humaines se consumaient en silence. Sans même se connecter à la Source, Balfruss sentit le flot de Pouvoir qui circulait dans les restes pitoyables des Éclats.

Le feu que Torval puisait en eux se concentrait sur un point précis des remparts.

Un mur de flammes blanches de la taille d'un homme s'y dressait. Le regarder revenait à fixer le soleil, tant il était brillant. Pour protéger ses yeux, Balfruss dut détourner la tête. Juste avant, il crut voir une silhouette au cœur des flammes.

Quand elles moururent, ce fut pour révéler l'imposante carrure de Finn.

Sortant des flammes indemne et nu comme un ver – à croire qu'il était né du feu –, le forgeron, gorgé de Pouvoir, brillait comme une barre de métal chauffée au blanc. Après avoir fait quelques pas, il s'arrêta et regarda fixement un point précis, devant lui.

Face à une telle quantité de Pouvoir, Balfruss dut serrer douloureusement les mâchoires pour ne pas hurler.

— On voudrait me consumer, moi ? rugit Finn, sa voix amplifiée par le Pouvoir.

Il sauta entre deux merlons puis se laissa tomber dans le vide.

Bien trop lent, Balfruss ne réussit pas à le rattraper. Le cœur serré, il se pencha, certain de découvrir les restes désarticulés de son compagnon. Au lieu de ça, il vit une silhouette nue et brillante qui tombait vers le sol, enveloppée dans un cocon de feu bleu.

Quand Finn atterrit, le choc fut assez violent pour faire trembler le mur d'enceinte. Apparemment indemne, le forgeron avança d'un pas décidé vers les dépouilles fumantes des Éclats. Un seul geste de la main, et l'acolyte le plus proche explosa comme un fruit trop mûr.

Avec la mort d'un Éclat de plus, Torval perdit une partie de son emprise sur la Source.

En claquant des doigts, Finn décapita le dernier acolyte encore entier. Aussitôt libérée du Pouvoir de son maître, la pauvre créature eut enfin le droit de mourir.

— Je t'attends ! cria Finn.

Balfruss sentit de nouveau trembler le sol. En regardant le Titan, il comprit pourquoi. Avec la quantité de Pouvoir que le forgeron puisait, les flammes bleu et blanc qui dansaient autour de lui se répandaient en cercle, détruisant tout sur leur passage. L'herbe flambait, la boue fondait puis bouillonnait, donnant naissance à une nappe de brouillard noir…

Finn continua d'avancer.

— Montre-toi, trouillard ! beugla-t-il.

Mais le Nécromancien resta invisible.

Quand il fut à portée de tir des archers ennemis, regroupés pour faire face, le Titan rugit et leur propulsa dessus une lance de feu qui les carbonisa, la chair, le métal et le bois réduits en cendres en un clin d'œil.

— Montre-toi ! cria Finn avant de frapper une deuxième fois.

Une dizaine d'hommes supplémentaires furent incinérés. Furieux que le Nécromancien ne sorte pas de son trou, Finn en tua une vingtaine d'autres dans la foulée.

Chaque fois, ses attaques gagnaient en violence et en amplitude et faisaient davantage de victimes.

D'autres archers tentèrent d'arrêter le Titan. Quand il vit une volée de flèches fondre sur lui, Finn leva simplement une main et tous les projectiles brûlèrent en plein vol, leur pointe fondue.

D'abord en rangs bien ordonnés, puis dans la pagaille la plus totale, les soldats de l'Ouest détalèrent comme des lapins. Même si Finn s'éloignait de la ville, l'énergie qu'il dégageait continuait à faire se hérisser tous les poils de Balfruss. Puis une odeur âcre flotta dans l'air et le mage sentit un vent chaud souffler sur son visage.

— Non, non, non ! cria-t-il quand il comprit ce qui se passait.

Sans quitter des yeux la silhouette flamboyante de Finn, il tenta de se connecter à la Source. Comme si on venait de le frapper au ventre, il se plia en deux, tomba à genoux et vomit. Une fois son estomac vide, il réessaya, mais sans plus de résultat, et pour des désagréments équivalents.

Le torrent de Pouvoir qui déferlait en Finn ne cessait de grossir. Vouloir puiser dans la Source revenait à plonger les mains dans un four. Selon ses formateurs, la Source était une réserve inépuisable de Pouvoir. Désormais, il en doutait.

Finn ne puisait pas dans la Source, il la vidait ! Les flammes qui enveloppaient ses pieds carbonisaient la terre, l'éventrant et la faisant fondre. Dans le ciel, les nuages de plus en plus gros tournaient au noir. Le tonnerre gronda, des gouttes tombèrent, mais aucun éclair ne zébra le ciel.

Les soldats de l'Ouest ne couraient pas assez vite pour échapper au Titan. Trop nombreux, ils se bousculaient, trébuchaient et finissaient piétinés par leurs camarades.

Finn écarta les bras. Aussitôt, un mur de feu, extraordinairement large, se rua sur les soldats et les rattrapa sans peine. Avec des cris et des appels à la clémence, des unités entières périrent dans le feu. Un crépitement familier signala que de la graisse fondait et brûlait. Rien d'alarmant, quand on cuisait de la viande au feu de bois. Mais là…

Presque nonchalamment, Finn massacrait de plus en plus d'adversaires.

Les nuages crevèrent, déversant une pluie curieusement chaude. Malgré l'absence d'éclairs, les roulements de tonnerre continuaient. Quand des gouttes d'eau s'écrasèrent sur son visage, Balfruss leur trouva un horrible goût de cendres.

Les flammes qui enveloppaient Finn étaient de plus en plus hautes, comme si elles cherchaient à faire bouillir les nuages.

Enfin, une silhouette en longue tunique rouge émergea des rangs dévastés de l'armée de l'Ouest. Aussitôt, les cercles de feu concentriques qui entouraient Finn se dissipèrent, révélant un terrain dévasté.

Malgré la distance, Balfruss entendit le cri de fureur et de tristesse que Finn poussa à l'intention du Nécromancien. La somme de toute sa colère, depuis que sa vie avait été bouleversée et détruite par un don qu'il n'avait jamais voulu. Où était la forge où il aurait pu travailler chaque jour ? Et l'épouse aimante qui l'aurait attendu le soir ? Au lieu de ce bonheur simple, voilà qu'il se baladait tout nu sur un champ de bataille, des flammes en guise de vêtements.

Malgré tout ce qu'il avait pu dire à Finn, Balfruss ne se faisait pas d'illusions. Toujours convaincu que le Pouvoir était une malédiction, le forgeron aurait tout fait pour s'en débarrasser.

Un marteau de forgeron géant s'abattit sur le Nécromancien avec assez de force pour le propulser en arrière malgré la solidité de son bouclier. Encore plus hautes, les flammes qui habillaient Finn touchèrent enfin les nuages et les embrasèrent. Dans le ciel d'abord écarlate, puis noir comme la suie, le tonnerre se déchaîna, ses roulements saccadés comme les battements d'un cœur au bord de l'explosion.

Le Nécromancien venait de se relever quand un nouveau coup de marteau le rejeta en arrière. Cette fois, il s'enfonça dans la terre et disparut dans une crevasse géante.

Avec un cri inhumain, Finn, toujours auréolé de flammes, se laissa tomber sur un genou. Les dents serrées, il lutta contre l'énergie qui menaçait de le consumer de l'intérieur, puis trouva la force de se redresser. D'un pas chancelant, mais sa détermination intacte, il avança vers le Nécromancien.

À chaque pas, ça devint plus difficile. Puiser de grosses quantités de Pouvoir était toujours épuisant, mais le forgeron était allé bien au-delà des limites humaines connues. Après un tel exploit, la réalité le rattrapait et il perdait lentement son contrôle sur la Source.

Couvert de boue, le Nécromancien émergea de la crevasse et se hissa sur la terre ferme où il resta allongé, visiblement épuisé. Dès qu'il le vit, Finn parut reprendre du poil de la bête malgré sa peau qui commençait à noircir. Des petits lambeaux s'en détachaient, aussitôt emportés par le vent vers les nuages qui s'accumulaient dans le ciel.

La pression ambiante augmenta et Balfruss entendit comme un gémissement sous le vacarme du tonnerre. Refusant de céder malgré la douleur, sûrement atroce, Finn fit un nouveau pas en avant. Prostré sur le sol, sans défense, le Nécromancien n'était plus qu'à quelques pas de distance. Tombant de nouveau sur un genou, Finn tendit une main vers sa proie, mais ça ne suffit pas.

Sa peau se craquela puis éclata. Tout son corps s'ouvrit comme la couenne d'un cochon en train de rôtir et une lumière aveuglante en jaillit.

Finn leva les yeux au ciel. Après un dernier roulement de tonnerre, la foudre se déchaîna enfin. Tandis que des éclairs martelaient le sol à l'endroit où il se tenait, les cris du forgeron furent noyés dans un vacarme inimaginable. Des éclairs fourchus rouge et violet fusèrent des nuages et s'abattirent sur le carré de terre où le Titan venait de s'écrouler.

Propulsé assez loin de la cible de ce déluge de feu, le Nécromancien disparut de la vue de Balfruss.

Le bombardement d'éclairs, barrage d'énergie surnaturelle, continua pendant une petite éternité.

Puis le calme revint et une pluie libératrice se mit à tomber. Dans le ciel, les nuages se dissocièrent pour dévoiler un carré de bleu. En quelques minutes, l'orage cessa, le ciel redevint limpide et l'averse se transforma en crachin avant de se tarir.

Balfruss chercha la dépouille de Finn à l'endroit où il l'avait vu pour la dernière fois. Sur ce carré de terre retournée et carbonisée, il ne restait pas trace du passage d'un homme. Maîtresse impitoyable, la Source avait réduit en cendres un de ses serviteurs…

Chapitre 41

Comme tous les soirs, Talandra et ses généraux se retrouvèrent pour évoquer les événements de la journée. Dans une ambiance pesante, la reine songea qu'on parlerait encore de tout ça dans des décennies.

L'héroïsme des soldats, pourtant digne de louanges, avait vite été relégué au second plan par le récit exalté des exploits et des désastres des Mages de Guerre. Grâce à leurs compétences, et sans doute à beaucoup de réussite, les hommes avaient sauvé des vies et évité bien des drames. Mais plus personne n'en parlait, parce que la magie occupait le devant de la scène.

Deux mages dévorés par les flammes étaient tombés des remparts. Des heures après, Talandra ne parvenait toujours pas à chasser ces images de son esprit. Comme les effigies en paille qu'on faisait brûler à la fin de l'automne, pour célébrer de bonnes moissons, Thule et Éloïse avaient flambé en un éclair. Mais eux, ils étaient des êtres de chair et de sang…

Au-delà de ces catastrophes, les conversations tournaient sans cesse sur le Titan, ce Mage de Guerre d'abord connu sous le nom de Finn Smith.

Quelques semaines plus tôt, Talandra l'avait vu pour la première fois dans la salle du trône. Un grand type maladroit, désorienté, peu informé du protocole d'une cour et qui lui avait semblé dépassé par les événements autant que par son propre Pouvoir. Désormais, quand les gens l'évoquaient, c'était avec un mélange d'admiration et de peur.

Autour de la ville, tout était ravagé sur des lieues et dans toutes les directions. Dans la cité, tout le monde avait entendu le tonnerre puis vu se déchaîner les éclairs – à la fin, après une attente qui avait paru interminable. Ces lances d'énergie blanche tombées du ciel, disaient certains dans la cité, n'étaient pas la foudre mais le feu de la Création.

Au-delà de leur aspect spectaculaire, ces événements auraient un impact sur la guerre, et il fallait déterminer lequel avant de décider des ordres à donner aux hommes le lendemain matin. Une part de son devoir de souveraine, Talandra le savait, était de répondre aux questions de ce genre. Au fil des ans, son père avait dû relever une kyrielle de défis et prendre des tombereaux de décisions délicates. Mais sa fille aurait parié qu'il n'avait jamais eu à gérer une conversation aussi étrange que celle qui l'attendait ce soir.

Bien sûr, prendre l'avis de ses généraux en temps de guerre n'avait rien d'extravagant, mais il y aurait ensuite un entretien privé des plus incongrus.

Avant de passer à la phase stratégique de la réunion, Talandra interrogea Vannok Lore, le dernier arrivé parmi les officiers.

— Comment va-t-il ?

Vannok semblait à bout de forces. Pas seulement à cause des combats du jour, devina la reine.

— Il n'a pas dit un mot depuis que tout ça est arrivé…

À dire vrai, Talandra n'avait aucune envie de poser ce type de question. Mais elle devait savoir, parce que des milliers de vies dépendaient désormais de Balfruss, le dernier Mage de Guerre en état de se battre.

Contrairement à Thule, Éloïse avait survécu à sa chute. Un coup de chance ou une malédiction ? La reine aurait été bien en peine de le dire.

— Elle est toujours vivante ?

— Il lui reste un souffle de vie… Les médecins ignorent comment c'est possible. Mais presque tout son corps est atrocement brûlé. Selon le corps médical, elle ne passera pas la nuit. Et Balfruss restera sans doute à son chevet jusqu'à la fin.

Talandra aurait aimé prononcer quelques paroles pleines de sagesse et de compassion, mais rien ne lui vint. Le cœur brisé par la mort de son père, physiquement torturée dès qu'elle pensait à lui, comment aurait-elle pu produire un discours réconfortant ? Quand on ne savait pas comment surmonter un deuil, de quel droit aurait-on donné des leçons aux autres ? Le chagrin n'était ni mesurable ni quantifiable – une plaie intérieure différente pour chaque être, en quelque sorte.

En un sens, la guerre était une bonne chose pour Talandra, puisqu'elle ne lui laissait pas le temps de penser à tout ce qu'elle avait perdu. Le temps de pleurer viendrait plus tard. Pour le moment, elle devait protéger Charas et ses habitants.

La reine se tourna vers Graegor, qui parut ne même pas la voir. Présent physiquement, le général borgne était en esprit bien loin de la salle et de ses occupants. Muet depuis qu'il avait pris place dans son fauteuil, il ne s'était même pas servi à boire.

— Un rapport sur l'état de nos défenses, général ?

Devant l'inertie de Graegor, Vannok répondit à sa place :

— La ville est toujours en sécurité et les fortifications tiendront. Elles ont souffert, mais les dégâts seront réparables, dès que nous en aurons le temps.

— Les soldats ? Toujours en état de se battre ?

— Avant le combat entre les mages, les pertes ont été lourdes, mais dans la fourchette de nos prévisions.

Talandra fronça les sourcils.

— Pourquoi ces circonvolutions, Vannok ? Qu'est-ce qui cloche ?

— Beaucoup d'hommes nous demandent si la guerre est finie. Ils veulent savoir s'ils ont encore besoin de risquer leur vie.

— L'armée de l'Ouest est toujours là, dit la reine. Pour avoir la réponse à leur question, il leur suffit de jeter un coup d'œil par les créneaux.

— Les nouvelles au sujet de Shael se sont répandues dans les rangs, dit Thias.

Talandra n'avait pas prévu ça si tôt. Officiellement, les routes commerciales entre le royaume et l'Ouest restaient coupées. Cela dit, plusieurs messages du réseau d'agents n'étaient pas arrivés par chauve-souris ou oiseau-voyageur.

— On raconte que les résistants, à Shael, ont massacré leurs gardes vorgas, dit Hyram.

Une demi-question, aurait-on dit, même si le prince devait connaître la réponse.

— J'ai eu sous les yeux des rapports qui confirment cette information, révéla Talandra en essayant de ne pas trop penser à Shanimel.

La jeune femme dirigeait l'espionnage avec un incroyable talent. Sur ce plan-là, Talandra n'avait rien à lui reprocher. En revanche, quand elle venait au rapport, Shanimel se montrait distante comme si elles étaient des étrangères l'une pour l'autre. Bien qu'elle ait mis un terme à leur relation, Talandra avait toujours des sentiments pour son ancienne compagne. À l'évidence, ce n'était pas réciproque. Sauf si Shanimel dissimulait mieux ses émotions que la nouvelle souveraine…

Non sans effort, Talandra revint au présent.

— L'alliance de l'Ouest se délite… Les Shaeliens luttent pour leur liberté et mes agents en Yerskania ont orchestré une rébellion. D'un moment à l'autre, je m'attends à l'annonce de la libération de Perizzi. Une fois la reine en sécurité, le reste du royaume se révoltera aussi.

» Zecorria est au bord de la guerre civile et les Morriniens ne s'intéressent plus qu'à leurs problèmes internes.

» Une série de bonnes nouvelles, certes, mais qui ne change rien à notre situation. Demain, l'armée de l'Ouest assiégera toujours Charas. Et même si on lui ordonne de se retirer, l'effet ne sera pas immédiat. Nous devons nous préparer comme si rien de spécial n'était arrivé.

— Nous nous en chargerons ! assura Vannok tout en échangeant un regard avec Hyram.

— Par des canaux officieux, intervint Thias, l'ennemi nous a transmis quelques demandes d'asile politique. J'ai aussi vu des unités entières déserter l'armée de Taïkon.

— L'heure de la clémence a sonné, dit Talandra. Nous ne pouvons pas accueillir les transfuges, mais il faut leur répondre. Dites-leur que tous ceux qui n'attaqueront pas demain ne risqueront plus rien de nous. Expliquez bien à nos hommes ce que ça signifie. Pas un ennemi disposé à se rendre ne doit être abattu. En cas de violation de cet ordre, le châtiment sera sévère. Désormais, nous avons besoin de nous faire des amis et des alliés à l'ouest. Les dettes de sang et la vengeance devront passer à la trappe. Moins il y aura d'hommes en face, et plus vite nous en aurons terminé.

— Si nous en terminons..., souffla Hyram.

Talandra comprit très bien ce qu'il voulait dire, mais elle ne releva pas. Dans la salle, personne n'avait mentionné le Nécromancien et la menace qu'il représentait toujours, même sans ses Éclats. Face à cet adversaire, la reine, comme ses généraux, ne savait que faire. Et la seule personne qui le savait passait son temps au chevet d'une amie agonisante.

— Autre chose ? demanda la reine. (Ses interlocuteurs secouèrent la tête.) Alors, allez donc vous reposer.

Quand il vit les autres hommes se lever, Graegor les imita, mais Talandra lui fit signe de rester. Avant de parler, elle attendit d'être seule avec le vieil ami de son père.

— Cette nuit-là, dans le couloir, tu m'as interrogée sur Balfruss, et ce n'était pas un hasard.

Graegor croisa enfin le regard de sa reine. Dans ses yeux, elle vit quelque chose d'inhabituel. De la culpabilité, peut-être. Ou de la peine...

— J'avais des soupçons, mais je refusais d'admettre la vérité... Ce... garçon... appartient à une vie que j'ai laissée derrière moi il y a très longtemps.

— Une vie qui te pesait ?

Graegor soupira et sembla soudain plus petit, comme si une baudruche se vidait.

—Non, c'était tout ce que je croyais désirer… Une vie tranquille, loin des villes, avec une femme aimée à mes côtés. Mais le village a connu une très mauvaise année – des récoltes pourries et un éboulement à la carrière. À court d'argent, j'ai décidé de m'engager dans l'armée. Au début, la séparation fut dure à supporter, mais nous nous y sommes faits, ma femme et moi. Après tout, je devais subvenir aux besoins des miens. Et les retrouvailles, au début, furent des moments merveilleux. Mais quelque chose m'est arrivé. Non content d'être un bon soldat, j'ai découvert que j'aimais ça !

—Il n'y a rien de honteux là-dedans.

—Non, mais assez vite, je me suis ennuyé pendant mes permissions, et des disputes se sont ensuivies. À la naissance de mon fils, je suis resté plusieurs mois au village, tentant d'être un bon mari et un bon père. Après avoir démissionné de l'armée, je suis retourné travailler à la carrière. Mais j'avais changé, et rien n'était plus comme avant.

Talandra serra entre les siennes la main mutilée du vieux général, mais il ne sembla pas s'en apercevoir.

—Au bout de six mois, je suis retourné dans l'armée. J'envoyais de l'argent chaque mois, donc ma femme et mon fils n'ont manqué de rien.

» La première année, je suis venu deux fois au village. Sans jamais m'y sentir à ma place. Sans moi, la vie continuait, voilà tout. Conscient de ne rien apporter aux miens, j'ai vite espacé davantage les visites, puis j'y ai mis un terme, me contentant d'envoyer une lettre avec l'argent. La dernière fois que j'ai vu mon fils, il devait avoir sept ans. Ça remonte à si longtemps que j'ai oublié à quoi il ressemblait.

Talandra lâcha la main de Graegor. Cette fois, il réagit – en souriant tristement, comme pour dire qu'il avait parfaitement conscience de s'être mal conduit. Même s'il n'avait rien fait d'illégal, le poids de ses actes l'écrasait toujours après plus de trente ans. Et Balfruss, de son côté, portait les cicatrices d'une enfance ratée.

Pour la première fois, Talandra comprit la raison de l'éternelle grogne du général. La culpabilité le hantait.

— Puis la guerre a éclaté…

Graegor tapota son bandeau avec sa main mutilée. Une façon de rappeler ce qu'il avait fait et ce que ça lui avait coûté. Au souvenir de ce que son père lui avait raconté à contrecœur, Talandra frissonna. Avec le temps, les cauchemars avaient perdu de leur violence, mais il lui arrivait toujours de se réveiller en pleine nuit, couverte de sueur.

— Trois ans s'étaient écoulés en un clin d'œil… Trois ans pendant lesquels j'avais continué à envoyer des lettres, mais pas très souvent. Sur l'insistance du roi, soucieux que je me remette de mes blessures, je suis retourné chez moi. Hélas, du village, il ne restait plus qu'un champ de ruines. Une attaque de pillards, selon un fermier voisin… Traumatisés, les survivants étaient partis vivre ailleurs. Et personne n'a pu me dire ce qu'il était advenu de ma famille.

Incapable de réconforter Graegor, comme avec Vannok, un peu plus tôt, Talandra essaya de se représenter le fardeau que cet homme avait porté sur ses épaules pendant trente ans.

— Revenu à Charas, j'ai enterré mon passé. Quelques années plus tard, après avoir entendu une rumeur au sujet de ma femme, j'ai mené mon enquête.

Des larmes roulaient à présent sur les joues du général.

— Un ancien voisin m'a révélé qu'elle avait survécu. En revanche, il ignorait où elle était partie. En l'absence d'informations sur mon fils, j'ai supposé qu'il était mort.

» Quand j'ai retrouvé la trace de mon épouse, c'était trop tard, car elle avait succombé à la peste un an plus tôt.

Graegor se rassit enfin, le regard perdu dans le vide. Quand il reprit la parole, Talandra n'aurait pas juré qu'il s'adressait à elle :

— Je n'ai jamais été un mystique… Tous ces gens affirment croire au seul véritable dieu, mais une autre divinité arrive le lendemain ! Les crétins d'adorateurs du Dieu Lanterne prétendent que nous sommes nés pour une raison… Tu parles ! Si seulement ça pouvait être aussi simple… Tu crois qu'un gosse meurt écrasé par un chariot parce que c'était son destin ? De foutues balivernes ! La destinée, c'est une mauvaise farce.

— Alors, pourquoi sommes-nous en ce monde ?

— Je n'en sais rien, mais j'ai conscience de ce que je peux faire et de ce qui est hors de ma portée. Je n'ai pas été un bon père ni un bon mari, parce que ça ne correspond pas à ce que je suis. Pour tuer, en revanche, je suis excellent. Comme pour entraîner et commander des soldats. Et comme pour gagner des guerres ! Voilà ce que je suis.

— Tu te trompes, affirma Talandra avec l'ombre d'un sourire. Mon père ne m'a pas élevée seul. Tu as toujours été là pour moi et pour mes frères.

— Merci du compliment, mais ça n'a rien à voir…

Graegor essaya lui aussi de sourire – sans grand succès. Puis il gratta les cicatrices de sa main mutilée comme si les spectres de ses doigts continuaient à le hanter.

— Je ne saurais que dire à Balfruss… D'ailleurs, pourquoi écouterait-il mes explications, si j'en avais ? Il vaut mieux qu'on s'évite.

— Parce que c'est plus facile ?

Graegor eut un sourire que Talandra trouva incompréhensible – jusqu'à ce qu'il parle :

— Tu ressembles tant à ta mère.

— Ne change pas de sujet !

— Tu ne veux pas savoir comment elle était ? Avec des mots, elle pouvait tailler un homme en pièces, bien mieux que moi avec une épée. Et quand elle riait, on aurait parfois cru entendre grogner un cochon, tant c'était fort !

» Son sens de l'humour, si tu savais… Parfois, elle me faisait rougir.

Graegor écrasa une larme sur sa joue.

— Tu sais que la guerre n'est pas finie, dit Talandra. (Graegor resta de marbre.) Demain, ton fils affrontera le Nécromancien.

Cette fois, un muscle se contracta sur la joue du vieil homme.

— Parle-lui tant que tu en as l'occasion.

Au son de la musique – très légèrement à côté des notes –, les clients de la taverne riaient, chantaient et dansaient. Une soirée de liesse, pour célébrer la fin de la guerre et la victoire.

En réalité, rien n'était joué, mais Balfruss le garda pour lui. Dès l'aube, la triste vérité dégriserait ces joyeux fêtards.

Cela dit, l'allégresse générale ne l'affectait pas, tout comme les deux hommes assis en face de lui. Sur la table s'alignait une série de chopes et de verres à liqueur vides. Le visage dans une petite flaque de bière, Tom le Noir ronflait déjà comme un sonneur. Encore conscient, Vargus, l'œil glauque, devait être plongé dans un lointain passé. Un passé qui le hantait, si on en jugeait par son expression.

S'il s'était regardé dans un miroir, Balfruss se serait sûrement fait la même réflexion à son sujet.

Après avoir compté les chopes et les verres, il s'étonna d'être encore conscient et en état de parler. Mais une douleur terrible, sous son crâne, lui interdisait de sombrer dans le délicieux oubli du sommeil.

De toute façon, chaque fois qu'il fermait les yeux, c'était pour voir Thule et Éloïse, dévorés par les flammes, tomber des remparts.

Les flammes du feu magique de Torval…

Tous les détails étaient gravés dans la mémoire de Balfruss. La peau noircie et ratatinée, l'odeur de chair brûlée, les cris inhumains…

Repérant une chope encore à demi pleine, le mage s'en empara et la vida cul sec. Puis il enchaîna avec un petit verre de rhum intact qu'il n'avait pas remarqué jusque-là. Quand il le reposa sur la table, il nota que sa main ne tremblait pas, même s'il la voyait floue.

Ecko, Darius, Thule et Finn… Presque tous ses amis étaient morts. Éloïse s'accrochait encore, mais la coquille vide carbonisée qui luttait mécaniquement contre la fin ne tarderait pas à perdre la bataille. Quelle atroce agonie, cent fois pire que les tourments qu'endurait Balfruss. Après avoir perdu Darius, l'amour de sa vie, Éloïse avait dû livrer son corps à des flammes qui n'avaient pas eu la miséricorde de la tuer. Contrairement à Thule, qui lui, au moins, ne souffrait plus.

Avant de quitter son chevet, Balfruss avait tenté plusieurs fois d'abréger les souffrances de son amie, mais sa main n'avait jamais pu abattre le couteau.

— Je n'ai pas réussi…, marmonna-t-il. Un sale lâche.

— Un lâche ? répéta Vargus, arraché à sa stupeur. Pourquoi dis-tu ça ?

— J'aurais dû affronter le Nécromancien… Il m'a prévenu qu'il tuerait les autres afin de me dépouiller de tout. Si je l'avais défié plus tôt, mes amis seraient encore là.

Vargus balaya la salle commune du regard, l'air soudain furieux, puis il posa les coudes sur la table, se pencha vers Balfruss et lui fit signe de l'imiter.

— Je vais tuer tout le monde dans cette salle…, murmura-t-il.

Au début, Balfruss pensa à une plaisanterie. Puis il vit la lueur qui dansait dans le regard de Vargus. Choqué, il recula d'instinct, mais la soif de sang disparut des yeux du vétéran.

— Quand je dis quelque chose, ça ne signifie pas que je peux le faire, ou que mes désirs deviendront réalité. Tu ne peux pas savoir ce qui se serait passé « si tu avais… ». Imaginons que tu aies défié le Nécromancien et qu'il t'ait tué. Où en serions-nous ?

— Je n'en sais rien.

— Tout est là ! Tu n'en sais rien ! C'est la clé de tout. L'ultime vérité ! L'avenir n'est pas joué parce qu'il n'est pas écrit. Mon gars, le Nécromancien est puissant, mais pas invincible. En plus, c'est un enfant !

Vargus eut un geste nonchalant, comme s'il chassait une mouche.

— Nous sommes au moins d'accord sur un point, dit Balfruss.

— Un enfant qui joue avec le feu, et qui finira par se brûler. Si ce n'est pas toi qui l'abats, ce sera quelqu'un d'autre. Personne ne reste au pouvoir pour l'éternité. Le temps nous arrache tout. J'ai vu des tyrans transformés en une carcasse tremblante aux sphincters incontrôlables. J'ai vu des sorciers devenir fous et se trancher la gorge parce qu'ils ne pouvaient pas regarder en face la vérité qu'ils venaient de découvrir.

» Enfin, j'ai vu de grands guerriers pleurer comme des enfants sur le sort de leurs victimes pendant que la populace louait leur héroïsme.

— Des sorciers ? s'étonna Balfruss. Depuis des siècles, personne ne désigne plus par ce nom les pratiquants de la magie. Tu as connu des sorciers ?

— Peut-être… ou peut-être pas… Mes souvenirs sont embrouillés, ce soir. J'ai dû lire ça quelque part… (Vargus rota puis s'ébroua pour s'éclaircir les idées.) De quoi je parlais ?

— De sorciers…

— Ces types étaient sacrément puissants… Pas un Mage de Guerre ne leur arriverait à la cheville. Des serviteurs du peuple capables de faire des choses affreuses et stupéfiantes. Sans te manquer de respect, un Mage de Guerre n'est qu'une arme sophistiquée. Comparés aux mystères dont les sorciers possédaient la clé, les trucs de ton Nécromancien sont du pipi de chat.

— Je donnerais cher pour connaître quelques-uns de ces mystères…, souffla Balfruss.

Il serra les poings de frustration. Sans le vouloir, il généra des étincelles bleues qui crépitèrent le long de son bras.

— Avec mon Pouvoir, tout ce que je peux faire, c'est détruire. Provoquer des orages, faire exploser des montagnes et tuer cent pauvres types en un clin d'œil… Mais Éloïse va mourir, et je ne peux rien pour elle.

Balfruss se tut, la voix brisée. Parmi les chopes et les verres, il chercha un coup à boire, mais il n'y eut pas de miracle. Et la serveuse dont il essaya d'attirer l'attention l'ignora superbement.

— Tu as essayé ? demanda Vargus.

— Quoi ? Essayé quoi ?

— De la guérir ?

Remarquant enfin les étincelles, sur ses mains, Balfruss se coupa de la Source. Tout ce qui avait un rapport avec le feu lui donnait envie de vomir.

— J'ai essayé pendant des heures… Après avoir parlé au médecin royal, j'ai repensé à tout ce que m'a dit Ecko. Puis j'ai écumé la bibliothèque du palais et passé en revue toutes mes conversations avec les membres du Conseil Gris, pendant ma formation.

» À court d'idées, j'ai canalisé du Pouvoir dans le corps d'Éloïse, puis j'ai attendu pendant des heures, sans que rien arrive. Elle agonise, et je n'y peux rien.

— Pourtant, Taïkon est capable de se guérir.

— C'est ce qu'on dit, fit Balfruss avec un rictus. Mais je doute qu'il me donne un coup de main.

— Donc, c'est vrai ?

— Selon la reine, il a avalé un artefact et depuis, ses blessures guérissent instantanément. Je pense que le Nécromancien lui a fait cadeau de cet objet.

Occupé à faire venir la serveuse, Balfruss ne vit pas la fureur qui passa dans les yeux du vétéran.

Touchée par la grâce, la serveuse approcha enfin, avec sur un plateau trois chopes qu'elle posa sur la table. Avec un regard désapprobateur pour tous les contenants vides, elle s'éloigna d'un pas digne.

— Que sais-tu d'autre sur les sorciers ? demanda Balfruss.

— Pas grand-chose… C'était un vieux livre… Il racontait comment les sorciers, en ce temps-là, servaient les vieilles religions : le Grand Créateur, Nethun et le Protecteur. C'était longtemps avant la construction de la Tour Rouge.

— Le Protecteur ?

— Ne cherche pas, mon gars ! Ça remonte à des siècles. À part le culte du Créateur, toutes ces croyances sont mortes au fil du temps. Un jour les nouveaux dieux, comme le Seigneur de la Lumière…

— Lanterne de merde ! éructa Tom le Noir avant de replonger dans son coma éthylique.

— … Les nouveaux dieux ne seront plus que d'antiques histoires radotées par des vieillards. De nouvelles idoles auront pris leur place…

Balfruss réfléchit un moment avant de lancer :

— Si le temps détruit tout, pourquoi nous donner la peine d'agir ?

— Tout change, mon gars… Tu dois penser au premier jour qui suivra la guerre. Qui veux-tu être quand ce sera fini ? Que désires-tu faire ? Où entends-tu aller ?

Balfruss essaya de répondre, mais son esprit était bien trop embrumé. Depuis le début du conflit, il se limitait à ne jamais penser plus loin que le jour suivant ou la prochaine bataille. Du coup, la notion même d'avenir s'était brouillée. Quitter le désert pour rentrer chez lui et se battre lui avait paru être la fin de son histoire, pas le début d'un nouveau chapitre.

À présent, il ne savait plus trop. Il avait des raisons de rester, mais tant de mauvais souvenirs étaient désormais liés à Charas. S'il survivait, en partir serait peut-être la meilleure solution.

Après avoir aidé Vargus à porter Tom le Noir jusqu'à son lit, dans une caserne improvisée, Balfruss prit le chemin du palais. Dès qu'il s'étendit, une multitude de questions tourbillonnèrent dans sa tête. Puis il s'endormit pour être aussitôt assailli par des cauchemars.

Sous la culpabilité et le chagrin, quelque chose de très différent s'éveilla. En dépit de tout ce qu'il avait vu et des exploits accomplis, souffla une petite voix dans sa tête, il avait encore faim de vivre et de découvrir.

Chapitre 42

Pour la première fois en deux ans, Gunder se sentait vivant. Le rembourrage, la coiffe de feutre, la perruque et les vêtements aux couleurs criardes l'attendraient à la maison, mais pour les quelques heures à venir, il était débarrassé de ce gros lard de marchand.

Le tailleur avait fait de l'excellent travail. Quand il se regarda dans un miroir, Gunder fut incapable de faire la différence entre l'uniforme qu'il portait et celui de la Garde Civile. Une parfaite imitation… Les trois galons bleus, sur chaque épaule et au niveau du cœur, lui conféraient le grade de capitaine. Le seul vestige de son ancien personnage, un maquillage blanc tartiné sur ses mains et son visage, lui donnait la teinte de peau des Yerskaniens. Dans le chaos qui s'annonçait, on pouvait douter que quelqu'un remarque une couleur de peau atypique, mais il ne fallait courir aucun risque. Quand tant de choses pouvaient mal tourner, prendre toutes les précautions possibles était de bonne guerre.

Au-delà de l'uniforme, Gunder s'était équipé avec une attention méticuleuse. Son épée, par exemple, était des plus ordinaires, comme il convenait pour un officier de son niveau. Cela dit, la lame était en acier de Seveldrom et il avait passé des heures à l'aiguiser, comme celles des divers couteaux cachés sur lui. Pour un capitaine de la

Garde Civile, il n'aurait pas été convenable d'exhiber de telles armes, normalement réservées aux voleurs, aux tueurs à gages et aux autres membres de la sinistre famille du crime. Gunder avait pourtant le sentiment qu'il en aurait besoin, car il doutait que ses prochaines actions soient approuvées par les gens qu'il croiserait sur son chemin.

Même s'il la connaissait par cœur, Gunder relut la dernière lettre de son agent infiltré au palais. Le prince héritier était finalement sorti de sa chambre avec des idées de vengeance plein la tête. Mieux encore, il était allé voir sa mère avec un plan en partie sorti de son cerveau. Les choses n'auraient pas pu mieux se passer.

Officiellement, rien n'avait changé dans la capitale. Taïkon était toujours le régent du royaume et la reine n'avait plus aucun pouvoir. En réalité, elle avait repris le contrôle du palais et s'apprêtait à chasser les Élus, cette souillure, de *sa* ville. Quand Gunder, par l'intermédiaire d'un agent, lui avait fait part de ses propres plans, la souveraine avait souri aux anges. Être assurés de son approbation par un document officieux, mais dûment signé, avait chassé les derniers doutes des rebelles.

Gunder jeta la lettre codée de son agent dans la cheminée. Il attendit qu'elle ait brûlé, puis sortit de chez lui par la porte de derrière.

Il privilégia les allées sombres et les rues tranquilles, s'arrêtant pour se laisser dépasser par des gens qui auraient pu le suivre. Cela dit, les passants étaient rares, car les gens sensés se barricadaient chez eux. Seuls les imbéciles et les fous rôdaient dehors, et ces deux substantifs correspondaient parfaitement aux Élus qui patrouillaient dans Perizzi avec l'insouciance des simples d'esprit.

Quand il fut à plusieurs rues de chez lui, Gunder n'évita plus les artères principales et marcha d'un pas décidé vers le quartier de Rotamph, dans la partie sud-est de la ville. En chemin, il croisa plusieurs patrouilles de la Garde Civile et répondit aux saluts des hommes et des sous-officiers.

Parmi ceux-ci, deux ou trois touchèrent la poignée de leur épée. Il imita leur geste, mais ne s'arrêta pas pour leur parler. Dans ce qui allait suivre, chacun devrait être à son poste, et le temps pressait. Pour être en place, Gunder eut encore besoin d'une trentaine de minutes. Selon le plan, ça lui laissait un peu de battement.

Alors qu'il passait devant la boutique d'un apothicaire, deux Poings de Drassiens – soit dix hommes, puisqu'une unité en comptait cinq – apparurent dans la rue et avancèrent à sa rencontre. Tous ces types faisaient à peu près la même taille et arboraient de larges épaules, le plus costaud du lot marchant en tête de la petite colonne. Comme toujours, ces mercenaires portaient une cuirasse rembourrée et un masque blanc qui dissimulait leurs yeux et leur nez. Presque tous avaient deux épées croisées dans le dos, mais un ou deux étaient aussi équipés d'un fléau d'armes.

Quand les hommes eurent atteint leur position, Gunder sortit de l'ombre et alla parler à leur chef, un colosse à la barbe grisonnante.

— Je suis le capitaine Gerall, se présenta-t-il en exhibant le petit objet hexagonal que Roza lui avait remis la veille.

Le laissez-passer était couvert d'inscriptions à l'encre noire, rouge et bleue. À part un Drassien, nul n'aurait pu les déchiffrer. En ce bas monde, Gunder n'était pas le seul à apprécier les codes.

Le chef des Drassiens prit le petit objet et sortit son jumeau de la bourse accrochée à sa ceinture. Après les avoir étudiés attentivement, il les glissa dans sa bourse. Derrière lui, ses hommes se mirent au garde-à-vous.

— Je me nomme Xhan gi Koto. Nous serons sous vos ordres jusqu'au lever du soleil.

Gunder sourit. En principe, il n'aurait pas besoin de ces hommes si longtemps.

— Allons-y ! J'ai une longue liste de cibles.

— À vos ordres !

Les deux premières personnes ne figuraient pas sur sa liste, mais il avait décidé de saisir l'occasion de régler quelques vieux comptes. Deux rues plus loin, il guida ses Drassiens dans une étroite allée au sol jonché d'immondices, entre deux rangées de boutiques délabrées.

Des deux côtés, des marches étroites donnaient accès au petit appartement qui allait avec chaque commerce. Sans hésitation, Gunder piétina les détritus, et tant pis s'il souillait le bas de son joli pantalon d'uniforme. Sans se plaindre, les Drassiens le suivirent et s'arrêtèrent quand il s'immobilisa devant un escalier.

Gunder désigna une porte jaune clair, au sommet des marches.

— Vous trouverez deux hommes là-dedans. À éliminer l'un et l'autre. Normalement, ils seront seuls. Dans le cas contraire, nous ne pouvons pas nous permettre de laisser des témoins. La réussite du plan en dépend.

Les Drassiens n'auraient pas eu besoin de tant d'explications – qu'ils écoutèrent d'ailleurs d'une oreille distraite. Mais Gunder devait jouer jusqu'au bout son rôle de patriote exalté. Si les mercenaires le soupçonnaient de mentir ou d'essayer de les manipuler, le contrat serait aussitôt annulé. Universellement renommés, les espions drassiens étaient en particulier connus pour leur flair face à un menteur. Soucieux de ne pas se trahir, Gunder se concentra pour afficher un visage de marbre.

Xhan acquiesça puis, dans sa langue natale, murmura des ordres à ses hommes. Deux d'entre eux partirent au pas de course, sans doute pour aller surveiller le devant de l'immeuble, au cas où les cibles tenteraient de filer par une fenêtre. Ces gens hésiteraient sans doute à se jeter dans le vide, mais quand un homme voyait que tout était perdu, il pouvait faire bien des folies.

Tandis que leurs compagnons se dispersaient pour faire le guet, deux Drassiens, arme au poing, gravirent les marches sans un bruit. L'appartement étant très petit, davantage d'hommes auraient risqué de se marcher dans les pattes.

Le premier Drassien ouvrit la porte d'un coup de pied et son camarade la franchit d'un bond.

Gunder entendit des cris étouffés et des bruits de chute. Moins d'une minute après, les deux mercenaires se remontrèrent. Ceux qui étaient partis surveiller la façade revinrent peu après, pas le moins du monde essoufflés.

Une mission de remplie, et encore toute la nuit devant soi !

—Xhan, notre prochaine cible, c'est un groupe d'Élus.

Guidé par Gunder, le groupe sortit de l'allée puis suivit le maître-espion dans les rues principales. En silence et sans se plaindre de devoir marcher à un rythme d'enfer.

— Combien d'Élus ? demanda Xhan.

— Six… Des voyous et d'anciens criminels, pour la plupart. Ces types ont appris à se battre dans les rues. Leur chef est différent. C'est un soldat.

Xhan transmit ces informations aux autres Drassiens.

À deux rues de l'auberge où les six Élus étaient en train de boire, selon un informateur de Gunder, le petit groupe tomba sur un trio de zélateurs du Roi Fou.

Un homme pissait à l'entrée d'une ruelle pendant que ses camarades titubaient comme des ivrognes.

Xhan interrogea Gunder du regard. En guise de réponse, le maître-espion dégaina son épée et approcha des Élus – qui ne remarquèrent rien jusqu'à ce qu'il soit à trois pas d'eux. Et même là, ils ne semblèrent pas s'apercevoir de la présence des Drassiens.

— Qu'est-ce que c'est ? Que se passe-t-il ?

— Lâchez vos armes, jurez fidélité à la reine, et nous vous laisserons la vie, annonça Gunder d'une voix assez forte pour dissiper chez ses interlocuteurs les brumes de l'alcool. Sinon, vous allez crever. Et ce sera tout en matière de sommations.

Ayant fini sa petite affaire, le troisième homme vint rejoindre ses amis. Comme eux, il puait le bouc et avait du mal à tenir sur ses jambes.

— Vous vous prenez pour qui ? lança le nouveau venu. C'est nous les maîtres, ici !

— C'est de l'histoire ancienne… (Gunder plaqua la pointe de son épée sur la gorge du fanfaron.) Dernier avertissement !

Peut-être à cause de la vinasse, ou parce qu'ils se croyaient invincibles, deux des hommes voulurent sortir leur épée. Pendant que les Drassiens les taillaient en pièces, Gunder égorgea le crétin arrogant.

Sans un regard pour les cadavres, le commando continua son chemin jusqu'à la taverne.

D'habitude, à cette heure, les bruits assourdissants de la rue empêchaient d'entendre ce qui se passait ailleurs en ville. Grâce au silence inhabituel, Gunder put déterminer que le massacre avait commencé. Dans le lointain, des cris retentissaient et il y eut un bruit de verre brisé.

Gunder allait entrer dans la taverne quand Xhan le retint par le bras.

— Un instant, je vous prie…

Quatre Drassiens partirent surveiller la porte de derrière. Connaissant la nature profonde des hommes qu'il traquait, Gunder savait qu'ils ne tenteraient pas de fuir, mais il garda ça pour lui.

Xhan le lâcha et lui fit signe d'avancer.

L'irruption de plusieurs Drassiens inquiéta d'abord les clients, mais ils se détendirent quand Gunder désigna les six Élus. Puis avec une belle unanimité, ils décidèrent qu'il était temps de rentrer chez eux se reposer.

Les Drassiens les laissèrent sortir. Désormais seuls, les Élus commencèrent à comprendre que quelque chose clochait.

Sous l'œil d'un garçon de salle qui essuyait des verres, quatre mercenaires entrèrent par la porte de derrière.

Les Élus correspondaient en tout point à ce qu'attendait Gunder. Des brutes hideuses vêtues d'uniformes miteux et armées d'une épée ou d'une hache – et probablement de plusieurs couteaux cachés sous leurs frusques.

Le chef fut facile à identifier, puisqu'il avait pris un bain depuis moins de trois semaines. De plus, il ressemblait à un vrai soldat, à l'inverse des autres.

Contrairement à ses hommes, qui ne semblaient pas particulièrement inquiets, l'officier blêmit.

— Rendez-vous ou crevez ! lança Gunder.

Ce groupe était vraiment un ramassis de rebuts de l'humanité – de la vermine que même les autres criminels méprisaient. Cupides et sans scrupules, ils brutalisaient leur propre peuple au nom d'un dieu et d'un empereur importés d'un autre royaume. Tout ça pour se remplir les poches.

— Quel drôle de choix ! railla un grand costaud aux dents jaunes.

C'était le chauve qui avait dévasté la maison d'un « gros lard », quelque temps plus tôt. Au nom de la justice, bien entendu. Quand il se leva, Gunder vit que le salopard avait la main posée sur la poignée de son épée.

— Nous devrions peut-être nous rendre…, commença l'officier.

Il n'alla pas plus loin, parce qu'un des hommes assis à ses côtés lui trancha la gorge. Tandis qu'il s'écroulait en pissant le sang, tous les voyous se levèrent et dégainèrent leur arme. Depuis le début, ils attendaient un prétexte pour le faire, et maintenant, ils n'avaient plus rien à perdre.

Gunder lança un de ses couteaux et les Drassiens chargèrent.

Expert en toute sorte de combat, Gunder avait fait mine de viser le salaud aux dents jaunes. Comme prévu, celui-ci se jeta sur le côté, mais l'arme se ficha dans la poitrine d'un autre type, qui s'écroula, raide mort.

Comme on pouvait s'y attendre, les Élus se battaient avec une férocité et une cruauté sans bornes. En face, les Drassiens – des soldats disciplinés qui s'entraînaient chaque jour – utilisaient des techniques développées et améliorées au fil des siècles. Pour d'anciennes racailles des rues, ils étaient intouchables.

Après avoir esquivé un coup vicieux, Xhan trancha le bras puis la tête de l'Élu qui s'en était pris à lui. On eût dit que sa lame s'enfonçait dans du beurre, pas dans de la chair, des tendons et des os.

Par miracle, un des voyous avait réussi à désarmer le Drassien qui lui faisait face. Mais le mercenaire lui subtilisa un de ses couteaux et le poignarda quatre fois dans la poitrine. Une débauche de coups ? *Non*, se répondit Gunder, quand il vit que chacun avait transpercé un organe vital.

L'Élu s'écroula et mourut avant même d'atteindre le sol.

Les deux derniers salopards résistèrent à peine plus longtemps. Messire Chicots-Jaunes périt le dernier, proprement coupé en deux.

Le calme revenu, Gunder constata qu'un de ses Drassiens avait une coupure au bras. Les autres étaient indemnes. Dès qu'on eut bandé le bras du blessé, Xhan annonça qu'il pourrait participer à la suite, puisqu'il n'était pas grièvement touché.

Les deux heures qui suivirent, Gunder et ses Drassiens exécutèrent plusieurs groupes d'Élus et quelques individus isolés qu'il qualifia de « collaborateurs ». Si certains de ces hommes le reconnurent ou comprirent même ce qui se passait vraiment, ça n'avait aucune importance. Oubliant les sommations, Gunder ne leur laissa pas une chance de fuir.

Chaque cible fut froidement abattue. Et lorsque le flot de sang se tarit, plusieurs nations étaient désormais privées d'yeux et d'oreilles à Perizzi.

De temps en temps, Gunder fut contraint de laisser une chance de se rendre à un Yerskanien récemment engagé par les Élus. Tous refusèrent. Peut-être parce qu'ils savaient leur temps révolu. Même s'ils avaient échappé à la prison, ces traîtres seraient devenus des parias.

D'autres Drassiens furent blessés, mais pas assez grièvement pour les empêcher d'aller au bout de leur contrat.

Partout dans la ville, des officiers de l'armée régulière et des Protecteurs de la Paix lançaient des escouades de Gardes Civils ou de Drassiens sur des cibles soigneusement choisies par Roza. En payant les Drassiens et en les cachant jusqu'à ce soir, les conjurés locaux avaient joué un grand rôle dans la conspiration, mais ils étaient exclus des opérations. Aucun n'avait d'expérience militaire, et l'élimination de tous les Élus en une nuit était une mission trop importante pour qu'on la confie à des amateurs, si motivés fussent-ils.

Gunder et son groupe croisèrent plusieurs autres unités brandissant des armes rouges de sang. Au fil de la nuit, le maître-espion vit de plus en plus de cadavres aux quatre coins des rues. Au début de la soirée, un calme étrange régnait en ville. À présent, on entendait partout le cliquetis des armes et les bruits de bottes des Gardes Civils.

— Quelle est notre prochaine cible ? demanda Xhan alors que Gunder guidait son équipe vers un bâtiment minable qui se dressait dans un quartier particulièrement miteux.

Le maître-espion était passé deux fois dans les environs, sans entrer dans l'établissement.

— Ce bâtiment dont toutes les fenêtres sont éclairées, répondit-il. C'est un bordel.

Xhan eut une moue dubitative. Jusque-là, aucun Drassien n'avait émis de commentaire sur les cibles. Ce n'était pas leur rôle… et ils s'en contrefichaient. Ces hommes étaient des armes, rien de plus, et jusqu'à la fin du contrat, Gunder les dirigerait. Mais ils n'étaient pas idiots et savaient à quoi ils participaient.

— Ces gens font la traite des filles partout dans l'Ouest. Et même dans les royaumes du désert.

Xhan ne parut pas moins dubitatif. Hélas, enlever des femmes et les forcer à se prostituer n'avait rien de nouveau. Et c'était encore pire quand leurs maîtres les rendaient accros au *venthe* ou au cristal noir pour avoir une meilleure emprise sur elles.

— J'ai dit « filles », pas « femmes ».

Gunder n'eut pas besoin d'en dire plus. Dans la culture drassienne, parfois jugée archaïque, certains crimes, comme la prostitution des enfants et l'esclavage, n'étaient absolument pas tolérés. Alors que d'autres pays tenaient ces fléaux pour des « problèmes qu'on ne pouvait résoudre », les Drassiens ne s'arrêtaient pas à ces détails. Les coupables de tels crimes étaient exécutés en public et devant les membres de leur famille. Puis on brûlait la maison du criminel et on répandait du sel sur les ruines.

Au cœur de la philosophie drassienne, l'honneur avait plus d'importance que la loi. Il n'était pas rare que des familles entières, submergées par la honte, se donnent collectivement la mort.

— Quels sont nos ordres ?

— Personne n'en sort...

— Un instant, je vous prie...

Xhan se tourna vers ses hommes et leur expliqua de quoi il retournait. Pendant que les autres attendaient en silence, un mercenaire alla observer le bâtiment et ses alentours. Quand il revint, Xhan écouta son rapport, puis il fit signe à Gunder d'approcher.

— Ce bâtiment a trois issues. La porte de devant, celle du fond et une troisième qui peut seulement être ouverte de l'intérieur. Avec deux Poings, je ne peux pas garantir que personne ne s'échappera.

— Nous n'avons pas le temps d'attendre des renforts... Le nettoyage doit être fait ce soir. Demain, ce bordel sera protégé. Les patrons sont des gens pleins d'influence...

Xhan eut une moue amère.

— Je vous aiderai.

Jusque-là, les Drassiens avaient fait de leur mieux pour tenir Gunder loin des combats. Même s'il avait fait semblant de ne rien remarquer, le maître-espion s'était aperçu que deux hommes le suivaient en permanence comme son ombre. Quand on traitait une affaire, il n'était jamais bon que le signataire du contrat meure...

— Tu vois ces galons ? demanda Gunder. Ce sont ceux d'un capitaine. Je n'ai pas d'amis ou de parents puissants et pas de nom prestigieux pour me servir de sésame. Ce grade, je l'ai mérité. Je peux me charger de la troisième porte.

Xhan réfléchit un moment. Il pouvait refuser d'attaquer le bordel, mais désobéir serait contraire à l'esprit du contrat et nuirait à la réputation des Drassiens. Partout dans le monde, on les tenait pour les meilleurs mercenaires possible – et les plus respectueux des ordres. De plus, si on n'agissait pas, le lupanar continuerait à faire le commerce des fillettes. Mais si le groupe passait à l'action, Gunder pouvait être blessé ou tué.

— Lei restera avec vous, dit Xhan en désignant l'éclaireur qui avait fait le tour du bâtiment.

Les autres Drassiens vérifièrent leurs armes, se divisèrent en deux groupes puis encerclèrent le bordel.

Gunder suivit Lei jusqu'à une porte de fer sans poignée ni trou de serrure.

Un grand bruit, vite suivi d'un autre, annonça que les Drassiens venaient de défoncer les deux autres portes. Des cliquetis d'armes et des cris retentirent, d'abord très lointains, puis de plus en plus proches. On se battait dans tout le bâtiment, et les défenseurs se repliaient vers leur issue de secours.

Quand les gonds de la porte grincèrent, Gunder et Lei se préparèrent. Vêtu en tout et pour tout d'un ceinturon et d'une paire de souliers, un gros type chauve sortit, un tas d'habits serré contre son cœur. Des pièces tombaient d'une bourse ouverte, mais il s'en fichait.

Quand il vit l'épée de Gunder, le type écarquilla les yeux de terreur. Il tenta de rebrousser chemin, mais d'autres fuyards arrivèrent et le poussèrent en avant. Bousculé, il s'écroula face contre terre et fut piétiné par des salopards affolés – une belle brochette de notables, constata Gunder sans grande surprise.

Lei l'interrogea du regard.

Gunder abattit son épée sur le cou du gros type et le décapita.

— Personne ne sort !

Pris en tenaille et confrontés à des anges exterminateurs, les violeurs de fillettes implorèrent la clémence de Gunder, lui promettant tout ce qu'il pouvait vouloir s'il les laissait en vie.

En les taillant en pièces, le maître-espion se souvint de sa jeunesse, à la ferme, quand il fauchait les épis de blé. Aujourd'hui, il moissonnait des vies…

Avec l'aide de Lei, il exécuta huit salopards.

Quand Xhan et ses hommes firent la jonction, tout était terminé depuis un moment. Bien qu'il ne fît aucun commentaire, le chef des Drassiens parut ravi de voir son commanditaire indemne. Couverts de sang, les mercenaires semblaient vifs et alertes comme s'ils venaient d'attaquer leur première cible.

— Le prochain objectif ? demanda Xhan.

— Il n'en reste qu'un, répondit Gunder.

Cette fois, il s'autorisa un sourire.

Il fallait un moment pour atteindre le site, mais Xhan et ses hommes comprirent où ils allaient longtemps avant de s'immobiliser devant les portes ornementées du Temple des Élus.

Récemment achevé, l'édifice était une abomination à la face de Perizzi. Ses murs jaunes, son dôme blanc et ses quatre minarets bleus n'avaient rien de répugnant – en revanche, la statue géante de Taïkon…

Le sculpteur ayant pris pas mal de libertés, le bel éphèbe bienveillant qui regardait le monde de haut n'avait guère de rapport avec le véritable Roi Fou de Zecorria.

Malgré le chaos qui régnait partout en ville, une vingtaine d'Élus gardaient le temple. En avançant, Gunder ne fut pas surpris de voir des officiers de la Garde Civile émerger des rues latérales, chacun à la tête d'un groupe de Drassiens.

D'abord imperturbables, les Élus perdirent de leur superbe quand ils comprirent qu'ils allaient devoir combattre à un contre quatre. Parmi les Drassiens et les officiers de la Garde, très peu étaient encore en pleine forme et indemnes. Mais tous semblaient résolus à éradiquer la flétrissure qui défigurait la ville.

— On rase tout…, souffla Gunder.

Quand un officier eut donné le signal, il chargea, l'épée au poing.

Chapitre 43

Sous un soleil de plomb, Vargus avançait dans un champ de blé mûr. Dans toutes les directions, le ciel d'un bleu limpide semblait chanter une ode à l'été. Ruisselant de sueur, le vétéran en avait la peau qui picotait, mais il s'en fichait. En ce jour, il rentrait chez lui.

Sa dernière visite remontait à si longtemps qu'il l'avait oubliée. Malgré la chaleur et ses muscles douloureux, il souriait béatement.

De petits oiseaux voletaient entre les épis en gazouillant. À part ça, seul le souffle doux du vent troublait le silence.

Soudain, un cri lointain retentit. Au début, Vargus crut qu'il s'agissait d'un enfant. Mais le son dura bien trop longtemps, parfaitement régulier, avant de cesser abruptement.

Vargus cessa de s'en inquiéter et ses traits, un instant crispés, se détendirent. Quand il eut atteint le bout du champ, il enjamba le muret de pierre et s'engagea sur la piste étroite qui serpentait jusqu'au village niché au cœur de la vallée. Dans un enclos, des moutons et des vaches paissaient tranquillement et de la fumée montait de quelques cheminées. Regardant les collines boisées, au-delà du village, Vargus crut voir de grands arbres osciller et entendre le son grinçant de plusieurs scies de bûcheron.

Deux équipes en train de couper du bois et de replanter des graines pour remplacer les arbres… Ici, les champs, les bois et la rivière – qui coupait le village en deux – fournissaient aux habitants tout ce dont ils pouvaient avoir besoin.

Quand on venait de la ville, avec l'habitude d'un certain luxe, il fallait un moment pour s'adapter. Mais tous ces gens étaient là pour la même raison. Après des années à sillonner le monde, ils cherchaient la paix. Et pendant un temps, ils étaient heureux. Savourant le silence et la simplicité de la vie, ils se dépouillaient de plusieurs décennies de coutumes, de mauvaises habitudes et de pointes d'accent rapportées de lointains pays et redevenaient eux-mêmes au sens le plus fondamental du terme.

Un jour, quelque chose de neuf venait au monde ou était inventé, le vent tournait et un nouvel âge commençait. Alors, abandonnant les champs et les collines, fermiers et bûcherons s'en repartaient à l'aventure dans le vaste monde. Parmi ceux qui restaient, aucun ne les accusait ni les jugeait, parce que, en fin de compte, tous connaîtraient le même sort. Jusqu'à ce qu'ils se lassent à nouveau du monde et reviennent au village…

Le cri retentit de nouveau, plus fort et plus aigu. Dans les collines, Vargus ne vit aucun oiseau s'envoler et les animaux, dans le grand enclos, ne bronchèrent pas.

Mais quand le vétéran baissa les yeux sur la piste qu'il arpentait, le sol se troubla puis disparut.

Chez lui…

Ce serait pour bientôt, mais pas tout de suite !

Quand Vargus ouvrit les yeux, Orran sursauta et sourit pour dissimuler son inquiétude.

— J'ai cru que tu roupillerais toute la journée. On s'est couché trop tard, grand-père ?

— J'espère que tu as une bonne raison de me réveiller... Je faisais un rêve merveilleux.

— Avec des moutons, je parie ?

Après avoir chassé tout vestige du sommeil de son visage, Vargus s'étira et se leva. Il était toujours sur les remparts et en face de lui, l'armée de l'Ouest attendait l'ordre d'attaquer – peut-être pour la dernière fois.

— Avec des moutons, oui... Ils tentaient d'échapper à un type nu qui les poursuivait. Un gaillard qui te ressemblait, Orran.

Tom le Noir s'esclaffa et Hargo eut l'ombre d'un sourire. Ces derniers temps, il donnait dans la mélancolie. La guerre les avait tous changés, et ceux qui survivraient devraient faire avec chacun à leur façon. N'étant pas devin, Vargus n'aurait su dire comment Hargo s'en sortirait. Mais il ne parlait plus guère, ces derniers temps, et ce n'était jamais bon signe.

— Tu es taré ! s'écria Orran.

— Tu n'étais pas fermier ? Un brave gars attentionné avec son troupeau ?

Quelques soldats ricanèrent.

Alors qu'Orran cherchait une réplique cinglante, une sonnerie de cor retentit, si fort que Vargus en eut des bourdonnements dans les oreilles. D'autres cors répondirent tout au long des remparts. Le son qu'il avait entendu dans son rêve...

— Et merde…, marmonna Hargo.

Il tira sur la fixation de son bouclier et dégaina son épée.

— Pourquoi se battent-ils encore ? lança Orran à la cantonade, et sans attendre de réponse.

Tout le monde se posait la même question. Une guerre civile en Morrinow, des rébellions en Zecorria et Perizzi libérée en une nuit par les Yerskaniens… La capitale étant reconquise, la reine ne tarderait pas à se débarrasser des Élus encore présents dans le reste du pays. Bref, la coalition de l'Ouest n'était plus qu'un souvenir, mais personne n'en avait informé les crétins d'en face.

Quand il vit comment étaient composés les rangs ennemis, Orran blêmit. D'habitude, avant de distinguer des visages, on voyait une mer aux reflets marron, gris et argentés. Puis on distinguait des hommes en cuirasse souillée de boue.

Aujourd'hui, constata Vargus, alors que la guerre tirait à sa fin, la mer avait des reflets verts, marron et bleus. Arrivé à mille, il cessa de compter les Vorgas qui fondaient sur la ville.

— Bon, les gars, lança-t-il en crachant en direction de l'ennemi, nous avons déjà affronté ces gueules de poisson. Vous savez que faire. Ces brutes sont grandes, lentes et deux fois plus moches que votre belle-mère. Alors, n'essayez pas de vous montrer plus forts qu'elles et ne perdez pas de temps à les démembrer. Frapper de taille est bien plus simple. Visez les coudes et les genoux, puis faites-les tomber et frappez jusqu'à les avoir tuées. Montrons à ces tronches de poisson ce que valent les soldats de Seveldrom !

— On va plutôt leur montrer la couleur de nos tripes, marmonna Orran.

Mais Vargus avait l'oreille fine.

— Quelque chose à dire, estimé camarade ?

— Non, je parlais tout seul.

Vargus baissa la voix.

— Tu sais, la guerre est presque finie… Tiens encore une journée, et ça ira. Tu en es capable ?

Le petit homme leva les yeux au ciel. Sur ses joues, Vargus vit des larmes séchées.

— Je suis si crevé que j'ai mal à tous les os. Comment peut-on les sentir tous comme ça ?

— On s'en sortira, mon vieux.

— J'aimerais te croire, dit Hargo, les yeux rivés sur les Vorgas, mais je ne sais pas le nom de la plupart des gars qui m'entourent…

Vargus regarda sur ses flancs et vit que le moral des hommes était au plus bas. Affronter quelques unités de Vorgas disséminées dans une armée humaine était une chose. Se retrouver face à une horde de ces sauvages, en revanche… Alors, après des jours et des jours de combat, quand on était vidé de ses forces… Même s'ils se goinfraient puis dormaient vingt heures d'affilée, les camarades de Vargus resteraient affamés et épuisés. Et ça ne changerait pas avant que la guerre soit finie.

Vargus prit Hargo et Orran par les épaules et les força à se tourner vers lui. Tom le Noir et quelques autres gars approchèrent et un silence religieux tomba sur les remparts quand le vétéran prit la parole :

— Je me fous des rois, de la politique et des religions. Tout ça, c'est un jeu pour ceux qui détiennent le pouvoir. Ce qui compte pour moi, mes frères, c'est que vous surviviez afin de rentrer chez vous et d'oublier la guerre. Souvenez-vous de la Confrérie. Grâce à elle, vous êtes arrivés vivants jusqu'à aujourd'hui. Un pour tous et tous pour un, les gars ! Protégez l'homme qui combat à côté de vous, parce que sans lui, vous êtes déjà morts. N'abandonnez pas alors que nous sommes si près du but.

Les hommes les plus proches parurent un peu moins tendus. Se secouant comme un chien mouillé, Orran roula des épaules et Hargo se contenta d'acquiescer. Tom le Noir ne dit rien, mais il cracha en direction des Vorgas puis sourit à Vargus.

La harangue allait devoir suffire. On distinguait maintenant les visages, et les premiers Vorgas couraient déjà vers le mur d'enceinte en portant leurs lourdes échelles.

Au début, les crochets et les piques firent des merveilles, envoyant basculer vers la mort des dizaines d'ennemis. Puis le nombre joua son rôle, plusieurs échelles ne se décrochèrent pas du mur et le massacre commença.

Autour de Vargus, certains soldats attendaient en silence et d'autres braillaient des injures ou beuglaient comme des fous histoire de se mettre dans le bon état d'esprit. Si les Vorgas espéraient que leur réputation impressionnerait les Seves, ils allaient devoir déchanter. Parce qu'ils affrontaient des hommes dont une seule guerre, assez courte, avait fait des vétérans aguerris. Leur graisse inutile depuis longtemps perdue, ces gaillards étaient devenus d'impeccables machines à tuer.

Sur la gauche de Vargus, un Vorga à peau verte prit pied sur les remparts. Sur sa droite, des créatures à peau vert et marron ferraillaient déjà contre les défenseurs.

— Renvoyez-les à la mer ! cria Vargus en chargeant le groupe d'assaillants.

Avant d'engager le combat, il vit un Vorga égorger un défenseur avec son couteau, mordre un autre homme au visage et ouvrir le ventre d'un troisième avec ses griffes.

Sa lame visant la tête d'un assaillant, le vétéran bondit et frappa. L'impact se répercuta le long de ses bras, mais par chance, la lame ne se brisa pas. Puissant et précis, le coup coupa en deux la tête du Vorga – un peu au-dessus du niveau de sa mâchoire toute bosselée. Un œil du type sauta de son orbite sous le choc, mais il n'eut pas le temps de s'en alarmer, puisque deux autres défenseurs l'embrochèrent avec un bel ensemble.

— Ils saignent comme n'importe qui ! rugit Vargus. Ouvrez-moi le ventre de ces poiscailles !

Sans regarder si on le suivait, Vargus se jeta dans la mêlée. Sur sa droite, un sifflement lui apprit qu'Orran jouait des couteaux et taillait de sacrés filets de Vorgas. Sur sa gauche, Hargo déchiquetait littéralement tout adversaire tenté de prendre à revers le vétéran.

Quand un Vorga bâti en force parvint à coincer Hargo contre un merlon, Tom le Noir accourut, ouvrit le ventre du sauvage et lui enfonça sa pique dans le torse. Acharné à ne pas mourir, même quand c'était la chose la plus logique à faire, le Vorga balaya l'air avec ses griffes et entailla une joue de Tom. Occupé à ferrailler d'une main, Hargo dégaina un couteau de l'autre et l'enfonça dans l'œil du Vorga entêté à ne pas crever. Du sang et des fragments de matière grise jaillissant hors de son orbite, le sauvage consentit enfin à quitter ce monde.

Deux autres vinrent prendre sa place. Alors que Vargus allait se charger d'eux, quelqu'un le poussa en arrière.

Avant qu'il ait pu voir qui venait de l'attaquer, une lame lui laboura les joues. Reculant, une main plaquée sur le visage, il fit des arabesques dans l'air avec son épée pour tenir son agresseur à distance. Puis il vit qu'un Vorga à peau bleue tentait de le décapiter avec une hache au tranchant ensanglanté. Après avoir paré deux coups assez puissants pour le couper en deux, le vétéran riposta par un coup de taille à l'aisselle qui fit mouche et força le Vorga à reculer.

Même s'il avait l'air aussi vicieux que les autres, les attaques de ce sauvage manquaient de conviction. Dans ses yeux, Vargus lut une intelligence affûtée et vit une ombre de mélancolie. Cet adversaire-là n'avait aucune envie de livrer cette guerre…

Vargus sourit, fit un petit salut au Vorga et passa à la contre-attaque. Écartant la hache, il saisit le menton du sauvage et le força à relever la tête. En même temps, il lui flanqua un coup de pied dans le genou droit. Dans un craquement d'os brisé, le Vorga bascula sur un côté, mais il parvint à saisir au vol un bras de Vargus, le déséquilibrant.

Quelqu'un marcha sur la main de Vargus et sur son épaule droite, qui en fut aussitôt ankylosée. Puis une lame s'enfonça dans sa jambe et une autre lui entailla le flanc.

Pas mieux loti, le Vorga blessé reçut un déluge de coups de pied ou de poignard avant d'être repoussé dans le vide.

En rampant, Vargus tenta de s'éloigner du plus chaud de la mêlée. Mais une main se referma sur sa nuque et il fut soulevé dans les airs par le Vorga le plus grand et le plus laid qu'il ait jamais vu.

Sept pieds de haut, des cicatrices sur le visage, les bras et le torse, le colosse avait dû perdre plusieurs de ses excroissances osseuses sur des champs de bataille et il brandissait en guise d'arme un énorme maillet de pierre.

— Tortille-toi, petit ver…, grogna-t-il avec un rictus qui révéla ses crocs rouges de sang.

Venant au secours de Vargus, un défenseur tenta d'embrocher la créature, mais le fer de sa lance glissa sur sa peau épaisse sans même y laisser une marque.

Agacé qu'on ose le déranger, le Vorga fit exploser la tête du soldat avec son maillet.

Profitant de cette diversion, Vargus propulsa ses deux pieds dans la gueule du monstre, qui le lâcha aussitôt. Le souffle coupé par l'impact contre la pierre du sol, le vétéran rampa pourtant à la recherche d'une arme. Mais le maillet s'abattit sur son flanc et lui brisa quelques côtes. Désespéré, il frappa avec les deux jambes, fit mouche il ne sut trop où et se gagna quelques instants de répit.

Il en profita pour refermer les mains sur quelque chose – une lame, constata-t-il –, s'entailla les paumes mais parvint à remonter jusqu'à la poignée.

Au bord de l'évanouissement, Vargus vit que le Vorga géant réussissait à ne pas céder un pouce de terrain face à trois Seves pourtant déchaînés. Avançant tant bien que mal, le vétéran attendit le bon moment pour enfoncer son arme dans l'entrejambe du monstre. Aspergé de sang vert, il poussa jusqu'à ce que quatre pieds d'acier soient enfoncés dans le corps du sauvage.

Alors qu'il titubait, Vargus se releva et s'appuya contre un merlon pour tenir debout.

— Tu n'es pas un enfant de Nethun ! cracha-t-il dans sa langue natale.

Le Vorga écarquilla les yeux comme si la malédiction lui faisait plus mal que la lame enfoncée dans son corps. Saisissant l'épée que lui tendait Hargo, Vargus ouvrit la gorge de sa cible puis la fit basculer dans le vide.

Des vivats saluèrent sa victoire, mais l'allégresse ne dura pas, parce que d'autres Vorgas arrivaient.

Dans la mêlée, Vargus fut rapidement séparé de ses camarades. Recevant un coup sur le flanc, il se plia en deux, fou de douleur, puis sentit qu'une lame s'enfonçait dans sa cuisse droite. Vacillant, il ne tomba pas uniquement parce que plusieurs assaillants et défenseurs le coinçaient contre un merlon tout en s'entre-tuant.

Quand il put se dégager, il regarda autour de lui et vit ses adversaires : deux Vorgas à la peau marron qui le fixaient avec un air mauvais. Tous les Seves alentour ayant leurs propres soucis, il allait devoir se débrouiller seul.

Avec une belle coordination, les Vorgas chargèrent. Contraint de choisir un adversaire, Vargus fit mine de viser celui de droite avec son épée… mais flanqua un coup de poing dans la gorge de celui de gauche. Le monstre tomba sur un genou, mais son camarade abattit sa hache sur l'épaule du vétéran, qui lâcha son épée.

Quand le Vorga dégagea le tranchant de sa hache, Vargus hurla de douleur et manqua s'évanouir. Alors qu'il dégainait un couteau, une lance lui transperça le torse, vidant ses poumons du peu d'air qu'ils contenaient encore. Pissant le sang de partout, le vétéran tenta en vain de ravaler la boule coincée dans sa gorge.

Quand les deux Vorgas repassèrent à l'attaque, il cracha ce sang à la gueule du premier et tenta de s'emparer de sa hache tout en utilisant son corps comme un bouclier.

Incapable d'arracher la hache au sauvage à la poigne de fer, Vargus mobilisa toutes ses forces pour le contraindre à bouger violemment le bras. Le tranchant ouvrit le ventre du second Vorga, libérant une masse fumante d'entrailles jaune et vert.

L'adversaire de Vargus oublia la hache et lui enroula son bras libre autour de la gorge. Puis il le mordit à l'épaule.

Vargus rugit, tira le monstre vers lui et, au prix de ses dernières forces, le fit passer par-dessus son épaule. Atterrissant entre deux merlons, le Vorga commença à glisser dans le vide. Hélas, il tenta de se rattraper et sa main de fer se referma sur le poignet droit de Vargus, inexorablement entraîné dans le vide. Même pendant qu'ils tombaient, la créature tenta de tuer sa proie. Alors que le sol approchait, Vargus n'essaya même pas de se défendre.

Il allait rentrer chez lui…

Quelques bougies seulement éclairaient la salle d'hôpital, mais ce fut suffisant pour que Balfruss approche du lit étroit sans se cogner contre les autres ni renverser un meuble. Une fois assis au chevet d'Éloïse, il se força à ne pas grimacer à cause de la puanteur qui surchargeait l'air. Un long moment, il écouta la respiration rauque et hachée de son amie aux poumons brûlés de l'intérieur. Un souffle si faible… Pourtant, la grande brûlée s'accrochait à la vie. Vingt-quatre heures à présent qu'elle résistait au-delà du meilleur pronostic des médecins…

La veille, quand elle avait cessé de respirer un court moment, l'hôpital avait fait prévenir le Mage de Guerre, parce que ça ressemblait au début de la fin. Mais le phénomène continuait sans qu'on puisse l'expliquer. Toutes les trente inspirations environ, Éloïse avait comme un hoquet. Puis sa poitrine cessait de se soulever pendant trois secondes, avant que le cycle recommence.

Dans cette salle isolée aux murs épais on n'entendait pas les bruits quotidiens des autres parties de l'hôpital. Isolé dans sa bulle de silence, Balfruss se concentra sur le souffle de son amie et crut entendre qu'il était un peu plus fort que la veille. Mais l'espoir, il le savait, jouait de très mauvais tours aux esprits au bord de la désespérance.

La rage de guérir Éloïse l'habitait toujours. Oui, réparer son corps dévasté et la ramener à la vie ! Mais elle n'était déjà plus qu'un cadavre. Le corps carbonisé étendu dans ce lit n'était plus vraiment elle, et bientôt, il cesserait de s'accrocher mécaniquement à la vie.

Encore une plaisanterie sinistre et cruelle du destin, une partie du visage d'Éloïse n'était pas brûlée, contrairement à tout le reste de son corps, couvert de pansements trempés dans un mélange d'huile et d'onguent afin de soulager la douleur. S'il se concentrait sur ce demi-visage, Balfruss pouvait presque se convaincre que son amie dormait paisiblement.

Éloïse eut un nouveau hoquet. Cette fois, sa respiration cessa pendant cinq secondes. L'intervalle augmentait régulièrement. La fin ne tarderait plus, à présent. Malgré les pansements et les potions qu'on la forçait à boire, ce serait une libération pour la jeune femme, parce que l'enfer qu'elle vivait dépassait l'imagination.

— C'est maintenant, tout près de la fin, que je mesure à quel point j'étais riche, souffla Balfruss.

Il puisa du Pouvoir dans la Source et fit apparaître au-dessus de son pouce une petite flamme bleue qui ne crépita pas, n'oscilla pas mais produisit une médiocre imitation de la lumière du jour.

Après un moment, Balfruss se leva, souffla la flamme et se détourna pour sortir. Jetant un dernier coup d'œil derrière lui, il eut l'impression que les traits encore intacts d'Éloïse s'étaient un peu détendus. Dérivant de plus en plus loin de la vie, était-elle hors de portée de la douleur ? Il fallait l'espérer.

— Je n'ai jamais cru aux dieux ni à une forme quelconque de paradis... Si j'ai tort, j'espère que Darius t'attend dans un monde de lumière.

Balfruss porta deux doigts à ses lèvres puis les posa sur la joue indemne de son amie.

Dans le couloir, hors de la salle, il faisait relativement frais bien qu'il fût bondé de parents et d'amis de patients aux yeux rougis par les larmes. Dans ce secteur de l'hôpital, personne ne guérissait jamais et les proches attendaient simplement l'inévitable.

Dans un coin, un prêtre de la Lanterne en soutane blanche priait en compagnie de plusieurs femmes. Un peu plus loin, quelques combattants locaux, des types élancés, parlaient à voix basse en se refilant discrètement une flasque d'alcool. Plus loin encore, un prêtre du

Créateur bedonnant essayait de consoler une femme aux cheveux gris.

Deux gamins passèrent devant la dame éplorée en criant de joie. Insensibles à la tristesse générale, ils s'amusaient comme il convient de le faire à leur âge. Honteuse, leur mère les poursuivait sans parvenir à leur mettre la main dessus. Un instant, Balfruss envisagea de l'aider. Mais il vit l'expression de ces gens, qui l'avaient tous reconnu. Désormais, il n'inspirait plus la peur mais la terreur.

Il accéléra le pas, pressé de s'éloigner le plus possible de ces pauvres gens. Après avoir franchi une lourde porte, il déboucha dans une zone grouillante d'activité où s'affairaient des médecins, des infirmières et des Sœurs de la Miséricorde. Au fond de la salle, des corps enveloppés d'un linceul s'entassaient contre le mur. Des prêtres de toutes les obédiences récitaient leur prière des morts tandis que d'autres tentaient d'arracher les défunts plus récents aux bras de leurs proches désespérés.

Ici, les gens étaient trop occupés pour reconnaître quelqu'un. Balfruss garda pourtant la tête baissée.

— Ils savent tous qui tu es… Tu ne peux pas te cacher d'eux.

Balfruss s'arrêta et regarda autour de lui. Cette voix avait résonné dans sa tête, et la pensée ne venait pas de lui.

— Thule ?

— Je suis là, oui…

— Où ça, là ?

Une infirmière jeta un coup d'œil curieux à Balfruss mais fila comme le vent dès qu'elle l'eut identifié.

Le mage remonta les couloirs de l'hôpital au pas de charge et sortit au pas de course. Peu après midi, sous un ciel constellé de nuages gris, les rues proches de l'hôpital grouillaient de monde. Où trouver un coin tranquille ? Optant pour la direction de l'est, Balfruss remonta au hasard des rues et des ruelles qui le conduisirent au cœur de l'Ancienne Cité.

Il finit par déboucher sur une petite place paisible entourée sur trois côtés par un maraîcher, un marchand de fruits et une boutique réputée pour ses lentilles et ses haricots. Sur le quatrième côté se dressait un vieux temple dédié à la ronde éternelle des saisons. Sur le disque de pierre de sept pieds de haut, on distinguait encore les anciennes inscriptions. Des bouquets de fleurs, de la nourriture et même des bouteilles de vin reposaient au pied du disque. Des offrandes auxquelles le plus cynique des voleurs ne toucherait pas.

Balfruss s'assit sur un banc, face au temple, s'assura qu'il était seul et souffla :

— Thule ?

— *Oui, je suis là.*

— Où ? Tu es vivant ?

— *Non.*

— Je ne comprends pas…

— *Lors de notre rencontre, j'ai partagé avec toi une partie de moi-même. C'était le seul moyen de raconter aux autres le calvaire de mon peuple. Depuis ma mort, cet écho presque imperceptible est tout ce qui reste de moi. Avec le temps, il disparaîtra aussi.*

Thule n'était pas vivant. Un autre espoir bon pour les oubliettes.

— Je suis content d'entendre ta voix... Au moins, je ne serai pas tout seul pour ce qu'il me reste à vivre.

— *Tu peux être plus précis ?*

— Je vais tuer le Nécromancien, mais je ne lui survivrai pas.

— *Voilà qui n'est pas sûr du tout !*

— Si tu le dis...

Balfruss revit Thule et Éloïse, transformés en torches vivantes, tomber des remparts. Puis il imagina que l'armée de l'Ouest, triomphante, déferlait dans les rues et tuait tout le monde sur son passage.

Dans une ruelle, Vannok serrait contre lui le corps de sa femme et de ses fils tandis que la ville, autour de lui, s'embrasait de toutes parts.

Au fond du cœur de Balfruss, une colère longtemps contenue entra en ébullition comme de la lave dans les profondeurs d'un volcan.

Il regarda le ciel, où les nuages s'accumulaient. Ce ne serait plus long, désormais.

— *Pourquoi es-tu si certain de mourir ?*

— Je n'ai jamais été au-delà de mes limites... Ce qui risque d'arriver m'effraie.

— *Tu ne perdras pas ton contrôle.*

— Peut-être, mais je sais que le Nécromancien et moi partageons la même faim, et ça m'angoisse. Quand je dirigeais le Lien, je me sentais invincible, comme si rien ne pouvait être hors de ma portée. Que se passera-t-il si je deviens accro au Pouvoir ? si j'en veux davantage ?

— *Le Nécromancien est peut-être ton reflet, mais il n'est pas toi ! Tu ne basculeras pas dans la folie.*

Des bruits de pas précipités firent sursauter Balfruss. Mais une part de lui savait déjà qu'il était temps d'y aller.

Un gamin aux longues jambes traversa la place et s'immobilisa devant le mage. À bout de souffle, il lui fallut un moment avant de parler.

— Le général Vannok… Le Nécromancien…

— Ne te fatigue pas, j'ai compris. (Balfruss se leva.) Conduis-moi.

Le gamin inspira à fond puis repartit d'un pas vif. Balfruss le suivit sans se presser.

— Inutile de foncer.

Le messager se retourna :

— Le Nécromancien vous attend !

Balfruss continua à son rythme.

— Eh bien, qu'il attende donc…

Chapitre 44

Tandis que Balfruss traversait la capitale, une pluie fine se mit à tomber. Dans toutes les rues, des gens se pressaient de chaque côté pour le regarder passer. Des commerçants, des travailleurs, des enfants et même des groupes de soldats… Sur les visages, le mage lut un mélange d'admiration, d'excitation, d'inquiétude et de peur. Mais l'angoisse dominait, comme en témoignait le lourd silence qui régnait sur cette foule – sauf quand un cri d'encouragement ou quelques vivats venaient brièvement le rompre.

Au lieu de se diriger vers les remparts, Balfruss emprunta la rue principale qui menait aux portes de la ville. L'estafette continuait à jacasser, mais il ne l'entendait plus. Dans ses oreilles, un roulement régulier comme celui de la marée occultait tous les autres sons. Il en allait toujours ainsi quand il se retrouvait seul avec la Source. L'écho plus ou moins lointain du torrent de Pouvoir qui attendait de déferler en lui…

Arrivé devant les portes, Balfruss se prépara à quelques difficultés. Mais il se trompait. L'air déterminé, Vannok l'attendait, prêt à lui offrir tout le soutien requis. Deux ou trois fois, il tenta de dire quelque chose, mais les mots ne sortirent pas. Dépité, il posa simplement une main sur l'épaule de son ami, puis la retira et fit un signe à l'intention du poste de garde.

En grinçant sinistrement, les lourdes portes de Charas s'ouvrirent pour laisser passer Balfruss. Une fois dehors, il balaya du regard le charnier. Des cadavres entassés partout, parfois entiers mais trop souvent déchiquetés. Sur des centaines de pieds à la ronde, le sol était jonché de lambeaux de chair, d'ossements et de fragments d'organes. Bien décidés à profiter du festin, les charognards n'avaient pas chômé, éventrant les morts pour se régaler de leurs intestins, ces morceaux de choix, surtout quand ils étaient encore chauds. Partout, des mouches se régalaient sur des masses de chair sanguinolente à demi décomposée.

Des cris montaient çà et là. Des blessés entre la vie et la mort qui appelaient au secours ou imploraient qu'on les achève. Sans résultat, malheureusement pour eux.

Toujours quasiment sourd au vacarme du monde, Balfruss continua son chemin sur le sol gorgé de sang. Par endroits, il restait encore un peu d'herbe – bizarrement teinte en rouge bien entendu. Mais pour l'essentiel, le terrain n'était plus qu'un vaste marécage où se mêlaient le sang, l'urine, les excréments et les larmes. Devant Balfruss, un énorme cratère noir marquait l'emplacement où Finn était mort. Un avertissement pour le prochain adversaire du Nécromancien…

Assez loin de la ville, alors que le sol montait en pente de moins en moins douce, Balfruss commença à avoir un point de côté et la sueur qui ruisselait de son front se mit à lui piquer les yeux. Une fois au sommet de la colline, il marqua une pause et sonda le ciel. Le contact de la pluie le rafraîchit un peu et ses joues lui parurent moins brûlantes. Fermant les yeux, il savoura l'impact de chaque goutte sur ses paupières puis inspira à fond pour s'emplir les poumons de l'air toujours pur de son pays natal. Un vrai délice, comparable à la dégustation d'un nectar.

Quand il rouvrit les yeux, revenant à la folie de ce monde, le Mage de Guerre rugit un défi qui se répercuta à des lieues à la ronde.

Un appel qui fut entendu et ne tarda pas à obtenir une réponse. Vêtu de sa tunique rouge, le Nécromancien apparut et avança à la rencontre de son adversaire. Dans son dos, l'armée de l'Ouest recula lentement au début, puis de plus en plus vite quand il apparut que la distance de sécurité n'était pas encore atteinte.

Comme de juste, la retraite se transforma en débandade. Paniqués, les soldats se débarrassèrent de tout ce qui pouvait les ralentir, y compris leurs armes et leur cuirasse.

Très vite, Balfruss et Torval se retrouvèrent seuls aux deux bouts d'une étroite vallée.

Estimant qu'il avait assez avancé, Balfruss sauta sur un grand rocher gris. Comme s'il gonflait la voile noire d'un navire, un vent tiède vint agiter ses vêtements.

En quelques semaines, la guerre et le Nécromancien lui avaient pris presque tous ceux qu'il aimait. À cette idée, Balfruss eut un rictus haineux et sa colère faillit le dominer, le poussant à déchaîner tout de suite son Pouvoir contre Torval. Non sans effort, il parvint à s'en empêcher – un des bienfaits de sa formation. Se concentrant, il réussit à afficher un air serein et finit par avoir raison de la tension qui nouait les muscles de ses épaules.

Redevenu l'incarnation du calme et de la maîtrise de soi, il regarda froidement le Nécromancien.

Torval parlait, ses mots amplifiés afin d'atteindre les oreilles de Balfruss. Pourtant, le mage ne les entendit pas. Les seules voix qu'il captait retentissaient dans sa tête.

Les voix des morts…

Balfruss récita leurs noms – une prière ininterrompue capable de défendre sa concentration contre toute atteinte extérieure. En même temps, il pensa aux habitants de Charas, à Vannok et à sa famille, à la reine et aux princes et même à son père. Si le fou qui se dressait en face de lui survivait à leur rencontre, combien de vies détruirait-il ?

Tous ses sens amplifiés par le Pouvoir, Balfruss, malgré la distance, vit très nettement l'expression agacée du Nécromancien. Il parlait toujours, sans doute pour éructer une série de provocations. L'idée, bien sûr, était de miner le moral de Balfruss et de l'inciter à passer à l'offensive trop tôt. Mais aujourd'hui, les mots n'avaient aucune emprise sur le défenseur de Charas. Seules comptaient la force et la volonté.

Quand le Nécromancien comprit qu'il perdait son temps, Balfruss s'autorisa un petit sourire. Puis il s'ouvrit plus intimement encore à la Source et se gorgea de Pouvoir jusqu'à ce qu'il s'échappe par tous les pores de sa peau.

Quand il se concentra pour générer un vortex d'énergie, le ciel s'assombrit au-dessus de sa tête. De petits éclairs jaillirent de son corps et firent exploser des pierres ou retournèrent la terre à la manière d'une pioche.

Balfruss s'en aperçut à peine.

Venus de l'est, de gros nuages noirs approchaient, poussés par un vent de plus en plus fort qui couchait l'herbe sur son passage et charriait la pluie en direction du Nécromancien.

Dans la vallée, l'air crépita tandis que les deux hommes mobilisaient leur volonté. Leur répondant, le tonnerre roula au-dessus de leurs têtes comme un tambour géant.

Plus très loin de ses limites, Balfruss marqua une pause et s'émerveilla du changement qui s'était produit en lui, modifiant sa vision du monde. Alors qu'il n'avait pas bougé, il lui semblait à présent regarder de haut la plaine et tout le paysage environnant. Comme le monde semblait petit. Vus d'une telle altitude, les gens, dans les rues de Charas, ressemblaient à des fourmis qu'on pouvait écraser sous ses semelles sans même y songer. L'armée de l'Ouest, elle, faisait penser à une meute de chiens errants qu'un bruit un peu plus fort qu'un autre suffirait à disperser.

Un court instant, Balfruss fut tenté de s'amuser avec ces misérables créatures. Mais il se ressaisit très vite et revint en quelque sorte sur terre.

À distance, il sentit la déception du Nécromancien.

Les deux bras tendus, comme s'il essayait de le toucher, il déchaîna son pouvoir sur Torval – qui frappa exactement au même moment. Au milieu de la vallée, les deux vortex mortels se percutèrent dans un bruit de fin du monde. Aussitôt, une crevasse fendit en deux la vallée. Ébranlé par l'onde de choc, Balfruss tituba mais parvint à ne pas tomber.

Secoués l'un comme l'autre, les deux adversaires prirent le temps de récupérer. Puis le Nécromancien propulsa une boule d'énergie verte sur Balfruss, qui tissa à la hâte un bouclier. Le projectile émeraude fondit dessus en sifflant et en laissant dans son sillage une traîne marron.

Balfruss se concentra sur son bouclier – non sans en tisser un dans le sol en même temps, une astuce qu'il tenait d'Ecko.

La boule verte s'écrasa sur le champ de force. Au lieu de se désintégrer, elle gela et enfla comme un ballon qu'on gonfle. Une substance visqueuse se répandit sur toute la surface du bouclier.

Balfruss entendit comme un murmure... Stupéfié, il comprit que la matière verte était vivante et qu'elle se nourrissait de l'énergie de son bouclier. Grossissant à vue d'œil, elle eut vite fait d'envelopper Balfruss dans un cocon verdâtre, le coupant du monde, dont il ne voyait plus rien.

Dans ce cocon, l'air devint rapidement très chaud et le mage commença à s'inquiéter. À première vue, le feu aurait été une bonne défense, mais si la créature dévorait vraiment l'énergie, c'était très dangereux. Une arme à double tranchant...

De plus en plus gêné pour respirer, Balfruss tomba à genoux.

Puiser de la chaleur dans l'air n'arrangea pas les choses, mais avec le peu d'oxygène qui restait dans le cocon, ça ne ferait pas une grande différence. Aux pieds du mage, une couche de glace se forma sur la terre et ses mains faillirent rester collées à la surface intérieure de son bouclier. Pendant que le givre s'insinuait irrésistiblement dans son espace vital, Balfruss sentit un certain inconfort chez la créature de limon vert.

Prenant une dernière inspiration, il ne la relâcha pas, puisa davantage dans la Source et absorba toute la chaleur de l'air. Une épaisse couche de glace se forma à l'intérieur du cocon jusqu'à ce que Balfruss en soit entièrement entouré.

Le bout de son nez gela, du givre recouvrit ses sourcils et ses paupières et ses membres tremblèrent convulsivement. Toutes les parties exposées de sa peau virèrent au bleu, le peu d'air qui restait dans ses poumons devint brûlant et des points noirs dansèrent devant ses yeux.

La créature verte cria plus fort jusqu'au moment où il la sentit exploser en mille fragments.

En l'honneur de Finn, il invoqua un marteau, fracassa la carapace de glace, se releva et aspira goulûment de l'air frais. Sans lui laisser de répit, le Nécromancien lui lança une boule de feu vite suivie par une deuxième et une troisième. Tout en reprenant son souffle, Balfruss en soupira de consternation. Sans daigner bloquer les boules de feu, il les dévia, leur fit décrire un arc de cercle et les renvoya à leur expéditeur.

Puis il tissa une contre-attaque de son cru et la propulsa vers Torval sans perdre une seconde. Dès que le Nécromancien eut dévié à son tour les boules de feu, une petite sphère bleue lui fondit dessus et le percuta au visage. Après avoir rebondi contre son oreille, elle tomba sur le sol, roula un peu et se désintégra.

D'abord incrédule, Torval éclata de rire face à une attaque si dérisoire. Puis il se mit lui aussi à tisser une riposte.

Son hilarité cessa abruptement lorsqu'il sentit ses jambes se dérober et dut se laisser tomber sur un genou. L'eau teintée de bleu coulant un peu plus profondément dans son oreille, il se plia en deux, bascula sur le sol et se mit à vomir.

D'un simple geste de la main, Balfruss pressa le bouclier affaibli du Nécromancien et le fit exploser comme une bulle de savon. Puis une corde d'énergie jaillit de son poignet, alla s'enrouler autour des chevilles de Torval et le souleva dans les airs, la tête en bas.

Balfruss fit tourner son index. À l'autre bout de la vallée, le Nécromancien, toujours suspendu cul par-dessus tête, imita fidèlement ce mouvement. Histoire d'accentuer sa nausée et son vertige, son adversaire ralentit un peu la rotation de son doigt.

L'estomac vide, le Nécromancien rendit de la bile et une flaque jaunâtre se forma rapidement sous sa tête.

Son ennemi jouant toujours les toupies, Balfruss tendit une main vers un gros rocher de la taille d'un cheval. Au début, rien ne se passa. Contraint de puiser encore plus de Pouvoir, il eut l'impression que son corps allait exploser – après que sa peau aurait éclaté comme celle d'un fruit trop mûr. Enfin, le rocher consentit à se soulever de terre, puis à se mettre lui aussi à tourner en projetant partout des fragments de boue et des touffes d'herbe.

Diviser son attention, constata Balfruss, s'était révélé plus difficile qu'il l'aurait cru. Couvert de sueur, de quoi finir de tremper ses vêtements, il mobilisa toutes ses forces et propulsa le rocher sur le Nécromancien.

Suspendu à l'envers, le menton dégoulinant de vomi, Torval sentit venir le coup. En hâte, il sectionna la corde qui le maintenait en suspension dans l'air et entreprit aussitôt de tisser un champ de force protecteur.

Le contact avec le sol fut rude. Pourtant, il roula souplement sur lui-même et se releva sur des jambes hésitantes mais hélas assez solides pour le porter.

Le rocher s'écrasa contre le bouclier et le désagrégea. Mais le granit ne résista pas au choc et se désintégra lui aussi – non sans avoir d'abord percuté le Nécromancien sur son côté droit.

Avec ses sens amplifiés, Balfruss vit que le bras droit de Torval était brisé en plusieurs endroits. L'épaule aussi était touchée, ainsi qu'une partie du pelvis et le haut de la cuisse.

Une nouvelle fois, le Nécromancien s'écroula. Mais il ne se relèverait plus, comprit Balfruss.

Il était temps d'en finir. Les yeux levés, Balfruss amalgama entre eux les nuages et invoqua la foudre, très vite annoncée par des roulements de tonnerre.

Un choc, du côté gauche… Sans avertissement, à part un souffle d'air que Balfruss avait entendu trop tard. Baissant les yeux, il vit que le manche d'un couteau dépassait de son flanc, un peu au-dessus de la taille. Avant qu'il ait pu agir, l'arme bascula en arrière et tomba sur le sol. Mal lancée, elle s'était enfoncée trop peu profondément pour toucher un organe vital.

À l'autre bout de la vallée, le Nécromancien, par miracle, avait réussi à s'asseoir. Alors que Balfruss l'aurait donné pour mort, à voir son visage blême, il parvint à oublier sa douleur et à puiser du Pouvoir dans la Source. En agitant son bras indemne, il fit léviter plusieurs armes abandonnées par les soldats en fuite. Sans perdre une seconde, Balfruss tissa un bouclier adapté à cette nouvelle menace. Une seconde plus tard, une lance vint s'y désintégrer dans une gerbe d'étincelles. Des haches et des masses d'armes suivirent. Aucune ne traversa le bouclier, mais chaque impact affecta rudement la concentration de Balfruss. Flairant une faiblesse, le Nécromancien continua son bombardement avec toutes les armes qui gisaient dans la boue.

Le bouclier résista. Mais la réserve de projectiles de Torval était quasiment inépuisable, et à un moment ou un autre, les choses tourneraient mal.

Alors qu'il vivait ce qui pouvait bien être les dernières minutes de sa vie, Balfruss prit le temps de réfléchir aux événements qui l'avaient conduit jusque-là. Tous ses combats, les innombrables heures passées à étudier, les polémiques, les amitiés, les deuils terribles et les brefs moments de paix au cours d'une existence entièrement consacrée à une bataille pour la conquête de sa propre identité puis pour la reconnaissance de son statut particulier par les autres.

Il eut une pensée pour son père, un homme habité et hanté par la colère. Parce qu'il n'avait pas su dépasser sa rage, Graegor était devenu un être amer et solitaire.

Balfruss inspira à fond et chassa de son âme toute sa colère – pour ne pas se transformer, comme son père, en une sorte de brute dominée par ses émotions.

Voyant qu'une nouvelle escadrille d'armes volantes fondait sur lui, il secoua la tête et les dévia d'un geste las. Des enfantillages, tout ça…

Une lance brisée en guise de béquille, le Nécromancien se releva péniblement. Avec un rictus haineux, il entreprit de tisser un construct que Balfruss n'avait jamais vu jusque-là. Dans un petit vortex noir qui lévitait à hauteur de ses yeux, Torval instillait une incroyable quantité de Pouvoir. Une soudaine douleur lui déchirant le ventre, Balfruss baissa les yeux mais ne vit aucune blessure. Comme son esprit, son corps avait simplement réagi de manière primale face à la déchirure que le Nécromancien avait infligée au tissu même du monde et de la réalité.

Le Nécromancien, disait-on depuis longtemps, était meilleur que n'importe quel autre Mage de Guerre – et probablement supérieur aussi aux membres du Conseil Gris. Mais là, il confirmait la pire rumeur qu'un jeune disciple de la Tour Rouge ait jamais osé évoquer à mi-voix. La possibilité d'ouvrir un passage donnant sur l'autre côté du Voile, quoi qu'on puisse y trouver.

De très vieilles légendes prétendaient que des êtres immortels, dans cette autre dimension, pouvaient accorder à un homme d'immenses pouvoirs en échange de la propriété de son âme indestructible. Si on y réfléchissait un peu, la récompense ne valait pas le risque encouru, mais n'en était-il pas toujours de même avec les légendes ? Hélas, Torval ne semblait pas du genre à calculer ainsi. Pour gagner, il était prêt à tout risquer et à exposer le monde à un fléau dépassant l'imagination la plus folle. Qu'arriverait-il si une entité maléfique, pendant leur duel, en profitait pour passer de ce côté du Voile ?

Il fallait arrêter Torval à n'importe quel prix.

Pour détourner son attention, Balfruss lui expédia d'une main une lance de Pouvoir. De l'autre, il tira sur un filament du vortex afin de le défaire. Comment Torval s'y était-il pris pour le tisser ? Il n'en savait rien, mais ça importait peu ! L'essentiel, c'était que le Nécromancien soit occupé ailleurs pendant qu'il ravageait son vortex.

Pour ça, Balfruss dut repousser ses limites au risque d'aller trop loin et d'être consumé par la Source. Tant pis !

Avant tout, il fallait assurer le bombardement. Lance après lance, le bouclier de Torval résistait, mais ça lui coûtait un très gros effort de concentration. Lui-même au bord de la défaillance, Balfruss réussit par miracle à trancher un des filaments principaux du vortex.

Le construct noir tourbillonnant disparut dans un grand bruit qui fit écho aux roulements du tonnerre. Tels des cercles dans une mare, une onde de choc balaya les environs, traversant le corps de Balfruss, qui frissonna comme si l'hiver en personne venait de lui geler la chair, les muscles et les os.

Fou de rage, le Nécromancien mobilisa tout le Pouvoir qu'il avait accumulé et le propulsa sur Balfruss, qui se raidit pour encaisser le choc. Puisant de plus en plus d'énergie dans la Source, il réussit à contenir cet assaut d'une fantastique violence.

L'heure des astuces, des dons oubliés et des offensives verbales était révolue. Telle une vague géante, le Pouvoir de Torval tentait de submerger Balfruss puis de le noyer. Sous la pression, les oreilles du mage se bouchèrent. Désormais sourd au monde pour de bon, il se raccrocha à l'idée que Torval aussi devait être à deux doigts d'imploser à cause de l'effort qu'il produisait.

En silence, les deux hommes poussèrent comme des taureaux furieux. Chacun son tour, ils prenaient l'avantage puis le reperdaient.

Balfruss perdit toute notion du temps et de son environnement. Pour lui, plus rien n'existait à part le Nécromancien et sa volonté obstinée de percer ses défenses puis de l'écraser comme un misérable moustique.

Des geysers de terre jaillirent du sol comme de la gueule d'un volcan et d'énormes rochers volèrent dans les airs. S'abattant sur un des deux hommes puis sur l'autre, des éclairs semblaient devoir pulvériser leur cible mais frappaient juste à côté à la dernière seconde. Sous la pluie maintenant battante, le vent menaçait de se transformer en tornade. Déjà, des armes et des cadavres tourbillonnaient dans l'air.

Puis les bourrasques moururent d'un coup et tout retomba sur la terre comme retournée par une charrue géante.

Debout dans la tourmente, les deux adversaires ne bougeaient presque pas. À peine de petits gestes de la main…

Malgré la pluie et le vent, Balfruss suait à grosses gouttes et il savait que Torval ne se sentait pas plus vaillant que lui. En d'autres termes, ça ne pouvait plus durer très longtemps. Nul ne pouvait jouer avec de telles quantités de Pouvoir sans en payer le prix. Déjà, Balfruss sentait sa peau durcir et devenir aussi cassante que du verre. Bientôt, le Pouvoir l'écorcherait vif ou ferait exploser un de ses membres. Alors que son esprit faiblissait, il aurait juré que quelqu'un s'amusait à appuyer sur ses entrailles puis à tirer dessus.

Même si sa lucidité chancelait, le mage comprit enfin la vérité. Torval et lui étaient de force égale. Non sans difficultés, certes, il parvenait à contenir les assauts du Nécromancien.

Cette révélation libéra le mage de ses doutes et de ses angoisses. Joyeusement, il s'unit au Pouvoir qui était une partie de lui-même et se félicita d'être ainsi lié au cœur battant de la Création.

Comme un cœur, justement, la Source se mit à battre à l'unisson avec le muscle inépuisable qui pompait du sang dans ses veines. Émerveillé par la majesté de cette force, il s'abandonna totalement à elle.

Y puisant sans retenue, il en tira des quantités insoupçonnées de Pouvoir et sentit qu'il avait dépassé son point de rupture. À chaque inspiration ou expiration, l'air lui carbonisait les poumons, ses yeux semblaient trop gros pour leurs orbites et il aurait juré que sa tête, incapable de supporter la pression, ne tarderait plus à exploser. Dans sa poitrine, son cœur semblait condamné à subir le même sort. En criant comme un possédé, il expulsa de son corps jusqu'à la dernière étincelle de Pouvoir et propulsa tout sur le Nécromancien.

L'énergie bleue jaillit de ses yeux, de sa bouche, de son nez et de tous les pores de sa peau. Amplifié mille fois, son hurlement fit trembler le sol de la vallée et ébranla la colline, derrière lui.

Face à tant de puissance, le bouclier du Nécromancien ne résista pas. Privé de protection, Torval fut déchiqueté de l'intérieur par une puissance qui broya le peu qui restait de son âme et détruisit son esprit fragile.

Projeté en arrière, le Nécromancien vola sur une centaine de pieds puis s'écrasa sur le sol avec un bruit d'os qui se brisent. Mais il était mort bien avant l'impact.

Les yeux voilés braqués sur le vide, la bouche ouverte, Torval n'était plus qu'un pantin désarticulé dont le tonnerre et la pluie semblaient se moquer cruellement.

Lentement et avec moult précautions, Balfruss descendit de son rocher puis se campa face à l'armée de l'Ouest. Quelques soldats tombèrent à genoux, d'autres implorèrent la pitié du vainqueur et d'autres encore, les plus nombreux, lâchèrent leurs armes et s'enfuirent.

Balfruss les suivit un moment du regard, puis il se détourna et s'engagea sur le chemin qui conduisait à la cité.

Telle une armée conquérante réduite à un seul membre, il franchit les portes et entra dans Charas sans que nul songe à lui barrer le chemin. Partout, sur les remparts et dans les rues, des gens le regardaient, mais il les voyait flous, comme à travers du verre épais. Si une force mystérieuse le poussait à avancer, il ignorait où il allait. Quant à son esprit, il tournait en rond – de plus en plus lentement, comme s'il devait bientôt s'arrêter.

Quand il sentit le contact des pavés froids contre sa joue, Balfruss comprit qu'il venait de tomber.

Vannok disait quelque chose… C'était en rapport avec sa mère, semblait-il. Comme il le savait très bien, elle n'aimait pas qu'ils jouent dehors tous les deux après le coucher du soleil. Ils auraient dû être rentrés depuis longtemps, il fallait l'avouer.

Balfruss s'en voulait toujours quand sa maman s'inquiétait pour lui. Mais il était trop fatigué et son corps semblait peser des tonnes. S'il se permettait une petite sieste, quel mal ça pouvait faire ?

Il ferma les yeux et s'immergea dans les ténèbres.

Chapitre 45

Quand la clochette de la porte d'entrée tintinnabula, Gunder releva les yeux de son comptoir. De nouveau déguisé en « gros lard », il avait sans peine repris l'habitude de tout regarder d'un œil morne. Pourtant, quand il vit sa visiteuse, il ne put s'empêcher de sourire.

— Bonjour, noble dame, dit-il en s'inclinant. En ce jour glorieux, comment puis-je servir le palais ?

— Tu me fais beaucoup d'honneur, dit Roza, redevenue une humble servante, mais je ne suis pas une dame. Je viens te transmettre les remerciements de la reine.

— Je suis honoré mais très surpris. Pourquoi la reine remercie-t-elle un humble marchand d'épices ?

Roza balaya la boutique du regard.

— Il y a quelqu'un avec toi ?

— Non, nous sommes seuls… (Gunder guida sa compagne jusqu'au coin salon.) Mais je ne parierais pas que personne ne nous espionne. Mieux vaut préserver les apparences.

— Si ça t'amuse…

Roza attendit patiemment que Gunder ait préparé une infusion, qu'il lui servit avec le traditionnel plateau de pâtisseries. Ensuite, il resta un moment silencieux, savourant la quiétude de sa boutique. Dehors, au lendemain de la révolte, un grand calme régnait dans les rues. Mais ça ne durerait pas, et la ville redeviendrait vite une ruche bourdonnant d'activité.

— Des nouvelles du palais ?

Roza posa sa tasse et croisa les mains sur ses genoux.

— La Garde Civile est toujours sur le qui-vive. À part ça, la plupart des cadavres ont été emportés et la vie normale reprend ses droits. Les Protecteurs de la Paix enquêtent, bien entendu. Apparemment, il y a eu beaucoup de meurtres, la nuit dernière. Certains corps ont été découverts très tôt, ce matin…

— Fascinant.

Roza fronça les sourcils.

— Parmi les morts, on trouve des notables de Charas et trois ambassadeurs étrangers.

— C'est choquant, dit Gunder après avoir pris une gorgée de thé. Mais les diplomates seront très vite remplacés. Enfin, peut-être pas, puisque les relations entre les royaumes de l'Ouest sont plutôt tendues, en ce moment.

— Ça finira par s'arranger.

— Oui, mais en laissant à Shanimel le temps d'infiltrer plus d'agents ici.

— On dit aussi que six victimes étaient des espions étrangers.

Face aux pâtisseries, Gunder ne put résister à la tentation. Il en goba une et dut faire un effort pour ne pas se lécher les doigts.

Après s'être essuyé la bouche, il constata que Roza attendait toujours une réponse.

— Pourquoi me regardes-tu comme ça ?

— C'était autorisé, Gunder ? (Le faux marchand eut un geste nonchalant.) Tu joues un jeu dangereux.

— Dangereux ?

Le « gros lard » perdit soudain toute sa bonhomie et sa mielleuse courtoisie. Troublée, Roza le regarda avec de grands yeux jusqu'à ce qu'il se ressaisisse et lui sourie.

— Les Drassiens sont déjà repartis, d'après ce qu'on dit…

— C'était la meilleure solution, Roza… Pour reconquérir le reste du royaume, la reine ne peut pas s'appuyer ouvertement sur des étrangers. Les survivants de la glorieuse armée qui assiégeait Charas seront bientôt de retour, mais il ne doit pas y en avoir beaucoup. Ces prochains mois, les sergents recruteurs de la Garde Civile et de l'armée vont avoir du boulot.

— On parle aussi d'améliorer subtilement les défenses de la ville, mais rien n'a filtré. Aujourd'hui plus que jamais, le commerce est vital pour Perizzi. Alors, en faire une cité fortifiée…

— Tu sais quand la reine compte renouer les liens commerciaux avec Seveldrom ?

— Officiellement, dans une semaine – dix jours au maximum. Au moment où nous parlons, des lettres sont en cours de rédaction. Les quatre prochains jours, Perizzi célébrera la victoire, avec un grand défilé de la reine. Dès que ce sera terminé, les choses sérieuses recommenceront.

— Très bien… J'ai demandé à Shanimel de nous envoyer de nouvelles têtes. Il faut secouer le cocotier.

— C'est pour ça que tu m'as demandé de venir ?

— Je me retire du commerce des épices et tu vas prendre ma suite.

— C'est une punition ? Tu as des raisons de te plaindre de mon travail ?

— Du calme… Non, personne ne s'est plaint.

— Alors, pourquoi ?

Gunder dut chercher soigneusement ses mots avant de répondre :

— Pendant la rébellion, je portais un uniforme de la Garde Civile.

— Je sais… C'est moi qui ai déniché les bottes qui allaient avec.

— Pour la première fois depuis deux ans, je me suis senti libre.

Roza fit la moue, ce qui n'avait rien de surprenant, mais elle s'abstint de tout commentaire.

— Ce déguisement me pèse…

— Ça arrive à tout le monde, quand on vit sous couverture. Tu devrais fermer ta boutique et prendre un peu de temps pour toi. Mets ça sur le compte de la guerre et prends quelques vacances.

— Tu ne comprends pas : tu viens d'être promue.

Roza dévisagea un moment son interlocuteur.

— Tu ne plaisantes pas…

— Exact. Tu dirigeras le réseau d'Yerskania. J'ai déjà prévenu Shanimel. Félicitations !

Roza ne se laissa pas rouler dans la farine.

— Que comptes-tu faire ?

— Mon métier… Je serai toujours là et je te conseillerai, si tu me le demandes.

— Tu vas devenir un espion indépendant ? demanda Roza, l'air écœurée.

— Non, non… Mon engagement reste le même. Je vais prendre un peu de temps pour moi, comme tu dis, et après, je ne reviendrai pas dans ce magasin.

— Que se passe-t-il ? demanda Roza en se penchant en avant – un peu trop peut-être. Quelque chose a changé. Ça fait un moment que je te trouve… différent.

— Ce n'est rien d'important.

— Regori, je veux savoir !

Roza posa une main sur celle de Gunder. Un instant, il songea à se dégager sans douceur, mais il y renonça. Avant qu'il s'installe à Perizzi, Roza et lui se connaissaient déjà depuis longtemps et ils avaient été très proches dans un passé lointain.

— En réalité, c'est arrivé pendant la révolte, ou juste un peu après.

Gunder se gratta la tête sous la coiffe de feutre dont il crevait d'envie de se débarrasser – comme des vêtements de bouffon, d'ailleurs.

— Après la déroute des Élus, j'ai renvoyé mes Drassiens, puis je suis rentré chez moi, passant devant des dizaines d'immeubles saccagés, des boutiques incendiées et des tas de cadavres. Sans crier gare, une pensée terrible m'a traversé l'esprit.

— Tous ces dégâts t'ont troublé ?

— Non, non… Je ne suis pas devenu une chochotte… C'est bien pire que ça ! Je me suis dit que les bâtiments et les boutiques devraient être réparés et qu'il y aurait en plus un afflux en ville de prêtres et de fossoyeurs. Et sais-tu à quoi ça m'a fait penser ? À de gros bénéfices !

— Pardon ?

— De l'argent, Roza ! Comment me remplir les poches, en clair. Pas un instant je n'ai imaginé comment nous pourrions tirer un bénéfice politique de tout ça.

Regori se tint bien droit, redressant les épaules pour la première fois depuis des années – si on oubliait la nuit passée.

— Gunder le marchand bouffi m'a intoxiqué. Je commence à réfléchir comme lui, donc, il est grand temps qu'il meure. Nous mettrons ça sur une faiblesse cardiaque due au surpoids. Et sa nièce, à savoir toi, héritera de son commerce.

— Et mes contacts ? Sans parler de mes autres couvertures. J'ai fait un sacré travail, ici.

— Transmets ce que tu peux à des agents et oublie le reste.

— Quand pars-tu ?

— Dans quelques jours… Je te donne un peu de temps pour mettre tout ça en scène, mais ne laisse aucune trace surtout.

Roza acquiesça à contrecœur.

— Reviens d'ici deux jours et nous mettrons au point les détails de mon décès. La maison te reviendra, mais tu pourras choisir d'habiter ailleurs.

Gunder raccompagna sa visiteuse jusqu'à la porte, qu'il lui tint galamment ouverte. Avant de sortir, Roza le dévisagea comme si elle avait du mal à le reconnaître. Sans doute pensait-elle qu'il avait perdu l'esprit.

Au fond, c'était très bien vu. Il ne savait plus très bien ce qu'il avait en tête.

Malgré le rembourrage, Regori se sentit beaucoup plus léger quand il retourna pour une des dernières fois dans le salon du gros marchand nommé Gunder.

Chapitre 46

Talandra prit le rapport qui trônait en haut de la pile – le plus récent, donc – et s'assit dans son fauteuil pour le lire. Tentée de mettre les pieds sur le bureau, elle s'en abstint. D'après la gouvernante qui l'avait surprise hier, une reine ne faisait pas ce genre de choses.

Posant le rapport à l'écart, elle baissa les yeux sur la lettre reçue le matin même. Inutile de la relire, puisqu'elle la savait par cœur. Pourtant, elle attirait sans cesse son regard.

La première d'une longue série… Bientôt, tout changerait radicalement alors qu'elle commençait à peine à se forger une existence à sa mesure.

Elle laissa le rapport sur le bureau, se leva, ouvrit une fenêtre et contempla sa capitale. Deux jours étaient passés depuis la fin officielle de la guerre. Avec un drapeau blanc, une délégation d'officiers était venue annoncer la reddition de l'armée de l'Ouest.

Deux jours sans le cliquetis des armes et les cris des agonisants. La nuit, Talandra les entendait toujours implorer qu'on les sauve, mais elle ne serait plus obligée de voir des hommes mourir sur les remparts.

En ville, la vie reprenait ses droits. Beaucoup de citadins évacués avant le début du siège étaient de retour, même s'il faudrait encore des jours avant que tout le monde soit là. Les affaires reprenaient, et plusieurs caravanes étaient déjà prêtes à partir pour l'Ouest. En dépit des déclarations officielles, aucun marchand ne voulait prendre de risques. Du coup, chaque convoi était protégé par des mercenaires drassiens ou d'autres gardes privés.

Des délégations avaient pris la route de l'Ouest. Des Morriniens, des Zecorriens et des ambassadeurs coincés à Charas pendant le conflit. Sur son bureau, dans un coin, Talandra conservait les lettres de ressortissants étrangers indignés par les intolérables conditions de vie qu'ils avaient dû subir. L'une était signée par l'ambassadeur de Morrinow. Heureux d'être sous la protection de l'État dès le début du conflit, il se plaignait à présent d'avoir « croupi dans la crasse ». Selon Shanimel, ce bon Kortairlen adorait pleurnicher. En réalité, il avait passé la guerre à se soûler en fort agréable et coûteuse compagnie.

Dans deux jours, le général Vannok conduirait plusieurs milliers d'hommes dans l'Ouest, où ils feraient jonction avec les soldats d'Yerskania. Dans un passé récent, Matthias avait fait à Sandan Thule une promesse que sa fille entendait tenir. Shael, le royaume natal du Mage de Guerre, restait plongé dans le chaos. Les rebelles avaient libéré plusieurs villes, mais les Vorgas n'étaient pas des « gens » comme les autres. Perdre une bataille ne leur suffisait pas pour décider de lever le camp. Et la notion de « fin » d'une guerre ne signifiait rien pour eux. Les connaissant un peu, Talandra doutait d'ailleurs qu'ils se soient jamais vraiment soumis à Taïkon. Plus probablement, le Roi Fou les avait d'autorité intégrés à ses plans. Toujours ravis de se battre, ils étaient sûrement partis pour Seveldrom sans se poser de questions politiques ou philosophiques.

Jusque-là, Talandra avait échangé quelques messages très courts avec la reine d'Yerskania. Pourtant, elle était sûre que cette femme, après un très long règne, serait en mesure de lui apprendre beaucoup de choses. À sa façon d'écrire, on devinait un esprit vif au sens de l'humour aiguisé – et volontiers noir. Bref, tout ce qu'il fallait pour qu'elles s'entendent très bien, à l'avenir.

La reine survola les toits du regard, s'attarda sur la grande flèche de la cathédrale du Créateur, puis observa attentivement les remparts. On était encore en train de nettoyer le sang et beaucoup de dalles du sol resteraient à tout jamais teintées de rouge. Quelques apothicaires avaient proposé leurs services, appliquant des décoctions bizarres qui faisaient se fissurer la pierre mais ne lui rendaient pas sa couleur originelle.

Les ingénieurs, eux, parlaient de raser une partie des remparts et de les reconstruire plus solidement, avec quelques méchantes surprises pour d'éventuels assaillants. Pour l'instant, Talandra les laissait pondre toutes sortes de projets. Quand ils auraient fini, elle déciderait, puisque c'était son privilège.

La veille, elle était allée sur les remparts où tant d'hommes avaient péri. L'ourlet de sa robe avait traîné dans le sang pas encore totalement sec. Pour l'heure, le vêtement était pendu dans sa chambre, hors de l'armoire, et les servantes avaient interdiction de l'emporter. Un moyen de se souvenir… Mais bien sûr, ce serait provisoire. Il fallait un mémorial permanent – pour elle, mais aussi pour les habitants de Charas et ses hôtes de passage.

Deux coups frappés à la porte arrachèrent Talandra à ses réflexions. Elle revint s'asseoir à son bureau, rectifia une pile de documents et en profita pour cacher dessous la fameuse lettre.

— Oui ?

En pantalon bleu moulant et veste assortie, Shanimel entra lentement dans le bureau. Avec ses cheveux noirs tirés en arrière, on remarquait un peu trop la longueur et la relative étroitesse de son visage. Une coiffure qui ne lui allait pas. En revanche, la coupe et la couleur de ses vêtements étaient une réussite qui mettait en valeur toutes les courbes qui méritaient de l'être.

Talandra faillit faire un commentaire en ce sens, mais elle se reprit de justesse.

Shanimel la salua avec une raideur qui lui serra le cœur.

— Comment allez-vous, Votre Grâce ?

— Plutôt bien… Je t'en prie, prends un siège.

— Merci…

Shanimel s'assit en face de la reine et balaya du regard les montagnes de documents.

Sur les joues et les arêtes du nez de la jeune femme, Talandra remarqua de petites veinules rouges. La preuve qu'elle ne dormait pas assez.

— Vous êtes très occupée, Votre Grâce ?

— Comme toujours, mais j'ai du temps pour toi, bien entendu. Qu'as-tu de neuf ?

Shanimel sortit plusieurs petits morceaux de parchemin de sa poche. Des messages tout froissés d'avoir été attachés à la patte d'un oiseau ou d'une chauve-souris.

Quelques jours plus tôt, seulement, c'était Talandra elle-même qui allait récupérer les messages de ses espions dans la volière. Quel changement…

— Ce matin, j'ai reçu un message de Zecorria. La guerre civile a éclaté.

Talandra soupira et prit un peu de temps pour réfléchir aux conséquences de cette nouvelle. Puis elle fit signe à Shanimel de continuer.

— Hier, le haut prêtre Filbin s'en est pris à Taïkon devant une immense foule. Dans sa harangue, il a exhorté le peuple à se débarrasser d'un faux prophète. Il a reconnu avoir été abusé et a imploré le pardon de ses ouailles.

— Et il l'a obtenu, je parie ?

Shanimel acquiesça.

— Il a proposé de renoncer à son rôle de chef de l'Église de la Sainte Lumière. Parce qu'il n'en était plus digne…

— Bien entendu, les gens l'ont supplié de rester et ont multiplié les manifestations d'amour et de vénération.

— C'est un héros national, désormais… Après, il y a eu des manifestations pacifiques, jusqu'à ce qu'un soldat tue un des manifestants. Les gouverneurs des différents districts ont convoqué un Conseil d'urgence qui s'est terminé par un schisme. Les fidèles de Taïkon sont les moins nombreux, mais ils croient toujours qu'il est leur prophète et leur sauveur. Filbin leur demande d'apprendre de ses misérables erreurs et de rejoindre l'opposition…

— Tu as lu mes notes sur ce maudit haut prêtre ?

— Survolé, oui…

— Donc, tu sais quel genre d'homme c'est… Penser que des gens le vénèrent comme un héros me donne envie de vomir.

— Et s'il avait un accident ? Ce n'est plus un jeune homme, et avec toute cette graisse en trop…

— Oublie ça… Même si sa mort semblait naturelle, il y aurait toujours quelqu'un qui accuserait un fidèle de Taïkon. Filbin deviendrait un martyr, et je ne veux surtout pas ça. Je déplore d'avoir dû entendre parler de ce type, ça n'est pas pour que mes petits-enfants trouvent son nom dans les livres d'histoire.

Un long silence suivit cette phrase chargée de tant de non-dit. Tendant l'oreille, Talandra entendit l'écho des cris d'un vendeur ambulant, en contrebas. À peu près tout ce qu'on pouvait capter de la ville, à cet étage du palais.

— En Zecorria, les temples dédiés à Taïkon sont farouchement défendus par les Élus, dit Shanimel. Ailleurs, ces fanatiques n'existent pratiquement plus. Dans les royaumes du Sud-Ouest, ils n'ont jamais réussi à s'imposer et je devine sans mal ce qui leur arrive à Morrinow.

— Grâce aux rebelles, le temple de Perizzi n'est plus qu'un tas de cendres sur lequel on bâtira bientôt un nouvel édifice. Je tiens cette nouvelle de la reine d'Yerskania. Elle a juré de débusquer et de punir tous les Élus qui tentent de se cacher. C'est une femme très déterminée, je crois.

— Votre Grâce, je…

— Par pitié, Shanimel ! Oublie les « Votre Grâce » et le vouvoiement quand nous sommes seules.

— Votre Grâce, reprit Shanimel, imperturbable, je ne saurais trop vous conseiller de réserver votre jugement sur cette reine. Même si ses récentes actions sont dignes d'admiration, elle s'est d'abord laissé manipuler par Taïkon. J'admets que les circonstances étaient exceptionnelles, et je suis sûre qu'elle se montrera plus lucide à l'avenir, mais nous ne pouvons pas nous fier aveuglément à son jugement.

Talandra se leva et alla se camper devant la fenêtre. Une façon de ne plus avoir à regarder son ancienne amoureuse – et ancienne amie, apparemment.

— Que préconises-tu ?

— Gunder demande qu'on lui envoie de nouveaux agents pour renforcer notre présence à Perizzi. Yerskania est toujours la plaque tournante du commerce, dans l'Ouest, et tout passe par la capitale.

— Je suis d'accord avec ce plan. Quand partiront ces agents ?

Shanimel se racla la gorge.

— Votre Grâce, j'avais… hum… anticipé votre accord. Ils sont partis ce matin, avec la première caravane.

— Très bien. Tiens-moi au courant.

— Bien sûr, Votre Grâce.

— Avant que tu te retires, j'ai un cadeau pour toi.

Talandra revint à son bureau, prit dans un tiroir un trousseau de trois petites clés noires et le tendit à Shanimel.

— Les clés de ma Bibliothèque Noire… Tous les secrets que j'ai accumulés au cours de ces vingt dernières années. Ma chef de l'espionnage doit y avoir accès.

Shanimel en resta sans voix.

— Il y a autre chose ? demanda Talandra.

— Non, Votre Grâce.

Shanimel se leva mais ne se détourna pas. Se penchant sur le bureau, elle saisit une feuille de parchemin.

— Puis-je vous demander ce que c'est ?

Talandra reconnut le croquis qu'elle avait fait quelques heures plus tôt.

— J'ai eu cette idée en rêve…

— Plus précisément ?

— C'est un monument… Un gigantesque monolithe à la mémoire de nos morts, afin que personne n'oublie jamais, même dans des siècles. Je voudrais qu'on grave les noms de nos héros sur la pierre.

— Pour ça, il faudrait que ce monument soit plus haut que le mur d'enceinte.

Une idée qui serra le cœur des deux femmes.

— Pourquoi pas ? Mais il serait déprimant qu'il fasse de l'ombre sur toute la cité… Cela dit, il doit être grand, pour que les visiteurs de Charas le voient de loin.

Peut-être émue par la voix brisée de la reine – tellement de chagrin et de douleur en si peu de temps –, Shanimel posa une main sur les siennes. Puis elle sourit quand Talandra la regarda dans les yeux.

— C'est une bonne idée, je crois… Personne ne doit jamais oublier.

Shanimel retira sa main et recula.

Alors, quand même amies ?

— Mais faut-il utiliser notre marbre jaune ou une autre variété ?

— Vous trouverez la réponse… Moi, il faut que j'y aille.

— Je sais.

— Votre Grâce…, souffla Shanimel en s'inclinant.

Cette fois, le titre ne sonnait pas comme une gifle.

Quand Shanimel fut sortie, Talandra récupéra la lettre qu'elle avait cachée sous le tas de documents. Le sceau ne lui était pas familier – un renard et trois épées – mais elle connaissait de nom le seigneur Bragnon, un des hommes les plus puissants du sud de Seveldrom. Immensément riche, il possédait d'innombrables troupeaux de bovins dont on tirait le cuir servant à fabriquer les célèbres cuirasses du royaume.

Dans sa lettre, Bragnon apprenait à la reine que son fils avait combattu anonymement dans les rangs de l'armée et participé à la défense de Charas.

S'ensuivait une proposition de mariage qui méritait d'être étudiée. Même s'il en arriverait bien d'autres chaque jour…

Talandra rangea la lettre dans un tiroir et se promit d'y revenir bientôt. Puis elle s'empara du rapport suivant.

Chapitre 47

Hargo se sentait mal à l'aise et il avait envie de se gratter. Ça, c'était à cause de la blessure bandée, sur son bras droit, et de l'entaille dans son cuir chevelu. Bien sûr, ça indiquait que les plaies guérissaient et qu'elles n'étaient pas infectées. Du coup, il avait toutes ses chances de survivre. Avec de nouvelles cicatrices, mais ce n'était pas gênant. Ancienne Sœur de la Miséricorde, Zera, son épouse, avait vu bien pire que ça.

Comme s'il se tenait sur des charbons ardents, Hargo sautait d'un pied sur l'autre. Quand les autres le regardèrent, à croire qu'ils attendaient quelque chose de lui, il se sentit encore plus mal à l'aise.

— Qu'est-ce que vous avez ?

Tom le Noir approcha. Comme d'habitude, son haleine sentait la réglisse. Avant, Hargo ne détestait pas ça, une fois de temps en temps. Désormais, l'odeur du *tarr* lui rappelait la guerre, et il aurait voulu ne plus jamais la sentir.

— Tu ne vas pas dire quelques mots ?

Une fois encore, Hargo regretta l'absence d'Orran. Ce petit salopard au visage de fouine était très doué pour la parlotte. Surtout avec les femmes. Ses talents oratoires ne lui avaient pas souvent permis de se glisser dans le lit d'une belle, mais ça ne l'empêchait jamais d'essayer.

À chaque râteau, il encaissait ses pertes et tentait le coup avec une autre.

Pourquoi ne s'était-il pas autant accroché à la vie ? Mais il avait fallu qu'il passe l'arme à gauche, comme Tan, Rudd, tous les autres gars… et même Vargus.

Tous ses camarades l'avaient vu tomber, juste après qu'il eut neutralisé le Vorga géant qui avait taillé en pièces plus de vingt types. Vargus l'avait embroché comme un cochon, ce fils de pute ! Une épée enfoncée dans le cul ! Et même comme ça, ce foutu crétin ne s'était pas aperçu qu'il était en train de crever.

Les gars avaient salué l'exploit de Vargus, mais pas pendant longtemps. D'autres sauvages à la peau verte ou marron avaient rappliqué en montrant leurs crocs. Occupé à en combattre deux avec Orran, Hargo avait pourtant vu ceux qui fondaient sur Vargus. Peut-être pour venger leur champion, ou parce que sa tronche ne leur revenait pas.

Connaissant le vétéran, Hargo ne s'était pas inquiété. Jusqu'à ce qu'il voie, comme tous les autres, un des Vorgas frapper Vargus et l'envoyer basculer dans le vide alors qu'il luttait au corps à corps avec son camarade.

Quand on avait ouvert la porte, après la mort du Nécromancien, Hargo et bien d'autres gars étaient allés à la recherche du corps de Vargus. Dans une puanteur épouvantable, ils avaient fouillé parmi des tas d'entrailles fumantes et de fragments de corps décomposés. Partout, les mouches et les charognards s'étaient servis, ne laissant qu'une infâme bouillie où se mêlaient des restes de Zecorriens, de Morriniens, d'Yerskaniens, de Vorgas et de Seves. Enfin unis et solidaires dans la pourriture et la merde, tous ces pauvres combattants.

Au début, deux mille hommes au moins avaient tenté de retrouver la dépouille de Vargus. Après deux jours à remuer des intestins et de la boue, il n'était plus resté qu'Hargo et une poignée de types.

Selon certains, le vétéran avait survécu et il était quelque part dehors. D'autres pensaient qu'il reviendrait bientôt, comme les anciens dieux païens qui se relevaient d'entre les morts.

Le troisième jour, il avait fallu revenir à la raison. Vargus était mort, tout simplement.

S'il était à l'origine de la Confrérie, les milliers d'hommes rassemblés pour lui rendre hommage témoignaient qu'elle ne mourrait pas avec lui.

Soudain, Hargo sut très exactement ce qu'il devait dire. Après s'être raclé la gorge, il se tourna vers l'assistance.

— Vargus n'était pas un grand homme et encore moins un saint, commença-t-il en étudiant une véritable mer de visages.

Pour lui, la plupart de ces gars étaient inconnus au bataillon. Mais ils avaient tous la même lueur dans le regard. Portant le deuil de leurs amis, de leur famille et de leurs frères d'armes, ils se ressemblaient tous. Sinon, ils n'auraient pas été là par centaines, prêts à se recueillir devant une tombe vide.

— Vargus était un vieux salopard dur comme l'acier ! Et mon ami, incidemment… Le jour de notre rencontre, il m'a fait tomber sur le cul. Je suis du genre costaud, c'est comme ça depuis mon enfance, mais j'avais la grosse tête. Un vrai combattant, voilà ce que je pensais être. Il m'a montré que je me trompais. Et après, il m'a appris ce qu'est une famille.

Des murmures approbateurs coururent dans les rangs. Partout, les hommes se regardèrent. Aucun ne ressemblait à ses voisins, et pourtant, ils étaient tous frères.

— Quand j'étais gosse, j'avais un frangin, mais il est tombé et il s'est brisé la nuque. J'ai presque tout oublié de lui. Du coup, j'ai vécu sans frère – jusqu'à ces dernières semaines.

Hargo n'avait plus parlé de son frère depuis plus de trente ans. Partager ça avec tant de gens était étrange. Comme s'il criait aux quatre vents un secret intime que personne n'était censé connaître.

— Vous l'ignorez peut-être, mais quelqu'un, dans l'Ouest, a entendu parler de la Confrérie. Voyant qu'on se battait mieux que jamais, nos ennemis ont lancé un tueur aux trousses de Vargus. Sans lui, se disaient-ils, le « miracle » cesserait. Eh bien, ils se sont trompés !

Hargo serra les poings et regarda les soldats, défiant l'un d'entre eux de le contredire. Mais il ne vit que des sourires et des hochements de tête approbateurs. Puis des vivats retentirent.

— Vargus me répétait sans cesse que la Confrérie ne lui appartenait pas. D'après lui, c'était une tradition qu'on lui avait enseignée et qu'il nous transmettait. C'est peut-être vrai, et peut-être pas, mais l'important est ailleurs. Il ne voulait pas qu'on le prenne pour un prêtre, comme ces types du Dieu Lanterne, par exemple. Des emmerdeurs qui vous disent que faire et vous font la morale…

— Lanterne de mes deux…, marmonna Tom le Noir.

Son blasphème fut repris par plusieurs soldats et d'autres imprécations lui firent écho.

N'ayant aucune intention de brailler, Hargo attendit que le silence revienne. Pourquoi était-il en train de tenir ce discours, au fait ? N'importe qui aurait pu le faire à sa place. Mais puisque les gars écoutaient, autant dire tout ce qu'il avait sur le cœur.

Peu à peu, les hommes se turent et tous les regards se rivèrent sur Hargo, que ses plaies torturèrent de plus belle. Normal, puisqu'il détestait être l'objet de l'attention générale…

— « Prenez vos décisions, je ne suis pas là pour vous tenir la main », voilà ce que vous dirait Vargus s'il était encore de ce monde. Moi, je sais une chose : la guerre est finie, mais je ne suis pas près d'oublier la Confrérie. D'ailleurs, même si je le voulais, je ne pourrais pas… Parce que c'est elle qui me garde en vie, pour une bonne part. Je ne sais pas ce qui arrivera l'année prochaine ou celle d'après, mais j'ai déjà vu des récoltes pourrir sur pied et des animaux mourir dans leur enclos sans que personne sache pourquoi. À l'avenir, tout ne sera pas rose, mais je ne serai jamais plus seul face à l'adversité.

Hargo tapa sur l'épaule de Tom le Noir, qui lui sourit.

— Et si c'est lui qui a des problèmes, je ferai tout mon possible pour l'aider. Parce que c'est mon frère.

Il n'y avait rien d'autre à dire. Les yeux baissés sur la tombe vide, Hargo pensa à Vargus. Comment croire que leur rencontre remontait à quelques semaines seulement ? Aujourd'hui, il aurait juré que le vétéran avait toujours été là – une part de lui-même, en somme. Son corps avait disparu, taillé en pièces, mais son souvenir demeurait, et on parlerait encore de lui dans longtemps.

Tom le Noir tendit une outre à Hargo qui but avidement et sentit une agréable chaleur se répandre dans son estomac. Tom reprit l'outre, but lui aussi puis vida le reste de la gnôle dans la tombe.

Avec Tom à ses côtés, Hargo reprit le chemin de la ville. Alors que tous les autres le suivaient, il lui fallut un moment pour remarquer la façon dont ils le regardaient. Exactement comme Vargus, en son temps… Comme s'il était un type à part qu'il convenait d'écouter.

Pour une fois, Hargo regretta sa grande taille, qui lui interdisait de disparaître dans une foule. Mais de retour en ville, il serait plus facile de se fondre dans l'anonymat le temps de faire ses bagages puis de se mettre en route pour chez lui.

— Où vas-tu aller, Tom ?

Le petit homme cracha du *tarr* à ses pieds.

— Je n'en sais trop rien… Je pourrais rentrer chez moi, mais ça ne me tente pas.

— Pourquoi ?

— À cause de mon père. Il espère que je reprendrai l'affaire familiale. Je n'ai jamais voulu, et je ne vois pas pourquoi je changerais d'avis. Ma plus jeune sœur s'en sortirait à merveille. Bien mieux que moi, en tout cas.

À présent que les deux hommes marchaient en tête de la foule, Hargo constata qu'il respirait bien mieux. Hélas, il commit l'erreur de jeter un coup d'œil par-dessus son épaule. Des tas de types le regardaient toujours fixement. Bon, eh bien, il allait les ignorer…

— Il fait quoi, ton paternel ?

— Il est propriétaire d'un grand troupeau de bœufs Sorenson, dans le sud du pays.

Hargo assimila la nouvelle.

— La vie paisible de la ferme doit être agréable, après tant de bruit et de fureur.

— Rien à voir avec la ferme ! Le troupeau compte quelque dix mille têtes. Le boulot d'éleveur, d'autres s'en chargent. Mon père dirige les abattoirs et les tanneries où on fabrique des cuirasses.

Hargo s'arrêta et regarda son compagnon.

— Dix mille têtes ?

— Oui.

— Il s'appelle comment, ton père ? demanda Hargo avec un étrange frisson glacé.

Tom cracha de nouveau et reprit son chemin.

— Aucune importance !

— Tu es un foutu noble ?

Tom ricana mais de la mélancolie et de l'amertume passèrent dans ses yeux.

— Il n'y a rien de noble en moi, tu le sais bien !

— Pour sûr ! s'exclama Hargo.

— C'était sérieux, ce que tu as dit ?

— Quoi donc ?

— Que tu viendrais m'aider si j'en avais besoin…

— Si c'était faux, j'aurais fermé ma gueule.

Tom le Noir ne dit plus rien et Hargo se réjouit de marcher en silence au milieu d'un paysage dévasté. Partout, la terre était retournée et transformée en boue rougeâtre. Au prix d'un assez long détour, la colonne évita la vallée où Balfruss avait tué le Nécromancien. Personne n'aimait s'y aventurer. Parmi les gars, beaucoup avaient assisté à tout depuis les remparts. Pas Hargo, présent au chevet d'Orran alors qu'il rendait le dernier soupir. Mais il avait entendu le tonnerre puis les explosions de la foudre.

Orran avait fini par mourir entre les bras d'une Sœur de la Miséricorde au buste généreux et au visage compatissant. Serré contre les seins de cet ange, Orran avait passé l'arme à gauche en souriant. Un coup de chance, comparé à la façon dont tant d'hommes étaient morts.

Une fois les yeux de son copain fermés, et après qu'on eut remonté un drap sur son visage, Hargo était sorti de l'hôpital pour marcher un peu. Bien entendu, il avait fini sur les remparts, mais tout était déjà terminé. Contents de l'issue du duel, tous les soldats riaient en bavardant. Certains avaient même commencé à boire, mais le retour de Balfruss avait douché leur enthousiasme. Marchant comme un automate, le Mage de Guerre avait franchi les portes comme s'il ne voyait rien de ce qu'il y avait autour de lui.

En quelques semaines, Hargo avait vu mourir des centaines d'hommes, voire des milliers. En plusieurs occasions, il était passé près de crever lui-même, comme en témoignaient ses deux séjours à l'hôpital.

Aucun survivant ne rentrerait chez lui sans séquelles. Même les bleus qui ne savaient pas tenir une épée quinze jours plus tôt étaient désormais des vétérans. Car tous avaient vu la mort en face, apprenant à la connaître, à la haïr et à la maudire parce qu'elle leur prenait des êtres chers et des amis. À force de faire la cour à cette salope au cœur de pierre, ils la connaissaient mieux que leur propre épouse.

De sa vie, Hargo n'oublierait jamais l'expression de Balfruss, après le duel. Ce jour-là, la mort n'était pas la Faucheuse, mais un Mage de Guerre.

Après le passage de Balfruss, des hommes et des femmes étaient tombés à genoux pour pleurer, implorer la clémence de leur dieu, le remercier que ce mage ait été de leur côté et lui demander de faire en sorte qu'ils ne le revoient jamais.

— Mon père est le seigneur Bragnon, dit soudain Tom.

Il sortit sa blague à *tarr* et Hargo, pour la première fois, remarqua les armoiries qui l'ornaient. Un renard et trois épées…

— Jamais entendu son nom…

— C'est normal. Et toi, tu vas aller où ?

— Tyrnon… C'est un village à une cinquantaine de lieues d'ici, dans les collines.

— Oui, je connais… J'y suis passé deux ou trois fois. Beaucoup de mineurs et de bûcherons…

— Si tu repasses par là, viens me voir et nous boirons un coup.

— Bonne idée.

— À ton compte, puisque tu es riche.

Tom le Noir mordit dans une nouvelle boule de *tarr* et sourit.

— C'est de bonne guerre.

— Parfait !

— Ça marche aussi dans l'autre sens… Si tu as besoin d'aide, demande, et je répondrai « présent ». Pas question que j'oublie la Confrérie.

— Je suis ravi de te l'entendre dire.

Les deux hommes continuèrent leur chemin en silence, mais dans une atmosphère amicale et détendue. Désormais, Hargo n'avait plus qu'une idée en tête : rentrer chez lui et revoir sa femme. Après une si longue séparation, il n'était pas sûr de la reconnaître – ni qu'elle le reconnaisse, d'ailleurs. Mais il s'inquiéterait de ça – et du reste – un autre jour. Par exemple, après son départ, le lendemain. Pour l'instant, il était toujours un fier soldat de l'armée royale, et il avait la ferme intention de se bourrer la gueule.

Chapitre 48

— Qu'on aille me chercher un chameau, et vite ! rugit l'empereur Taïkon.

Il était assis sur son trône, au milieu de plusieurs tas d'objets divers et variés – ses possessions, collectées un peu partout dans le palais. Ces derniers jours, il ne se sentait plus en sécurité nulle part, sauf dans la salle du trône. Dès qu'il en sortait, il entendait les voix… Elles semblaient toujours très lointaines, parlant dans une langue qu'il ne comprenait pas, mais il lui arrivait de voir des ombres se déplacer à la périphérie de sa vision. Des monstres au bec pointu, aux griffes acérées et aux multiples tentacules…

Même dans sa chère salle du trône, le souverain exigeait que des lampes brûlent nuit et jour, afin de tenir les ombres à distance.

Ces derniers temps, Taïkon dormait et tenait sa cour parmi des piles de couvertures, de vêtements froissés, de vaisselle brisée, d'assiettes pleines de viande pourrie, de cartes d'état-major et de livres. Tous ses animaux exotiques avaient eux aussi été regroupés. En ce moment même, une chèvre blanche à rayures noires peintes était en train de festoyer avec les pages d'un très ancien traité d'agriculture. Dans un coin, au fond d'une boîte, des chatons avides de lait miaulaient pour appeler leur mère.

Bizarrement, ils ne s'intéressaient pas au lézard de cinq pieds de long que Taïkon avait déposé dans la boîte. Au plafond, sur une poutre, un oiseau chanteur aux plumes colorées dormait debout sur une patte. Dérangé par les cris du roi, il ouvrit un œil, lâcha une fiente sur un tas de riches tuniques et se rendormit.

— Et un miroir ! brailla Taïkon. Il me faut mon miroir spécial !

Des bruits de pas retentirent dans le couloir. Quelques instants plus tard, un domestique en sandales arriva avec le grand miroir en pied.

Dernier survivant d'une liste pourtant longue de serviteurs personnels du monarque, Nirrok suait à grosses gouttes et s'efforçait de ne pas regarder le Roi Fou, les tas d'immondices ou le cadavre à demi décomposé du dernier héraut à avoir subi les foudres de l'empereur. Malgré tous ses efforts, le serviteur avait néanmoins du mal à oublier la puanteur, le bourdonnement des mouches... et la pomme qu'on avait fourrée dans la bouche du mort, histoire de le faire ressembler à un porc rôti sur son plat.

— C'est quoi, ce truc ? demanda Taïkon tandis que Nirrok avançait en direction du trône en essayant de ne pas marcher sur quelque innommable saloperie.

— Votre miroir spécial, Très Saint.

L'air troublé, Taïkon passa une main sur son front cornu.

— Oui, j'ai dit que je le voulais, mais ça n'a pas l'air d'être celui-là... Tu es sûr que c'est mon miroir spécial ?

Nirrok prit le temps de la réflexion avant de répondre :

— Ce miroir-là a été cassé...

— Exécution ! cria le roi. Qu'on exécute tous ceux qui l'ont brisé ! Qu'on les pende ! Qu'on les écartèle ! Puis qu'on m'apporte leurs yeux dans un bol de soupe aux pois. Mais de la soupe froide, pas chaude…

— À vos ordres, Très Saint ! s'exclama Nirrok.

Une façon de parler, puisqu'il était impossible d'accéder aux désirs du Roi Fou, qui avait lui-même cassé le miroir durant un accès de colère.

— Bon, j'imagine que ce miroir-là conviendra… Qu'on l'installe ici.

Taïkon désigna une pile de livres, sur sa gauche. Nirrok gagna l'endroit, ne trouva pas de place libre où poser le miroir, en ménagea une à coups de pied discrets et fit ce que lui ordonnait son maître – en se félicitant qu'aucune pile ne se soit écroulée pendant qu'il la poussait.

— Le chameau arrive ? demanda Taïkon en admirant son reflet.

Nirrok baissa humblement les yeux. Le mieux qu'on avait à faire, en présence d'un dieu vivant.

— Oui, Très Saint, il sera bientôt là.

— Il est vert, au moins ? Il faut qu'il le soit.

Une fois encore, Nirrok prit le temps de réfléchir. S'il disait la vérité, allait-il se faire tuer ?

— Très Saint, je n'ai pas pu trouver un chameau vert.

— Ai-je bien entendu ? Tu n'en as pas trouvé ?

— C'est ça, Très Saint.

— Regarde-moi ! C'est un ordre !

Nirrok inspira à fond et leva lentement les yeux vers son maître. L'apparence de Taïkon le troubla encore plus que le premier jour où il l'avait vu, pas si lointain que ça. En très peu de temps, des changements notables s'étaient produits. Les cornes noires qui avaient poussé au souverain s'étaient développées et commençaient à se recourber comme celles d'un bélier. La couronne incrustée de diamants et d'autres pierres précieuses ne tenant plus sur la tête cabossée du roi, elle était accrochée à une des cornes – un spectacle qui aurait été grotesque, dans des circonstances moins terrifiantes.

Désormais bleu pâle, la peau de Taïkon était sillonnée de lignes noires qui se gonflaient à l'occasion comme des veines. Mais elles ne contenaient pas de sang et se contorsionnaient comme si elles étaient vivantes et dotées d'une volonté propre.

Même s'il ne savait rien des derniers standards de la mode, Nirrok aurait parié que la veste violette et le pantalon vert du roi ne s'harmonisaient pas avec la couleur de sa peau. Ainsi attifé, il ressemblait à un hématome géant.

— As-tu vraiment dit que tu n'as pas trouvé de chameau vert ?

Nirrok eut la gorge serrée à l'idée que sa dernière heure venait de sonner.

— Oui, Très Saint. Pourtant, j'ai cherché partout.

— Je vois...

Un long silence suivit, uniquement troublé par les bruits de mastication de la chèvre, qui s'attaquait à un nouveau chapitre.

— Je devrais peut-être recommencer à chercher..., proposa Nirrok. (Il entreprit de reculer discrètement.) Si ça peut convenir, je dénicherai sans nul doute un chameau d'une autre couleur.

— Ne sois pas stupide ! s'esclaffa Taïkon. S'il n'est pas vert, à quoi diantre pourrait me servir un chameau ?

— Une question pleine de bon sens, Très Saint...

Taïkon lâcha un gros soupir.

— N'en parlons plus… Convoque mes généraux. Il faut trouver un moyen d'en finir avec cette assommante guerre.

Nirrok réfléchit encore et décida, cette fois, d'opter pour la plus grande prudence. Tous les généraux étaient morts, leurs remplaçants avaient été taillés en pièces à quatre reprises, et trois groupes d'officiers moins gradés mais hâtivement promus avaient eux aussi péri sous les coups de l'empereur.

Pas nés de la dernière pluie, les colonels étaient restés sur le front dès l'annonce des premiers massacres. Hélas, ça n'avait pas changé grand-chose à leur sort. Simplement, les Élus avaient mis plus de temps à les trouver et à envoyer leurs têtes au roi, histoire de compléter sa collection.

— Très Saint, je vous les ramène le plus rapidement possible.

Nirrok sortit de la salle du trône aussi vite que ses jambes le lui permirent. Dans le couloir, il n'y avait plus un garde en vue. Et sur le chemin menant aux portes du palais, il ne vit pas âme qui vive.

Une fois dehors, Nirrok partit au pas de course et ne se retourna pas pendant une bonne heure.

Caché derrière une tapisserie qui dissimulait l'entrée d'un passage secret, Vargus observait depuis plus d'une heure les singeries de Taïkon. Perdu dans son univers de dément, l'empereur n'avait pas jeté un seul regard en direction du vétéran.

— Pas beau, pas beau…, chantonna le souverain fou en s'observant dans le miroir.

Levant les mains, il tenta d'ajuster la couronne qui pendait de guingois sur une de ses cornes.

Vargus estima qu'il en avait assez vu et entendu. Après avoir enfilé une paire de gants épais, il poussa la tapisserie sur le côté et traversa la pièce sans prendre garde à ce qu'il renversait sur son passage. Alors que des assiettes se brisaient sous ses semelles, la chèvre jugea plus prudent d'abandonner le traité en cours et d'aller mâchouiller quelque chose d'autre dans un coin reculé de la salle.

Seul avec sa folie depuis qu'il avait congédié son dernier domestique, Taïkon ne remarqua pas Vargus avant que celui-ci se soit engagé sur les marches qui menaient au trône surélevé.

— Te voilà enfin, général ? fit le roi en secouant la tête, comme s'il sermonnait un enfant turbulent. Je m'ennuie. Oui, je m'ennuie à mourir. Cette guerre manque de relief. Nous devons la rendre plus intéressante. Tu n'es pas d'accord ?

Vargus ignora ce bavardage et regarda à l'intérieur du corps de Taïkon, traversant la peau et la chair pour voir ce qu'il y avait dessous. L'artefact qui consumait lentement l'empereur était niché au creux de ses intestins. Sous le regard de Vargus, un nouveau tentacule noir ondula sous la peau de la joue gauche de Taïkon. Puis il disparut en un éclair.

— Quel général es-tu ? Celui qui pue ?

Vargus prit le Roi Fou par l'épaule et forma une fourche avec les doigts de sa main libre. Puis il les enfonça dans le torse de l'homme et traversa sans peine les vêtements et la peau. Dans un geyser de sang vert, il chercha l'artefact à tâtons.

Taïkon tenta de se dégager et cria – plus de surprise que de douleur – mais personne ne vint voir ce qui se passait. S'il restait encore des gardes ou des domestiques dans le palais, ils devaient en avoir vu et entendu d'autres.

Vargus sentit soudain la peau du Roi Fou guérir et se refermer autour de son avant-bras. Peu désireux de devenir une partie permanente du corps de ce monstre, il retira sa main.

La chair se referma et se recousit toute seule. En quelques secondes, il n'y eut plus trace de la plaie. Séchant très vite, le sang vira au marron puis se détacha de la peau.

Le souffle court et les yeux écarquillés, Taïkon se laissa tomber sur son trône. Dans ses entrailles, l'artefact recommença à pulser pour donner naissance à de nouveaux tentacules.

Vargus dégaina son épée, approcha et abattit de toutes ses forces la lame sur le cou de l'empereur.

Malgré sa folie, Taïkon avait encore l'instinct de survie. Mesurant la menace, il leva un bras pour se protéger, mais la lame lui traversa le poignet comme si c'était du beurre puis entailla sa carotide. Du sang vert jaillit et aspergea le visage de Vargus, qui recracha aussitôt l'immonde fluide.

Le coup n'avait pas tout à fait décapité le Roi Fou. Alors que Vargus dégageait sa lame pour finir le travail, il vit que la plaie se refermait déjà.

La main coupée du roi tournait déjà au noir, la preuve qu'elle se décomposait plus vite que la normale, mais une masse blanche poussait au bout de son poignet. Des os se formaient et des muscles les recouvraient en un réseau rappelant les fils d'une toile d'araignée.

Vargus dégaina un couteau et frappa Taïkon au torse à dix reprises. Pour faire bonne mesure, il ajouta cinq ou six coups au ventre. Le pouvoir de l'artefact n'étant pas illimité, plus il y avait de blessures, et moins elles guérissaient vite.

Vargus profita de ce répit pour incliner en arrière la gorge de l'empereur et finir de le décapiter. La tête du fou tomba au milieu des immondices où elle s'acharna à crier encore – muettement, par bonheur.

Comme si de rien n'était, le corps continuait à vivre. Pressé d'en finir, Vargus fit une nouvelle tentative. D'un geste précis, il ouvrit le ventre de Taïkon et y enfonça une main en quête de l'artefact. Fouiller ainsi dans les entrailles d'un homme le révulsa, mais ce ne fut pas en vain, puisqu'il réussit à refermer les doigts sur la pierre poisseuse de sang.

Un genou coinçant le corps de Taïkon au niveau des hanches, il tira de toutes ses forces et arracha l'artefact de sa niche de sang et de viscères.

Aussitôt, la peau du roi vira au noir et commença à se décomposer. Sur le sol, la tête cessa d'ouvrir et de fermer la bouche et se figea sur une expression ébahie – comme si le Roi Fou ne parvenait pas à croire à ce qui lui arrivait.

Quand Vargus eut fini d'essuyer ses armes avec une tunique récupérée sur le sol, il posa les yeux sur ce qui restait de l'empereur : un tas de vêtements et quelques touffes de cheveux noirs.

Vargus plaça l'artefact entre ses paumes et appuya de plus en plus fort. La pierre pulsait comme un cœur, un signe qu'elle restait dangereuse s'il lui permettait de toucher sa peau nue. Même avec ses gants de cuir, il la sentait résister avec acharnement. Encore plus résolu qu'elle, il continua à appuyer jusqu'à ce qu'un grand bruit retentisse. Une lumière violette jaillit entre ses doigts et se répandit dans toute la salle du trône.

Une entité étrangère tenta de pénétrer dans son esprit et de pervertir ses pensées, mais il repoussa cette attaque désespérée et appuya encore plus fort. Il y eut un autre bruit sourd, suivi d'un cri que Vargus entendit uniquement dans sa tête.

La lumière violette mourut. Écartant les paumes, Vargus laissa tomber sur le sol ce qui ressemblait à des éclats de verre coloré.

Après un dernier regard à la salle du trône dévastée, il en sortit d'un pas lent.

Herakion, la capitale du royaume de Zecorria, avait le grand honneur d'abriter la prime église de la Sainte Lumière, une cathédrale conçue pour imiter le plus ancien lieu de culte du Grand Créateur. Dominant tous les autres bâtiments de la cité, l'édifice contraignait ses habitants à vivre dans son ombre.

Un peu comme les rares maisons qui échappaient à cette ombre, les gens qui ne vénéraient pas le Seigneur de la Lumière étaient traités comme des parias. Du coup, presque tout le monde faisait semblant. Après tout, ça valait mieux que d'être considéré comme un pestiféré par la communauté.

Juste au cas où, Vargus releva sa capuche. Même si les étrangers n'étaient pas rares à Herakion, il préférait que le moins de gens possible le voient, vu ce qu'il s'apprêtait à faire.

Les grandes portes de la prime église étaient closes, mais elles ne résistèrent pas quand Vargus les poussa.

Ici, il n'y avait pas de poignée, de serrure ou de barre de sécurité. L'église restait en permanence ouverte pour les fidèles et il y avait un prêtre de garde à toute heure du jour ou de la nuit.

Comme la cathédrale du Créateur, l'édifice était doté d'une haute voûte, de fenêtres à vitraux et d'un chœur central devant lequel s'alignaient des bancs. À tout moment, la lumière de milliers de cierges se reflétait sur les dalles de marbre coloré du sol.

Déjà bien présomptueux de s'être fait construire un pareil temple, le Seigneur de la Lumière n'avait reculé devant aucune démesure. Au plafond, sur une fresque à neuf tableaux, on le voyait en toute modestie en train de créer le monde, puis d'enseigner l'agriculture aux premiers hommes et de leur faire découvrir le feu. Six autres exploits dont il revendiquait sans vergogne le mérite complétaient la série. Vargus ne prêta pas attention à ce délire de mégalomane. En revanche, il s'arrêta pour regarder un petit tableau accroché dans un coin obscur.

La vérité était là – ou du moins ce qui en approchait le plus. Avec ses couleurs ternies et sa peinture craquelée, la composition ressemblait à une grosse masse brune informe entourée de blanc. Mais Vargus y distinguait toujours plusieurs silhouettes assises autour d'une grande table de banquet. Vingt-huit hommes et femmes… Une assemblée qu'aucun mortel, à part le peintre, n'avait contemplée depuis l'aube des temps. Et que nul ne verrait plus jamais, puisque parmi les participants, plusieurs n'existaient plus.

Cette réunion était née de la folie des grandeurs de certains, soutenue par la coupable indulgence de certains autres...

Sur le tableau, la table débordait de merveilles gastronomiques du monde entier et des meilleurs nectars de l'histoire. Dans un coin, un petit garçon tenait une lanterne. Près de la cheminée, une fillette au visage taché de suie s'occupait du feu dont la lueur atteignait les ombres les plus reculées de la salle, où quelques personnages tentaient de se dissimuler.

Le cœur lourd, Vargus se détourna du tableau et revint au présent. Sans accorder d'attention aux ornements dorés, aux statues de marbre et aux autres signes extérieurs de richesse, il riva les yeux sur la silhouette recroquevillée sur un banc, devant l'autel. Depuis son arrivée, l'homme n'avait pas bougé, mais nul doute qu'il s'était aperçu de sa présence.

Malgré l'heure tardive, deux ou trois fidèles étaient encore en pleine prière. Les ignorant, Vargus alla s'asseoir juste derrière l'homme. Un prêtre bien trop zélé fit mine d'accourir, mais il se pétrifia quand le vétéran – un mot qui lui convenait si bien ! – le foudroya du regard. Dès qu'il se fut repris, le jeune religieux sembla se souvenir qu'il avait une occupation urgente et s'éclipsa.

— Tu te souviens de cette nuit ? demanda Vargus. Le banquet semblait devoir durer des jours. Sous le poids de la nourriture, la table menaçait de s'écrouler.

Le Seigneur de la Lumière se redressa et abaissa sa capuche blanche.

— Je n'aime pas penser à ça, lâcha-t-il.

— Tant de choses ont changé depuis... Certaines du jour au lendemain, il faut le dire...

— C'est une menace ?

— Non, une constatation…

Le Seigneur de la Lumière leva les yeux sur la glorieuse représentation de lui-même qui dominait l'autel.

— Que fais-tu ici ?

— Je viens te dire que la guerre est finie. Les combats ont cessé, l'Ouest est encore sens dessus dessous, mais ça s'arrangera avec le temps.

— Tu m'en vois ravi. Taïkon a perverti mon culte et celui de la Mère Bénie, et tu ne peux pas savoir à quel point ça m'a déplu. Merci de m'apporter de si bonnes nouvelles.

Vargus resta un long moment silencieux avant de placer son attaque :

— Je sais que c'est toi…

Le Seigneur de la Lumière se retourna.

— Pardon ?

— C'est toi qui as formé le Nécromancien. Tu lui as enseigné des dons perdus depuis des lustres, comme l'art de marcher dans les rêves. Et c'est toi qui lui as remis l'artefact-parasite venu de l'autre côté du Voile.

— Ridicule ! Pourquoi aurais-je fait ça ?

— Parce que tu es jeune, arrogant et cupide. Malgré tout ton pouvoir, tu en veux toujours plus.

— Je suis plus puissant chaque jour. Pourquoi prendrais-je le risque de former ainsi un mortel ?

— C'est la seule question à laquelle je n'ai pas de réponse.

— As-tu la moindre preuve de ce que tu avances ? demanda le Seigneur de la Lumière avec un sourire supérieur.

— L'artefact est détruit. Le Roi Fou et le Nécromancien sont morts… Même s'ils étaient encore en vie, je ne crois pas que tu aurais été assez stupide pour les contacter en personne.

— Vargus, je te respecte, mais je suis profondément blessé par tes accusations. Tu insinues que je me suis mêlé des affaires des mortels ? Alors que c'est interdit, comme on nous l'a très récemment rappelé.

Vargus grogna et se pencha en avant, mais le Seigneur de la Lumière ne broncha pas.

— C'est interdit, mon petit gars, et tu n'aimerais pas la punition qui va avec…

— Tu adores les menaces, mais as-tu ce qu'il faut pour les étayer ? Permets-moi d'en douter.

Le Seigneur de la Lumière sourit de nouveau. Dans un royaume dominé par ses fidèles, et au cœur de sa cathédrale, il se sentait en parfaite sécurité.

Vargus sourit à son tour. Agacé, son interlocuteur en perdit un peu de sa superbe.

— Tu as raison, dit le vétéran, prenant à contre-pied le Seigneur de la Lumière, je n'ai pas de preuves, mais nous ne sommes pas devant un tribunal. Il n'y a pas de juge ni de jurés – seulement un bourreau.

— Tu n'oserais pas !

— Tu en es sûr ? demanda Vargus, parfaitement décontracté. Selon toi, qu'arrive-t-il à l'un des nôtres lorsqu'il vit dans le même corps depuis des millénaires ? As-tu idée de l'effet que ça a sur son esprit ?

— Je ne comprends pas…

— Bien entendu, que tu ne comprends pas ! Pauvre gamin… Tu n'as pas encore dix siècles, c'est ça ? Le Créateur, lui, il était là pratiquement au début. Pendant tout ce temps, il a accumulé plus de Pouvoir que nous n'en aurons jamais, tous réunis. Et pourtant, il a été piégé dans un corps qui fut brisé. Son esprit pourrissait là-dedans. Parfois, il semblait lucide, mais ces moments se faisaient de plus en plus rares au fil du temps.

Tous les cierges pâlirent en même temps.

— C'était toi ! s'écria le Seigneur de la Lumière, horrifié par ce qu'il venait de comprendre.

— Il m'a supplié, dit Vargus d'une voix brisée. Il ne supportait plus ça. Rendu fou par la souffrance, c'est lui qui a posé l'arme dans ma main.

Le Seigneur de la Lumière devint aussi blanc que sa tenue.

— Puissant comme il l'était, il a dû revenir.

— Il a pu renaître presque aussitôt, oui, sortant des entrailles d'une femme stérile. Mais c'était trop rapide, et son esprit restait brisé. Il m'a appelé de l'autre bout du monde et j'ai répondu à sa supplique, l'étranglant dans son berceau. Cette scène s'est répétée des milliers de fois. Un jour, il renaîtra et sera complet, parce qu'il est éternel. Contrairement à toi...

— Pitié..., implora le Seigneur de la Lumière.

Vargus fit mine d'avoir mal compris.

— Tu as raison, quand je l'ai tué la première fois, c'était par pitié. Son corps est mort et j'ai répandu son essence dans le vent pour qu'Été la transporte dans tous les pays.

— Aie pitié de moi, Tisserand !

Vargus se pencha de nouveau en avant. Cette fois, le Seigneur de la Lumière tressaillit.

— Si tu te mêles encore des affaires des humains, je te détruirai. Puis je te poursuivrai et te défoncerai le crâne alors que tu vagiras encore dans les bras de ta « mère ». Au fil du temps, ton étoile se ternira et tu perdras ton Pouvoir. À la fin, tu croupiras dans le Vide, sourd, aveugle et muet, jusqu'à ce que ton essence disparaisse. Tu m'as bien compris ?

Le Seigneur de la Lumière hocha frénétiquement la tête.

— Je te garderai à l'œil, petit gars.

Sans laisser à sa victime le temps de s'excuser ou de plaider sa cause, Vargus se leva, se détourna et sortit de la cathédrale.

Chapitre 49

Quelque part dans les ténèbres, une voix appela, et avec elle vint une promesse de chaleur. Alors qu'il remontait à travers les strates de brouillard, Balfruss sentit les rayons du soleil jouer sur son visage. Se réveiller était si difficile… Avant d'émerger enfin dans le monde réel, il eut le sentiment de s'être frayé un passage à travers un océan de boue.

Après s'être assis dans son lit, il regarda autour de lui et découvrit une chambre qu'il ne connaissait pas. Un endroit ordinaire, avec un lit, un coin toilette et un fauteuil dans lequel un type dormait à poings fermés. Plus que d'une chambre, il semblait s'agir d'une cellule, et la lourde porte de bois ne faisait rien pour dissiper cette impression. La lumière du jour filtrait d'une haute fenêtre. À en juger par l'angle des rayons, Balfruss estima qu'il était autour de midi.

Le dormeur lui sembla familier, mais il lui fallut un moment pour l'identifier. Sans sa fameuse cuirasse noire, il avait l'air plus frêle, mais le bandeau sur l'œil, les cicatrices et l'énorme hache ne lui conféraient pas une allure plus engageante.

Balfruss laissa dormir le général, qui semblait épuisé. Les yeux cernés, les traits tirés, il avait le front sillonné de rides même dans son sommeil.

Balfruss s'examina et constata qu'il était vêtu d'une chemise de nuit marron qui lui tombait sur les genoux. Alors qu'il s'adaptait à son environnement, une odeur familière et désagréable lui agressa les narines. La puanteur de la crasse, du sang et de la mort… Ces relents montaient en partie de lui, mais il y avait bien pire de l'autre côté de la porte, il en aurait mis sa main au feu. Donc, il devait être dans un hôpital. À Charas, probablement…

Tenir debout se révéla bien plus difficile qu'il l'aurait cru. Pour commencer, il dut s'appuyer contre un mur. Quand il le lâcha, tous les muscles et les os de ses jambes protestèrent et son dos lui fit un mal de chien.

Après ce qu'il avait vécu, ça semblait assez peu cher payé, ces quelques séquelles…

Sans réveiller Graegor, le mage sortit de la chambre sur la pointe des pieds et se mit en quête d'un bain et de vêtements propres.

Un médecin qui courait dans la direction opposée s'arrêta et le regarda avec de grands yeux. Puis il commença à débiter des propos incohérents. Quand Balfruss lui demanda où il pourrait se laver, l'homme désigna le bout du couloir.

À l'intersection, une infirmière tout aussi stupéfaite guida Balfruss jusqu'à la salle de bains. Délaissant le sauna, il se dirigea vers une baignoire en cuivre. Dans la salle déserte, il restait un assistant, mais Balfruss le renvoya et se chargea de remplir la baignoire avec un seau. Après être resté étendu, un peu d'exercice ne pouvait pas lui faire de mal.

Combien de temps était-il resté couché ? Un bon moment, sans doute, mais il préférait ne pas y penser pour l'instant. Bouger un peu lui fit du bien, sauf au niveau des jambes et du dos, où ça aggrava plutôt les choses.

Une fois la baignoire pleine d'eau froide, le mage comprit qu'il ne pouvait plus différer le moment qu'il redoutait depuis son réveil. Après un moment de concentration, il se connecta à la Source. Le Pouvoir répondit à son appel et déferla en lui comme d'habitude.

Balfruss en conçut un mélange de soulagement et de déception. Rien n'avait changé. Comme avant, l'inépuisable réserve de Pouvoir le fascinait, mais sans exercer le genre de tentation qu'il redoutait.

Avec un filament d'énergie, il fit chauffer l'eau, y ajouta des herbes aromatiques, puis posa un gant et un morceau de savon sur le rebord.

L'eau chaude soulagea immédiatement ses douleurs. Un long moment, il oublia tout, mais l'eau commença à refroidir, le rappelant à la réalité. Du coup, il se frotta jusqu'à ce que sa peau rougisse.

Une fois sorti du bain, il dénicha une paire de ciseaux et tailla sa barbe du mieux qu'il put.

L'assistant ayant anticipé sa demande, des vêtements propres l'attendaient quand il sortit dans le couloir. Si le pantalon se révéla bien coupé et confortable, il dut remonter les manches trop longues de la chemise. En revanche, il n'eut aucune difficulté avec les bottes, parce que c'étaient les siennes.

Le temps était venu de se remplir un peu l'estomac.

Jusqu'à la sortie de l'hôpital, personne ne tenta de l'intercepter, mais tout le monde le regarda avec des yeux ronds comme des soucoupes. Dans les rues, ç'aurait dû s'arranger, mais il n'en fut rien. Quand il acheta des fruits à un vendeur ambulant, le type refusa qu'il paie et n'en démordit pas. Même chose quand il entra dans une boulangerie pour se procurer du pain.

Assez vite, il dénicha une petite place où il put s'asseoir sur un banc, manger en paix et faire semblant de croire que tout était normal. Pressés de se débarrasser de lui, les deux commerçants lui avaient donné plus que sa commande, mais il se découvrit une faim de loup et dévora tout. Chaud et croustillant, le pain fut un régal et les fraises gorgées de sucre s'avérèrent si bonnes qu'il s'en lécha les doigts.

Les yeux clos, il inclina la tête et savoura la chaleur du soleil de midi sur sa peau. Le ventre plein, bien au chaud, que pouvait-il vouloir de plus ?

Au bout d'une heure, cependant, il reprit conscience des bruits et des odeurs de la ville. Des souvenirs s'éveillèrent, et avec eux, l'angoisse et le chagrin revinrent à la charge. Le poids des derniers événements retombant sur ses épaules, le mage comprit qu'il n'était plus l'heure de faire semblant.

Sur le chemin du palais, il ignora les regards terrifiés des passants et fit mine de ne pas voir les mères qui cachaient leurs enfants dans leurs jupes. Partout, les conversations cessaient et les rires mouraient, mais il refusa de s'en apercevoir.

Dès sa première semaine à la Tour Rouge, on les avait prévenus, ses camarades et lui, que les gens auraient peur d'eux. Tout ça parce qu'ils ignoraient tout de la Source, de sa majesté, des joies qu'on en tirait et de la façon dont elle liait toutes les créatures vivantes. Selon les formateurs, il ne fallait pas se formaliser des préjugés et de la peur, parce que c'était un aveu d'ignorance.

Malgré tout ce qu'il avait fait pour protéger la ville et ses habitants, ses compatriotes le regardaient comme une sorte de monstre. Lire de la peur dans les yeux d'étrangers était une chose, mais chez des gens qu'il avait défendus au péril de sa vie…

— *Peux-tu vraiment les en blâmer ?* demanda la voix lointaine de Thule.

— Je me demandais si tu étais encore là… Je ne les blâme pas, je suis déçu, voilà tout…

— *Tu as vaincu le Nécromancien, soit le Mage de Guerre le plus puissant du monde. Un homme responsable d'un conflit qui a fait des milliers de morts. À présent, les gens se demandent de quoi tu pourrais être capable.*

— Je ne leur ferai jamais de mal.

— *Je le sais, mais eux, non…*

La nouvelle avait dû circuler, puisque Balfruss trouva les portes du palais ouvertes, les gardes se contentant de le saluer. Sans leur répondre, il continua son chemin et ignora superbement les domestiques et les soldats qui s'écartaient vivement sur son passage.

Des gardes ouvrirent pour lui les portes de la salle du trône, où la reine l'attendait en compagnie de ses frères et de Vannok.

Le vieil ami de Balfruss lui sourit et haussa les épaules, une façon de dire qu'il n'avait aucune explication pour le comportement bizarre des gens. Lui ne semblait pas angoissé, ce dont le mage lui fut reconnaissant. Après avoir grandi avec Balfruss, il savait qu'il n'était pas du genre à se retourner contre ses alliés.

La reine et ses frères semblaient plus dubitatifs, et Balfruss capta chez eux une très grande tension.

— Tu vas bien ? demanda Talandra.

Balfruss s'autorisa un petit sourire. La Couronne était destinée de toute éternité à cette femme, ça se voyait au respect que chacun lui manifestait avant son couronnement. Elle ferait une grande souveraine tout en restant un être humain doté d'un cœur. Pour l'instant, en tout cas...

— Je me rétablis, Majesté... Merci de votre sollicitude.

— Tu as dormi... Enfin, tu es resté dans le coma cinq jours de suite. Les médecins ont cru que tu n'en sortirais pas.

— Eh bien, je suis ravi de leur avoir donné tort...

Mais bien d'autres personnes devaient s'en désoler. S'il était mort, tout aurait été si facile. Il restait en ce monde quelques Mages de Guerre, et pas mal de gens ayant des dons secondaires, mais ils n'avaient pas répondu à l'appel du roi. Après ce que Balfruss et le Nécromancien avaient fait, ils choisiraient probablement de vivre cachés et ne menaceraient absolument personne.

— Moi aussi, je m'en réjouis.

Balfruss n'aurait pas parié sa chemise là-dessus.

— Merci, Majesté.

— Demande-moi ce que tu veux, et si c'est en mon pouvoir, je te l'accorderai.

La tension augmenta et Balfruss sentit peser sur sa nuque plus de regards qu'il avait d'interlocuteurs. Balayant la pièce du regard, il remarqua une toute nouvelle tenture. Derrière, des arbalétriers le visaient avec des carreaux sûrement plongés dans du poison. Sans avoir besoin de se retourner, le mage devina que les gardes qui l'avaient escorté devaient se tenir dans son dos, la main sur la poignée de leur épée.

Sous l'apparence presque naïve de la reine, Balfruss vit des strates bien plus sombres et menaçantes. Une très bonne chose, en réalité. Pour maintenir la paix entre les royaumes, elle aurait besoin d'une main de fer dans un gant de velours.

— Majesté, je demande simplement que soit tenue la promesse que votre père a faite à Sandan Thule. Shael doit être libéré.

Talandra désigna Vannok.

— Le général Lore va conduire des hommes en Yerskania, puis en Shael. La reine d'Yerskania enverra aussi des troupes. Bientôt, le calvaire de Shael sera terminé.

— *Merci, mon frère*, dit Thule.

— Tu ne veux rien pour toi, Balfruss ?

Le mage secoua la tête.

— Rien du tout, non…

— Tu en es sûr ? demanda la reine.

Balfruss comprit pourquoi elle insistait ainsi. Sacrifier tant de choses et ne rien demander en échange ne semblait pas… normal. Mais il se souciait peu de donner bonne conscience aux gens.

— Ce que j'aimerais retrouver, vous êtes incapable de me le donner. Ce n'est ni en votre pouvoir ni en le mien…

Talandra eut un sourire mélancolique et plein de compréhension. Puis elle fit un petit geste de la main, et l'atmosphère se détendit nettement.

— Majesté, je vais quitter Charas.

— Pour aller où ?

— Rendre visite au Premier Peuple. Un ami m'a prédit que je le ferais.

— Dans ce cas, je peux au moins t'offrir des vivres en abondance et un bel étalon…

Talandra se leva comme si elle allait se retirer, mais elle descendit de l'estrade et approcha du mage. Quelques gardes avancèrent d'instinct, mais elle leur fit signe de rester où ils étaient.

À la grande surprise de Balfruss, elle l'enlaça. D'abord gêné, il finit par passer les bras autour de son torse.

— Mes condoléances pour tes amis, murmura la reine. Sache que je suis désolée qu'on en arrive là. Merci pour tout. Tu ne mérites pas ça.

Talandra embrassa le mage sur les deux joues. Stupéfié, il ne sut que dire et la regarda simplement remonter sur son trône, où elle redevint une souveraine dans l'exercice de ses fonctions.

— Au nom du peuple de Seveldrom et des royaumes libres de l'Ouest, je te remercie de tout cœur, Balfruss. Nous te devons la vie.

Balfruss s'inclina humblement, se détourna et sortit. Quand il eut récupéré ses maigres possessions, il gagna les portes de la cité où Jonkravish, l'intendant de l'armée, l'attendait avec un magnifique étalon noir. Les fontes débordaient de provisions et une riche couverture enroulée était fixée derrière la selle. Malgré tout ce poids à porter, le cheval piaffait d'impatience et son nouveau maître n'entendait pas le décevoir.

Balfruss se hissa en selle, prit les rênes que lui tenait le Morrinien et regarda une dernière fois Charas. Trop de souvenirs, trop de deuils, trop de tristesse… Bref, aucune raison d'y revenir un jour. Il lui restait encore tant d'endroits à découvrir et de mystères à résoudre.

Le regard rivé sur l'horizon, il sortit de la ville. Au détour d'un tournant, il découvrit que Graegor l'attendait, perché sur un cheval noir. Équipé comme pour une campagne, lui aussi transportait une tonne de provisions.

Un long moment, les deux hommes se regardèrent en silence.

— Je ne te pardonnerai jamais, dit Balfruss.

— Je sais, et je ne suis pas ici pour m'excuser. Ça n'aurait pas de sens. Comment changer ce que j'ai fait ?

— Tu regrettes, au moins ?

Graegor ne répondit pas, mais son regard en dit assez long.

— Dans ce cas, que fais-tu ici ?

— Ton passé est à jamais perdu pour moi. Je n'y avais pas de place, mais pour ton avenir, ce sera différent.

— Sais-tu seulement où je vais ?

— Non, et je m'en fiche.

Balfruss ne connaissait pas cet homme. Pour lui, ce n'était pas un parent, et rien, aurait-il parié, ne modifierait jamais la donne. Mais ce serait au temps de trancher.

— Essaie de ne pas me ralentir ! dit-il en éperonnant son étalon.

Au sommet d'une tour du palais, Talandra regardait les deux cavaliers s'éloigner. Des bruits de pas retentirent dans l'escalier, et Shanimel entra dans la rotonde quelques instants plus tard.

Perdues dans leurs pensées, les deux femmes restèrent un long moment silencieuses. Comme toujours, Talandra songea à l'avenir et aux défis qui l'attendaient.

— Nous n'aurions pas dû le laisser partir, dit-elle, plus pour elle-même qu'à l'intention de Shanimel.

— Vous n'aviez pas le choix…

— C'est son foyer… Ses amis sont ici.

— Mais les gens ont peur de lui, et, pour être franche, moi aussi.

Talandra frissonna et son amie lui posa une main sur l'épaule.

— Que redoutez-vous, Votre Grâce ?

— Nous devons tout à Balfruss, Shanimel. Pour nous, il a tout sacrifié, et en guise de remerciements, nous le laissons s'exiler. S'il en concevait de l'amertume, un de ces quatre ? Que se passera-t-il s'il se présente un jour à nos portes, ou si un autre Nécromancien nous menace ? Qui appellerons-nous au secours ?

Shanimel ne sut que répondre. Désormais, le royaume était livré à lui-même.

Remerciements

Si écrire reste une aventure solitaire – en tout cas, c'est ce qu'on dit – se faire publier est une tout autre affaire. Je tiens donc à remercier Juliet Mushens, mon agent ô combien remarquable, pour son enthousiasme inébranlable, sa foi en mon travail et son énergie sans fin. Merci aussi à Sarah Manning, pour tout le labeur fourni dans l'ombre. Même chose pour l'équipe d'Orbit, en particulier Jenni, Susan et Joanna, qui m'ont incité à scruter le récit à la loupe. Ma gratitude va aussi au reste de la Team Mushens, une véritable bande d'aventuriers qui m'ont sans cesse soutenu et font désormais quasiment partie de ma famille.

Achevé d'imprimer en octobre 2017
Par CPI France
N° d'impression : 3025746
Dépôt légal : juin 2017
Imprimé en France
81122569-2